雍正王朝

上

刘和平
罗强烈
—— 作品 ——

SPM
南方传媒　花城出版社
中国·广州

图书在版编目（ＣＩＰ）数据

雍正王朝：全2册 / 刘和平，罗强烈著. -- 广州：
花城出版社，2017.5（2025.3重印）
ISBN 978-7-5360-8302-8

Ⅰ．①雍… Ⅱ．①刘… ②罗… Ⅲ．①长篇历史小说
－中国－当代 Ⅳ．①I247.5

中国版本图书馆CIP数据核字(2017)第036773号

本书由二月河的小说《雍正皇帝》改编而成

出 版 人：张 懿
策划编辑：张 懿 陈宾杰
责任编辑：杨淳子
技术编辑：凌春梅
封面设计：

书　　名　雍正王朝
　　　　　YONGZHENG WANGCHAO
出版发行　花城出版社
　　　　　（广州市环市东路水荫路 11 号）
经　　销　全国新华书店
印　　刷　佛山市浩文彩色印刷有限公司
　　　　　（广东省佛山市南海区狮山科技工业园 A 区）
开　　本　787 毫米×1092 毫米　16 开
印　　张　51.5　2 插页
字　　数　940,000 字
版　　次　2017 年 5 月第 1 版　2025 年 3 月第 11 次印刷
定　　价　128.00 元（全 2 册）

如发现印装质量问题，请直接与印刷厂联系调换。
购书热线：020－37604658　37602954
花城出版社网站：http://www.fcph.com.cn

| 目 录 |

片 头
（黑白画面）

巨大的太和门死气沉沉地敞开着，远处是深不见底的天空。

沉重的脚步声一下一下传来，发出巨大的回响。

一个拖着偌长辫子的瘦削而巨大的背影出现在大门的方空中，一步一步向大门走去。

背影在不断地前行，大门却依然是那样远，那样远……

突然，那背影站住了，脚步声也消失了。随之而起的是那背影带着回响的画外音："什么？说朕是抄家皇帝？朕就是抄家皇帝！凡是亏空公款、贪没钱财的官员，一律抄家！"

回音还在响着，一方黑影扑向画面右侧的空白处，咣的一声巨响，那四方的黑影又飞出画面。

空白处显出一方巨大的朱红阳文篆字：雍正王朝！

主题歌起。

| 第一集　办差阿哥 |

1. 黄泛区通向北京的驿道上

一个箭衣紧装的驿差不断挥鞭猛抽胯下的快马，向京城方向疾驰。

画外音：康熙四十六年，连日大雨，黄河暴涨。河南、山东多处河堤决口，淹没田土房屋无数……

驿差汗流满面的背景上迭出：

咆哮的黄河洪流铺天盖地汹涌而来。

河堤崩缺，大树摧折，无数房屋坍塌。

一望无际生民聚养的土地，顷刻化为浩渺的泽国……

2. 北京永定门外

驿差胯下那匹快马，一声悲嘶，口喷白沫，前腿一软，向前瘫倒。

那驿差被掀翻在地。

驿差挣扎着爬起，举着那份已被汗水浸湿的六百里加急奏折，跟跟跄跄向守门护军奔去。

气喘吁吁的驿差："六百里加急……六……"

终于，那驿差也倒在城门洞外。

护军把总从驿差手中抽出那份奏折，一看，大惊。

——奏折的封套上赫然粘着三支羽毛，羽毛下写着：六百里加急！

护军把总急对两名护军："快，搀起他，送午门！"

两名护军架起驿差，紧跟高举奏折的把总，向城内飞奔而去。

彤云密布的天空，一道电光直掣天际：远处传来隆隆的闷雷声。天已经黑了。

3. 乾清宫

满殿黑压压的，一片红顶花翎。

诸王贝勒在前，众大臣在后，井然有序地跪着，鸦雀无声。

康熙高大的身躯，像雕塑般面对殿侧的大柱，一动不动。

大柱上用颜体楷书铭刻的字迹依旧赫然清晰："平三藩""河务漕运"。

"河务"二字越推越大，渐渐占据整个画面。

康熙倒背身后的手中那串楠木念珠在慢慢转动，越转越快。

跪在地上的诸王贝勒和诸大臣瞥着康熙手中飞速转动的念珠，益发屏声敛息，暗自戒惧。

那串念珠放慢了转动的速度，康熙慢慢转过身来。

那双犀利有光的眼睛在慢慢扫视着诸王贝勒和众大臣。

突然，他的目光停住。

第一排的第一位和第四位醒目地空着两个位置。

康熙："太子呢？四阿哥呢？"

不等侍立在身旁的李德全回话，他紧接着严厉地问道："太子胤礽和四阿哥胤禛为什么没来？"

李德全："回万岁爷，太子不在毓庆宫，四贝勒也不在府里。奴才已分头派人找去了。"

4. 御花园

大雨倾盆。

几名太监打着气死风灯，到处寻找胤礽：

"太子爷，万岁召见呐！"

"太子爷，快去乾清宫吧！"

5. 御花园的假山石洞里

一道闪电，显出了紧紧相抱的太子胤礽和康熙的媵嫔郑春华。

胤礽一边在袒露胸襟的郑春华怀里狂乱地亲吻，一边气喘吁吁地嘟哝着："下吧，下吧，老天爷，千万别停雨！"

郑春华双目微闭，一手抚摸着胤礽不断拱动的头。

石洞入口处，把风的太监何柱儿听着洞内发出的声响，狠狠地咽了一口唾沫。

突然，何柱儿全身像掀动了机栝般一耸。

远处，传来了寻人太监的呼唤："太子爷，万岁召见呐！"

6. 户部书办处

烛火通明，算珠噼噼啪啪拨得山响。

大厅两侧全部是书案，书案上堆满了摞积的账册，几十名书办正在飞快地拨动算珠，疯了似的紧张地清算账目。

大厅正中座位上，胤禛正面容凝重地端坐着等待清算结果。

胤禛府中的总管太监高勿庸领着两名大内太监急匆匆闯了进来。

高勿庸："禀主子，万岁爷召见。"

胤禛却依然端坐未动："知道了。"

高勿庸无奈，只得领着两名大内太监退了出来。

7. 乾清宫

康熙高坐在龙椅上，紧闭着眼睛，仿佛在竭力掩饰内心的震动和痛苦："河南、山东发来奏折，黄河决了十几道缺口。想不到朕数十年的治河心血，竟然毁于一旦！上百万灾民……上百万的灾民哪……"

正在此时，仓皇赶到的胤礽正偷偷地溜进殿来，悄悄地在最前面自己的位置上跪下。

康熙并未睁眼，却如同长有第三只天眼，突然喊道："胤礽。"

胤礽微微一颤："儿、儿臣在。"

康熙："你是太子，你说，该怎么办？"

胤礽："儿、儿臣以为，应该马上救灾、马上修、修河堤。"

康熙："怎么救灾？怎么修河堤？"

胤礽："这个……皇阿玛英明睿断，自有主张。"

康熙猛一睁眼，直逼胤礽："朕是有主张，朕现在要问你的主张！"

胤礽嗫嚅着似想再说，苦于无以对答，只得低下头去。

跪在胤礽后面的诸阿哥立刻有了反应——

挨跪在一起的九阿哥胤禟和十阿哥胤䄉飞快地交换了一个幸灾乐祸的眼神。

接着，胤禟手肘轻轻地碰了碰跪在左侧的八阿哥胤禩。

胤禩却丝毫不动，依然是眼观鼻，鼻观心，神情肃然。

其他如大阿哥胤禔、三阿哥胤祉和十四阿哥胤禵，虽未喜形于色，却也神态怡然。

唯有跪在一侧柱旁的十三阿哥胤祥满面焦灼，同情地看了看萎跪佝偻的胤礽，又瞟了瞟胤禛的空位。

8. 户部书办处

书办们仍然在紧张地拨弄算珠。

已经算完部分清册的书办，陆续将清单交与总书办汇数。

端坐堂皇的胤禛仍然面容凝肃，岿然不动。

久候在门首的高勿庸和传旨太监已急得抓耳挠腮。

传旨太监对高勿庸："老哥，快去催催你们主子吧。再不去，万岁爷可要龙颜大怒了。"

高勿庸略一踌躇，硬着头皮又趋至胤禛身旁："主子，宫里传旨的太监又在催了。奴才看……"

胤禛倏地将头扭了过来，两道寒邃的目光直逼高勿庸。

高勿庸略一哆嗦，赶忙低下头又退了出去。

9. 乾清宫

康熙已经由焦虑而愤懑，大声斥道："宗室与国同体！你们这些阿哥，平日养尊处优；一旦国家有事，竟然一个个张皇无策！现在，这大水淹的是百姓，照这样子，明天淹的就会是你们，是这座紫禁城！"

严威之下，诸王贝勒和诸大臣把头伏得更低。

唯有胤祀倏地把头抬起，朗声说道："皇阿玛，儿臣有话要说。"

康熙闻言，平了平气息："好，你说。"

胤祀："一条黄河，千古泛滥。历朝历代，哪一年百姓不受黄患之苦？可自皇阿玛当国以来，殚精竭虑，倾力治河，百姓不受黄河之灾近三十年。遍览史册，古来治理黄河者，不但未有如皇阿玛之功，亦未有皇阿玛之诚。此次黄患忽发，不在人事，纯属天灾。皇阿玛怀忧民之心则可，抱自疚之意则不必。"

斯言一出，满殿沉闷的气氛为之一扫。

胤禟、胤䄉更是喜形于色，赞许钦佩的目光热辣辣地投向胤祀。

康熙虽未受颂即喜，神情已显出"此言倒也不谬"的颇以为然，向胤祀许了个"往下讲"的鼓励暗示。

就在此刻，胤祥突然大声说道："八哥，你不要忘了，康熙四十三年，黄河还发了一次大水！"

胤祥的驳诘，虽是实话，却太不合时宜，已见缓和的气氛陡地又紧张了起来。

康熙的脸色也一下子阴沉下来。

胤禩一怔，旋即镇静，侃侃答道："这正是我要说的。康熙四十三年黄河发水，各地督抚为了从国库掏银子，将灾情无限夸大。结果受灾的府县、人数都没有所报之多。因此，儿臣敢于断言，这一次的灾情也必不像奏折上所报之大。"

胤禵再也按捺不住，大声捧场："说得好！八哥，你继续说！"

10. 户部书办处

总书办已算出最后的结果，举着清单向胤禛大声报道："禀四贝勒，国库现存库银七百三十五万两，除去不能动用的压库银五百万两和朝廷急需支出的各项银款一百八十九万两，能拨的赈灾银款不足五十万两！"

胤禛闻言一惊，猛地站起，一把抓过那份清单，大踏步走出大厅，对高勿庸和传旨太监说道："备马，去乾清宫！"

11. 乾清宫

胤禩慷慨陈词："儿臣以为，当务之急无非粮、钱两项。第一，立刻降旨灾区邻近省份，命他们即刻调运粮米运往灾区；第二，立刻降旨户部，从国库拨款抢修河工。"

此言甫毕，满殿活跃。

"八贝勒条分缕晰，恰中肯要！"

"八哥所言极是，皇阿玛就立刻降旨吧！"

也就在此时，殿门外传来胤禛的声音："儿臣胤禛有话陈奏！"

众人闻声皆是一怔。

殿门外，胤禛脱下湿淋淋的油衣，快步走到自己的空位上跪下。

康熙："胤禛，为什么这个时候才来？"

胤禛叩了个头，答道："回皇阿玛，儿臣在户部清查国库存银和灾区邻近数省的存粮实数去了。"

此言一出，胤禩脸色立变。

胤禟、胤禵、胤䄉脸色都是一变。

胤禟接着大声嚷道："皇阿玛，户部是八哥奉旨该管，四哥这是越俎代庖！"

康熙的目光徐徐扫视了一遍胤祀、胤禟、胤䄉、胤䄉，然后落在胤禛身上："胤禛，九阿哥的话你听到了，怎么说？"

胤禛："是。户部是八弟该管，但皇阿玛曾对儿臣说过，叫儿臣平时多多留心国事，军政民务凡有建议要随时向皇阿玛和太子奏陈。"

康熙不置可否，淡淡地说道："那就把你清查的数字说来听听。"

胤禛又从容地叩了一个头："是。刚才胤祀陈奏，应立即降旨灾区邻近省份调粮和户部拨款，儿臣都已听到。可据儿臣所查，邻近省份已无粮可调，户部也无款可拨。"

康熙猛地从龙椅上站起："唔？！"

满殿中人尽皆一惊。

胤禛："据查实，由于康熙四十三年黄河大水，邻近黄泛区的直隶、两江以及湖广、四川的早年存粮都已调运一空，而这两年丰歉不一，各省存粮自保尚且不及，根本就拿不出粮食调往灾区。"

康熙开始来回踱步，手中的念珠也随着步伐的加速越转越快。

胤禛："再说国库存银。由于各省应缴的赋税连年积欠，而在京的王公官员又常年挪借库银，现在户部能拨出的库银已不足五十万两。又要赈灾，又要修堤，杯水车薪，至少缺银两百万两以上！这是清单，请皇阿玛御览。"

李德全连忙从胤禛手中接过清单，转呈康熙。

康熙拿着清单的手已禁不住微微颤抖，声调也失去了平时的从容清朗："这几年朕把国事交给太子和你们阿哥协同管理，想不到会弄成这个样子……胤礽，你怎么说？！"

胤礽无言，只有叩头。

康熙："还有胤祀！你是兼管户部的阿哥，亏空如此，胸中无数，还在这里纸上谈兵！"

胤祀也重重地叩了个头，答道："儿臣有亏职守，请皇阿玛治罪。"

康熙复把眼光徐徐转向胤禛问道："胤禛，看起来你是心中有数了。你说，眼下如何处理灾区的事情？"

胤禛："儿臣愚见，立刻拨出库银四十万两，在直隶一带向富户买粮急运灾区，以解眼下之急。其余不足之数，立派钦差前往江南筹款购粮，赈济灾民过冬，抢修已坏的河堤。"

举殿默然。

康熙："灾患如此，皆因人事不修，人事不修，上天才降下灾祸。传旨天下，今年秋决人犯停勾一年，其余在押囚犯凡援例可赦者一律大赦！"

众人："皇上如此仁慈，必能上格天心！"

康熙提高了声调："至于派谁为钦差大臣，朕和上书房大臣商量以后再定。佟国维、张廷玉、马齐留下。"

佟国维、马齐、张廷玉叩头应道："是。"

康熙："其余的人都跪安吧。"

余人齐应："是！"

12. 毓庆宫

白发苍苍的王掞颤颤巍巍地揭开《大学》的第一页，对坐在书桌对面出神的胤礽说："太子，你翻开《大学》第一页。"

"第一页？"胤礽不知是真的不解，还是知道王掞又要借讲书而进言，"师傅，你没有弄错吧？"

"臣岂会弄错。请太子翻开第一页。"

"唉！"胤礽长叹了一声，无可奈何却漫不经心地翻开书皮。

王掞："圣人云：'大学之道在明明德，在亲民，在止于至善。'请问太子，何谓'明明德'？何谓'亲民'？何谓'止于至善'？"

胤礽："师傅，你这几个'何谓'，在我十岁的时候就问过了，你难道不厌烦吗？"

王掞："老臣岂不记得。可是，太子你记住了吗？"说到这里，王掞激动得声调也有些颤抖了："昨天，皇上在乾清宫召见群臣，商量赈济灾民的大事。你却迟迟找不到人，等到皇上咨问，你又应对无策，贻笑臣工。太子，不是老臣诤言，你是连这《大学》第一章第一句都全忘了呀！老臣身为太子之师，有负我大清列祖列宗之托，有负天下兆万臣民之望哪！"

至此，王掞已是喉头哽塞，泪流满面。

面对这位说不得、骂不得的师傅，胤礽："好了，好了，我记住了。柱儿呀！"

何柱儿闻声应道："奴才在。"

胤礽："今天就讲到这儿，你送师傅出去吧！"

王掞："太子……"

胤礽转身对愣着的何柱儿一跺脚："还不送师傅出去！"

何柱儿："嗻。王师傅，您请吧！"

王掞叹了口气，合上书本，颤颤巍巍地走了出去。

正在这时，胤禛走了进来，望着泪痕犹在、蹒跚离去的王掞，怔了一怔，转身对胤礽："二哥，王师傅怎么了？"

胤礽："还能怎么？皇阿玛见了我就骂，师傅呢，见了我就哭。还有人背着我向皇阿玛邀功。我这太子窝囊哪！"

胤禛一怔，说道："太子爷，我到户部清查账底，本为了给您提个醒，没想遇到那当口儿，箭在弦上，不得不发，可绝不是为了邀功！"

望着满脸凛然的胤禛，胤礽："老四，我不是说你，你何必多这个心。"

胤禛："是。"

胤礽瞟了一眼宫门，压低声音："老四，哥给你掏句心窝子里的话，当了三十多年的太子，落到见了皇阿玛就像老鼠见了猫，老八他们几个还时不时给我下药儿。我有时候想，还不如……"

胤禛闻言一惊，正色答道："请太子不要再说，臣也不要再听。"

胤礽："好，我不说了，我不说了。老四啊，你到这儿来是不是想让我跟皇阿玛说派你到江南筹款赈灾的差事啊？"

胤禛："二哥，您说，这差事我不去还有谁愿意去？"

胤礽："是呀，你不去，还真没人愿去呢。就说这筹款吧，两百多万两银子向谁要去？就算筹到了还不得罪一大帮人？筹不到呢，差事就办砸了。老四，怎么说你也是我的人，没把握就千万别去顶这个缸！"

胤禛不禁激动起来："太子，千里泽国，百万灾民，可直接关系到咱大清的江山社稷呀！身为皇子，臣愿为皇阿玛分忧，为太子分劳。苟利社稷，个人的荣辱得失臣弟在所不惜！"

胤礽："好吧。我同皇阿玛去说。"

13. 胤禩府内花厅

胤禟、胤䄉一面快步走了进来，一面大声嚷道："八哥，八哥，皇阿玛把筹款赈灾的差事派给老四了！"

胤禩站了起来，微微一笑，说道："坐吧。"

胤䄉："八哥，你这本书我真看不懂了。老四背着你到户部挖你的墙脚，你不吭声儿；他如今又抢了个钦差大臣的差使，你还是不吭声儿。你怎么就这么好的脾性呢？"

胤禩："话不是这样说。四哥虽然阴沉了点儿，可是做起事儿来还是肯卖命的。这一点我们都还得向他学呀！你们想想，几个省遭灾，上百万的灾民，一下子就要弄几百万两的银子，这差事儿好办吗？换上你们，你们愿意去？"

胤禵：“我才不去！”

胤禟拉长了声调：“我也不去。几百万两银子，你去筹，还得人家愿意给。我就不信老四他敢去抢！”

胤禩：“是呀，我也担心四哥这一去不会那么顺溜啊。你们说，他会从哪个道口筹款？”

胤禟、胤禵对视着想了一阵，胤禟突然站起，失惊地说道：“他该不会去扬州找盐商吧！”

胤禵大声接道：“没错！九哥，老四这是瞅准了你的小金库了！”

胤禟：“操！想掏咱哥儿们的钱，替他邀功，没门！八哥，你看我是不是给任伯安写封信去？”

胤禩沉吟了一会儿，说道：“算了。上百万的灾民，还是以大局为重吧！再说，江南那么大，四哥也未必非得挑你的门人下手。”

胤禟：“他要真是去扬州找盐商呢？”

胤禩不再说话，微微地闭上了眼睛。

14. 养心殿

康熙望着跪在地上前来陛辞的胤禛，徐徐问道：“胤禛，知道朕为什么派你去赈灾吗？”

胤禛始一愣，继而答道：“因为儿臣在康熙四十三年办过赈灾的差使。皇阿玛，儿臣举荐十三阿哥胤祥随同前往，请皇阿玛恩准。”

康熙默然片刻，问道：“为什么？”

胤禛：“康熙四十三年，胤祥曾和儿臣一道办理赈灾，做事勤勉，忠心可嘉。”

康熙踌躇了片刻，勉强答道：“好吧。就让胤祥随你一同前往。”

胤禛大声应道：“是！”

康熙：“你这一向还在念佛吗？”

胤禛：“每月的初一、十五斋戒念佛。平日心绪烦扰的时候，念念《金刚经》和《普门品》。”

康熙：“嗯。”接着，把握在手里的佛珠举了起来：“带着它，时时记住，百万灾民在等着你救命。”

胤禛急忙上前双膝跪下，双手捧过佛珠。

佛珠的特写。

一阵木鱼声从远方传来，渐近渐响……

接着，像是无数人在呻吟，又像是诵经的声音，从远方传来，渐近渐响……

那串佛珠竟自己转动起来，渐转渐大，最后占据了整个画面……

15. 扬州城郊、城隍庙外，人市口

转动的佛珠化成了沉重滚动的牛车轱辘。

牛车上，一具一具灾民的死尸摞得像小山般高。

"啪！"又一具死尸被扔在"尸山"上面。

装满死尸的牛车沉重地滚动着碾去。

一辆空着的牛车又沉重地滚动着碾来。

随着抬尸人起伏的节奏，一具具尸首又渐渐越摞越高。

镜头摇开：车道两旁躺满了呻吟着的灾民。

"嘚嘚"的马蹄声传来，几名便服行装的汉子牵着马走近了——他们竟是风尘仆仆的胤禛、胤祥和几名侍从。

突然，他们听到了一阵撕心裂肺的女孩的哭声，一齐停住了脚步。

不远处的路旁，一个黄瘦的女孩正扑在一个死去的老人身上大声哭喊："不！不！别拉走我娘！别拉走我娘！"

站在旁边的几位抬尸的汉子停住了手一齐望着远远站着的一个官府差吏。

那差吏皱着眉头焦躁地说道："钦差大臣这几天就要到了，所有的尸首都要拉到火化场去化掉。"

远远望着的胤禛和胤祥不禁对视了一眼。

几个抬尸人又走近那老人的尸首。

那女孩死死地抱住老人的尸首不肯离开。

不远处，躺着、坐着的灾民们纷纷投来漠然的目光。

一名老年抬尸人对那女孩温言说道："孩子，难得你有这一片孝心，既然不愿你娘被一把火烧了，就到那边去——"说着一指。

手指处，一溜儿摞着几具木板钉成的盒子似的"棺材"。旁边两名人牙子一端一个手里握着绳头。长绳上绕手臂绑着的七八个小女孩正一排儿坐在地上呜呜地揩眼泪。

"卖了自身，既能葬你娘，又能给自己找个吃饭的地方。怎么样？"

那女孩惶急地哽咽着说道："人家说了，那儿是买去做妓女的，我不能去！我不能去！我的两个同乡去给我娘讨钱买棺木去了。大伯、大叔行行好，先别把我娘拉走。我这

给您磕头了。"说着，就把头在地上磕得嘭嘭直响。

那差吏喝道："哪有那么多废话！抬走！"

几个抬尸人应声提起老人的尸首就要往牛车上扔。

那女孩尖哭着扑上前去拉住老人："你们别拉我娘，我愿意卖了自己！我愿意卖了自己！"

抬尸人闻言又放下了老人的尸首。

那差吏见状向远处喊道："王三发！这有个愿意卖身的！"

"棺材"旁的一名人牙子闻声走了过来，一把端起那女孩的下巴，眯细着眼睛打量着那女孩的面孔，点了点头，又说道："张开嘴，让爷看看牙口。"

女孩抽泣着张开了嘴，露出两排整齐的牙齿。

那人牙子满意地点了点头，从腰间的褡裢中掏出一把铜钱塞在一个抬尸人的手里，说道："成了，抬棺材去吧。"说完拉起那女孩就走。

远处，眼中冒火的胤祥扔掉马缰就要向前。

突然，一只大手拦住了他。

另一只手不断转动着佛珠的胤禛一面向胤祥摇了摇头，一面轻轻地叹了口气。

16. 人市口尽头的一个小镇口旁

这里是难民营与当地居民相隔禁地的边沿。

一声声惊天动地的哭喊声吸引了不少当地人围观。

胤禛一行也被这哭声吸引，牵着马走近人围。

人围中，一领破席盖着一具尚未成年的少年尸首。

破席一端露出那少年干瘦的小脚。

一个乌眉灶眼的孩子跪在尸首旁嚎天吼地哭喊："大爷们哪！买下我吧！买下我吧！我得卖几个钱葬了我哥呀！我哥死得惨哪！他讨来的残汤剩饭都让我吃了，他是为了我活活饿死的呀！"

这时，已有些人朝这少年面前扔铜板。

那孩子不停地叩头："你老积善有福呀！生下儿子个个点状元，生下女儿人人封诰命哪！你老人家后人红顶子用车装，凤冠霞帔用船运哪！"

人围中有人笑出声来："这小子花嘴不要钱，出这么多红顶子、凤冠霞帔，谁来养活他们哪？"

那孩子接口哭应："我来养哪，谁教他们都是儿子和女儿呀，我做牛做马，拼死累活

12

都来养你老人家的红顶子和凤冠霞帔呀！"

就连"一笑黄河清"的胤禛也不禁破颜莞尔，突然，他的眉峰一耸。

胤禛发现，那"尸首"露在席外的脚趾头微微动了动。

胤禛心里明白，却不点破，只是对身旁的胤祥点了点。

胤祥朝身旁的侍从使了个眼神。

那侍从会意，掏出一颗碎银扔在那孩子面前。

那孩子眼睛一亮，哭声立止，急忙拾起碎银，扫拢铜钱，装入袋中。然后将破席一掀，叫道："坎儿，快起来谢爷们的赏！"

破席下的"尸首"一个鲤鱼打挺跳了起来，同那孩子一道跪在地上叩了个响头，齐道："谢爷们的赏！"

然后，两人一溜烟钻出人围，飞跑而去。

胤禛："能叫咱们上当，这孩子定有出息！"

就在此时，一阵马蹄声杂沓而来。

一个壮硕精干的汉子领着几名随从驰马奔来。

那汉子远远地瞧着胤禛一行，就忙不迭滚鞍下马，把缰绳一扔，快步走向胤禛和胤祥。

那汉子奔至胤禛胤祥面前，干练地刷下马蹄袖，撩起衣摆，双膝跪地："奴才年羹尧叩见四爷、十三爷！"

胤禛脸上飞快地掠过一丝欣慰，旋又凝肃地说："起来吧。"

年羹尧："是。"

胤祥笑了："年羹尧，好你个小子，怎么知道我们会从这一路来？"

年羹尧也笑了："奴才跟着四爷这么多年，能不知道主子的心思吗？我料定，第一，主子必定从黄泛区这条道来；第二，必定微服简从，因此，奴才也没穿官服，带着人在这里候了两天了。"

胤禛一边走，一边问道："我的信收到了吗？"

年羹尧："回主子，早就收到了。主子要请的那个人，奴才也已经安顿好了。"

胤禛满意地点了点头，又问道："怎么样？在杭州将军手下当参将还顺心吧？"

年羹尧："回主子的话，奴才无论在哪儿也没有跟着主子'顺心'哪！"

胤祥显然已抓住了这一对主奴的脉跳，不失时机地打趣道："好一个奴才，真会顺着主子的杆儿爬。怎么？想跟我们回京呀？"

胤祥说着，偷偷给年羹尧递了一个眼色。

年羹尧会意，抓住机会说道："诚所愿也，不敢请耳。"

胤禛："好吧。这一向先跟着我和十三爷办理筹款赈灾的差使，办完了，咱们一块儿回北京。"

年羹尧一喜，抢步上前，向胤禛和胤祥请了一个十分边式的安："谢四爷！谢十三爷！"

说着，胤禛一行已走到小镇的另一头。突然，他们发现刚才诈死骗钱的两个小孩正猴急鬼跳地同牵着一群女孩的那个叫王三发的人牙子争吵。

那人牙子把两个小孩交给他的一把铜钱和那颗碎银子在手里掂了掂，冷笑着说道："这么点钱就想赎一个大姑娘，做你娘的梦去吧！"说着，把钱往地上一扔。

刚才卖身葬母的那女孩见状伤心地大哭起来。

装死尸的那男孩一面忙着在地上捡钱，一面说道："翠儿，你别哭，你别哭，我和狗儿一定会救你的。"

狗儿却一跳一个高冲着那人牙子嚷嚷："我操你妈天打雷劈的人牙子，几块薄木板就换人家一个大姑娘，逼良为娼，你不得好死！"

那人牙子大怒，举手朝狗儿扇去："你这狗娘养的……"

那狗儿何其机敏，一闪闪开，继续骂道："你这狗娘养的。有本事你松开绳子和小爷大战三百回合！"

那人牙子虽恼，却也担心松开绳子上了那狗儿的当，当即狠狠地吐了一口痰，牵着那群女孩走去。

那狗儿怎肯罢休？向坎儿使了个眼色，便要溜上前去偷解绳索。

那人牙子被撩得七窍生烟，扔下绳头便向狗儿扑去。

站在一旁观看的胤禛向年羹尧说道："亮工，去，帮帮这两个小孩，放了那群姑娘！"

年羹尧："是！"当即大踏步走向前去。

那人牙子正一把揪住狗儿的后领，扬手便要打去。

突然，一只大手捏住了人牙子扬起的手腕。

那人牙子顿时痛得龇牙咧嘴："你他……"

年羹尧手上加劲一扳，那人牙子蹲了下去。

年羹尧："光天化日，竟敢逼良为娼！快把这群女孩都放了！"

那人牙子："你、你先松开手……"

年羹尧松手时顺势一推，那人牙子滚倒在地，接着挣扎着爬起嚷道："好！你打得好！你管得好！你他妈知道这些女孩是谁买的吗？"

年羹尧："谁买的？说来听听。"

那人牙子："这是扬州府知府车铭车大人买了送给江南盐道任伯安任大人的家妓！有本事，你去放了她们！"

年羹尧闻言望了望胤禛、胤祥。

胤禛、胤祥走了过来。

胤禛望着那人牙子："你刚才说这些女孩是车铭买了送给任伯安的家妓？"

那人牙子："怎么？不相信？有种的随我到扬州府衙门去一趟？"

胤禛："不错。我正要去扬州府衙门。"说着，转身吩咐年羹尧："把这人牙子和女孩们都带上。走！"

年羹尧："嗻！来呀，拿下这人牙子，带上这群女孩。"

众随从齐声暴应，上前抓起王三发，牵起绳头。

狗儿、坎儿见状走上前去，拦住年羹尧。

狗儿："不行，你们不能把翠儿带走！"

年羹尧："带不带她走，我做不了主。你得去问那位大爷。"说着，一指胤禛。

狗儿循着手势望去，不禁一愣，低声对坎儿说："他们就是给我们银子的人，看样子不是坏人。我们去求求他。"

说完，狗儿拉着坎儿跑到胤禛面前，双双跪下："老爷，你老救人救到底，我们三个人是一同逃难出来的，我们不能撇下翠儿一个人不管。你老放了她，生下儿子个个点状元……"

"生下女儿人人封诰命。是吗？"胤禛飞快地接过话茬。

狗儿被点破，有些尴尬，正想再说，胤禛却把脸一沉，对年羹尧说道："一同带走！"说完，和胤祥大步走去。

17. 扬州城外接官亭

烈日如火。

任伯安、车铭等扬州官员顶戴袍服，伫立在接官亭内，焦躁地望着通往远处的驿道。

汗水顺着他们的脸颊不住地流淌。

肃立在亭外的仪仗被烈日烤得蔫巴巴的，差吏们更是汗流满面、愁眉苦脸。

伫立在任伯安身后的车铭上前一步，在任伯安的耳边轻声说道："任大人，据下官看钦差大人今天不会来了。咱们是不是……"

任伯安目光仍然盯着远处的驿道，答道："不，再等一等。"

就在这时，一个书吏带着两个衙役气喘吁吁地跑来："大人！大人！"

车铭见状急忙迎了上来："什么事？这么慌张？"

那书吏："钦、钦差大臣已经到了。正、正在大堂等着大人们呢！"

众人闻言皆惊。

车铭："快！快！备轿！备轿！"

仪仗、轿马乱作一团。

18. 钦差行辕大堂

已经换上四团龙服的胤禛、胤祥在大堂中央一正一偏，高坐堂皇。

驻衙扬州的大小官员跪拜如仪，然后一一起身，依次递上手本。

年羹尧接过手本，呈与胤禛。

收到其中一个手本，胤禛停了下来，望着眼前这位体态丰腴的蓝顶官员："你就是江南巡盐道任伯安？"

任伯安："回四贝勒爷，下官就是任伯安。"

胤禛："看着你有些面熟呀。"

任伯安："四贝勒明达，下官曾在吏部衙门供职。"

胤禛微微向后一靠，意味深长地："哦……如此说来，你也是久食朝廷俸禄的人了。此次，本贝勒和十三贝子奉皇上圣命，到扬州筹款购粮，赈济灾民。还要仰仗你和诸位上体圣心，下解民困，同心同德，多多协助。"

众官员："愿为四贝勒和十三贝子效劳！"

胤禛："这话我不爱听！你们做的都是朝廷的官，心里只能有朝廷，而不应攀援私门，暗存党见！但凡时时处处以朝廷大局为念，就能存心公正，处事清明，这官也就做得好，顶戴也就戴得安稳！任伯安，我说得可对？"

任伯安一怔，旋即答道："四贝勒训诲乃是至公至正之理，谁敢说不对？"

胤禛："敢不敢说是一回事，愿不愿做又是另外一回事。可是，我有言在先，但有口是心非、阳奉阴违之人，本贝勒可有先斩后奏之权！"

众官员闻言皆是一惊。

胤禛换了另一种语气，和缓地说道："当然，只要实心为朝廷做事，我也决不吝为国举贤。车铭！"

扬州知府车铭立刻走出班列，应声："下官在。"

胤禛："你治下的扬州知县田文镜为什么没来？"

车铭暗暗吃惊，回道："田文镜因处事操切，治县无方，已被停职待参。"

胤禛："可据我所知，田文镜在任三年，年年的赋税钱粮都是道府第一，处治诉讼刑狱也还公正干练。你怎么给了他一个'治县无方'的考语？"

车铭："回四贝勒，田文镜在任三年，虽也不无劳绩，可处事偏颇，怨声沸扬。"

胤禛："哦？我倒想听听是些什么'怨声'。"

车铭："民间传言，田文镜判官司，不问有理无理，只看有钱无钱。"

胤禛："如此说来，他是贪官？"

车铭有些尴尬："这……倒也不是。"

胤禛："好吧，我替你说了，田文镜判官司，是'有钱的输给无钱的，钱多的输给钱少的'。是吗？"

车铭嗫嚅着答道："有此一说。"

胤禛有些激动了："就凭此一说，田文镜也是个好官。他为什么不巴结有钱的，倒护着无钱的？这说明他不贪，不贪才能不袒，不袒才能不枉。不枉法，不徇私，这样的官倒被停职待参，殊不可解！车铭，田文镜是不是有什么和你过不去的地方？"

车铭："贝勒爷，下官如何不才，也不至于挟私报复。再说下官为官谨慎，也不怕他和我过不去。贝勒爷若是不信，扬州地方的同僚都在这里，贝勒爷可以问问他们。"

任伯安为首的众地方官员一齐揖道："车大人为官清正，与民秋毫无犯。下官等都是有目共睹，请贝勒爷明鉴！"

胤禛微微一笑："为官清正，与民无犯？看起来本贝勒还真得保举保举你呀！"说着，给胤祥使个眼色。

胤祥将公案一拍，大声喝道："带了上来！"

几名侍从应声将王三发和那群买为家妓的女孩带了上来。

车铭一见脸色大变。

那王三发扑地跪在地上喊道："小的该死！小的瞎了狗眼，不知道是钦差大人驾到。小的该死！小的该死！"

胤禛面带微笑，对车铭问道："车大人，这些女孩你还准备送给任大人吗？"

车铭扑地跪倒："不！不！下官立刻放她们回家！"

胤禛又微笑着转问任伯安："任大人，这些都是车大人准备送给你的。你愿意放她们回家吗？"

任伯安也连忙跪倒，答道："车大人干的这件事下官并不知情，请四贝勒明察。"

车铭连忙接言："此事任大人确不知情。"

胤禛："如此说来任大人也同意放这些女孩回家了？"

任伯安："此事既与下官无关，当然任凭贝勒爷发落。"

胤禛："那好。来呀。把这些女孩带到后堂去，每人给一两银子放她们回家。"

一名侍从应声把女孩们带了下去。

胤禛："车大人。"

车铭："下、下官在。"

胤禛："你既然如此慷慨，我也想向你借一样东西，不知可肯相赠？"

车铭："肯！肯！只要下官有的，贝勒爷但请开口……"

胤禛："好！我想借你的顶戴袍服！"

车铭大惊："这……这……"

胤禛："怎么了？你不肯？"

车铭回过神来："贝勒爷，这顶戴袍服乃是朝廷赐给下官的名器，岂、岂能言借……？"

胤禛："田文镜的顶戴袍服不是也让你借给人家穿了吗？你的顶戴袍服就借给田文镜穿穿又有何妨？"

车铭："贝勒爷……"

胤祥一拍公案，喝道："你到底借还是不借？"

车铭一颤，转过脸去用乞求的目光投向任伯安。

定格。

| 第二集　哀民生之多难 |

1. 扬州府大堂

胤祥一拍公案喝道："你到底是借还是不借？"

车铭一颤，转过脸去用乞求的目光投向任伯安。

任伯安却两眼望地，面无表情。

车铭知大势已去，哆嗦着取下顶戴。

一名侍从上前接过顶戴。

车铭又哆嗦着解开袍服的领扣脱下袍服。

另一名侍从上前接过袍服。

胤禛对车铭："好了，你到家里闲着去。"

车铭叩了个头，爬了起来丧魂落魄地走了出去。

胤禛："传田文镜！"

年羹尧："嗻！传田文镜！"

身穿布袍容颜憔悴的田文镜走了进来，向胤禛胤祥跪下："革员田文镜参见钦差大人！"

胤禛连忙站了起来。

胤祥也跟着站了起来。

胤禛走下公案，走近田文镜，说道："起来，起来，起来说话。"说着双手将田文镜搀起。

胤禛搀着田文镜上下打量，点了点头："你就是那个判官司'有钱的输给无钱的，钱多的输给钱少的'田文镜？"

19

田文镜一愣，只好答道："是。革员处事操切，因此开罪同僚，不容于士绅，才落下这般考语。"

胤禛："这考语好嘛！'损有余而补不足'，天之道嘛！田文镜，如果我重新起用你，你还敢不敢开罪同僚士绅，为百姓说话办事啊？"

田文镜双眉一轩，满脸刚毅之气，大声答道："苟利社稷，不过粉身碎骨罢了，何惧之有！"

胤禛："好！"说着把头一点。

胤祥从侍从手里拿过顶戴袍服走了过来。

胤禛："从现在起，本钦差就委任你署理扬州知府兼钦差行辕筹款购粮处会办，全权委托你办理筹款购粮事务。对了，城外的灾民每天饿死那么多人是怎么回事？你也得赶紧想办法。"

田文镜大声应道："是！"

2. 扬州府后堂

一阵橐橐的靴声。

袍服俨然的胤禛和臂抱顶戴不断擦汗的胤祥走了进来。

突然他们目光一定，止住了脚步。

后堂过道里，直挺挺地跪着狗儿、坎儿和翠儿。

胤禛："不是给你们银子放你们回家？怎么还跪在这儿不走？"

三人趴在地上叩了个响头。

狗儿："俺们商量过了，情愿留在这儿侍候二位大王！"

胤禛、胤祥目光一碰："大王？"

胤祥忍住笑："你们听谁说我们是大王？"

狗儿："从戏文里听来的。戏文里说了，皇上管大王，大王管百官，百官就管咱百姓。你们是皇上派来的，又管着官儿，所以我们猜你们八成是大王。"

胤禛、胤祥相对失笑。

胤禛："因此你们就想跟着我吗？"

狗儿："是。我们想跟着二位大王替天……那个行道，劫富……那个济贫。"

胤禛、胤祥再也忍耐不住，相对大笑。

3. 扬州府大堂

田文镜和任伯安已坐在胤禛、胤祥的位子上。

其他官员则分坐在大堂两厢。

田文镜办事果然"操切"，一朝权在手，便把令来行。他巡视了一遍那些都曾和他作对的同僚，说道："我知道，诸位对我这个署理知府兼钦差行辕的会办大多不以为然。但是，田某的为人诸位都知道。我是'茅坑里的石头，又臭又硬'！当扬州知县的时候，我就不怕得罪诸位！现在，我奉钦差四贝勒之命和诸位共商筹款购粮赈济灾民的大事。只望诸位实心实意把这件事办好了。要知道，田某头上这个顶戴是'借'来的，随时随地都准备着取下来！诸位有谁愿意拼着头上的顶戴不要，胆敢在这件差使上办事不力甚或阳奉阴违，田某奉陪到底！"

此言一出，除了任伯安双眼微闭，不露声色以外，其余众人都是一怔。

官员甲："田大人言重了。你我都是朝廷命官，当然应该实心实意为朝廷办事……"

田文镜："不错！李大人，请问，这扬州城外的灾民放赈一事是不是归你管哪？"

官员甲："是。"

田文镜："那为什么到眼下为止还只设了一个粥厂？成千上万的灾民，就一个粥厂，照见人影的稀粥，十个人都轮不到一瓢。你看没看见，这城外每天都有上百号的灾民饿死？你这也是实心实意为朝廷办事吗！"

官员甲一愣，接着答道："车铭车大人说过，他们都是河南山东来的，不归我扬州地方官管理，如果我们这儿施的粥多了，流散在邻近府县的灾民就会全都往这儿涌。我们受不了。因此……"

"因此就眼睁睁地看着灾民饿死？！"田文镜道，"从明天起，限你增设五个粥厂，凡灾民每日每天不得少于两瓢上筷粥。病死的在外，要再饿死了一个人，唯你是问！"

那官员甲："明天…是不是太急了？"

田文镜："就是明天！你现在就去办理。"

那官员甲虽满腹怨毒又无可奈何："是……"答完，站起身悻悻离去。

田文镜又扫视了一眼其他各县官员，说道："诸位也即刻各回本县。第一，十天以内各县筹粮一千石押交府库大仓。第二，同时办理平价购粮，每县不得少于五千石！"

众官员面面相觑。

一官员："田，田大人，这一千石捐粮，我，我们尽力去办。可那五千石粮食的购买款项从、从哪里出呀？"

众官员："是呀。"

田文镜："这个当然只有仰仗任大人了。"

任伯安倏地将两眼一睁，直瞪瞪逼视田文镜。

田文镜："谁不知道咱们扬州盐商肥得放个屁都油裤裆呀。任大人，您是盐道，由您出面向盐商们筹个一两百万两银子，想必没有什么难处吧？"

任伯安淡淡一笑："盐商们是有钱。可他们的钱要交盐课国税。至于有没有钱捐灾，本官可以问问他们。"说罢徐徐站起，扬长而去。

众官员见状皆面露幸灾乐祸之色。

田文镜气得怔在当场。

4. 扬州府后堂

田文镜大声责问一名府衙差吏："钦差大人呢？四贝勒和十三贝子哪儿去了？！"

那差吏："回、回大人，钦差大人留下话来，说他们住在这里有碍大人办理公务。说完，就从后院走了。"

田文镜："搬到哪儿去了？！"

那差吏："钦差大人没、没说，小人也没、没问……"

田文镜一跺脚："嗨！快去打听！"

那差吏："是。"

5. 年羹尧私宅的前厅

都已换上半新僮婢衣服的狗儿、坎儿和翠儿正站成一行，听胤祥训话。

已换穿白绸短衣大裤的胤祥绕着这三个自愿投效的僮婢，一边踱步，一边说道："我呢在北京的宅子小，装不下你们；四爷在北京的府第大，你们今后就都跟着四爷。四爷是你们的主子，你们就都是四爷的奴才。知道奴才应该怎么对待主子吗？"

坎儿："听话呗。"

胤祥："还有呢？"

狗儿："忠心耿耿！"

胤祥："对了。光听话不够，最要紧的就是忠诚。不能在主子面前说谎，更不能出卖主子。都记住了？"

三人："记住了。"

胤祥坐下来："还有，你们的名字私底下叫叫还可以，但是上不了台盘。都过来，让十三爷给你们取个大号。"

三人高兴地拥上前去。

胤祥："不用急，一个一个来。哎，狗儿，你姓什么？"

狗儿："我姓李。"

胤祥："姓李，名狗儿……狗儿是干什么的？不就是看家护院，卫着主人的吗？有了，你就叫李卫吧！"

狗儿："李卫？是！"

胤祥："坎儿，你姓什么？"

坎儿："我姓高。"

胤祥："坎儿很高，这是有福嘛。你就叫高福。"

坎儿狠狠地点了点头。

翠儿："我呢？"

胤祥："你嘛……花儿？朵儿？都不好，还是叫翠儿吧。"

6. 年宅后院

年羹尧斜签着身子领着胤禛穿过一条碎石面小径。

二人行至一幢幽静的小屋前站住。

年羹尧低声禀道："主子，到了。他就在里面。"

胤禛点了点头，走到门边，方欲推开半掩着的门。

突然，里面传来一个大姑娘的声音："邬先生，您也太不听话了！"

胤禛缩回正欲推门的手，循声望去。

虚掩的门隙中：

一根拐杖斜倚在一张木榻边。

木榻上正襟危坐着一个身穿蓝布长衫的清癯中年先生。

一个拖着长辫的姑娘正蹲在那中年先生的脚前脱鞋解袜。

那姑娘一面将那先生的脚捧起放进热气腾腾的水盆，一边说道："大夫说了，您的腿是因为在大牢里待久了，受了湿气，才弄成这样。必得每天两次用药汤泡洗。别动！"

那姑娘在那先生的脚上拍了一掌。

那先生倏地睁了一下眼，又闭上，然后顺从地将脚放进水盆。

门外，胤禛嘴角掠过一丝笑纹，接着悄然转身，向来路走去。

年羹尧紧紧跟在胤禛身后。

胤禛边走边问："他到你这儿以后就一直这样不声不吭吗？"

年羹尧："是。"

胤禛："那女孩是谁？倒还挺泼辣的。"

年羹尧笑了："主子认不出了？她就是奴才的妹子秋月呀。"

"哦？"胤禛略一停步，"她就是秋月？几年不见倒出落成大姑娘了。"说着又走，"你怎么想到让自己的妹子伺候他呀？"

年羹尧："回主子的话，主子的信里说了，请这位邬先生给少主子当老师的事不要张扬出去，因此奴才从大牢里接他出来以后，就叫秋月亲自照料。再说，这邬先生既然是主子请的西席，自然也就是奴才们的半个主子，秋月伺候他也是该当的。不过……"

"不过什么？"

"不过这人的脾气太过古怪，虽说有些才名，但若性情不好只怕也难以充任少主子们的先生。请主子忖度。"

胤禛微微一笑："他若是性情太好，我还不请呢。"

年羹尧一愣，又忙跟上胤禛问道："主子准备什么时候跟他见面？"

胤禛："在这里就不见了。你安排一下，把他送到北京我的府上去，等我办完了差事到北京见面。对了，让秋月一路伺候着他。"

7. 年宅书房

胤禛和胤祥坐在榻上弈棋。

胤禛虽着便服却仍正襟危坐。

胤祥却赤膊着上身，将一条油光黑亮的辫子盘在头上，一手紧摇大蒲扇，另一只手伸进棋钵内不断搓弄着棋子。

胤祥啪地布上了一子，说道："我说四哥，咱们把筹款购粮的事都推给了田文镜，然后一声不吭地猫在这儿，是不是太玄乎点儿了？"

胤禛从容不迫地应手布了一子，答道："几百万两银子，几万石粮食，不玄乎点能弄来吗？"

这时，一名便服侍从匆匆走了进来，请了个安："参见四爷、十三爷，奴才在城外绕了一圈，新增的粥厂都开赈施粥了。灾民们都齐声儿说钦差大人是救命菩萨呢！"

胤禛脸上掠过一丝得意之色。

胤祥则大声赞道："好！看不出狗日的田文镜还真有一手儿！"一高兴，从身旁的小褡裢里掏出一枚金瓜子向那侍从一扔："赏你的，继续探事去！"

那侍从拾起金瓜子："嗻！"退了出去。

胤祥复掏出一子，正欲布下，突然想起："哎四哥。这扬州府增设粥厂每日两瓢的事传了开去，那四处的灾民还不都往这儿涌？"

胤禛："没错！我就是要灾民都到这儿来！灾民多了，那些盐商富绅们害怕了，才肯掏银子！"说完轻轻地将一子布下。

8. 扬州府大堂

田文镜和任伯安仍然分坐在大堂公案前。

坐在大堂两厢的都是扬州的盐商。

田文镜："今天请诸位来，为的什么，想必都已知道。黄河发了大水，皇上派钦差四贝勒、十三贝子千里迢迢到我们扬州来筹款赈灾，一来是因为我们扬州富庶，二来也是念在诸位乐善好施，一定能慷慨解囊，为朝廷分忧，替自己积福。"说到这里，田文镜拿起公案上的"乐输簿"："这是乐输簿，请诸位在上面签数认捐吧。"

说完，田文镜将簿子摊开，摆在案上。

众盐商却如铜浇铁铸般一动不动。

田文镜的脸色阴沉下来。

任伯安仍是那副悠然的神态。

田文镜的脸越拉越长。

众盐商仍是"死猪不怕开水烫"的神态，一动不动。

田文镜"呼"地站起，正欲发作。

任伯安开口了："好了。诸位，按理说呢，河南、山东遭灾，是不干我们扬州的事的。可现在不同了，朝廷派了一位贝勒、一位贝子到咱们这儿来募捐，冲着朝廷和两位钦差王爷的金面，我们都得认个数儿。当然啦，乐输，乐输，还得各位心里情愿，该捐多少，田大人不会强迫诸位，我更不会强迫诸位。这样吧，我带个头，捐献本官一年的俸禄银子——一百八十两！"

此言一出，田文镜气得面孔煞白！

众盐商则如同按动了开关，一齐活跃起来。

盐商甲："任大人忧国忧民，堪称我辈表率。不过我们水再大，也漫不过任大人头上去。我认捐——一百七十九两！"

盐商乙："我也认捐一百七十九两！"

盐商丙："我也一样！"

任伯安带头在乐输簿上签字。

众盐商纷纷签字。

田文镜气得抓起公案上的砚池向地上狠狠一摔！

那砚池砸落在地，墨汁四溅，几个盐商被溅得满脸满身。

田文镜背转身愤愤而去。

众盐商面面相觑，脸上有墨的、无墨的都一齐将目光投向任伯安。

任伯安："嘿！仗着一个四爷就越发上脸了！怕什么？我们还是八爷、九爷的人呢。"

盐商甲："是呀，我们的钱还得上交九爷呢……"

任伯安低声喝止："住口！"

盐商甲惊觉，连忙住口。

任伯安："诸位难得一聚。今儿晚上，老地方，我摆酒替诸位压惊。"

众人会意，不住点头。

9. 翠红院大门

鸨母领着众妓女满脸媚笑候在门边。

一乘乘华丽的大轿喧赫而来。

仆从们掀开轿帘，盐商们一个个从轿中钻了出来。

众妓女一声欢呼，纷纷奔向自己的相好。

10. 翠红院内

姐们各自为自己相好的盐商宽衣，珠围翠绕，莺声聒耳。

盐商们一边和姐们调笑，一边嚷道：

"太热！"

"搬冰！"

"快！"

门外，随从们纷纷从众盐商停在天井内的轿座下捧出装在镂花紫檀木盒青花柴窑瓷胆内的冰块，小跑着各奔自己的主人。

盐商们都已落座。

随从们各将冰盒放在盐商们的椅下，然后挥扇疾扇。

冰盒内冒出*一丝丝白气*。

众姐们捧着珐琅面盆，各奔自己相好的盐商：

"爷擦脸！"

盐商们各从自己面前的盆子里拿起浸泡在漂着花瓣的香水里的毛巾擦脸。

擦毕，众盐商各从袖筒中抽出一张银票。

姐们的眼睛都亮了：

银票上印着足平纹银壹佰两！

一些盐商将银票搭在面盆边沿。

盐商甲最为无聊，先将银票在跟前的姐儿眼前照了一照，然后伸出舌头在银票一端蘸上一口水啪地贴在那姐儿的脸上。

众姐们一声惊呼！

那姐儿脸上贴着的银票上赫然印着：

——足平纹银伍佰两！

11. 扬州府后堂

田文镜肝火大发，对几名差役叱道："都是蠢材！你们平日包办官司，勒索钱财怎么那样厉害？这么多人连钦差大人的去向都打听不到！年参将在扬州的府第去问过了吗？"

一差役："回大人，问过了。他府上的人说，年参将这一向也没回去过，更没见到什么钦差大人。"

田文镜急得绕室彷徨。

12. 翠红院大花厅

众盐商纷纷离座，抱揖齐对门首。

青衣小帽的任伯安，慢摇折扇，踱了进来。

众盐商拱揖到地："小的们参见大人！"

任伯安笑容可掬："不必，不必。一进此门，便是花友。诸位不必拘礼，来，都坐，都坐。"

众盐商坐了下来。

一名妓女靠近任伯安，一只手挽着他的颈肩，另一只手轻摇檀扇。

任伯安轻轻拍了拍那妓女的手背，对鸨母说道："刘妈妈，我和众位大爷先要商量个事，你带姐儿们都出去。到时候，叫你们来，你们再来。"

鸨母："使得，使得。姐儿们，都先回房去，打点精神，待会儿好陪众位老爷乐子！"

众姐儿故作不舍地离去。

任伯安又叫住鸨母："刘妈妈，这儿没有外人了吧？"

鸨母：“没有，没有。今天是‘包院’。其他的客人都挂了‘免战牌’了。”

任伯安：“好，你也去吧。”

鸨母应声退出。

任伯安：“诸位。”

众盐商一齐把头凑了过去。

任伯安低声说道：“上交九爷的钱都准备好了吗？”

众盐商：“早已齐备。”

任伯安：“记住，我们后面有九爷，还有八爷，捐款赈灾的事让田文镜折腾去，不要理他。”

13. 扬州府后堂

一名差役高举一封书信跑了进来：“大人，有了！有了！钦差大人派人送信来了！”

田文镜一震：“哦？”急忙上前，接过书信，撕开封口，展看。

胤禛的画外音：“你的差事办得不错。灾民们都有粥喝了，扬州城外再没饿死人了，这是最大的德政。盐商们的钱讨着了吗？河南、山东还有无数灾民等着这笔钱去救命哩！如果你一个人讨不到钱，何妨多叫些人去讨？”

田文镜眼一亮。

14. 盐商甲的大门口

两个扬州府差役正踩着梯子将两只大红灯笼挂到门梁上。

一只灯笼上写道：“乐善好施。”

另一只灯笼上写着：“有求必应。”

盐商甲家的管事：“二位差爷，这、这是干什么？”

一差役：“你们家老爷乐善好施，这是我们扬州府田大人特命奖赏的。记住，没有扬州府的许可，不许放下来！”

15. 扬州城门外

挤满了等候进城的灾民。

田文镜站在一只高台上，大声训示：“从今日起，本府特许放你们进城乞讨。但要记住，只准向挂有‘乐善好施’灯笼的人家去讨。不得骚扰小户百姓！”

众灾民齐声吼应：“是！”

田文镜："开城门！"

城门徐徐洞开。

众灾民欢声雷动，蜂拥而入。

16. 盐商甲的大门外

一群灾民望着高悬的灯笼，一齐拥来。

"善人哪！行行好施舍一点给俺们吧！"

"您积善行德必有好报哇！"

"……"

17. 盐商甲宅邸前院

大门外的嘈杂人声一阵一阵传来。

盐商甲一边系着领口，一边张着惺忪的睡眼边走边问："怎么回事？"

管事："扬州府在我们家大门口挂了两只大灯笼，灾民们都上我们家乞讨来了。"

盐商甲大惊："啊！"

18. 盐商乙宅邸大门外

两个差役将两只大灯笼挂上。

一群灾民呼喊着拥来。

盐商乙家的管事、家仆吓得慌忙退进门去。

大门啪地关上。

众灾民不住地敲门。

19. 任府花厅

众盐商一个个愁眉苦脸地聚坐着等候任伯安接见。

20. 任府书房

任伯安写完最后一个字，将笔一掷，封好信口。

任伯安："来呀！"

一名箭衣紧装的心腹随从走了进来。

仕伯安："你带上这封信即刻进京。换马不换人，限三日内送到九爷手里！"

那随从双手接信："是！"

21. 年宅书房

胤禛和胤祥仍在下棋。

年羹尧走了进来。

胤禛："情形怎样了，说吧。"

年羹尧："回主子，各盐商家都挤满了灾民。奴才担心会不会闹出事儿来。"

胤禛一警："这倒不得不防。亮工，你从营里多调些人来，加强巡逻。记住，只要不抢劫，不杀人，不放火，就不要干预。让灾民们再闹闹。"

年羹尧："嗻。"

年羹尧退了出去。

一名从北京跟来的侍从身着便服又走了进来。

那侍从："禀四爷、十三爷，任伯安家后院果然派出一个人，快马朝北京方向驰去了。"

胤祥一惊："为什么不截住？！"

那侍从望着胤禛："这……"

胤禛："是我叫他们不要截。"

胤祥："为什么？"

胤禛："为了两百万两救灾的银子！"说着，顺手拿起胤祥身边的褡裢，掏出一枚金瓜子，扔给那侍从："赏你的，去吧。"

那侍从捡起金瓜子叩了个头，退了出去。

胤祥似乎这时才警醒过来，连忙说道："四哥，你好大方，那金瓜子可是我的！"

胤禛捏着一枚白子下在棋盘上，说道："你看，这颗子一下，不就是我的了？"

胤祥低头一看，顿时傻了眼。

22. 北京·胤禩府书房

胤禩正在濡墨作画。

胤禟把任伯安的信啪地摊在胤禩面前："八哥，你看，老四他们在扬州动手了！"

胤禩头也未抬，只瞄了一眼那张展开的信笺，接着轻轻地将那信笺推开，继续作画。

胤禟拿起信笺，嚷道："咱们该怎么办？你说句话呀！"

胤禩一边作画，一边说道："一边要钱，一边又不给，我能有什么办法？"

胤禟："可老四他们煽动灾民进城了。一天到晚围着盐商们的宅子。任伯安说，看样子盐商们的家迟早会被灾民抢了！"

胤祀："老九呀老九，你是事一关己便方寸大乱啰。你想想，盐商的钱都给灾民抢了，四哥拿什么去修河堤？又拿什么去放赈？再说，坐着两个钦差在扬州，居然发生了灾民暴乱的事，四哥他们的差事不全办砸了吗？"

胤禟恍然大悟，一拍脑门："对！还是八哥见事明白。我这就给任伯安回信，叫他按兵不动，急死他们！"

23. 扬州·盐商甲宅第大门

众灾民一齐敲着破碗破钵，齐声高喊："乐善好施！有求必应！乐善好施！有求必应！……"

墙头上伸出一节梯子。

管事的头伸了出来："你们有完没完？上午施了一次粥了，怎么又来闹！"

一灾民："田大人说了，你们家老爷揩屁股用的都是银票，施舍一点给我们就这样不肯？"

众灾民又哄闹起来。

管事吓得从梯子上滑下。

24. 任伯安府花厅

众盐商一个个红着眼睛，坐立不安地看着任伯安。

任伯安："都不要急，就在今晚，九爷的信就会到了。"

25. 扬州城外驿道

月色朦胧。

蜿蜒的驿道旁黑黝黝地团着一束束灌木。

一阵急促的马蹄声从夜空中传来。

一骑马影渐驰渐近。

突然，那马一个趔趄。

一根骤然蹦直的绊马绳将马绊倒。

马上那人被掀翻在地。

道旁立刻跳出几个大汉将那人按倒。

26. 年宅书房

胤禛从身穿夜行装的侍从手里接过那封信。

那侍从退了出去。

胤禛看罢信，脸色出奇地阴沉："好一招'按兵不动'！老九和老八看样子是要把咱们哥儿俩撂在这儿回不了北京了！"

胤祥急忙拿过信展看："嘿！难怪八哥、九哥平时出手那么阔绰，原来盐商们每年要向他们缴这么多银子！可他们要真的按兵不动，我们怎么办？"

胤禛："有了这封信，我不信他任伯安敢不就范！来呀。"

一侍从应声进门："在！"

胤禛："拿我的手谕，通知任伯安任大人、田文镜田大人，还有扬州所有的盐商，明天上午巳时在城外城隍庙会集，我要请客！"

那侍从："嗻！"

27. 城隍庙前

在年羹尧的指挥下，几队营兵持刀提枪，各奔岗位。

门前墙下一时站满了营兵。

无数难民远远地拥挤着观望。

低沉的锣声中，一溜长轿逶迤而来。

28. 城隍庙内

怒目威严的城隍神像前端坐着神情严肃的胤禛。

胤禛身旁肃立着神情凛然的田文镜。

胤祥却身着箭衣、腰悬长剑，在庙殿中安闲地来回踱步。

任伯安领着众盐商从庙门前惴惴不安地向庙殿走来。

走进庙殿，任伯安领众盐商跪下。

任伯安："卑职任伯安率属下盐民拜见四贝勒、十三贝子。"

胤禛凝神端坐，一言不发。

胤祥却满脸堆笑，大声调侃："财神到，天下笑。都起来吧！"

任伯安领众盐商叩头站起。

胤祥："坐，都请坐呀。"

任伯安和众盐商四顾寻座，却见庙殿上空空如也，并无一椅一凳。

胤祥："怎么？这地上不能坐？"见众人面呈难色，胤祥又道，"诸位难道没有看到庙外的灾民？他们可是连觉都在地上睡呢。任大人，你是表率，带个头吧。"

任伯安无奈，只得带头坐在地上。

众盐商苦目蹙眉，只得在两边的地上坐下。

胤禛开口了："今天请大家来，本为备一点酒宴请请各位，以酬答各位的捐款功德呀！"说着，从面前案桌上拿起那本乐输簿子扬了扬，又重重地摔下，"无奈本钦差带的一点钱都赈济灾民用了，因此，今天的酒宴菲薄，还请各位体谅。"

等胤禛说完，胤祥大声喊道："来呀，酒菜伺候！"

两名戈什哈应声各捧着一大一小两摞空碗走上。

两名戈什哈分别在任伯安和众盐商面前摆上一只大碗、一只小碗，又在各人面前摆上一双竹筷。

胤祥从案桌上拿起一把酒壶，从任伯安开始，倾壶斟酒。

任伯安连忙捧起面前的小碗："贝子斟酒，岂敢，岂敢。"

胤祥："捐款有功，应该，应该。"

——但只见壶倾，不见酒出；胤祥却仿佛不知，一一向捧碗惶然的盐商们斟酒。

众盐商捧着空碗，面面相觑。

胤祥："酒不好，大家好歹喝一点！"说着，将酒壶举了举。

众盐商一齐注目任伯安。

胤祥也把目光投向任伯安。

任伯安无奈，只好把空碗凑到嘴边啜了一啜。

众盐商纷纷把空碗凑到嘴边做饮酒状。

胤祥："怎么样？这酒还好吧？"

众盐商：

"好……好……"

"还好……还好……"

胤祥："来，动箸，吃一点儿菜！"

以任伯安为首，众人无可奈何地拿起筷子朝另一只大空碗里做夹菜状。

29. 庙门前

众难民已忘记了害怕，纷纷拥进庙门，朝里面张望。

30. 庙内

胤祥走到庙殿廊前，向李卫和高福招手。

李卫和高福向胤祥跑去。

胤祥低声向李卫和高福吩咐。

李卫、高福会意，分头走去。

31. 庙门前

李卫对年羹尧："年大人，贝子爷吩咐，放百姓进去观看。"

年羹尧点了点头，对众亲兵下令："闪开，让百姓们进庙观看！"

众亲兵遵命撤开。

众难民一拥而入。

32. 庙内

胤祥仍在大声劝菜："怎么了？菜不好吗？吃呀，吃！"

在胤祥威严的目光逼视下，任伯安和众盐商又拿起了筷子，朝空碗中虚撮，往口中虚送，牙巴虚动，丑态百出。

众难民中发出一阵哄笑。

庙殿里仗剑走来走去的胤祥仍在不停地劝促众盐商"吃""喝"。

庙坪上空的太阳已由当空偏向西檐。

33. 庙门前

高福领着一列挑夫，挑着数十担稀粥赶来。

34. 庙坪上

李卫和高福为站在坪里的难民施粥。

满坪的难民开始喝粥。

满坪响起喝粥的声音。

天已经昏黑了。

35．庙殿上

胤祥喝道："点灯！举火！"

几名戈什哈在庙殿里点燃火烛。

一队戈什哈在庙廊上插满火把。

烛火通明。

被折腾了一天的任伯安和众盐商已是口干唇焦饥肠辘辘虚汗直流。

胤祥："众位还想吃点什么？"

一名盐商张着焦敝的嘴唇，说道："请贝子爷赏碗水喝吧。"

众盐商："赏碗水喝吧！"

胤祥："喝粥如何？"

众盐商："喝粥？好，好！"

胤祥："挑一担粥来！"

李卫领一名挑夫挑一担粥走进庙殿。

众盐商纷纷端起面前的大碗。

胤祥："粥，马上就给各位盛上。不过，喝粥之前，四贝勒有话要说，大家肃听！"

众盐商只得惴惴然将碗放下。

庙坪里众难民也安静下来。

胤禛清了清嗓子开始讲话："众位饿了一天，我和你们一样，也饿了一天了。饿的味道不好受呀……可是，你们看见下面这些难民没有？他们天天在挨饿，天天在像我们现在这样，求一碗稀粥而不可得！圣人说，'民为邦本'哪。没有这些衣不遮体、食不果腹的小民，你们能够天天锦衣玉食、花天酒地吗？！"

说到这里，胤禛又拿起了那本乐输簿子，举着说道："每人捐一百多两银子，亏你们拿得出手！你们抱着那么多钱干什么？养小妾？喝花酒？赏妓女？！你们就不怕有一天把这些小民逼急了，来抢你们的，抢得干干净净，一个子儿也不留？！"

众盐商早已惨不忍睹的脸色此时更是灰黄不定。

庙坪里的众难民听到这里，一阵骚动。

年羹尧连忙指挥众亲兵执枪警戒。

胤禛："年羹尧，不要害怕。这些百姓刚刚喝了粥，他们不会闹事。只是如果明天、后天连粥也没有喝了，他们就担保不了会闹事。就算这些小民宁愿饿死也不闹事，你们难道就不怕冥冥之中另有报应吗？！你们看看我的身后是谁？是城隍菩萨！再看看你们的身后，都是谁？是牛头马面、黑白无常！什么叫无常？贫穷无常，富贵也无常！你们为什么不能在银子花不完的时候积点善行点德，为以后留一点退路呢？！"

众盐商都低下了头。

众难民也已由骚动而变得神情肃穆，安谧异常。

胤禛："当然哪，钱是你们的，愿不愿意捐，我不能强迫。但是，你们面前这粥却是我的，愿不愿意给你们喝，却全在于我。十三弟！"

胤祥："在！"

胤禛："十万两银子一碗粥，他们愿买，就在这簿子上认捐！"

胤祥："是！田大人，你拿簿子认捐；李卫，你舀粥。"

田文镜、李卫："遵命。"

田文镜拿着乐输簿子首先走到任伯安面前，一递。

任伯安却冥顽不化，合上眼睛，瞧也不瞧。

田文镜又拿着簿子走向其他盐商，盐商们都看着任伯安，不敢接笔。

胤禛见状，向胤祥使了个眼色。

胤祥会意，从田文镜手里接过簿子和笔，走到任伯安面前。

胤祥："任大人，你睁开眼睛看看，这封信值多少银子？"

任伯安倏地张开眼睛。

乐输簿上摆着一封信，上面赫然写着："江南巡盐道任伯安大人密启，九。"

任伯安的脸唰地白了！

胤祥打开簿子，递上笔。

任伯安颤抖地接过笔，准备在簿子上认捐。

胤祥："你就带个好头，二十万如何？"

任伯安咬了咬牙，在簿子上写下了"乐输认捐白银二十万两"。

胤祥拿着那封信伸到身旁的火烛上点燃，一边高声喊道："江南盐道任伯安捐银二十万两，上粥两碗！"

李卫和高福过来给任伯安舀粥。

田文镜拿着乐输簿子向众盐商走去。

众盐商纷纷在乐输簿上认捐。

李卫和高福不亦乐乎为众盐商舀粥。

庙坪里众难民发出惊天动地的欢呼。

36. 北京·胤祀府书房

胤禟大声吼道："我要参他！"

胤祀站在墙边默默地欣赏自己的画作，说："你参他什么？"

胤禟："他煽动灾民闹事！逼迫盐商捐款！他……"

胤祀："算了吧。灾民闹了什么事？是杀了人还是放了火？至于盐商捐款，不都是自己认捐的吗？"

坐在一旁的胤䄉一拍桌子，站了起来："他凭什么罢了车铭的官？不经上报朝廷就擅自任免地方官员。就凭这一条我们也能参他！"

胤禟："对！我们就参他这一条！"

37. 扬州城外

装满粮米的车队和警卫森严的马步兵丁正整装待发。

年羹尧骑在马上凝神等待。

38. 扬州府大堂

胤禛、胤祥又高坐在大堂中央。

踌躇满志的田文镜和神情灰暗的任伯安以及扬州府的所有地方官员肃立在大堂两厢。

胤禛："诸位都辛苦了。这一次我和十三贝子到扬州筹款办赈多亏了诸位鼎力相助，在这儿，我们向诸位道谢！"

说着，胤禛站了起来。

胤祥也跟着站了起来。

二人向众人抱手一揖。

众人连忙躬身还揖："不敢。"

胤禛、胤祥又坐了下来。

胤禛："尤其是任伯安任大人，急朝廷之所急，忧灾民之所忧，慷慨解囊，率先捐款，实属难能可贵。"

任伯安脸色青黄不定，尴尬地躬身答道："贝勒爷过奖……"

胤禛微微一笑，接着说道："还有田文镜田大人，任事勤勉，任劳任怨，人才难得啊！不过……"说到这里，胤禛大声呼道："车铭车大人来了吗？"

堂下，一侍从大声应道："车铭已到！"

胤禛："传他上来！"

身着便服的车铭低头走了进来。

众官员皆是一怔。

胤禛："田大人。"

田文镜似乎预感到什么，答道："下官在。"

胤禛："你是个好官哪！可是，这地方官员的任免，权在朝廷。你的这身顶戴袍服当初说好了，我是借车大人的。现在你的差事办完了，这顶戴我还得还给车大人哪！"

此言一出，不光是田文镜、车铭大惊，任伯安等众官员无不大惊。

胤祥也是一惊，正想说话。

胤禛在公案下伸出一只手按住胤祥，接着说道："田大人，就委屈你把顶戴袍服脱下来，还给车大人吧！"

车铭喜出望外，两眼放光，死死地盯住田文镜头上的顶戴。

众官员纷纷将幸灾乐祸的目光投向田文镜。

一股郁愤之气直冲田文镜的脑门，只见他胸脯起伏，脸色煞白。

接着，田文镜毅然将顶戴一取！

定格。

| 第三集　困龙在田 |

1. 扬州府大堂

脱下官服的田文镜昂起头大步向衙门外走去。

胤禛使了个眼色。

站在大堂口的一名侍从会意，跟着田文镜走了出去。

匆匆穿好官服的车铭扑通向胤禛、胤祥跪下："卑职叩谢四贝勒、十三贝子再造之恩……"

胤禛："有借有还，再借不难嘛。"

车铭一惊："什么？贝勒爷还要再、再借？"

胤祥终于按捺不住了，敲着公案说道："再借！再借这一辈子也就休想还给你了！"

2. 扬州府后堂

胤禛、胤祥正在更换行装。

胤祥："四哥，我真弄不懂，你为什么要把顶戴袍服还给那个狗官！"

胤禛叹了一口气："咱们大清朝车铭这样的官还少吗？你能都把他们免了？再说，咱们是来筹款赈灾的，不经报准朝廷就擅自任免地方官员，不是正好留个把柄给人家？"

胤祥："可是田文镜……这样做不是太叫人寒心了吗？"

胤禛："对！咱们没法不让坏人都不得意，但绝不能让好人都太寒心！"

胤祥："你的意思是？"

胤禛："我的意思是让田文镜先到灾区放粮，再到北京论功任职。你看怎样？"

胤祥笑了。

3. 一条小巷中

脑子里一片空白的田文镜正漫无目的向小巷尽头走去。

那侍从加快脚步向前追去，喊道："田大人，请留步！田大人，请留步……"

田文镜木然地止住了脚步，又木然地回过头来："你叫我？"

那侍从向田文镜一揖："不是小的叫您，是贝勒爷请您。"

4. 扬州城外三岔道口

那侍从领着田文镜匆匆走来。

不远处停着长长的一溜装满粮米的大车旁，胤禛、胤祥都牵着马缰立在道旁等候。

年羹尧和众侍从以及众马步兵丁则挎刀提枪在两旁肃立。

田文镜走上前去深深一揖："革员田文镜参见四贝勒、十三贝子。"

胤禛一笑："你的署理扬州知府虽然丢了，可是钦差行辕会办的职务还在呀，怎么自称革员了呢？"

田文镜："贝勒爷？"

胤祥："四爷和我，让你和年羹尧把这些粮米押运灾区。你敢不敢去呀？"

田文镜眼一亮，愣在那里，一时不知如何答话。

胤禛："田文镜，你是个好官，也是个好人哪！我和十三爷再糊涂也不会放着你这样的好官不用呀！只望你和年羹尧顺顺当当地把这些粮米尽快送到灾区，为朝廷办了这件功德无量的大好事，你们也就是我和十三爷的恩人。在这里，我和十三爷先向你们道谢了！"

胤禛和胤祥向田文镜和年羹尧深深一揖。

田文镜和年羹尧大惊，连忙跪倒。

田文镜眼睛潮红，哽咽着说道："贝勒爷和贝子爷放心，我田文镜就是丢了性命，也要把粮米运到灾区，发放到灾民手中！"

年羹尧也大声说道："主子，这些粮米如果在路上出了一点纰漏，奴才到北京提头见您！"

胤禛："好！好！咱们一言为定，我和十三爷去巡视河工，你们二人去发放赈粮，完了就到河南来找我们。"

胤祥："四哥，还有李卫他们呢？"

胤禛："哦对了。我们马队快，我的几个小厮跟不上，就让他们跟你们一路走吧。"接着，他朝旁边的马车喊道："李卫、高福、翠儿，你们下来！"李卫、高福和翠儿苦着脸从马车中钻了出来。

胤禛："你们三个跟着田大人和年大人，一路上不许淘气。"

三人快快应道："是。"

胤祥："只要你们听话，十月到了北京，我带你们去看皇宫。"

三人喜道："真的？"

胤禛："天色不早了，咱们分头上路吧。"

田文镜、年羹尧应道："是。"

一行车队，一行马队，分别向两条路上行去，渐行渐远……

5. 北京·毓庆宫

胤礽看罢扬州发来的奏折，兴奋得将奏折一合，赞道："好老四！干得不错！柱儿呀。"

何柱儿："奴才在。"

胤礽："摆驾，见万岁爷去！"

何柱儿："嗻！"

6. 养心殿

康熙把奏折往御案上轻轻一扔，叹了口气，接着拿起另外一份奏折说道："我这儿也有一份奏折，说胤禛他们在扬州纵容灾民闹事，逼迫士绅捐款。这样做'虽赈款得手近于聚敛，灾民安抚而士绅寒心'。胤礽，你怎么看？"

胤礽一怔，思索片刻答道："儿臣以为，四弟的才具是有的，干事也肯尽心尽力。这次筹到了款购到了粮，也算解了朝廷的一次燃眉之急，功不可没。但是……"

康熙："说下去。"

胤礽："是。皇阿玛经常开导儿臣们要'以德为本，以仁导行'，狡猾奸诈的手段终非立身之本，治国之道。要说不足，四弟这方面是欠缺了点儿……"

康熙眼中飞快地掠过一丝失望和鄙薄，又飞快地回复原来的神态："胤禛、胤祥的家里怎么样了？他们奔波在外，不能顾家，你要多关照关照。"

胤礽已来不及揣摸康熙的思路，只得答道："是。"

7. 江夏镇外

夕阳西下。

胤禛、胤祥一行驰马而来，骤至一块界碑前停住。

驿道旁，那块半掩在荒草丛中的界碑上依稀可见"江夏镇"三个大字。

胤禛抬头远望，眼中闪出迷惘的神色。

若有若无的鼓乐吹奏声，无数人响彻云霄的山呼"万岁"声在他耳际响起……

化入：

人烟辐辏的繁华市镇，夹道两旁跪满了百姓。

岁在中年的康熙面带微笑徐徐步过跪迎夹道。

年仅弱冠的胤禛紧随在康熙身后，被万民拥戴的情景激动得兴奋不已。

随侍在后的百官……

化出：

太阳已经落山，暮霭中，人烟辐辏的市镇变成了宛若蹲伏着的巨兽般一座偌大城堡！

胤祥轻声问道："四哥，是这儿吗？"

胤禛从怅惘中回过神来："应该是这里。可是十几年时光，怎么变成了这个样子？下马吧！"说着，从马上跳下。

胤祥和众侍从纷纷下马。

胤禛对众人肃然说道："前面就是万岁爷第三次南巡时临幸过的江夏镇！万岁爷在这儿住过一夜，还亲笔题写过匾额，是钦封的德化之地！咱们今儿晚上就在这儿留宿。记住，不许暴露身份，更不得招惹是非！"

众侍从肃然答道："是！"

8. 江夏镇城堡下

好大一座庄园！

一溜的青砖高墙，相隔数丈便是一座碉楼，俨然一座城池。

胤禛一行牵着马来到城门般大小的庄堡门前。

两名庄丁横枪拦住，喝道："什么人？就敢往里面闯！"

胤禛："我们是北上的客商，到这儿投宿的。"

一名年轻的庄丁："投宿？你没长眼？这里是你投宿的地方吗？"

胤祥见他出言便如此无理，就欲上前。

胤禛拦住胤祥，仍然温言说道："十多年前我到过贵地。记得当时镇子里客店、马站俱全，本是接待来往客商的处所。"

那庄丁："十多年前这儿还住过皇上呢！说过了，这儿不准投宿，走吧！"

胤祥："住一宿，房钱照付，为什么不行？"

那庄丁又欲相斥，另一名年纪稍长的庄丁说话了："客商，不是我们不行方便，实在是我们庄主规矩大，未经他老人家许可，不得擅自放外人进庄。"

胤禛："那就相烦通禀贵庄主。"

那庄丁笑了起来："叫我们通禀庄主？告诉你吧，我们这些人都是外院守庄的，离着我们庄主爷的二管家都还隔着好多层呢！"

正在这时，一个腰悬挎刀的精壮青年走了过来，问道："什么事？"

那庄丁："回五哥，这一行客商要进庄投宿，小的们不敢做主。"

那"五哥"看了看胤禛一行，又看了看天色，说道："看模样他们也不是歹人，天又这么晚了，谁顶着房子走路呀？就让他们进庄留宿一晚吧。"

那中年庄丁："有张五哥担待，我们自无话说。"

那青年庄丁："那也不行！胡教头说过，这几天任二爷来了，还带着一群苏州姑娘，天这么热，来来往往的，外人一律不许进庄。"

张五哥："胡教头的话就是圣旨吗？放他们进庄，到我们那所下院去住！"说着，转身对胤禛一行："众位客商，随我来吧。"

胤禛、胤祥："有劳了。"

9. 下院的几间矮屋前

张五哥："这是我们打更护院几个庄户的下处，原是简陋了些，你们将就着住一晚吧。"

胤祥："多谢。"转身对众侍从吩咐道："四爷和我住这两间，你们几个在那几间挤一宿。"

众侍从："是。"

答毕，众侍从纷纷拴马。

胤祥从身上掏出一锭银子，对张五哥："这位大哥，我们多有打扰，这点钱……"

那张五哥脸显肃容："客官，你当我留你们住宿是为了图你们的钱吗？"说罢，转身欲去。

胤禛从胤祥手中接过银子，拦住张五哥："我们因赶路还没有吃饭，这点钱烦劳你买些吃的，并请备些马料……"

"那也不能要！"突然，一个苍老的声音传来。

众人循声望去。

一个老者拄着拐杖咳嗽着走来。

张五哥连忙迎上前去，扶住那老者："爹，您老人家正咳嗽着，怎么走出来了？"

张老汉："听说来了客人，我过来瞧瞧。"向胤禛、胤祥走了过来。

胤禛、胤祥连忙见礼："老人家，我们来打扰了。"

那老者："哪里，哪里，我们这儿许久没有来客人了，咳咳咳咳……"

张五哥连忙在他爹背上轻捶。

张老汉："五哥呀，我们这儿是万岁爷赐过匾的地方，他老人家都夸我们这儿是'礼义德化'之区呀。如今……唉！去，叫你妹子把那只鸡煮了。有什么尽管拿出来待客。记住，不许收人家的钱。"

张五哥："孩儿记住了。"

胤禛、胤祥不禁肃然起敬。

突然，一阵悠扬的乐声从远处飘来。

10. 梨花院花厅

灯火通明，乐声悦耳。

几名苏州来的艺伎正一溜儿排坐在大厅前的红氍毹上演奏"八音联弹"绝技。

屏风前案桌旁，满脸嫩肉却缀着两只闪光小眼的刘八女正给一位相貌酷似任伯安的精瘦男人斟酒。

刘八女斟罢酒，赞道："二爷，我敢担保，这几个女子送到北京，九爷一定'龙心大悦'。我姐夫的官准得往上升！"

那二爷——任季安已经微醉，将酒杯一墩："升个屁！不降也就好了！"

刘八女："怎么了？出什么漏子了？"

任季安："倒了大霉了！来了个什么四贝勒和十三贝子，变着招从我大哥和那些盐大爷手里弄走了两百万两银子——其中一百万是准备孝敬九爷的。你说，就凭送这几个婊子，能将功赎罪吗？"

刘八女："哦？！"

11. 梨花院内墙门里

一个肥壮的黑汉领着一群庄丁正借着护卫的差使远远偷看着艺伎们演奏。

那黑汉两只豹眼睁得溜圆，闪着淫光不住地来回扫视。

艺伎们一只只粉白的颈脖。

艺伎们那包在蝉翼般轻纱内若隐若现的丰臀。

那黑汉狠狠地咽了一口唾沫！

门外，那个阻拦胤祯一行进庄的青年庄丁小媳妇般正在向内张望。

门内一名庄丁发现，斥道："阿癫，你作死呀！这儿是你来的地方吗？"

那阿癫："我有事禀告胡教头。张五哥放外人进庄了。"

12. 下院的厨房里

胤祯和胤祥一边一个，搀着张老汉走了进来。

一阵火光，照得胤祥眼睛一亮。

一个姑娘正坐在灶旁炊爨，灶膛里的火光映得她汗润额颊，亮艳异常！

张老汉："这是老朽的女儿，名叫阿兰。阿兰啊，快来见过二位客官。"

那阿兰连忙站了起来，两眼望地，腼腆地轻声说道："二位客官……"

张老汉歉然笑了："我真是老了！这许久竟还没有请教二位的名讳呢。"

胤祯："我们姓艾，我排行第四，他排行十三。"

张老汉："尊姓倒不常见。阿兰，给艾四爷、艾十三爷倒杯水喝吧。"

阿兰："嗯。"答着，放下火钳，给二人上水。

张老汉指着一张小食桌旁的凳子："二位请坐。"

胤祯遵言和张老汉相对坐下。

胤祥却仍在目不转睛地望着阿兰。

那阿兰一边飞快地往灶膛里续火，一边飞快地从缸里舀水淘米做饭。只见她腰肢轻挪，一条黑长的大辫不住地在身前身后甩动，端的翩若惊鸿，却也香汗淋漓。

胤祥大步走到灶边，说道："我来帮你烧火。"说着，就在灶膛边坐了下来。

张老汉连忙说道："这如何使得？"

胤祥："使得，使得。"边说边拿起一大把柴往灶膛塞去。

阿兰见状忙说："不对！"

话未落音，一股浓烟便从灶眼中冒了出来。

一转眼满屋的浓烟呛得四人一齐咳嗽。

张老汉一边剧咳，一边忙说："客、客官，快……出去。"

胤祯也一边咳着一边扶着张老汉走了出去。

胤祥也咳嗽着退了出来。

胤祯一边揩着眼泪一边说道："老十三啊，不会干逞什么能？"

胤祥也一边揩着眼泪一边说道："这柴火怪，怎么续得多反而不冒火直冒烟？"

正在灶膛边退着柴火的阿兰闻言扑哧一声笑了。

13. 胤禛、胤祥下榻的房间

胤禛、胤祥和张老汉重新落座。

胤禛："听说十几年前皇上曾经临幸过这个镇子，您老人家知道吗？"

张老汉眼中放出光来，激动地说："岂止知道，老汉就在跪迎的人群中啊！那场面！那阵势！不是老汉夸口，二位客官，经历过一次，也算没有白到这人世间走一遭了！"

胤祥："听说皇上还为贵镇亲笔题写过匾额？"

张老汉："是啊，那匾额现在还挂在庄主的大堂上呢。"

胤禛："十几年前，我也到过贵镇，记得这儿的庄主是顺治爷那一朝第一科的进士，你们都叫他刘老太爷，他还在吗？"

张老汉叹了口气："早过世了。他可是个好人哪……"

胤禛："那现在的庄主呢？"

张老汉："是刘老太爷的小儿子，名讳刘八女。"

胤祥："怎么取了个女人的名字？"

张老汉："刘老太爷前面生的七个都是女儿，六十五岁上才生了这个儿子。晚年得子，担心带不大，因此取了这个名字。"

胤禛、胤祥："哦……"

胤禛："那年我到贵镇的时候记得不是现在的模样哪？"

张老汉又深深地叹了口气："那时候虽说也有庄主管着，可镇上一千多户人家大多都有自己的田土产业，后来现任庄主和他的姐夫出钱把众人的田土产业都买了去，改建了现在这座城堡。"

胤禛、胤祥都是一惊。

胤禛："那得要多少钱？"

张老汉："说到钱，除了当今皇上，只怕就算咱们的庄主和他的姐夫了。说句笑话，客官们在这儿吃的饭喝的水，骑着马走上一天一夜方便的时候还得拉在我们庄主的地里呢。"

胤禛："你们镇上的人都是心甘情愿把田土卖给他们的吗？"

张老汉："不情愿又怎么样？一点田土，纳了税，交了皇粮就所剩无几了。"

胤禛："你们庄主不要交税纳粮吗？"

张老汉："庄主的老太爷是士绅，他姐夫又是现任官，当然不要交税纳粮。"

胤禛："他姐夫当的什么官？"

张老汉："您不知道？就是现任江南盐道任伯安任大人哪！"

胤禛和胤祥目光一碰。

14. 梨香院内墙门口

大厅内的"八音联弹"已经曲终，换成了曲笛悠扬，轻歌曼啭。

那黑汉拉长着脸腆着肚子走了过来，对前来报信的阿癫："你他娘什么事非到这个时候来找我？"

阿癫一脸涎笑，轻声禀道："教师爷，那张五哥把几个外人带、带到下院去了。"

那黑汉："唔？都是些什么人呀？"

阿癫会意："衣着不俗，包袱、褡裢都沉甸甸的。不过都带着家伙。"

那黑汉眼中冒出火来："好！娘的！这一票看样子有点油水！"骂着，将手一招。

几个庄丁连忙凑了过来。

那黑汉："留几个在这儿当差，其余的跟老子抓人去！"

15. 胤禛、胤祥下榻的房间

张五哥和阿兰端着一只鸡，一盘馍，还有一壶酒走了进来。

胤禛："如此打扰，真不敢当。"

张五哥："自家养的鸡，现杀现做，也谈不上打扰。倒是这壶酒，本是几个弟兄夜晚打更巡庄喝的，听说来了客人就让出来了。"

胤祥倒不客气，立刻倒了一杯，一口饮干，大声赞道："好酒！老伯，五哥，还有……阿兰，咱们一块儿喝一杯，如何？"

张老汉站了起来，说道："老朽早用过了，阿兰女儿家怎么能上席？五哥，你陪客人喝一杯吧。"说着，转对阿兰，"阿兰，再去给客官们烧点热水，好让他们洗脸热脚。"

阿兰："嗯。"答着，便扶着她爹走了出去。

16. 上院通往下院的路上

那黑汉挎着刀领着一群执枪拿棒打着火把的庄丁气势汹汹地大步走来。

17. 胤禛、胤祥下榻的房间

胤祥举起酒碗："四哥，五哥，咱们先干了这一碗！"

胤禛："我正吃着斋呢。你和张五哥喝几杯吧。"说着，拿起一只馍，就着开水，慢慢地嚼了起来。

胤祥："那好，五哥，咱们喝！"

张五哥歉然一笑，说道："酒不多，您慢慢饮吧。"

胤祥："你敢情不能喝？"

张五哥又笑了："客官既然这样说，我就恭敬不如从命了。"说着端起酒碗，昂头张嘴将酒直接倾到喉中。

胤祥大声赞道："好汉子！"接着也昂头张嘴将酒直接倾到喉中。

两人眼光一碰，相对大笑。

胤禛也赞许地笑了。

就在这时，屋外响起了炸雷般一声大吼："张五哥，你滚出来！"

张五哥闻声一惊。

胤禛、胤祥也是一怔。

张五哥："二位客官稳坐，我去去就来。"

18. 屋外坪中

张五哥走了出来。

坪中那黑汉领着众庄丁凶神恶煞般摆开阵势，候在那里。

张五哥迎上前去，抱手一揖："胡教头，您有什么事吗？"

胡教头："呸！还问我？谁叫你把外人带进庄来的？！"

张五哥淡淡一笑，答道："就为这个？几个客商错过了宿头，在我们下院借宿一晚，也犯得着您生这么大的气吗？"

胡教头一声冷笑："借宿？是跟你妹子宿吧？"

众庄丁哄笑起来。

张五哥红了脸："胡教头，您的嘴放干净些！"

胡教头："狗娘养的！勾结外人，无视庄规，还敢顶撞老子！来呀，把这狗娘养的先绑起来！"

几个庄丁一声暴应，围了上来。

张老汉气喘吁吁拄着拐杖走了出来，不住地向那胡教头作揖："胡大爷，他年轻不懂事，冒犯了您老，求您看在老汉的薄面，不要同他一般见识。"

胡教头："看你的薄面？你他娘一个犯贱的下人也有什么狗面！滚开些！"骂着，用手一推。

张老汉被他推倒在地。

张五哥连忙上前扶起他爹，转过身来眼中喷着怒火："姓胡的，你敢打我爹！"说着将辫子往颈后一甩，大步向胡教头冲去。

胡教头："好小子，有种！老子早就想收拾你了！"说着，张开大手便来抓张五哥的头顶。

张五哥身子一沉，双掌推出，击在胡教头的胸间。

胡教头猝不及防，"蹬、蹬、蹬"，向后趔趄了三四步方才站住。

胡教头吃这一击，既惊且怒，再也不敢小看张五哥，也将辫子向脑后一甩，然后气运双臂，迅猛异常地双掌连击，冲向张五哥。

19. 众侍从的房间

听见外面打斗，众侍从大惊，纷纷爬起，向外奔去。

20. 屋外空坪上

胡教头与张五哥斗得正酣。

众侍从见胤禛、胤祥不在屋外，又连忙奔向他们的房间。

21. 胤禛、胤祥寄宿的房间

胤禛正铁青着脸坐在那儿，眼中闪着寒光。

胤祥则红着脸在屋里大步来回疾走，将手指捻得叭叭直响。

看见仓皇奔进来的众侍从，胤禛喝道："不关你们的事，都回到屋里去！"

众侍从放下心来，退了出去。

胤祥倏地站住："四哥，让我去教训教训那条狗！"

胤禛："不急，再看看。"

22. 屋外空坪上

张五哥显然落败，已被几名庄丁按住。

胡教头："狗娘养的！把他们两个都绑在骡柱上！"

几名庄丁将张五哥和张老汉拧住就往骡柱上绑。

阿兰哭着跑了出来："你们不要伤我爹，不要伤我哥！"哭着扑上去抱着她爹。

胡教头眼中闪着淫光，走上前去一手拉过阿兰抱在怀里，另一只手端起她的下巴，淫笑道："要老子放了他们也行，你伺候老子睡觉去！伺候好了，我就放了他们。"

23. 胤禛、胤祥的房间

胤禛忽地站起："老十三，去管教管教那畜生！"

胤祥早已憋足了怒火，操起马鞭，像离弦的箭，嗖地向屋外冲去。

24. 屋外空坪上

胡教头已经扯下阿兰的外衣。

当他正要伸手再扯阿兰的内衣时，啪的一声脆响，一条鞭影从他脑后挥到。

接着是噗的一声闷响，胡教头脸颊上重重地着了一鞭。

胡教头像一只绳抽的陀螺，在原地打了几个圈圈，才跌跌撞撞站稳。

等他站稳，胤祥的鞭子又如闪电般抽来。

胡教头被这一路忽左忽右的"幻影十三式"鞭法抽得晕头转向。

终于，那胡教头再也站立不住，塌山倒树般向后仰天倒下。

两名庄丁立刻上前吃力地扶起胡教头。

胡教头那本就挤满横肉的脸此时已被鞭子抽得肿如笸斗。

胡教头皮肉受苦筋骨未伤，从一名庄丁手里抢过腰刀。

其他庄丁也纷纷操起兵器。

胤禛、胤祥的侍从们何等警觉，此时都已走出屋来，拿着剑站在胤祥身后。

双方对峙，一触即发。

那名被抢去腰刀的庄丁乘机溜了出去。

25. 梨香院大厅

那名来报信的庄丁边跑边喊："八爷！八爷！"

刘八女忽地站起。

乐声立止。

刘八女："什么事？"

那庄丁："教师爷被一群外来的野种打了！这时正吃紧呢。"

刘八女："哦？都是些什么人？"

那庄丁："操着京腔，来头不小！"

刘八女："唔？来呀！"

管家："在！"

刘八女："召集所有庄丁，不许放了一个！"

管家："是！"答着，跑了出去。

刘八女也正欲动身，坐在一旁的任季安拦住他说道："老八，这事有些蹊跷。这些人该不会和北京来的四贝勒、十三贝子有什么关系吧？"

刘八女闻言一惊，两只小眼滴溜溜转了几转，阴沉地说道："哼！就是四贝勒、十三贝子亲自来，在这江夏镇也讨不了好去！"

26. 屋外空坪上

那胡教头形似疯虎，一把腰刀舞得虎虎生风，连连向胤祥的上路、中路劈来。

胤祥却好整以暇，上身纹丝不动，只挪动脚步变换方位，便轻巧地闪开了胡教头的刀风。

胡教头急了，身子一矮，使开地膛刀法，滚动着专取胤祥的下路。

胤祥闪转腾挪，不时挥出一鞭。

胡教头未能劈中对方，又接连挨了几鞭，更加恼羞成怒，心一横，挺着挨了胤祥一鞭，左手一把抓住鞭梢，右手举刀一砍。

那鞭子被砍成两截。

胡教头一声狂笑，呼地跃起，向赤手空拳的胤祥左抹右劈，连连进击。

胤祥失去鞭子，只得跳跃闪避。

一名侍从见状，大喊一声："十三爷，接剑！"

那侍从连剑带鞘抛向胤祥。

胤祥一个空翻跃在半空，左手接鞘右手抽剑，"铮"的一声脆响，人未落地，剑已出鞘。

众侍从雷鸣般暴喝："好！"

27. 镇中一条街上

火把如长龙般向前流动。

管家骑在马上带领一大群护院庄丁举刀执枪急速赶来。

28. 屋外空坪上

胤祥宝剑在手，游刃有余，已将胡教头捉弄得气喘吁吁，左支右绌。

"嚓"的一下，胡教头的辫梢被宝剑刺开。

胡教头辫发蓬散，更加狼狈不堪，此时已经分不清刺来的剑路，只是吃力地舞着腰刀，漫无目的地在身前乱砍。

胤祥再不犹豫，宝剑一绞，将胡教头的腰刀绞上半空，然后上前一步，飞起一脚将他踢倒。

胤祥一脚踏在胡教头胸前，一手将剑尖指向胡教头喉间。

突然，一只大手搭在了胤祥的肩头。

胤祥猛地回头。

背后，胤禛神情凝重地看着他，低声说道："不能动手。"

胤祥："为什么？"

胤禛："你看！"

胤祥站直身子向四周一看，不禁倒吸了一口冷气。

大坪四周层层叠叠站满了手举火把执着刀枪的庄丁。

接着头顶又一亮，胤祥猛地抬头一看。

四周的屋顶上也竖起了无数火把，一排一排的庄丁正拉弓搭箭瞄准站在坪中的胤禛、胤祥和侍从们。

这时，那管家跳下马来上前一步，大声喝道："丢下兵器！"

胤祥岂肯屈服，反而昂起头将手中的剑一紧。

众侍从也随着围了上来，将胤禛、胤祥团团护在当中，挺剑而立。

那管家一声冷笑，随之喊道："弓箭手！"

屋顶上的弓箭手齐应："在！"

管家将手一举！

胤禛："慢！"说着，示意侍从让开，接着稳步走到那管家面前站住。

胤禛："你就是这儿的庄主吗？"

管家："就凭你也配和我们庄主说话！"

那管家被胤禛的气势慑得一愣。

胤禛威严地喝道："快去！"

那管家正犹豫间，身后传来了刘八女的声音："是谁要见我啊？"

那管家和众庄丁闻声一齐肃立躬身："八爷！"

人道中，刘八女摇着折扇，踱着方步，慢慢走了过来。

刘八女眯细着小眼紧紧地盯着站在面前的胤禛。

胤禛两眼闪着寒光，直视刘八女的眼睛。

空气仿佛也在这一瞬间凝固，一片鸦雀无声。

刘八女似乎从胤禛那棱角分明不怒自威的面庞上看出了不凡的来历，渐渐放松了挤紧的面部肌肉，露出一丝并非情愿的笑容。

正在这时，那胡教头爬了起来，跑到刘八女面前："八爷，他、他们……"

话未落音，啪的一声，一记耳光打得那胡教头一个趔趄。

刘八女打罢胡教头竟不再睬他，径直对胤禛问道："请问……"

胤禛："你就是刘焕之的小儿子刘八女？"

刘八女一怔。

胤禛："九阿哥的门人任伯安是你的姐夫？"

刘八女更是一惊。

胤禛："我知道你很想明白我是谁。那么，我明白地告诉你，我的姓名你不配问。现在我要告诉你的是，你这江夏镇再厉害也是大清的天下！你要好好地遵行我大清的王法，管教好你的奴才，不要鱼肉乡民！去，叫你的手下把张老汉一家放了。"

刘八女两只小眼不住地闪眨着，显然在急剧思索。少顷，竟亲自走到张老汉面前把他身上的绳索解开："您老受委屈了。"接着又去解开张五哥身上的绳索。

两名仍然抓着阿兰的庄丁见状连忙松开阿兰。

张五哥和阿兰一齐跑到张老汉身边将他扶住。

刘八女森冷地问道："都是谁干的呀？"

那几名绑人抓人的庄丁面面相觑。

刘八女："谁干的？！"

那几名庄丁和胡教头扑通一声一齐跪倒。

刘八女："把他们都抓了起来，关到后院柴房里去。"

管家："是！"将手一挥。

一群庄丁拥了上来，把胡教头和那几名庄丁抓住带了下去。

刘八女转过身笑着对胤禛问道："这下您该告诉我您的尊姓大名了吧？"

胤禛嘴角掠过一丝笑纹："你真的想知道我是谁？我看你还是不要知道的好。"

刘八女的脸阴沉下来："既然你不肯相告，那么不知者不罪，倘有失礼之处也就怪不得我了。请你们立刻离开庄子！"

众庄丁闻言一齐举起火把挺着刀枪往两旁一站，形成一条通道。

胤祥和众侍从见此阵势一齐望着胤禛。

胤禛强忍着愠怒低声说道："上马！"

众侍从："是。"纷纷牵马。

众人方欲上马。

刘八女："慢。你们还想骑着马在我这儿耀武扬威吗？"

胤祥怒火直冲，一声大喝："上马！"率先翻身上马。

众侍从一齐上马。

胤禛也从容地跨上马去。

刘八女突然放声大笑起来，笑罢说道："我也不知道你们是什么人，有多大的来头。可我已经说了，你们想从我江夏镇出去都得给我乖乖地下马！"

胤禛、胤祥哪里理会他的恫吓，同时将两腿一磕，两匹马慢慢向前走去。

众侍从随之抖辔紧随。

刘八女一声大吼："抬上来！"

话音刚落，两名庄丁从人道那头抬着一块覆盖着黄绫的大匾走了过来。

胤禛见状一怔，不觉勒住缰绳，停了下来。

两名庄丁将大匾抬到刘八女面前站定。

刘八女唰地将黄绫扯下。

一块黑底金字的大匾在火光的照耀下闪着金光，大匾上写着"礼义德化"四个大字！

胤禛大惊，连忙下马。

胤祥和众侍从急忙随着跳下马来。

刘八女将手一抬。

两名庄丁将大匾高高举起，恰好在人道中形成一道矮檐。

刘八女将手一伸："请吧。"

胤禛咽了一口气，低着头牵着马徐徐地从那块匾下走了过去。

胤祥和众侍从皆铁青着脸低头牵马从匾下走了过去……

29．江夏镇外的河边

一弯月亮白白地照着那条河流蜿蜒地流向远方。

胤禛、胤祥和侍从们牵着马在沿河的驿道上默默地走着。

胤祥："我真不明白，皇阿玛怎么会给江夏镇这样的狼窝子赐匾？"

胤禛没有搭腔，仍然默默地走着。

胤祥："如果没有那块匾，我……"

胤禛突然站住，低声断喝："住口！"

胤祥一怔，将一口粗气狠狠地咽下。

胤禛望了一眼胤祥，又把目光转向众侍从，森严地说道："从现在开始，谁也不许再提'江夏镇'三个字！记住了吗？"

众侍从轻声齐应："是。"

胤祥突然抬起头，仰天一声长啸。

啸声在夜空中回荡。

"扑喇喇"，河边的水草丛中一群宿鸟被惊得腾空乱飞。

胤祥翻身上马，双脚猛地一夹。

那马扬起四蹄，飞一般向前跑去。

胤禛不再说话，跨上马背。

众侍从纷纷上马。

马队齐奔，逐渐消失在远方的夜色之中。

30. 北京·胤禛府大门内

府门大开。

大院里灯火明亮，站满了管事仆人，一个个神情紧张鸦雀无声。

大门外传来了急速的马车声，众人一听皆一震，一齐注目府门。

高勿庸领着太医院医正凌国康快步走了进来。

凌国康提着药箱边走边问："世子在哪儿？"

高勿庸："别问了，别问了，快随我来！"

31. 弘时的卧室

小弘时躺在床上，额头上搭着一条热毛巾，两眼紧闭，双颊潮红。

胤禛的福晋那拉氏脚踩花盆底，在床前到门边惶急地来回走着："太医请到了没有？快去看看！"

一名婢女："是！"

突然，门外传来了高勿庸的声音："主子！太医来了！"

话音未落，高勿庸一阵风跑了进来，飞快地请了个安："禀主子，太医院的医正凌国康亲自来了。"

那拉氏双手合十："阿弥陀佛！是太子爷派的吗？"

高勿庸："太子爷不见人，多亏了李公公从床上惊醒了万岁爷。是万岁爷亲旨派的凌太医。"

那拉氏眼睛潮润了，出了一会儿神接着连忙问道："凌太医呢？"

高勿庸："回主子，凌太医说，内眷们在这儿不方便，是不是……"

那拉氏："这个时候还弄这些虚文干什么？叫他快进来给弘时看病！"

高勿庸："嗻！"接着，大声喊道："进来吧！"

凌国康低着头提着药箱快步走了进来。

32. 养心殿

窗外已经发亮。

康熙披着衣靠坐在龙床上。

李德全轻步走了过来。

康熙："四阿哥的儿子病情怎样了？"

李德全："回万岁爷，已经不碍事了。"

康熙松了一口气接着问："太子到四阿哥府上去了吗？"

李德全："没有。听回来奏事的太监说，八阿哥和九阿哥、十阿哥倒是去了。"

康熙的眼睛又望向了远方："嗯……"

33. 弘时的卧室

躺在床上的弘时已经张开了眼睛，脸上的潮红也退去了不少。

站在床边的胤祀弯下腰去摸了摸弘时的额头，然后站直身子对弘时说道："乖孩子，躺在床上好好养病。等你的病养好了，八叔带你到野外放鹰儿去。"

小弘时微微地点了点头。

两眼熬得通红的那拉氏对站在床边的胤祀、胤禟、胤䄉和胤禵说道："八叔、九叔、十叔、十四叔，弄得你们也在这儿守了半夜，真不敢当……"

胤祀："四嫂，一家人怎么说出两家子话来了？四哥为了赈灾修河的大事奔波在外，孩子病了，我们能不管吗？"说着，从衣袖中掏出一张银票转身对凌国康："你的差事当得好，这是一千两银票，赏给你，拿去买几只好鸟儿玩玩。"

凌国康双手接过银票笑着说道："八爷也知道奴才喜欢玩鸟儿？什么时候请八爷的大驾到奴才的家里去，奴才还真有几只好鸟儿，请八爷观赏。"

胤䄉："看你美的。滚回去睡觉吧！四嫂，我们也困了，就不在这儿待了。"

那拉氏："我叫厨房熬了一锅雪鸡西米粥，几位叔叔用了早点再走吧。"

胤祀："不了，四嫂您也歇着去吧。"

34．养心殿

康熙向胤礽问道："四阿哥的儿子得了重病你知道吗？"

胤礽一怔，答道："哦？儿臣这就派太医去看。"

康熙闭上眼往椅背上一靠："等你这会儿派太医不是太晚了吗？"

胤礽："……"

康熙："告诉你吧，我已经派凌国康去了，孩子现在已经没事了。你传话下去，这个事叫他们不要派人送信给胤禛，让他一心一意把赈灾修河的事办好。"

胤礽轻声应道："是……"

35．退洪后的黄河

河床正中浑浑汤汤的河水仍在呜咽流淌。

河床接岸两边留下的是大片淤积的黄浆。

这黄浆从冲缺的堤口一直延伸到堤内。

堤内到处是冲毁的房屋和被黄浆覆盖的一望无际的田土……

36．大堤缺口旁的贮料场

入场口，一道用整根圆木做成的栏杆将一辆辆装满秋秸的牛车挡在场外。

几个送料的乡民正围向靠坐在栏杆内的收料委员求情。

一老年乡民："老爷，俺们是茂县来的。四百多里，走了三天才赶到这里。您不收工料，不给回票，俺们回去没法向县太爷交差呀。"

那委员两眼向上一翻，对把守栏杆的河工吩咐："念在他们路远，每辆车收两千文。"

河工甲："是。听到了吧？朱大老爷开恩了，每车少收你们一千文。"

那老年乡民赔笑道："老爷，俺们是各乡派来送料的，照例，工钱都没有。一路上吃的都是自带的干粮。"说着，从怀中掏出硬邦邦的玉米面窝头。"甭说每辆车交两千文钱，就是二十文钱俺们也交不出呀。"

那委员呼地站起："没钱，就把工料拉回去！"

说罢，那委员掉头向场内走去。

河工甲、乙立时挥起鞭子，大声吆道："把车赶开，别耽误人家交料！"

37. 河堤上

那弯白白的月亮又照着浑浊的流水和蜿蜒的河堤。

一辆辆装满秫秸的牛车像一座座草垛，黑黢黢地矗立在河堤上。

突然，一星火光亮闪。

一堆用秫秸和枯枝架起的篝火燃了起来。

另一堆篝火也燃了起来。

篝火映出送料乡民一张张憔悴疲乏的面孔。

那老年乡民唱起了古老的歌谣：

> 你晓得，天下黄河在什么时候浑呢？
>
> 在什么时候清呢？
>
> 在什么时候它不淹俺庄户人呢？

一个青年乡民接唱：

> 俺晓得，天下黄河在哭的时候浑哩！
>
> 在笑的时候清哩！
>
> 在圣人出来的时候，不淹俺庄户人哩……

38. 另一段河堤上

戴月而来的胤禛、胤祥一行被远处传来的歌声吸引了，纷纷勒住马缰侧耳聆听。

歌声停了，胤禛翻身下马："走，看看去。"

39. 河堤的篝火旁

听完乡民倾诉以后，被篝火映得血涌目张的胤祥猛地站起，怒道："岂有此理？我去宰了……"

胤禛微嗔地瞟了胤祥一眼。

胤祥愤愤地又坐了下来。

胤禛对乡民们说道："我们同河督衙门的人认识，今晚我们就去替你们求情。你们明天上午再把工料运去，他们一准会收。"

那老年乡民闻言立地跽跪，说道："两位客官若能代俺们缴了工料，让俺们能够回家交差，就是俺们的大恩人。俺这里给两位客官叩头了。"说毕便拜。

众乡民一齐跽跪叩头。

胤禛激动地说道："错了！错了！你们为修河堤辛辛苦苦送来工料，你们才是河督衙门的恩人哪！"

众乡民闻言皆是一怔。

那老年乡民："客官，可不敢这么说呀。让衙门的人听见了，不是吃板子，就得坐班房哩！"

众乡民："是呀。客官，千万不能这么说呀！"

望着惶急的乡民，胤禛叹了一口气："好，我不说了。"

40．通往贮料场的路上

穿着便服的胤禛、胤祥大步在前面走着。

穿着官服的河督和治河官员们提着袍服气喘吁吁地在后面跟着。

贮料场就在前面，场外挤满了送料的牛车和乡民。

胤禛、胤祥停住了脚步。

河督等官员们追了上来，犹自气喘吁吁。

胤禛对河督问道："王命旗牌准备好了吗？"

河督喘着气答道："准、准备好了。请问四爷，这、这是要杀谁？"

众官员一齐惊疑地望着胤禛。

胤祥一声吼道："杀贪官！"

河督和众官员惊得一怔。

胤禛："你们在这儿候着。待会儿叫你们过去才过去。"

41．贮料场外

装满秫秸的牛车等在贮料场外。

众乡民看见大步走来的胤禛、胤祥，欣喜地喊道："来了！来了！"

胤禛、胤祥走近众乡民。

胤禛："说好了。你们去送吧。"

众乡民驱动牛车走近栏杆。

河工甲、乙走了出来。

河工甲对着众乡民问道："送料的钱准备好了吗？"

众乡民一齐回过头去望着胤禛、胤祥。

胤禛、胤祥分开众人，走上前去。

胤禛问道："请问，这送工料还要收钱，是谁定的规矩？"

河工甲上下打量着胤禛，见他衣着粗旧，气度却是不凡，收敛起几分骄横，反问道："你也是来送工料的？"

胤禛："不是。我是过路的客人。见他们可怜，想同你们这儿的老爷求个情。免了他们的送料钱。"

河工乙："哟嗬！谁的裤带没系紧，露出这么个鸟儿？竟敢管起咱河督衙门的事来了！滚开！"骂着，扬起鞭子就朝胤禛头上抽来。

胤祥出手更快，一把捞住鞭梢奋力一扯。

那河工乙立时栽倒在地，胤祥一脚将他踩住。

河工甲见状又惊又怒，连忙挥起鞭子向胤祥抽来。

胤祥一脚踏住河工乙，一手又捞住了河工甲的鞭梢。

河工甲鞭梢被捞，双手抓着鞭柄奋力后拉。

胤祥屹立如山。

河工甲惊怕，大声喊道："造反了！来人哪！"

霎时间，一对兵丁从贮料场内跑了出来。

接着，穿着官服的河工委员气势汹汹地赶了出来。

42. 不远处

河督见状大惊："不好了！快、快去！"

河督和众官员带着亲兵仓皇赶去。

43. 贮料场外

众兵丁挺着枪把胤禛、胤祥围住。

河工委员大声喊道："都抓起来！"

"住手！"河督率着众官员和亲兵们气急败坏地赶了过来。

河工委员见状一惊，连忙迎上前来揖道："大帅，您、您怎么来了……"

话未落音，"啪"的一声，河督狠狠地扇了他一记耳光，骂道："瞎了眼的东西！你干的好事！"

河工委员："卑、卑……"

河督："卑个屁？还不给四贝勒、十三贝子跪下！"

河工委员一震，抬起两只惊惶的眼睛巡视。

胤禛、胤祥闪着寒光的眼睛。

河工委员两腿一软，瘫了下去。

河工甲和执枪的兵丁一齐跪了下去。

众乡民也齐齐跪了下去。

河督："奴才管束不严，得罪了贝勒爷和贝子爷两位钦差大臣。奴才向二位爷请罪。"

胤禛："得罪了我们？"接着大笑起来，笑罢，脸一冷："百年不遇的大灾！百万待救的灾民！我和十三爷千里万里讨银子修河工，他却在这儿发国难财！这是得罪我们吗？你说，该怎么处置？！

河督："奴才立刻撤他的职，罢他的官。"

胤禛："撤职？罢官？他是你什么人？"

河督面显难色："这……"

胤祥喝道："说！"

河督苦笑了笑："他要是奴才的人，奴才就亲手把他宰了。他……"

胤禛："不要说了！这样的人不杀，是无天理！来呀，请王命旗牌！"

两名亲兵捧着王命旗牌应声走了过来。

那河工委员吓得魂飞魄散，爬跪到胤禛面前抱住他的腿号道："四爷！四爷！求您瞧在太子爷的面上，饶了奴才吧……"

此言一出，胤禛、胤祥都是一怔。

胤禛的目光转询河督。

河督无可奈何地点了点头。

胤禛目光一转喝道："太子爷何等贤明，怎么会有你这样的奴才！来呀！"

二亲兵齐应："在！"

胤禛："斩！"

一道寒光，一阵溅血喷向画面！

众乡民齐声欢呼！

定格。

| 第四集　庙堂鼠雀何其多 |

1. 乾清宫门外

传呼太监遥次传旨：

"皇上有旨，年羹尧呈折！"

"年羹尧呈折！"

风尘仆仆的年羹尧将黄缎匣子高举过顶，向乾清宫趋去。

2. 乾清宫

年羹尧举匣跪倒："奴才年羹尧奉四贝勒胤禛之命，专程进折。愿皇上万岁！太子千岁！"

康熙："太子，把折子拿上来。"

胤礽："是。"

胤礽从年羹尧手中接过匣子，转呈康熙。

康熙开匣看折。

诸阿哥和众大臣皆屏声静息，偷觑康熙的神色。

康熙看罢奏折却不露声色，将折子一合，对年羹尧："运往灾区的粮米都是你押送的？"

年羹尧："是奴才护运的。"

康熙："都发到灾民手里了？"

年羹尧："灾民们领到赈粮，无不感颂皇上的天恩盛德。"

康熙："冲缺的河堤都修好了？"

年羹尧："十分坚固。"

康熙："你送这折子走了几天？"

年羹尧："两天一夜。"

康熙不禁动容："你辛苦了！"

年羹尧连忙叩了一个响头："皇上心悬百姓的苦难，夙夕忧劳，能让皇上早一刻看到这个折子，即是奴才的福分。"

康熙满意地点了点头："这次赈灾，你也是有功之人。不要回杭州了，留在北京任职吧。"

年羹尧又重重叩了个响头："谢皇上隆恩！"

康熙："你跪安吧。"

年羹尧："是。"

年羹尧跪安退出。

康熙这才提高了声调，对太子、众阿哥和上书房大臣说道："你们刚才都听到，黄河这次大水总算对付过去了。太子这一次举荐四阿哥胤禛办理这个差事，可以说荐人得当，调度有方。"

胤礽知道此刻绝不宜喜形于色，连忙说道："知子莫若父，这都是皇阿玛的运筹、四弟他们的效力，儿臣何功之有？"

康熙点了点头："四阿哥胤禛功不可没！上书房即刻拟旨，加封胤禛为雍郡王！"

佟国维应诺："嗻。"

此言一出，所有的阿哥都是一愣。

老九、老十即刻立见于颜色。

胤禩的脸色也不自在了。

奇怪的是胤礽的脸上也掠过一丝不悦。

康熙不动声色地把众人的反应都看在眼里，说道："我知道，加封胤禛你们有些人心里不痛快，也许是羡慕。那好，我这儿现在还有个差事，有谁能办好了我加封他为亲王！"

众人皆一震！

康熙："前一向朕调来户部的案卷看了，国库的亏空竟达一千两百多万两白银！这笔钱哪去了？居然是大大小小的官员们借去了！弄得泱泱中华大国发了一次水灾，都拿不出银子来办赈修河！你们想没想过，再发几次水灾、旱灾怎么办？边境上一旦发生战事怎么办？怎么办？！"

胤礽连忙带头跪下。

众阿哥和几位上书房大臣一齐跪下。

胤礽："儿臣等处事无方，请皇阿玛治罪。"

胤禩也知道不能再沉默，接着说道："儿臣兼管户部，责无旁贷，请皇阿玛治罪。"

康熙："治了你们的罪，国库就不亏空了？我要的是切切实实的办法！你们中间谁能挺身而出承担追比欠款的差使？哪怕追回一千万两！我这儿立马加封他为亲王。"

一片沉默。

康熙叹了一口气，接着说道："我这儿等着。你们自荐也好，推荐也好，总之要在你们阿哥中派一个人出任追比国库欠款的差使。上书房拟一道旨，明谕大小臣工，做好偿还欠款的准备。到时候不能还款甚或有钱不还的，追比欠款的阿哥可以指名严参，绝不姑贷！"

3. 胤禩府客厅

闻风而来的欠款官员们都聚集在客厅里，等候胤禩接见。

礼部司官姚典："十几年欠下的银子，一下子叫还就还，这不是要人命吗？"

图伦升："八爷管着户部，大家的难处他全知道，只要八爷肯出来说话，万岁爷一定会网开一面，哪怕是宽限个一年两年都好。"

邓元芳："最好让八爷跟万岁爷去说，同意咱们分期付还。那样一来还有一点儿闪转腾挪的余地。"

桑佩："没用。没听说吗，万岁爷要在皇阿哥中选派一个人当任追比欠款的大臣？只有让八爷出任这个差使，说的话才管用。"

众官员齐声附和："对，叫八爷把这个差事讨下来！"

这时胡管家走了上来，指挥众仆人给众官员上茶。

图伦升："胡管家，八爷到底在哪儿？请你通禀一声，高低让我们见上一面。"

众官员："是呀。"

胡管家赔笑答道："我说过了，八爷不在府里，众位老爷还是回去吧。"

邓元芳："那我们就等。见不到八爷，我们今天就不走了！"

胡管家又笑道："那众位老爷就等吧。"

4. 胤禩府西花园书房

胤禩又在作画了。

胤禟、胤䄉、胤禵或站或坐，谁也没有心思看胤禩作画。

胤禟："我说八哥，你到底出不出来接这个差事？你不接，我们中间谁接？你也得定个章程。总不能眼睁睁看着这个亲王又让太子党的人抢去了。"

胤䄉："是啊，我们的人接了这个差事还能给自己人行点方便。这个差事无论如何不能再让老四他们得了去！"

胤禩将画笔一搁，叹了口气，没有接胤禟、胤䄉的话茬，却对坐在一旁一直没有吭声的胤禵问道："十四弟，你说这个差事咱们能接吗？"

胤禵虽然比老九、老十年轻，却反而比他们显得深沉，他斟酌了好一会儿，才说道："难！一千多万两银子，牵扯到上上下下那么多人，一下子能追回？就算追回了，还不把人都得罪了？我想，这个亲王不当也好。"

胤禩："有理！这个差事我不接，你们也不要接。"

胤禟、胤䄉同声问道："谁接？"

胤禩："四哥！"

胤禟、胤䄉还有胤禵一齐脱口问道："什么？四哥？！"

胤禩："对！明天我先上一个辞呈，请求皇阿玛免去我的管理户部的差使。然后我们一同推荐四哥出任追比户部欠款大臣！"

5. 太子府书房

胤礽背着手来回踱步，一边对几名心腹官员——司马尚、黄体仁、肖国兴说道："我借的银子我还！你们着什么急？"

肖国兴："奴才不是这个意思。要是奴才们垫得起这笔银子，就是倾家荡产也会替太子爷垫了……"

胤礽："那你还急什么？！"

司马尚："奴才们是担心万一八爷接了这个差事，而太子爷一下又拿不出这笔银子，可就……"

胤礽一听更加焦躁，来回走得更急了。

黄体仁开腔了："那就叫太子爷自己的人接这个差事。只是这个差使不好当哪……"

胤礽倏地停住，眼中放出光来："对！叫老四去！"

6. 胤禛府二门内

兴奋的年秋月像一只鸟儿边跑边喊："哥！哥！"

那一边，年羹尧也含着笑大步走来。

二人越来越近。

年秋月一下子扑倒在年羹尧的怀里，流出泪来。

年羹尧轻轻地摸了摸年秋月的头，说道："傻妞，在扬州的时候天天吵着要到北京来，到了北京又想家了吧？怎么，在这儿不顺心？"

年秋月抬起头揩干了眼泪又笑了："挺好的，福晋和府里的人对我都挺好。哥，爹和妈都还好吧？"

年羹尧："傻丫头，哥这几个月一直跟着主子当差，还不同你一样，哪儿能见到爹和娘。"说着，拉着年秋月的手边走边问，"那个邬先生在这儿还好吧？"

年秋月脸儿一下红了："他好不好，人家怎么知道。"

年羹尧："怎么？没叫你伺候他了？"

年秋月："早就没有了。这个邬先生也真怪，到了府上又不教少主子念书，又不同别人说话，福晋也拿他没辙，安排了两个仆人伺候着他。福晋还说了，等四爷回来干脆把他辞了算了。哎哥，他到底是个什么人呀？有时候像个神仙道士，神秘兮兮的；有时候又像个小孩，怪可怜的。"

年羹尧笑了："谁知道？怎么，你好像挺喜欢他的？"

年秋月羞了，嗔笑着捶着年羹尧："说这样的话，像当哥的吗？讨厌！"

年羹尧轻声说道："不是我讨厌，是主子'讨厌'。告诉你吧，四爷给福晋的信里说了，一定要你伺候着他呢。"

说话间，已经到了万福堂外，高勿庸笑着迎了上来："快去吧，福晋正等着呢。"

年羹尧快步向万福堂走去。

7. 乾清宫

康熙面对众阿哥和上书房众大臣，问道："怎么样？你们谁愿意担当追比欠款的差使？或者推荐谁出任这个差使？"

胤礽立刻答道："儿臣以为，四阿哥胤禛办事认真，不徇私情，担任这个差使最为适宜。"

康熙不置可否，将目光又转向其他阿哥："你们说呢？"

胤禩立刻接言："儿臣曾管户部，却未能峻切操持，以至库银挪借，遗君父之忧。儿臣自认为察切之明、临事之威不及四哥。因此，儿臣不但赞成四阿哥当任这个差使，而且愿意将管理户部的差使也让给四阿哥来干。这是儿臣的辞呈，请皇阿玛俯允。"说着，拿出辞呈，双手举起。

康熙有些意外，接着眼中闪过一丝疑云，但很快回复那种恒见的冷静，只对李德全点了点头。

李德全上前接过辞呈，转呈康熙。康熙仍然不置可否，又对大阿哥胤禔问道："胤禔，你是大阿哥，你怎么说？"

胤禔："回皇阿玛，按理说儿臣也应该接这个差使，为皇阿玛分点忧。但既然太子和八弟都认为四弟来干较为适宜，儿臣也没有异议。"

康熙接着向其他的阿哥问道："你们呢？"

胤祉、胤禩、胤祺、胤䄉齐声答道："儿臣等均无异议！"

康熙还是不置可否，又向佟国维、马齐、张廷玉问道："你们上书房大臣是何意见？"

佟国维："'治大国如烹小鲜。'奴才认为，户部欠款之事，人多面广，既要将欠款追回，又不能使欠款的官员太过难堪。雍郡王胤禛办事不讲情面，担当此任原很适宜，但若太过操切也怕激出变故。八阿哥胤禩素有贤名，若能继续管理户部，和四阿哥一道办理此事，则能刚柔相济，收互补之效。"

马齐："佟国维所见极是，奴才同意他的看法。"

康熙："张廷玉，你的看法呢？"

张廷玉："知人之明，无过皇上。关键在于能够追回欠款，若顾虑太多则怕反而误事。请皇上乾纲独断。"

康熙："好。你们的奏议都明白了。至于是否让四阿哥担任这个差使，朕意等四阿哥回京后问问他自己再说。太子，你立刻饬知户部造好欠款官员的名单，通知那些欠款的人等追比大臣到任即行还款！"

胤礽："是！"

8. 胤禩府客厅

大厅里来了更多探风求计的官员。

图伦升："这下好了，八爷不管我们了！"

桑佩："偏偏又要派四爷这位'冷面王'追款。我们这一次是在劫难逃啰！"

坐在一旁一直没有吭声的魏东亭这时长长叹了一口气。

姚典："哎，魏老爷子，您干吗不去见万岁爷？凭您老跟万岁爷几十年出生入死的情分，万岁爷总该给点面子吧。"

须眉已见斑白的魏东亭又长叹了一声："唉！去了。递了两次牌子，万岁爷不见。"

众人一听更是一怔。

图伦升："凶多吉少，凶多吉少哇！连魏大人这样的皇上包衣人家都不能通融，我们就更不在话下了。"

桑佩："那您老来找八爷不也是枉然吗？"

魏东亭："写了个乞恩的折子，想请八爷递上去……"

突然，不知谁喊了一句："八爷回来了！"

所有的人一齐站了起来向门边拥去。

乱糟糟的呼喊声、招呼声：

"八爷！八爷！"

"您可回来了。您可得救救我们呀！"

胤祀仍然是那副和煦春风般的神态，面带微笑地一边走一边点着头说道："好，好。"

随着胤祀一道进来的胤禛、胤祯、胤禵则没有那么好的脾性儿了，三个人都阴沉着脸。

胤祯吼道："嚷什么？嚷什么？乱糟糟的，像什么话！"

众官员被他这么一吼，都安静了下来。

胤祀向众官员揖了一揖说道："诸位请坐，我还有点儿事，不能奉陪了。"说完，径直走了进去。

众官员急了："八爷！八爷……"

胤祯又喝道："嚷什么嚷？八爷又不是神仙！"

众官员只得站住。

胤禛："大伙儿都回去吧，你们都找八爷，八爷也没办法呀。"

图伦升："如果八爷都不能救我们，那我们不是死定了！"

胤祯："救你们？我还想你们救我呢！"

众官员一惊："什么？十爷也欠了国库的银子？"

胤祯："不多，二十几万！你们谁帮个忙，借给我，让我过了这一关，我给你们烧高香！"

众官员面面相觑，哭笑不得。

胤禵："十哥，都是愁人，你就别雪上加霜了。"

胤祯："你没借钱你不愁。还钱我不怕，瘦死的骆驼比马大，到时候卖了我那座十爷府还怕还不了二十几万银子！"

听他这样一说，众官员更没了主张。

胤禛："好了，好了，发牢骚也变不出银子。我给你们出个主意吧，四爷明天就要回京了，你们与其待在这儿求八爷，还不如明天到朝阳门码头给四爷接风去？大伙儿殷勤点儿，多劝几杯酒，兴许四爷一冒酒兴儿，不就宽限你们了吗？"

众官员听此一计，都觉无底，一齐望着胤禵、胤禟和胤祯。

胤禟："这样吧。明儿我们几位阿哥都去，帮着大伙儿劝劝酒，求求情。"

魏东亭叹了一口气："病急乱投医，也只有试一试了。"

众官员没精打采地散了。

9. 胤禛府邬思道书房

仍然是那套布衣蓝衫，仍然是面无表情正襟危坐，邬思道正在灯烛前看书。

一双手端着一只放着热气腾腾的食物的托盘伸到了他的面前。

邬思道头也不抬，只冷冷地说道："不吃，端去。"

那双手仍然端着托盘一动不动。

邬思道："我说了不吃……"抬起头不禁愣住了。

年秋月正扑闪着两只大眼紧紧地盯着邬思道。

邬思道连忙站起，突然问道："四爷回来了？"

年秋月听他一说连忙回头巡视。

房门洞开，寂无人影。

年秋月张着大眼迷惑地问道："在哪儿？"

邬思道："四爷没回？"

年秋月："是你说的呀，怎么又问人家呢？"

邬思道有些怅然，又有些惘然地坐了下来，喃喃自语："奇怪……奇怪……"

年秋月一边把食物端到桌上，一边说道："神经兮兮的。趁热，快吃了吧。"

邬思道十分顺从地："嗯，嗯。"端起碗吃了起来。

年秋月拖过凳子在他旁边坐下，笑着说道："你刚才还说不吃，怎么这会儿又吃得这么香呢？"

邬思道又放下碗，说："我说过吗？哦对了，我说过。"说着把碗往前面一推，不再吃了。

年秋月脸儿一沉，站了起来，端起那只碗问道："你真的不吃了？"

邬思道："不吃了。"

年秋月二话不说端着那只碗走到门边一泼，倒掉，回转身来又端起另一只装着食物的碗问道："果然不吃了？"

邬思道稍一犹疑，接着坚定地说道："不吃了！"

年秋月眼中闪出了一星泪花，又端着这只碗走到门边泼掉。

等她再返转身来的时候，邬思道已经端着最后一碗食物在那儿吃了。

年秋月望着大口吞咽食物的邬思道，扑哧一声笑了："德行！"说着背转身，拿起抹布擦抹窗边的茶几椅子。

邬思道吃完了东西把碗往托盘里一搁说道："吃饱了。"

年秋月继续擦着家具说道："吃饱了就看书呗。"

邬思道："嗯。"答罢拿起书卷，眼睛却盯着年秋月。

年秋月婀娜的背影。

年秋月那双只有八旗女子才有的天足。

年秋月仿佛身后也长了眼睛，一边做事，一边说道："不看书，老看着人家干什么？"

邬思道脸红了，忙把目光转向书卷。

年秋月："你刚才怎么说四爷回来了？"

邬思道："猜猜而已。"

年秋月："告诉你吧，你只猜中了一半。不是四爷回来了，是四爷写信回来了。"邬思道："哦……"

年秋月："不过，也快了。听我哥哥说，四爷这次办理赈灾修河的差使立了大功，皇上给他加封了郡王。还要让他出任追比户部欠款的大臣呢。总在这几天他就要回来了。"

灯烛照耀下，邬思道的眼中闪出光来。

10. 朝阳门码头

二十四根旗杆上高扬着十二面龙旗和十二盏宫灯。

上百名官员翎顶辉煌排列如仪，肃立在码头上恭迎胤禛和胤祥回京。

11. 永定河面的钦差官船上

河风吹得官船上的旗帜哗哗直响。

胤禛和胤祥并立在船头上默默地望着遥遥在望的北京城。

胤禛："一转眼就快半年了。十三弟，我也不知道为什么皇阿玛就没有给你加封……"

胤祥淡淡一笑："这些事我打从小就习惯了。你也知道，我这个人只要干事顺心，其他的早就无所谓了。"

胤禛叹了一口气说道："顺心？要能事事顺心就做个庶民百姓也是好的。只怕你我这一辈子都难得顺心啊！这不，还没回就早有个不顺心的差使在等着了。上上下下那么多宗室官员，欠了一千多万银子，一次叫都追回来，这事儿能顺得了心吗？"

胤祥："那就别接！那么多阿哥，平时见好就上，这会儿见难就推。咱们也别那么傻。"

胤禛："能推得了我当然要推。就怕……"

胤祥："要真推不了，四哥，我同你一块儿干！"

说话间船儿已经驶近朝阳门码头。

12. 朝阳门码头

一名官员眼尖："看，来了，来了！"

礼部司官："快，奏乐！"

典礼官："奏乐！"

鼓乐大作。

13. 官船上

胤禛："十三弟，你听，这奏的是什么乐？"

胤祥侧耳细听。

乐声从水面上传来，清晰悦耳。

胤祥一惊："好像是皇阿玛才能用的畅音阁御乐！"

胤禛："哼！我们还没到，就下了个套儿在等了。"

胤祥："对了，四哥，你看！"

胤禛顺着胤祥的手势看去——

高高的旗杆上，龙旗和宫灯被河风吹得招展摇曳，分外醒目。

胤禛："没错，都是十二杆。这也是皇上回京才能用的数字。十三弟，今儿个阵势不对头，告诉田文镜和狗儿他们，都小心点。"

胤祥："嗯。"

说话间，船已驶近码头。

14. 码头旁

礼部司官领衔，率众官员一齐跪倒。

司官姚典："礼部司官姚典，奉旨率有司官员恭迎钦差雍郡王和十三贝子还京！"

跳板已经搭好，胤禛和胤祥却不下船。

一名戈什哈走到船边，向跪倒的众官员传令："王爷和贝子爷有话，'礼制不合，不敢下船！'"

姚典等一怔。

姚典："礼制哪儿不合，请钦差明示。"

那戈什哈："奏的乐曲是万岁爷才能用的御乐，龙旗多了四面，宫灯多了三盏！"

姚典知道再也蒙混不过，忙不迭传令："降下四面龙旗，取下三盏宫灯，改奏《凯旋令》！"

四面龙旗徐徐降下。

三盏宫灯徐徐降下。

胤禛和胤祥这才走下船来。

胤禛领着一行人正准备越过跪接的众官员，突然发现了跪在前排的魏东亭。

胤禛和胤祥连忙走了过去，扶起魏东亭。

胤禛："你老人家怎么也来了？这么大年纪，何必还讲这个礼数？"

魏东亭："四爷和十三爷为了朝廷千里奔波赈灾修河，老奴前来接一接也是该当的。"

胤禛："毕竟于心不安哪，咱们一块走吧。"

胤禛和胤祥一左一右搀着魏东亭拾级而上，向岸上登去。

跟在后面的欠款官员们见状，皆面露喜色。

15. 码头上接官亭

二十余桌酒宴一体摆开。

干鲜果品水陆珍馐一桌桌小山似的摆起老高。

胤禛脸一沉，对跟在身后的姚典问道："姚典，这是怎么回事？"

魏东亭连忙接言："是老奴等一些同僚凑的份子，特为给四爷和十三爷接风。"

胤禛："魏老爷子，不是我扫您的脸。这酒，我不能喝！"说着头也不回向前走去。

胤祥虽有些于心不忍，也只得向魏东亭做了个歉意的表情，跟着胤禛走去。

田文镜和李卫、高福、翠儿紧跟在胤祥身后。

魏东亭和众欠款的官员们都怔在当场。

就在此刻，胤禔、胤祉、胤禩、胤禟、胤䄉和胤禵不知在何处冒了出来，竟一排儿站在前面，迎着胤禛。

胤禔："老四呀，我们可是空着肚子在这儿等着你这位郡王啊。你不吃，老十三和我们岂不都要跟着挨饿吗？"

胤禛此时不得不放下架子，一一寒暄："大哥、三哥、八弟、九弟、十弟、十四弟，你们怎么都来了？"

胤祉轻摇折扇，仍是那副温文儒雅的名士派头，一见面就同胤禛打趣："居士，你从何处而来？"

胤禛："来处而来。"

胤祉："何处而去？"

胤禛："去处而去。"

胤祉："勘破味识，不饮酒，汝能持否？"

胤禛："能持。"

胤祉："饿着肚皮，不吃饭，汝能持否？"

胤禛："不能持。"

胤祉大笑："我也不能持！"说着一把搀起胤禛，对众人喊道："入席！入席！能饮酒的饮酒，会吃饭的吃饭！"

胤禛无奈，只得相随入席。

众人纷纷入席。

16．酒席筵上

胤禛被胤禔、胤祉、胤祀拥着坐在首席。

胤祥被胤禟、胤䄉、胤禵陪着坐在第二席。

魏东亭等几名三品以上官员则拉着田文镜往第三席的上座上让。

田文镜却做了个闭门深拒的姿势，正色说道："雍王爷在此，岂有下官的位置！"说着，推开众人，竟径直走到胤禛背后站定。

魏东亭等人遭此峻拒，好不尴尬，只好怏怏地坐下。

胤禔举杯站起，大声说道："第一杯酒，咱们同贺四阿哥晋升郡王。来，大家干了！"

众人纷纷站起，举杯对着胤禛。

胤禛也站了起来，却不举杯，说道："胤禛加封郡王，乃是皇上恩典。今尚未谢恩，岂敢受贺？这酒，恕我不敢受饮。"

胤禛说完径自坐下。

众人举着酒杯面面相觑。

胤祥哈哈一笑，大声说道："皇上没有给我加封，大家这一杯酒敬我如何？"

胤禔正好借此下台，说道："十三弟此次会同办差，没有功劳，也有苦劳。这杯酒我们同敬十三贝子。干！"说着一口干了坐下，再也不理胤禛。

胤祥和众人同干，坐下。

胤祀运算良久，已想好说辞，举着杯对胤禛说道："四哥此次赈灾修河，上为朝廷分忧，下为百姓造福，救活无数生灵，真是功德无量。为此，小弟敬你一杯！"

胤禛："提到灾民，我倒还想说几句话。"

说到这里，胤禛站起，朗朗说道："我这一次和十三弟到黄泛区，耳闻目睹了灾民的状况，真正合上了四个字——惨不忍睹！房屋被毁，田土被淹，肚里无食，身上无衣，卖儿鬻女者比比皆是呀。如今，他们虽然分到了一点度冬的粮食，但是，他们过冬的房屋在哪里？明年开春的种粮又在哪里？思想至此，我是一滴酒也喝不下去。八弟，你素有'八贤王'之称，想到那些受灾的人，你能喝得下这杯酒吗？"

胤祀被胤禛这番训诲弄得站也不是，坐也不是，只好说道："如此说来，倒是小弟不合时宜了。"

胤禵见胤祀受此冷遇，引起抱打不平之气，呼地站起说道："四哥，你我一母所生。你可知道，你在外面这几个月，额娘是如何挂念吗？"

胤禛听他谈到"额娘"，连忙站起："十四弟，额娘她老人家安好？"

胤禵举杯："我们哥俩一同祝她老人家安好吧！"

胤禛见他如此，反而坐下，冷冷说道："祝额娘的酒，待我们明天一同进宫陪她老人家饮吧。"

胤䄉再也按捺不住，举着酒杯走到胤禛面前，嚷道："四哥！我也不说那么多废话。冲着这么多兄弟和这么多朝廷命官为你接风，你却滴酒不饮，你，你是拿冷屁股对人家的热面孔嘛。"

胤禛猛地一拍桌子，喝道："老十，你喝醉了吗！"

胤䄉一副豁出去的派头："还没喝，醉什么？大哥的酒你不喝，八哥的酒你不喝，老十四的酒你也不喝。我是皇阿玛生的不争气的儿子，我知道你更不会喝我的酒，可是，我还要问你一句，我敬你一杯酒，你认我这个兄弟，就喝了它！"

胤䄉干脆拿起胤禛的杯子，双手举起，跪了下去。

满座鸦雀无声，无数双眼睛圆睁睁地望着这两个兄弟。

胤禛不再犹豫，接过胤䄉手里的酒杯，洪声说道："老十，你也不要跪在这里。众位兄弟和众位大人也不要再向我劝酒。我有一句话，只要你们答应了，莫说是喝一杯，就是喝十杯、喝百杯，喝得我倒在这里爬不起来也在所不惜！"

胤䄉只好慢慢站起，问道："什么话？你说。"

胤禛："皇阿玛的意思大家都知道了。想派我追比户部欠款的差事。当然，这个差事我现在还没有接。为什么呢？因为上上下下牵扯到太多的人。追紧了，碍着多少同僚的情面，这中间只怕还有我的兄弟，还有从小就抱过我亲过我的老臣。"

胤禩的脸上首先就不自在起来。

魏东亭等欠款官员也开始惴惴不安。

胤禛："可是，欠款追不回呢？就是上负皇恩，无法交差。倘若你们大家都能自觉地把欠款都还了，不要让我当这个差，我就是喝一百杯、一千杯，喝得倒在地上不能起来也心甘情愿！"说到这里，胤禛双目炯炯生光，高举酒杯走下席来，从众人身边一一走过。

众人闻言皆悄没声息地放下了酒杯。

走到酒席尽头，见无人吱声，胤禛接着说道："众位既然不喝，就是瞧不起我胤禛，而不是我胤禛瞧不起众位。失陪了！"

说完，胤禛将酒杯往末席桌上一搁，扬长而去。

胤祥、田文镜和李卫等人紧跟着离去。

上自众阿哥，下至众官员皆怔在当场。

胤禩狠狠将酒杯朝地上一摔："嗨！"

17. 紫禁城

李德全领着胤禛、胤祥穿过曲曲折折的宫廊向前走着。

胤禛："李公公，这儿不是通往养心殿的路呀。"

李德全笑着答道："主子说的没错，这儿是通往御膳房的路。"

胤禛："御膳房？"

李德全："对呀，二位爷不是还没吃饭吗？万岁爷特地安排了一席御膳，让二位爷先用了膳然后再去见他呢。"

胤禛、胤祥对望了一眼。

胤祥："怎么？我们在朝阳门码头的事皇阿玛就知道了？"

李德全："什么事能瞒得过万岁爷呢？"

18. 御膳房

大条桌上堆满了御用的膳食。

胤禛、胤祥各坐在一端不知如何下箸。

李德全："万岁爷特地嘱咐叫二位爷放开肚子多吃一点儿。二位爷请哪！"

胤禛、胤祥知道不多吃是不敬，太多吃又怕觐见时失礼，只得在每一道菜中夹上一点儿，浅尝辄止。

吃了一阵，胤禛向胤祥使了个眼色，站了起来。

胤祥也跟着站了起来。

胤禛："李公公，请领我们去觐见万岁爷吧。"

李德全笑着答道："万岁爷有旨，今儿个就不见了。二位爷快点回府去和家人团聚吧。"

胤禛、胤祥听了连忙向养心殿方向跪了下去，恭恭敬敬地叩了三个头，然后站起。

19. 胤禛府前院

从大门到厅廊，到处点起了灯笼。高勿庸站在大门口尖着嗓子喊道："王爷回府哪！"

久别而回，胤禛带着几分欣喜，又带着几分感慨走进府门。

雍王福晋那拉氏领着十岁的弘时、五岁的弘历，还有刚刚学会走路的弘昼站在滴水檐前笑融融地候着胤禛。

其他王府家人奴婢黑压压站了满院。

看到胤禛进来，那拉氏屈了屈膝："爷回来了。"

胤禛边走边说："回来了。"

那拉氏对身旁三个儿子："快，拜见父王。"

弘时、弘历虽小，也学着大人模样，趋步上前，双膝跪倒，叩下头去："拜见父王。"

弘昼慢了一些，也跌跌撞撞走到两位哥哥身边扑在地上，牙牙说道："拜见父王。"

众管事奴婢这才黑压压一齐跪倒："拜见王爷！"

胤禛这时才露出一点笑脸，抱起弘昼，对弘时和弘历以及众管事和奴婢："起来吧，都起来吧。"

弘时、弘历和管事奴婢又重重叩了一个头：

"谢父王！"

"谢王爷！"

都站了起来。

这时，李卫、高福和翠儿才怯生生地提着行李走了进来。

胤禛对那拉氏："这是我从江南带来的几个奴婢。"

李卫他们不等胤禛说完，机灵地走到那拉氏跟前跪倒：

"奴才拜见福晋！"

那拉氏看到这几个活泛的孩子，也自欢喜，笑道："好了，都起来。"

李卫等叩头站起。

20. 万福堂

那拉氏正在给胤禛宽下外面的袍服。

胤禛突然想起，问道："对了，邬先生呢？他怎么样了？"

那拉氏："别提你这位邬先生了。到府里也快两个月了，请他给弘时、弘历教书，他答什么来着？什么山野草莽啦，什么刑余之人啦，不敢出任世子的先生啦……一句话，根本就没有教他们。王爷，这个人能够做咱们的西席吗？"

胤禛笑了一笑，说道："这些读书人哪……"

21. 敬贤堂书房

鼓乐齐鸣，爆竹震天。

红烛高烧，香烟缭绕。

书房正中的墙上挂着巨幅孔子画像。

画像前陈列着香案，香案下摆着拜垫。

身穿常居礼服的胤禛领着身穿礼服的弘时、弘历肃立在书房的门边静静地等候。

22. 邬思道居室

年秋月正在给邬思道换穿礼服。

高勿庸恭敬地站在一旁等候换衣的邬思道。

年秋月给邬思道穿好衣服，又把拐杖拿过来递给邬思道，然后站到一边上下打量了一会儿，笑了："好了，去吧。"

高勿庸连忙走到门边斜着身子掀开门帘。

邬思道拄着拐杖走出门去。

高勿庸放下门帘跟了出去。

走到门外，邬思道怔住了——

从这儿通往前方的道路两侧站满了打着灯笼俛首而立的仆人。

一阵热血涌来，邬思道的脸激动得通红。

高勿庸站在他的身后轻轻催促道："邬先生，请吧。"

邬思道拄着拐杖从通明的灯笼人道中走去。

灯光辉映的王府上空回荡着拐杖拄在地面的嗵嗵声……

23. 敬贤堂书房门口

邬思道站住了，目光深深地望着对面的胤禛。

胤禛的目光也深深地望着对面的邬思道。

胤禛慢慢地向前走去。

邬思道拄着拐杖慢慢地向前走来。

两个人面对面地又站住了。

片刻的沉默。

胤禛伸出一手搀起邬思道的手臂向书房门走去。

24. 敬贤堂书房内

邬思道搁下拐杖，面对香烟缭绕的孔子画像艰难地匍匐下去。

弘时、弘历在邬思道的身后跪了下来。

三人一齐叩头，拜毕，站了起来。

高勿庸这时走上前去，搀着邬思道在西边的靠椅上坐下。

弘时、弘历同时走到邬思道的身前跪拜。

邬思道扶着靠椅的把手站了起来，伸出一手向弘时、弘历虚扶了扶。

弘时、弘历站了起来。

这时，胤禛向高勿庸使了个眼色。

高勿庸又走了过去扶着邬思道坐下。

万般没有想到，胤禛走了过去对着邬思道深深一揖。

邬思道大惊，扑地跌跪在地上。

25. 邬思道居室

桌上摆着一壶酒，两副杯筷。

胤禛和邬思道分坐在主宾席上。

胤禛对站在一旁的高勿庸说道："告诉福晋，今儿晚上我在这儿陪邬先生喝酒。叫她不要等我。哦对了，无论什么事都明天再说。不要来打扰我。"

高勿庸："嗻。"答着，退了出去。

年秋月提着一个食盒走了进来，从里面端出几碟精致的小菜摆到桌上。

胤禛望着年秋月笑了笑说道："秋月，这一向你伺候邬先生有功，我该赏你点什么呢？"

年秋月脸红了一下，接着笑对胤禛说道："王爷，您真想赏我？"

胤禛："要什么？你说吧。"

年秋月扑闪着两只大眼，想了一阵，说道："那就赏我一杯酒！"

邬思道赞赏地笑了。

胤禛没有想到她会提出这样一个要求，问道："你为什么只要一杯酒呢？"

年秋月："今儿是王爷给少主子请先生的好日子，奴才喝一杯喜酒不应该吗？"

胤禛大悦，赞道："好丫头，真懂事！好，我就赏你一杯喜酒。"说着，满满地斟了一杯酒递给年秋月。

年秋月双手接过酒杯，一仰脖子喝了下去，接着将杯口朝着胤禛一亮。

胤禛和邬思道对望了一眼，都大笑起来。

年秋月提起食盒跑了出去。

胤禛给邬思道斟满了酒，又给自己斟满了酒，然后举起酒杯说道："邬先生，请。"

邬思道却不端酒杯，正色说道："王爷，邬某有一句话藏在心里，如骨鲠在喉，想请王爷明示。"

胤禛也放下了酒杯，正色说道："先生请说。"

邬思道："邬某一介寒儒，又是坐过牢的刑余之人。王爷为什么要请邬某出任世子的先生？"说着，两眼紧紧地盯着胤禛。

胤禛慢慢地站了起来，踱到门边，略一沉思，突然仰起头低声吟诵起来："'朝廷待其不为薄矣……二君设心何其谬也？独不感天听若雷、神目如电？呜呼！吾辈进退不苟，死生唯命，务请尚方之剑斩彼元凶，头悬国门，以儆天下墨吏……'"

邬思道震撼不已，早已站了起来，眼中闪着泪花说道："十年了，王爷还记得我的这篇文章？"

胤禛："是真文章自能千古流传！"

邬思道双手微微颤抖地举起酒杯："王爷，请！"

胤禛也双手举起酒杯："请！"

26. 胤禵府花厅

杯盘狼藉。

已经满脸通红的胤禵，又将一大杯酒一口喝干，然后带着哭腔嚷道："我他妈真不是人！我干吗当着那么多人跪在那里给他敬酒？！不就是二十几万两银子的债吗？求他，为什么不求你！"

说着，胤䄉扶着桌沿向胤禟跪去。

胤禟一惊，连忙扶着胤䄉，说道："老十，你这是干吗？"

胤䄉："求九哥借我二十万两银子，让我还债，我他妈死也不能再受老四的窝囊气了！"

胤禟："咱哥们谁是谁？我的钱不就是你的钱，你的债不就是我的债吗？什么求不求的，坐下，喝酒。"

胤䄉蒙眬着眼盯着胤禟："九哥，你答应了？"

胤禟："钱，我给你，可你就这么服服帖帖把钱给他送去，往他脸上贴金？"

胤䄉："不把钱送去能行？这可是老爷子下了圣旨的！"

胤禟："我说老十呀，你这人什么时候能把肚子里的肠子绕一绕。欠债的人那么多，你不会先看看人家还不还？"

胤䄉："可我他妈是皇阿哥，我不带头，能行？"

胤禟："你这小贝子阿哥算老几？告诉你，太子还欠着钱呢。"

胤䄉："什么？太子也欠了钱？"

胤禟："消息是八哥那儿来的，有四十五万！"

胤䄉："这么多？"

胤禟："嗯。你不要看别人，就看太子，太子还，你就还；太子不还，你干吗要还？"

胤䄉："九哥，你干吗不早说呢？来，这杯酒，我们为太子喝！"

27．邬思道居室

胤禛为邬思道续酒。

门外传来高勿庸的声音："王爷！王爷！"

胤禛将酒壶一搁："我说了有事明天再讲，为什么又来烦我？"

高勿庸的声音："没法子，是太子爷来了。"

胤禛一惊。

邬思道："王爷快去吧。"

胤禛："我去去就来，先生稍候。"

邬思道："我等着王爷。"

胤禛开门径去。

28. 胤禛府客厅

胤礽穿着便服正在来回踱步。

胤禛急忙上前请安："不知太子驾到，胤禛有失迎迓，请太子恕罪。"

胤礽："好你个老四！回了京也不先去看看我，是不是我这个太子碍着你什么事了？"

胤禛暗惊之下，连忙解释："太子这话可冤屈臣了。今天我连皇阿玛都还没见着呢。"

胤礽："好了，好了。这不是说着玩儿吗？我就知道，任谁跟我过不去，老四还是我的铁杆儿兄弟！来，咱哥们坐下说话。"

胤禛："是。"

二人坐下。

胤礽："老四呀，我可是举荐你出任追比户部欠款的差使了。明儿见了皇阿玛，你可不要推辞噢。"

胤禛："二哥，按说为了朝廷，为了皇阿玛，为了你，我都得接这个差事。只是……"

胤礽："我知道，我知道。你放心，无论有多大的难处，我都会罩着你。你就放开手干吧。"

胤禛："二哥……"

胤礽站了起来："就这样定了。哦对了。我这儿有几个人的名单。这几个人借的钱，你给他们缓一缓。"说着，将名单递给胤禛。

胤禛接过名单不胜茫然……

29. 邬思道居室

胤禛走了进来："叫先生久等了。来，坐，咱们接着饮。"

邬思道："王爷，太子是来叫你接任追比国库欠款的差事吧？"

胤禛看了一眼邬思道，问道："先生如何得知？"

邬思道微微一笑，说道："这件事在王爷回京以前就已经满城风雨了。王爷，你接这个差事吗？"

胤禛不答，只是苦笑了一下。

邬思道："王爷，想听听邬某的浅见吗？"

胤禛："好哇。我正想听听先生的见解。"

邬思道："那邬某就试为王爷析之。"说着，开始把面前的碗筷腾开，边拿边说："接与不接，得先看看借款官员的情形。"说话间在桌面上腾出了一块空地。

邬思道："这些人大致可以分为三类。"说着拿起一只小空碗放到面前："第一类情形是不得已而借之。这类人最多。一个四品京官，一年的俸禄银子才一百多两。这点钱养家糊口也仅温饱而已。可他是个官，他出门得坐轿子，做事得要有跟班，回家得要有佣人，在官场来往得要有应酬。如今请客摆一桌像样的酒筵就需十两银子，做一件像样的官服也要十两以上。王爷请算算，这个官一年下来得要多少银子开销？他不借，就要贷；不借不贷就要甘守清贫，甘守清贫他还出来做官干什么？为官而甘守清贫者即是贤臣。请问王爷，古往今来有多少贤臣？"

胤禛点了点头。

邬思道喝一口酒，润了润喉咙，接着拿起一只中碗摆到面前说道："第二类情形是不安分而借之。这类人不多，但最不好对付。为什么？因为这类人往往是有资历有功劳讲排场讲阔气的大官功臣。如曾任江宁漕运总督的魏东亭，现任苏州织造的李煦和江宁织造的曹寅，还有如现任广东总督的武丹。他们中哪一位不是从小就跟着圣上鞍前马后熬出来的心腹重臣？按理他们在职分上的收入已经十分富裕足够花用。就因为存了个'当年吃了苦，如今要享福'的念头，挥金如土，铺张无度。这些人欠国库的银子都在几十万以上，果真要他们还时，回头一看，钱都花得光光。除了抄家当产，他从哪里拿钱还债？果真要抄他们的家，治他们的罪，圣上念着旧情，能下得了这个手？"

胤禛有些坐不住了，站起身来，踱来踱去。

邬思道："第三类人最可恶，纯属贪得无厌，唯利是图，只要能捞到，拆了金銮殿也毫不心疼！如在京几个重要衙门的堂官、司官，由于位居要职，每年收受地方官员的冰敬、炭敬、节敬、年敬不知多少；再如在外的带兵武官，由于太平无时，长期吃空额兵饷肥得流油。可一见到别人借欠国库银两，他们也纷纷争着挪借。反正是越多越好，哪管你国弱民贫！但是，由于前两类人的欠款难以追回，这类人也必然攀比抵赖，有钱不还！"

"还有！"邬思道不等胤禛有所表示接着说道："除了这些官员，还有宗室王公，只怕连太子也……这个账难讨啊……"

胤禛："照先生的意思，我不能接这个差事？"

邬思道："不！一定要接！"

胤禛："哦？"

邬思道："王爷试想，皇上因为国库亏空而忧心如焚，这么多阿哥为什么就没有一个人出来接这个差事？是他们认为国库的欠款不应该追回吗？不是。他们抱着的就是这一个心思，不愿得罪人，更怕得罪了人还追不回欠款。如果王爷也不愿意接这个差事，那么皇上不是连一个愿意为他分忧的儿子都没有了吗？"

胤禛霍地站起，出神地望了邬思道片刻，接着打了个哈欠，懒懒地说道："夜深了，先生安歇了吧。"说吧，点了下头，走了出去。

邬思道怔在当场。

30. 养心殿东暖阁

胤禛快步走了进来，跪下叩头："儿臣拜见皇阿玛，愿皇阿玛圣体康健，如意吉祥！"

康熙："起来说话。"

胤禛又叩了个头，站了起来。

康熙用少见的、慈爱又透着几分忧郁的目光打量着胤禛，说道："你瘦了，也黑了。"

胤禛心中一热，忙躬身答道："儿臣倒觉得身子骨更壮实了。"

康熙点了点头："劳其筋骨，原是能够历练身心。"

胤禛："是。"

康熙："你和胤祥这一次差使办得很好，可以说是急了国家之难哪！可是，从盐商身上弄那么一点儿，一次可以，二次行吗？黄河、淮河，今年治了，明年又决。水灾治了，还有旱灾蝗灾。治国的根本不在于此呀！"

胤禛："皇阿玛圣训极是。"

康熙："都说是康熙盛世，天下太平。怎么各省报上来的田土就一年年减少，国税也一年年递减？你这次下去，想必也看到了一些情形。"

"是。"胤禛有些激动了，答道，"儿臣在下头见到的，和皇阿玛说的一样。有钱的士绅之家仗着免税，拼命买地。小户人家因为人多地少丁税太重，也就甘愿贱价卖了土地当他们的佃户。这样一来，田土年年兼并，贫富日益不均，而国家的税收却年年减少。仅此一弊，朝廷已不堪其忧了。"

康熙："能看到这个弊端，可见你肯用心思。其实朕又何尝不清楚？几次想丈量全国的地土，按地土纳税，可以缓冲一下。可是一层一层报到朝廷的数字都是假的！朝廷想振作，还是靠各级官员去做。可现在的官员们呢？！唉。就说户部欠款的事吧。上上下下竟有那么多人！弄得没有在国库借款的倒成了不合时宜。积重难返哪！难怪朕这么多儿子竟没一个愿意出来承担这个差事。"

胤禛脑子里"嗡"的一声。

邬思道的画外音："如果王爷也不愿接这个差事，皇上岂不是连一个愿意为他分忧的儿子都没有了吗？！"

胤禛扑地跪下，大声说道，"儿臣愿意办理追比欠款的差事！"

康熙露出了一丝笑意："其实你也知道，朕这次催你回来也就是想叫你接这个差事。但朕为什么不直接下旨？因为勉强叫你干，也干不好。现在你自己愿接，朕也就放心了。"

胤禛："只要对朝廷有利，对我大清的江山社稷有利，儿臣大不了做个孤臣罢了！"

康熙："好！有了这个做孤臣的心思，就没有办不好的差使！听说你这次从江南还带了个'孤臣'来了？"

胤禛："是。要说孤臣，田文镜确实是个孤臣。此人心里只有朝廷，而从不计较个人得失。儿臣保举他为追比欠款的帮办，请皇阿玛恩准。"

康熙："好，就依你，让田文镜帮同办差。"

胤禛："是。还有十三阿哥胤祥，此次随同儿臣赈灾修河，劳绩卓著。儿臣一是恳请皇阿玛降旨褒奖；二是想让他也来帮同办理追比欠款的差事。"

康熙："胤祥不能褒奖，也不能参与追比欠款的差事。他的事，你以后少说。"

胤禛心中突然涌起一股不平之气，冲动地问道："胤祥为什么不能褒奖，为什么不能担任这个差使，请皇阿玛明示。"

康熙："你真的想知道？"

胤禛："儿臣想知道。"

康熙："朕想叫你做一个真正的孤臣！你明白了吗？"

胤禛惊出一身汗来，连忙叩了个头："儿臣明白。"

康熙："那好。你去准备，明日就进驻户部。追缴库银！"

胤禛大声应道："是！"

定格。

| 第五集　虽千万人吾往矣 |

1. 紫禁城

康熙的画外音从红墙黄瓦的深宫中传出，越过一顶顶殿脊在京城上空回响：

"从今天起……"

2. 户部大堂外的大坪里

接康熙的画外音："朕委派雍郡王胤禛为追缴国库欠款大臣……"

画外音中推出以下画面：

沿着通往大堂的道路两侧站满了欠款的官员。

胤禛顶戴袍服从大门外走来。

田文镜捧着圣旨和大印紧紧地跟在胤禛的身后。

一大群捧着账册、挟着算盘的书办随在他们身后。

3. 紫禁城通往畅春园的路上

皇帝的仪仗在向前移动。

御辇中，康熙微闭着双眼。

康熙的画外音："尔等臣工，上自王公贵胄，下至文武百官，凡在户部借款者必须将借款缘由一一回明，限在十月前将欠款还清……"

画外音中仪仗已接近畅春园。

4. 户部大堂外的大坪里

接康熙的画外音："倘有抵赖不还者，由步军统领衙门捉拿追比，决不姑贷！"

画外音中推出以下画面：

一阵急促的跑步声。

年羹尧腰佩长剑，率领两队步军衙门的官兵跑步进来，在大门边和四周站定。

众官员一阵骚动，纷纷低声议论。

胤禛已经率领田文镜和众书办在大堂前的廊上站定。

画外音完。

胤禛咳嗽了一声。

众官员静了下来。

胤禛："大家都知道了，皇上派了我追比库银的差事。大家也知道，这个差使不好当哪。俗话说'借钱容易还钱难'，又说'站着借钱，跪着讨债'。倘若跪着就能把债讨回，我现在宁愿给大家跪下……"

众官员中有人发出笑声。

胤禛："为什么呢？就为了国库里没钱了，皇上是愁得连觉也睡不好哇。身为臣子，凡是有点良心的都应该把这个钱还了……"

官员中又发出低声的议论。

胤禛："也许你们中间有人在想，借银子的人这么多，都能一一还清吗？别人没还我还了，岂不冤枉？那我就告诉你们，这一次无论是谁，无论他借了多少都得还，而且都得在限期内还清！也许又有人想，'天上大的是玉帝，地上大的是无帝'，我没钱怎么还？那我也告诉你们，没钱，卖房子当产也得还！"

众官员一片静默。

胤禛："田大人。"

田文镜："在。"

胤禛："从现在起，各位皇子王公的欠款由我追缴。王公以下众官员的欠款由你追缴。"

田文镜："是。"

5. 户部大堂

田文镜翻了翻账簿，对传话书办："请魏东亭大人和陈文盛大人上堂回话。"

传话书办："是。"

6. 户部大堂外的大坪里

传话书办高呼："请魏东亭大人、陈文盛大人上堂回话！"

大坪里，众官员一片静默。

传话书办又呼："请魏东亭大人、陈文盛大人上堂回话！"

金陵副将马国成亮开了唱铜锤的嗓子吼道："魏大人病了，告假！"

户部司官图伦升："陈大人年事已高不便行走，他欠的一两银子交我带来了！"

说完，图伦升走上前去，将一锭小银交给传话书办。

坪里，众官员一阵哄笑。

7. 户部大堂

田文镜将公案一拍："哼！第一天宣旨就托故不到，分明是藐视圣旨，对抗朝廷！年大人，请步军衙门派人去传，再不来，就押来回话！"

年羹尧懒懒地答道："好吧。"

8. 户部大堂外的大坪里

年羹尧："来呀！"

一名武官带着几名士兵跑了过来。

年羹尧："田大人有命，差你们去传魏东亭魏大人和陈文盛陈大人，叫二位大人即刻就来，要不然，田大人可要下令拿人了！"

那武官应声带着士兵跑去。

众官员一阵骚动。

9. 胤祀府西花园

胤祀正专注地坐在小池塘前钓鱼。

胤禟、胤䄉和胤禵兴冲冲地闯了进来。

还隔老远，胤䄉就粗声嚷了起来："八哥，好戏开场了！"

胤祀微一动，接着继续钓鱼。

三人走到胤祀身旁。

胤䄉："户部的戏开锣了。第一出是……是……九哥，你刚才说什么来着？"

胤禟："冷面王发出一声令，巡捕营捉拿二老臣。"

胤祀："什么？叫步军衙门抓人？二老臣是谁？"

胤禟："魏东亭和陈文盛。"

胤祀："抓他们？四哥这样做也太过分了吧？"

胤禵："不关四哥的事。是他从江南带来的那个田文镜，官儿不大，气势不小。"

胤禩："他还不是仗着老四的势？别撞着我，叫他好看！"

正在这时，胤祀府的管家带着胤禩府的小厮走了进来。

那小厮跪下叩了个头，然后喘着气说道："爷，叫奴才好找。四王爷来了，说是叫您还国库的欠款，这会儿正在后园盖戏楼那儿发脾气呢。"

胤禩脸色立变："好哇！拿我开刀了！走，看他能将我怎么的！"

10. 户部大堂前大院

门口一声传呼："魏东亭大人、陈文盛大人传到！"

站在坪里的官员们一齐注目。

神情委顿的魏东亭和老气横秋的陈文盛，阴沉着脸走了进来。

11. 户部大堂

魏东亭和陈文盛已经坐下。

不等田文镜问话，陈文盛气呼呼地问道："请问田大人是哪一科出身？"

田文镜一怔，答道："惭愧，晚生未曾中过科甲。"

陈文盛："这就难怪了。田大人可知道老夫是哪一科出身？"

田文镜这才明白陈文盛是在卖老，压住气说道："倒要请教。"

陈文盛："那我就告诉你，我是康熙三年第一甲第一名状元及第，天子门生。你一个监生出身的人，小人得志，便飞扬跋扈，目中无人，竟敢叫顺天府的差役来传我！雍王爷在哪里？我要和雍王爷说话！"

12. 胤禩府后园

新盖的戏楼正待封顶。

胤禛板着脸坐在戏台前一个木墩上。

胤禩府的家人和匠役们远远地垂手待着。

胤禩大步走了进来。

管工役的管事连忙迎了上去，叫道："爷……"

胤祺照面一巴掌扇了过去，吼道："王八羔子！老子才出去一会儿，你们就躲懒。都待在那儿干什么？还不动工！"

众人面面相觑。

胤禛慢慢站了起来，说道："老十，是我叫他们停下的。"

胤祺假作惊讶："哟嗬！原来是四哥大驾到了。怎么？这戏楼哪儿盖得不好吗？您指点指点，我叫他们改。"

胤禛："戏楼倒是盖得很好，只是不合时宜。"

胤祺："一不刮风，二不下雨，怎么不合时宜？"

胤禛："你这儿不刮风不下雨，可黄河刚涨了大水呢。国库里没钱救灾，咱们怎么能把银子借出来盖戏楼？十弟，我们这些做儿子的，可也要为皇阿玛分点忧哇。"

胤祺："这话没错。我借银子盖戏楼正是为了给皇阿玛分忧哩。"

胤禛："唔？"

胤祺："下个月十一是我的二十五岁生日，说好了，接皇阿玛来玩一天，这戏楼就是为了皇阿玛看戏盖的。"

胤禛："这样的戏皇阿玛是不会来看的。十弟，你真有孝心，就带个好头，赶紧把国库的欠银还了。"

胤祺："四哥这话我听不懂。这国库的钱不就是皇阿玛的钱？几时见做儿子的花了老爷子的钱还要还？"

胤禛勃然变色："你这个理儿是自小在南书房读书听来的，还是谁教你的？"

胤祺："我打从小就不会念书，可阿哥中念书念得好的还不照样欠了国库的钱？四哥，你可别老盯着我好不好？"

胤禛："你放心。这一次不管是谁，欠了国库的钱一文也不能少！"

说罢，胤禛拂袖而去。

管工役的管事"不合时宜"地走近胤祺，搭讪着问道："爷，咱们照旧动工？"

胤祺反身又是一巴掌扇去，吼道："还动你妈个屁！"

13. 户部大堂

田文镜被陈文盛训得愣在那里。

陈文盛却慢慢从身上掏出鼻烟壶，抹上鼻烟，往鼻孔里擦去，接着闭上眼睛慢慢吸气。

田文镜气得脸孔发白，低声喝道："来呀，请圣旨！"

众书小齐应："是！"

陈文盛吓了一跳，连忙睁开眼睛。

书办已经把圣旨展开供在香案上。

田文镜已经站起肃立在圣旨旁边。

陈文盛慌忙站起。

田文镜："陈文盛！你是状元也好，阁老也好，你看看，圣旨就供在堂上。我现在是代圣上问话，你要据实回答！"

望见圣旨，陈文盛只得咽了口唾沫，轻轻答道："是。"

田文镜："陈大人，你既然是进士出身、状元及第，自然是熟读圣贤之书，深谙圣贤之道了？"

陈文盛："圣贤之书自然是常温常读，圣贤之道自然是恪遵不移。"

田文镜："那我倒要请教，'君子怀德，小人怀土；君子怀刑，小人怀惠'，是什么意思？"

陈文盛的气呼呼地又上来了："田大人要学君子之道，改日到舍上来，老夫可以教你。今天既然是问欠库银的事，不必东拉西扯。老夫欠的一两银子已经还了，你还有什么问的吗？"

田文镜："不错，我正要问你欠一两银子的事。但也不要你答，我代你说了。你上得堂来，倚老卖老，桀骜不驯，无非因为只欠了国库一两银子，举手可还，有恃无恐。但照我看来，你这借一两银子的人，其用心比那借百两、千两、万两的人还要可鄙！你是缺钱花吧？不是。缺也不缺一两银子呀。那为什么要借这一两银呢？你是看同僚都在国库借银，你不借，怕众人说你不合流，假清高。可你又不敢多借，怕朝廷有朝一日追查起来损了你状元的名头。于是你就只借了一两，既不自外于同僚，又不怕朝廷追查。于是心安理得，做你那既无真才实学也可不干实事的官，享受你那一篇八股文挣来的富贵荣华。子曰'君子怀德，小人怀土'，你是只怀土而不怀德！子曰'君子怀刑，小人怀惠'，你也只是怀惠而不怀刑。似你这般不遵德化只图虚名，用尽心机尸位素餐的假道学、真小人，还有什么脸面在这里开口科甲，闭口状元，喋喋不休？！你还的一两银子收下了，回家去再把《四书》《五经》好好读读吧！来呀！"

站班应声："在。"

田文镜："送陈大人回去读书！"

站班："是。"

14. 户部大堂前

站班扶着陈文盛走了出来。

陈文盛两眼发直，自言自语："我要见皇上，我要告老还乡。我要见皇上，我要告老还乡……"

站班将陈文盛送出大门。

众官见状群情汹涌：

"田文镜什么东西？为一两银子把老状元气成这样！"

"我们大小都是朝廷命官，怎能受此差辱？！"

15. 佩文斋

偌大的书斋中排列着十余张书案。

每张书案上都堆满了书稿，十多名老少文人各坐在书案前张贴圈画，凝神编纂。

胤祉陪着胤禛走了进来。

看见处处堆积如山的书稿和如此众多心无旁骛的文人，胤禛不禁一怔："三哥，没想到你暗地里有这么大的手笔！"

胤祉："唉！人人都说皇三子养着文人清客吟风弄月，可又有谁想着为我大清留一点'经国之大典，不朽之盛事'呢？"

胤禛："您在国库借的三十万银子都是用来纂书了？"

胤禛走到近旁一张书案，顺手拿起一卷书稿。

封面上写着《佩文韵府·卷一》。

胤禛揭开封面，浏览了一下，立时面现不然之色，轻轻将书稿放下，对胤祉说道："三哥，不是我泼你的冷水，借国帑著韵书似乎于国计民生裨益不大。"

坐在案前那位一直低头疾书的青年儒生此时接言了："照四爷的话说，仓颉造字也是多此一举啰！"

胤禛一愣，细细打量那位儒生。

那人修眉凤目，娴雅中偏透出一股清高倔拗之气，此时也张着两眼对视着胤禛。

胤祉："李绂，对四爷怎能如此说话？"

李绂站了起来，对胤禛一揖，答道："三爷，您知道，如果不是四爷，这句话我还懒得说呢！"说毕，扬长而去。

胤禛被李绂这一顶一撅，竟弄得脸也红了。

胤祉："老四，文人嘛，不要和他们一般见识。"

胤禛也淡淡一笑："我哪来的心思闹这门子闲气。三哥，不是我不通融，你这儿借的国债不还，其他人就会借着大水打漂漂。国库里的几千万欠银收不回，我的差事砸了不要紧，皇阿玛这个家难当呀！"

胤祉脸红了："好吧，你既然这样说，我把书停了，把这些人都遣散了，凑钱还债，让你交差就是。"说完，胤祉也扬长而去。

胤禛深深地叹了口气。

16. 户部大堂

魏东亭："家家有本难念的经哪。田大人，你也不必问我为什么借的钱。事到如今，我只说一句话，我欠户部的三十二万两银子我想办法还就是。"

田文镜："什么时候还清呢？"

魏东亭："……"

田文镜："你想清楚了，明天再来回话。"

魏东亭颤颤巍巍地站起，走了出去。

17. 户部大堂外的大坪里

望着颤颤巍巍走出大门的魏东亭，众官员又是一阵议论。

传话书办走了出来，喊道："金陵副将马国成，原顺天府尹隆科多上堂回话！"

众人一齐注目马国成和隆科多。

几个一二品红顶戴的老武官开始说话了：

"国成、小多子呀，咱们可是刀枪里滚出来的，可别掉了份儿啊。"

"对！拿出点气势来。"

隆科多苦笑了笑。

"操！"马国成却是一声大吼，将顶戴一取，夹在臂下，然后将辫子一甩，绕在颈间，大踏步向堂上走去。

隆科多摇了摇头，跟着走了上去。

众官员精神一振，兴奋起来。

18. 户部大堂

马国成冲着田文镜一声大吼："田文镜，我操你妈！你他妈一个监生出身被革职的七品官，凭什么在这儿耀武扬威？！你不是要讨债吗？老子告诉你，要钱没有，要命嘛，老子这条命跟着万岁爷已经死过几回了！" 吼着将顶戴一扔，双手扒开衣服——

马国成裸露的肩膀上、胸膛上，横七竖八满是翻着红肉的伤疤！

众书办一个个瞪大的眼睛！

田文镜也懵了。

19．户部大堂外的大坪里

那些武官们大声喝彩："好！"

突然，大门外传来胤禛的声音："谁在叫好哇？！"

众官员一齐回首。

胤禛阴沉着脸从大门外走了进来。

那些叫好的官员纷纷把头低下。

20．户部大堂

胤禛先看了看隆科多。

隆科多驯良地低着头垂着手站在那儿。

胤禛接着把目光盯向马国成。

马国成虽然也低下了头，但犹自横眉瞪眼望着地面，一副不服的样子。

胤禛："亮伤疤！摆功劳！好哇，你亮吧。把你的伤疤全亮出来，亮呀！"

马国成一声不吭。

胤禛一拍公案，大声喝道："来呀！把他的官服扒下来，让他把伤疤亮个够！"

几名亲兵应声上前，把马国成的上衣扒了下来。

21．户部大堂外

两名亲兵押着光着上身的马国成走了出去。

众官员鸦雀无声。

胤禛站在廊上说道："今天就到这儿。明天再来。还有抗旨闹事者，马国成就是榜样！"

22．胤禔府客厅

"活该！"胤禔冲着低头站在灯烛旁的马国成吼道："老三的人没闹事，老八他们的人也没闹事，在这个节骨眼上偏是你去闹事，扫我的脸！老四，这人我不管了，你带去发落得了！"

胤禛："大哥，不是我不给您面子。第一天，又当着那么多人，他马国成就顶着圣旨干，这欠款我还怎么追呀？人，我还是交给您了。该怎么处置您看着办吧。"说完就走了出去。

胤禔气得一屁股坐在椅子上大口喘气。

厅侧的门帘掀开了，几个躲在里面的欠款官员钻了出来。

一个官员说道："大爷，这个面子咱们无论如何都得挽回来。"

胤禔红着眼没好气地答道："人家占着理，你怎么挽？"

那官员凑上前去低声说道："据可靠的消息，太子也借了款。"

胤禔一震，忙问："真的？借了多少？"

那官员又开五指亮了亮："有这个数！"

胤禔："什么？五十万！没弄错吧？户部的账单上怎么没有他的名字？"

那官员："大爷，您太忠厚了。太子借钱会亲自出面吗？"

胤禔："都是哪些人替他借的？"

那官员："不全知道。但刑部的黄体仁、肖国兴这两个人肯定是。"

马国成又嚷了起来："操！难怪今天问了那么多人，就是不问这两个。老子明天……"

胤禔喝道："闭上你的臭嘴！你还嫌给老子惹的麻烦少了吗？"

马国成歪着头不再吭声。

胤禔兴奋中带着几分燥热，解开颈边的领扣，来回走着，突然又站住："你这消息是从哪儿听来的？"

那官员："是八爷的人透露给我的……"

胤禔陡然惊觉，两只眼珠滴溜溜直转，随后一声冷笑。

胤禔的画外音："好老八，明知道我和太子不和，却绕着弯子把这个消息透露给我，让我去和太子绞杀，他却站在岸上看翻船……"

想到这里，胤禔把手一招。

那几个官员和马国成都把脑袋向灯笼旁凑了过来。

胤禔无声地说了起来。

23. 户部大堂

魏东亭一改昨日怯弱的神态，气呼呼地说道："同样是欠了库款，为什么对我们追得这样紧？而有些人的问都不问？！"

　　田文镜："谁的欠款没问？魏大人您说清楚了。"

　　魏东亭："黄体仁和肖国兴的欠款你为什么不问？"

　　田文镜一怔，凝神想了想，对身后的书办："拿名单我看。"

　　那书办把欠款官员的名单递了过来。

　　田文镜从头至尾看了一遍，诧异地说道："没有呀？魏大人，这两个人欠了款你是听谁说的？"

　　魏东亭："这还要听人说吗？你问问户部的书办不就知道了？"

　　田文镜狐疑地问身旁的书办："这到底是怎么回事？"

　　那书办："这个……大人，能不能到一边说话？"说着不断地使眼色。

　　田文镜脸一沉，说道："有话就在这儿说！"

　　那书办无奈只好答道："是。黄体仁和肖国兴是欠了国库的银子，一共二十七万两。"

　　田文镜一惊，喝问道："为什么不上清单？！"

　　那书办："这……"

　　田文镜："去！传黄体仁和肖国兴问话！"

24. 毓庆宫

　　胤礽冲着刚刚走来的胤禛发开了脾气："好哇老四！真有你的啊？当面答应了我，背后又叫人使我的绊子。你、你究竟怀的什么心？你说，你说！"

　　胤禛一头雾水，愣了好一阵，才回过神来，问道："太子爷，您急着把我找来，不分青红皂白就生这么大的气。究竟为了什么？也得先说出来让我明白呀。"

　　胤礽："你真的不明白？"

　　胤禛："请太子明说。"

　　胤礽："那好，我问你，你答应好的先不问我的几个人，为什么又叫田文镜风急火燎地把黄体仁和肖国兴叫去逼债？！"

　　胤禛："什么？田文镜把黄体仁和肖国兴叫去问话了？"

　　胤礽一声冷笑："到这个时候了，你何必还跟我装二五眼！我知道，你是看着我这个太子不讨皇阿玛的欢心了，想趁早儿另拣高枝……"

　　"二哥！"胤禛一股血气冲了上来，"我现在也没法儿跟您说。但有一句话我得说清楚了，胤禛的为人您知道，从来就是按着朝廷的章法办事，这一次我昧着良心把你的几个人从名单上抹去了，为了什么？不就为了维护你这个太子吗？不就为了朝廷的安定吗？既然现在有人把黄体仁和肖国兴捅了出来，他们就得还债！"说完头也不回走了出去。

25. 太子府书房

胤礽将手背在背后，绕室彷徨。

司马尚、黄体仁、肖国兴一声不吭地站在一旁。

胤礽仍在来回踱步，口中不断地念叨："钱……钱……"

黄体仁："奴才倒有条路子，能够弄到这笔钱。只是……"

胤礽正听得出神，见黄体仁停了下来，不禁又焦躁起来："狗奴才，你存心要气死我吗？什么现成的路子，你快说呀！"

黄体仁："是。吏部现在还有几个地方官的缺空在那里。有几个人愿意出钱买那几个缺……"

胤礽一惊，站起来一阵急走，突然停下，问道："哪几个缺？他们愿出多少钱？"

黄体仁："一个是四川盐茶道的缺，有人愿出十五万银子；还有河南布政使的缺，也有人愿出十五万银子；再有几个不大不小的缺，都有人愿出五万银子一个。奴才算了一下，这几个缺如果都落实了，一共可以收到五十万两！"

胤礽眼一亮："五十万？！这几个愿出钱的人资格够了吗？"

黄体仁："够！够！这奴才敢担保！"

胤礽咬了咬牙："好！那就让他们出钱！"

黄体仁中气十足地喏道："喏！"

胤礽："给他们打招呼，谁敢说出我的名字，我就要他的命！"

26. 胤禩府后花园

钓竿上的线倏地绷得笔直。

胤禩："上钩了！"

胤禩把钓竿一扬，扯上一条肥大的金丝鲤鱼。

胤禩将钓竿和鱼一并交给仆人，然后走到揆叙和阿灵阿面前。

揆叙将一张钧谕递给胤禩："这是太子发给吏部的钧谕，责令我们将河南布政使、四川盐茶道一共六个缺补给这几个人。奴才们暗中打听了，这几个人走的是黄体仁的路子，都花了不少钱。"

胤禩看着钧谕笑了："那就照太子的钧谕办吧。"

揆叙："要不要告诉万岁爷？"

胤祀："不。不要直接告诉万岁爷。你们只要漏个风给大阿哥就行了。"

揆叙和阿灵阿会意："是。"

27．毓庆宫

王掞将一本发了黄的《大学讲义》递给胤礽。

王掞："太子，这是老臣花了一辈子心血注解的《大学讲义》，如果太子能从里面悟出一点道理，老臣死也瞑目了。"

说着，王掞的眼睛又红了。

胤礽只得耐下性子，将书摊在案上，慢慢翻开。

翻着翻着，胤礽发现书的中部鼓鼓囊囊，心知有异，连忙掀开。

——书里夹着大大小小几张银票。

胤礽拿起银票一数，共四张：

一张伍仟两，一张贰仟两，两张一仟两！

胤礽拿起银票迷惘地看着王掞，问道："师傅，这是？"

王掞："太子……你就不要瞒我了……你平时手脚那么大，每年四万两银子怎么能开销得了？这一向老臣见你快快不乐，就知道……这点钱也做不了什么用，就算师傅的一点心意吧……"

胤礽的眼也红了，握着王掞的手，说道："师傅，您放心，等我做了皇帝，您百年之后，我一定将您的牌位供在照中祠、贤良祠，让您千秋万代享受香火……"

王掞的眼泪流了下来，说道："我不要这些。只要你做一个好皇帝，九泉之下我也就瞑目了……"

28．户部大堂前

门前和四周都站满了步军衙门的兵丁和顺天府的差役。

众欠款官员一个个神情木然地聚集在大坪里。

胤禛站在大堂前廊上，板着面孔大声说道："今天已经是第十天了，还款的人呢还不到一成。观望！攀比！能拖就拖！能赖就赖！魏东亭！"

魏东亭在人群中一惊，慢慢走了出来："老奴在。"

胤禛："念在你是老臣，大家都敬着你，可你呢？一欠就是三十五万两，还攀比人家。现在你攀比的人都还了，你什么时候还？！我告诉你们，圣旨上说得明明白白，十月前都得还清欠款。别打量着法不治众，到时候没有还清的一律抄家抵债！"

一个老武官说话了："请问四爷，如果是阿哥呢？"

胤禛："你说的是三阿哥还是十阿哥？"

这时，大门外传来胤祉的声音："是谁在背后攀我呀？"

众人皆是一怔，一齐回头望去。

胤祉还是那样闲适潇洒，轻摇折扇，从众人让开的甬道中踱了进来。

胤禛连忙迎上几步："三哥……"

胤祉轻轻摆了摆手，然后走到廊上站住，回转身说道："前不久，四爷到我府上来了。不为别的，是叫我归还国库的欠款。我心里也一样，不高兴！这人嘛，就这德行，跪着借，站着却不愿意还。过后，我想通了。四爷为的什么？为的朝廷，为的咱大清的天下！国库里这点钱，你也借我也借，又都不还，最后拿什么去开支！因此，我今儿自个儿来了，给四爷还钱来了！"

说着，胤祉掏出一张银票，递给胤禛："老四，你看清了，正宗大顺庄的汇票，凭票即兑白银三十一万两。如假包换！"

胤禛激动地从胤祉手中接过银票："三哥，我给您道谢了！"说着，就请下安去。

胤祉伸出纸扇拦住："错了错了！杀人偿命，欠债还钱。道什么谢？"

胤禛趁势站直身子面对众官，正颜说道："你们都听到了，也看到了！三爷身为郡王，今儿亲自到户部还钱来了。从今天起，以十日为限，所有的人都要把钱还清。十天不还……我就叫顺天府和步军衙门抄家！"

众欠款官员一个个面面相觑。

懊丧的面孔。

惶急的面孔。

也有死猪不怕滚水烫的面孔！

29. 佟国维府大厅

隆科多不安地坐在客椅上向内张望。

许久不见动静，隆科多站了起来，欲向内走去。

一名管家站了出来，伸手拦住："二爷，您这是到哪儿去？"

隆科多："六叔到底在不在家？在，好歹让我见一面；不在，也别叫我傻等呀。"

那管家："隆二爷，奴才实话对您说了吧，老爷正忙着呢。您有耐性就在这儿等着，有急事就先忙去。"

隆科多望着那管家势利的嘴脸，双眉倒竖，便欲发火，接着还是忍了下来，求道：

"我有急事，相烦你再去禀报一声。"

那管家："隆二爷，不是奴才放肆，您三天两头都说有急事，还不就为了借钱嘛。这借钱也得有借有还，再借就不难。"

"啪"的一声，隆科多一巴掌扇在那管家脸上！

那管家一个趔趄，摔倒在地，尖声喊道："你、你凭什么打人？！"

隆科多大声喝道："我就打你这瞎了眼的畜生！一个奴才，什么东西，也敢在我面前出声教训起来。你家老爷是谁？是我嫡亲的六叔！我这就见他去，放纵奴才欺凌主子，是我佟氏家的规矩吗？"

这时，许多下人都挤到门边瞧热闹，却没有一个出面张罗隆科多。

隆科多："你们去叫我六叔来，让他老人家当面评评这个理！"

换来的却是一张张淡漠的面孔。

隆科多羞愤难名："好！你们不叫，我自己去找！"

里面传来了佟国维的声音："是谁在这儿大吵大闹呀？"

佟国维身着便服走了出来。

众下人一齐垂手侍立。

隆科多连忙上前请安："侄儿给六叔请安了。"

佟国维望了望仍然坐在地上捂着面孔的管家，转过头对隆科多把脸一沉："怎么了？在哪儿弄得不顺心，跑到我这儿发气来了？"

隆科多："侄儿不敢。您知道，侄儿自从前年撤了差使，一直赋闲，这一家老小总得开销呀。因此在户部借了三千两银子，现在朝廷追得急，十天不还就要抄家，侄儿万般无奈，只好来找六叔。"

佟国维："好了，好了。管家，到账房给他拿五百两银子。"说着转身向内走去。

隆科多："六叔……"

佟国维的身影已消失在后堂转角处。

30. 隆科多卧室

一灯萤然。

隆科多坐在桌边。怔怔地望着桌上的一柄宝刀。

——那宝刀鲨鱼皮制就的刀鞘上镶满了宝石，显然名贵异常。

灯光映照下，一颗颗宝石闪出迷目的光彩。

隆科多眼一花，化入：

战场上，剽悍的隆科多夺过叛军一面大旗驰马而来。

隆科多翻身下马，高举大旗跪在戎装金甲的康熙面前。

康熙微笑着解开腰间的宝刀，赏给隆科多。

隆科多扔掉敌旗，双手接过宝刀。

化出：

隆科多拿起宝刀紧紧地抱在怀里。

31. 万永当铺

隆科多手捧黄布套袋装着的宝刀，站在对街犹豫地望着对面当铺。

当铺门上方那块书有"万永典当庄"几个大字的匾额分外醒目。

隆科多轻轻地抚摸着袋内的宝刀，终于咬了咬牙，向当铺走去。

32. 胤禟府花厅

胤禟对魏东亭说道："船到桥头自然直，您老不用急。"

魏东亭："只有十天，就要抄家了。全家一百多口人，叫他们怎么办……"

正在这时，外面传来了胤䄉那粗大的嗓音："与其让他抄，不如我自己抄了自己的家！"

胤䄉大步走了进来。

看见魏东亭，胤䄉更来劲了，对他嚷道："魏老爷子，你怕个啥？他要抄家让他抄！没了家，我们都到万岁爷的金銮殿上打地铺睡觉去！"

胤禟："老十，不准乱说！"

胤禟转身又对魏东亭说道："您老都看到了，十爷欠了钱我都没法帮衬，我不是不愿帮您呀。"

魏东亭颤颤巍巍地站了起来。

胤禟："要不，我再给您老出个主意，去找一个人。"

魏东亭："谁？"

胤禟："胤祥。"

魏东亭："十三爷？"

胤禟："对。十三爷从小没娘，在宫里是您老抱着他玩大的。这份情他能忘了？再说，他和四爷的交情……"

魏东亭心里又升起了希望："多谢九爷指点。老奴这就去找他。"

说着，魏东亭颤颤巍巍走了出去。

胤祯："九哥，你叫魏老爷子去找老十三能管用吗？"

胤禟："老十三穷蛋一个，能管什么用。"

胤祯："那你叫老十三去碰老四的钉子？"

胤禟："老四不是要做孤家寡人吗？那就让他做个真正的孤家寡人好了。"

胤祯狠狠地点了点头。

胤禟："哦，对了，我让你见一个人。来呀，叫乔姐给十爷上茶。"

少顷，一个妖媚的姑娘捧着茶盘走了出来。

她走到胤祯面前："十爷请用茶。"

胤祯脸上漾出笑来，一手拿茶杯，一手在乔姐手上捏了一把。

乔姐一笑，走了出去。

胤祯："九哥，哪儿弄来这么个妞？别有风味？"

胤禟："是刘八女送来的。"

胤祯："赏给我吧。"

胤禟："那可不行！她是我特意留着给老十三的。"

胤祯："什么？宁愿给老十三，也不给我？"

胤禟："你懂什么？这是我跟八哥下的一步棋。附耳过来。"

胤祯把耳朵凑了过去。

33. 胤祥府后院

胤祥正在练剑。

一名家人走了过来："禀贝子爷，魏东亭大人求见。"

胤祥连忙收剑："在哪儿？"

家人："在大门外。"

胤祥将剑抛给家人："我去接。"

34. 胤祥府客厅

胤祥已经搀着魏东亭走了进来。

胤祥一面走，一面喊道："叫厨房准备，我今天要陪魏大人吃饭。"

那家人应声而去。

魏东亭在胤祥搀扶下坐了下来。

另一家人托着茶走了进来。

胤祥亲手把茶捧给魏东亭。

魏东亭双手接过茶，两眼出神地望着胤祥。

胤祥："魏大人，您来一定有什么事托我吧？"

魏东亭眼角滴出两颗浊泪，说道："十三爷，只有你像当年在宫里那样，一点儿都没变呀。"

胤祥笑道："我还不是我，能变到哪儿去？"

魏东亭："当年那光景好哇。老奴们跟着万岁爷收拾了吴三桂、耿精忠和尚可喜几个叛贼，又平定了蒙古几个反王。天下太平，人心向上哪。记得老奴那时候在乾清宫做一等侍卫，有一天背着你十三爷玩跑马，你一泡尿拉得老奴一脖子呀。"

胤祥："我还记得，您老当年教我们几个阿哥练剑，总要偷偷地多教我一招两招呢。"

魏东亭："可现在，我自己都舞不动剑啰。"

胤祥："您老是朝廷立了功的老臣，这么大年纪就在家享清福罢了，还舞什么刀弄什么剑。"

魏东亭："不瞒你十三爷，老奴的清福已经享到头了。"

胤祥："魏大人，您老遇到难处了？"

魏东亭："就是欠国库的钱太多，朝廷又逼得紧，四爷今天说了，十天不还清，就要抄家抵债。"

胤祥："这事我也听说了。四爷也是奉旨行事，没有办法呀。您老欠了多少？"

魏东亭："三十二万。"

胤祥："这么多？怎么欠下的？"

魏东亭："总怪老奴家摊子拉得太大，平时也不会算计，才落下这么多的亏空。"

胤祥："听说您老在漕运总督任上还积了不少钱，怎么反倒落下亏空了？"

魏东亭："十三爷，有句话，我只能跟你说，我的亏空多数都是因为万岁爷落下的。"

胤祥一惊："是为皇阿玛落下的？"

魏东亭："这事也只有万岁爷自己心里清楚呀。万岁爷五次南巡，有两次就住在老奴的家里。当时老奴也是好高兴呀。心里想，我这个人都是万岁爷的，他老人家好不容易住到我的家里，我就是倾家荡产也不能让他老人家有一丁点的委屈。那钱花得，真像流水一样呀。两次下来，我的一点儿积蓄也就光了。后来调到京里，这么一大家子的花用，我只有到户部借，几年下来，就落了这么大的亏空了。"

胤祥呼地站起："魏大人，您老别急。您的事我去找四爷说，不看您的面子，也得看皇阿玛的面子，能免，就给您免了。"

魏东亭："真能这样，老奴这条老命就是十三爷给的了。"

魏东亭说着就要下跪。

胤祥连忙搀住魏东亭。

35．雍王府客厅

胤祥坐在椅子上等胤禛。

李卫、高福、翠儿一齐跑了出来，跪下给胤祥叩头："十三爷好！"

胤祥笑着："好，好。都起来，让我看看。"

三人爬起，围住胤祥。

胤祥："嗯，都胖了，也高了——怎么了？都不到十三爷那儿去看看。"

李卫："四爷家规矩大，他没叫去，我们能去吗？"

胤祥的脸上浮过一丝乌云，很快又笑着说："待会儿我跟四爷说，叫他放你们到我那儿去玩几天。"

三人跳起欢呼："好！"

高勿庸走了进来："干什么，吵吵嚷嚷，没规没矩。"

三人吐了一下舌头，站过一边。

胤祥："是我逗他们玩，不关他们的事。"

高勿庸："是。"

胤祥："怎么？四爷没出来？"

高勿庸："四爷叫奴才给十三爷传话，叫十三爷安分在家里待着，不要管户部追款的事。"

胤祥陡地变色，站了起来，颤声问道："这真是四爷说的？"

高勿庸："是。四爷还说，他现下正忙，没空见十三爷。叫十三爷这就回去。"

胤祥气得微微发颤："好！我这就走！"

说完，胤祥头也不回走了出去。

李卫、高福和翠儿都难过地低下头来。

36．路上

胤祥赶着马飞奔，惊得路人纷纷闪避。

37. 胤禟府门前

胤祥放慢了马,想着心事,信马由缰地从门前走过。

一名管事拦住了马。

那管事:"十三爷,九爷请您下马,进府坐坐。"

胤祥:"告诉你家九爷,我今天没心思,改日再来。"

胤祥说着催马欲走。

背后,胤禟喊道:"十三弟!"

胤祥只好又勒住了马。

胤禟走了过来:"好你个十三弟,过府门而不入。瞧不起你九哥?"

胤祥:"实在是家里有事……"

胤禟:"有事也不忙在这一刻。来呀,扶十三爷下马!"

胤祥:"不用。"翻身下马。

那管事接过缰绳。

胤禟挽着胤祥向府门走去。

38. 胤禟府花厅

桌上已经摆上酒菜。

胤禟拉胤祥坐下,说道:"今儿个没别人,就咱们哥儿俩。"

胤禟为胤祥斟酒:"喝一口,看看这酒有点味道没有。"

胤祥无可无不可饮了一口,突然停住酒杯:"这酒,好像在什么地方喝过?"

胤禟:"没错!想想,是在哪儿喝过?"

胤祥又喝了一口,凝神品味细思,突然眼一亮:"江夏镇!"

胤禟:"好!品出来了。我再念一首诗给你品品。"

胤禟:"'去年今日此门中,人面桃花相映红;人面不知何处去,桃花依旧笑春风。'"

吟完,胤禟眯着眼睛笑望胤祥。

胤祥已感觉到了什么,但又受不了胤禟的捉弄劲儿,站了起来,说道:"九哥,酒也喝了,我今天实在有事,改日再来陪你。"说完,就向外走去。

胤禟:"慢着!老十三,我听说你在江夏镇看上了一个女人?"

胤祥:"怎么这事儿你也知道了?"

胤禟:"江夏镇的下人有眼无珠,冲撞了你和四哥不假,可那种贱籍人家的乐户女子,咱们哥儿们不能想,那是败坏祖制的事,不得了啊!……但是江南地面上的女子,确实不同咱们满族的姑奶奶们，倒真是别有一番风情……难怪十三爷动容。今儿个，江夏镇给我送来一批货，我从中专为你拣了一个，冒昧敬献给老弟，也算是替江夏镇的人们，在你面前给你谢罪了。"说着："乔姐！"

抬头望去：

门外一女子柔声应道："爷，我在这儿呢。"

胤祥随声目光一亮。

一双三寸金莲绣花鞋，迈出门槛，乔姐纤腰柳背，桃花盈面，妩媚的眼睛笑看着胤祥，她躬身一个万福："乔姐给十三爷请安了。"

胤祥望着乔姐，稍停一转眼神："嗯，不错。你愿意跟我去吗？"

乔姐怯怯地点了点头："嗯哪。"

胤祥起身故作高兴地冲胤禵一揖："谢九哥了！走……"

胤禵哈哈地笑着，吩咐家人："快！准备轿子，把乔姐和这两箱随嫁给十三爷送到府上去。"

胤祥回身："哪里哪里，收了乔姐，还能带着东西？"

胤禵："这是我给乔姐的，不是给你的。这些丫头都是穷家女子，没有好行头，也难托起身价的。我哪能让你破费，小意思，你就别客气了。哈哈哈。"

家人："是。"

39. 胤祥府客厅

胤祥和魏东亭相对默坐。

魏东亭："十三爷，你尽了心，老奴心里感激。新人还在等你，老奴告辞了。"

胤祥想起了那两个箱笼，对魏东亭说："您老再等我一下。"

说完，胤祥冲冲走去。

40. 胤祥卧室

乔姐头顶红巾，坐在床沿。

胤祥走近一只箱笼，揭开。

那只箱笼里全是绸缎。

胤祥走近另一只箱笼，揭开。

光彩耀目，板格中放着一对玉镯、一些头饰，还有二十锭黄金，约有千两之数。

胤祥轻轻盖上箱笼，走到乔姐身边，低声说道："乔姐，有件事同你商量。"

乔姐："十三爷有话吩咐就是。"

胤祥："我有件急事，需要用钱，这箱子里的东西……"

乔姐："我连人都是您的，还说什么东西……"

胤祥激动地掀开头巾，在乔姐的脸上狠狠地亲了一口。

41. 客厅

胤祥："这一箱东西约值两万银子，您老先带走。我府里还可以凑出个二三万。过几天给您送来。"

魏东亭皓首直摇："十三爷，有您这份心，老奴就感恩不尽了。您别为老奴操心了。老奴还有一条法子，只是未到万不得已，我不会去用它罢了。"

胤祥："什么法子？管用吗？"

魏东亭诡秘地笑了："管用，管用。您放心，我这法子使出来，万岁爷都会帮我。"

胤祥："那就好。"

魏东亭："打扰一天了，老奴告辞。"

胤祥连忙搀住魏东亭："我送您。"

胤祥搀着魏东亭向大门走去。

42. 魏府内室

灯下。魏东亭泪流满面地在写奏折。

魏东亭的画外音：

"奴才魏东亭诚惶诚恐，稽首顿首，拜奏我至圣皇上驾前：奴才幼从圣主，长忝朝职，仰沐天恩近五十年。而奉职未能建尺寸之功；溺职反遗君父凤夕之忧。是以东岳之高不及我皇上待臣之恩高；东海之深不及奴才辜恩之罪深。深夜扪心，自觉无颜苟活人世，伤我皇上知人之明。冀凭三尺之绫，洗一身之过。唯望来生洗心革面，衔环结草，再报我皇上天恩于万一。"

写毕奏折，魏东亭将之供于案上。

魏东亭走至案前跪倒，向奏折三跪九叩。

魏东亭颤颤巍巍向一旁高悬的白绫套环走去。

魏东亭将头伸进套环，喃喃说道："皇上，老奴去了……"

魏东亭的脚将踩凳一踢。

一双腿悬空摇摆。

案上的蜡烛燃到尽头，灭了。

43. 养心殿

魏东亭的奏折摆在康熙的御案上。

坐在御案前的康熙流下泪来。

李德全连忙递上一块帕子。

康熙擦了擦脸，对侍立一侧的张廷玉说道："魏东亭欠国库多少钱？"

张廷玉："听说是三十五万两。"

康熙："唉。朕两次南巡住在他的家里，他用的钱何止百万！他的死，朕亦有过呀。"

张廷玉："魏东亭受恩深重，藉皇上南巡之幸略尽孝心也是天理人情至当之举。总怪他不善持家，才落下这般亏空。皇上万不可以此自责。"

康熙："虽然如此，朕毕竟心有不忍。李德全！"

李德全："奴才在。"

康熙："从大内拨四十万银子，三十五万替魏东亭交还国库欠银，剩下五万给他家里贴补家用。"

李德全："嗻。"

44. 魏府灵堂

冷冷清清的灵堂。

门外忽然车马喧闹。

许多官员一拥而至。

拜灵起身，这些人多数是国库欠款的那些官员。

桑佩："可怜，辛劳社稷一辈子，就为了几十万银子，一根白绫就去了。"

图伦升："老桑，下一个只怕就轮到你了。"

邓元芳："好，我们约好，一起上吊！"

众人竟毫无心肝地笑了。

一阵哭声从门外传来。

几名补服上绣着狮子、狻猊，头上都是红顶子的一二品老武官哭着走了进来。

这几名武官伏在灵前好一阵痛哭：

"老兄弟呀，你怎么这么想不开呀！"

"当年咱哥们在战场上九死一生都过来了，你怎么用一条白绫就去了呢？！"

"你怎么不早一点找万岁爷呀，现在你的银子万岁爷替你还了。万岁爷还念着我们一班老臣呀！"

魏东亭的儿子闻声从里面走了出来，向众武官跪倒，哭道："我父亲是被田文镜逼死的，众位大爷要替我做主呀！"

众武官站了起来，对魏东亭的儿子说：

"你放心，爷们饶不了那小子！"

"我们也都欠了钱，叫他来逼逼我们看！"

"拼了这条老命，老子也不还钱了！"

门外忽然有人高喊："田文镜田大人、年羹尧年大人到——！"

众武官一个个盯着大门，怒目圆睁。

田文镜和年羹尧走了进来。

田文镜目不斜视，径直向灵前走去。

年羹尧却不断地向两侧的官员们颔首致意。

二人站在灵前，拈香行礼。

孝子却并不跪拜还礼，而是站在一旁狠狠地盯着田文镜。

礼毕，田文镜将一张字据递给孝子，说道："魏大人的欠款皇上代还了。四王爷叫我们将他老的欠据送来了。"

那孝子抢过欠据，扑到灵前，放声大哭："老爷子您睁开眼看看呀，皇上把您的钱还了！您现在不欠国库的钱了，您不用再害怕受小人的威逼了！您起来，您起来看看呀！"

田文镜见他哭得夹枪使棒，对年羹尧说道："年大人，我们的差事办完了，走吧！"

年羹尧点了点头，随田文镜欲走。

那几名老武官横着拦住。

武官甲："田文镜，你逼死了魏大人，难道连头都不叩几个，就这样走了？"

另几名武官一齐起哄："叩头！叩了头再走！"

田文镜："王大人此言不对！田某奉皇上圣旨追款，理应尽职尽责，对魏大人并无丝毫非礼相加，怎说'逼死'二字？难道叫我违背旨意，不叫他交还库银才对吗？"

武官甲语塞。

武官乙吼道："你同魏大人说，叫他十天把钱还清，否则就要抄家。你说过没有？"

田文镜："不错，这话我说过。可是，十天之限，是四王爷定的。那天众位不都在场吗？当着四王爷，你们怎么不说？"

武官乙："四王爷还不是听了你的挑唆！不然怎会对我们这般苛刻？"

武官丙："无非是要我们这些老的都死了，你们才好出头。是不是？"

武官丁："那好。我们反正是要钱没有，要命一条！"

正在不可开交之际，一个低沉有力的声音传来："谁说'要钱没有，要命一条'呀？"

众人一惊，回头望去。

胤禛带着李卫、高福出现在众人面前。

刚才还喧嚣不已的灵堂，一下子变得鸦雀无声。

胤禛扶起孝子，将一张银票递了过去："这是我的一点俸银，拿去给魏大人办后事，尽量给他老人家办得风光一点。"

那孝子一手接过银票，一边又冒出一句混话："人都死了，还风光什么？"

胤禛怒火直冒，喝道："混话！生尽孝，死尽哀。人死就不要尽礼了吗？你当你老爷子的死与你无关？告诉你，要不是你们这些不孝之子肆意挥霍，花天酒地，你老爷子会欠这么多债吗？你一个四十不到的人，就娶了四房妻妾，还要在外面喝花酒，养妓女。你当我不知道，仅鸳鸯楼那个叫桂香的妓女就花了你多少钱！上个月为了给你那第四房小妾买一只钻戒，你还偷着花了五千银子。如果说有人逼死了魏大人，这人不是别人，就是你这个不肖之子，还有你这阖府穿金戴银的太太小姐！"

胤禛这一番指证训斥，把那魏东亭的儿子吓得面色发白，冷汗直流。

胤禛接着转过身来，对那一群老武官："还有你们！竟敢明目张胆对抗圣旨！借魏大人之死，为自己欠款不还开脱！不错，你们为朝廷出过力，立过功。可朝廷也没有负过你们。一个个红顶花翎，再不济也当上了总兵。你们谁敢说一句，你们当中哪一个没有吃过空缺，扣过兵饷？"

说到这里，胤禛指着闹得最凶的武官甲："就拿你王大人来说，这些年来，京里有府第，老家有庄园，一次就买了两千亩地！为什么还要挪借国库的银子？还混说'要钱没有，要命一条'！命，暂时不会要你们的，可钱，一文也不能少。"说到这里，胤禛用冷峻的目光扫向其他官员。

胤禛："明日就是第十天的期限。我在户部等着你们。如果不把库款还清，我还是那句话——抄家！"

说完，胤禛带着田文镜、年羹尧等向门外走去。

那几个老武官回过神来，转身又伏到灵前号哭起来：

"老哥，你等等，兄弟们都随你去算了！"

45. 魏府门前

胤禛一行正要上轿离去。

一阵马蹄声，胤祥带着两名随从驰马而来，勒马立住。

望见门前的白色灯笼和蓝色布幔，胤祥两行热泪滚滚而下。

胤祥及随从下马，准备进府。

胤禛："十三弟！"

胤祥回头，用陌生的目光看着胤禛。

少顷，胤祥一扭头，向府门走去。

胤禛愕然而伤感的面孔。

定格。

| 第六集　孤臣难为 |

1. 户部
步军统领衙门的兵丁和顺天府的差吏挎着刀从大门中列队跑了出来。

胤禛在前，田文镜和年羹尧紧跟左右从大门中走了出来。

一大群书办挟着算盘拿着账册从大门中走了出来。

画外音起：“清还国库欠款的期限只剩下最后三天了，可是十成中只有三成的人还了欠款，剩下的七成，胤禛只得带着人挨户追讨了……”

2. 胤䄄府
一阵阵哭闹声、喝骂声从大门里传了出来。

家奴们抬着、扛着大笼小箱从大门内乱糟糟地拥了出来。

门内女人的哭闹声：“那是我娘家的陪嫁呀！什么皇子，一个家都养不活，还要把我的东西拿去卖了还债，我不要活了……”

胤䄄的骂声：“那就去死吧！臭娘们。”

女人哭闹声：“你打我……我真的不活了，我这就去死……”

许多人的劝慰声。

胤䄄不知从哪儿找了一件破衣穿在身上，红着眼气呼呼地从大门中走了出来，对抬着箱笼的家奴们吼道：“走！到前门大街去！”

3. 户部前的大道上
胤禛、田文镜、年羹尧带着那一大群书办和众兵丁衙役快步地向前走着。

4．通往前门大街的几条路上

一条路上，桑佩带着几个家奴抬着箱子急匆匆地走着。

桑佩边走边催："快！到前门大街！"

另一条路上，图伦升也带着几个家奴抬着箱子急匆匆地走着。

图伦升边走边催："快！到前门大街！"

又一条路上，邓元芳和几个官员各自带着自己的家奴抬着箱子急匆匆地走着。

邓元芳和那几个官员边走边催："快！快！前门大街！前门大街！"

5．一条大街上

胤禛带着众人快步向前走着。

李卫满头大汗地迎面跑来，跑到胤禛面前，气喘吁吁地说道："四、四爷，十爷还有许多官员都抬着自己的家当到前门大街叫卖去了。"

胤禛一惊："走，去前门大街！"

6．通往畅春园的路上

那群在魏东亭灵前哭灵的老武官们把袍服斜穿在身上，袒露着右臂，左手捧着官帽大步向前走着。

7．通往前门大街的路上

胤禛带着众人正火急火燎地赶着。

高福满头大汗地跑了过来。

高福上气不接下气地禀道："四、四爷，不好了，一大群老臣们跑到畅春园找万岁爷哭闹去了！"

胤禛大惊："该死！田文镜，你去前门大街劝说十爷和那些官员们回去。年羹尧，你跟我去畅春园，一定要拦住他们！"

8．畅春园

康熙背着手在湖边的石面径道上心事重重地踱步。

李德全小心翼翼地紧随其后。

还有一群太监远远地跟着。

踱至一处码头旁，康熙站住。

康熙："去，把船划过来。"

李德全："嘛。"

李德全转身对远远跟着的太监喊道："快！把船划到这边来，万岁爷要乘船！"

两名太监飞奔而去。

另一名太监端着一只明黄绣墩飞奔而来。

李德全扶康熙坐下。

康熙出神地望着湖面。

两名太监各划着一只小船，远远驶来。

康熙怔怔地望着远处驶来的小船，只觉眼睛一花——

化入：

康熙眼中那划船的太监变成了年轻时的魏东亭。

魏东亭兴奋地划着船，一面高声喊道："万岁爷，快点儿划呀，奴才可要登岸了！"

后面小船上，箭衣紧装的青年康熙憋足了劲，把桨划得更快。

渐渐地，康熙的小船超过了魏东亭的小船。

康熙："魏东亭，你快划呀！"

魏东亭气喘吁吁："奴、奴才划不动了……"

康熙哈哈大笑。

化出：

现时的康熙难过地闭上了眼睛。

9. 快到畅春园的路上

老武官们袒着右臂，捧着官帽，排着方阵悲壮地向前走着。

10. 畅春园湖边

排着方阵的老武官们化成了正在战场厮杀的青年时的侍卫，叠映在闭着眼睛的康熙的面孔上。

他们挺着刀挡在康熙的身前死命抵住凶猛进攻的叛军铁骑。

突然，一支长枪刺中了康熙的坐骑。

那马一声悲嘶，倒了下去。

侍卫甲（即武官甲）大喊："魏东亭，你保护万岁爷走！"

满面血污的魏东亭拼命冲了过来，拉起康熙，背在背上，拼命跑去。

康熙回头看去，那群侍卫疯了般挡住追来的叛军……

人喊马嘶和刀剑撞鸣的声音渐渐远去……

一群人的哭声渐渐传来。

康熙猛地睁开眼睛："是谁在哭？"

李德全："奴才派人去看看。"

康熙："不用了。朕亲自去看。"

说着，康熙向大门处走去。

众人紧紧跟去。

11. 接近畅春园的路上

胤禛不断地挥鞭催马。

年羹尧和众侍从亦挥鞭紧随。

12. 畅春园大门外

老武官们面向大门，匍匐在地，一迭声地大哭。

护门千总急得如热锅上的蚂蚁，扶起这个，又倒下了那个。

那千总无法，满头大汗地坐倒在地，喃喃说道："完了，我这差使算当到头了。"

两名前探太监急忙从大门中跑了出来，高呼："万岁爷驾到！"

护门千总和众护军一齐跪倒。

老武官们也止住了哭声。

康熙那高大的身影出现在门边。

佟国维、张廷玉和马齐站在康熙身后。

李德全赶前一步，走到护门千总面前，斥道："怎么回事？弄这么多人在这里哭喊！你的差使真是越当越回去了！"

千总："回李公公，这些大人要闯进去见万岁爷，奴才不让，他们……他们就……"

康熙："这不关护军的事。"

李德全："嗻。"

康熙望着袒露右臂、泪痕未干的众老臣们，心里咯噔一沉，接着说道："有什么事就进园子说吧。在这里哭闹，像什么话。"

说完，康熙又走了进去。

老武官们这才齐声应道："嗻！"一齐爬起，走进园门。

13. 畅春园大门不远处

胤禛猛地一勒缰绳。

年羹尧等也一齐将马勒住。

胤禛眼睁睁地望着那些老武官们鱼贯走进畅春园大门。

胤禛："嗨！"

14. 畅春园内湖边

康熙转身对李德全："你带着近侍太监们都去歇着。"

李德全："万岁爷，这儿可不能没人侍候呀。"

康熙："叫你们去，你们就去。有什么事，他们不能侍候朕吗？"

老武官们闻言都激动起来。

武官甲："奴才能够侍候万岁爷！"

众武官："奴才们愿意侍候万岁爷！"

康熙复对李德全："去吧。"

李德全："嗻。"

李德全率近侍太监们离去。

康熙："现在没有外人了。咱们几个老主仆都放开了，坐下来聊聊。"

众武官："嗻。"

武官甲、武官乙揽着康熙在草地上盘膝坐下。

众武官围着康熙俱盘膝坐下。

康熙望了望围坐的众人，轻轻地叹息了一声，说道："老了，咱们都老了。想起康熙九年，咱们君臣几个在宫里拿鳌拜的时候，都还是少年哪。少年好哇，天不怕，地不怕，血气方刚，只知道一个劲地往前干哪，干哪，从来就没想过留一点退路。其实，那个时候也没有什么退路哦。"

老武官们都听呆了，一齐怔怔地望着康熙。

康熙接着说道："朕一生自信。自信人生一百年，会当纵横九万里！平三藩！平噶尔丹！收复台湾！同俄国的老毛子干！朕从来就没有怕过。朕也从来不知道什么叫怕！可就在前不久，黄河发大水了，冲缺了好多个口子呀！一夜之间，几个省的百姓遭灾呀，那么多人无家可归，流离失所。一百万人，两百万人，聚在一起，编成一支队伍，这支队伍该有多大呀。没有家，他们可以睡在棚子里，可以睡在路边。可是没有吃，他们就会铤而走险！古往今来，为什么有那么多人造反？走投无路才造反！没有生路才造反呀！这个时候，朕还是不怕，朕可以拿出粮食给他们吃。粮食不够，朕可以从国库里拿钱买粮食给他们吃。可是，一查账底，户部里竟没有钱哪！泱泱大清帝国，人称康熙盛世，怎么会是这么个空架子？！朕害怕了，朕害得好多个晚上睡不着觉哇。朕不是怕别的，朕是怕列祖列宗千辛万苦创下的大清基业葬送在朕的手里呀！朕这才痛下决心清理户部，整饬官常。原以为一道圣旨，百官警悟，能很快将欠款收缴归库。没想到情形这般复杂！朕这才知道什么叫力不从心啊……"

老武官们这才惶恐起来，一个个爬起来，跪在地上：

"奴才们不争气，使得主子作了这么大的难，奴才们罪该万死，罪该万死呀……"

说着，老武官们一齐哭了起来。

康熙也红了眼睛，温言抚慰道："这也不能全怪你们。就连朕的亲生儿子也不能体谅朕的苦衷啊。"

15. 前门大街上

围人如堵。

北街一面，一排门扇一溜儿摆开，上面陈列着各式珠玉、器皿、绸缎……

胤䄉府的家人们各站在摊位上高喊：

"快来买呀快来瞧呀，真正的王府货，大内珍藏赐物！"

"这边来呀，这边有俄罗斯进贡的毛牛呢，穿在身上腊月不用烤火哇！"

"正宗的宣德炉！还有明太祖朱元璋用过的洗脚盆，十足赤金，如假包换！"

围观的人群中，有人在问："这么多宝货，谁家的？怎么回事？"

旁边一人鄙视地看了问话人一眼，说道："十贝子为了还国债，在这儿卖家当呢。"

问话人："什么？堂堂皇子卖家当还债？不会吧……"

那人嘴一努："你认识那人吗？那就是十贝子爷！咱们还在酒楼上喝过酒呢！"

问话人将信将疑地望去——

摊位后石阶上，胤䄉正穿着那件烂衣，蹲在一把椅子上剥着烤红薯吃。

正在这时，桑佩、图伦升、邓元芳和另外几名官员都带着自己的家奴抬着箱笼赶了过来，一齐走近胤䄉请安："十爷，奴才们也有几件东西想搭在这儿一块儿卖了，请十爷恩准。"

胤䄉："怎么？你们也是来卖家当抵债的？好，搭边儿摆着吧。"

　　几名官员齐声应道："是呢！"说毕，各自指挥家奴们找地盘，摆家当。

　　正在这时，田文镜带着书办和差役赶了前来。

　　田文镜走到正在指挥家奴摆摊的桑佩、图伦升和邓元芳等官员面前："众位大人，你们这是干什么？"

　　桑佩："卖家当，还你的债呀。"

　　田文镜脸一沉："还我的债？我田文镜什么时候有钱放债了？你们这是摆明了和朝廷对着干。快把东西收拾了，抬回去吧。"

　　图伦升："这么说，你是答应不追我们的债了？"

　　田文镜："欠国库的钱一文也不能少，这些东西一件也不许卖！来呀，给我把这些摊子拆了！"

　　众差役大声应道："是！"答着，一齐走上前去拆摊。

　　众官员齐声喊道："十爷！十爷！您可得给我们做主呀！"

　　正蹲在大街另一边的椅子上的胤䄉闻声站了起来，往这边一看，骂道："娘的！"接着把吃了一半的烤红薯一扔，从椅子上跳了下来。

16. 畅春园回京的路上

　　胤禛铁青着脸，骑着马在前头慢慢走着。

　　年羹尧和众侍从缓缓而随。迎面一骑马飞驰而来。

　　那马渐渐驰近，上面坐着李卫。

　　胤禛的心一咯噔，停马等待。

　　李卫看见胤禛一行，急忙勒缰。

　　李卫翻身下马，气喘吁吁地喊道："快！快！十贝子在前门大街拦住了田大人，要、要打他！"

　　胤禛浓眉一拧，骂道："浑球！"接着纵马欲走。

　　年羹尧抢着纵马拦住胤禛："主子何等身份，怎能前去与他当街争论？让奴才去吧！"

　　胤禛略一沉吟，说道："也好，你快去！"

　　年羹尧："李卫，走！"

　　二人纵马而去。

17. 前门大街

　　胤䄉正紧紧地拧住田文镜的衣领，拖着往前面走。

跟来的书办和差役都吓得远远地躲到一边。

围观的百姓们都兴奋地拥了过来。

胤䄉把田文镜拖到街心大声喝道:"跪下!"

田文镜倔强地挺立着大声回道:"十爷,您不要朝廷的体面,我可不能不要!"

胤䄉:"哟嗬!凭你也跟老子说什么朝廷体面?你他妈羞辱老状元就不失朝廷体面?你他妈逼死了老功臣就不失朝廷体面?朝廷体面都让你这尖刻的家伙扫尽了!"说着一掌将田文镜的顶戴打落在地;又一扯,将田文镜的朝珠扯得满地都是。

一些围观的百姓赶着拾满地滚动的珠子。

一百姓拿起一颗珠子一看:"呸!木头的,没劲。"又随手扔掉。

18. 西直门

年羹尧纵马赶到。

年羹尧对守门把总:"快!点一百兵马,随我到前门去。"

把总:"是!"

19. 前门大街

几名如狼似虎的家奴已经将田文镜按倒在地。

胤䄉:"替爷用鞭子抽他!"

一名家奴拿来一根黝黑的长鞭,向天空虚挥一下。

那鞭子发出"啪"的山响。

众围观百姓更是兴奋,争先恐后,挤前观看。

一阵马蹄声,年羹尧率步军统领衙门的人赶到。

年羹尧坐在马上指挥:"先把围观的人轰散了!"

众骑兵:"是!"

众骑兵驱赶围观人群。

围观众人向四处哄散。

年羹尧对身旁的把总说道:"快!叫八爷来。"

那把总应声驱马而去。

当街,胤䄉的家人仍然把田文镜按在地上。年羹尧走向前,喝道:"还不放了田大人,你们难道真要给十爷惹下大祸吗?"

众家人犹豫不决地望着胤䄉。

胤䄉：“不准放手！”

胤䄉走向年羹尧：“年羹尧，闯下天大的祸事有十爷担着！不用你管。”

年羹尧：“奴才不能眼瞧着十爷遭万岁爷的责罚！”

胤䄉：“受责罚我认了，给我打他！”

年羹尧对众家人喝道：“当街责打朝廷命官，你们还要命吗？”

那名执鞭的家人苦笑着看着胤䄉，不敢动手。

胤䄉大怒，走上前去，抢过鞭子，朝田文镜背上腿上一阵乱抽。

年羹尧跨步上前，推开几名家人，然后护在田文镜身上，对胤䄉说：“十爷，你再要打就打我！”

胤䄉一怔，接着吼道：“你让开，要不然我真打了！”

年羹尧：“那就打吧！”

胤䄉：“你找打！”胤䄉把鞭子又猛地举起。

突然，一只有力的大手握住了胤䄉的手腕。

胤䄉又疼又恼，骂道：“操你妈……”

回头看时，胤祥正怒目圆睁。

胤祥：“十哥，你也闹腾得够了，还不撒手？”

胤䄉：“十三，你、你先撒手！”

胤祥：“你先放下鞭子！”

胤䄉：“你再不撒手，我就要打你了！”

胤䄉说着，抬腿欲踢胤祥。

胤祥手上加劲往上一提。

胤䄉此时疼得满面通红。

正在僵持不下，胤祀和胤禟赶了过来。

胤祀：“这是怎么了？都撒手！”

胤祥把胤䄉一推。

胤䄉一个踉跄，回转身又要向胤祥扑来。

胤祀怒喝：“老十！”

胤䄉站住。

胤祀转身对胤祥：“十三弟，你回去吧，这里有我呢。”

胤祥转身对年羹尧说道：“亮工，叫他们把田大人抬到我府上去，我给他治伤。”

年羹尧：“是。”接着指挥几名兵丁抬来一块门板，把田文镜俯抬在门板上，跟着胤祥走去。

胤祀对胤䄉："老十，还不把这些摊子给我收了！"

胤䄉的嘴翘得老高。

20. 畅春园草地上

武官们都匍匐在地唏嘘不已。

武官甲："奴才这就回去，把庄园卖了，抵还国库的借银。"

武官乙："奴才也愿意把京里那座大宅子变卖还债。"

武官丙："奴才们就是一贫如洗了，眼瞅着万岁爷安安乐乐，无忧无虑，死也瞑目了。"

说到这里，众武官一齐叩头。

康熙："不，朕已经对不起一个魏东亭了。朕不能眼睁睁看着你们这些跟着朕出生入死的人老无所依。朕的大内还有二三百万银子，原来是准备四阿哥江南筹款不到的时候，拿出去赈济灾民的。现在，朕都拿出来，替你们还债。"

众老臣大放悲声："万岁爷……"

21. 胤祥府上房

田文镜伏卧在床上。

褪掉衣服的背上、臀上和腿上鞭痕交错，血迹斑斑。

下人捧着一钵黑色的药膏走了进来，递给胤祥，又转身退了出去。

胤祥接过药钵，一边给田文镜上药一边说道："这是蒙古大夫配制的上好伤药，涂在伤口上，不出三天也就好了。"

正上着药，田文镜一动，挣扎着就要爬起。

胤祥："别动！"

田文镜："四爷，四爷来了。"

胤祥猛一回头。

胤禛正瞪着那双透着伤感的大眼站在那儿。

胤祥叹了一口气，接着说道："四哥来了，坐吧。"说完又回转身去给田文镜上药。

胤禛还是站在那儿一动没动。

胤祥一边上药一边说道："何苦呢？人家都不愿干的差事，偏要接过来干。现在好了，欠款追不回，还弄得死的死伤的伤……"

胤禛突然说道："亮工，把田大人抬走！"

年羹尧应声带着两个兵丁走了进来。

胤祥上了气，大声吼道："这么重的伤能让你这么抬来抬去吗？你当我是没事找事？我是可怜田文镜！难怪人家说你'冷面冷心'。"

胤禛蒙住了，一张脸白得像纸，两片薄薄的嘴唇不住地颤动着，半晌说不出话来。

看他这样，胤祥后悔了，一时又找不出什么话说，只好回过身去继续上药。

胤禛好不容易缓过神来再没说话，扭转身走了出去。

年羹尧带着两个兵丁连忙跟了出去。

田文镜："十三爷，不是卑职说您，您不该这样说四爷。"

胤祥没吭声继续上药。

田文镜："您知道四爷上次为什么不见您吗？他是不想让您也卷了进来呀……"

胤祥眼中盈出了泪水，接着说道："不要说了，我了解四爷比你深。"

22.　胤禩府书房

胤禟："这下好了。时间只有两天了，可欠款呢还差着老大一截。老四在江南弄了我们那么多银子，出尽了风头，这下也让他尝尝出风头的味道！"

胤禩："老九呀，这个话就说到这儿为止。四哥接这个差事也不容易，咱们不能帮他，可也决不要拉他的腿儿。怎么说他也是为了朝廷。告诉我，老十到前门大街卖家当是不是你的主意？"

胤禟："狗逼急了还跳墙呢。这还用得着我出主意吗？"

胤禩叹了一口气："你们哪……你知道这样一来老十会落得个什么结果吗？"

胤禟："什么结果？大不了挨老爷子一顿训斥。"

胤禩："一顿训斥？告诉你吧，这一次他至少得在宗人府圈禁半年！"

胤禟一惊："不会吧？！如果真的这样老十也就惨了。要不咱们给他二十几万银子，让他把账还了？"

胤禩："我早说了，叫你给银子帮他还账，你不听。临到这个时候给不是太晚了吗？"

胤禟："那时候我不是想让他攀一攀太子吗？谁知道太子真的把账给还了。哎八哥，你知道太子的钱是哪儿弄来的吗？"

胤禩淡淡地说道："谁知道。"

23. 胤祀府花园

胤祀背着手在花径上慢慢地走着。

揆叙垂着手跟在后面。

胤祀："太子点名外放的那六名官员的履历都准备好了吗？"

揆叙："早准备好了。"

胤祀："知道今天是谁在畅春园当值吗？"

揆叙："是大阿哥。"

胤祀眼一亮，站住了："好，你马上带那六名官员去畅春园，让大阿哥引见给皇上。"

揆叙会意："嗻。"

24. 畅春园澹宁居

"啪"的一声，一只青花茶碗砸在地上，碎片四溅。

康熙背着手在殿中愤怒地来回疾走。

一名小太监轻轻地疾步走上去收拾地上的碎片茶沫。

少顷，站在一旁的大阿哥胤禔轻轻地走近康熙，说道："儿臣去把十阿哥叫来？"

康熙："叫他来干什么？叫他来气我？！"

胤禔不敢再吭声，退了出去。

25. 澹宁居外

揆叙带着六名外放的官员走来。

李德全见状迎了上去。

揆叙："李公公，皇上这时候有空儿吗？这几位是即将外放的官员，等着给皇上引见呢。"

李德全："揆大人，有空儿没空，我劝你这个时候都不要去见皇上。"

揆叙佯问："怎么了？"

李德全："您也甭问为什么。总之，这个时候谁去都得碰钉子。"

揆叙假装为难地："可是他们明儿就要上任了。您好歹禀报一声吧。"

李德全："今儿是大爷当值。既然你这么急，就先跟大爷说吧。"

揆叙："那就请李公公叫大爷出来一下。"

李德全："好吧。你们候着。"

26. 毓庆宫

胤礽大惊："什么？揆叙这个时候带他们去见皇上了！"

黄体仁："是。是吏部的人告诉我的。"

胤礽："好他个老八！这是摆明了放我的暗箭哪。今儿澹宁居是谁当值？"

黄体仁："听、听说是大爷当值。"

胤礽更惊："糟了！糟了！快去，快去，把他们追回来！"

黄体仁："这个时候去……怕是晚了。"

胤礽："你去都没去，怎么知道晚了！"

黄体仁："是……"答着急忙走去。

27. 澹宁居外

看见胤禔从殿门走了出来，揆叙赶紧上前刷下马蹄袖请了个安："大爷吉祥。"

胤禔望了望揆叙，又望了望远远鹄立的那六名官员。

胤禔的话外音："狗儿养的吏部，捞钱也不看时辰，一下子就外放六名官员，还偏拣在这个时候来引见……"

想到这儿，胤禔对揆叙："怎么，这些人都是外放的？"

揆叙："回大爷，都是外放的。"

胤禔："都放的是什么缺儿呀？拿引单我看。"

揆叙："是。"答着将引单递了过去。

胤禔接过引单一看，脸上立刻就挂不住了："我说揆叙呀，你们吏部也太过分了吧？一下子就把这么六个肥缺都放了，弄了多少孝敬，从实招来。"

揆叙装作一脸的惶恐："大爷，您这样说奴才可得找根绳子上吊了。这几个人都是太子点名外放的。"

胤禔一听眼中立刻放出光来："哦？他们都是太子的什么人？"

揆叙："回大爷的话，这几个人和太子一点关系都没有。"

胤禔更加狐疑了："胡说！光四川盐茶道一个缺每年就能弄个上十万两银子，太子怎么会放给一个毫无关系的人？"

揆叙一脸的正经："奴才敢发誓，这几个人太子连见都没见过！"

听他把"见都没见"几个字说得如此郑重，胤禔终于醒悟了，笑着道："好，好。把他们叫过来，我引他们去见万岁爷。"

28. 澹宁居

那六名官员一字排开跪在殿中。

康熙默默地在看引单，看着看着，寿眉一抖，目光从引单上转向那六名官员，问道："谁是康祖恩哪？"

跪在正中那位胖得脸上浮着油光的官员连忙答道："小人是康祖恩。"

听他自称"小人"，康熙的眉头立刻皱了起来，接着问道："你知道你去当的那个官是干什么的吗？"

那康祖恩答道："知道，是管盐和管茶的。"

康熙："你知道盐和茶应该怎么管吗？"

康祖恩："知道，就是把盐从盐民手里买过来，然后卖出去，把茶从茶农手里买过来，然后也卖出去。"

康熙的眉头锁得更紧了："你原来在哪个任上任职？"

康祖恩："回万岁爷，小人是个候补道，原来没有放过缺，一直在山西做生意。"

康熙的胡子微微颤抖了，目光转向胤禔："这个人是谁举荐的？"

胤禔连忙走近了，在康熙的耳边说道："回皇阿玛，这六个人都是太子点名放的缺。"

康熙的脸色变了，坐在那儿怔了半晌，然后说道："叫他们先下去。"

胤禔："是。"接着对李德全使了个眼色。

李德全把那六名官员带了出去。

康熙对胤禔问道："太子和这几个人是什么关系？你知道吗？"

胤禔："回皇阿玛，据儿臣所知，太子和这几个人见都没见过。"

康熙猛地站了起来，厉声说道："胡说！"怒到这里，康熙猛然惊醒，缓和了语调说道："没有关系就好。你也跪安吧。"

胤禔以为康熙要问下去，早准备了一套说辞，没想到康熙就此打住，急忙说道："皇阿玛……"

康熙："跪安吧。"

胤禔只得把话咽住，跪下叩了个头退了出去。

康熙："李德全，叫太子来见我。"

29. 澹宁居外

胤礽急急忙忙地赶了来，看到那六名垂首鹄立惶惶不安的官员，他脸上的汗珠更是一个劲儿地渗了出来。

胤礽低声问李德全："李公公，知道皇上为什么叫我吗？是不是这几个官员说了什么混话？"

李德全："这几个官员是大爷引见的，当时奴才不在殿里。"

胤礽更加没有了主意，站在那儿发愣，竟忘记了进殿。

李德全："太子爷，万岁爷正等着您呢。"

胤礽："哦，哦。"

30. 澹宁居

胤礽叩了个头站了起来，垂着头站在那儿等待即将到来的不测天威。

出乎意料，康熙只是轻轻地叹了口气，接着问道："胤禩在前门大街卖家当，打田文镜的事你知道了吗？"

胤礽："儿臣知道了。"

康熙："那么多老臣跑到朕这儿来哭殿的事你也知道了吗？"

胤礽："儿臣也知道。"

康熙："朕真不明白，'杀人偿命，欠债还钱'，这么简单的一件事做起来都会这样子难办？居然还有那么多人以死抗争！你说，我大清的官员真的都穷到了这个地步？我真担心哪，这个债再追下去还会出现一些什么意料不到的事情。"

胤礽："皇阿玛圣明。追比国库欠款原是天经地义的事。要说弄到如今这个局面都只怪四弟做事太操切了点。再加上他推荐的那个田文镜更是性格乖僻，不通人情天理，把一件原可以慢慢办好的事给弄砸了。"

康熙的眼中立刻闪出是鄙视更是失望的神色。

康熙的画外音："这就是我一手培养的太子吗？这就是我大清将来的皇帝吗？遇事推诿，有功劳就是自己的，有过失就推给别人。还背着我卖官鬻爵！他、他怎么会变成这个样子？"

虽然这样想，康熙仍然不露声色，只是说道："你是太子，臣下做的事情哪儿不对，你应该多管管哪。"

胤礽："是。"

康熙接着漫不经心地拿起御案上那张引单："这是吏部报上来的六名外放官员的名单，你去查一查，如果称职，就批了它吧。"

胤礽心里一喜，连忙应道："是。"

31. 户部大堂外的大坪里

又站满了欠款的官员。

所有的官员们都显得那样无精打采，那样麻木疲惫。

有些人在打着哈欠。

有些人用脚在地上画着圆圈。

有些人更无聊，拉着站在前面官员的辫梢织着小辫。

站在廊阶上的胤禛眼睛里布满了血丝，嗓音沙哑地说道："今天是最后一天了。还清了欠款的人只有三成，还有七成人一文也没有还。看起来我这个差事是办砸了。我有负皇上，也有负朝廷哪！我已经准备好了，准备接受皇上的处罚，准备自己请求革去郡王的爵位。可是我伤心的不是这个，我伤心的是我大清的官员竟有这么多人心里只有自己，根本就没有朝廷，心里只有家，而根本就没有国！诸位大人，你们中间多数人都是读着圣贤的书走进庙堂的。你们难道都忘了'皮之不存，毛将焉附'这个简单的道理吗？没有国，哪儿来的家？没有了朝廷，哪儿来的你们这些官员？现在，我只想说一句话，你们如果还有一点儿天良的话，就自己走出来，尽自己的所能，能还多少就还多少。"

一片沉默。

突然，一个声音："我还！"

话音刚落，那名曾在畅春园哭殿的老武官甲双手捧着银票慢慢地走了出来。

接着，另外几名在畅春园哭殿的老武官都捧着银票走了出来。

其他的官员都惊诧地望着这几个向胤禛走去的老武官。

胤禛那苍白瘦削的脸庞上涌出一阵激动。

就在这时，大门外传来胤礽的声音："慢！"

老武官们都站住了，惊诧地回过头去。

胤禛也诧然地向大门方向望去。

所有的官员都一齐把头扭向大门。

胤礽踱着方步从人道中走了进来。

胤礽："他们的钱一文也不能收！"

胤禛愕然问道："为什么？"

胤礽："不为什么。我说了不能收就不能收。"

说完这句话，胤礽已经走到廊阶中央站好，向着众官员大声说道："本来我是不想来管这个事的。为什么呢？因为这么一件简单的差事，朝廷派了一位郡王应该完全能办好的。但是，事情到了这个地步我就不得不管了。堂堂的康熙盛世，弄得朝廷一半的官员上吊的上吊，卖家当的卖家当，像个什么话嘛？当然了，欠国库的钱应该还。四爷向你们追款也是为了朝廷，是完全应该的！这一向四爷也是够辛苦了，他也为难哪。欠款追不回，他有负朝廷；追急了，你们又受不了。怎么办呢？皇上和我的意思，钱还得还，但还也得有个还法。像刚才那几位老臣的钱就不能收。为什么？因为他们拿来还债的钱都是皇上从大内拿出来的体己钱哪！"

众官员骚动起来，议论纷纷。

胤禛也是一惊。

胤礽："肃静！肃静！你们想想，泱泱大清帝国的皇上，把自己的一点体己银子都拿了出来让臣下们还债，这个债还能追吗？那么是不是说欠国库的钱就不要还了？怎么个还法？我的意思，以两年为期，第一年还一半，第二年再还一半。"

众官员闻言大喜，一个个兴奋得精神大振。

胤礽："当然，我的这个意思还没有向皇上请奏。但是我相信，以皇上的圣明，也一定会同意我这个奏议！"

官员中立刻有人高呼："皇上万岁！太子千岁！"

众官员立刻齐声高呼："皇上万岁！太子千岁！"

胤礽满面放出红光，大声说道："好了。从现在起，你们各自去干各自的事情，好好地把朝廷的事办好！"

众官员应声如雷："是！"

说完这些话，胤礽昂着头又径直从人道中走了出去。

众官员皆大欢喜，蜂拥着向大门散去。

脸色苍白的胤禛怔怔地站在廊阶上。

32. 澹宁居

康熙霍地站起，在殿中来回疾走。

佟国维、马齐、张廷玉屏着呼吸站在一旁。

康熙站住了，对三人说道："你们上书房立刻通知在京四品以上的官员，明天在乾清宫叫大起！"

佟、马、张："是！"

33. 乾清宫门外

景阳钟轰鸣。

诸王贝勒和四品以上京官，排成两列，向乾清宫走去。

34．乾清宫

康熙巍然高坐。

诸王贝勒和众京官按班跪倒，山呼万岁。

康熙："朕有很久没有叫大起了。这次叫你们来，主要是说一说清还国库欠款的事。昨天，太子在户部宣布所有欠款的官员以两年为期清还欠款。朕还能有什么话说呢？"

太子微微一惊。

康熙："追了这么久，还上来的国库欠银还不到三成。朕很失望哪。这一向朕总是在想，我大清这么多的官员，其中还有我自己的儿子，怎么就把这个国家都当成了朕一个人的国家呢？你们难道就不明白，这棵大树朕是主干，你们都是枝叶呀。而国库呢？不就是这棵大树的根吗？没有了根，朕这棵主干会枯萎，你们这些枝叶难道就不会枯萎？胤祥，你说你欠国库二十几万两银子都干什么去了？"

胤祥："儿臣府里人多，钱不够用。"

康熙："住口！每年一万八千两俸银，京郊朕还赐了你一片庄地，钱怎么会不够用？居然不顾朝廷体面，到大街上去卖家当，还当街鞭打朝廷命官，你从小在南书房读的书都到哪里去了？

胤祥："皇阿玛知道，儿臣从小就不会读书，可人家会读书的还不照样欠了国库的银子。"

康熙："你说的是谁？"

胤祥："三阿哥！三阿哥欠了三十一万，比我还多，您老人家为什么拿自己的体己银子给他还债？却不给我还债？"

康熙："你问得好。当着你们兄弟，还有众大臣，朕就告诉你。朕是拿了体己银子给三阿哥还债。为什么呢？因为三阿哥借了钱在干正事！从康熙三十九年起，他就召集了一批饱学之士在著书。现在，第一批《佩文韵府》已经编好，马上可以付印。他还想编一部集古今全书为一体的大书，共计一万卷！朕听说后不胜欣慰，决定每月从大内拨款，让他把这件大事干完！可你呢？你借了钱干什么了？修园子，还修什么戏楼？你还有脸同他比！胤祥！"

胤祥："儿臣在。"

康熙："你兼着宗人府的差使，你看怎么处治这个奴才。"

胤祥："回皇阿玛话，十弟从小就是这个粗性儿，皇阿玛就饶了他这一次吧。"

康熙："不行！把他关进宗人府，圈禁半年！"

胤禔："是。来呀。"

两名侍卫应声出列："在。"

胤禔："送十阿哥去宗人府。"

二侍卫："是。"

二侍卫走近胤䄉，把他架了出去。

诸皇子和众大臣无不失惊。

胤禟吃惊之余，不禁又向胤祀投去十分折服的一瞥。

胤祀却毫无表情跪在那儿。

胤禩："皇阿玛，儿臣有话要说！"

康熙乜了他一眼："说吧。"

胤禩："十阿哥昨天的做法诚然不对，但田文镜当街顶撞皇子，为了一两欠银羞辱老状元；还有魏东亭之死，也因他追迫太甚。这样的酷吏，不处治实难服众人之心！"

桑佩、图伦升和邓元芳一齐桴鼓相应："微臣等也是这个看法！"

康熙："田文镜来了吗？"

伤势未愈勉力撑跪的田文镜应声："微臣在。"

康熙："九阿哥所说可是实情？"

田文镜叩头答道："总是微臣处事操切，任凭圣上处治。"

康熙："做官和做人是一个道理。处事固要认真，但总须怀着一点仁恕之心。为了一两银子，挖心刺骨，百般羞辱斯文，圣人教你的恕道哪儿去了？田文镜革去户部核查处会办的差使，到陕西去，以知县任职，限三日离京！"

许多官员喜形于色。

胤禛："皇阿玛，田文镜……"

康熙喝断："田文镜的事不要再说了！"

桑佩、图伦升和邓元芳即时称颂："圣上以仁德治天下，以恕道教化臣子，微臣等不胜钦服。"

康熙："尔等以为朕处治田文镜，仅仅因为他处事操切吗？"

桑佩、图伦升和邓元芳莫测高深，赶忙低下头去。

康熙："朕问你们，你三人的库银都还清了吗？"

桑佩、图伦升和邓元芳俱是一惊。

桑佩："微臣等正在想方设法凑款还钱。"

康熙："可恶！你们还要凑款还钱吗？桑佩，你借户部的十万两银子在民间放高利贷，每月坐收五千两的利息，这几年来，你的钱也捞足了吧！"

桑佩脸色大变，伏地战栗。

众人见状俱皆吃惊。

胤禛更是吃惊，面显迷惘之色。

康熙复对图伦升、邓元芳："图伦升、邓元芳！你二人挪借国库的钱，又利用漕运的船贩货牟利，每一次进项都在万两以上，是不是？！"

二人皆脸色苍白，冷汗直流。

康熙："似你们这等贪赃枉法之徒，圣人的恕道岂能对尔等而言！革掉他三人的顶戴，交都察院和刑部严加审讯！"

几名侍卫走了过来，取掉三人的顶戴，拖了下去。

众人皆屏息戒惧。

胤禛的脸色白了，急忙说道："儿臣在户部清理债务一月有余，竟未能查出他们的劣行，是儿臣失职，儿臣自请处分。"

康熙："你向来以精明自许，可是这一次呢，该追的，该查的，你都追了查了吗？而有些可以缓一缓的，你却不会量情度势，弄得不该死的死了，而该办的却漏了网！"

胤禛："儿臣处事不明，遗君父之忧，儿臣自请革去郡王的爵位，以赎罪衍！"说着，把顶戴取了下来放在地上。

殿内一片寂然。

胤祀说话了："儿臣有话要奏。儿臣以为四哥这次办差虽然失之操切，但他一心一意都是为的朝廷。本来这件差事就十分难办，儿臣当初就认为自己没有能力办好，因此也推荐的四哥。如今四哥追回了三成欠款已属十分难得。倘若因为有人还不起欠款自杀或者干出一些出格的事而处罚四哥，儿臣以为今后就没有谁敢出来替朝廷办差了。"

康熙盯着胤祀看了好一会儿，脸上终于露出了一丝欣慰，接着向佟国维、马齐、张廷玉问道："八阿哥说的话你们都听到了。你们觉得怎样？"

佟国维、马齐、张廷玉一齐回道："八阿哥所言甚是。请皇上俯准。"

康熙接着转对胤礽："太子，你的看法呢？"

胤礽："八阿哥说的话也正是儿臣想要说的。"

康熙："胤禛，你都听到了，凡是一心一意为朝廷办事的人，朝廷自然不会委屈他。可是，办错了事也不能没有处罚。罚你免去一年的俸禄，你还有什么说的吗？"

胤禛："儿臣情愿受罚。"答着，眼眶中闪出了泪花。

胤祀又奏道："这次追比户部欠款，年羹尧能够尽忠尽职，在十阿哥当街闹事的时候挺身而出，处事得当。儿臣以为应予褒奖。"

康熙："怎么褒奖？"

胤祀："四川提督现缺。儿臣以为提升年羹尧去正为合适。"

康熙望了一眼胤禛。

胤禛内心震动却不露声色。

康熙："年羹尧在十阿哥当街闹事之时，处理得当，颇识大体。平时也能尽忠职守。就派年羹尧升任四川提督。"

年羹尧："奴才谢主隆恩！"

35. 胤祀府大门外

年羹尧站在大门外恭敬地候着。

胤祀府的胡管家走了出来，说道："年大人，八爷说了，他举荐你是为国举贤，而没有丝毫其他的意思。他不能接受你的谢意。"

年羹尧："八爷这样想，奴才可不能不有所表示。劳烦您再去禀报，就说我年羹尧在上任之前只要求见八爷一面。八爷说不让我说感恩的话，我一句话也不说，见一面就走。"

胡管家："年大人既然这样说，我就再去禀报一次。"

36. 胤祀府书房

胤祀满脸严肃地一只手扶着书案，站在书案旁。

年羹尧大步走了进来，唰地刷下马蹄袖，双膝跪了下去，恭恭敬敬地叩了个头，接着站了起来，回转身又大步走了出去。

胤祀嘴角露出了一丝笑纹。

37. 北京郊外

彤云密布。天空中纷纷扬扬飘下雪来。

雪地里，一辆骡车在慢慢滚动。

骡车后，胤祥和田文镜皆神色黯然，默默走着。

李卫和高福也愀然不乐默默跟在后面。

走到一株大树前，胤祥和田文镜都站住了。

胤祥："田文镜，四爷不能前来送你了，可他的心里记着你。天寒地冻，前路遥远，你要多多保重。"

田文镜跪了下去。

38. 胤禛府万福堂

胤禛正盘膝坐在榻上，手里数着念珠，嘴里在默默地诵着佛经。

门外一双深邃的眼睛正在默默地看着胤禛。

这个人就是拄着拐杖的邬思道。

胤禛仍然在诵着经，突然，他听到了门外传来的诵书声："天将降大任于斯人也，必先苦其心志，劳其筋骨，饿其体肤，空乏其身……"

胤禛倏地睁开双眼："邬先生……"

定格。

| 第七集　我有深疾问不得 |

1. 敬贤堂书房

绿叶掩映的窗牖中传来弘时、弘历的背书声："皇爷爷曰：'朕常读朱子、王阳明等书……'"

镜头透过窗牖摇进书房内。

邬思道肃容危坐在书案前，目不转睛地盯着艰难背书的弘时和弘历。

弘时、弘历汗流满面，仍在背书："……道理亦为深微。乃门人各是其师说，互为攻击……互为攻击……"

二人显然忘了下文，轮流舔着嘴唇，咽着唾沫，反复背叨着"互为攻击"。

邬思道拿起书案上的戒尺，轻轻一敲："从头再背！"

弘时、弘历苦了一下眉头，只得又从头背起："皇爷爷曰……"

2. 内饭厅

食桌上的饭菜凉凉地摆着。

两双朱漆小筷和两碗米饭前的座位凄凉地空着。

另一双朱漆大筷和一碗米饭前坐着无可奈何的那拉氏。

那拉氏耐不住了，对也是着急地候在一旁的翠儿说："你去催一下，就说我说的，请邬先生让弘时和弘历先吃饭，没背下的明天再背吧。"

翠儿："是。"急忙走了出去。

3. 敬贤堂书房

邬思道板着脸对翠儿说道:"福晋说的也不行。书没背出来,不许吃饭!"

翠儿撇了一下嘴,只得转身走去。

弘时、弘历可怜巴巴地望着远去的翠儿。

邬思道戒尺一敲:"看什么?接着背!"

弘时、弘历一惊,苦着脸又背了起来:"皇爷爷曰……"

4. 枫晚亭

又是一席凉凉地摆着的酒菜。

胤禛极具耐心地坐在席前等着。

胤祥则不停地来回走着,不时又停下来倾听远远传来的背书声。

背书声时断时续:"夫道体本虚,顾力行何如耳。攻击者私也……攻击者私也……"

显然,弘时、弘历背到这里又卡住了。

胤祥望了望空着的邬思道的席位,说道:"这位邬先生,这位邬先生哪!我去说,叫他今天放了他们算了!"

胤禛:"没用。"

胤祥:"怎么会?难道我十三爷的面子他也不给?"

胤禛:"那好,你就去试试。"

胤祥大步走了过去。

5. 敬贤堂书房

看到胤祥走了进来,弘时、弘历如遇救星,连忙站起。

邬思道:"坐下!"

二人吓得又连忙坐下。

胤祥笑着对邬思道说道:"邬先生,给我点面子,今天就背到这里,如何?"

邬思道脸一沉:"十三爷,你知道他们在背什么吗?"

胤祥兀自笑着:"知道,是在背万岁爷写的《日讲易经解义·序》。"

邬思道:"知道就好。"说着,把脸又转向弘时、弘历问道:"你们说,是背诵皇爷爷的文章要紧,还是吃饭要紧?"

弘时、弘历如何不知"吃饭要紧"?但嘴里却不得不答道:"背诵皇爷爷的文章要紧。"

邬思道："那还不接着背！"

弘时、弘历委屈地瞟了一眼胤祥，只得又背了起来："攻击者私也，私岂道乎……"

胤祥还想说情，邬思道却闭上了眼睛。

6. 枫晚亭

胤祥气呼呼地走了过来。

胤禛不无调侃地问道："十三爷，你的面子如何？"

胤祥一屁股坐了下来："不等他了，咱们吃吧？"说着就去端酒杯。

胤禛将他的手一按："老十三哪，尊师重道，可是咱们旗人家的规矩哟。"

胤祥："那怎么办？大伙儿一块饿死？"

胤禛笑了："我倒有个主意，保管一试就灵。"

胤祥："什么主意？"

胤禛："等着瞧。李卫！李卫！"

李卫应声跑了过来。

胤禛："去，把年秋月叫来。"

李卫："是。"答毕，连忙跑去。

7. 邬思道居室

年秋月正坐在门边绣花。

李卫匆匆忙忙跑了过来："秋月姐姐，四爷叫你。"

年秋月抬起了头："什么事？"

李卫："不知道。"

年秋月："一定又是叫我去喝酒。你告诉四爷，就说我不去。"

李卫："嗨！喝什么酒？这会儿他们都还饿着呢！"

年秋月一惊："这时候还没吃饭？为什么？"

李卫："你去就知道了。"

年秋月连忙放下针线，随李卫匆匆走去。

8. 敬贤堂书房

弘时、弘历还在苦着脸背书。

年秋月一阵风似的闯了进来，大声喊道："停了！"

弘时、弘历立刻停住，脸现喜色。

邬思道见状一惊，站了起来。

年秋月不由分说，走了过去，噼里啪啦将弘时和弘历的书本攥起，塞进书包，接着说道："去！都吃饭去！"

弘时、弘历站了起来，却不敢挪步，四只眼睛一齐望着邬思道。

年秋月恼了，冲着邬思道嚷道："怎么？你自己不吃饭，两个少主子不吃饭，还要叫四爷、十三爷和福晋都饿着呀？快点儿，把他们都放了！"

邬思道犹豫了少顷，只得叹了口气："唉，去吧，"

弘时、弘历如遇大赦，拿起书包一阵风似的跑了出去。

9. 枫晚亭

年秋月"押"着邬思道慢慢走来。

胤禛笑着望了一眼胤祥，接着站了起来。

胤祥也站了起来，大声嚷道："罢了！罢了！我这个堂堂的贝子还抵不上一个丫头的面子。四哥，我们赶明儿去见万岁爷，你这个郡王和我这个贝子都辞了算了！"

邬思道苦笑着摇了摇头。

年秋月却红了脸："还是主子呢？这么没正经？叫人家去说情，临了又取笑人家。下一回饿死你们，我也不管了！"说着，转身走了回去。

胤祥吐了下舌头："四哥，都说你府上规矩大，怎么一个丫头敢这样顶撞主子？"

胤禛望了一眼刚落座的邬思道，说道："老十三哪，这样的丫头，你府上有吗？"

胤祥："唉！我哪儿有这个福气？我那儿如果有个这样的丫头，我一天挨她三顿骂也心甘情愿。"说着，也看了一眼邬思道。

邬思道只微微一笑，并不接腔。

胤禛："对了，老九送给你的那个乔姐怎么样？"

胤祥的脸立刻阴沉下来："四哥，你干吗哪壶不开提哪壶？你打量九哥真的安什么好心？他送了个眼线安在我身边，我呢照收不误。上火了，拿她玩玩，没劲的时候，老子晾她十天半月！"

胤禛见他说得走了调，连忙岔开："都饿了，邬先生，咱们吃吧。"

邬思道连忙端起酒杯："连累四爷、十三爷等着邬某挨饿，邬某先自罚三杯！"

10．胤祥府大门口

暮色苍茫中，胤祥骑着马放开缰绳，慢慢走了回来。

他显然有些醉了，走到门边跨了几下才跨下马来。

朦胧中，他看见一个人先是坐在府门的阶沿上，后来又站了起来。

胤祥："谁呀？"

那人怯生生地问道："十三爷？您是十三爷！"

胤祥走近了，定睛一看。

那人穿了一件显得过于肥大的破旧的长衫，头上戴着一顶也已破旧的毡帽，满面尘土，只是两只大眼，虽在朦胧处，仍然闪着光泽。

胤祥下意识地一颤，紧紧地盯着那人的两只眼睛。

胤祥的画外音："好熟呀！是她？不可能呀！"

想到这里，胤祥连忙走了过去，急问："你是？"

那人取下毡帽，拔下发簪，一头长发立刻散落下来，接着激动地说道："我是阿兰，江夏镇的阿兰哪！"

11．胤祥府客厅

桌子上摆着一盘大馍，一碗热汤和几碟小菜。

胤祥坐在阿兰的对面，说道："别急，先吃饭，吃了再慢慢说。"

阿兰点了点头，拿起一只大馍，咬了一小口，嚼着嚼着，两行热泪唰唰滚落下来，接着又把大馍放下，两只手捂着面庞抽泣起来。

胤祥倏地站起："出什么大事了吗？"

阿兰扑地跪下，满面泪光，抽咽着说道："十三爷，您救救我哥！您救救我哥吧！"

胤祥："你哥怎么了？！"

阿兰："我哥被刘庄主拉去替别人顶罪，问了死刑，明天就要在菜市口开刀问斩了……"

12．胤禛府万福堂

烛光下，胤禛猛地站起："什么？竟有这样的事？！"

胤祥："没错，我担心事情不实，刚才悄悄地去了趟刑部，在牢里见到了张五哥。四哥，这事从县府道司一直报到刑部，中间一定牵涉到一大帮人。怎么办？咱们得好好拿个主意。"

胤禛铁青着脸又坐了下来，眼中的两点寒光在烛火的照耀下闪烁不定，突然，他一拳击在桌上，狠狠地说道："这事要么不闹，要么闹它个惊天动地！"

胤祥："惊天动地？好！怎么个闹法？"

胤禛："来！"说着，在灯火旁坐了下来。

胤祥把椅子移了移，靠了近去。

13. 菜市口刑场

白日当空。

观行刑的人把个刑场围得水泄不通。

行刑台上，一溜儿绑跪着十多个死刑囚犯。

张五哥跪在首位，他背上的标志上赫然写着："斩决人犯一名任季安！"

刑部侍郎黄体仁、肖国兴作为监斩官高坐在监斩棚内，只待一声炮响，下令行刑。

报时官眼睁睁地盯着日晷。

日晷上的阴影渐渐指向午时。

报时官大喝一声："放炮！"

炮声轰响。

黄体仁和肖国兴同时站起。

黄体仁："午时三刻已到，行刑！"

法号齐鸣。

刽子手走上前去，拔掉死刑犯的标志。

就在这时，胤祥飞马赶到，高喊："刀下留人！"

监斩官、刽子手尽皆一惊。

众人齐刷刷循声望去——

胤祥腾身站在马鞍上，一个空翻，跃过围观人群的头顶，稳稳落在行刑台上。

黄体仁和肖国兴脱口惊呼："十三爷？！"

胤祥："犯人有假，暂缓行刑！"

黄体仁："十三爷，这些犯人都是三审三决最后定罪。岂会有假？秋决大典，耽误时辰，谁能担待！"

一个低沉威严的声音从人墙后传来："朕来担待！"

几名大内侍卫驱开围人，辟出一条通道。

头戴镶明黄玉石便帽，身着长袍便装的康熙，从人道中一步步走上行刑台。

黄体仁、肖国兴骇得连忙跪倒，颤声说道："皇上万岁！万岁！万万岁！"

一干行刑官吏差役刽子手以及围观众人万没想到康熙亲降，齐齐跪倒。

除了胤祥和几名大内侍卫仍然站立警戒，菜市口竟黑压压跪倒一片。

康熙问胤祥："谁是张五哥？"

胤祥走到张五哥面前，温言说道："五哥，这是当今皇上，你不要怕，从实答话。"

张五哥看到胤祥，已是充满生望，死志全无，大声答道："我是张五哥！"

康熙："你不是任季安吗？"

张五哥："任季安是扬州盐道任伯安大人的弟弟，不是小人。"

黄体仁突然大声斥道："狡辩！过堂之时你亲口招认自己是任季安，现在怎敢临刑翻供？！皇上，犯人临刑翻供，分明是想苟延残喘，冀逃法典。请皇上明鉴！"

康熙："无须明鉴。任季安现年多大？"

黄体仁："四十八岁。"

康熙："那你再看看他今年有多大！"

康熙说着，走近张五哥将他脸上的胡须一扯。

胡须应手脱落，显出张五哥那张年轻的脸庞！

围观众人发出一片诧声。

康熙："任季安四十八岁，这个人显然三十不到。你们是眼睛瞎了，还是良心黑了！"

黄体仁、肖国兴面如死灰，不住地叩头。

康熙对胤祥："把张五哥带进宫去，待朕细细审问，其他人犯收监重审！"

胤祥大声应道："是！"

14．养心殿外

胤礽、胤禔、胤祉、胤禛、胤祀、胤禟、胤䄉、胤祥、胤禵和佟国维、马齐、张廷玉皆悄无声息地候立在阶廊上。

殿门"吱呀"一声打开了，李德全从里面走了出来。

众人一齐望着李德全。

李德全："万岁爷有旨，太子和众皇子都回去。佟国维、马齐、张廷玉进殿。"

15．养心殿

佟国维、马齐、张廷玉一齐跪在康熙座前。

佟国维："天子辇下，首善之区，发生了这样骇人听闻的枉法之事，臣等位忝枢府，难辞失察之咎。臣等自请处分。"

三人同时将顶戴取下，然后一齐叩了个头，匍匐在地。

康熙："现在不是谈处分的时候。你们说，刑部，还有各省的司法衙门该如何整顿！"

佟国维："论职守，应从刑部查起；论案件，应从张五哥顶凶一事查起。臣担心，一层一层彻查下去，倘若牵涉到朝廷根本之地，投鼠忌器，又将无功而返！"

康熙重重地在书案上拍了一掌，厉声说道："你说的'投鼠忌器'，这'器'是谁？所谓'又将无功而返'，这个'又'是指什么而言！"

佟国维："圣明无过于皇上。有些事，本非为臣子者所能明言。"

康熙："不能明言，朝廷设宰相干什么！"

马齐犯了憨劲，亢声答道："宰相的职责是辅佐皇上统率百官。百官以上，众位皇子，就非宰相所能管！"

康熙反倒冷静了，叹了口气，说道："马齐说得有理。这一次，朕决心已定，无论查到谁，不管他是'鼠'还是'器'，都要依法处置！咱们议一议，这件事派谁去查合适？"

16. 毓庆宫

刑部尚书司马尚、侍郎黄体仁和肖国兴低着头站在一侧。

胤礽："这一下你们可把我害惨了。什么钱不好弄，偏要弄这几个人命钱！现在好了，通了天了，咱们一块儿玩完！"

黄体仁："臣等也是被上一回户部欠款的事弄怕了。这才千方百计想给太子爷筹一点钱，以备不时之需……"

胤礽使劲地拍着书案："住口！住口！住口！"

17. 胤祀府书房

胤祀痛心疾首地对胤禟、胤䄉："我同你们说过多少回了，做人要堂堂正正，用人要谨慎小心。你们呢？把我的话全当作了耳边风！什么任季安、刘八女，全是些为富不仁的小人！你老九还把他们当作心腹。现在好了，他们这样的事也做了出来。连你也脱不了干系！"

胤禟也负气了："大不了也像老十一样，我到宗人府去坐个一年半载！决不连累你八哥就是。"

胤祀的眼中透出了少有的哀伤："是啊！你们是没有连累我，我又有什么怕连累的呢？身为皇子，只要老老实实，这一辈子我平平安安做个富家翁就是。我干吗要操这么多心？管这么多事？你们都回去吧，我累了，让我歇息一会儿吧。"说着，闭上了眼睛。

胤禟、胤䄉还有坐在一旁的胤禵都震住了，互相对视了一眼，又一齐望着胤禩，突然他们都吃惊地睁大了眼睛。

胤禩闭着的眼角中竟渗出了几滴泪珠！

胤禟惶恐地扑通一下跪在胤禩面前："八哥，八哥，都是我不对。您就当我说的不是人话！八哥！八哥……"

胤禩站了起来，背过身去擦干了眼角的泪珠，又回过身来，对胤禟说道："九弟，八哥没有怪你，起来吧。"

胤䄉和胤禵连忙走上前去，扶起胤禟。

胤禩："这件事情一定会闹出一场很大的风波。你们听我一句话，待在家里，哪儿也不要去，什么也别乱说。到时候我会告诉你们该怎么办。"

胤禟、胤䄉和胤禵一齐点了点头，走了出去。

胤禩："胡管家。"

胡管家应声走了进来。

胤禩："准备一顶小轿，不要派从人，我要出去一趟。"

18. 佟国维府后园的小门边

灯火不兴，胤禩青衣小帽从小门内走了进来。

早已候在那儿的佟府管家请了个安，领着胤禩向里面走去。

19. 佟府内室

胤禩和佟国维分坐在一张小桌的两端。

佟国维："八爷既然下问，老奴焉敢不竭诚进言。八爷应该知道，在皇上那儿，不怕做错事，就怕不做事。四爷追比国库欠款一事就是最好的例证。总之，这一次皇上十分希望有人能出来好好地整顿一下刑部和各省的司法衙门。八爷其有意乎？"

胤禩："多承指教。不过我担心这事恐怕会牵涉到太子。"

佟国维站了起来走到窗边，突然换了一种语调，显然是在背诵："'这一次，朕决心已定，无论查到谁，不管他是'鼠'还是'器'，都要依法处置……'"

胤禩眼一亮，深深地点了点头。

20. 邬思道居室

胤禛："光天化日，天子脚下，竟敢诬良顶罪。吏治腐败，至此已极！邬先生，我想向皇上请命，去捅一捅刑部这个马蜂窝，治一治这群祸国殃民的蛀虫。你觉得如何？"

邬思道摇了摇头，嘴中蹦出两个字："不行！"

胤禛："为什么？"

邬思道："因为这次刑部冤案审结之时，就是太子被废之日！"

仿佛一声霹雳，把胤禛震在当场。

邬思道："王爷想想，从康熙四十年以来，是谁管着刑部？是太子。而每年秋决代皇上勾决人犯又是谁？还是太子。那么，这次清理刑部冤狱，明为追查刑部和各省司法衙门的官员，暗中必将落到太子身上。倘若皇上想保太子，就会命太子自己去清理刑部，而如果皇上派其他的皇子去清理刑部，那就是对太子失去了最后的信任。因为上一次清查户部欠款，太子始是最大的债户，继而又卖官纳贿还钱，皇上真的不知道？不！皇上是忍而未发，希望太子知错能改。可这一次，竟出现了大清国建国七十年来最骇人听闻的冤案，恰恰又与太子有关。王爷您想想，皇上还能把大清的江山交给太子这样的一个人吗？"

"可是，太子毕竟是四十年的太子啊！所谓名分早定，盘根错节！无论是谁，扳倒了太子，他都将不容于天下、不容于朝廷，最终也将不容于皇上！"

"王爷，您想担这个废除太子的罪名吗？！"

胤禛不再说话，两眼望着上方出神。

21. 养心殿

胤禛大声奏道："堂堂国家最高司法衙门，竟然出了如此骇人听闻的冤案！以国家之大，各省府州县的冤案更不知还有多少。法制不行，戾气淤塞，非国家之福。儿臣愿意接下这个差事，清理冤狱。请皇阿玛俯准！"

康熙听胤禛这番慷慨陈词，毫不掩饰地露出了赞许之色，点了点头。

胤禩没想到胤禛会抢在前面请命，怔了一下，接着也大声奏道："四哥所言极是。儿臣以为，冤狱不清则法制不行；法制不行则天下必乱！因此清理刑部冤狱，整顿各省司法衙门确是当今第一要务。儿臣也愿意接受这个差事，请皇阿玛俯准。"

见胤禩也主动请缨，康熙多少有些意外，眼中飞快地掠过一丝疑意，接着也赞许地点了点头："你们主动请命，朕甚感欣慰。至于派谁，等朕斟酌以后，自有旨意。"

22. 万福堂

胤祥兴冲冲地走了进来，大声说道："四哥，宫中传出了消息，皇阿玛派了你了！"

胤禛微微一惊："哦？"

胤祥："四哥，这一次无论如何也得带上我。咱哥儿俩大干他一场！"

胤禛："好，我一定向皇阿玛请奏。"

23. 邬思道居室

邬思道在默默地整理行囊。

年秋月急了："真是个怪人！要走也得说出个理由呀。"

邬思道像是对年秋月又像是自言自语："言不听，计不从，孺子不可教。不去而何？"

24. 万福堂

胤禛笑了，对满脸惶急的年秋月说道："你去对邬先生说，让他再等三天。三天以后，他如果还要走，我决不拦他。"

25. 胤禛寝室

四个白铜火盆中装满银炭，烧得通红，分别摆在室内四角。

胤禛身穿厚厚的夹衣，坐在四个火盆当中。

初秋之际，盆火熏逼，胤禛大汗如浆。

26. 胤禛寝室外的天井里

李卫正从井中将水一桶一桶摇上来。高福将水一桶一桶倒进一个偌大的澡桶中。

澡桶中的水已渐渐倒满。

这时寝室的门打开了。

大汗淋漓的胤禛扶着门框从室内走了出来。

李卫和高福连忙扶着胤禛走向澡桶。

胤禛踏着梯凳迈入澡桶。

凉水浸激热身，胤禛顿时就浑身颤抖起来。

李卫和高福都看懵了："王爷……"

胤禛紧咬牙关，眼睛一闭，将全身沉浸下去……

27. 雍王府大门内

李德全手擎圣旨，领着两名小太监昂然而入。

李德全："圣上有旨，雍郡王胤禛跪接！"

应声迎上前来的却是高勿庸。

高勿庸："禀李公公，奴才主子昨儿晚上突发大病，高热不退，正卧床不起呢！"

李德全一惊："雍郡王病了？快，带我去看看！"

高勿庸："是。"

高勿庸领着李德全一行向里面走去。

28. 胤禛寝室

烧得满面通红的胤禛正躺在床上，身上盖着三床锦被。

那拉氏坐在床边，正拿着一块手绢揩泪。

李德全轻轻地走了进来，看见那拉氏，垂手请了个安："奴才李德全给四福晋请安。"

那拉氏连忙站起，垂泪说道："好好的，忽然得了这么个病。李公公，你看怎么办？"

李德全走到床边，轻声唤道："四王爷！四王爷！"

胤禛昏迷不醒。

李德全伸手在胤禛额上一探，惊道："好烫！这可不能耽搁，得赶快请大夫！"

那拉氏："我想请李公公奏明万岁爷，请宫中的太医来看看。"

李德全："嗻。奴才一定奏明万岁爷。"

那拉氏朝高勿庸使了个眼色。

高勿庸把早已备好的一个锦面首饰盒拿了出来，打开盒盖。

盒内一只镶着翡翠的钻戒耀眼发光。

高勿庸："这是福晋送给公公的一点意思。请公公收下。"

李德全："这个奴才如何敢当？"

那拉氏："都是自家人，李公公就不必客气了。"

李德全："如此，奴才谢过福晋。"

李德全收过锦盒，接着说道："奴才这就回宫，即刻奏明万岁爷，派太医来给王爷治病。"

那拉氏："一切有劳公公了。"

29. 御花园

"什么？四阿哥病了？"康熙惊问。

"是。"李德全答道。

"是你亲眼见到的吗？"

"是。奴才亲眼所见，高热不退，昏迷不醒，病得很重。"

"嗨。传旨太医院，叫凌国康去给四阿哥诊脉。要尽快治好！"

"嗻！"

30. 养心殿

康熙："四阿哥得的究竟是什么病？"

凌国康端端正正跪着，望着地面答道："回皇上，四阿哥得的是伤寒。"

康熙一惊："伤寒？那不是一时三刻好不了吗？"

凌国康："是。至少要卧床休息一个月。"

康熙："知道了。你跪安吧。"

凌国康："是。"

凌国康退了出去。

康熙对侍立一侧的佟国维、马齐和张廷玉叹了一口气，说道："看起来这件事只有让胤祀去干了。"

佟国维："八阿哥胤祀处事谨慎，而且待人宽厚，叫他清理冤狱，也是适当人选。"

马齐："奴才也认为八阿哥堪当此任。"

康熙："张廷玉，你的看法呢？"

张廷玉："臣以为刑部的事错综复杂，只派八阿哥一人恐怕难胜繁剧。"

康熙："胤禛曾经陈奏叫胤祥协同办理，那就派胤祥协助胤祀会同办案吧。"

张廷玉："皇上圣明。"

31. 胤禛寝室

邬思道和胤祥都坐在胤禛的床边。

胤禛声音微弱地说道："十三弟，咱们哥俩原想好好地干它一场。现在突然得了这个病，你也只好和老八去干了。"

胤祥："按说八哥这人原本不错，可不知道为什么我总觉得和他对不上劲儿。我总担心这一次会闹出什么意想不到的事儿来。"

胤禛："凡事多留个心眼就是。他如果秉公办事，你就得帮着他；他如果歪心眼儿，你也不要顶着干，先来告诉我。"

胤祥："嗯。"

胤禛："只是我这个病来得不轻，这几天烧得脑子也不好使唤。原想邬先生在这儿还有个商量的人，现在邬先生又要走了……"

胤祥惊道："邬先生要走？为什么？！"

胤禛嘴角掠起一丝诡秘的笑容："我也不知道，你问邬先生吧。"说着，睁着两只病瘦的大眼，望着邬思道。

邬思道："没有的事。十三爷，这是四爷说的笑话。"说着，眼光也转向胤禛。

两人目光一碰，会心地笑了。

胤禛转对胤祥："不早了，你府里还有个人在等着你呢。快去把这个消息告诉她吧。"

胤祥也笑了："那好。四哥，你安心养病吧。"说着，站了起来。

32. 胤祥府后院的一间小屋里

胤祥兴冲冲地推门而入。

坐在床沿上的阿兰连忙站了起来。

果然是人要衣装，换了旗装的阿兰更显得楚楚动人。

胤祥盯着阿兰看了一会儿，这才说道："告诉你个好消息，皇上派了我去清理刑部的冤狱了。这回，包你哥能平安无事地出来。"

阿兰激动得微微发颤，眼中闪着泪花，嘴唇翕动了好一会儿，轻轻地说道："十三爷……您、您坐……"说着，拉起胤祥的一只手牵到床边让他坐下。

接着，阿兰走到门边，轻轻地将门闩插上，又转过身来默默地解着衣扣。

胤祥倏地站起："阿兰，你这是干什么？"

阿兰："十三爷，您是我们一家的救命恩人……我没有什么能够报答您……这一辈子就让我做牛做马侍候您吧……"

胤祥激动得脸都红了："你把我十三爷当什么人了？我这样做不是乘人之危吗？"说完，走到门边拉开门闩大步走了出去。

阿兰怔在当场。

33. 胤祀府书房

胤祀正低声地在对胤禟、胤䄉和胤禵说话。

胡管家走了进来，走近胤祀的身边，在他耳边轻轻地说了一句话。

胤祀一怔，接着站了起来。

34．胤祀府客厅

胤礽："八弟，这次皇阿玛选择清理刑部冤狱的人选，我可是赞成你的哟。"

胤祀："这是太子的信任。我一定好好干，决不辜负皇阿玛和太子的期望。"

胤礽："你准备怎样好好干呀？"

胤祀："自然是按照我大清的刑律，秉公办理。"

胤礽拉长了声调："'秉公办理'？只怕也不容易哟。听说，那个什么任季安，还有刘八女都是九弟的门人哪。我担心这件事如果查狠了，九弟会脱不了干系呀！"

胤祀假装吃惊："哦？那应该怎么办？请太子明示。"

胤礽："也谈不上什么明示。该查的，该办的，不要手软。不该查的，不该办的，留点儿余地。其实皇阿玛的意思也不过是办几个官员，让大家有个警戒而已。凡事不为已甚，对大家都有好处嘛。"

胤祀："臣弟明白。"

胤礽笑了。

胤祀也笑了。

35．刑部大堂

在众侍从簇拥下，胤祀和胤祥步入大堂。

胤祀和胤祥在正中公案上一正一偏坐下。

司马尚、黄体仁和肖国兴率刑部司官参拜：

"下官等参拜八贝勒、十三贝子！"

胤祀："众位大人请起。"

众官吏站起，分立两厢。

胤祀："怎么不给司马大人和黄大人、肖大人设座？"

司马尚："下官等都是待罪听参之人，怎敢在二位钦差面前有座。"

胤祀："朝廷有朝廷的规矩。没有革职，你们依然是刑部的堂官，既是会审，怎能无座？来呀，给三位大人设座。"

几名差役应声添设公案和座椅。

司马尚居左，黄体仁和肖国兴居右，分别在两张公案前坐下。

胤禩："十三弟，咱们开始审案吧。"

胤祥："听八哥的安排。"

胤禩："来人！把张五哥带上来。"

张五哥依然是脚镣手铐，被带上堂来。

张五哥受镣铐羁绊，艰难地跪下："小民张五哥给众位大人叩头。"

胤祥变了脸色，对刑部三堂官问道："这张五哥是经过皇上亲自审问，断定无罪的人。为什么还给他戴刑具？"

黄体仁："回十三爷，根据《大清律》，替人顶凶者仍然有罪。因此不能脱掉刑具。"

胤祥："放肆！皇上都说他没罪，你倒硬说他有罪。到底是听皇上的，还是听你的？"

黄体仁不敢吱声。

胤祥："快！替张五哥去掉刑具。"

差役甲："是。"

差役甲替张五哥打开脚镣手铐。

胤禩："张五哥。"

张五哥："小民在。"

胤禩："你为什么要替任季安顶罪替死？"

张五哥："因为任季安是小民东家的亲戚。小民的东家刘八女当时苦求小民的爹，小民的爹说东家对小民一家有恩，无法推辞，因此答应了。"

胤禩："有恩也不能叫自己的儿子顶死呀。你们是不是拿了人家的钱？"

张五哥："没有。我家再穷，我爹也不会拿儿子的命去换钱。是因为刘八女说，只教我到牢里坐几个月，然后任季安的哥哥任伯安道台就会将我保出来，我爹相信了他的话，这才叫我顶罪。"

黄体仁一拍公案，喝道："一派胡言！判斩之前，我问你是不是任季安，你当时已经知道判的是死罪，为什么还招承自己是任季安？"

张五哥："那是因为小民的东家到牢里来看我时说过，如果我翻供，我的爹就要判伪证之罪。要打八十棍，流放三千里。小民害怕连累爹，因此不敢翻供。"

胤禩："这个好办。把刘八女、任季安押解到刑部一问便知。司马大人，任季安一干人犯，刑部发签票去捉拿了吗？"

司马尚："没有。"

胤禩："为什么？"

司马尚："其中有些牵碍，刑部不好擅自拿人。"

胤祀却似丝毫不懂他的暗示，进一步追问："什么牵碍？"

司马尚："这个……容卑职过后再禀明八爷吧。"

胤祀："堂堂刑部，皇皇法典俱在，什么事不能当堂明言？无须过后禀明，你现在就说。"

司马尚："八爷既然这般说，下官也就无法周全了。因为任季安和刘八女都是九贝勒的门人！"

尽管已有不少人知道这个不是秘密的秘密，但如今听司马尚当堂点穿，仍不免吃惊，众人一齐望着胤祀。

胤祀："说清楚，究竟是你们不去捉人，还是九贝勒不让你们捉人？"

司马尚："这个……很难说啊！"

胤祀把脸一沉，对侍从说道："请九贝勒上堂。"

那侍从："是。"接着，对门外传唤，"请九贝勒爷上堂！"

胤禟在前，五花大绑的任季安和刘八女在后，走上堂来。

除胤祀外，所有的人都吃了一惊。

胤禟："八哥，这两个是我的门人，但他们犯了王法，我也不能庇护。现在我送他们投案来了，请八哥处治。"

胤禟说完在侍从搬来的椅子上坐了下来。

胤祀："你们谁是任季安？"

一脸横肉又一脸颓丧的任季安答道："小人是任季安。"

胤祀："那你就是刘八女了？"

刘八女："小人是刘八女。"

胤祀："张五哥，你仔细辨认，是不是这两个人？"

张五哥："是这两个人。"

胤祀："那就好，来呀。把他们收监，听候审讯！"

侍从将任季安、刘八女和张五哥都带了下去。

胤祀："司马大人，刚才我问，是不是九贝勒不让你们抓人，你回答很难说。现在当着九贝勒的面，你说句实话，刑部到底去找过九贝勒没有？"

司马尚："没……没有。"

胤祀："十三弟，你都听见了？"

胤祥："听见了。"

胤祀把脸一翻，惊堂木一拍，"大胆司马尚！身为刑部尚书，掌管朝廷最高司法衙门，始则玩忽朝廷王法，诬良为罪；继又无视皇上旨意，放纵真凶。还百般狡辩，嫁祸皇子！来呀，摘掉他的顶戴花翎！"

二侍从："是！"

二侍从从座上拉下司马尚，取掉他的顶戴，脱掉他的官服。

黄体仁和肖国兴原以为胤礽和胤禩已经达成协议，不料胤禩突然变卦，不免临威失色，连忙走下座来。

黄体仁："司马大人有罪，下官二人也难逃罪责，请八贝勒处罚。"

胤禩："你们还有点自知之明。既已认罪，就自己动手，取下顶戴吧。"

黄体仁和肖国兴："是。"

二人的手都有些微微发抖，自己取下顶戴，脱下官服，主动走到一旁，和司马尚站在一起。

胤禩将眼睛一一扫视站在堂下的刑部众司官，然后宣布："从今日起，刑部原来的所有官员一个也不许回家，统统在后面的火房里住下。查清一个，发落一个！"

侍从中又走出几个如狼似虎的大汉，对众官员："老爷们，走吧！"

司马尚、黄体仁、肖国兴和一帮刑部司官在这几个侍从的监押下，一个个垂头丧气走向后堂。

胤禩对胤祥问道："十三弟，今天就审到这儿，你看如何？"

胤祥对胤禩的做法不但满意，而且生了几分佩服之心，大声答道："好！"

36．太子府内室

胤礽正躺在逍遥椅上闭着眼睛，让两名侍女轻轻地捶腿。

何柱儿慌忙地走了进来，在他耳边说了几句。

胤礽大惊，慌忙坐起，怔在当场。

37．刑部签押房

胤禩在连夜提审任季安和刘八女。

胤禩："任季安，你奸杀寡妇的事，你哥知道不知道？还有，九爷知道不知道？"

任季安："回八爷话，小人一人做事一人当。这事都是我一人干的，不关我哥的事，更不关九爷的事。"

胤祥："刘八女，你安排张五哥顶罪，任伯安知道不知道？九爷知道不知道？"

刘八女："回八爷，这事都是小人一手张罗，不关任大爷的事，九爷更不知道。"

胤祀："下面，我再问一件事，你们都得说实话。说了实话，我就能免了你们的凌迟之苦，免了你们妻儿的牵连之罪。不说实话，你们的妻儿家小都要被发配到宁古塔给披甲人为奴！"

二人同声答道："小人说实话。"

胤祀："从县府道司到刑部衙门，都是哪些官员拿了你们的钱？各拿了多少？"

刘八女："知县和知府各是一万两银子，道台和臬台各是两万两银子，刑部衙门一共是十万两银子。"

胤祀："这钱是任季安给你的，还是从哪儿来的？"

刘八女："是庄子上的钱。庄子上原有任季安的股份。"

胤祀："任季安，是这样吗？"

任季安："是。"

胤祀："这话当着县府司道和刑部衙门的官员，你们可敢对质？"

任季安和刘八女："敢。"

胤祀："好！叫他们画押。"

书办将供状递给二人。

二人在供状上画押。

胤祀："来呀，把他们带下去。"

二侍从应声进房，将二人带了下去。

胤祀："把肖国兴带进来。"

肖国兴神情黯然地走了进来。

胤祀对书办："我和肖大人随便谈谈，不要记录。你下去歇着吧。"

那书办答应后走了出去。

签押房只剩下了胤祀和肖国兴。

胤祀："肖大人，请坐。"

肖国兴："下官是有罪之人，岂敢与八贝勒对坐。"

胤祀："有罪，改了不就没罪了吗？坐吧。"

肖国兴斜着身子坐了下来。

胤祀："肖大人，如果我记得不错，你是康熙二十一年的进士吧？"

肖国兴："惭愧。下官是康熙二十一年壬戌科二甲第四名进士。"

胤祀："十年寒窗，三十年仕途，不容易啊。"

肖国兴触动衷肠，眼睛湿润，答道："下官忘记了圣人的教诲，辜负了朝廷的深恩。

如今也是后悔莫及。"

胤祀："'人非圣贤，孰能无过，知过能改，善莫大焉。'肖大人，你知道我为什么要单独跟你谈吗？"

肖国兴："请八爷明示。"

胤祀："这里有两个原因。第一，我调看了所有的案卷，又审问了有关的证人，知道你在这次案件中虽有失察之罪，却无贪赃之实。第二，你也是受人指派，身不由己，是吗？"

肖国兴："八爷明察秋毫，下官感愧莫名！"

说着，肖国兴站了起来，便要下跪。

胤祀连忙扶着他，说道："你不要谢我，这是皇上的圣明。"

肖国兴："皇上？"

胤祀："对，是皇上。我来刑部之前，皇上就对我说过，肖国兴这个人平时处事谨慎，居官也还清廉，这一次为什么这样糊涂？需仔细查明，不要枉屈了他。因此，我对你的事才会这样留心。"

肖国兴再也抑制不住，哭倒在地，哽咽着说："下官糊涂，下官辜负了皇上天高地厚之恩，愿意……将功折罪！"

胤祀嘴角露出一丝笑纹，旋即正容说道："这正是皇上的期望。皇上是古往今来第一圣明仁慈的君主，无论牵涉到什么人，只要你说了实话，他老人家都会妥善处治，倘若蓄意欺蒙，一经查明，不但对你不利，就是对你要保的人也没有好处！你明白这个道理吗？"

肖国兴："下官愿意。"

胤祀："好。来人哪！"

一名侍从应声出现。

胤祀："把房门锁上，任何人都不得靠近！"

侍从："是。"

胤祀自己也走了出去。

侍从从门外将房门咔地锁上。

肖国兴哆嗦着走到书案边，铺纸提笔，写开了奏折……

38. 刑部大门内

胤祀手握肖国兴写的奏折，抑制不住满脸的兴奋，大声喊道："备轿，我要连夜进宫，面见皇上！"

定格。

| 第八集　八爷如意否 |

1. 东华门
一把偌长的钥匙插进大门中那把偌大的铜锁里。

两名太监用肩膀抬着卸下了沉重的门杠。

巨大的宫门咔咔地开开了。

一片灯笼光，手捧密匣的胤祀在四名大内侍卫的簇拥下疾步走进宫门。

2. 养心殿寝宫外
李德全把胤祀拦在门外："八爷，万岁爷躺下不久，这会儿刚入睡呢。"

胤祀："李公公，你知道，不是大事我不会这会儿来惊动皇上。劳你进去禀告一声吧。"

李德全："不是我挡您的驾。这几天万岁爷就没有睡过一个囫囵觉。这个时候任你天大的事也不能惊动他老人家。"

胤祀："既然这样，我就在这儿等着吧。"说完，胤祀撩起前摆，双膝跪在门前。

李德全犯难了，琢磨了片刻，只得说道："这样吧，我再进去看看。"

3. 养心殿寝宫内
李德全掀开门帘，刚迈进门槛，不禁一惊。

康熙不知道什么时候已经起来，披着外袍坐在榻上。

李德全疾步走了过去，说道："万岁爷，您、您怎么又起来了？"

康熙："是胤祀来了吗？"

李德全："是。他说有大事要奏陈万岁爷。"

康熙："叫他进来吧。"

李德全："嗻。"

4. 毓庆宫

胤礽显然疲劳已极，这时正脑袋歪着和衣坐在圈椅上睡了过去。

何柱儿慌忙跑了进来，走到胤礽面前低声呼道："太子爷！太子爷！"

胤礽一颤，从梦中惊醒："怎么了？有什么消息吗？"

何柱儿："八爷进宫了，这时候万岁爷正见他呢！"

胤礽两眼都散神了，坐在那儿怔怔地发呆。

5. 养心殿寝宫内

胤祀跪在榻前一动不动，两眼却专注地盯着康熙投在地面的身影。

地面上的身影显出——康熙拿着奏折的手在微微颤抖。

镜头上摇，康熙的两眼像钉子般望着上空，灯光照耀下，脸色竟是那样苍白。

站在一旁的李德全见状慌了神，疾步无声地走了过去，端起榻几上的茶碗轻声说道："万岁爷，万岁爷，您喝口热茶……"

康熙两眼仍盯着上方，嘴中却说道："出去。"

李德全："万岁爷……"

康熙："出去！"

李德全一颤，退了出去。

康熙的嗓音竟在片刻间嘶哑了许多："这个奏折还有谁看过？"

胤祀："回皇阿玛，这个奏折只有儿臣一人看过。"

康熙嘶哑的声音："那个肖国兴现在哪里？"

胤祀："儿臣见过这个奏折以后，已经把他关在刑部的单人牢房里，并且派了重兵看守。这会儿没有儿臣的手令，任何人都不能见他。"

康熙的目光慢慢地转向胤祀："哦？"

胤祀："儿臣想，太子乃一国储君，这个消息如果传了出去定会使朝野震动！再说，肖国兴所说的事也未必属实，就算实有其事也只能奏陈皇阿玛圣裁。这件事再不能让任何人知道。因此，儿臣禁锢了肖国兴，就连夜赶进宫来了。"

康熙脸上显出了一丝欣慰和赞许："你做得很对！也做得很好！你这就回刑部，等待朕的旨意。"

胤祀："是！"接着叩了个头，站了起来，退了出去。

康熙："李德全。"

李德全应声走了进来："奴才在。"

康熙："去，叫胤礽到东暖阁见我。"

李德全："嗻。"

6. 养心殿东暖阁

殿内没有点灯。

康熙闭目坐在椅子上，透过窗棂泻进殿内的月光照在他那平静的脸上，一片凉白。

胤礽佝偻地匍匐在从殿门流进的月光中。

一阵夜风袭来，胤礽打了个寒战。

良久，康熙慢慢地睁开了眼睛，望着伏在自己脚下这个儿子瘦弱的身影，一股难言的酸楚涌上心头，沉痛地说道："朕实在不知道怎么说你，朕也不知道如何处置你。这几天夜里，朕一合上眼睛，就看见你的额娘……她总是睁着那双忧郁的眼，默默地望着朕，一句话也不说，一句话也不说啊……可是，朕知道她有好多话想对朕说，她也是不知道应该怎么说呀……因为，她在生前就从来没有向朕说过一句不应该说的话。她真是一个大贤大德的皇后哇！她如果没死，你又何至于变成今天这个样子……"

说到这里，康熙滴下泪来……

胤礽触动衷肠，悲声大放："儿臣不求上进，辜负了皇阿玛天覆地载的一片苦心，儿臣愧悔，儿臣愧悔呀……儿臣宁愿受任何处罚，只是恳求皇阿玛不要赶儿臣出宫。儿臣情愿代替李德全，每天在皇阿玛身边侍候您老人家。有朝一日儿臣死了，也好对额娘有个交代呀……"

康熙："朕不要你这个孝心。你若真的孝顺，为什么要做出这样对不起列祖列宗的事来！朕不想再见你。回去吧，待在毓庆宫不许乱走一步！"

胤礽："皇阿玛……"

康熙闭上眼睛不再理他。

李德全走了过去："太子爷，走吧。"

胤礽重重地叩了个头，爬起来，步履蹒跚地走了出去。

康熙一口气憋不过，剧烈地咳起嗽来。

李德全连忙走近，给康熙捶抚背部。

许久，康熙才缓过气来。

李德全眼角也渗着泪，说道："万岁爷，您肩上挑着咱大清的江山，千万要保重龙体呀。"

康熙："朕四十年的苦心，没想到太子会变成这样……德全，你说，朕能把大清的江山交给他吗？"

李德全岂敢正面回答，只得说道："奴才看，太子对万岁爷还是一片孝心……"

康熙也知道与这个虽然朝夕相伴但名分太过悬殊的老奴谈不出什么结果，于是问道："今儿上书房是谁当值？"

李德全："是张廷玉。"

康熙倏地站起："走，去上书房。"

7. 上书房

张廷玉正在灯下孜孜矻矻整理各地上报的奏折和康熙御批的诏书。

整理完最后一沓文书，张廷玉站起来疲倦地伸了伸手臂。

一个高大的身影投射在地面上，映入张廷玉的眼帘。

张廷玉一惊，蓦然回首。

康熙正默默地看着他。

张廷玉连忙跪倒："微臣不知皇上驾到，请皇上恕罪。"

康熙就势坐下，说道："睡不着，想跟你谈谈。起来，坐下吧。"

张廷玉："是。"

张廷玉站起，搬过一条方凳，在康熙下首坐下。

康熙："张廷玉，你儿子的病好些了吗？"

张廷玉连忙站起回答："还是在吐血，换了十几个方子都未见效。看样子也是拖日子罢了……"

康熙："李德全。"

李德全："奴才在。"

康熙："明天告诉太医院，叫他们派人替张廷玉儿子看病，要什么药到大内药房里取。"

李德全："嗻。"

张廷玉又连忙跪倒："微臣代儿子叩谢圣上天恩！"

康熙一面示意张廷玉起来，一面感慨系之地说道："做父亲的难哪！推干就湿，耗尽心血，看着他们平平安安地成人难，教他们正正堂堂地做人难，指望他们克绍箕裘光大祖业就更难了。张廷玉，朕这里有一份奏折，是八阿哥连夜呈递的。你看看吧。"

康熙从袖中将奏折抽出，递与张廷玉。

张廷玉双手捧过奏折，展阅。

看着，张廷玉的面色异常地凝重起来。

看完，张廷玉把奏折合了起来，两眼定定地望着前方，凝神急思。

康熙默默地望着张廷玉，等着听他的意见。

突然，张廷玉两眼闪出异样的光来，疾步走到灯烛边，将奏折点燃。

康熙惊怒："大胆！你怎敢烧掉奏折！"

张廷玉直到奏折烧尽才从容地走到康熙面前跪下："臣并未看到什么奏折，臣也希望所有的人都不知道有这么个奏折！"

康熙一震，犀利的眼珠快速地转动，接着大喊一声："李德全！把刘铁成叫来！"

门外李德全应了一声，接着是急促走去的脚步声。

一片沉默。

此时的张廷玉表现出异常难得的养气功夫，两手撑着地面，像铁铸般匍匐在地一动不动。

张廷玉的视线中，康熙的两条腿像钉在地上的铁柱，也一动不动。

急促地跑步声传来。

大内侍卫首领刘铁成快步走了进来倏地跪下："奴才刘铁成叩见万岁爷！"

康熙："你带领十名大内侍卫立刻到刑部去，带上肖国兴，连夜送到宁古塔，交盛京将军严加监禁，不许他与任何人见面！"

刘铁成："嗻！"答着起身走去。

这时候，张廷玉憋了很久的一口气才慢慢地吁了出来。

康熙这才徐徐对张廷玉："张廷玉，你的苦心朕知道，你说你儿子的病很难好了，朕这个儿子的病只怕也是很难好了呀……我们各尽到做父亲的责任吧。起来，朕口述，你拟旨，咱们现在就把刑部的案子结了吧。"

张廷玉："是。"张廷玉站起，走到书案边坐下，铺纸蘸墨，注目康熙。

康熙习惯地闭上眼睛，开始述旨。

康熙嚅动的嘴唇。

张廷玉挥动的狼毫。

8. 上书房外

低沉的男声画外音起："像上次追缴户部欠款案一样，由于牵涉到太子等积重难返的复杂的人事关系，这次清理刑部的冤案，康熙又只得草草收场了……"

画外音中依次出现以下画面：

几十只灯笼把上书房高大的建筑外廊照得通明。

门外廊檐下鸦雀无声地站着一排等候传旨的太监。

李德全疾步无声地捧着一道圣旨走了出来，交给太监甲。

太监甲双手捧过圣旨转身疾步走去。

9. 刑部大堂

太监甲捧着圣旨昂然走到上首站定。

司马尚、黄体仁和十几名刑部官员匍匐在地。

太监甲宣旨。

低沉的男声画外音："也许因为投鼠忌器，司马尚和黄体仁只是丢掉了顶戴。其他有关刑部官员，也只受到了'降级'或者'罚俸'的处分。这对于他们来说已是不幸中之万幸了……"

画外音中出现以下画面：

司马尚和黄体仁叩头谢恩，爬了起来，踉跄退出。

其他官员叩头谢恩，爬了起来，鱼贯退出。

10. 上书房

康熙的脸上出现了怒容，显得有些激动地在大声述旨。

张廷玉写完这道旨的最后一字，将笔搁下，捧起案上的玉玺，郑重地盖在旨上。

11. 上书房外

李德全将这道圣旨交给太监乙。

太监乙捧过圣旨转身疾步走去。

12. 京城通往两江的驿道上

四名兵部的差官护卫着太监乙驰马疾行……

13. 两江总督衙门

太监乙正在宣旨。

十多个官员跪在地上听旨。

低沉的男声画外音："在这个案件牵涉的江南司道府县衙门中，凡是与任季安诬良顶凶一案有关的官员一律革职。包括那位被九阿哥胤禟视为财神的任伯安也未能逃掉康熙的法眼而丢掉了江南巡盐道的肥缺，只好去到江夏镇经营那座极大的庄园了……"

画外音中出现以下画面：

十多个跪着的官员被京城派来的差官一个个摘掉了顶戴。

一辆华丽的马车在驿道上奔波。

身着便服的任伯安闭着眼睛坐在马车内一颠一颠地晃动。

14. 上书房外

李德全捧着另两道圣旨走了出来交给太监丙。

太监丙捧过圣旨转身走去。

15. 刑部大狱外

太监丙正在宣旨。

几名狱卒把任季安和刘八女拖了出来按跪在地。

低声的男声画外音："这个冤案的主从二犯任季安被判了斩立决，刘八女被判了终身监禁……"

画外音中出现以下画面：

两名狱卒把一支斩决牌插在任季安的背上，然后把他拖了出去。

另两名狱卒把沉重的锁链套在刘八女的身上，把他押了出去。

（画外音完）

太监丙展开了另一道圣旨。

一名狱卒把张五哥带了过来跪在地上听旨。

低沉的男声画外音："唯一被朝野诧为异数的是张五哥。他不但被'无罪开释'，而且由康熙亲自点名当了大内善扑营的侍卫，并安排在乾清宫做了康熙的贴身近侍……"

画外音中出现以下画面：

太监丙从身旁捧过摆着一套侍卫服装和一把侍卫长刀的托盘递给张五哥。

张五哥双手接过托盘。

16. 上书房外

李德全捧着又一道圣旨走了出来，对候在门外的四名太监招了招手，径自向外走去。

四名太监紧随着李德全走去。

17. 胤祀府大厅

灯火通明，李德全捧着圣旨，随来的太监捧着装有郡王顶戴和郡王五团龙服的托盘走了进来在上首站定。

胤祀急走几步在大厅中央跪下。

李德全宣旨。

低沉的男声画外音："这一次收获最大的自然要属胤祀了。康熙在圣旨中对他进行了很高的评价，说他'深明事理，用心正大，处事明达'，特旨加封他廉郡王爵位……"

画外音中出现以下画面：

胤祀叩头谢恩，然后站了起来。

两名随侍太监抖开郡王的五团龙服替胤祀穿上。

李德全捧起郡王的顶戴替胤祀戴上。

18. 上书房内

康熙停止了述旨，慢慢睁开了眼睛，长长地吁了一口气。

张廷玉轻轻放下了那只枢笔，也轻轻地吁了一口气。

一片曙光从窗外扑了进来。

康熙站了起来，向门外走去。

张廷玉连忙紧随出去。

19. 上书房外的空坪里

一阵晓风吹来，落叶纷纷飘下。

康熙一任落叶飘拂满身，昂首望着远方的天际，喃喃说道："秋草黄了……对！到热河去！狩猎去！"

张廷玉连忙接言："启奏圣上，什么时候动身？都哪些人随驾？"

康熙："三天以后就走。所有的阿哥，还有十岁以上的皇孙都去！"

张廷玉："太子去吗？还有四阿哥胤禛正在病中……"

康熙："去，都去！有病也得到承德去养。"

张廷玉："是。"

20. 承德城外

层层叠叠的行宫宫殿群。

层层叠叠的外八庙寺庙群。

把宫殿和寺庙都从容地抱在怀里的莽莽苍苍的群山。

一种截然不同于北京紫禁城的"大气"扑面逼来。

渐渐向这群"大气"移近的皇帝仪仗——望不到头的黄伞旌旗大矛长枪组成的行列，给人也只是蜿蜒蠕动的感觉。

21. 烟波致爽斋

康熙高坐在须弥座上，威严而不失慈祥地俯视着前来朝拜的藩臣使节。

众蒙古王公和黄教教主、红教教主、朝鲜使臣跪下。

众藩王使臣："臣等参拜我圣明仁武皇帝陛下，祝陛下吉祥如意！"

拜毕起立，蒙古老王爷从侍立一侧的随从托着的盆子里捧起一把稍大的明黄玉如意敬递康熙。

康熙微笑着点了点头。

李德全接过如意。

黄教教主和红教教主从侍立一侧的喇嘛手中接过叠着陀罗经被的托盘敬递康熙。

康熙微笑点头。

李德全接过陀罗经被。

朝鲜使臣从随从手里接过装有一尺余长的高丽人参的锦盒敬献康熙。

康熙微笑点头。

李德全接过人参锦盒。

蒙古老王爷复从侍从捧着的托盘中捧起另一把稍小的明黄玉如意，双手举起："这是臣等敬献给太子殿下的如意。请问皇帝陛下，太子现在何处？"

康熙的脸上渐渐失去了笑容，淡淡地答道："太子病了，今天不能接受你们的朝拜。如意我代太子收下。"

众藩王使臣都露出了猜疑的神色。

李德全连忙走了过来。

蒙古老王爷将如意递给李德全。

康熙："李德全，宴会都安排好了吗？"

李德全："回万岁爷，都安排好了。"

康熙对众藩王使臣："往年的宴会，都是太子代朕招待你们。这一次太子不能出席了，朕拟指派一名皇子代朕赐宴。"

说到这里，康熙的目光转向站在左侧的诸皇子。

众人闻言无不一惊。

众藩王使臣的目光一齐投向诸皇子。

空气一下子紧张起来。

站在首位的胤禔情不自禁地将热辣辣的眼光投向康熙。

康熙的目光却跳过了胤禔，扫向了站在第二位的胤祉。

胤祉的目光还没有跟康熙接上，康熙的目光已经向后面的皇子们飞快地扫视过去。

众人来不及反应，康熙说话了："胤祀！"

胤祀下意识一凛，接着深吸了一口气，疾步走到中间跪了下去。

康熙："你代朕赐宴吧。"

胤祀："儿臣领旨。"

胤禔的脸上毫不掩饰地露出了不满。

胤祉虽然想竭力掩饰，神色中仍然流露出失落。

内心震动不已的胤禛，大病未愈瘦削得棱角突出的面庞却是宛若雕塑，看不出丝毫的表情。

22. 赐宴厅

坐在正中的胤祀，双手捧着酒杯站了起来："'普天之下，莫非王土；率土之滨，莫非王臣。'诸位率土御民，臣顺朝廷，我代圣明仁武之大皇帝陛下敬大家这杯酒！"

众藩王使臣一齐站起，双手举杯。

胤祀率先饮干。

众人一齐饮干。

23. 胤祉行邸

一匣匣精装的《佩文韵府》整齐排列在长长的书案上。

几名清客正在分别将写有各外藩使臣姓名的标签往匣面上贴。

胤祉走了进来。

清客甲："三爷回来了？"

胤祉神情落寞地"嗯"了一声，无力地坐了下来。

清客甲一怔，接着说道："送给蒙古王爷和西藏喇嘛还有朝鲜使臣的书都准备好了，请问王爷，什么时候送去？"

胤祉心不在焉地："送不送都无所谓了……"

众清客皆一怔，一齐停止了贴签，望着胤祉。

24. 赐宴厅

蒙古老王爷率先举杯。

众藩王使臣一齐举杯。

蒙古老王爷："当今大皇帝陛下圣明仁武，统领九州万方，恩泽遍被，我们敬饮此杯，祝皇上圣体康健，如意吉祥！"

众藩王使臣："祝皇上圣体康健，如意吉祥！"

众人和胤禩一齐饮干。

胤禩："多谢诸位对皇上的祝福。说到当今皇上，那真是旷古以来难得的英明圣主哇。如果说尧舜以后谁最圣明，我以为首推两位圣主。一是开创我大清万世基业的太祖高皇帝，再就是圣明仁武的当今皇上！"

众人一齐点头。

25. 胤祉行邸

胤禔："老三！老三哪！"一边大大咧咧走了进来。

胤祉连忙站起："大哥，今日怎么肯屈驾到我这儿来了？"

胤禔："什么话？你这儿就不能来？"

胤祉最烦这位"有理说不清"的大哥，只好赔笑："能来，能来。大驾光临，蓬荜生辉嘛！"

胤禔："我最怕你掉文。咱哥俩说点儿现成话好不好？"说着，把目光扫向那几位垂手恭立的清客。

胤祉会意，对清客们说道："你们都去歇着吧。我陪大爷说会儿话。"

众清客一齐退了出去。

胤禔走到案边，捧起一匣书，看了看，笑道："哟，还准备了这么多送人的宝贝呀！"

胤祉脸红了："我还能干什么？不就是掉几句文罢了。"

胤禔："不对！不对！治天下还得靠文章呢。靠喝酒可不行！"

胤祉听出了他的话外余音，问道："大哥，有什么话你就直说吧。"

胤禔："对了。我来是想向你请教一个事儿。"

胤祉："说吧。"

胤禔拖过一把椅子，凑了拢来，低声说道："刚才我听说，老八在宴席上说什么，古往今来圣主只有两个人，一是我太祖高皇帝，再就是皇阿玛。你说，他这样说不是把我大清的太宗文皇帝和世祖章皇帝排除在外了吗？"

胤祉一惊，眼光流动想了片刻，答道："话可不能这样理解。太祖爷那么多皇子，太宗文皇帝在太祖爷的皇子中排列第八。他老人家不圣明，太祖爷会把大位传给他吗？"

胤禔豁然大悟："没错！没错！太祖爷是第一圣主，把皇位传给了第八子太宗爷；皇阿玛是第二圣主，那自然也会把皇位传给他老八了……高手！高手！到底是你的书读得好！"

胤祉："大哥！我可没这样说。你往我身上扯，我可不认账！"

胤禔："不要你认账！不要你认账！这么明白的意思，谁会听不出？告辞！"说罢，匆匆走了出去。

26. 赐宴厅

众外藩使臣轮流向胤祀敬酒。

朝鲜使臣金中玉捧着酒杯走上前去，用一口变调的京腔致寿词："在鄙国早就听说了'八贤王'的大名，今日有幸得睹风采，果然闻名不如见面。'八贤王'的'八'字，在我国就是一个吉祥的数字，所谓'太极生八卦'，是延绵昌盛的意思。这杯酒谨祝八爷吉祥如意……"

27. 烟波致爽斋后庭院

金中玉的画外音越过空间，在庭院里回响："'八贤王'的'八'字，在我国就是一个吉祥的数字，所谓'太极生八卦'，是延绵昌盛的意思。这杯酒谨祝八爷吉祥如意……"

画外音中响起了霍霍的磨箭声。

一支黄金打铸的箭镞在一块偌大的兽型刀石的背部来回磨着。

镜头拉开，身着箭衣的康熙正在亲自磨箭。

兽石旁堆着一大把已经磨好的闪闪发光的金镞银杆羽箭。

李德全跪在兽石一边，不断地用一把长柄铜勺舀着水淋到刀石上。

胤禔垂手站在一旁，等候着康熙的反应。

康熙磨箭的手加快了。

胤禔愈加不安起来。

终于，康熙磨好了这支箭，用手探了探镞锋，接着咣啷一声，把箭丢在那堆箭上，然后站立起来。

李德全连忙舀水替康熙净手，又递过一块手帕。

康熙一面擦着手，一面问道："他的原话是怎样说的？"

胤禔："原话是……原话是……好像是说，古往今来的圣主只有两个人，一个是太祖爷，一个是皇阿玛……"

康熙喝道："那你怎么说成是太祖爷传位给第八个儿子，朕也要传位给第八个儿子？！"

胤禔慌了："回皇阿玛，这话是三阿哥说的……"

康熙："荒唐！荛言乱政！你这就去见胤祉，传朕的旨意，严加申饬！如果再敢胡说，朕决不轻饶！"

胤禔为难了，嗫嚅道："三阿哥也就私底下对儿臣一个人说的，这一次就不要申饬了……"

康熙犀利的目光直逼胤禔："怎么？你不敢去？"

胤禔："去……儿臣这就去。"

康熙："李德全，你和他一同去！"

28．胤祉行邸

胤祉匍匐在地听旨。

胤禔咽了口唾沫，望了一眼站在一边的李德全，清了一下嗓子，说道："皇上口谕：三阿哥胤祉！"

胤祉："儿臣在。"

胤禔："你荒唐！荛言乱政！八阿哥说古往今来只有我大清的太祖高皇帝和朕是英明圣主，你怎么说成是太祖爷传位给第八个儿子，朕也要传位给第八个儿子？！以后再敢胡说，朕决不轻饶！钦此。"

胤祉抬起头，脸都气得白了："儿臣……大哥你……"

胤禔哪还会等他说完？扭转身飞快地走了出去。

29. 胤祀行邸

哄堂大笑。

胤禟："英明！皇阿玛真是英明！老大去骂老三，结果骂的是他自己！痛快！痛快！"

胤䄉："娘的！谁敢跟八哥碰，都没有好下场！"

胤祀大喝了一声："都不要说了！"

胤禟、胤䄉、胤䄉，还有阿灵阿、揆叙、鄂伦岱等八爷党的心腹官员一齐停住了笑声。

胤祀："什么碰不碰的？这样的话，以后谁也不许说。见了大哥、三哥，谁也不得无礼！"

众人不得不点了点头。

30. 养瑞轩外

康熙带着张五哥来到了门边。

轩门敞开着，里面却一片寂然。

康熙停住了脚步："唔？"

张五哥连忙跨进门去："里面有人吗？"

一个正在里门旁打着瞌睡的小太监惊醒了："谁呀？"边问，边揉着眼睛站了起来。

康熙："太子呢？"

小太监大惊，扑通跪倒："回、回万岁爷，太、太子好像是到十三阿哥那里去了……"

康熙的脸更加阴沉了，长叹了一声，自言自语道："不可救药……不可救药哇……"接着对那小太监说道："快去！叫他即刻回来！"

小太监："嗻！"答着，爬了起来，飞跑而去。

康熙沉吟了一会，转身对张五哥："你这就到十三阿哥那儿去。传朕的话，叫他不要再跟太子见面。对他有好处。"

张五哥："嗻！"

31. 胤祥行邸

胤礽坐在那里垂泪。

胤祥则一边激愤地来回踱步，一边大声说道："我老十三再浑，也不会暗地里在背后放人的冷箭！何况是放你太子爷的冷箭？！我向你发誓，肖国兴到哪儿去了我确实不知道，八哥在皇阿玛那儿说了什么我也一点儿不知道。若有半句假话，叫我死于刀剑之下！"

胤礽黯然地站了起来，说道："有你这句话就够了。总算我平日没有白疼你……"说着，向门边走去，突然又站住，转过身来："十三弟，你给我向四弟捎句话儿，我这一次是栽在老八手里了……你们今后多防着老八一点儿，别跟老八斗，你们斗不过他……"说完，步履沉重地向门外走去。

胤祥气得面孔涨得通红，刚想追了出去。

张五哥急匆匆地走了进来。

胤祥一怔："……"

张五哥跪了下来，向胤祥恭恭敬敬地叩了个头，接着说了起来……

32. 狮子园胤禛居室

胤禛盘膝坐在榻上，手数念珠，闭目不语，看不出他究竟是在默诵经文，还是在抑制如潮的思绪。

胤祥却气愤焦虑浑身闪现："都怪我！居然没有察觉老八的诡计。他竟然瞒着我连夜诱审肖国兴。这一次二哥真的被废的话，我们就都被他玩到家了！"

胤禛慢慢睁开了眼睛，长叹了一口气："话也不能这样说。老八叫肖国兴告发太子是阴损了点。可太子如果不做这些事情，谁能扳动他？要怪，就怪我们平时对太子劝说太少。"

胤祥："太子做事是荒唐了点儿，可有些事也是逼出来的。不像老八，满脸仁义，满肚子刀枪。如果皇阿玛被他蒙得把咱大清的江山交给了他，四哥，你就看着他是怎么样玩完吧！"

胤禛也激动了起来："大清的江山绝不能交给老八这样的人！皇阿玛真要废太子，我们要力保！"

胤祥："可事情弄到了这一步，咱们怎么力保？唉，这一次四哥你要是不病，也不会落到现在这个局面。"

胤禛："我也好后悔，后悔自己弄出了这么一场病。我怎么就那样相信他……那样言听计从呢？"

胤祥："他？他是谁？"

胤禛突然发现自己说漏了嘴，连忙掩饰："没有说谁。我是说我自己。"

胤祥突然猜到，脱口说道："四哥，我明白了，你是说邬先生！"

33. 狮子园书房

邬思道正襟危坐在书案旁。

弘时和弘历又在背诵了："……老虎一百三十五只，野猪一百三十二头，豹二十五只，熊二十只，狼九十六只……"

背到这里，早就满脸愁容的弘时站了起来："先生，我、我要撒尿……"

邬思道皱了下眉头，说道："去吧。"

弘时提着裤头走了出去。

邬思道："弘历，你接着背。"

弘历又琅琅地背了起来："皇爷爷一生，射杀老虎一百三十五只，野猪一百三十二头……"

34. 烟波致爽斋

康熙跨进门去，一眼就看到了风尘未扫等候在那儿的刘铁成。

刘铁成倏地跪下："奴才叩见万岁爷。"

康熙："你回来得正好。朕有话问你。"说着，对站在一旁的李德全说道："你到门外去，任何人都不要让他进来。"

李德全："嗻。"退了出去。

康熙望着刘铁成问道："肖国兴已经安置好了吗？"

刘铁成："是。盛京将军把他单独关在一个地方，任何人都见不到他。"

康熙："这一路上他没说什么吗？"

刘铁成望了望门外，接着低声回道："回万岁爷，一路上肖国兴不断地叫屈……"

康熙："唔？他叫什么屈？"

刘铁成："他说，八爷说过，万岁爷答应过的，只要他说出太子的事就既往不咎……"

康熙大震："他真是这样说的？！"

刘铁成："他正是这样说的。"

康熙气得浑身颤抖起来："该死！其心可诛……其心可诛……"

刘铁成："是。奴才这就赶去杀了肖国兴？"

康熙："什么？谁叫你去杀肖国兴了？"

刘铁成也迷糊了："万岁爷刚才不是说他该死……要什么可诛……"

康熙："不懂就不要乱说！你下去歇着去吧。"

刘铁成："嗻！"叩了个头，退了下去。

康熙心潮起伏，走到榻边，眼睛一亮。

榻几上正摆着蒙古王公献给太子的那把明黄如意。

康熙猛地操起那把如意，看了片刻，大声喊道："李德全！"

李德全应声走了进来。

康熙："传朕的旨意，叫众皇子、众皇孙明天都到甫田猎场去，比赛射猎！"

35．猎场入口处的观猎台

用芦苇和巨木临时搭起的棚台内，站满了前来观猎的外藩使臣。

神情恍惚的胤礽也站在那里。

已经换上骑射装束的康熙仿佛一下回到了壮年。

他习惯地闭上眼睛，不是思索，而是聆听。

远处的人喊马嘶声，野兽受惊群起的奔跑声，随着肃杀的秋风，一阵阵传入他的耳鼓。

一个奇怪的现象出现了：

悬在康熙腰下的箭囊开始有节律地一下一下摆动起来。

箭囊中的金箭极不安分地一支一支蹦跳起来，嗒嗒有声。

棚台下，都已换上骑装的诸皇子显然已不是第一次看见这种"异状"，但仍然一个个凝神肃穆，悚立在各自的马匹旁屏息凝视。

棚内下另一侧，初次前来狩猎的诸皇孙却被皇爷爷这种超人的异禀看呆了，一个个惊奇而兴奋地盯着那只箭囊。有些人的脸上竟流下汗来。

弘历更是小眼圆睁兴奋异常，这时，他的耳边响起了邬思道的画外音："你皇爷爷是大清的第一巴图鲁！第一巴图鲁！第一巴图鲁……"

那只箭囊慢慢停止了摆动，蹦跳的箭支也慢慢安静下来。

康熙睁开了眼睛："今天的射猎，朕准备了一件特殊的赏物。李德全，把那柄如意拿出来。"

李德全捧着一只上覆明黄缎子的托盘走到康熙身边。

康熙倏地扯开明黄缎子——

托盘上赫然摆着蒙古王公献给太子的那把如意！

众人的眼睛都吃惊地睁得老大！

康熙："在今天的狩猎中，最出色的就能够得到这把如意！"

胤礽的脸色变得更加灰暗了。

众皇子则暗自紧张起来。

只有胤禛说话了："禀皇阿玛，儿臣大病初愈，体弱气短，不能随侍圣驾射猎，请皇阿玛恩准。"

康熙看了看胤禛，点了点头："好吧，你就站在这儿观猎吧。"接着说道："众皇孙跟着朕，出发！"

说完，康熙一马当先向猎场驰去！

众皇孙赶着小马跟着康熙驰去。

一群大内侍卫紧随其后护卫着驰去。

众皇子纷纷上马，分别向猎场驰去。

骤然间，金鼓齐鸣，人声、号角声、狗叫声、锣鼓声惊天动地。

36. 猎场的中部

康熙正手执弓箭，率领着皇孙们，策马飞奔。

一群野兔跑了出来。

康熙张弓搭箭瞄准一只野兔射去。

那只野兔中箭翻滚死去。

众皇孙大声喝彩："好！"

康熙："射！你们都射！"

众皇孙纷纷拉开了小弓向野兔们射去。

一支支小箭都落在了野兔身后。

康熙大声说道："将脚蹬紧，身子离开马鞍一些！"

众皇孙依教蹬脚引身。

康熙又大声说道："将弓拉满，然后瞄准！"

众皇孙又依教拉弓，瞄准一只只野兔。

一支支小箭又射了出去，又纷纷落在野兔身后。

只有弘历那一箭射中了一只野兔的臀部。

那只野兔挣扎着蹦了几步，终于倒下。

弘历高兴得大叫："射中了！射中了！"

康熙望着弘历，也十分高兴："不错，就照这样子射。"

37. 猎场的东边

半人深的秋草间，胤禔领着一百余骑狂躁地横冲过来。

掀起的枯草败叶在半空中旋舞。胤禔挥动着砍刀朝一头麋鹿砍去。

一道鲜血喷了出来。

38．猎场的北边

胤祯疯魔般挥手落刀，左劈右刺十分残忍地将猎物剁得血肉模糊。

胤禟一副漫不经心的样子，率领着亲兵门人紧随其后，将被胤祯剁得血肉模糊的猎物拽至跟前，扔到马背上。

39．猎场的南边

胤䄉率领着一群彪悍的骑手，手挥套索，正在追逐着惊慌蹦跑的一群麋鹿、獐子……

呼呼的，套索飞了出去。

几只麋鹿、獐子被套住了颈脖，拽倒在地。

紧随其后的胤祀，连忙指挥着亲兵门人将猎物绑住四蹄。

40．猎场的西边

胤祥飞马搭箭，左右开弓。

一支箭便有一头猎物倒地。

紧随其后的亲兵们牵着的马背上猎物越堆越高。

41．观猎台

一只只号角吹响了。

康熙领着众皇孙缓辔而来。

侍卫们抬着猎物紧随其后。

观猎的众外藩使臣和官员们一齐高呼："万岁！万岁！万万岁！"

康熙健步走到台上。

胤禔率着亲兵门人满身血污地抬着猎物回来了。

胤禟、胤祯率着亲兵门人满身血污地抬着猎物回来了。

突然，皇孙们发出了一阵啧啧声。

胤祥率领马队，背上满驮着小山般的猎物回来了。

胤禔、胤禟、胤祯的脸色都阴沉了下来。

正在这时，观猎的众外藩使臣和官员们都骚动起来，响起一阵阵议论。

不远处，胤祀牵着马儒雅安详地走在前面。

他的身后，胤禵率着亲兵们抬着、牵着一头头、一只只活着的野兽走了过来。

胤褥、胤祯立刻兴奋起来。

康熙不露声色，看了看都已到齐的各路人马，说道："你们都到齐了。现在，大家都可以评一评，这把如意该赐给谁呀？"

胤褥抢先说话了："儿臣以为，应该赐给八哥！"

观猎的众外藩使臣和官员们又是一阵骚动，许多人不断地点着头，一些人把目光瞟向了胤礽。

胤礽脸色灰败地垂下了头。

胤禛的脸色也是一片黯然。

康熙仍然不露声色，向胤褥问道："为什么？说说你的理由。"

胤褥答道："上天有好生之德。八哥既获得了猎物，又不忍杀生，这片仁慈心怀实非众人所能企及。因此，儿臣认为这把如意应该赐给八哥。"

许多人立刻附和："有理！有理……"

突然，一个虽然稚嫩却甚气壮的声音冒了出来："九叔这话不对！"

斯言一出，众人皆惊，一起循声望去——

说这句话的原来是弘历。

面对众多的目光，弘历虽然有些脸红，却毫无惧色，满脸的理直气壮。

胤祯大吃一惊，连忙喝道："小小年纪，知道什么？竟敢顶撞你九叔，还不住口！"

康熙却既觉惊奇，又觉有趣，挥手止住胤祯，转问弘历："弘历，你说说，你九叔哪儿说得不对？"

弘历："九叔说不忍杀生是慈悲心怀。那么，皇爷爷一生射杀那么多野兽，难道就没有慈悲心怀了吗？"

这话掷地生金石声，震得众人耳鼓嗡鸣，心头不住鹿跳，一个个都懵在当场。

胤祯唯恐弘历再说出什么惹康熙大怒的话来，大声喝道："弘历！快住口！谁教你说的这些混账话？！"

康熙却转过头喝止胤祯："你住口！谁说他说的是混账话？弘历，你说得很有道理。你知道朕一生射杀了多少野兽吗？"

弘历："知道。皇爷爷一生射杀了一百三十五只老虎，一百三十二头野猪，九十六只狼，二十五只豹，二十头熊，十只猞猁狲。还曾经一天之间射死了三百一十八只野兔。其余哨获之鹿不计其数。"

　　康熙久阴不晴的脸上此时绽开了笑容："你记得不错。那么你再说说，皇爷爷射杀了这么多野兽，是对还是不对？"

　　弘历："对！因为天生万物，本来就是供人取用的。我大清的祖先们以射猎为生，就像中原的汉人以耕田为生一样，都是上天教给我们的谋生之道。"

　　康熙此时已是龙心大悦，却又激发了穷抵好辩的天性，紧接着追问："可是皇爷爷我已经贵为天子，富有四海，根本就用不着射猎谋生了呀？"

　　弘历："这是皇爷爷不忘本！皇爷爷如果没有射杀这么多猛兽的本领，就不能平三藩、收台湾、平定蒙古叛乱。皇爷爷是我大清的第一巴图鲁！"

　　康熙："第一巴图鲁？你说朕是第一巴图鲁？哈哈哈……朕一生封了多少人为巴图鲁，却还是第一次听人家说我是巴图鲁，而且是第一巴图鲁……那么，你说这把如意应该赐给谁呀？"

　　弘历大声答道："十三叔猎获的野兽最多，应该赐给十三叔！"

　　此言一出，众人一阵骚动。

　　胤褆、胤祄、胤禵的脸上首先挂不住了。

　　强作镇定的胤祀也开始不安起来。

　　胤礽则抬起了久垂着的头。

　　胤祥的脸却红了。

　　康熙向胤祥问道："胤祥，你觉得这把如意应该赐给你吗？"

　　胤祥大声答道："儿臣认为，这把如意谁都不能赐，应该还给太子！"

　　这句话一说出，无异于一声惊雷，把所有的人都震在当场！

　　康熙开始也震住了，旋即镇静下来，大声说道："如意不就是一把如意吗？朕把它作为赏物，太子也是同意的。胤礽，你说是吗？"

　　胤礽仓皇接言："是，是。"

　　康熙："不过，朕倒认为，八阿哥不应该受到这把如意，十三阿哥也不应该受到这把如意，所有的阿哥都不应该受到这把如意……这把如意应该赏给——弘历！"

　　真是波浪迭起，众人又被惊在当场！

　　康熙："胤礽，你把它授给弘历吧。"

　　胤礽此时已经毫无感觉，应道："是。"

　　胤礽走到托盘边，拿起如意，又一步步走向弘历，将如意递了过去。

　　弘历这时没有了主张，一双大眼愣愣地望着胤禛。

　　胤禛毫不掩饰地摇了摇头。

弘历双手紧缩。

康熙把这一切都看在眼里，大声说道："弘历，你敢抗旨吗？"

弘历这才怯生生地伸出两只小手。

那把明黄如意落在了小手上。

定格。

第九集 戒得 戒得

1. 狮子园邬思道书房

日近黄昏。

窗口的椅子旁。蓝衫下面，一只穿着千层底老布鞋的脚架在另一条腿上悠闲地晃着。

镜头上摇，邬思道转了转身子，将握在手里的书卷转对窗口，就着光线继续看书。

年秋月走了进来，看着邬思道那副神态，嗔笑着摇了摇头，一边走到桌旁点灯，一边说道："都这么暗了，也不会点个灯……什么事都要我管着你，打明儿我走了，看你怎么办？"说着，把灯放到邬思道身边的茶几上。

邬思道开始还目不离书，嘴里"嗯嗯"地应付着，突然，像是惊觉了，慌忙放下书，抬起头："你要走？到哪儿去？"

看着他那惶急的样子，年秋月心里涌出一阵欣慰——突然，似又感到这种欣慰中埋着很深、很深的恐惧……

一阵心慌意乱，年秋月连忙转过身去，拿起桌上的抹布，擦着桌子，说道："我是福晋身边的人，不过是四爷临时遣来照看你的。总有一天，我要回到福晋那儿去……"

邬思道如何看不出她这番欲藏更显的女儿之心！一阵激动，他站了起来，说："要是我不让你走呢？！"

年秋月慢慢地回过头来，定定地看着他。

邬思道挺直了腰板，一副胜券在握的样子。

年秋月扑哧笑了："看你美的！一个教书先生罢了。你当你是谁呀？"

邬思道假装气馁地叹了口气："唉，是呀，我还能是谁呢？一文不名，孑然一身！一个寄人篱下的教书匠罢了……"说完，又坐了下去，把脸转向窗外。

年秋月有些慌了，轻轻地走到邬思道身边："怎么？生气了？"

邬思道不吱声，仍然望着窗外。

年秋月急了："人家问你哪……好！你生气！你生气吧！我伺候不好你，我自己这就去叫四爷责罚我……"

邬思道倏地转身，说道："谁生气了？就算我生气了，也犯不着叫四爷责罚你呀？"

年秋月眼中涌出了泪水："谁叫我打一投娘胎就是四爷门下的奴才呢……"说完又要走。

邬思道一把拉住年秋月的手："我可从来没把你看作奴才！"

年秋月破涕为笑："拉住人家的手干什么？教人看见多不好？"

邬思道也笑了，正欲放手。

屋门啪地推开了！胤禛和胤祥一阵风似的闯了进来。

年秋月连忙抽出手，红着脸喊了一声："四爷，十三爷……"说着，就想走出去。

胤禛眼光一闪："你别走！"

年秋月只好站住。

胤禛目不转睛地看着邬思道。

胤祥也满脸激动地看着邬思道。

邬思道："怎么？射猎有结果了？"

胤禛深深地点了点头。

胤祥也含笑点了点头。

邬思道脸上浮出一丝欣慰。

年秋月情不自禁地转过目光向三人望去。

胤禛突然目光一转，对着年秋月。

年秋月又连忙低下头去。

胤禛笑着说话了："秋月，抬起头来。四爷今天要赏你！"

年秋月诧异了："赏我？"

胤禛："对！重重地赏你！"接着走到门边，大声喊道："高勿庸！"

高勿庸应声："奴才在！"

胤禛："去！把外藩使臣送我的那些礼物都拿来！"

高勿庸的声音："嗻。"

2. 养瑞轩

高勿庸指挥着众家奴："快，快，都拿去，都拿去！"

家奴们抬着箱笼，捧着蒙有绫绸的托盘，从里门走去。

高勿庸转对李卫、高福："你们去告诉厨房，准备酒菜，主子今儿晚上准要喝酒。"

李卫、高福："是！"答着，向外门走去。

3. 邬思道书房

桌子上堆满了各色花样的绫缎绢匹。

两只打开的首饰盒里，各色翡翠金玉首饰在灯光下熠熠发光。

年秋月蒙了，回过神后，连忙跪下："主子，您干什么这样？我做了什么了？怎么敢受这些赏赐？您、您收回去吧……"

胤祥笑了："傻丫头，你把邬先生伺候得这么好，功劳大着呢！怎么能说没干什么？四爷赏你的，你就收下吧。"

年秋月激动、欣喜、委屈、伤感一齐莫名地涌上心头，接着哭了："我一个奴才，伺候邬先生也是分内的事。主子这样做，不是打奴才的脸吗？"说着竟抽咽起来。

胤禛、胤祥和邬思道都怔住了。

胤禛突然站起，大声说道："从今天起，你就不再是奴才了。抬旗！我给你抬旗！给你一家子都抬旗！"

仿佛一声惊雷，在年秋月头顶轰响。她愣了好一阵，才怯怯地喃喃问道："四爷……您说的是真的？"

胤禛："我什么时候说话不算数了？一回京我就去宗人府换宗牒！"

年秋月泪如泉涌，转过头去怔怔地望着邬思道一动不动。

4. 冷香亭

另一双眼睛，透着无穷的哀伤和深情的痛怜的眼睛。

镜头拉开，郑春华站了起来，向背靠在门扇上脸色苍白的胤礽走去。

走到胤礽面前站定，郑春华："太子，您不该在这个时候还到这儿来……您走吧……"

胤礽一把抓起郑春华的两只手，紧紧地把她拖到胸前："不，不要催我走。也许……这就是我们最后一次见面了……"

5. 烟波致爽斋

一只托盘上，玻璃杯中盛着的琥珀色的液汁在烛光照耀下泛漾着一股躁动的活力。

一只手伸了过来，端起那杯液汁倾进口中，杯子重又放回托盘中。

镜头拉开，跪擎托盘的太监站了起来，仍然举着托盘，低着头退了出去。

康熙喝下那杯液汁后，闭上眼睛，喉结仍在咽动——仿佛似要将那杯液汁立刻驱到丹田以下去。

站在门边捧着绿头牌托盘的太监，见状就要举盘进来，一只腿刚迈进门槛——

李德全立刻射来严厉阻止的目光。接着，把头向外一摆。

那太监又把腿缩了回去。

康熙慢慢睁开眼睛，习惯性地伸手去摸牌子，却发现牌子并未呈上！

康熙责备的眼光转向了李德全："唔？"

李德全："万岁爷……"

康熙愠恼了："呈上来！"

李德全："是……"接着，无可奈何地向门外招了招手。

那太监举着托盘，疾步无声地走了进来。

6. 冷香亭

郑春华推开抱着她的胤礽，侧过头去，捂住胸口，连吐了几口酸水。

胤礽："怎么？你、你有了？"

郑春华喘息了好一会儿，缓过气来，才点了点头。

胤礽扳过郑春华的身子，急问："什么时候有的？怎么没、没告诉我！"

郑春华伤感地望着胤礽："这一向你都这样了……我告诉你，不是更让你……"说着，流下泪来。

胤礽蒙了，呆呆地出了好一阵神，突然豁出去了似的："怕！怕！我还有什么好怕的？都提心吊胆几十年了，大不了被他废了，被他杀了！不管他！咱们在一起待一刻算一刻吧……好歹你替我把孩子生下来。"

郑春华黯然地摇了摇头："万岁爷都快一年没有翻我的牌子了……这孩子，能生下来吗……"

7. 烟波致爽斋

托盘中一支支绿头牌签整齐地排列着。

一支支牌签上浮现出一个个嫔妃的头像……

康熙厌倦地又眯上了眼睛。

嫔妃们的头像隐去。

踌躇了半刻，康熙伸手去拿一块牌子，还没拿起，又放了下来。

接着，他又去拿另一块牌子。

这时，李德全扑地跪了下来，不顾一切地说道："万岁爷，您已经连续六天了。今儿晚上，您不能再翻牌子了……"

康熙震怒了，"啪"的一掌！

——那只托盘被打翻在地，牌签撒了一地……

李德全抬起头时已是泪流满面："万岁爷……奴才知道您心里烦，可您的龙体是咱大清的根本哪！万一圣体欠安，怎么得了哇！在这个事儿上，奴才再不说话，还有谁能说话呀……"

康熙冷静了下来，叹了一口气："唉！孤家寡人，孤家寡人哪。把牌子拿去吧。"

那太监这才连忙拾起牌子，退了出去。

康熙对李德全："好了。你去把德楞泰和刘铁成叫来，陪朕到外面走走吧。"

李德全："嗻。"

8. 冷香亭

窗边的榻上，胤礽身子歪着，头枕在郑春华的小腹上，像个孩子睡着了。

郑春华一动也不敢动，生怕惊醒了梦中的胤礽，一只手一寸一寸地移向榻内的薄被，又一寸一寸地拖了过来，轻轻地盖在胤礽的身上。

9. 冷香亭前的路口

远远地，可以看见冷香亭闪烁的灯火。

踏着月色徐徐走来的康熙停住了脚步，转过头去对护驾而来的德楞泰和刘铁成说道："前头是妃嫔的住处，你们过去不便，就在这儿守着吧。"

话刚说完，德楞泰突然一把抓住康熙的手臂，目光直愣愣地看着前方，声音发颤："皇、皇上，您……您看！"

康熙被他这一突如其来的举动吓得一愣，顺着他的目光望去，也许是目力不及，并未看出什么，说道："见鬼了吗？还是侍卫领班呢？疑神疑鬼地就吓成这样！"说着，自顾向前走去。

德楞泰又急忙追上前去，紧紧地拉住康熙的手臂，紧张地说道："皇、皇上，您、您别去……"

康熙疑心顿起，又转过头去凝神细望，突然他浑身一颤！

也许是距离近了，冷香亭的窗纸上，清晰地映出一个男人伏在一个女人身上的灯影！

康熙浑身颤抖着，突然伸出手来打了德楞泰一记耳光，低声怒喝道："你们当的好差！宫禁里竟然出现这种丑事！……看清了没有，那个男的是谁？！"

德楞泰挨了一记耳光，这才有些清醒了，哪敢说出那"男的"是谁？回过头去找刘铁成。

不远的路口，刘铁成正假装守卫，背着身子向另一个方向张望。

德楞泰咬牙闭眼，恨不得挖出自己两只眼珠子。

德楞泰的心声："我他妈真是傻鳖！我干吗不会假装没看见呢？"

康熙咬牙切齿的怒声又起了："一定有人望风！还不去抓来！"

德楞泰这回"聪明"些了，一边答着"嗻"，一边急忙蹩回去，抓住刘铁成的肩膀一扳。

刘铁成回过头来，用假装询问的目光望着德楞泰："什么事？"

德楞泰低声骂道："妈的，别装假了，办差去吧！"

刘铁成只好跟着德楞泰向冷香亭摸去。

10. 冷香亭外

果然有人望风，但那人却靠在门廊边的柱子上睡着了。

德楞泰摸了过去，拖过那人，一把挟住他的颈脖，拖着就走，一直拖到康熙面前，这才把他往地上一扔。

康熙乍见此人，脸色更青了，压低声音喝问："是不是太子在里面？！"

那人正是太子的随侍太监何柱儿，这时见到康熙早已魂飞天外，懵了片刻，终于缓过神来，用大得反常的声音喊道："奴才不知道万岁爷驾到，请万岁爷恕罪……"

康熙立时就明白了他在报讯，气急败坏地："快！叫他住嘴！"

刘铁成这时才显出身手，抬起脚猛踢在何柱儿背部的穴位上。

何柱儿哼都没哼，立时瘫软在地。

可是已经晚了，冷香亭内的灯火噗的一声灭了！

康熙闪着寒光的眼睛又转向了瘫在地上的何柱儿。

刘铁成接着弯下腰去抓住何柱儿的衣领一提，不禁一惊："回万岁爷，奴才失手，他、他已经死了。"

康熙从牙缝中蹦出几个字："死了更好！"说着，径自大踏步向冷香亭走去。

德楞泰和刘铁成对视了一眼，跟去也不是，不跟也不是，站在那儿憋出汗来。

康熙刚走到门边，突然，房内的灯又亮了。

接着，里面传来了郑春华轻轻的哼吟的歌声：

> 阿玛阿玛月光光，
>
> 阿儿阿儿在梦乡。
>
> 东照流水西照河，
>
> 莫惊梦中小儿郎……

康熙腿一软，眼看就要栽倒，连忙伸手扶在身旁的柱子上。

德楞泰和刘铁成再也不敢犹豫，急忙跑上前去，一边一个搀住康熙。

康熙的脸色灰白得吓人，微弱地喘息道："扶、扶朕回去……"

11．邬思道书房

胤禛、胤祥和邬思道酒兴正酣。

突然，李卫慌慌张张闯了进来，说道："主、主子，太子来了，在养瑞轩坐着，口口声声要见您和十三爷一面，还说……还说……"

胤禛倏地站起："还说什么？"

李卫："还说您不见他，明天也许就见不着面了。"

胤禛冲动之下，起身就走。

胤祥更是关切萦心，站起来跟着要去。

邬思道一声喝止："不能去！"

胤禛、胤祥倏地站住，回过头直视邬思道。

邬思道："四爷、十三爷，请听邬某一句话。你们二位谁都不能去见太子！"

胤禛被邬思道一说，很快地冷静下来。

胤祥却囿于情深，焦灼地问道："为什么不能见？"

邬思道："如果邬某所料不错，太子要坏事！他的被废，就在眼前，此时波谲云诡，局势晦暗难明，变幻不测！四爷和十三爷万万不宜和太子见面，否则正好予人口实！"

胤禛沉吟着说道："可是……我们不去见他，他待在这儿不走……岂不是更会坏事？"

胤祥大声答道："四哥，你待在这儿别动，我去见太子。天大的事让我顶着，只要你不陷进去，天就塌不下来！"说完，不等胤禛回话，就大步走了出去。

12. 胤祀行邸书房

胤禵啪地推开门闯了进来。

胤祀连忙站起，用询问的目光望着胤禵。

胤禵走了过去，附在胤祀的耳边急急地耳语。

胤祀一边听，眼睛一边急剧地转动，等胤禵说完，他又沉吟了片刻，这才摇了摇头说道："太危险……十四弟，我不能让你去冒这个风险……"

胤禵毅然答道："不冒风险，成不了大事！八哥，只要能把你推上去，再大的风险，我一个人担着就是！"

胤祀没再说话，只是用充满赏识和怜爱的目光深情地望着胤禵。

胤禵从胤祀的目光中得到了期望的许诺，更不犹豫，扭转身大步走了出去。

13. 养瑞轩

胤祥一阵风似的闯了进来："二哥！出了什么事了？"

失魂落魄地坐在那里的胤礽看到胤祥仿佛溺水之人抓住了一根木杆，急忙站起握住他的手臂："十三弟，四弟呢？"

胤祥："四哥……他喝醉了，正人事不省呢。有什么事您同我说吧。"

胤礽："好兄弟，我大难临头了。或在今夜，或在明日，我就要被废黜了！"

14. 热河驻军营地

人喊马嘶，火把飞晃。

热河都统凌普正骑在马上紧急召集军队。

急促的马蹄声，骑兵已经列好队形。

急促的跑步声，步兵也已列好队形。

凌普勒着缰绳，大声发令："太子手谕，命我们即刻进驻行宫。出发！"

马队发动，奔腾的蹄声中扬起滚滚尘土……

15. 养瑞轩

胤祥激动地说道："二哥，您放心。只要您不叛逆，不谋反，不管出了什么事，我和四哥都会保你！"

胤礽苦笑着摇了摇头："算了……这个太子我也不想当了……就是当……我也当不好了！提心吊胆……战战兢兢……一年可以，十年、二十年也能熬过来……可是我当了四十年了！你想想，这四十年里，再能熬的人也会熬成疯子呀。算了……算了……"

胤祥也黯然了。

正在这时，门旁的自鸣钟突然响了。

胤礽一惊，慌忙望去，指针双交十二时，已是子正时牌。

胤礽一急，扑地向胤祥跪倒。

胤祥也是又惊又急，慌忙跟着跪倒："天爷！您要折死我么？什么事，您说，您说呀！"

16. 烟波致爽斋

马齐、张廷玉两位随驾枢臣，以及德楞泰、刘铁成二侍卫首领都已聚集在康熙身边。

康熙："李德全，那个畜生呢？为什么还没有叫来！"

李德全："回万岁爷的话，到处都找了，不见太子的踪影。"

康熙："再派人去找！一定要把他找来！"

17. 养瑞轩

胤祥跪在地上，双手扶住胤礽说道："好！你的家人，还有她，都交给我吧！我答应你，有我这个十三弟，就有他们！"

胤礽喃喃说道："好兄弟……好兄弟……有你这句话，二哥就放心了。我得走了，我要……走了……"

胤礽一边喃喃自语，一边爬起来，踉踉跄跄向门外走去。

胤祥："二哥，您等等。我送你回去！"

说着，胤祥赶了上去，搀住胤礽，一同走出。

就在此时，狂风大作，漫天乌云汹涌而来，盖住了月光。骤起的风沙吞没了二人行将远去的身影。

18. 通往避暑山庄的大路上

急促的马蹄声和跑步声。

扬起的尘土中，晃过的火把照出飞驰的马队和飞跑的步兵。

19. 烟波致爽斋

胤禔气急败坏地闯了进来，大声说道："皇阿玛，不好了。凌普带着两千兵马进驻行宫了！"

康熙："什么？谁叫他带兵来的？"

胤禔："他身上带有太子关防的调兵手谕！"说着将一张手谕呈与康熙。

康熙接过手谕一看，脸一下子变得铁青。

就在这时，外面传来无数兵马喧嚷的声音。

康熙脸色陡变，疾步向门外走去。

众人脸色都是一变，紧随出去。

20. 烟波致爽斋门外

康熙和众人昂起头向宫外的方向远望。

晃动的火把光把宫外照红了半边天！

人喊马嘶声也清晰可闻。

康熙的脸一下子变得铁青，两眼放出光来："好哇！要逼宫了！德楞泰！"

德楞泰："在！"

康熙："你带几个人传朕的口谕，叫阿哥们马上赶到……赶到戒得居来见朕！"

德楞泰："嗻！"匆忙而去。

康熙："刘铁成！你领着众侍卫护卫朕和大阿哥、马齐、张廷玉从后门走，去戒得居！"

刘铁成大声应道："是！"

21. 戒得居

遥遥可见的灯笼火把，衬出了孤零零矗于四面旷野之中的戒得居，在呼啸的狂风中瑟瑟发抖。

擎着火把的善扑营侍卫们三步一个，挺立在戒得居四周，形成了一道人墙。

镜头推近，正门阶下的空坪里，胤禔、胤祉、胤禛、胤祀、胤禟、胤䄉、胤禵都已奉诏赶到，此时一齐跪在凛冽的寒风中。

李德全从门中走了出来，展开圣旨："万岁爷有旨，诸皇子听宣！"

诸皇子："万岁！"

李德全宣旨："着即加封皇长子胤禔、皇三子胤祉、皇四子胤禛、皇八子胤祀为亲王。钦此。"

胤禔、胤祉、胤禛、胤祀未料到当此大变骤起之际锡封极赏，神情各异地叩头："谢圣恩！"

李德全继续宣旨："从即刻起，停用太子一切印信。着直亲王胤禔——"

胤禔大声应道："在！"

李德全："总领行宫宿卫！"

胤禔又大声答道："是！"

李德全："着诚亲王胤祉——"

胤祉："在。"

李德全："总领热河驻军行营事宜！"

胤祉："是。"

李德全："非奉朕亲笔手谕，无论何人不得擅自向各部及各省发文调兵。所有从驾侍卫、亲兵、善扑营兵士及驻地兵马，一体由直亲王胤禔、诚亲王胤祉及上书房大臣马齐合议请旨节制。钦此！"

诸皇子："臣等遵旨！"

李德全："直亲王、诚亲王，万岁爷口谕，传二位王爷进去。"

胤禔此时再也抑制不住满心的兴奋和喜悦，大声答道："嗻！"（得意忘形中，他竟用上了奴才专用的满语。）

答完，胤禔爬了起来，扑扑有声地掸了掸袍服下摆，昂首阔步走了进去。

诸皇子即时露出反感情绪。

胤祉却截然不同，爬起来后还微微叹息了一声，这才低着头跟着李德全走了进去。

其余诸皇子未奉旨命，都仍然跪在空坪上。

这时风势虽小了一些，却又沙沙地下起豆粒般大的雪来。

22. 戒得居内

几个白云铜大盆中已经烧起了熊熊的炭火。

室外的风声和室内的燥热使得每一个人都神似寒霜却满面潮红。

康熙一仍以往决临大事的常态，微微闭着眼睛，与以往略有不同的是下颚的胡须在微微抖动。

一片沉寂，空气好像都已凝固了。

胤禔按捺不住了，说道："皇阿玛，凌普的叛军……"

康熙仍未睁眼，只是蹦出了两个字："肃静！"

胤禔只得把话咽了下去。

又是一片沉寂。

众人望着莫测高深的康熙，内心虽急，却只得熬挨。

突然，康熙猛地睁开了眼睛，仿佛在凝神细听——

渐渐地，远处传来了急促的马蹄声。

众人都紧张了起来。

马蹄声近了。

康熙向张廷玉使了个眼色。

张廷玉会意，急忙走了出去。

马蹄声渐近渐响，又突然停了。

门外，传来了张廷玉的声音："你来得正好！马上领兵到行宫去，包围凌普的军队！叫他们缴械投降，等候处治！"

另一个粗犷的声音："是！"

马蹄声又起，渐渐地响向远方……

张廷玉脸色平静地走了进来，并未说话，只是向康熙投了个心照不宣的眼神，又默默地走到康熙身边站定。

康熙微微地点了点头，接着把目光投向胤褆，这才说话了："胤褆，你看到胤礽和胤祥在凌普的军中吗？"

胤褆："回皇阿玛，人太多，天又黑，儿臣看不清楚。"

正在这时，德楞泰闯了进来。

德楞泰："万岁爷，太子和十三阿哥都已找到了！"

康熙："在哪儿？怎么找到的？"

德楞泰："在野外，一个没有人烟的地方。太子在那儿一会儿哭，一会儿笑。十三阿哥陪着他在那儿流泪。"

康熙："快，把胤礽叫进来！"

德楞泰："奴才是骑马赶来报信儿的，张五哥他们护着太子在后面走，这时候也快到了。"

康熙："嗯……"

23. 戒得居外

诸皇子一齐回首望去。

风雪中，张五哥和几名侍卫打着灯笼在两旁照路。

胤祥扶着胤礽踽踽走来。

突然，胤礽拉开嗓子唱了起来："人都道帝王家九重春宵，又谁知一样的霜雪枪刀。有一日呼喇喇金殿倒了，你和我都成了无巢的孤鸟……"

这歌声在荒寂的夜空飘荡，益显得诡秘凄厉……

诸皇子都不禁打了个寒战。

24. 戒得居内

室内的人显然也听到了歌声，吓得一个个面容失色。

康熙："是胤礽在唱吗？"

胤禔："除了他还会是谁？"

张五哥搀着胤礽走了进来。

胤礽果然有些神态反常，他进来后竟然惧色全无，张着那双昏昏的眼睛睃巡着众人："哎，这么多人？好热闹呀……"

康熙猛拍座椅扶手，喝道："畜生，还不跪下！"

胤礽一惊，这才看见了坐在上方的康熙，双腿一软跪了下去，兀自谵言说道："原来父皇也在这里。父皇，这么晚了，您还没歇息吗？"

康熙气得发抖，对胤禔说道："胤禔，你是皇长子，你来问他的话！"

胤禔："是。"

胤禔口衔宪命，此时拿起直亲王皇长子兼临时钦差的架子，硬硬地说道："奉旨，有话要问胤礽。胤礽！"

胤礽似乎清醒了一些，答道："在。"

胤禔："你要据实回奏！"

胤礽："是。"

胤禔："皇阿玛问你，你说没有说：'我的命运真不济，天下古今，哪有四十年的太子？'"

不等胤礽回话，胤禔紧接着逼道："你为什么这样丧心病狂？皇阿玛有什么地方亏负了你？你就急于抢班夺权！你卖官鬻爵，徇私枉法，干尽了坏事。皇阿玛一忍再忍，处处保全。你竟不思悔改，还天良丧尽！居然调兵包围行宫，妄图弑逆！说，你为什么这样干！"

这一阵霹雳闪电、疾风暴雨把刚有些清醒的胤礽又唬得神智昏迷起来，语无伦次地说道："我、我、我……你、你、你……大哥……丧心病狂。我……天良丧尽。我为什么这样干？"

说着，胤礽瞪着眼直愣愣地望着胤禔。

旁观诸人都觉胤禔此举无异于落井下石，心虽鄙之，口不能言。

胤祉宿怨在心，这时再也按捺不住，说道："大哥，皇阿玛叫你问话，你应该一句一句地问。这样夹七夹八，不是有意要把二哥逼疯了吗？"

胤禔："什么？我有意逼疯他？他能做，我还不能说吗？你说这话是什么意思？你是不是和他有什么瓜葛，害怕我问了出来，你也脱不了干系！"

胤祉的"书卷气"被胤禔激了出来："'心不正，眸子眊焉！'大哥，你敢看着我的眼睛吗？我胤祉两只眼如秋水，如朗星，如皎皎明月，不但眼亮心正，还能看穿别人的捣鬼心术！要说我和二哥有什么瓜葛，那就是我和他都是皇阿玛的儿子！他有罪，自有皇阿玛处治。哪用你假借问话，自行讨伐？你要知道，他现在还没废，还是太子。你这样子'挟天子以自重'，就是'司马昭之心'！"

论口才胤禔岂是胤祉的对手，被他这一顿夹叙夹论驳得张口结舌："皇、皇阿玛亲眼看到了，胤祉分明是太……子一党！"

康熙早已气得手足乱颤："住口！都给我住口！张五哥……"

张五哥连忙上前："万岁爷，奴才在。"

康熙："你是个孝子，你看见过儿子们是这样气父亲的吗？"

说到这里，康熙一口气提不上来，竟昏了过去。

张五哥急忙抱住康熙，哭着喊道："万岁爷……您醒醒！我是您在杀场上救下来的张五哥……您怎么了……嗬嗬……老天爷，您这是怎么了……"

在场诸人除胤礽痴痴地跪在那里，其余无不大惊失色。

张廷玉更是惊得面如死灰，一面大声喊道："快！传御医！"一面向外跑去。

突然扑通一声，这位素以稳重著称的大臣竟脚下一滑，重重地摔在地上。

25. 戒得居外

诸皇子适才听见里面又哭又闹，此时看见张五哥满脸泪光跑了出来，都禁不住纷纷爬起：

"怎么了？！"

"怎么回事？！"

"出什么事了？！"

张五哥："万岁爷气得一口气憋不过来，昏倒了。我得赶快去找太医。"

说着，张五哥急忙跑去。

众人闻此凶讯，无不大惊。

胤祥："不成！我得去看看！"说着就要往内冲。

胤禛大声喝道："站住！这个时候没有旨意，谁也不能妄动！"

胤禛的话不但喝止了胤祥，也镇住了其他人，众人满心惶急却无法进去一窥实情，怔在当场。

26. 戒得居内

张五哥领来的太医正在为康熙诊脉。

康熙已悠悠醒转。

马齐、张廷玉、胤禔、胤祉和李德全团团围在他的身旁，见他醒转，齐声唤道：

"皇上！"

"皇阿玛！"

"万岁爷！"

李德全已将一杯热茶递了过去。

康熙凑过嘴唇呷了一口，缓过神来，又挣扎着站起，对张五哥："朕没事了，你领太医下去吧。"张五哥领太医退了出去。

康熙此时想起了胤礽，用目光搜寻了一会，终于看清了伏在地上的他，于是说道："马齐，你带胤礽到后面的房里去，慢慢问话。"

马齐："是。"

马齐走近胤礽，一手将他搀起，说道："太子，随奴才到那边歇着去。"

胤礽此时已全然听人摆布，痴痴地跟着马齐走了出去。

康熙复将目光转向胤禔、胤祉。

胤祉连忙跪倒："儿臣不孝，不该在此时与大哥顶嘴，惊了皇阿玛的圣驾。儿臣罪该万死！愿受责罚。"

康熙深深地望了他一眼，无力地说道："你到外边候着去……"

胤禔立即接言："听见没有？皇阿玛叫你到外面候着去！"

康熙厌恶地对着胤禔："你也出去。"

胤禔："皇阿玛……"

康熙："出去！"

胤禔虽然羞恼，也只得悻悻地跟在胤祉后面退了出去。

康熙这时已是心力交瘁，仿佛一下子苍老了十年，用无限伤感的声调说道："衡臣……"

张廷玉："皇上，微臣在。"

康熙："你看看，朕这些儿子……"

"皇上……"张廷玉旧泪未干，新泪又已溢出，"您千万要保重，这个时候只有您才能够镇定乾坤。像刚才那个样子，万一……谁能控住这个局面呀……"

康熙勉力苦笑了笑："朕的身子朕自己心里有数，一时半刻还死不了。朕是伤心失望呀。朕一辈子要强，时时处处存着个与历代英皇明君比较的心思，总想把那些汉人称道的好皇帝比了下去，也为我大清的祖先争一口气……朕笑话过李世民，英雄一世，勋业彪炳，却不能教导好儿子，以致后继无人……现在看起来，李世民也是身不由己呀。朕难道真的还要在垂暮之年亲手杀了自己的亲生儿子，百代之下落个笑柄吗？"

张廷玉："皇上千万不能这样想……太子失德，咎由自取。皇上仁至义尽，天下皆知。纵使千秋万代之后，也决不致玷损圣德。微臣此时担心的倒不是废黜太子，而是怕因此引来夺嫡之争，萧墙之祸！"

康熙悚然惊心："说得好，说下去！"

张廷玉："太子纵有千般不是，但有一点微臣万难相信，就是调兵进驻行宫之事，他有这个心机，也没这个胆量！再说那张调兵的手谕，也像是别人模仿的笔迹！"

一语提醒康熙，忙说："李德全，将那张手谕拿来朕看。"

躲在一旁静候呼唤的李德全闻声将那个锁藏奏折的锦盒递了过去。

康熙从锦盒中抽出那张手谕，对灯细看，恍然悟道："果然是模仿的假手谕！这事会是谁干的？！"

张廷玉："微臣的意思是从容查办……"

康熙："不行！现在就得查办！"

张廷玉："现在查办，只怕无从下手……"

康熙双眼上翻，望着藻井："不要说话，让朕想想……"

27. 戒得居外

胤禔仍是那副"长子半父"的神态，正在对几个弟弟们训话："现在的事只有一条，一切顺着皇阿玛的意思，谁也不能拗着来。胤礽之罪，获咎于天！任谁也保不过来。谁要保他，就是同皇阿玛过不去，同我爱新觉罗的列祖列宗过不去，同我大清的江山社稷过不去！只要你们听我这句话，一切都有大哥我维持着，谁都不会受株连……"

说到这里，他将眼光扫向胤祉，又扫向胤祥。

胤祥陡地顶道：“大哥，你的意思，是叫我们不保太子，都来保你吗？”

胤禔：“老十三！你这话什么意思？”

胤祥：“你刚才在里面逼太子的话我们都听到了。就算二哥有罪，也当了四十年的太子，份属君臣，情联手足，你都能这样子落井下石，火上浇油！要是我们犯了事交给你办，还有活路？冲着这一条，你想整倒了太子取而代之，我胤祥也是头一个不答应！”

胤禔气得脸色发白：“老十三！我知道你是太子党！就冲着你今晚和太子单独勾结在一起，凌普率兵进行宫的事就少不了你的嫌疑！”

胤祥：“那你就到皇阿玛那儿去告我一个起兵谋反的罪呀！难怪人家说‘无情最是帝王家’……”

胤禛听到这里深恐胤祥贾祸，大声喝止：“十三弟！不得乱说！”

胤祥此时已是义愤填膺，更无惧怕：“怕什么，大不了一死，也强似眼睁睁地看着骨肉相残！”

这时，张廷玉突然出现在门口，大声说道：“奉旨！问十三阿哥胤祥的话！”

胤祥只得把斗气的话语咽住，应道：“儿臣在。”

张廷玉：“你今晚为什么单独与太子外出？”

胤祥：“儿臣见太子忧惧失常，深恐他出了意外，因此陪护。”

张廷玉：“凌普带兵进宫的事你知不知道？”

胤祥：“不知！”

张廷玉：“这手谕你认识吗？”说着，将那张手谕递给胤祥。

跪在一旁一直没露声色的胤祀脸色微微一变，不禁把目光转向胤禩。

胤禩的目光这时也恰好投向胤祀。

二人目光一碰，又连忙分开。

胤祥接过手谕仔细看罢，斩钉截铁地说道：“没见过！”

张廷玉收回手谕，接着问：“凌普曾经是你的下属吗？”

胤祥这时只觉冤愤郁结，心血潮涌，纯然忘记了这是张廷玉在代康熙问话，大声答道：“是！他不但是我的属下，更是皇阿玛的臣子！”

这时里面传来摔碎茶碗的声音，接着又传来康熙震怒的说话：“张廷玉，不要问了，把他抓了起来！”

张廷玉叹了一口气：“德楞泰何在？”

德楞泰应声走了过来：“在。”

张廷玉：“把十三贝子带下去看管起来。”

未等德楞泰过来，胤祥已倏地站起："不用了！我自己走！"

德楞泰连忙领两名侍卫跟去。

在场诸皇子无论平时与胤祥相与好否，此时都为他临危护主、胆气如虹所心折，一个个露出钦佩怜惜的神态。

憋了一夜的胤䄉发话了："张中堂，请你转奏皇上。我胤䄉素来和老十三不和，这谁都知道。但要说他会调兵谋反，这事我就不信！"

胤祯更是义无反顾，紧接着说道："十弟所言有理，十三弟为人光明磊落，决不会干出这等阴谋卑劣之事。请张大人转奏圣上，胤祯愿以身家性命担保！"

胤祀接道："我也愿保！"

胤禟、胤䄉："我也愿保！"

张廷玉一时竟也手足无措起来。

里面又传来了康熙剧烈的咳嗽声。

胤禔已完全心迷智昏，不合时宜地又说话了："你们一个个都要把皇阿玛气倒吗？谁要是再敢这样，我就要以皇长子的身份家法从事了！"

又有人要与他顶撞了，李德全走了出来："诸位阿哥少说几句吧。万岁爷叫你们都进去呢。"

众人早盼着这一时刻，闻言一拥而入。

28. 戒得居内

诸皇子都已跪下。

康熙："朕为什么要废了太子？有些事你们知道，有些事你们不知道。但有一条朕可以明白告诉你们，大清的江山决不能交给无德之人！这么一来，太子的位置空出来了，你们中间难保谁就要做新的太子，而这个新太子将来也就是我大清的皇帝了！"

听到这里，诸皇子无论有无可能，都一个个听得血气上涌，心惊肉跳，纷纷把头伏得更低。

唯有胤禔，竟按捺不住动了一动。

康熙："可是，这个新太子是谁，就连朕现在也没底呀。但还是那一条，这个人一定要有德！什么是德？孝是德，忠是德，有情有义是德。这一点，胤祥就不错！他敢于在胤礽将获重谴的时候不避嫌疑，陪着他，护着他，他尽了一个做弟弟的情义，也尽了一个做臣子的忠荩。凌普带兵进宫的事，朕会慢慢去查。朕处治胤祥不仅仅为了这个。朕是不容他在国家临此大事之时，不知天高地厚口出狂言煽乱朝纲！什么'无情最是帝王家'？什么'骨肉相残'？难道朕是无情之人？是相残骨肉的无道之君么！"

胤禔不胜义愤似的插话："他如此诋毁君父，自己就是一个无情无义，不忠不孝之人！"

康熙并不理他，顾自说道："朕跟你们说这些话，是跟你们打个招呼。圣人说'静口修身齐家治国而后平天下'。朕首先希望你们做到'静口'。凡是妖言惑众、拨弄是非、私论废立者朕决不轻饶！就在刚才到戒得居来的路上，大阿哥胤禔私下里向朕奏议，叫朕杀了胤礽！"

此言一出，诸皇子皆惊。

一道道异样的眼光一齐投向胤禔！

胤禔脑子一轰，立刻面红耳赤。

康熙："他又说，如果朕害怕担了杀子的恶名，他愿意亲自动手，除去庆父之忧。他这个奏议好哇。好就好在他忘了胤礽是他的亲弟弟，更忘了胤礽曾经是做了四十年的储君。什么叫'骨肉相残'？什么叫'利令智昏'？朕好歹知道一点了……"

众人的眼光都随着康熙的倾向尽情放出了气愤、鄙夷、憎恶的火焰，一齐烧向胤禔。

胤禔这时钻地无缝，急得五官错位，形同鬼魅；冷汗也开始从额头流向面颊，又滴落在地。

康熙："胤禔，今天一个晚上你都在上蹿下跳，教训这些弟弟们。你现在能不能够同他们说说，自己为什么想要杀胤礽的心思吗？"

胤禔这时已是闪避无门，只得硬着头皮答道："孟子云：'社稷为重，君为轻……'儿臣这样说，纯是为了大清的社稷……是……是大义灭亲。"

康熙猛地一拍扶手："放屁！像你这般无情无义、飞扬浮躁、权力熏心的小人，居然也想做太子？还什么'社稷为重，君为轻'？那你干脆一把刀把朕这个君弑了，立刻就可以登基为帝，岂不更为便捷！"

不啻炸雷震空，众人这才领教所谓"天威"，尽管多数人心中称快，却都已惧威过于乐祸。

胤禔更已如曝晒的雪堆，瘫倒在地，缩成一团。

康熙更不松劲，紧接着拿出那张手谕，逼问道："这张手谕是不是你假造的？说！"

胤禔这时完全昏了，答不出话来。

康熙鄙夷地瞥了他一眼，接着把目光转向众皇子："你们都可以说说，像这样的大阿哥，朕该如何处置？"

榜样就在眼前，草莽一如胤裪，也知道再不能进言"相残骨肉"了。一时间，殿内寂静得令人耳鸣。

胤祉却说话了："回皇阿玛的话，圣训在耳，作为手足，无论大哥如何罪不可逭，儿臣等都不应妄议处罚。请皇阿玛鉴察。"

康熙立时褒奖胤祉的悟性："胤祉能够说出这番道理，朕刚才那么些话算是没有白说！"

胤祉："愧蒙皇阿玛褒奖。不过儿臣有一件极大的隐情，关系匪小。此时欲说，恐有拨弄是非之嫌；倘若不说，又有欺瞒君父之罪……"

康熙立刻警惕起来，急说："当着这么多人，你说出来也是心情坦荡之举。无须多虑，说！"

胤祉："儿臣先要问大哥几句话。"

康熙："你问！"

胤祉："大哥。"

胤禔昏昏然接言："什、什么事？"

胤祉："今晚看见二哥神志不清，疯疯傻傻，不知大哥有何感想？"

胤禔一震："我、我怎么知道？"

胤祉："你知道！因为二哥神智失常，就是你干的好事！"

胤禔："你……你这是挟私报……复，血口喷……人！"

康熙："不许你插嘴！胤祉，你接着说！"

胤祉："是。这事儿臣也不用多说。皇阿玛只要问问二哥宫里的那个傻瓜太监就知道。大哥给他银子，给他古玩，把一些什么东西叫他藏在二哥的枕头里？又叫他把一些什么东西埋在毓庆宫的墙角下？"

康熙："什么东西？"

胤祉："写着二哥姓名和生庚八字的小人儿！"

真是波浪叠起，一些人几乎同时脱口蹦出两个字："魇镇！"

胤禔则自己也如受了"魇镇"，木人一般呆在当场。

康熙只觉一阵头晕目眩，许久没有吱声。

李德全赶忙走近前去，轻轻替他抚摸背部。

康熙终又缓过神来，声音却嘶哑了："胤祉！你既然知道这事，为什么至今才说？你的书都读到狗肚子里去了吗？"

胤祉叩了个头："儿臣迂腐。只道是'子不语怪力乱神'。再说也未曾想到大哥会有夺嫡之心。因此听了此事，也只当乱风过耳。今日看来，这事竟是真的。因此至今方才奏陈。"

康熙已是激愤无力，沉重压抑地说道："一部《二十四史》，多少宫闱惨变！多少萧墙祸起！不都是这样酿成的吗？张廷玉。"

张廷玉："在。"

康熙："即刻拟旨，削去胤禔一切爵位，革掉所有差使。罢为庶人。送宗人府永远圈禁。"

张廷玉："是。"

康熙："还有。传旨下去，朕要回京……"

29．狮子园胤禛住地

天已经亮了，却灰蒙蒙的。

胤禛拖着两条疲累的腿走到大门边。

胤禛欲迈腿跨进门槛，那条腿竟像灌了铅，一时提不起来。

大门边的护卫见状上前来扶胤禛。

胤禛推开护卫。

胤禛扶着门框艰难地迈进门槛。

突然，胤禛怔住了。

院子里，邬思道拄着拐杖站在正中，李卫和高福站在两旁。

三人的头上、眉上、须上和肩上结了白白的一层霜雪。

他们竟在寒风和霜雪中站候了半夜。

胤禛心一热，眼睛潮润了。

30．邬思道的书房

昨夜的杯盘仍在桌上。

胤祥坐过的那把空椅。

空椅前桌面上胤祥用过的那只酒杯和那双筷子。

四人默坐着。

突然，李卫和高福呜呜地哭了。

李卫抽泣着："四爷……您得救救十三爷呀……"

胤禛两眼一闭，忍了一夜的泪水此时汩汩地流了下来……

31．善扑营驻地

一间空房里，胤祥坐在地上，双手抱膝，望着房顶。一动不动。

相邻的左边空房里，胤禔扒在窗边，喊道："人都死绝了！为什么不送火来？"

相邻的右边空房里，胤礽瑟缩着和衣倒在房角里，像小孩般已经睡着了。

刘铁成领着几名侍卫从走廊顶端走来。

前面两名侍卫托着两盆火。

后面几名侍卫手里提着饭篮。

刘铁成打开关胤礽的空房。

侍卫送进一盆火和一个饭篮。

刘铁成轻轻地唤着胤礽："太子爷，起来吃饭了。"

梦中的胤礽突然惊醒，翻身爬起。

胤礽看到刘铁成和他身后的侍卫，立刻惊慌地向后撑缩："别抓我！别抓我！我没有兵变！我没有兵变……"

刘铁成："太子爷，没谁抓您，奴才们是给您送饭来了。"

望着摆在地上的食碗，胤礽更惊恐了："有毒！有毒！我不吃……我不吃……"

刘铁成叹息了一声，领着侍卫退了出去，复锁上房门。

刘铁成打开关胤祥的空房。

侍卫也送进一盆火和一个饭篮。

侍卫将火端到胤祥身前放好。

另一侍卫将食碗从篮中端出来，摆在胤祥面前。

突然，那边传来了胤禔的吵骂声："你们这些奴才仗了谁的势。为什么不给我送火！"

胤祥："铁成，大阿哥那儿没有火吗？"

刘铁成："万岁爷只叫奴才们给十三爷和太子爷送火，没叫给他送火……"

胤祥："把我的火给他送去。"

刘铁成："这……"

胤祥："送去！"

刘铁成："是。把火送到大爷屋子里去。"

一侍卫嘟着嘴把火端了出去。

刘铁成笑着从怀里掏出一壶酒，递给胤祥："十三爷，这是奴才孝敬您的，喝着暖暖身子。"

胤祥接过酒壶报以一笑："好奴才，倒没忘了十三爷爱喝酒。"

胤祥对着壶嘴咕咚了好一阵，抹了抹嘴，说道："酒不错。"

刘铁成朝门外瞧了瞧，轻轻说道："十三爷，我们这些人都是您带出来的。大家伙儿都知道您是'侠王'。没一个不是打心眼里佩服您的为人。就连万岁爷……"

胤祥停住了送到嘴边的酒壶，问道："万岁爷怎么了？"

刘铁成："万岁爷昨儿晚上下旨关了您以后都还在夸您'有情有义'呢……"

胤祥的泪水止不住涌了出来，连忙将酒壶凑到嘴里。

泪水顺着脸颊流到嘴角。

咕咚声中，不知胤祥喝的是酒，还是泪……

定格。

| 第十集　满朝乱敲东宫鼎 |

1. 正阳门城楼外

入冬后的北京城的上空，灰蒙蒙地布满了阴云，将雪未雪的压抑，使得这座入定老人般的城楼也喘不过气来，像是要伸直了腰颈，顶下这场迟迟不至的风雪。

一阵急促的马蹄声，刘铁成身挎黄绫包着的上谕，在四名侍卫的护卫下驰向正阳门城洞。

守护城门的护军急忙举枪行礼。

刘铁成一行驰入门洞。

2. 佟国维府

大厅廊上和前院坪里，挤满了前来探风的官员。

大厅门外，随刘铁成而来的四名侍卫挎着刀一字排立，将众官员挡在门外。

少顷，大门吱呀一声开了。

佟国维陪送着刘铁成走了出来。

众官员一窝蜂拥了上去：

"刘大人，热河那边究竟出什么事儿了？"

"您给我们说说……"

刘铁成既不回言，也不动气，只是微笑着把脸转过去看着佟国维。

佟国维脸一沉："好了！"

众官员一怔，安静了下来。

佟国维："我看你们这官儿是越做越回去了！打听这些事干什么？是想添乱子吗？

好，想添乱子的站出来，我这儿把他的名字记下了！"

众官员谁还想"添乱子"，一个个尴尬地退后。从大厅到大门立刻让出了一条通道。

刘铁成做了个歉意的笑脸，带着四名侍卫向大门走去。

突然，从人群中闪出了捧着一个包袱的马国成，挡住了刘铁成。

马国成一脸的悲愤神态，对刘铁成大声说道："铁成，我也不向你打听什么，我只知道大爷让万岁爷给关起来了！你如果够哥们，就替我把这些东西给大爷捎去。让我尽一点孝心！"说罢，双手举起那个包袱，递到刘铁成面前。

刘铁成作难了，接也不是，不接也不是，又只得向佟国维投去求援的目光。

佟国维："胡来！把他拉开！"

四名侍卫遵命架住马国成，拖在一边。

马国成嚷了起来："佟中堂，我是大爷一手带出来的，给大爷捎点东西有什么错？"

佟国维："要捎东西你自己去！刘大人是万岁爷派来传谕的钦使，可不是给你捎东西的驿差！"说到这里，又把目光扫向其他官员："我这儿有言在先，今儿任何人都不许去刘大人那儿探听消息，更不许托他传话捎东西。有违令者即刻革职查办！"

3. 神武门外侍卫宿房

刘铁成换上了便服，正要出门。

突然，外面传来了一个苍老而愤激的声音："大胆！就是万岁爷，我也请见就见。小小的一个刘铁成敢不见我？"

刘铁成一怔。

4. 侍卫宿房门外

颤颤巍巍的老王揿已经举起了手中的拄杖作势要向二名侍卫打去。

二侍卫并不躲闪，反而迎上去扶住王揿，赔笑说道："王师傅，不是刘大人不见您，也不是我们不让您见。是佟中堂的指示，说任何人不许私下里向刘大人探听热河的消息。"

王揿："胡说！他佟国维想封锁消息？他，他是别有用心！让、让开……"

5. 侍卫宿房内

刘铁成苦笑了一下，急忙从后门溜了出去。

6. 胤祥府客厅

灯光下，刘铁成正背着手在观看挂在墙上的那把鲨鱼皮鞘的侍卫刀。

管事带着佣服在身、鬓发略乱的阿兰走了进来。

管事："刘大人，她就是阿兰。"

刘铁成转过身来，上下打量了一番，然后笑了，说道："你就是张五哥的妹子阿兰？"

阿兰点了点头。

刘铁成："你哥托我给你捎来点东西。"说着，从怀中掏出一个小包，递给阿兰。

阿兰接过小包，打开一看，立刻变了脸："十三爷？！"

刘铁成连忙伸出三根手指，竖在阿兰面前，并大声说道："你哥说，他上回打了你的脸，其实心里是喜欢你的。他叫你在十三爷这儿耐心地干，千万不要走，等他回来。"

阿兰眼里盈出了泪水，使劲地点了点头。

7. 胤祥府后门

刘铁成匆匆走了出来。

突然，黑暗中窜出一个人影，将一只手按在他的肩上，低声说道："私传消息，该当何罪？"

刘铁成先是一怔，两只手慢慢攥紧了拳头，接着右肩一矮，卸过那人的手掌，猛地转身！

微光中，那人向后一闪，灼着两只眼睛，笑着看着刘铁成。

刘铁成看清来人才吁了一口气："老上司呀，您什么时候学会了黑夜打劫这一招了？您看，我这汗都吓出来了。"

那"老上司"竟是隆科多，听刘铁成这一说，也叹了口气："不瞒你老弟说，再这样混下去，你老哥真的要去打劫谋生了……铁成哪，这时候在这个地方候着你，什么意思，我不说你也明白。我只问你一句话，旧太子要废了，新太子到底是谁？你好歹露点儿口风给我！"

刘铁成踌躇了半晌，这才说道："隆二爷，不是兄弟不看往日的交情，我虽然整天在万岁爷身边，但咱们这位圣主爷的脾性您也知道，深得就像海水，任谁也看不透呀。"

隆科多脸一沉："怎么？我花这么大心思，在这黑夜里蹲着等你这么好半晌，你就给我这么一句话儿？"

刘铁成咬了咬牙，说道："您既然这样说，我也就拼着告诉您吧！"说着，向两厢望了望，然后招了招手。

隆科多把头侧了过去。

刘铁成压低声音："去找您六叔！"

8. 佟府客厅

隆科多又在坐冷板凳了。他坐在最下首的一张椅子上，身旁的茶几上既没有茶水，客厅里空荡荡的，更没有人招呼。

这一次他一改往日的神态，极耐烦地坐着，一声不吭，一动不动。

终于，里面传来了许多人的说话声，走步声。

接着，一群红顶子官员从客厅的里门说着话走了出来。

隆科多连忙站起。

那群官员看见了隆科多立刻停止了说话，有一二位向隆科多点了点头，更多的人则是视若未见，径直走了出去。

客厅里又只剩下隆科多一个人了。

管家走了出来，口里说着话，眼睛却看着别处："请吧，老爷在书房里等呢。"

隆科多急忙走了进去。

9. 佟府书房

佟国维站在书案前，慢慢地转过身子，望着隆科多。

隆科多两手放在膝上，极规矩地坐着。

佟国维："怎么？你来替我办事？"

隆科多："是。六叔，侄儿知道您这当口需要用人，俗话说'上阵还要父子兵'。侄儿想，在这件大事上面我能给您出把力。"

佟国维："小多子呀，你今儿是给六叔打哑谜来了吗？什么'这当口'？又是什么'这件大事'？说的到底是什么啊？"

隆科多有些激动了："六叔，侄儿真弄不明白，这么多年来，您当着朝廷的宰相，多少人在您的手里飞黄腾达，多少才能资历不及侄儿的人，都开衙建府，起居八座了。您为什么就不愿意提携侄儿一把？平时侄儿来找您，您总说没有机会。现在太子要废了，新太子即将拥立，您找了这么多人来商量，为什么就不肯给侄儿一个机会？就算我这个做侄子的使您生厌，可念在我死去的爹，您的亲哥哥的份上，您也不能这样绝情啊……"说到这里，隆科多哽咽了。

佟国维深深地望着隆科多，似是也激动了，终于他调整了情绪，恢复了以往的那种冷漠的神态："说完了？潦倒！发牢骚！怨天尤人！从来也就不反省反省自己。当年你若不是擅离职守，私自从边关跑了回来，会落得今天这个样子？再说你现在这个样子吧，飞扬浮躁，什么旧太子要废，新太子要立，你当这是投注押宝？以为押中了就能飞黄腾达？要是没押中呢？就是身败名裂，永世不得翻身！开口机会，闭口机会，哪儿有这么现成的机会等着你？什么人都能看到的事，都能掺和进来的事，还算是机会吗？小多子呀，你这碗水还浅哪……好吧，你今儿来，不就是要我给你安排个差使吗？差使，我可以给你安排一个，但是，机会得你自己去找！"

说完这番话，佟国维走到书案前坐下，提笔濡墨，在一张纸笺上匆匆地写了几行字，然后把那张纸笺递起："拿去吧。"

隆科多连忙站起，走上前去，双手接过纸笺，说道："谢六叔……"边说，边迫不及待地去看纸笺上的字迹。

忽然，他的脸色又变了："您、您安排我到理藩院去守牢房？！"

佟国维："眼下就这个缺儿，你去不去？"

隆科多咬着牙，两眼望着上方急剧思索，然后横着心说道："好，我去！"说完，扭转身就走。

佟国维："站住。"

隆科多走到门边站住了，却不转身。

佟国维："你记住了，什么废太子、立太子的事，你少掺和。要不然跌了跟头，我可救不了你。"

隆科多既不回话，更没转身，听完径自走了出去。

10. 正阳门外

低沉的男声画外音："康熙四十七年入冬，御驾从热河回京了。和以往一样，留守京城的官员们都到正阳门外接驾；和以往不一样的是，这一次的銮驾中没有了太子的仪仗，却带回了一位等待废黜的太子和两位等待处罚的阿哥……"

画外音中出现以下画面：

浩浩荡荡的黄罗伞盖旌旗长矛仪仗渐渐逼近。

黄土薄撒的跸道两旁，佟国维领衔率领文武百官夹道跪迎。

康熙乘坐的高大的辇车渐渐驶近。

辇车中，康熙闭目端坐，身躯随着车轮的滚动在微微晃动。

三辆被侍卫们夹护着的蓝顶马车渐渐驶近。

第一辆马车：车把上赫然套着的一副偌大的铁铐在不住地晃动，车内坐着神态痴然的胤礽。

第二辆马车：车把上也赫然套着一副不住晃动的铁铐，车内坐着神情沮丧的胤禔。

第三辆马车：车把上也有一副铁铐在不住地晃动，车内坐着神情坦然的胤祥。

画外音止。

正阳门前，仪仗停住了。

佟国维：“臣等恭迎圣驾还京，愿吾皇万岁！”

众跪迎官员山呼：“万岁！万岁！万万岁！”

高大的辇车上，车门开了。

康熙那高大的身影出现在车门前，他的目光首先投向了那座巍峨的正阳门城楼，接着慢慢扫向跪迎的众官员。

突然，康熙的目光停住了。

注目处，跪着须发苍白的老王掞。

康熙的脸上显出了无穷的感慨，接着，对骑着马护卫在辇车旁的张五哥低语了一句。

张五哥连忙下马，走近王掞。

张五哥：“王师傅，万岁爷叫您过去。”

王掞用那双昏眊茫然的老眼望着张五哥：“皇上叫我？”

张五哥点了点头：“我扶您过去吧。”

张五哥扶着王掞向御辇走去。

王掞终于看清了车驾上的康熙，颤抖着又要跪下。

康熙：“不用跪了。张五哥，把王师傅扶上来！”

张五哥抱着王掞送上御辇。

康熙伸手接过王掞的手，将他拉到身边，然后说道：“启驾。”

张五哥大声传呼：“启驾！”

御辇带动了整列仪仗。

萧瑟的秋风中，载着康熙、王掞的御辇率先向正阳门中洞驶去。

众官员面面相觑，无不茫然。

11. 理藩院后门的胡同里

嘚嘚的马蹄声和滚动的车轮声。

四名侍卫监护着一辆车把上套着铁铐的蓝顶马车走来。

走到后门前，马车停住了。

侍卫们一齐从马上跳了下来。

一名侍卫走到门边，猛敲后门。

后门开了，一名狱卒走了出来。

那侍卫："上书房有令，十三阿哥交给你们看护。"

那狱卒一听，连忙应道："是。"

两名侍卫走到马车旁，掀开车帘："十三爷，到了，您下车吧。"

胤祥弯身从车内走了出来。

12. 理藩院后当值房内

隆科多搁下酒杯，猛地站起："什么？十三爷交给我们看守？！"

那狱卒："是。是上书房的安排。"说着，将一纸文书递了过去。

隆科多接过文书一看怔住了，两眼在慢慢地转动。

佟国维的画外音："差使，我可以给你安排一个，但是，机会得你自己去找……"

隆科多眼一亮，问道："人呢？来了没有？"

那狱卒："正在后院等着呢。"

隆科多大声说道："走！"

13. 理藩院后院

胤祥在四名侍卫的陪护下正站在院子里等着。

隆科多快步走了过来，老远就啪啪地刷下了马蹄袖，然后疾趋到胤祥面前请了个十分边式的安："奴才隆科多叩见十三爷！"

胤祥一怔："怎么？这儿是你当差？"

隆科多笑着答道："能侍候十三爷是奴才的福分。"

胤祥也笑了："得了，得了。论辈分我得叫你舅舅；论眼下你是管着我的牢头；我怎么敢叫你侍候？"

隆科多："十三爷既然这样说……那好！我也不说侍候您，也不敢管着您，就当咱们当年在西北打仗时候那样，有空儿我就陪着您，咱们一块儿喝酒、吃肉、侃大山！怎么样？"

胤祥"大获我心"地一掌拍在隆科多的肩上："痛快！痛快！咱们一言为定！"

隆科多也一掌拍在胤祥的肩上："一言为定！"

14. 佟府书房

一盏灯将两个人影大大地投在墙上。

还是那张小桌前，佟国维和胤禵对面坐着。

佟国维："老臣只有一句话，请九爷转告八爷，沉住气，不要急，看看再说。"

胤禵："但不知中堂说的这个'看看'，是看什么？请赐教。"说完，两眼紧紧地盯着佟国维。

佟国维见他逼问得如此之紧，只得答道："九爷既然如此垂询，老臣只好直言相告了。这第一个'看'，是看天心！第二个'看'，是看民意！当然，有时候天心能够左右民意，而有时候民意也能影响天心哪。"

胤禵笑了："其实依八爷和我看来，中堂您是既能够影响天心，也能够影响民意的哟！"

佟国维立时便显出不胜惶恐的神情，摇手说道："言重，言重。九爷可千万不能这样说呀！"

胤禵站了起来，拱了拱手，笑着走了出去。

15. 乾清宫

又是黑压压跪了满殿的官员。

康熙强打精神高坐在御座上，声音既沉闷又有些嘶哑："朕十月十六日从热河发的谕旨，尔等都看到了。朕停用了太子的一切印信。因为太子不尽职，不修德，深负朕望。朕清夜扪心，苦虑再三，我大清列祖列宗千辛万苦打下的江山，决不能因为朕传位非人而毁于一旦。因此，为了上不负列祖列宗之托，下不负天下臣民之望，朕决意废黜胤礽的太子名位！"

满殿一片沉寂。

突然，一个苍老却激动不已的声音冒了出来："皇上！臣有本奏，请皇上鉴纳！"

众人循声望去，说话的正是刚才和康熙同车进城的王掞。

康熙："王掞，朕知道你要说话，朕也知道你要说些什么，但朕今天不想听你再说。你是个正人君子，几十年来呕心沥血辅导太子，朕一直心存感激。这也就是朕今天为什么召你同车并乘的原因。作为师傅，你尽了责；作为父亲，朕也尽了心。无奈所琢非玉，难成大器。你也不必过于伤心……"

王掞："皇上如此褒奖老臣，更令老臣惶愧无地。老臣今日冒死进言。皇上鉴纳，老臣要说；皇上不鉴纳，老臣还是要说。倘若皇上不许老臣开口，臣就撞死在金阶，到九泉之下，向列祖列宗去说！"

众人闻言无不震悚。

康熙叹了口气，说道："好，你说吧。"

王掞："谢皇上。臣以为太子虽然有错，但错不在太子一人；太子虽然有过，而过不至于废黜。皇上适才说太子不尽职，臣请问，自从太子辅政以来，六部公卿有几人尽职辅佐太子善为谋政？皇上说太子不修德，上书房几位重臣都有匡正德失的职责，佟国维、马齐和张廷玉又几时对太子赞善匡失？诸位皇子，除一二人辅助太子理政，其余的阿哥谁不是各自为政，阴为绊阻，甚至有暗中魇镇者。还有皇上！太子辅政有功，难有一言褒奖，而偶有厥失，则雷霆之怒屡加，致使太子见皇上辄中心无主，战栗失措，无所适从。皇上，您就从来没有想过太子的苦衷和难处；也从来就没有对那些不尽职的大臣、皇子有过诫谕。时至今日，将所有过失归于太子一身，这是不教而诛！不但不能服天下臣民之心，更无以对列祖列宗在天之灵之问。皇上，您不能这样对待战战兢兢四十年的太子呀……"

说到这里，王掞已是声嘶力竭，涕泪交流。

康熙则早已气得脸色煞白，浑身颤抖。

康熙："说得好……你说得好……朕是不教而诛……朕是无道昏君……那么你呢？你是专教太子的师傅，太子变成这个样子，你又该当何罪！"

王掞："臣罪滔天！臣罪当诛！就在皇上召臣同坐御辇之前，臣已经命家人将臣的棺材准备好了。臣只等说了这番话，就以一死谢罪！"

康熙："好一个忠臣！你如此咆哮朝廷，侮辱君父，骂尽当殿皇子百官，一死就能够抵罪吗！"

王掞："臣一家三十余口都已做好准备，愿意陪臣一同就死！"

饶是康熙雄勇盖世，此时也目瞪口呆，怔在当场。

张廷玉突然挺直身子，大声说道："王师傅，你以一死博取忠名，却把一个杀忠臣的名声加在皇上的头上，这难道也是圣人教你的忠恕之道吗？"

王掞一怔，睁着两只老花昏眊的眼睛思索有顷，茫然说道："这个……这个，老臣确未想到。然则，我不死又怎能对得起太子？"

张廷玉："你死了岂不更加有伤皇上圣德之明！岂不更要陷太子于不孝之地！"

王掞更加昏了，呆在那里，一言不发。

康熙岂不知张廷玉的用心？借机说道："哼！他想做忠臣，只怕没有那么容易。来呀！"

刘铁成和张五哥应声而出。

康熙："把王掞押回家去，交给他的儿子看守。倘若王掞有个三长两短，朕就问他儿子的忤逆，千刀万剐，凌迟处死！"

刘铁成、张五哥："是。"

二人上前扶起王掞向殿外走去。

王掞兀自喃喃不休："求生不能，求死不得，吾何以自处……何以自处……"

康熙："张廷玉，命你明天代朕到天坛去宣读废黜太子胤礽的诏书，告祭天地！"

张廷玉："是。"

康熙："佟国维。"

佟国维："奴才在。"

康熙："再拟一道谕旨，速寄各省督抚，诏告天下，朕要在诸皇子中择立新太子，地方二品以上大臣，在京四品以上官员，都可以择贤举荐。"

佟国维响亮地答道："是！"

16. 佟国维府书房

方桌前，一盏灯被几个官员凑在一起的背影压住了，只一道光从他们的头顶射向上方。

官员们的对面，佟国维阴沉地坐着，徐徐说道："照现在的局势看来，八爷有五成胜算。但是，五成还不够，咱们得等到他有了七成才出手。因此，都不要急，先看看再说……"

众官员一齐点头。

17. 理藩院囚室

隆科多陪着胤祥走了进来。

一走进门，胤祥就怔住了，他的目光顺着房角慢慢地扫视：

配套的红木座椅和茶几，茶几上瓶花吐艳。

红木镶大理石面的方桌上摆着一壶酒、两副杯筷和几碟精致的菜肴。

红木雕花的大床配着长长的红木榻凳。

靠窗边摆着一张红木雕花的长条桌。

胤祥的眼睛睁大了——长条桌上竟还摆着一只配有菱花铜镜的梳妆盒！

满堂的红木家什，被罩着红纱的灯笼一照，闪着熠熠的红光！

胤祥慢慢转过头去，望着隆科多，说道："我说老隆啊，你这是给我坐的哪门子牢呀？这可不合朝廷的规矩哟。"

隆科多："我不懂那么多规矩。我只知道十三爷并没有犯什么罪。万岁爷叫您到这儿住一阵子，也是磨磨您的脾性儿。要在平时，我隆科多绝对不会去攀您的高枝儿，可今儿您到了这儿，我怎么着也不能让您受一丁点委屈。这些家具，这些摆设，都是我从家里搬来的，可没有花衙门里一分钱。"

胤祥点了点头，又说道："就算你有这份心，可也犯不着把这儿弄得像洞房一样呀。你看，还弄了个梳妆盒，灯笼也弄成了红的。这个都不行，赶快给我换了！"

隆科多神秘地笑了："换什么都行，这两样可不能换。"说完，突然转身走了出去。

胤祥心一动，似乎觉察到什么，眼睛望着隆科多走去的大门，刚想叫他，突然一震！

门边，活脱脱站着的，不是阿兰是谁！

她微低着头，紧咬着下唇，两眼往上默默地望着高大的胤祥，却一动没动。

胤祥笑了，带着一丝苦涩，接着拍了一下手掌，张开了双臂！

阿兰慢慢地走了过来，仍然是紧咬着下唇，却再也控制不住眼中汩汩流下的泪水。终于，她走到了胤祥面前，两只手却紧紧地捏着旗服袖口。

胤祥慢慢地拉起她的手，又慢慢地抬了起来，接着，用她自己的袖口去擦她自己的眼泪。

阿兰的笑声和哭声一齐迸发了出来，她将头紧紧地埋在胤祥的胸口上，抽咽着来回地转动。

泪水擦湿了胤祥的胸襟。

胤祥一只手紧紧地抱住阿兰，另一只手轻轻地拍着她的背，低声说道："傻丫头，把眼泪都糊在你十三爷的身上，这儿可没有人给我洗……"

阿兰不再动了，头却贴得更紧，轻轻地说道："傻十三爷，阿兰来了，还愁没人给您洗衣服吗？"

胤祥乐了，一把抱起阿兰，冲着门外大声说道："你们去争吧！有阿兰在这儿，十三爷这辈子不出去了！"

18. 胤祀府门前

车轿停了一长溜。

众多官员皆聚集在门前。

护卫紧紧拦在门首，虽然客气，却毫不通融："我家王爷说了，谢绝一切拜访。请众位大人都回去吧。"

一官员："我等前来，也只是例行请安，只想见见八爷，还烦通禀一声。"

那护卫："不是我们不愿通禀，实在是八爷有吩咐，众位大人就别在这儿等了。"

正在这时，有人喊了一声："九爷和十爷来了！"

两顶鹅黄大轿直抵府门停下。

胤禟和胤䄉从轿中钻了出来。

众官员："参见九爷、十爷！"

胤禟："嗬！好热闹！怎么？不让进去？"

众官员七嘴八舌：

"是呀，都等了半晌午了。"

"八爷就是不见。"

"九爷、十爷，您二位爷就同八爷说一声，我们见见他就走。"

"对！我们见见八爷就走！"

胤禟对胤䄉："我说老十呀，这大家一片热心，拒之门外，似乎太不过人情哪。"

胤䄉："对！都进去！都进去！八爷说什么我顶着！"

众官员一片欢呼，随着胤禟、胤䄉蜂拥而入。

19. 胤祀府客厅

胤䄉："诸位，我给大家伙儿介绍一位奇人，就是这位汪先生！"

适才那位随着胤禟、胤䄉一同前来的矮个子中年士人站了起来，向众官员拱了拱手："不敢！不敢！山野之人，幸蒙十爷赏识，何敢当一个'奇'字！"

胤䄉："岂止一个'奇'字？这位汪先生简直就是一个神人！天文地理，奇门遁甲，无所不通，无所不晓！哪位不信，可以当堂请教。"

一官员："请问汪先生，可会相面？"

汪先生："略知一二。"

那官员："给我相相如何？"

汪先生："当然。"

那汪先生攒起双目，直视那官员面部。

汪先生眼珠虽小却炯炯有神，慢慢地，竟闪出微光。

那官员不禁一凛。

少顷，汪先生收敛眼神，开始说话："这位大人，您不是科甲出身吧？"

那官员一晷，闪烁其词："先生为何这样说？"

胤䄉不耐烦地大声插道："人家说对了，你就回答对了。没错，他不是科甲出身，他的功名是捐来的！汪先生，你接着说。"

众官员见他出言中的，都来了兴趣，一个个瞪眼凝神，等听下文。

那官员："对极了！家祖家父在鄙乡都被称作'善人'。"

汪先生："按理说，大人的禄命不止现在这样，至少应有三品！"

那官员吃了一惊："神！那先生说说，我为什么现在只有四品呢？！"

汪先生："说一句不中听的话，那是因为大人孝道有亏呀！"

那官员并不隐瞒，反而大声叫了起来："佩服！佩服！确实如此，确实如此啊。那一年家父去世，按理我应该立即回家守孝，因为正在办理一件差事，忠孝不能两全，就耽搁了奔丧的日期。被仇家知道后参了我一本，落了个降三级处分。不然，我现在确实是三品，三品哪！"

众官员一齐活跃起来。

胤䄉更是脸上飞金，大声说道："怎么样？我说汪先生是奇人，没说错吧？"

众人齐声附和："奇人！确是奇人！"

那官员更是五体投地："汪先生，请您再给我看看，往后我该怎么着？"

汪先生微微一笑："就这么着！"

那官员迷惘："这么着是怎么着？"

汪先生清了清嗓子，朗声说道："大人能够出仕为官，享受朝廷的俸禄，靠的是祖德庇佑，因此，你忘了回家奔丧守制，马上就减了俸禄，降了官职。这就是说，大人背后定要靠有大树，才能福荫不断，富贵久长。可是，大人的祖德虽厚，最多也只能保你三品打止。若想百尺更进，就要另靠大树……"

那官员："另靠大树？"

汪先生："对！参天大树！就像这院中的那棵大树！"

众人顺着他的手势望去——

大院中平时见惯的那株大树，此时显得愈益高大。

那官员更是上了劲，狠狠拍了下膝盖，站起说道："汪先生的意思是说，只要下官靠了八爷这棵大树，就前程不可限量？！"

汪先生神秘一笑："此乃天机，各位大人自己参详吧……"

突然，大院中传来胤禩威严的声音："老九、老十，你们从哪儿弄来个人在这里妖言惑众！"

众人一惊："八爷？"

大家一齐站起，循声望去。

胤祀正从大院侧门旁朝客厅走来，刚刚走至大树下。

那汪先生突然大喝一声："王爷止步！"

胤祀下意识地在树下站住。

那汪先生迎了出来，深深一揖，然后说道："王爷适才说草民是妖言惑众。草民也不敢辩驳。只求王爷让草民再说几句，倘若说得不对，听凭王爷发落。"

汪先生不待胤祀接腔，转身对胤禩、胤䄉和众官员说话道："请二位贝勒和众位大人移步，听山人一说。"

众人都拥出客厅，齐集阶上。

汪先生指着院中那棵大树，问道："请哪位大人说，这树上是什么？"

一官员："花呀。"

汪先生："什么花？"

那官员："白花呀。"

汪先生："不错，再请问，这树下站着谁？"

那官员："八爷呀。"

汪先生："八爷是什么人呢？"

那官员："谁不知道，八爷是亲王哪！"

汪先生："对了！我再问一句，白花的'白'字下面加一个亲王的'王'字，这是个什么字？"

一官员脱口说道："皇……是皇上的皇字！"

"住口！"胤祀一声断喝："来人呐！"几名护卫应声而出。

胤祀："替我拿下这个妖人！"

众护卫："是！"

众护卫奔向那汪先生。

胤䄉嚷了起来："慢！八哥，这可是我请来的客人，你抓他，不是要扫我的脸吗？"

胤祀："老十呀老十，你什么时候才能清醒一点？此人口出狂言，迹近反逆。你什么人不好交，要交这样的妖人？不用说，拿下了！"

胤䄉："不行！你要拿他，也得他从我的手里离开以后，要不然，还有谁敢同我十爷交往？"

那汪先生反而劝慰胤䄉："十爷的保全之德汪某心领。所谓'天将与之，虽千万人不可弃也'，'天不与之，虽千万人不可强也'。八爷贤名播于朝野，四海归心，岂是汪某

'妖言'能够煽惑？八爷不信天命，要杀汪某，也是汪某命该如此。不过，汪某在领罪之前，还要说上几句！八爷，请您答我，您的乳名中是否有个'美'字！"

胤禩闻言亦是一惊。

胤祼发话了："这是我们皇子在宫中的乳名，除了皇上和我们几个弟兄谁都不知道，你是怎么知道的？"

胤禩说道："还不是老十说的。"

胤祼急了，信誓旦旦："我如果说了，叫我舌头上生疔疮，烂喉而死！"

汪先生："八爷不必多疑，十爷也不必发急，汪某是从气运上测来，何必要别人告知？夫'美'者，由'八大王'三个字组成。"

说到这里，汪先生从地上拾起一根树枝，先写了个倒着的'八'，后写了个'大'，最后在中间写上个'王'字。

众官员随着齐声念道："八、大、王！"望着由这三个字组成的"美"字，众人一阵骚动，一阵议论。

那汪先生更来了神："天生万物，皆有气数，气数前定，非人力所能相强。八爷的乳名暗合八爷的爵禄，从一生下来就有定数，汪某就是从这里得知。"

众人闻言俱各心服，互相交换惊奇的眼神，又是一阵议论。

胤禩："哼！我身为皇子，封为王爵，也是情理之中，这有什么气数？其他皇子封王者多，难道都要暗合乳名吗？"

众人亦觉有理，眼光转增疑惑。

汪先生："八爷只知其一，不知其二。您看，这个'美'字暗合着什么玄机？"

说着，他又拾起那根树枝，在地上先写了个'八'，后写了个'王'，最后才写了个'大'字。

众官员又随着齐声念道："八、王、大！"望着这般组成的"美"字，众人更是惊奇兴奋，议论纷纷。

汪先生："现在，汪某话已说完，任杀任剐！"说完，自己走向护卫。

众护卫哪敢抓他，一齐望着胤禩。

胤禩却一改往日的温文儒雅，盛怒不已，大声喝道："拿下！送到宫里去，交万岁爷发落！"

众人都惊了。

那汪先生也惊了，眼中终于显出了惧怯。

20. 养心殿外

那汪先生被几名侍卫看着，伏在地上，丝毫没有了看相测字时那种神气，一张吓得苍白的脸不断地冒汗。

21. 养心殿内

胤祀端端正正地跪着。

康熙闭着眼坐在御案前，脸上平静得看不出任何表示。

佟国维、马齐、张廷玉侍立在案侧，紧张地等待着康熙说话。

康熙说话了："江湖术士在发生天灾或者政局即将变动的时候，往往危言耸听。这种事历朝历代，屡见不鲜。你越是看得重，他们越是上劲。你不理他，见怪不怪，其怪自败。这个什么汪景祺就是这类人。朕的意思，把他训斥一顿，赶出京去，也就是了。"

佟国维、马齐和张廷玉没有料到，康熙竟会这般处之淡然地看待这件轰动朝野的"妖言惑众"案，不觉对视了一眼。

胤祀更没料到皇阿玛会如此轻描淡写，心里一时没了底，望着地面的眼睛睁得老大，显然一边在急剧地咀嚼康熙的话外之音，一边急剧地思考自己应有的态度。

少顷，胤祀拿定了主意，大声回道："皇阿玛的堂堂正气、荡荡胸怀确能镇压百邪。但是，在百官议举储君的时候，此人如此妖言惑众，必定使人心混乱，也必定使议举不公。因此，儿臣再次恳求皇阿玛将汪景祺发付有司衙门治罪，以杜谣言，以正人心！"

康熙微微一笑，然后望着佟国维、马齐、张廷玉说道："八阿哥能有这个态度，足见他襟怀磊落。其实还有一层意思，朕没有说，像这类江湖术士说的这些话，也不要一概视为妖言，因为有时候他们的话也多少代表一点民意嘛……"

此言一出，佟、马、张更是一惊！

佟国维和马齐热辣辣地对视了一下目光，二人又同时向张廷玉望去。

张廷玉微笑着，却没有和他们目光相接。

胤祀激动得竭力控制微微颤动的双手，情不自禁地叩下头去，微弱地说道："是……"

22. 佟国维府书房

灯光把几个人的身影又投在了墙上。

几名红顶官员背对着门，面朝着佟国维在凝神地等候佟的指示。

佟国维："局势越来越明晰了，万岁爷心里默定的太子八成是八爷！你们这就赶紧去联络手下的人，联名上个公折，保举八爷！"

23. 吏部大堂

许多官员各自在自己办公的书案上写着举荐太子的奏章。

一名官员最先写罢，双手拿起奏章，走向坐在正中的揆叙面前，交了上去。

揆叙看了看奏章的内容，笑了。

那官员退下来时，其他官员纷纷投来询问的目光。

那官员把手放在胸前做了个"八"的手势。

其他官员都会意地笑了，纷纷抬起手——一片"八"的手势。

24. 户部大堂

官员们都写好了奏章，正排着队挨个儿把奏章呈给坐在大堂中央的阿灵阿。

一张奏章上是"皇八子"的特写。

另一张奏章上也是"皇八子"的特写。

……

25. 胤祀府书房

胤禟、胤䄉、胤禵皆兴奋无比。

胤䄉："九哥，咱哥俩这次总算立了一件大功！咱们的红脸，八哥的黑脸，不但拉了不少的选票，还摸清楚了皇阿玛的心思。就连佟国维那只老狐狸也终于动起来了！八哥，等您当了太子，可得把吏部的差使交给我哟。"

胤祀的眉头又皱了起来，只瞟了胤䄉一眼，没有吱声。

胤禟见机说道："十弟呀，你大小也是个皇子啊，什么时候才能学得大气一点？"

胤䄉："我怎么不大气了？我想帮着八哥办办差哪儿错了？"

胤禟不再与他纠缠，应付着说道："你没错，你没错。"说着，目光转向胤祀："八哥，您说我们哥几个的折子是保举您好，还是错开去，另外保举个人，也免得皇阿玛疑心……"

胤禵说话了："我看还是保举八哥好，犯不着弄巧成拙，又去另外保举别人。为什么呢？一是皇阿玛非常清楚我们哥几个历来就抱在一团，这个时候不保举八哥显然是弄虚作假；再说'内举不避亲'，我们也犯不着弄虚作假。"

胤祀赞许地点了点头。

26. 胤禛府万福堂

一张鹅黄的折子上孤零零地写着"儿臣推举"四个端正的楷字，底下就全是空白了。

镜头拉开，书案上折子旁搁在笔架上的那只毛笔上的墨汁都已经干了。

书案旁，胤禛枯坐在那里，两只眼睛望着前上方出神。

房门被推开了，一只拐杖伸了进来，接着两只脚迈了进来。

胤禛的目光转向了门口。

邬思道向胤禛点了点头，接着在靠门边的椅子上坐了下来。

沉默了一会儿，邬思道说话了："王爷，是不是为了推举新太子的事犯难哪？"

胤禛苦笑了笑，站了起来："按理说也没有什么可犯难的，反正得推举一位新太子嘛。"

邬思道："王爷这话邬某不能苟同。今天的太子就是明天的皇上，就是管着大清江山亿兆臣民的一国之君！怎么能随便推举呢？"

胤禛："这个道理我还能不懂，可是这能由得我吗？"

邬思道："王爷说得不错。最终谁是太子，当然由不得你；可是，你想推举谁也不能由着别人哪！"

胤禛被这话说得心里一动，望着邬思道，等待他说出下文。

邬思道："邬某虽然足不出户，可也听到了一些风声，好像满朝文武多数都看好八爷。王爷是不是也受这个事的影响哪？"

胤禛被戳到了痛处，烦躁地来回走了起来。

邬思道："也许我说错了，像王爷这般有主见的人是不会受别人左右的。本来嘛，几个人弄了个江湖术士，一边装鬼，一边捉鬼，这出双簧实在不见得高明呀。王爷，您相信那个术士的鬼话吗？"

胤禛："可是鬼话说多了，信的人也就多了，信的人一多，鬼话也就变成了神话。这不，连皇上也说'多少代表一点民意'……我真怀疑，皇阿玛是不是真老了……"

邬思道的脸色立刻异常庄重严肃起来："王爷这话可就大错特错了。邬某自从来到府上，别的事没有做多少，可皇上写的书、做的诗却认真地拜读了几遍。越读就越觉得当今皇上真是古往今来少有的圣主哇！他老人家上通天文，下知地理，对儒学的各门各派更是深究其理、入木三分，而对左道旁门历来就深恶痛绝。这一次为何对那个姓汪的术士如此宽容？真的是觉得他的话代表民意吗？什么是民意？难道'八王大，八大王'就是民意吗？如果这就是民意，邬某倒能把这个字测出另外一个民意来。王爷有兴趣否？"

胤禛怎会没有"兴趣"？急忙做了个请赐教的手势，把邬思道让到书案边坐下。

邬思道提笔濡墨，展开一张白纸，写了"八王大"三个大字，然后指着说："请王爷从右至左念念。"

胤禛脱口念道："'大、王、八'……"

忍俊不禁，胤禛放声大笑起来。

邬思道也笑了起来，接着说道："这样的雕虫小技也能瞒过当今圣上？！"

胤禛笑着笑着，忽然又显出无限遗憾的神色，望着窗外说道："可惜十三弟不在这儿。要不，就凭这三个字咱们也能够喝完一坛酒哇……"

27．养心殿通往上书房的路上

天空中纷纷扬扬飘下雪来。

康熙背着手在一条小径上独自走着。

他的后面，跟着张五哥。

康熙一边走，一边向张五哥问道："张五哥，你到宫里快有半年了吧？"

张五哥："回万岁爷，是四个月零七天。"

康熙："嗬！记得这么清楚？"

张五哥："奴才这条命在今年七月十五就应该没了。七月十五以后的日子都是万岁爷给的，奴才哪能记不清楚。"

康熙停住了脚步："你真的这么想？"

张五哥："奴才为什么要骗万岁爷？"

康熙："回答得好！你不应该骗朕，也不会骗朕。朕再问你，你看朕的皇子中哪一个最好？"

张五哥："十三爷最好！"

康熙警觉地审视张五哥："是不是因为十三阿哥救过你的命？"

张五哥："是。也不是。"

康熙："这话怎么讲？"

张五哥："如果仅仅因为十三爷救了奴才的命，奴才说十三爷对我好，这不对；十三爷为人心怀坦荡，行侠仗义，从来不暗中算计人，所以奴才说十三爷最好。"

康熙："既然你认为他最好，那么也一定认为他最应该当太子了？"

张五哥："人最好不一定就最应该当太子。"

康熙："这又是什么道理？"

张五哥："就拿十三爷来说，他人太直，不会转弯，又容易轻信别人，所以，他人虽好却当不好太子。"

康熙故意将脸一沉："张五哥！你一个侍卫，怎么敢对朕讲这些话？"

张五哥："回万岁爷话，奴才不知道哪些话当讲，哪些话不当讲，奴才只知道应该对万岁爷讲真话，不讲假话！"

康熙激赏："说得好！朕要的就是真话！譬如王掞，当着文武百官指责朕的不是，但他讲的是真心话，所以朕饶恕他，并不为难他。今天，你敢对朕说真话，朕要赏你！"

张五哥连忙跪下："万岁要赏就赏奴才一个天大的心愿，除此以外，奴才不敢受赐。"

康熙："你说，朕答应你。"

张五哥："奴才恳求万岁爷放了十三爷！"

康熙暗暗一笑，向前走了几步，又停住了，接着又踅了回来："好你个张五哥！一个小小侍卫，竟敢保起皇子来了，面子真不小哇……好！朕答应你！"

张五哥抬起头，兀自不敢相信："真的？"

康熙："不过，朕还得问问上书房的意见。"

张五哥迷惘地抬起了头："什么？万岁爷说的话还不作数？还要问上书房的意见……"

康熙抬起了头，望着远方，像是对张五哥，又像是自言自语地说道："是啊，许多事情朕也是身不由己呀……"

定格。

| 第十一集　争是不争　不争是争 |

1. 上书房外

镜头顺着片石铺成的路面，慢慢推向上书房敞开着的大门。

上书房内传来高声的唱名声："八阿哥！八阿哥！八阿哥！八阿哥……"

2. 上书房内

随着一声"八阿哥"的唱名声，便有一只手将一份荐章，叠到案首的一堆荐章上——那堆荐章越堆越高！

镜头拉开，一溜书案前，两名上书房章京，正在一个唱名，一个分拣荐章。

唱名章京："三阿哥！"

分拣章京将一份荐章叠到一堆薄薄的荐章上。

唱名章京："四阿哥！"

分拣章京将一份荐章叠到另一堆薄薄的荐章上。

唱名章京："八阿哥！八阿哥！八阿哥……"

坐在榻上的佟国维和马齐把目光从书案上收了回来，又对视了一眼，露出了会意的微笑。

另一窗前的书案旁，张廷玉却头也不抬，心无旁骛地在整理着公文。

唱名声仍在继续。

突然，一阵橐橐的脚步声从外面传来。

佟国维和马齐还未做出反应。

康熙那高大的身影已出现在门边。

佟国维和马齐连忙站起："皇上？！"

张廷玉也从容地站了起来。

唱名声立刻停止了。

康熙从容地走了进来。

佟国维和马齐连忙走到一旁，垂手侍立。

两名章京也连忙请了个安，退了出去。

康熙的目光很快便射向了那一堆堆荐章。

马齐连忙走了过去，说道："启奏皇上，臣等正在统计官员们推举新太子的荐章。"

康熙："都推举了哪些阿哥呀？"

马齐："有三阿哥的，四阿哥的，但八阿哥的最多。"

康熙的眼光注视处，那堆高得异常的荐章和薄得可怜的另几堆荐章竟是如此的刺目惊心！

康熙的画外音："势力真不小哇……"

佟国维插话了："皇上，这只是部分官员的荐章，还有……"

康熙很快地打断了他的话头，淡淡地说道："你们弄吧。"说着，径自走到正中榻上坐下。

佟国维一怔，和马齐对视了一下眼神。

康熙接着把头转向了张廷玉："张廷玉，河南、四川和江苏的奏折上都说了些什么？"

张廷玉："回皇上。河南的奏折上说，往年经常冲缺的那几段黄河堤坝，自经去年四阿哥和十三阿哥监修以后，十分牢固，今年没有再决堤。去年逃荒出去的灾民都已陆续返回家园。河南巡抚请示朝廷，能否免去这几处州县百姓一年的赋税。"

康熙："看起来论做实事，还是四阿哥和十三阿哥强哪！批转河南巡抚，免去这几处州县百姓三年的赋税。"

佟国维一怔。

张廷玉："是。四川送来的是报捷的奏折。年羹尧出任四川提督只有一年，便率领官兵肃清了四川境内全部的土匪。现在的四川可以说是前所未有的安宁。"

康熙："年羹尧是个人才。他虽是八阿哥举荐的，但毕竟是四阿哥一手调教的人哪。给他记功一次，加三级记录在案。"

佟国维又是一怔。

张廷玉："是。江苏的奏折是请求朝廷旌奖一个孝子……"

康熙："孝子？怎么样一个孝子？说来听听。"

张廷玉："是。是说江苏常州有个叫王宝义的人，三岁上父亲出外做生意，一直没有音讯。这王宝义长到一十五岁，便把母亲托给了姐夫姐姐，独自一人辗转了七个省份，万里寻父。经过两年，终于在关外找到了父亲。原来他父亲早在十年前就因为生了一场大病瞎了双眼，无法回乡，早已沦为乞丐。这王宝义找到父亲后也已盘缠用光。只得一路乞讨奉父还乡。这一日已经走到离家只有一天路程的地方，王宝义背他父亲过一条小河。谁知这小河中有一个大坑，父子俩都淹了进去。王宝义拼死把父亲推到岸边，自己却因为又饿又累，再也没有上来……"

康熙倏地站了起来，大声说道："旌奖！要大大地旌奖！明日朕亲笔写一副匾额，传旨两江总督衙门给王宝义建一座牌坊！还有，叫常州府每年拨五石粮米，二十吊钱赡养王宝义的父母！"

张廷玉："是。"

佟国维说话了："圣朝以孝治天下。皇上如此加恩旌奖孝子，并扶养孤苦二老，不但王宝义九泉有知感激涕零，凡我天朝子民闻知后无不感激涕零。臣的意思，朝廷应该将这件事告知天下，要让全国都知道！借以宣扬孝义，敦化风俗！"

康熙："可以。但朕总想不通，这样的好人，为什么一定要等到死了之后才报上来，才请求旌奖表彰？各级衙门平时干什么去了？嗣后，从朝廷到省府州县，都要经常到民间察访，发现有这样的忠孝之人要及时褒奖，不要总是等人死了才去放马后炮！"

佟国维："是。臣等一定将皇上这段旨意也写进去。"

康熙点了点头，接着说道："其实，在我们身边就有这样的忠孝之人，不过因为我们不肯留意罢了……"

佟、马、张一脸疑惑。

康熙："比方说朕生的这些儿子吧，十三阿哥就很孝义！他虽然脾性不好，但是对朕，还有对废太子，就是一片忠孝之心。做事但凭良心，从不计较利害得失。朕想，如果朕遇到什么危难，十三阿哥肯定能够像王宝义那样舍身相替！"

此言一出，不仅是佟国维心中大惊，马齐和张廷玉也都是一怔，三人立时预感到这位深不可测的圣主爷又要有什么惊人的举动了。

果然，康熙说出了旨意："朕的意思，把十三阿哥立刻放了出来，你们以为怎样？"

马齐和张廷玉一齐看着佟国维。

佟国维："当然应该立刻放了出来。但是请问皇上，是否要说出一个理由？"

康熙的眼睛瞟着佟国维，心中却暗暗骂道："到这个时候还装疯卖傻，想探朕的口风……"

想到这里，康熙干脆"毫无理由"地说道："放人就放人，何必一定要讲理由！"

佟国维只得答道："是……"

3. 理藩院大门

惊天动地的鞭炮声从大门内传了出来。

隆科多领头，亲自举着一挂用竹竿挑起的鞭炮，噼噼啪啪从大门中走了出来。

一群差役都挑着燃放的鞭炮，热闹地放了出来。

胤祥牵着阿兰走了出来。

理藩院的官员们簇拥相送。

突然，走在最前面的隆科多眼睛一亮，接着连忙丢掉长竿，刷下马蹄袖，快步迎上前去。

一排剽悍的亲兵牵着一排高头大马整齐地排列着。

两顶鹅黄大轿和一顶绿呢小轿停放在街心。

胤禛带着李卫、高福，正面带笑容站在前方——他亲自来接胤祥了！

隆科多跪了下去，大声说道："奴才隆科多叩见四爷！"

胤禛笑容可掬，搀起隆科多，对他说道："好样的！四爷记住你了！"

4. 胤祀府后花园池塘边

揆叙和阿灵阿急急忙忙地走了过来。

胤祀和胤禟正坐在塘边双双垂钓。

走到二人身后，揆叙迫不及待地说道："八爷，九爷，皇上把十三爷放出来了！"

胤祀手中的鱼竿一颤，旋即又稳定了下来——颤动时漾起的波纹却在慢慢扩大。

胤禟却没有胤祀的那股静气，他把鱼竿一扔，站了起来。

5. 万福堂

胤祥显得比往常深沉多了，他身子前倾着坐在那儿，满脸凝思的神态，一动不动。

胤禛坐在胤祥对面，也是身子微微向前倾着，一言不发，一动不动。

邬思道却仍然是那副闲适的神态，身子微微向后靠着，嘴角含着一丝笑意，看了看胤祥，又看了看胤禛。

胤祥抬起眼看了一下胤禛。

胤禛的目光飞快地接了上去。

胤祥又立刻不安地将目光移向了地面。

胤禛站了起来，解嘲地一笑："这是怎么了？老十三平安出来，大好的日子嘛！我们倒在这里参起哑禅来了。来，说说你和阿兰的事吧。你若真喜欢她，皇阿玛那儿我去说，什么满汉不通婚，咱们破一次例看看……"

胤祥突然站了起来，激动地看着胤禛，大声说道："四哥，你为什么不争取当太子？！"

仿若石破天惊！

胤禛被胤祥这一声断喝问得一震！

邬思道却是两眼一亮，接着向胤祥投过热切鼓励的目光。

6. 胤祀府后花园池塘边

胤祀仍然纹丝不动垂钓的背影。

胤禟这时也镇定了下来，对揆叙和阿灵阿说道："放出来就放出来了嘛，慌什么？"

揆叙："可是人心却搞乱了。许多原来都答应推举八爷的官员现在都在观望了……"

胤禟暗示道："推举新太子，是上书房的事嘛……"

揆叙和阿灵阿立刻心领神会，两人对望了一眼，接着同声向胤禟答道："奴才明白！"

7. 万福堂

胤祥："没错！我从小就没了娘，兄弟中间就你和太子对我好。但我今天说这话不是为了这个。我为的是大清的江山，大清的百姓！"

胤禛慢慢转过头来，陌生地审视着胤祥，一种前所未有的胜过友于之情的神色渐渐从眼中闪现出来。

邬思道仍然是那种热切鼓励的神态，向胤祥慢慢地点着头。

胤祥："其实，这个念头我很早就有了。从我第一次跟你办差起，我就发现，你四哥是那样拼着命为朝廷办事，为百姓办事。哪一次人家不愿干的差事不是你抢着去干！哪怕是把人都得罪完了，你也是从不后悔。每当这个时候，我就暗地里想，如果皇阿玛把大位传给了四哥你该会……可是，我不敢往深里想。因为……因为这中间碍着太子。他是名分早定的储君，是从小就护着我的太子呀……我怎么能背叛他呢？就在这次他被废之前，我还抱着这种心思，拼死也想保他，全了君臣和兄弟的情分。可也就是这么一豁出去以后，我的心里一下子轻松了。我觉得该做的我都做了，我不再欠太子什么了。这块石头一搬开，我心里也一下子明白了许多，就开始想，太子值得我保吗？作为大清将来的皇帝，他能够把这个国家治好吗？我为什么不豁出来帮四哥你呢？只有你做了太子，我大清才能国运绵长，亿万百姓才可望有一条休养生息的活路！四哥，你有这个才，也有这个德，更有这个使命！你为什么不挺起来和八哥争一争呢？！"

胤禛这时已是被感动得两颊潮红，却竭力平静波浪翻涌的心绪，苦笑了笑，说道："十三弟，你对我是期望过深了。要知道，人家管老八叫'八贤王'，而管我呢，都叫'冷面王'啊。"

胤祥："什么'八贤王'？我就瞧不过他那假仁假义！他要真贤，为什么苦事难事从不去做？却一门心思都用在收买那些对他有用的人身上？！"

8.　佟国维府书房

揆叙、阿灵阿等重臣又聚集在这里，一个个面容凝重，望着坐在正中上方的佟国维。

佟国维十分平静，不疾不徐地说话了："推举新太子，是皇上的家事，也是我大清的国事，皇上在十一月一日的上谕里已经说了，'一唯公意是从，决无偏私'。诸位只要以我大清的江山社稷为重，为国举贤就是。不必有更多的疑虑。"

揆叙："中堂的话是至理之言！我们一定将中堂说的这个意思转告那些上书推举八爷的人，好让他们放心。……还有一些人，原来也是主张推举八爷的，荐章都已写好了，却顾虑着没有呈上来，请问中堂，对这些人应该怎么说？"

佟国维："不能勉强。倘若他们是真心推举谁，又不愿单独上折子，那么联名上个公折也是可以的。"

揆叙大悟："中堂到底是老成谋国！我们知道该怎么做了！"

其他重臣都兴奋地会意："我们这就去办！"

9.　万福堂

邬思道笑着站了起来，拄着拐杖从胤禛和胤祥的中间走到门边，又转过身来，说道："好！好！'西伯拘而演《周易》，仲尼厄而作《春秋》……'十三爷坐牢而明天命！……四爷也不用灰心，十三爷也不要过急。邬某给你们说个比方如何？"

胤禛和胤祥一齐期待地望着邬思道。

邬思道："一个大家子，老爷子生了一大群儿子。慢慢地，老爷子老了，这么大一个家当总得交给一个儿子来管吧。可是管家的钥匙只有一把，儿子呢却有一群。于是，儿子们争得你死我活，不可开交。这时，只有一个儿子默默地站在一边，只帮老爷子干事，却从不参与争斗。争来争去，老爷子终于想明白了，这把钥匙交给这群争吵的儿子中的任何一个，他都会管不好。于是，老爷子将钥匙交给了——十三爷，你猜猜看，交给了谁？"

胤祥眼一亮，说道："不争的那个儿子！"

邬思道大声接道："对！这就叫争是不争，不争是争，'夫唯不争，天下莫能与之争'！"

胤禛和胤祥被邬思道一番话说得怔在当场，面面相觑，慢慢地二人脸上都露出了兴奋和信服的神色。

10. 养心殿

李德全捧着一个很大的奏章匣子走了进来，走到康熙身后，轻轻地说道："万岁爷，这是上书房呈上来的荐章。"

康熙转过身来，盯着那个匣子问道："是佟国维送来的吗？"

李德全："这个奴才不知道，听说是一百多个官员连名推举八阿哥的公折……"

康熙："哦？打开来看看。"

李德全对站在殿门边的两名太监使了个眼色。

那两名太监连忙走了过来。

一名太监掀开匣盖，另一名大监双手掏出那份又大又厚的公折。

两名太监各自拎着公折的封面和封底，向两边拉开。

好长的公折！一名太监走到了右边的大柱旁，另一名太监走到了左边的大柱旁，才把这份公折拉直。

两名太监跪了下来，把那一溜公折呈在康熙面前。

康熙犀着眼，慢慢扫视公折。

公折上密密麻麻写满了推举胤禩为新太子的官员的名字！

康熙把目光从公折上移开，默默望着大门外上方彤云密布的天空，喃喃说道："天要下雨，娘要嫁人！无法可治呀……"接着，对李德全说道："你这就到上书房去，告诉佟国维，叫他今儿下午不要回去了，和朕一道用膳。"

李德全："嗻。"

11. 万福堂

邬思道从怀中掏出两本折底，对胤禛和胤祥说道："邬某冒昧，私底下替四爷和十三爷各写了一个奏折，你们看看，如果能用，就请马上誊写好，单独呈给皇上……"说着，把两本折底分别递给胤禛和胤祥。

胤禛和胤祥同时打开折底急看，看着都是一愕，接着对望了一眼，然后又同时望着邬思道，郑重地点了点头。

12. 养心殿御膳房

长长的膳桌上，摆满了皇帝专用的膳食。

康熙微闭着眼睛坐在上首。

佟国维恭敬但不失雍容地站在下首。

康熙睁开了眼睛，对李德全说道："不要讲那么多规矩了，搬把椅子让佟国维坐着吃吧。"

李德全应声搬了一把椅子放在佟国维的背后。

佟国维尽管做好了"勘破宠辱"的准备，一股温情仍然涌上心头，他两眼潮润地望着康熙，说道："老奴岂敢与圣上对坐……"

康熙用少有的温和的语气说道："咱们今天不讲君臣之礼，只叙亲戚之谊，坐下吧。"

佟国维："是……"答着，坐了下来。

康熙："这一向你身子骨还好吧？"

佟国维："劳圣上惦记，奴才这一向时常感到腰酸，晚上睡得也不安稳……"

康熙："朕也一样呀。左边已经有颗牙松动了，晚上睡两个时辰也就醒来了……看起来咱们都得节节劳了。凡事不可不操心，也不可太操心，有些事可以让那些年富力强的去干。这江山社稷毕竟要让后人去管哪。"

佟国维赔着笑，答道："皇上龙筋虎骨，圣体旺强，怎能就说一个老字？奴才都还想沾沾皇上的余福，侍候皇上一万年呢……"

康熙也笑了："尧舜至今也不过几千年，世上哪有活一万年的？真的活那么长，挡住了后人的上进之路，人家也不会答应呀。俗话说得好，'得撒手时要撒手，该饶人处且饶人'。你和朕都得多为后人想想哪……对了，你们佟家的那些后生里面都有谁可以出来当差呀？"

佟国维听到这里，连忙站了起来答道："圣上如此惦记着我佟家，孝康章皇后、孝懿仁皇后在天之灵也会至感欣慰……"

康熙听他提到出身佟家的这两位皇后，也动了感情，说道："是呀，你佟氏一门自从龙兴关外就和我爱新觉罗休戚与共，也不容易呀……你说吧，你的后辈中谁是能够重用的？"

佟国维毫不犹豫地答道："隆科多坚忍敏达，才堪重用！"

康熙满意地点了点头："这么多年来，小多子也历练得差不多了，就叫他出来当差吧。让他出任步军统领衙门都统，怎样？"

佟国维跪了下去，说道："奴才代死去的兄长佟国纲叩谢皇上天恩！"

13. 佟国维府书房

天已经渐渐黑了。

一名婢女点亮了书案上的灯笼。

佟国维默默地坐在书案前出神。

管家走了进来："老爷，隆二爷叫来了。"

佟国维从沉思中回过神来："叫他进来吧。"

管家退了出去。

隆科多从掀开的门帘中钻了进来。

佟国维一改平日的矜持和淡漠，和蔼亲善地站了起来。

隆科多请了个安："六叔。"

佟国维："来，来，坐下谈话。"

隆科多坐了下来。

佟国维："怎么样？六叔给你安排的差使还合适吧？"

隆科多："多谢六叔栽培，终于让侄儿有了一个给人家赔笑脸、赔小心的机会。咱们佟家的人真是越混越有出息了。"

佟国维却丝毫没有被他所激，只是把两眼微微望着窗外的上方，慢慢吟诵道："'有人辞官归故里，有人星夜赶科场。少年不识愁滋味，老来方知行路难'哪……"

隆科多一怔："怎么？六叔也有犯愁的事？"

佟国维仍然望着窗外，又吟诵道："'问君能有几多愁，不尽长江滚滚流'啊。"吟到这里，佟国维慢慢转过身来，盯着隆科多："小多子，今天当着六叔，你说句实话，这么些年来，六叔一直冷落着你，你恨六叔吗？"

隆科多："哪能呢……"

佟国维："其实，我本想还冷落你一阵子。可是，没想到这个局面来得这么早，很多还不想同你说的话，很多还不想现在就做的事，今天都要向你交代了。"

隆科多见他说得如此沉重，不禁心里一震，睁大了两只眼睛："六叔……"

佟国维："你听好了。咱们大清龙兴关外，入主中原，应运而生的有四大家族，可是，不到百年，其他三大家族都很快地衰落了下去。唯有我佟氏家族，始终能长盛不衰，你知道靠的是什么吗？靠的是一条祖训，那就是——不要一条道儿走到黑！"

听到这里，隆科多又是一震。

佟国维继续说道："到了你们这一辈，真正有能耐，能干事，可以挑起整个家族大梁的只有一个人，那就是你！我为什么要派你到关外带兵？一是想让你多历练历练，更重要的是让你远离朝廷这个是非之地，因为当今万岁爷生的这些阿哥们都不是等闲之辈呀，夺嫡之争早就在暗中进行了。万一六叔我踩虚了脚，跌了下去，还有你可以东山再起！没想到你吃不了那个苦，自个儿跑了回来……我只有先把你晾在一边，免得我倒了，你也跟着倒，那样一来，我们佟家就连个翻身的机会都没有了……"

隆科多似乎明白了，抢着说道："原来六叔安排侄儿到理藩院去管牢房，是为了让侄儿去烧四爷和十三爷的冷灶？"

佟国维点了点头："世事难明哪！咱们佟家今后的气运全压在新太子的身上了……看起来八爷的希望最大，但我又隐隐约约觉得四爷的希望更大！可是坐在我这个位置没有办法左右逢源，我必须倒在一边！错了，对我个人来说无关紧要，可对于咱们佟氏家族就可能一蹶不振！因此，这副担子只有我们叔侄俩共同来挑了……"

隆科多望着佟国维，心里却翻开了锅。

隆科多的画外音："说得轻巧！你为什么去烧八爷的热灶，却让我来烧四爷的冷灶？"

佟国维像是看透了隆科多的心事，接着说道："你也许会想，我为什么不去烧四爷的冷灶？其实，热灶烧得不好更容易引火上身哪！小多子，事情已经到了不容迟疑的关口，你得挺身出来，和六叔顶住这个局面！"

隆科多："就凭侄儿现在这个身份？一个理藩院的牢头，连单独上折的资格都没有，怎么去顶局面？"

佟国维并不急于亮底，仍然问道："你要怎样才能顶住局面？"

隆科多眨着眼睛，闪烁其词地说道："第一，总得有个说得响话的职务；第二，既然是叫侄儿各事其主，那么侄儿说话办事有伤着六叔的地方，还得请您包涵……"

佟国维深深地望着隆科多，然后点了点头："好吧！你明天就到步军统领衙门任职吧！"

隆科多一震，急忙问道："步军统领衙门？副都统？"

佟国维："不！是都统！"

隆科多心中狂喜，却又不敢相信，怯怯地问道："都统？不大可能吧……这可是要皇上亲自委任的职务呀。"

佟国维："皇上那儿我已经替你说好了。明天早朝，你就可以先到皇上那儿谢恩了。"

隆科多心中波浪翻涌，怔在那儿，半晌说不出话来……

14. 养心殿

隆科多跪在地上，倏地取下头上的顶戴，大声说道："这个官奴才不能当！请万岁爷收回成命！"

康熙一怔，诧异地问道："为什么？"

隆科多把顶戴端端正正地放在地上，接着重重地叩了三个响头，然后说道："奴才有难言之隐，请万岁爷饶恕奴才不能明说。奴才愿意这一辈子都在家里赋闲，也不能当这个官……"

康熙的脸色渐渐凝肃起来，森严地说道："隆科多，你想在朕面前玩什么花招？"

隆科多暗自一惊，有些慌乱起来，接着咬了咬牙，狠狠地说道："万岁爷，奴才如果当这个官，就是不忠，因此奴才不当；奴才要是说出原因，就是不孝，因此奴才也不能说。请万岁爷恩宽……"

康熙："是不是佟国维暗地里叫你干什么事呀？"

隆科多故意颤了一下，接着又在地上叩了个响头，却不说话。

康熙越发认定是佟国维暗中弄了手脚，反倒冷静了下来，对李德全说道："把外面所有的人都赶开，你在门边把着，不要让任何人靠近。"

李德全应了一声，接着走了出去。

康熙这才对隆科多说道："现在只有朕在听你说话，你要老老实实全都说了出来。听见了吗？"

隆科多伏在地上酝酿良久，终于调动了情绪，等到两只眼中盈出了泪水，这才抬起头来，回道："万岁爷，奴才说了以后，还望您不要追究奴才的六叔，也不要追究八爷……"

康熙一惊："这事与八阿哥也有关吗？！"

隆科多："奴才不知道，只是奴才的六叔昨天晚上把奴才叫了去，说是他靠不住了，因此推荐了奴才。叫奴才以后要忠心耿耿地辅佐八爷，一定要把八爷推了上去。奴才当时听了，不敢应承，也不敢推辞。回家后左思右想，觉得这是欺君之事，只好拿定主意，不当这个官……这都是奴才的心里话，请万岁爷体谅奴才。奴才愿意这就回到老家去，一辈子当个庶民。万岁爷，您就恩准了奴才吧！"

康熙听到这里，倏地一下站起，大步走到门边，又踅了回来，大声喊道："李德全！"

李德全应声走了进来。

康熙："传旨，明天在上书房议举新太子！"

15. 上书房

所有的大门隔扇都已打开。

除了几位各殿大学士和六部尚书站在房内，其他侍郎以下都站在房外走廊上和房前的空坪上，等候康熙驾临。

马齐在书案前分类整理推举众皇子为新太子的荐章，忙得不亦乐乎。

书案上的荐章渐次分理完毕，案首的一摞荐章堆有一尺来高，依次下来则高者不过二寸，少者不过两三份而已。

马齐扫了一眼注视着自己的各官员，踌躇满志地拿起枢笔在一张笺纸上写下一个黑亮墨润的"八"字。

接着，马齐拈起那张笺纸，提在空中，轻轻地吹气，仿佛要将湿墨吹干。

众官员一个个眼睛睁得滚圆，一齐盯着那张笺纸。

透过光亮清晰地显在纸背后的"八"字！

马齐待众人都已看清，这才将那张笺纸郑重地压在那摞最高的荐章上。

官员中响起一阵惊叹："啊！"

唯有张廷玉静立在壁间书橱旁入神地翻书，对周围之事充耳不闻。

走廊上传来热辣辣的招呼声：

"佟中堂来了。"

"佟中堂来了。"

"下官给佟中堂请安！"

佟国维面无表情地走了进来。

房内众人一齐道安："佟中堂安好！"

佟国维仍然面无表情，只是点着头，说道："好，好。"

马齐走了过来，对佟国维问道："佟老，咱们上书房的折子也签了名吧？"

佟国维点了点头，从怀中掏出一份折子，然后清了清嗓子，说道："明告诸位！我们上书房几位大臣也连名上了一个折子，推举的也是皇八子廉亲王！"说着，把那份奏折在书案上展开，提起笔来，在上面落款处端端正正地写下了"佟国维"三个字。接着，将笔递给马齐。

马齐接过笔，紧接在后面也写下了"马齐"二字。然后喊道："张中堂，您也来签个名吧！"

张廷玉仿佛未闻，仍在入神地看书。

马齐加大了声音："衡臣！衡臣！"

张廷玉抬起了头："嗯？"

马齐："你好静心哪！这个时候做起书虫来了。快来，在上书房的公折上签个名吧！"

张廷玉："公折？什么公折？"

马齐："推举八爷为新太子的荐章呀！"

张廷玉："哦。你们二位联名吧。我单独上一个密折。"

佟国维闻言暗暗一惊。

马齐："什么？你单独有一个密折？我们怎么不知道？"

张廷玉："既然是密折，当然不能让人家知道。"

马齐红了脸："你？！"

佟国维："算了，算了。人各有志嘛。张中堂既然不愿让我们知道，自有他的道理，我们何必相强。"

马齐还想说什么。

突然，门外传来李德全那独一份的传呼声："万岁爷驾到——"

众人连忙各趋本位，纷纷跪倒。

16. 上书房外

康熙在德楞泰、刘铁成和一大群太监、侍卫的簇拥下，走了过来。

房内房外，红顶蓝顶一片灿烂，却一片鸦雀无声。

走到门边，侍卫和太监们都各在本位站定。

只有两名抬椅太监抢先一步，将御椅抬进门去。

康熙带着手捧那只奏折匣子的李德全走进门去。

17. 上书房内

康熙入座，眼光很快就落在了书案上高山低谷般的荐章上。

——盖在最高一摞荐章上的"八"字入眼分明！

康熙笑了笑，朝李德全望了一眼。

李德全会意，连忙将带来的那只匣子打开，捧出那一份厚厚的公折，呈给康熙。

康熙接过公折，重重地压在那摞最高的荐章上。

——那摞荐章更高了！

官员中立刻便有许多人兴奋起来，互相对视着得意的眼神。

康熙："传众皇子！"

李德全："嗻。"答着走到门边，大声传呼："万岁爷有旨，众皇子进见——"

18.　上书房外

远远地，胤祉、胤禛、胤祀、胤禑、胤祯、胤祥和胤禵两人一排，整齐地走了过来。

19.　上书房内

众官员都已站了起来，上书房的正中空出了一大块地方。

诸皇子走了进来，依次跪好。

康熙说话了："今天，朕在这里和你们一道议举新太子。记得十一月一日朕在上谕中说过在京四品以上官员，各省二品以上官员都可以推举一位皇子作为新太子人选。'朕一唯公议是从，决无偏私'。现在京里的和外省的荐章都上来了，全在这儿——"说到这里，康熙指了指书案上的荐章。

诸皇子和众官员都情不自禁地把目光又投向书案上的荐章。

康熙："从这几堆荐章上看来，新太子的人选似乎已经出来了。"

此言一出，立刻引起无声的巨大反应：

首先是胤禑、胤祯喜出望外的神情！

胤禵虽喜却不张扬的神情。

胤祀强自抑制喜悦和激动的神情。

胤祉事不关己的神情。

胤祥失望、不平、愤懑的神情。

只有胤禛，脸色虽然有些苍白，却没有任何表情。

官员们中，除了张廷玉仍然是镇定自如，其他如马齐、揆叙、阿灵阿等推荐胤祀的官员无不喜形于色——就连佟国维的眼中也闪现出了希望的光芒……

康熙把这一切都看在眼里，又说话了："可是，这些荐章又能说明什么呢？外省的不说，在京的今天都来了，你们自己心中有数，你们推举的人都是自己看准的吗？我看未必见得……"

风向突转，除了胤禛和张廷玉，其他人神情都是一变。

康熙目光陡地转向佟国维和马齐："佟国维，马齐！"

佟国维、马齐："奴才在。"

康熙："为什么没有二阿哥胤礽的荐章？"

佟国维没有吭声。

马齐却理直气壮地回道："皇上这话奴才不明白。因为废二阿哥，所以才有推举新太子，怎么还会有推举二阿哥的荐章呢？"

康熙脸一沉："朕现在不是问你应不应该推举二阿哥，而是问你有没有人推举二阿哥。你说！"

马齐一愣，只好答道："有倒是有……不过多数是废太子一党的人，像托合齐、耿索图、凌普等，都已经抓起来了。他们写的荐章当然不能作数。"

康熙："王掞呢？他的荐章也不能作数吗？"

马齐："王掞十一月一日在乾清宫狂悖犯上，当时就被皇上驳斥了，所以也不能作数。"

康熙没有想到站出来据理力争的竟然是这个马齐，强忍着压住了怒火，不再理他，把目光转向其他人问道："你们中间还有人是推举二阿哥胤礽的吗？"

张廷玉应声答道："有！臣推举的就是二阿哥胤礽！"答着，双手捧着一份奏折走上前去，呈给康熙。

众人都是一怔！

康熙接过奏折展开一看，脸上毫不掩饰地流露出激赏的神情。接着把奏折放下，对众人大声说道："你们也许会感到奇怪，甚至有人会认为朕是出尔反尔。在这里，朕可以给你们一一说明。这次废黜太子，是朕一人独断专行，事先没有和你们商量，这有几个原因：一是当时朕驻跸热河，事起肘腋之间，许多情形晦暗不明，朕一身担着大清的江山社稷，为天下想，为列祖列宗想，也不得不乾纲独断。二是胤礽的行为确有荒诞不经使人不可忍也不可解者。但事后看来，他的那些不经的事情，有些是捕风捉影，纯属子虚。而有些则是因为着了旁人的魔镇，才使得心智失常，行为怪悖。张廷玉的折子说得好哇！"

说到这里，康熙拿起张廷玉的奏折念道："'所谓无心为恶，虽恶不罚。况太子之过因心疾所致。伏祈陛下念父子之情，施德化之道，外则延医以药石治其病，内则教诲以圣德感其心。倘能使太子病去身健，修心向善，则不仅为天家之福，亦天下臣民之福。'张廷玉。"

张廷玉："臣在。"

康熙："你的书读得很好哇。好就好在时刻不忘圣人的'忠恕'之道，与人为善。好在时刻以江山社稷为念，而不像有些人……"

说到这里，康熙狠狠地盯了马齐一眼，接着把目光转向佟国维，说道："见风使舵，趋红踩黑！想的不是大清江山，而是自己的禄位！佟国维，你说说，这个两百多人联名的折子是怎么一回事？如果没有人居中联络，这么多人怎么就同声一气，众口一词！"

佟国维长长的寿眉微微一抖，然后从容地上前走了一步，答道："回皇上，居中联络本就是上书房的责任，推举皇八子胤禩也是上书房和许多官员的公意。这些都是为了我大清的江山社稷，奴才以为这无可指责。"

康熙笑了起来，笑声而且很大："上书房？你一个人就能代表上书房？张廷玉，你也是上书房大臣，佟国维'居中联络'，你知不知道呀？！"

张廷玉："回皇上，佟国维、马齐保举八阿哥，是因为八阿哥确有过人之处，臣以为，这无可厚非。至于众人串联之事，也是一时不慎，忘了'君子不党'的教训。佟国维、马齐和臣处在上书房这个位置，处理推举太子这样的大事，要想使皇上满意，百官满意，天下百姓满意，实属不易。臣等的处理既然有了偏差，请皇上矫枉指正，重新推举也是良法。"

佟国维听了"君子不党"的定论，顿时气血上涌，亢声说道："张廷玉是奸臣，请圣上明察！"

康熙："哦？朕倒要听听，张廷玉怎么成了奸臣了？"

佟国维："七日之前，圣上下旨废黜胤礽的太子名位，难道那时张廷玉就不知道'无心为恶，虽恶不罚'的道理？当时他为什么不谏阻圣上？而时隔数日，他又阳奉阴违，既不与臣等商议，更不思圣上的圣名，暗中为废太子开脱罪责，实则将过错推给圣上，自己博一个'君子不党''与人为善'的美名。此人之用心险恶，虽历朝历代大奸似忠者无出其右！奴才伏乞圣上速治张廷玉之罪，以安百官之心，以全圣上之德！"

康熙亦不动怒，皮里阳秋地对百官说："刚才的情形尔等都看到了，听到了，张廷玉为佟国维说好话，佟国维反骂张廷玉是奸臣，还要朕治他的罪。尔等想不想知道什么叫'以怨报德'？想不想看看什么叫无耻小人？有个现成的例子，佟国维就是！"

佟国维："圣上这样评价奴才，奴才还有什么话说？但有一点奴才死也不明白，难道这满朝几百名保举八阿哥的官员都是无耻小人，唯独一个保举废太子的张廷玉倒成了忠臣？请圣上明示！"

此言一出倒也掷地有声，康熙一时竟也答不上话来。

一片沉默。

突然，胤禛大声说道："儿臣保举的也是胤礽！"

胤祥紧跟着大声说道："还有儿臣也是保举的二哥！"

二人说罢，同时掏出奏折高高举起！

两匹"黑马"杀出，满殿愕然！

康熙无比欣慰，暗暗地吁了一口气，示意李德全把奏折呈上。

李德全从胤禛和胤祥手中接过奏折，呈与康熙。

康熙："佟国维，雍亲王和十三贝子推举的也是胤礽，他们也是奸臣吗？"

佟国维一时也愣住了，少顷才答道："奴才岂敢妄说雍亲王和十三贝子？但是他们能够推举二阿哥胤礽，奴才和众官员为什么就不能够推举八阿哥胤禩？"

康熙："你真要朕把底儿都掀出来吗？"

这时，压抑已久的胤禩说话了："皇阿玛，儿臣情愿自己撤出推举新太子的人选，请皇阿玛不要再难为佟国维了！"

康熙眼光一寒，嘴中却冷笑道："难怪人家叫你'八贤王'，你果然'贤'得紧哪……佟国维死心塌地地保举你，你能在这个时候出来保全他，倒也难得。但如果朕今天不把事情弄明白，只怕你还有那些指着你保全富贵的人都会不服。来呀！"

李德全："在。"

康熙："宣隆科多！"

佟国维下意识一颤！

李德全："嗻。"答着，走到门边，大声宣道："万岁有旨，宣隆科多——"

众人都是一愣，纷纷把目光投向门外。

隆科多把顶戴抱在臂间，低着头步履沉重地走了进来，面对康熙跪下。

康熙："隆科多，你六叔刚才在这儿慷慨陈词，说他推举八阿哥全是为了我大清的江山社稷，毫无私心。当着朕，还有你六叔，你说说，他推荐你出任步军统领衙门的都统，你为什么不愿意干哪？"

隆科多："……奴才的六叔糊涂。他糊涂就糊涂在不该暗中揣摸圣意，因此才做出了不识大体的蠢事。但奴才以为，奴才的六叔对皇上，对我大清绝无二心。因为就他现在的地位而言，可说是位极人臣无以复加。他只要事事处处先请示圣意而后施行就可以长保禄位，荣贵而终。如果说奴才的六叔有私心，这私心都是为了我佟家的后人。如果说为人臣者要从奴才的六叔这儿吸取教训，这教训就是'后人自有后人福，莫为后人作罪人'。奴才现在要说的只有一句话，恩请万岁同意奴才辞去步军统领的职位，奴才情愿白身而终，为奴才的六叔赎罪。"

说到此，隆科多也许自愧于暗中诬陷了佟国维，更觉得不如此必不能使康熙看重，真情假意相互一激，竟号啕痛哭起来。

众人听了隆科多这一席着三不着两的陈述，见了他这般悲痛欲绝的神情，都觉察到这其中必有绝大的隐情，一时都屏住呼吸，噤若寒蝉。

康熙却暗暗同情起他"忠孝难以两全"的处境起来，也正好借此下台，说道："佟国维，你都听到了，隆科多的心思就比你明白。古话说得好，'家有孝子，不绝其祀'。朕就看在这一点上，免了你的煽乱朝纲之罪。从今日起，你什么都不要做了，回家抱孙子去吧！"

佟国维此时虽然一败涂地，却表现出难得的从容，他慢慢地取下了顶戴，放在地上，又面对康熙叩了个头，然后站了起来，向门外走去。

康熙："隆科多，你送你六叔回家，然后依然回来当差。"

隆科多重重叩了个头："是。"

隆科多赶上前去，扶着佟国维消失在大门以外。

这时，康熙将目光从众皇子到众官员慢慢扫视了一遍，然后落在马齐身上。

马齐连忙跪了下来，大声说道："奴才的罪与佟国维一样深重，求万岁重重惩治。但奴才以为，阿哥之中确实只有八爷宜乎立为太子。恳祈万岁不要以臣等之过而弃用贤哲之王。"

康熙叹了一口气："刚才隆科多说佟国维糊涂，看起来你才是真糊涂啊！你的罪就在于见事昏愦，随声附和。朕降你两级，仍在上书房行走，列在张廷玉之后！"

马齐还敢说什么？只有叩了个头答道："谢万岁成全之恩。"

康熙又把目光落到了胤禩和胤祥身上，说道："胤禩，胤祥！"

胤禩和胤祥："儿臣在。"

康熙："难得你二人在面临这般大事之时，如此深明事理，而无觊觎之心。朕心甚慰。"

胤禩和胤祥叩了个头，答道："儿臣等时刻记住皇阿玛的训导。"

康熙满意地点了点头，接着对胤祉说道："胤祉。"

胤祉："儿臣在。"

康熙："你这就去传朕的旨意，把你二哥领了出来。然后你们阿哥们都到乾清门会集，朕还有话说。"

胤祉："是。"答着站了起来。

众皇子都站了起来，神情各异地退了出去。

康熙接着提高了声音，对众官员说道："九州万方，亿兆百姓，靠一人治理，朕终归要择贤慎立。目前废黜胤礽是出于此心，今日重选太子也是本着此意。至于究竟是复立胤礽还是另择阿哥，不要急于一时。倘若胤礽的病能日见痊好，又能一改旧习，朕也不会自外于心。朕现在告诫你们的就一句话，望你们以佟国维为戒，若再有人望风梯荣，勾结串通甚至妄托天命私言废立，朕绝不轻饶！"

定格。

| 第十二集 难扶是阿斗 |

1. 上书房外

低沉的男声画外音："一场使满朝官员兴奋、紧张、折腾了好一阵子的推举新太子的政潮，随着佟国维的顶戴落地，宣告了八爷党的失败。对于那些把自己的名字写在推举八爷奏折上的官员们来说，康熙四十七年的冬天真是一个寒冷的冬天啊……"

画外音中依次推出以下画面：

层层叠叠的彤云，挨着殿脊滚了过来。

席地的寒风卷起了弥天的黄沙。

黑压压的官员们从上书房蠕了出来。

镜头推近，一张张黯然的面孔，一双双茫然的眼睛……

画外音止。

突然，官员们都停住了脚步。

他们的对面，德楞泰正神色惊慌地飞跑了过来。

人群分开了一条通道。

一双双惊疑的眼睛移送着德楞泰从人道中向上书房大门跑去……

2. 上书房

康熙脸色大变，倏地站起，大步向门外走去。

德楞泰紧护着康熙走去。

张廷玉、马齐、李德全紧跟着向门外走去。

3. 乾清门

穿着布库服装的胤祥和胤禵正紧紧地揪住对方的褡肩。

一双红红的眼睛紧紧地盯着另一双红红的眼睛。

四只大脚注满了内劲，在地面上磨着圈子。

一旁，胤禟、胤䄉一左一右紧紧地拉住急得满面通红的胤祀，不让他上前解劝。

文弱的胤祉站在一旁，一副"秀才遇见兵"——无可奈何的神态。

一些侍卫还有一些太监，则是兴奋多于紧张，散站在周围观看这天字第一号的角斗。

唯有胤禛，紧紧地伴着刚刚放出来的胤礽跪在那里。

突然，胤禵侧身发力，抓住胤祥一摔！

胤祥一个侧身，借力打力，把胤禵旋了起来！

胤禵在空中旋了一圈，落地时顺势摔倒，两手却不放松，扯住胤祥的褡肩用力往头上一送——

胤祥从胤禵的头上被扯飞了过去！

胤祥变招奇速，一个空翻，肩部落地，双腿一弹，立刻稳稳地站住。

胤禵也是双腿一弹，跃了起来，稳稳地站住。

不知是哪些人，爆出了一声"好！"。

4. 上书房至乾清门的路上

德楞泰和几名侍卫紧护着康熙快步走来。

张廷玉、马齐、李德全气喘吁吁地落在后面。

康熙一面健步如飞，一面问德楞泰："到底为了什么？"

德楞泰："二阿哥到乾清门后，九阿哥、十阿哥就骂开了，说二阿哥是开缺太子，没有资格再参与举荐。十三阿哥动了气，同他们吵了起来。后来，十四阿哥出了面，说要与十三阿哥决一雌雄，两人就打起来了。"

5. 乾清门

胤祥和胤禵又扭在了一起。

周围却增加了许多人——原来都是上书房散了后的官员们。

正在这时，德楞泰领着几名侍卫跑来了。

德楞泰大声喊道："奉圣旨，将二位阿哥拉开了！"

几名侍卫冲上前去，两三人拉一个，将胤祥和胤禵拉开。

胤禵依然豹眼圆睁，说道："老十三！我今天不为别的，就为压压你的气焰，别以为阿哥中就你武艺高强！论单打独斗我不怵你，论行军布阵，我更比你强！"

胤祥："那好！赶明儿边疆有了战事，咱们各带十万兵马，看谁全军覆没，谁得胜回朝！"

胤禩插嘴了："凭你也配？你不过是废太子的一条狗……"

"那你又是谁的狗呢？"一个威严而冷酷的声音乍起。

——众人回头一看，竟是康熙悄无声息地带着张廷玉和马齐来了。所有的人立时跪倒。

康熙的目光在人群中慢慢地搜寻着，终于，他看到了跪在那儿的胤礽。

康熙："胤礽，你起来。"

胤礽："儿臣是有罪之人，众位弟弟都跪在这里，儿臣岂能独自起来？"

康熙听他说话理路清楚，不禁欣慰："朕赦你无罪，起来吧！"

胤礽："谢皇阿玛恩典！"

说毕，重重叩了个头，怯怯地走到康熙身边低头侍立。

康熙："刚才是谁说二阿哥是开缺太子，没有资格参与保荐呀？"

一片沉默。

康熙："怎么？是英雄，是好汉，敢说不敢认吗？"

胤禩："回皇阿玛，这话是儿臣说的。"

康熙："好！你有种！一会儿说二阿哥是开缺太子，一会儿又说十三阿哥是狗，朕要问你，你是什么东西？！"

胤禩："儿臣是皇阿玛的儿子……"

康熙："朕没有你这样的混账儿子！你说，那个什么姓汪的江湖妖人是不是你带到胤禩那儿去的？"

不止胤禩，胤禩、胤禵都暗暗一惊。

胤禩："回皇阿玛……那个人是儿臣带去的，可是……他不是妖人……"

康熙："不是妖人，是神人，是吗？"

胤禩："当然不是……皇阿玛圣明，那个人确有真才实学……"

康熙："住口！什么'八大王'，什么'八王大'，还有什么'王'上加'白'……朕还没有死呢，就有人想当皇帝了！"

说到这里，康熙寒冷的目光先是盯了一下胤禩，又扫视了一遍黑压压跪着的官员们，接着大声说道："满朝的官员，那么多两榜进士，那么多饱学鸿儒，居然也相信那些鬼话！你们平时读的圣人的书都到哪里去了？！"

胤祯："皇阿玛，您当时不也说过，江湖术士的话有时候也能代表一些民意吗？"

康熙："朕是说过，朕不这样说，还不定你们更要弄出什么花招来呢？来呀，把胤祀、胤禟、胤祯给我锁拿起来！"

德楞泰和刘铁成对望了一眼，只好带着几名侍卫向三人走去。

"且慢！"一声大喝，胤禵阻住了众侍卫，然后，走到康熙面前，直挺挺地跪下："请问皇阿玛，八哥到底犯了什么事，连累九哥、十哥要一起锁拿？！"

康熙："朕刚才说的话，你难道没有听见？！"

胤禵："听是听见了，但是儿臣认为这是欲加之罪！那个姓汪的江湖术士妖言惑众，八哥当时就把他抓了起来送交皇阿玛治罪。皇阿玛却把他放了。到了今天又将这件事情作为八哥他们的罪名，怎能叫人心服？说到底，还不是因为大家推举八哥为新太子，招了皇阿玛的忌！可是，着百官举荐太子，这本是皇阿玛您的旨意呀！八阿哥才识宏博，雅量高致，礼贤下士，才会有这么多人一德一心举荐于他。虽说少许人不遵圣谕，有串联的事，但百官何罪？八阿哥何罪？皇阿玛令人举荐于前，又无端锁拿于后，不教而诛，百官无所措手足，皇子不惶宁处于位。往后谁还敢再奉诏办事？遵旨是死，抗旨也是死，请万岁给儿臣等指一条活路！"说着，大颗的泪珠掉了下来。

所有的人都被胤禵这一番话震住了！

胤祀、胤禟、胤祯本就伤心失望，这时都哭了起来。

旁边跪着的官员中，有许多人被他说中了心事，也都陪着掉下泪来。

康熙没有想到自己钟爱的这个儿子，平时讷讷的不善言词，在这个时候居然挺身而出，慷慨陈词，而且言之凿凿，竟一时想不出话来驳他，只好冷笑了一声，说道："你这是进忠谏，还是要和朕打擂台？！"

胤禵："子尽孝道，臣尽忠道。儿臣岂敢后人？"

康熙："朕就偏偏听不进你这忠谏，你敢怎样？"

胤禵脸色雪白："家有诤子不败其家，国有诤臣不亡其国！"

康熙："嘀？不听你的，大清就要亡国？"

"难说！"

这一顶，把康熙顶得又惊又气，只觉两腿发软，身上直抖。

跪在一旁一直无声流泪的胤祀也是急得面孔煞白，颤声说道："十四弟，你不要说了，不要说了……你要累死八哥吗？"说着，身子一软，眼看就要倒下。

跪在旁边的胤禟和胤祯连忙将他搀住。

站在康熙身边的胤礽这时也说话了："十四弟，千错万错，这事都是因我的过错引起的，望你体谅皇阿玛，不要再惹他老人家生气了。来，你先到一边避一避吧。"说着就要来搀胤禵。

胤禵啪的一下挡开胤礽的手，仍然直挺挺地跪着，把头昂得老高，说道："谁要你假惺惺在这里蛊惑人心！我今天就是要讨皇阿玛一句公道，八哥他们究竟有没有罪？没罪，皇阿玛就当众说没罪；有罪也得指明了！"

"好畜生！"康熙已经气得青筋直暴，两手发抖，习惯地伸手从腰间拔剑。一拔，发现是空的，忽然瞥见张五哥腰间的挎刀，接着大步向前，抽出张五哥的腰刀。

康熙腰刀在手，双手举起，就向胤禵砍去！

一条人影一闪，跪在一旁的胤祥倏地跃起，抱住胤禵向旁边一滚。

胤祯也站了起来，双手握着刀身，颤声说道："阿玛！阿玛！您息怒，您息息怒……"

这时，胤祀也爬了过来，紧紧地抱住康熙的腿，哭喊道："阿玛，有错都是儿臣一个人的错，要杀您就杀了儿臣。求您饶了几个弟弟和那些无辜的官员们吧……"

被胤祥紧紧抱住的胤禵犹自不屈，大喊道："八哥，不要求了，我们的命本就是他给的，今天都还给他就是！"

康熙闻言火气更盛，欲再抽刀。

突然，他发现一缕鲜血从胤祯紧握着刀身的手缝中冒了出来，又顺着刀口流向刀柄……

康熙的手停住了，却抖得更厉害。

这时，张廷玉站了出来，大声喊道："十四爷，'小杖受，大杖走'，你还不走，难道真要陷皇上于不义吗？！"边说边给德楞泰、刘铁成使了个眼色。

德楞泰、刘铁成连忙走了过去，和胤祥一道架住胤禵向门外拖去。

康熙长叹一声，松开刀柄，突然两眼一黑，向后倒去……

6. 养心殿东暖阁内

凌国康跪在床边为康熙拿脉。

李德全又拧出一条热毛巾擦去康熙额上的渗汗。

殿内，后宫妃嫔跪了一地，一个个拿着手绢揩眼睛、擤鼻子。

门槛外面，乌雅氏跪在前面，胤祯和被五花大绑的胤禵跪在她的后面。

7. 养心殿大门外

殿廊上，胤礽、胤祉、胤祀、胤禟、胤禵、胤祥，还有张廷玉、马齐和几名内务府官员跪在那里。

凌国康走了出来。

诸皇子和众大臣一齐站起：

"怎么样？"

"醒来了吗？"

凌国康躬身答道："是急怒攻心。上了春秋的人，这也是常见的病，吃几服药，调养调养也就好了。"

说着，凌国康将药方呈给张廷玉。

张廷玉捧着药方靠近马齐，二人同看。

张廷玉："'鹿茸'一味，最好不用，谨防虚不受补。"

马齐："我看也是。"

凌国康："二位中堂高见，鹿茸去掉就是。"

张廷玉将药方递与一名内务府官员："快去！捡好了就熬了送来。"

那官员："是。"接过药方飞也似的跑去。

里面，传来了康熙呼唤李德全的声音。

众人眉眼一展。

8. 养心殿东暖阁内

康熙在李德全的搀扶下坐起，将头靠在床头的高枕上。

接着，康熙用那放神的目光在那跪着的众妃嫔中搜寻。

李德全："万岁爷，您要见谁，告诉奴才就是。"

康熙："德妃来了没有？"

李德全："来了。"

康熙："叫她过来。"

李德全："嗻。"

李德全走到门槛边，低声对乌雅氏说道："德妃娘娘，万岁爷叫您呢。"

乌雅氏连忙提着袍裾站起，走到床边，又连忙跪下，流着泪说道："胤禵不孝，都是臣妾的罪过。臣妾已经把他带来了，向万岁爷领罪。胤禵，还不过来？"

胤禵站起，走了过来，在乌稚氏后面跪下，说道："儿臣该死，儿臣昏了头，惹得皇阿玛伤了龙体，儿臣愿意以死赎罪⋯⋯"说着已经痛哭失声，将头在地上碰得山响。

康熙轻轻地将眼睛闭上。

乌雅氏也哭了起来。

这时，胤禛连忙爬起，走了进来，在乌雅氏身旁跪下："额娘，您和十四弟不要哭了，皇阿玛现在需要将息⋯⋯"

乌雅氏收了眼泪。

胤禵也停止了碰头，却伏在地上。

康熙又睁开了眼睛，对胤禛问道："你手上的伤不要紧吧？"

胤禛："回皇阿玛，一点轻伤，太医给上了药，没事的。皇阿玛将息龙体要紧。"

康熙又把目光转向了乌雅氏："你生的这两个儿子呀⋯⋯李德全。"

李德全："奴才在。"

康熙："告诉上书房，拟两道旨：一，这次推举太子，除佟国维外，所有的人一律不予追究。二，晋封德妃为皇贵妃。"

此言一出，所有的人都是一惊。

乌雅氏连忙说道："万岁爷，胤禵冲撞了您，臣妾应该受罚，怎敢反受赐封？臣妾万万不敢领恩，请万岁爷收回成命！"

康熙："朕说了的话几时收回过？"

乌雅氏不敢再说，只好叩头。

康熙又说话了："还有，你给朕生的那个孙子弘历，朕很喜欢。胤禛，你明天把他领进宫来，让朕亲自调教他。"

胤禛重重地在地上叩了个头，答道："是。"

9. 御花园通往迎春亭的路上

低沉的男声画外音起："一场废立太子的风波，随着冬至的降临，冰封雪盖了⋯⋯"

大雪纷纷扬扬。

雪径上，出现两双大人和孩子的深深的脚印⋯⋯

镜头拉开，是身披狐皮大氅的康熙牵着弘历向迎春亭走去的背影。

李德全领着几名太监远远地跟着。

10. 迎春亭

一架高高的贴好了宣纸的楠木座框摆在亭中。

康熙抱起弘历站到座框前的圆凳上。

一名太监捧着墨砚站在一旁不住地呵气——不让砚中的墨汁结冻。

李德全拿着御笔在砚池上饱饱地蘸上浓墨，递给康熙。

康熙把御笔塞到弘历手中，然后握住弘历的小手，在宣纸的上端重重地写下了一点——"、"！

11. 后宫中一间阴暗的房间

粗圆的棍端按在一个女人裸露的腰部的穴位上，暗暗向前一顶！

一声咬紧牙关的痛呼！

镜头拉开，郑春华被两个太监拉直了手臂，跪在一条春凳上，另一名太监握着一根榉棍，顶住她的腰部，仍在一下一下运劲暗顶。

她紧闭着两眼，咬住牙关，满头满脸的汗水……

终于，她"嗯"了一声，头一垂，昏了过去。

一个太监的画外音："好了，下来了。"

一滴一滴的鲜血，从春凳上滴到地面……

低沉的男声画外音又起："一切善后事宜都在暗中施行……"

12. 御花园迎春亭

楠木座框中宣纸上已写上了"亭前"——"前"字最后的一笔还空在那儿。

康熙鼓励弘历拿起御笔。

弘历执笔蘸墨，在宣纸上写下"丨"——续完了"前"字的最后一笔。

那一笔写得瘦劲有力，出藏有致！

康熙满意地笑了，轻轻地对弘历说了一句什么。

弘历乐了，爬上了圆凳。

康熙转过身去，微蹲着把肩背让给弘历。

这时，胤禛正捧着一叠奏折从远处匆匆走来。突然，他吃惊地站住了，睁大了眼，满脸惊惶。

亭内，弘历正爬向康熙的肩头，把一只脚跨向康熙的肩膀。

远处，胤禛张开了嘴正准备叫唤制止。

亭内，弘历已经在康熙的肩头坐好。

康熙转过身来，满脸难得的笑容，从前面紧紧地拉住弘历的小手，肩着他向亭外走去。

胤禛大气也不敢出，捧着奏折慢慢地向来路退去……

13. 刑部大堂

低沉的男声画外音："在胤禛的极力推荐下，胤祥兼管了刑部。"

画外音中出现以下画面：

在刑部满汉尚书的陪同下，胤祥走进了刑部大堂。

刑部众官员和书办一齐引见胤祥。

胤祥笑逐颜开，拍拍这人的肩，拉拉那人的手。

众官员和书办下吏也为有这么一位随和的阿哥前来管部感到高兴。

胤祥不知说了一句什么俏皮话。

众人一齐放怀大笑起来。

14. 兵部

低沉的男声画外音："使人难以理解的是，胤禵在冲撞了康熙以后，不但没有受到处罚，反而被委以兼管兵部、总司军务的重任……"

画外音中出现以下画面：

在兵部堂官的陪侍下，胤禵走进了兵部大堂。

胤禵分别会见京城附近驻防的各武官……

15. 御花园迎春亭

冰雪已经融化。

太监们准备了大挂鞭炮挂在亭外的树枝上。

亭内那架楠木座框内，已经写上了"亭前垂柳珍重待春风"——唯有"风"字尚少最后一笔。

这一次康熙没有带上弘历，而是独自早早就来到了亭中。

李德全从小太监手中拿过御笔，亲自蘸墨奉给康熙。

几名太监立刻将楠木座框高高托起，以便康熙书写处于底部的最后一字最后一笔。

康熙握笔在手，略一凝神，接着运臂一挥——"风"字的最后一笔墨光闪闪。

立时，亭外鞭炮齐鸣。

众太监齐声大喊："大地回春啰！大地回春啰——"

康熙将那支濡满浓墨的御笔递给李德全："去，将这支笔赐给胤礽，叫他到养心殿来见我。"

李德全："嗻。"

康熙："慢着，叫王掞一块儿来！"

李德全："嗻！"

李德全高擎御笔，大步而去。

16. 养心殿

康熙牵着颤颤巍巍的王掞，亲自扶他在御案旁的绣墩上坐下。

然后，康熙才走至御案后落座。

案前，胤礽端端正正地跪着。

康熙："今天是九九的最后一天。寒冬过去了。康熙四十八年的春天来了。朕的心里从来没有像现在这样的平静，也从来没有像现在这样的透亮啊……冬天是什么呢？王师傅……"

王掞连忙站起："老臣在。"

康熙连忙摆手："坐下，坐下。冬天就像朕和你一样，岁之末，人之老哇。一岁之末，草木都凋零了，河流也结冰了，万物都没有生气。这个时候，就必须要更替，前一年要让给后一年，冬天要让给春天哪！人就是这样。老了，精力不济了，就该让给后人来干。佟国维经常对朕说万岁万年，还说他也要侍候朕一万岁一万年。这是假话，也是有悖天理人情的谬论。王师傅，你就从来不对朕说这样的混账话，而是一心一意为朕作育后人。可是朕这个冬天太长了！冰雪不融，你春天就没有办法更替，你就只有慢慢地等，等到冰雪融化，你才能够草木发芽，河流畅通，这也是亘古不变的道理呀！"

胤礽重重地叩了个头："父皇借天地万物之至理开导儿臣，儿臣虽鲁钝冥顽，亦感受至深。但是儿臣实不敢赞同父皇的自抑之喻。父皇以天人之禀赋创一代盛世，如浩荡东风吹大地皆春，似日月经天沐万物向荣。普天之下，亿兆臣民无不祈颂父皇龙体康健，以使我大清江山永秀，春光长存！"

康熙："你这几句话虽有些言过其实，倒也可以看出王师傅没有白教你读书哇。"

王掞站起来说道："言为心声。二阿哥斯言，既是他的肺腑之忧，也是千秋万代后青史必载之实录。老臣岂敢据为侍读之功？"

康熙："朕没有这样的奢望。朕只要千秋万代后的青史不骂朕是'不教而诛'的无道昏君就心满意足了。"

王掞闻言慌忙跪倒："老臣昏悖！老臣那天实不该在乾清宫说那些冒渎圣上的昏话，伏乞圣上严治老臣之罪，以为后世狂犬吠日者之戒！"说毕连连叩头。

康熙："不必如此，不必如此。王师傅，你那天的谏言虽然有些过激，但确有道理。今天，朕就纳了你的谏议，恢复胤礽的太子名位吧。"

复立胤礽虽早有传闻，但临到既成事实，王掞仍然激动难抑，颤声喊道："太子，太子，快叩谢天恩！快叩谢天恩！"

说着，王掞自己已叩头不止。

胤礽更是嘭嘭地将头叩得山响……

17. 正阳门外

嘭嘭的叩头声化作了景阳钟的轰鸣声。

低沉的男声画外音："也许是红墙黄瓦内的明争暗斗使他心烦；也许是青山绿水间的莺飞草长使他神往。在不得已复立太子之后，康熙开始了他一生中的第六次南巡——也是最后一次南巡。太子，自然成了代理一切朝政的监国！"

画外音中依次出现以下画面：

皇帝出巡的仪仗。

康熙在张五哥的搀扶下，登上了高高的辇车。

张廷玉登上了随后的马车。

胤礽率领着诸王贝勒和文武大臣跪了下去。

浩浩荡荡的出巡仪仗启动了……

画外音止。

胤礽自顾爬了起来，掸了掸袍摆上的黄土，目光慢慢地向仍然跪在地上的诸王贝勒和文武大臣扫去……

首先，他发现了胤禩——这位八爷党的领袖仍然是那样从容不迫，他的身后呈"品"字形跪着的胤禟、胤䄉、胤禵像一弧屏藩牢牢地拱卫着他。

胤礽的脸一阴沉，目光继续向他们身后望去——他的脸更阴沉了。

胤禩、胤禟、胤䄉、胤禵的身后，紧挨着跪着揆叙、阿灵阿等一大群曾经推举胤禩为太子的官员。

胤礽的眼睛滴溜溜地转动了几下，鼻孔里轻轻地哼了一声，接着径自登上了辇车，将手一扬。

马车启动了。

听见车轮的滚动声，跪着的诸王贝勒和朝臣们诧异了——为什么没有叫"起"的号召？

众人纷纷抬头，这才发现太子的辇车竟径自驰进了正阳门！

胤禛和胤祥对视着苦笑，同时摇了摇头。

胤祀的嘴角却露出了蔑然的一笑。

胤禟和胤䄉率先站起，朝着远去的太子辇车一齐吐痰——"呸"！

众人参差不齐地爬了起来。

寻车的寻车，唤马的唤马，乱作一团！

胤禛和胤祥也站了起来。

胤禛默默地望着正阳门镶印在天空上的脊檐，心里在说："我大清的江山啊！"

18. 毓庆宫内

胤礽将一份公文狠狠地掼在地上！

跪在他面前的阿灵阿一怔。

胤礽："好大的口气！一开口就要两百万？江苏巡抚准备分多少给你们哪？"

阿灵阿："太子爷，这两百万是用来赈济苏北灾民的钱，怎么说成分给我们的了？"

胤礽一声冷笑："赈济灾民？赈济灾民用得着这么多？你当我不知道，你们和江苏巡抚林风是什么关系！"

阿灵阿仍然是不卑不亢地软顶着："这两百万赈灾银子都是经过核算出来的，同我们和林风没有关系。"

胤礽："没有关系？这个两百万的数目都是你们哪些人核算出来的？快说！"

阿灵阿："太子爷，您就别问了，还是批准了吧。"

胤礽："什么？！你刚才说什么？再说一遍我听！"

阿灵阿："奴才是说，这个公文不是奴才们弄的，是四爷同意的。"

胤礽一怔，旋即火冒三丈，拍着御案骂道："狗奴才！还敢抬四爷来压我！跪到外面去，听候发落！"

19. 毓庆宫外

远处，马齐捧着奏折盒走来了。

突然，他停住了脚步一怔。

宫门外的坪里，竟密密麻麻跪着好几十号官员！

马齐连忙走了过来，惊问："怎么了？"

众官员看见马齐，无不愤然：

"我们也不知道为什么。"

"无缘无故就叫我们跪在这里，听候发落！"

"我们跪在这里不要紧，许多急着要办的事都耽搁了！"

"马中堂，您是上书房大臣，您得为我们做主呀！"

马齐何等精明！望着这一张张熟悉的面孔，他只好答道："我明白了。这就同太子去说。"

马齐疾步走进毓庆宫。

20. 毓庆宫内

胤礽收下奏折盒，冷冷地说道："知道了，你下去吧。"

马齐："太子，这里面都是各地寄来的紧要奏折，必须立即批转。"

胤礽："我看都没看，怎么批转！"

马齐："那就请太子现在看吧。"

胤礽："我什么时候看折子也要你管吗？到底你是监国，还是我是监国！"

马齐："就是万岁爷亲自理政，这样的奏折也是即送即看！"

胤礽："我啐！你以为你是谁？动不动就搬出万岁爷来压我！你干脆搬出什么'八爷'来，岂不更便当！"

马齐气得发抖："太子，您这样挟私愤而误国事，难道就不怕寒了满朝大臣的心吗？！"

胤礽冷笑："我知道，要想你们不寒心，除非胤禩当太子。是吗？"

马齐："谁当太子都得以国事为重！像太子爷您现在这样，何以向皇上交代？"

胤礽："说来说去，你们还是不服我这个太子呵！那好，我就选一些服我的人来办事。马齐，你也跪到外面去，听候发落！"

马齐气得说不出话来，一转身就走了出去。

21. 胤禩府书房

胤禵将兵部的公文递给胤禩。

胤禩翻看了几页，合起来搁在书案上。然后站起来，展开手中的折扇，轻轻摇着，然后说道："你管兵部，这是八哥我一向来唯一感到欣慰的事。皇阿玛重用你，至少说明并未完全放心太子……因此，你一定得把兵部管好！利用兵部这个要害部门紧紧地看住太子。我有预感，太子这一次复立之后，会做出很多倒行逆施的事来。弄急了，他还可能铤而走险！……咱们可不能眼睁睁地看着皇阿玛在晚年遇到什么不测啊……"

胤禵不禁感慨："八哥，你真的一点儿也不记恨阿玛么？"

胤祀苦笑了一下："十四弟，这人世间最难解的就是'恩怨'两个字，什么是'恩'，什么是'怨'，极难分明哪！譬如对皇阿玛，他老人家就是真要杀了我们，我们也不应该有丝毫的怨恨啊……"

胤禵："皇阿玛英明一世，就是在选贤立嗣这件事上糊涂！八哥，就凭你对他老人家的这片忠心，他不选你为太子，也是最大的错处！"

胤祀："不要说了，不要说了。八哥现在已是心如死灰，只望你们……尤其是你，能有些建树，也就此生无憾了……"

胤禟和胤䄉一前一后闯了进来。

照例是胤䄉火爆出声："动手了！动手了！老二这条狼开始咬人了！"

胤祀："慢慢说，太子怎么了？"

胤禟："几十个官员包括马齐都要让老二免官了！"

胤祀："都是上表举荐过我的那些人？"

胤䄉："不是那些人还是谁？"

胤禵："太不像话了！我得去说！"

胤祀："慢！九弟，四哥知道这件事吗？"

胤禟："这会儿应该知道了。"

胤祀："让四哥去管吧。你们和我去都只是火上浇油。"

胤禟："老四会去管？"

胤祀："你们都不知道四哥这个人呐……他为什么能得到皇阿玛的器重？为什么能让这么多人怕他？平心而论，一个人能让别人都怕，凭的还是自己的为人哪！老四和太子不同，就在于他时时处处占着个'理'字。你们想想，太子要罢的这些人，虽然都曾上表拥荐过我，但说到底，他们毕竟都是皇阿玛一手提拔的朝廷命官。罢他们，也就是和皇阿玛过不去，和朝廷过不去。老四会眼睁睁看着太子犯这个傻吗？"

22. 毓庆宫内

胤礽："老四，推荐太子的时候，你难道没有看见？他们都是老八的人！这些人一天不赶走，老八他们就仍然能操纵朝局，兴风作浪！"

胤禛："太子这话臣不敢苟同。不错，他们都曾上表举荐过老八，但那也是奉了皇阿玛的诏书行事。如果仅凭这一点就免去他们的官职，皇阿玛也不会答应。再说，举荐过老八的人那么多，太子能都免了他们吗？没有了他们，这么多政务军务谁来管理？太子，俗话说得好，'宰相肚里能撑船'。您现在是监国，更应该大人大量，以朝局为重！"

胤礽："我说不过你，但这件事我不会听你的。老四，你就让二哥做一回主，不要来管这件事好不好？"

胤禛："我是领侍卫内大臣，有关朝局政体的大事，我不能不管！"

看着胤禛那一副凛然不可通融的神态，胤礽上气了，把脸一沉："你这是和我说话？是不是看着我驳的那个江苏的公文是你同意的，扫了你的面子，所以专一来和我怄气？可是你同意那个事为什么事先不请示我？老四呀，你我素来知心，告诉你一句话，以往我就是太放纵了你们，弄得你们人人上头上脸！你是正经人，不要学老八，于你于我都没好处！"

胤禛气得脸都白了，兀自强抑着说道："好，太子爷，从现在起，您也不要放纵我，我也再不和您顶嘴。您按章按法监国，我循礼循法办差。咱们就先说江苏那件事吧。苏北涨水，今年夏天颗粒无收，几百万人生计无着，我和户部的官员们几天几夜算数目，调钱粮，公文报到您这儿，竟让您驳了。再过个十天半月，赈灾的钱粮运不到苏北，闹出民变怎么办？！"

胤礽："民变？你说的是老百姓敢造反？那好，朝廷养了那么多兵正没事干呢！"

胤禛勃然变色，声音都有些颤抖了："太子爷……策旺阿拉布坦不断骚扰喀尔喀蒙古，您不会不知道吧？父皇为什么不派兵？是因为国库里没钱哪……国步维艰，想法子稳定还来不及，您却……"

说到这里，胤禛猛地站起，转身就走了出去。

23. 毓庆宫外

胤祥正搀着王掞赶来。

碰上胤禛，王掞和胤祥站住。

胤祥："怎么了，四哥？你的脸色好难看，莫非也碰了钉子？"

胤禛："我碰钉子算什么？王师傅，你去告诉太子，从今天起，我也告病了。让他一个人闹去，把咱们大清国闹亡了，他也就不会再闹了！"

说毕，胤禛径自去了。

王掞气得头颈颤摇，连连说道："怎么会这样子？怎么会这样子？"

24. 毓庆宫内

胤礽连忙搀扶王掞坐下，并喊内侍太监："快，给师傅上茶！"

王掞："太子，老臣不是来喝茶的。你告诉我，宫外跪着的那些人是怎么一回事？雍亲王也气得要告病不管事了。你……你到底要干什么？"

胤礽："好了！好了！都告病吧，都不要管事了。我反正是孤家寡人。大不了再次被废！好不好？这一下你们都称心了……"

话未落音，王掞两眼翻白，连人带凳翻倒在地。

胤祥大惊，连忙上去扶住王掞："王师傅！王师傅！"

胤礽也慌了，喊道："快唤太医！快唤太医！"

几名内侍太监连忙跑来，小心翼翼地抬起王掞向外面走去。

胤礽满脸惶急又满脸无奈地对着胤祥："十三弟，你说说，我这个太子还怎么当？还怎么当呀？"

胤祥故作惊讶："太子爷，您是问我？"

胤礽不解。

胤祥抬起眼望着殿门外那方万里无云的晴空，答道："今儿天气真好哇。"

说完，胤祥哈哈大笑，扬长而去。

胤礽愣在当场。

回过神后，胤礽抓起案上一方砚池狠狠摔在地上。

一太监闻声急忙走了进来。

胤礽："叫，叫外面那些人都起来！滚出去干他们的事！"

那太监："嗻！"

25. 太子府花厅

司马尚和黄体仁疾步走了进来，向胤礽跪倒："太子爷，可想死奴才们了！"

胤礽也有些激动了："来了就好，来了就好。快起来，坐下说话。"

二人叩了头，站起坐下。

胤礽："我也想你们哪……眼下，我虽然复了位，可是干起事来比原先还难呐。像你们这些人，都免职的免职，调任的调任。每天在毓庆宫，一眼望去都是老八的人。空虚太子还怎么做？今儿想免掉老八的几个铁杆，没想到老四和老十三都站出来反对。就连师傅……唉，不说了，你们不是初十以前到吗？为什么弄到现在才来？"

二人对视了一个眼神。

黄体仁站起来答道："奴才们原来是定在初十以前到京，后来因为去了一趟江夏镇……"

胤礽："江夏镇？那不是老九的庄子吗？你们去那儿干吗？"

黄体仁："是的，那儿是九爷的地方。奴才们去是见一个人。"

胤礽："谁？"

黄体仁："任伯安。"

胤礽倏地站起："任伯安？见他干什么？"

黄体仁："商量一件大事。"

胤礽："什么大事？快说，快说！"

黄体仁："是。太子爷应该知道，那任伯安原是九爷的门人，也是八爷党的财神。但去年刑部案发时，八爷为了扳倒太子爷，把他给卖了。现如今他自己免了官不说，弟弟被砍了头，内弟还关在刑部大牢里。因此，他心里不好受哇，托奴才送了一封信，说要弃暗投明，改投在太子爷您的门下。"

胤礽："他一个革职的道台，就是投到我的门下，能有多大的用处？"

黄体仁："用处极大！太子爷可还记得，这任伯安原来在哪儿任过职？"

胤礽："好像做过吏部的主事？"

黄体仁："太子爷好记性！这个人好心计呀。就是在吏部做主事的时候，他偷偷地干了一件了不起的事情，于今对太子爷大有用处。"

胤礽："什么事情，有什么用处？"

黄体仁："他利用自己在吏部管理百官档案的机会，广布耳目，把三百多名官儿的隐事都记录下来了。编了一本册子，叫作《百官行述》！"

胤礽："厉害！这不等于把那三百多名官儿的辫子都攥在手心里了吗？"

黄体仁："太子爷英明，正是这样。那任伯安原是准备把这本册子献给八爷的。但经过去年刑部那件事后，他改变了主意。现在愿意把它献给太子爷！"

胤礽："在哪里？"

黄体仁："还在他的手里。"

胤礽："你们为什么不拿来？"

黄体仁："人家有条件呀。"

胤礽："什么条件？"

黄体仁向司马尚使了个眼色。

司马尚："这就是我们今天要同太子商议的事情。任伯安说了，他愿意交出那份《百官行述》，还愿意把他为九爷经营的几处钱庄和当铺也弄到太子爷的门下。但请求太子爷答应他两桩事。"

胤礽："哪两桩事？你说！"

司马尚："第一，请求太子爷救出他的内弟；第二，请求太子爷让他官复原职。"

胤礽倒吸了一口冷气，脑袋直摇："第二条可以慢慢来，可第一条不行！你们不想想，他那个内弟是万岁爷钦点的要犯，你们不就是因为那个案子被革职的吗？这个事儿不好弄，不好弄！"

黄体仁："不好弄并不是说不能弄。太子爷，放着一个现成的帮手，您不会叫他去弄吗？"

胤礽想了想："你是说老十三？"

黄体仁："对！正是十三爷！他现在不是正管着刑部吗？"

胤礽："你们不知道十三爷这个人哪。他是出了名的'侠王'。这样的事他不会干。再说，那个刘八女就是他弄进去的，他也不会自己扇自己的耳光呀。"

司马尚："现在叫他干，他当然不会愿意。但如果把他拉下了水，就不由他不干了。"

胤礽："拉下水？怎么拉？"

司马尚和黄体仁对视了一下，然后一齐将头凑近胤礽。

司马尚和黄体仁一左一右，在胤礽耳边低语。

26. 枫晚亭

一本摊开的书罩在邬思道的脸上。

镜头拉开，他穿着件实地月白纱的褂子，仰在竹椅上白日大睡。

年秋月坐在他身旁的矮凳上，轻轻地给他扇扇。眼睛却望着亭外出神。

突然，她感到了身后有人，连忙回头。

不知什么时候，胤禛已经站在了她的背后！

年秋月慌忙站起，便要去叫醒邬思道。

胤禛摇了摇手，悄悄地在亭柱间的连凳上坐了下来。

既不让叫醒邬思道，又不能冷落了胤禛，年秋月没有了主张，一时竟站在那儿发怔。

接着，她发现衣服穿得严严整整的胤禛额头渗满了汗珠。

年秋月犹豫了一下，还是走了过去，大把地给他扇扇。

胤禛报以一笑。

这时，邬思道"嗯"了一声，接着半睡半醒地去摸搁在竹椅旁的蒲扇。

年秋月手中的扇停了一下，望了望邬思道。

胤禛也注意到了，示意年秋月仍然去给邬思道扇扇。

年秋月略一犹疑，却没有过去，仍然给胤禛扇扇。

胤禛脸上立刻掠过一丝潜在的自尊和满足，但也就是几乎同时，用一种自己也说不清的奇怪的眼光转过去看着年秋月。

他似乎第一次发现，这位出自自己门下的包衣女子身上有着一种奇特的魅力——既比满人女子妩媚，也比汉人女子大气的魅力！

年秋月没有立刻躲开胤禛的眼光，而是向他浅浅笑了一下，然后才慢慢把目光移向他的衣领处，手上却一直不停地给他扇扇。

这时的邬思道已经摸到了蒲扇，自顾扇了几下，又搁了下来，兀自睡觉。

胤禛笑了笑，站了起来，走到邬思道身边的矮凳上坐下，然后向年秋月招了招手。

年秋月如何不会意？但就在这一刹那间，突然涌上一种莫名的慌张。很快地，她掩饰了眼神中这一丝慌乱，走了过去，加大了幅度，把清风扇到二人的身上。

就在这时，回廊那端传来了胤祥的声音："清风徐来，好福气呀！"

话音未落，胤祥已经大步走了进来。

年秋月停住了手中的扇。

胤禛微微叹了口气，站了起来。

邬思道也醒了，扶着竹椅把手站了起来。

胤禛："难得浮生片刻闲，偏偏又让你给搅了。"

胤祥："想偷闲，趁早别当这个亲王。"说着又把头转对邬思道："邬先生，听说你得了一坛窖藏了百年的泸州老窖，不拿来给我尝尝？"

邬思道笑了："十三爷好耳报，这么快就知道了。"

胤禛："说起这事叫我生气。年羹尧这奴才，钻山打洞在四川就弄了这么一坛百年的老酒，带来时竟指名说是送邬先生的。看来我这正宗主子也不要当了。"说到这里，瞟了一眼年秋月。

年秋月微嗔地望了一眼这三个男人，将脸转向了一边。

胤祥大声笑道："秋月，还不快把那坛酒拿来。咱们三人今儿把它喝了。也免得四爷和我揪心揪肺地老想打邬先生的主意。"

这回，年秋月没有生气，也没有说话，"嗯"了一声，就连忙向回廊走去。

望着走去的年秋月，胤祥一改刚才的神态，叹了口气，说道："秋月有福！"

胤禛和邬思道都望着他。

胤祥转过身来，一脸的肃然："四哥，邬先生，我支开秋月，是有件事要同你们说。你们猜猜，刚才谁到了我府上？"

胤禛眼光一闪，却不搭话，只是转过来望着邬思道。

邬思道："除了太子，还能是谁。"

胤祥："好！你真是神仙！不过，你就是神仙，只怕也猜不着太子找我是为了什么事！"

邬思道："当然是不可告人之事！"

胤祥："上不可告天地，下不可告妻子！他要我害一个人，事成之后晋封我为郡王！"

说到这时，胤祥已是眼闪寒光，满脸通红。

胤禛一愣。

邬思道："我知道了！"

胤禛："谁？"

邬思道一字一顿："郑、春、华！对吗？"

定格。

第十三集　千里杀人睡眼怂

1. 辛者库后院

一株好大的槐树，浓荫遮住了大半个院子。

胤祥坐在槐树下的石桌前，漫不经心地打量着四周。

文宝生捧着一杯茶屁颠屁颠地走到胤祥面前，跪在地上，双手把茶举过头顶捧给胤祥："爷，实在没想到您老人家会到奴才这地方来。有什么事带个信给奴才不就得了？这大热的天，累坏了您，奴才岂不是天大的罪过……"

胤祥接过茶笑道："冲着你这一张甜嘴，爷也愿意跑这一趟……嗯？这是什么茶？我真还没喝过。"

文宝生忙道："奴才的女人从家乡来了，带的枣花黄芹茶，野味儿，让爷尝个鲜。爷要是喝不惯，奴才给您换一杯雨前。"

胤祥："不用，这个就挺好。"说着又啜了一口，眼睛却向那边的一条小门望去。

2. 辛者库洗衣院

太阳白得叫人睁不开眼。

一双女人的手在吃力地摇着井上的辘轳。

镜头拉开，穿着仆佣衣服的郑春华满头大汗，正吃力地把一桶摇上来的水倒进井旁一只装满衣服的大盆里。

3. 辛者库后院

胤祥一口茶喷得文宝生满身，失笑道："掌嘴！见了我就诉苦。怎么会'王小二过

257

年，一年不如一年'了？"

文宝生："爷圣明。奴才的爹当年在爷的府上当差，托爷的福，原本攒了点钱，在家乡置了两垧地，谁想一半叫黄河冲了，另一半养命的地寄名在当地刘老太爷的名下，原想图他家是官宦，可以少缴几颗皇粮。没料刘老太爷一过世，他家大少爷不认账，黑了奴才家的地。这不，奴才的女人护着老爹拖着几个孩子进京来了。奴才也就每月五两银子，连个住的地方都置不起呀……"

4. 辛者库洗衣院

郑春华洗完了最后一件衣服，捞起来拧干了刚要搭到晒衣绳上去，突然一阵晕眩就要摔倒，连忙扶住身旁的晒衣柱子……

5. 辛者库后院

胤祥端着茶已经走到小门边，又回过身来对文宝生说道："明儿叫你爹到刑部去看库房，月例银子也是五两，再加上小费公润，一个月至少也有十两银子的进项。"

文宝生连忙跪倒："爷！您不是逗奴才开心吧？"

胤祥："扯你娘的淡！十三爷几时说话不算话了？还有，粪车胡同外头我有一处四合院空着，也赏给你了。"

文宝生懵了："爷，您刚才说的什么？奴才耳背，没听清……"

胤祥："叫你把老婆孩子还有你那老不死的爹送到粪车胡同外我那所四合院去住，那院子赏你了！"

文宝生一面叩头不止，一面念经："大慈大悲观世音菩萨地藏王菩萨，怎么就叫奴才摊上这么一位菩萨主子……"

胤祥又笑了："好了！别念佛了。"接着收起了笑脸："我问你，郑春华在哪里？我想见见她！"

文宝生又懵了，一时不敢答话。

胤祥："怎么？我想见见都不行？"

文宝生立时做出一副豁出去的样子："别人不行！爷您来了还能不行？奴才给您带路！"

6. 洗衣局洗衣院内

一个满脸打霜的中年妇人又抱着一大堆衣服扔在郑春华面前："哎哟，我的贵妃娘娘，一个上午就洗这么点衣服！要不要奴才给您打扇捶背？"

头发蓬散满脸大汗的郑春华默默地将扔下的那堆衣服捧进木盆里，接着捞出一件低头搓着。

那妇人见郑春华不睬，更上了火："怎么？还摆你的娘娘派头呀？死了你的心吧！老娘在这里二三十年了，就愣没有看见哪个宫里发配来的人活着出去！狐狸精！小贱人！"

"这是谁在满嘴放臭屁呀！"

"你老娘……"那妇人猛回头刚要骂，发现文宝生陪着一个贵胄公子站在后头，愣生生把下半截粗话咽了下去，赶忙赔笑见礼："原来是文大爷来了！这位是……"

文宝生："我啐你祖上十八辈的贱奴才！见了十三爷还这么大大咧咧，你的臭嘴不想再吃饭了！"

那妇人吓得魂飞魄散，慌忙跪倒叩头。

郑春华也连忙站起，却低着头一声不吭。

胤祥对那妇人："你去替她洗衣！"

那妇人颤声答道："是。"叩了个头，爬了起来。

郑春华倏地抬起头："不！十三爷，我作的孽我应该受。她多骂我一句，我的孽就少一分；我多洗一件衣，来生的罪就减一分！"

说着，郑春华连忙跪下，拼命搓起衣来。

泪水和着汗水从她脸颊上流下。

胤祥给文宝生使了个眼色。

文宝生会意，对那妇人喝道："你还不滚出去，待在这儿等赏吗？"

那妇人连忙低着头退了出去。

文宝生也知趣地退了出去。

胤祥这才走近郑春华，说道："太子爷叫我来看你……"

郑春华颤了一下，轻声问道："太子爷他、他还好吗？"

胤祥："怎么？你什么都不知道？"

郑春华："奴婢待在这个地方，能知道什么？"

胤祥叹了口气："告诉你吧，太子复位了！"

恰似晴天霹雳，震得郑春华如木人一般，呆在那里一动不动。

慢慢地，郑春华跪了下去，仰起头望着天，喃喃地说道："天，我终于等到这一刻了……"

说着，郑春华那苍白的脸上显出一丝诡异的笑容……

见眼前这个曾经掀起轩然大波的女人此刻惊喜异常的神态，胤祥不禁生出一丝厌恶，淡淡地问道："你是不是觉得太子复了位，你也就熬出头了？"

郑春华却丝毫未听出胤祥的鄙夷之意，自言自语般答道："是呀，我终于熬出头了，我终于可以无牵无挂地去见我的爹和娘了。"

胤祥："你的爹娘在哪儿？"

郑春华仍然望着天空："在天上……"

胤祥打了个寒战，这才明白这女人此刻的心思，惊问："你想死？！"

郑春华："是……我原就是多余的人，多余来到这世间，多余……遇见了他……当初我不敢死，是怕他说不明白，是我勾引的他……我是早该下地狱的人了……老天爷！现在太子没事了，您就饶了我的罪过，让我能到天上去见我的爹娘吧！"

胤祥："你不可这样！听着，你得活下去，我要你活下去！我命你活下去——我是拼命十三郎！我可以救你出去，你就能够平平安安过下半辈子。你知道吗？我不准你死！"

郑春华却一句话也不答，仍然痴痴地跪在那里，望着天空。

胤祥跺了一下脚走了出去。

7. 辛者库后院

文宝生兀自站在那株大树下东张西望，等候胤祥。

胤祥脸色煞白地走了过来。

文宝生赶忙迎上："爷，说完话了？您脸色好难看，不会是中暑了吧……"

胤祥咬着牙，说道："听着！我要救她出去！"

文宝生惊得一跳："天爷！这不是要奴才的命么！"

胤祥："照我的话做，你就不会有事。这里有一帖药，叫作'归去来兮散'，你给她喝了。"

文宝生又一惊："爷要她死？"

胤祥："放屁！这药吃了下去，十二个时辰昏迷不醒，也就和死了一样。你报她个暴病死亡，然后赶紧把她送到左家庄化人场。那边的事由我安排。听明白了？"

文宝生接过药，兀自苦着脸："爷……"

胤祥："办完之后，我另赏你五千两银子五十垧地。就这样定了！"

说完，胤祥头也不回大步走去。

文宝生捧着那包药，嘴里念念有词："五千两银子……五十垧地……"接着，他猛一拍药包："娘的！就这样定了！"

8. 胤祀府花厅

胤祀倏地站起："什么？郑春华死了？"

胤禟："辛者库今儿报来的，说是暴病身亡！可据我所知，这事儿八成是老十三干的！"

胤祀："胤祥？不会吧……"

胤禟："怎么不会？我在那儿的眼线说，老十三下午去见了郑春华，两个人嘀嘀咕咕说了好一阵子，到了晚上，那贱人就死了。不是他还能是谁？"

胤䄉在桌上捣了一拳："老十三居然也干这种事情！还什么'侠王'？呸！"

胤禟："他还不是在替老二作孽？告诉你们吧，前儿老二去了老十三那儿了。"

胤祀："唉！我应该早就料到的……没想到让老二抢了先着。"

胤䄉："哎算了算了。一个不要脸的贱女人，死了不就死了，犯得着这么为她可惜吗？"

胤禟："八哥不是为了这个女人可惜，是可惜失去了一个制约老二的……"

这时，胤祀向胤禟瞟了一眼。

胤禟把话咽了下去。

胤䄉茫然地看着他们……

9. 一所四合院内

一个老人正低着头在西厢房门前的火炉旁上着火。

火炉上药罐里的药汤正突突地冒着蒸汽。

东厢房的门帘掀开了，阿兰伸出头来，惊喜地喊道："爹，她醒来了！"

那老人也惊喜地回过头来——他竟是张五哥和阿兰的父亲张老爹！

10. 东厢房内

炕上，脸色苍白的郑春华已经睁开了眼睛，眼神迷惘迟钝地慢慢望了望这陌生的房间。

阿兰端着药走了进来……

11. 太子府内室

胤祥呼地站起，冲着胤礽吼道："不该杀的您叫我去杀，这该死的您又叫我去放！二哥，您到底要干什么？"

胤礽："这、这不都告诉你了？不放了刘八女，任伯安不会交出《百官行述》。"

261

胤祥："那就叫他抱着《百官行述》等着替刘八女收尸吧！"

说完，胤祥向门外走去。

12. 门外

胤祥一惊。

文宝生被两个护卫押着，跪在廊下。

他显然挨了打，两边脸肿得老高，嘴角还有血迹。

见到胤祥，文宝生哭了起来："爷，您救救奴才吧！奴才上有老下有小，就这么去了，他们可怎么办哪……"

胤祥脸都青了，问道："你都说了些什么？"

文宝生："奴才能说什么？郑春华突然病死了，他们愣要奴才说是谁指使奴才害死的。奴才吃了豹子胆也不敢这么做呀。"

胤祥舒口气，点了点头对他说道："别急，我救你。"

说到这里，胤祥蹩回门内。

13. 太子府内室

胤礽却浑似不觉，靠在椅上，闭目养神。

望着眼前这位自己曾舍生忘死扶保的人，胤祥心中一片冰凉，脸上却堆出笑来，喊道："二哥！"

胤礽睁开眼睛，望着胤祥。

胤祥："二哥，真有您的，咱们谁是谁？这么做犯得着吗？"

胤礽："怎么了？谁跟你过不去了？"

胤祥："好了好了。二哥，您说的事咱们再商量。叫他们放了文宝生吧。"

胤礽脸上反倒放不下了，大声喊道："来呀！"

二护卫应声走了进来。

胤礽："我叫你们传文宝生问话，你们把他怎么了？"

二护卫嗫嚅着："他，他死不招认，奴才们就……"

胤礽："怎么？你们打他了？"

二护卫点了点头。

胤礽："放肆！十三爷的门人你们也敢打？翻了天了！自己掌嘴！"

二护卫苦着脸抡起手掌抽起自己的耳光来。

胤祥笑着看二护卫抽了好一阵子，这才慢慢说道："好了。"

二护卫停了手。

胤祥："你们觉着委屈不是？十三爷比你们更委屈呢。滚下去吧。"

二护卫望着胤礽。

胤礽红着脸，斥道："还不滚！"

二护卫捂着脸站了起来。

胤礽："慢着，拿一百两银子，放了文宝生。"

二护卫："嗻。"走了出去。

胤礽："十三弟，别怪你二哥，二哥也是没有办法呀。对了，我拿个东西你看。"

说着，胤礽从案卷中抽出一张纸递给胤祥。

胤祥接过一看。

——笺纸上是胤礽惯写的钟王小楷："着加封十三弟胤祥为亲王，世袭罔替。钦此。"

胤祥心里一咯噔，吃惊地望着胤礽。

胤礽："怎么样，现在不觉着委屈了吧？"

胤祥："瞧您说的，您现在是太子，将来是皇上。跟着您能委屈吗？"

胤礽心中大畅："你能这样想，二哥决不会亏待你。"说着，把那张"诏书"亮了亮，然后揉成一团："等我接了位，一定在乾清宫当着文武百官，给你写一张真的。"

胤祥屈下一膝，请了个安："那臣弟事先向您谢恩了。"

胤礽："那放刘八女的事？"

胤祥假意犹豫了一下，然后说道："这事不太好弄，您给我一天时间想想，咱们整个万全之策如何？"

胤礽审视着胤祥，好一阵子才说："可以。但这事儿你可不能告诉老四！"

14. 枫晚亭

胤禛两眼闪着寒光，接着恶狠狠地说道："放！"

胤祥一怔，接着问道："您说放了刘八女？！"

胤禛："对！先把他放了，然后再抓！"

邬思道拍着掌，说道："好！好！不过不是叫十三爷放，而应该是睁一只眼闭一只眼让太子的人去放，这样再去抓他就顺理成章。也只有这样，才能逼任伯安交出《百官行述》！"

胤祥眼一亮，这才会意地点了点头。

邬思道：“关键是办这件事得物色一个厉害角色！”说着，望了望胤禛，又望了望胤祥。

胤禛和胤祥默然思索了片刻，同时抬起了头异口同声地说道：“年羹尧！”

15. 四川提督府签押房

年羹尧闭着眼坐在书案前，明灭的烛光照得他那张棱角分明的脸阴晴不定。

岳钟琪风急火燎地走了进来，见到年羹尧那副神态，先是一怔，接着走了过去，轻声问道：“大帅，这么晚了叫卑职来，有什么大事吗？”

年羹尧这才睁开了眼睛，拿起书案上一张关防，递了过去。

岳钟琪双手接过关防，一看，又是一怔：“我们是四川的防兵，到安徽去抓人，这于体制不合呀？十三爷怎么会下这么一道手谕？”

年羹尧这才开口说话：“什么体制不体制！叫你来是商量一下怎么去干！”

岳钟琪：“是。关键是要有个理由……”

年羹尧：“理由是现成的。四爷已经关照吏部，通知我进京述职，顺途捕拿钦犯。关键是人带少了不管用，带多了又会走漏风声，我想，叫你带五百个弟兄，都改穿便衣，分头走，等我先到南京见了皇上以后，咱们再到江夏镇会集。”

岳钟琪：“是。卑职这就去布置！”

16. 南京·鸡鸣寺大门外

望着衔山的夕阳，年羹尧一边不断地把手指捏得叭叭直响，一边烦躁地在门前来回走着，不时还停一下脚步望一望深深的寺门。

寺门前，四名侍卫挎着刀笔直地站着，一动不动。

许久，一个章京才走了出来，对年羹尧说道：“张中堂有请。”

年羹尧疾步走了进去。

17. 鸡鸣寺厢房前

张廷玉已经微笑着站在门外的石阶上，显然是在等候着年羹尧。

年羹尧一见更加快了脚步，先是请了个安，接着跪了下来：“下官年羹尧参见张中堂！”

张廷玉煦煦然伸出一手，说道：“请起，请起。”

年羹尧站了起来。

张廷玉侧了侧身子，伸手做了个相让的姿态："请进。"说完先走了进去。

年羹尧连忙跟了进去。

18. 厢房内

一跨进门，年羹尧便是一怔。

——年羹尧送给张廷玉的几匹蜀锦，两盒子湘妃竹扇，几篓橘子，还有一盒天麻被整整齐齐地堆在正中的方桌上！

张廷玉说话了："亮工，你不应该给我送东西。"

年羹尧连忙解释："中堂，知道您一清如水，从不收受别人的礼物，因此我也没敢给您带什么东西。您看，这是几篓橘子，不过是尝尝鲜；几把竹扇，也是读书人之间经常馈赠的雅物；只是这几匹蜀锦和一包天麻，是我孝敬太夫人的一点心意。中堂，我没把您当上司看，就看在您是前辈翰林，我是后辈的进士，这点儿不像样的东西您不收，也就太扫我的脸了。"

张廷玉沉吟了一下，说道："既然你这样说，那好吧。来呀。"

一个家人应声走了出来。

张廷玉对那家人说道："我前回在湖州买的那一盒湖笔呢？"

那家人从一旁的书案抽屉里捧出那盒湖笔，递给张廷玉。

张廷玉："亮工，那包天麻我代老夫人收下了，这盒湖笔算我回赠你的。其他的东西请你带走。"

年羹尧懵懵然接过那盒湖笔："中堂？"

那家人说话了："年大人，这已经是我家大人破例给您天大的面子了。那些东西您如果不带走，这包天麻我家大人都不会收了。"

年羹尧十分激动的样子："中堂，下官今日算是知道什么才是真正的清官了。我朝有您这样的宰相，真是我大清的福分，天下百姓的福分。"

张廷玉："言重，言重。这不过是我做人的习惯，哪儿就谈得上这些。"

年羹尧："是。下官以后一定好好学学中堂的为人……中堂，明天我就要进京述职了，对于下官在四川任上的做法，还有哪些需要注意或是改进的地方，还请中堂教诲。"

张廷玉："既然你问到这里，我得同你说说。上回你们四川报上来的折子说你调度有方，指挥得当，一年之间就剿灭了境内的土匪。这是你的长处，因此朝廷给你记了一次大功，加三级记录在案。但是你要注意，巴州康定这些地方汉夷杂处，最难治理。最要紧的是安抚，诸葛亮七擒孟获，才是长治久安之策。不要动不动就用兵弹压。多一点仁心，少一点戾气，不但是百姓的福分，也是你自己的福分。这话望你记住。"

年羹尧几句卖乖的话，原想讨来一番褒奖，没料招来一顿教训，脸上好一阵青黄不定，却只得装出受教的模样，答道："中堂金玉之言，下官一定牢记在心。"

张廷玉端起了茶碗："皇上没有时间见你了。你明天一路顺风吧。"

年羹尧只好站了起来。

19. 江夏镇一所大宅院门外

骄阳似火！

胡教头领着十来名庄丁护着两乘轿子在门外停了下来。

一乘轿子的帘子掀开了，刘八女从里面钻了出来。

刘八女的妻妾们从门内哭喊着争先恐后地跑了出来：

"爷！可把您盼回来了！"

"爷！您撇得我们好苦哇！"

……

正不可开交，任伯安出现在大门口。

妻妾们立刻安静了下来。

刘八女推开众妻妾，叫了一声："姐夫！"接着连忙跑了过去，双膝跪下。

任伯安双手扶起他："回来就好，回来就好……黄大人呢？"

刘八女朝另一顶轿子使了个眼色。

任伯安会意，示意刘八女把他的妻妾们带开。

刘八女点了点头，接着朝妻妾们摆了摆头，径直向一边走去。

妻妾们一窝蜂跟了过去。

任伯安堆出笑脸，向另一顶轿子走去。

20. 大宅院内

从大门到大厅百余步路的正中石道上，全是用文竹搭起的棚架，棚架上爬满了蔓叶茂盛的青藤。

棚架两旁，十余名家丁正各自用吸筒从大桶中吸取凉水喷向棚顶，水雾弥漫，蔓叶滴翠。

黄体仁在任伯安的陪同下走入棚架下的石路，顿觉浓荫扑面，凉意沁体，不觉精神顿爽。

黄体仁站住脚，长长吸了一口气，然后两面看了看喷水的壮观，叹羡不绝地道："俗话说，'为官三世方知道穿衣吃饭'。黄某从祖上起就出仕为官，也算'知道穿衣吃饭'了。可一到了这儿，才知道任公才真正是大福人呀！"

任伯安："取笑取笑。高大人清华世家，为国效力，哪顾得在这些上面下功夫。任某若不是罢官闲居，这会儿还不是劳神案牍，饱受炎暑之苦？"

黄体仁："如此说来，还是罢官闲居的好哇！可你我偏偏又没有这个福分啰。"

任伯安会意地笑了："哦？"

黄体仁也报之一笑："哦？"

二人相对大笑，携手向大厅走去。

21.　大厅内

任伯安毕恭毕敬地站着看完了胤礽的亲笔书信，然后将书信放进一个锦盒内锁上。

任伯安："黄大人，太子爷真是仁德之主哇。当初我怎么就投到了九爷的门下？真正是'觉今是而昨非'呀！"

黄体仁："太子爷确是仁德之主。尤其是对属下，推恩加礼，再也不会亏待半点。就拿我和司马大人来说，眼下虽然没有官复原职，可也已是委以重任。以任公之才，只要投靠了太子，台阁之位也是指日可待呀。"

任伯安："任某何人，岂敢存此妄想？他日能在黄大人手下干事，也就于愿已足啰。"

黄体仁："任公……那《百官行述》能不能这一次就交给我带回？"

任伯安："《百官行述》？哈哈哈哈！黄大人，这么重要的东西，我能放在这里吗？再说，就是在这里，黄大人也带不走哇。"

黄体仁："不就是一本册子吗？"

任伯安："差矣，差矣。既然是《百官行述》，这里面就不但有详细记述，而且还要有诸多旁证。否则怎么制约于人？实话奉告，这《百官行述》是我在吏部花了十年的工夫建立的档册，足足有四大箱呀。"

黄体仁："这么多？藏在哪里？"

任伯安："就在京里。"

黄体仁："就在京里？"

任伯安："这一次我就同黄大人一块儿进京，取出来当面交呈太子。如何？"

黄体仁："好！那明天就走？"

任伯安："不急，不急。黄大人远道屈降，任某也该略尽地主之谊呀。您且宽心在这儿小住几日，等任某把江南几处钱庄的事结了。咱们再从容上京。"

黄体仁："如此也好。"

管家走了进来："禀大爷，苏州买的那班女戏子都已到了，请爷的示下，是不是今天晚上就唱？"

黄体仁眼一亮："什么？是坤班？都是女孩子？"

管家："回大人的话，是的。这些女孩子是我家大爷五千两银子一个从苏州买的，一共十二个。一个个都是顶尖儿的人物，套一句雅话，真可称得上'色艺俱佳'！"

黄体仁："好，好。任公，那今天晚上就让我先睹为快如何？"

任伯安："当然，当然。传话下去，叫她们准备好，今晚上就唱。"

管家："是。"

22. 江夏镇外河边

沉满星光的河流。

一条条乌篷船正悄无声息地靠向岸边。

借着星光可以依稀看出，每条船上都伏满了手执钢刀的精壮汉子。

其中一条稍大的船上，坐着双眼微闭面无表情的年羹尧和聚精会神四处察看的岳钟琪。

一条条船陆续靠到了岸边。

23. 江夏镇梨香院坪内

戏台上已经挂起了一溜透亮的灯笼。

偌大的坪中，只摆着一张镂花乌木大桌，上首坐着黄体仁，任伯安和刘八女打横相陪。

大桌上高脚盆内堆满了各类时鲜水果和精细糕点。

24. 梨香院大门外

胡教头带着几名庄丁挎刀提枪，紧紧地守着大门。

管家带着一名千总走了过来。

胡教头连忙迎了上去，堆着笑脸："阮大人……"

几名庄丁也连忙笑着点头躬腰。

那阮大人只在鼻孔里"嗯"了一声，便在管家的陪同下走了进去。

25. 坪内

那千总先走到任伯安面前拱了拱手："任爷吉祥！"接着转向刘八女大声说道："八爷，恭喜恭喜！我就知道您一定会逢凶化吉，遇难呈祥！这不，您一根汗毛也没掉，整个儿回来了。哈哈哈哈！"

刘八女站了起来，也打趣地说道："老阮，一年不见，你不也健在吗？"

阮千总："我死了，任大爷和刘八爷这么多好酒谁帮着喝？"说到这里，他先望了望满桌的美酒佳肴，然后才笑望了望黄体仁："恕我眼拙，这位是……"

任伯安先向黄体仁说道："淮安营驻防江夏的千总阮必大阮大人，自己人。"

黄体仁只是望了阮必大一眼，点了点头。

阮必大见此人如此托大，脸上不大高兴了。

任伯安微笑了笑，这才对阮必大说道："老阮，这位是京里的黄侍郎黄大人。"

阮必大一惊，连忙刷下马蹄袖，跪了下来："卑职瞎了眼，不知是黄大人驾到，卑职这儿给大人请安了！"

黄体仁："在这儿你我都是客人，不必多礼。"

阮必大："是。"站了起来。

任伯安："坐下来一块儿喝杯酒？"

阮必大："黄大人在此，哪有卑职的座位？卑职这就去把营里的弟兄们调来，给黄大人保驾？"

任伯安笑了笑："如此甚好。来呀。"

管家靠了过来。

任伯安："给阮大人营里的兄弟每人关五两银子的饷。"

管家："是。"

任伯安："阮大人这儿，改天重谢。"

阮必大："给黄大人和任大爷、刘八爷当差，还谈什么谢字？"说完，又行了个礼，转身走了出去。

黄体仁被这人啰嗦了半天，早已不耐烦了，见他一走连忙说道："任公，开锣吧？"

任伯安："是。开锣！"

戏台上，锣鼓响了起来。

26. 江夏镇外河边

多数人已换上官军服装。

年羹尧、岳钟琪和十余名精壮汉子则仍是短打便服。

年羹尧对众官军："你们都按照刚才的布置埋伏好了。只要见到三支烟花升起，就冲进去！"

众官军低应："是！"

年羹尧、岳钟琪率那十余名便装汉子向城堡疾走而去。

27．梨香院坪内

悠扬的曲笛声远远传来。

戏台上一生一旦正在扮演《西楼记·病晤》一折。

那旦角做出相思患病状，千娇百媚地唱道：

> 梦影梨云正茫茫，病不胜娇懒下床，欣然扶病认檀郎。
>
> 呀！果然可爱风流样，怎地相逢看欲狂……

戏台下，黄体仁用手指点着桌面击节，听到这里失声叫道："好！任公，这女孩子不错。扮相好，唱腔好，身段也好。若非江南灵秀之地，焉得有这般撩人梦魂的尤物！"

任伯安："黄大人真是慧眼，这孩子是苏州有名的九岁红，今年恰好一十六岁。如黄大人喜欢，就送给你吧。"

黄体仁惊喜道："任公任公，黄某怎能夺人所爱？"

刘八女倏地站起，大声喊道："停！"

戏台上"嘎"地一下，歌声和乐声都停了，戏子和乐手们都怔怔地望着这边。

刘八女接着喊道："班头，把九岁红带下来，给黄大人敬杯酒。"

那班头连忙带着九岁红走了过来。

刘八女早已斟了一杯酒捧在手里等候，待那九岁红走到桌边便塞在她的手里，说道："这位是京里来的黄大人。黄大人不但道德文章名满京华，做得好诗，填得好词，而且精通音律，还吹得一口好曲笛。听说你有个心愿，'非风流才子不嫁'，现在风流才子就在面前，还不快给黄大人敬酒。"

那黄体仁见了九岁红早已失了七分矜持，多了三分温柔，被刘八女这一番吹捧更是十分的称心，不禁便站了起来等候九岁红敬酒。

奇怪的是，那九岁红捧着酒杯，不但站在那儿不动，两只手反而不断地颤抖，眼中也露出惊慌的神色。

黄体仁见她这般模样，脸上也渐渐失去了笑容。

刘八女唯恐她得罪了黄体仁，脸一沉，眼一鼓："怎么了？！"

那九岁红更惊慌了，两眼直直地望着他们三人的背后，一声也吭不出来。

任伯安惊觉最早，顺着九岁红的目光掉头望去。

几乎同时，刘八女和黄体仁也回过头望去。

三人同时一惊！

——灯影下，几个手执钢刀的蒙面汉子，只露出鬼火似的眼睛正站在他们身后！

刘八女张口朝外面惊呼："胡……"

不待他叫完，中间那位蒙面汉子——年羹尧将一颗圆溜溜的东西倏地扔到桌上！

几个人下意识一看，都惊得倒吸冷气——那颗扔到桌上的东西竟是胡教头的人头！

没等他们缓过神来，年羹尧把头一点。

其他几个蒙面人已经倏地窜了过来，一人一个，揪住了黄体仁、任伯安、刘八女和班头与九岁红，把钢刀架在他们脖子上。

远处戏台上，戏子和乐工们见状一个个命也不要争着向后台跑去。

年羹尧却并不理会那些逃走的戏子和乐工，只是向那班头走了过来，阴森森地问道："谁是刘八女？"

那班头哪里敢说，正惊疑间，年羹尧把头一点。

抓住班头的那蒙面人——岳钟琪立刻把钢刀在他脖子上一勒！

一股鲜血喷了出来！

年羹尧又走向九岁红，仍然是阴森森地问道："谁是刘八女？"

那九岁红早已吓得要昏了过去，哪里还答得上腔？

抓住九岁红的那个蒙面人眼瞪瞪地望着年羹尧，手中的钢刀跃跃欲试！

年羹尧又要点头了。

黄体仁急了，脱口喊道："不、不要……"

刘八女自己说话了："有、有话好说。在、在下就是刘八女……"

年羹尧阴冷的目光在刘八女脸上看了好一阵子，接着说道："你真是刘八女？"

刘八女："是……大、大王……好汉……要干什么，请、请说……"

年羹尧："干什么，还用说吗？借点儿粮吧！"

刘八女这才惊魂稍定下来，说话也就清爽多了："好说，好说……要多少，说个数儿，我叫人去取。"

年羹尧冷笑了一下："去取？你当老子是讨饭的！谁不知道你家的银子比皇上还多

呢？识相的，带我们到库房里去！"

任伯安这时候说话了："好汉，四海之内皆兄弟也。您不就是给弟兄们弄点钱儿吗？你有多少弟兄，能搬动多少，就给你多少，这总行吧？三万两银子，够了吗？"

岳钟琪嚷道："你他妈说得轻巧！三万两银子就是一千八百斤，叫我们怎么搬？"

年羹尧故意责怪似的瞟了岳钟琪一眼。

岳钟琪也装着失言的模样。

就这么一糊弄，任伯安、刘八女，还有黄体仁立刻便轻松下来。

任伯安："如此说来好汉们这次来的人也不是很多啰。老八，咱们还有多少金子？"

刘八女："大概能凑个千把两吧。"

任伯安转身对年羹尧："好汉，这千来两金子也足够你们弟兄几个花上好一阵子了，怎样？"

岳钟琪还真是个装假的能手，又虚虚实实地嚷道："咱们来了上千的弟兄，一千两金子顶个球用？识相的快带我们到库房去！"

任伯安脸色一转，笑道："恐怕不稳便。一路上尽是巡街的，折腾大了对好汉们也没有好处。我劝诸位还是见好就收，交个朋友，今后也好见面嘛。"

年羹尧故意和岳钟琪交换了一下眼色，又故意地假装思索，眼睛却不时察看着周围的动静——显然是在拖延时间。

终于，四面八方传来了惊天动地的呼喊声："拿贼！不要让他们跑了！"

鼓噪间，四面八方火把乱舞，把个梨香院周围的上空照得通明！

接着，阮必大率领一百多号淮安营的兵士和几十名庄丁执着刀枪拥了进来。

年羹尧使了个眼色。

另几名蒙面人把任伯安等人拖到一堆，重新在他们的脖子上架上钢刀。

拥进来的兵士和庄丁见状不敢贸然上前，只好远远地围住。

年羹尧望了望围在周围的兵士和庄丁，低声对身旁的岳钟琪说道："人到得差不多了！放吧。"

岳钟琪从箭筒里抽出三支起火，晃着火折子燃了捻儿。

三支起火嗖嗖嗖直冲夜空，在空中连爆三响，放出璀璨的火花。

28. 城堡外

三朵烟花在夜空中耀眼醒目。

潜伏在门外的五百精兵一跃而起，冲进堡门。

29. 梨香院坪内

阮必大带着兵士和庄丁慢慢逼近了年羹尧等人。

阮必大吼道："他娘的真是活得不耐烦了，就凭你们几个小毛贼也敢到江夏镇行劫？识相的放开三位爷，我放一条道儿你们走！"

年羹尧仰天大笑，接着，一把摘去蒙头黑帕。

熊熊火把照耀下，显出他那张刚毅精严的面孔。

任伯安、黄体仁齐声惊呼："年羹尧！"

岳钟琪也已摘下头套，厉声说道："听到了吧？这是四川提督年军门！你们是哪一营的，还不过来参见！"

阮必大也呆了，看了看年羹尧，又看了看任伯安。

任伯安心知大事不好，横下心来喊道："阮千总，他们这是官军扮盗行劫，快下了他们的家伙！"

年羹尧反手一记耳光，打得任伯安晕头转向！

年羹尧："官军扮盗行劫？睁开你的狗眼看看，这是什么？"说着，从袖中抽出刑部关防扬起，"奉刑部十三爷密谕，捉拿钦案要犯刘八女和任伯安！与他人无关，谁要乱动，格杀勿论！"

岳钟琪接过手谕走近阮必大："你看看吧！"

阮必大惊觉地退后了一步，将刀护在身前，然后睁大眼远远望去。

——关防文书上刑部的四方大印赫然醒目！

阮必大犹豫了。

黄体仁说话了："年军门，这真是十三爷签发的吗？"

年羹尧："十三爷的手谕，谁敢假冒！"

黄体仁心中忐忑，不住念叨道："这就怪了……这就怪了……"

任伯安却心知事情有变，挣扎着叫道："必大！我们是太子爷的人，他们这是越权谋害！"

阮必大闻言有了主意，远远地向年羹尧拱了拱手："年大人，虽然您有刑部的关防，但您是四川的军门，没有本省臬司衙门的牌票，不能到我安徽来拿人。请年大人将人犯留在标下的营里，待标下请示上峰再说。"

年羹尧冷笑了一声："小小的一个千总，倒有这么多名堂。难道堂堂刑部的关防、十三爷的手谕，倒抵不上你安徽臬司衙门的牌票？识相的，快把你的人撤了！"

阮必大："卑职驻防江夏镇，职责在身。请年大人明鉴。"说完，示意众兵丁靠近。

这时，年羹尧的精兵已悄悄围进院中。

年羹尧看在眼里，脸色一变，喝道："不听招呼。来呀！"

众精兵在周围突然发声齐吼："在！"

如夜空中响起一声炸雷，数百人的吼声将阮必大和众兵士众庄丁吓得蒙在当场。

任伯安、黄体仁和刘八女更是面如土色。

年羹尧："下了他们的兵器！"

不待年兵上前，淮安营兵早已自己将兵器纷纷丢在了地上。

30．江夏镇库房门外

十几辆大车一溜儿排在门外。

年羹尧坐在库房旁一个高高的土堡上，犀着眼望着亲兵们从库房内把一箱箱财宝搬出来。

一对对亲兵抬着一只只箱子向年羹尧身前走来。

第一对亲兵抬着第一只箱子走到了年羹尧身前，停了下来。

一名管带掀开了箱盖。

—— 一锭锭黄金在火把照耀下闪闪发光！

年羹尧仍然犀着眼面无表情。

第二对亲兵抬着第二只箱子走到了年羹尧身前，停了下来。

那名管带又掀开了箱盖。

——满箱的珠宝在火光照耀下更是色呈五彩，摄人眼目！

年羹尧还是犀着眼面无表情。

第三对亲兵抬着第三只箱子走来了……

31．梨香院坪内

到处是女人和孩子的哭喊声。

另一些亲兵正把江夏镇的人从四面赶到坪内。

黄体仁、任伯安和刘八女还有他们的家眷们，也被一名管带领着亲兵押了进来。

大坪的那端，阮必大和他的兵士被赶在一团坐着，几十名亲兵执着刀在周围严密看守。

被赶来的其他人——包括女人和孩子则被圈在大坪的另一端……

32. 库房门外

大车上已经堆得高高。

亲兵们仍然在搬着箱子。

岳钟琪捧着一只匣子急急忙忙向年羹尧走来。

走到面前，岳钟琪低声禀道："大帅，任伯安招了。东西都在这里。"说着把那只匣子递给年羹尧。

年羹尧打开匣子，先是掏出了那封胤礽的信看了看，点了点头塞进了怀里。接着又拿出一张契约似的东西看了一眼，怀疑地望着岳钟琪："怎么是一张当票？"

岳钟琪："回大帅，卑职都问清楚了，那任伯安把《百官行述》寄存在京里的万永当铺。"

年羹尧这才点了点头，把那张当票也塞进了怀里，接着站了起来："走！"边说边向梨香院方向走去。

岳钟琪紧跟着走去。

33. 梨香院坪内

岳钟琪向阮必大那一堆人走去。

走近阮必大，岳钟琪说道："阮千总！"

阮必大连忙从地上爬起。

岳钟琪："带着你的弟兄，到外面去领兵器。"

阮必大："大人放我们走？"

岳钟琪："不放你们走，还留你们在这儿过年哪？"

阮必大喜出望外："谢过大人，谢过大人。弟兄们，都跟我走，回营去！"

众兵丁纷纷爬起，跟着阮必大向坪外走去。

34. 另一处空坪上

阮必大和他的兵士纷纷向堆着的兵器走去……

站在阮必大身后的岳钟琪，飞快地在自己的额上拉了一道口子。

鲜血从那道伤口冒了出来。

岳钟琪大喊："造反了！弟兄们，杀呀！"

喊着，岳钟琪率先一刀砍倒了阮必大。

数百四川提督大营的亲兵看见火光下满脸流血的岳钟琪，怒吼着举刀围向阮必大的兵士，奋力砍杀。

阮必大的兵士们被纷纷砍倒在地。

渐渐地，亲兵们都停止了砍杀。

地上横七竖八躺满了阮必大兵士们的尸体！

年羹尧这才慢慢从外面走了过来，又慢慢扫视着他的"勇士们"。

亲兵们无一不是满脸满身的鲜血！

年羹尧说话了："干得好！那边院子的人也一样，去吧！"

岳钟琪一惊："大帅，好几百人哪！何况还有女人和孩子呢？"

年羹尧脸一沉："他们聚众谋反，抗拒朝廷，王法无情！无论男女老幼，统统杀光，不许走出一人！"

35．梨香院大坪内

砍杀声、哭喊声顿起！

到处是刀光！血光！

滚动中牙齿仍然咬得咯咯作响的人头！

一刀砍过，被劈作两半的红肉仍在突突地跳着！

年羹尧还是那副面无表情的模样，背着手站在大门下犀着眼监看着院内杀人。

突然，任伯安那绝望的声音从那边传来："年羹尧！你如此狠毒，不得好死……"

年羹尧犀眼望去。

所剩无几的活人中，任伯安和刘八女被最后的十几个庄丁护卫着靠在墙角，满眼怨毒的神色！

年羹尧微微一震，把手一举！

岳钟琪连忙发令："停！"

围在任伯安他们身旁的亲兵们停止了砍杀。

年羹尧握着剑柄，踏着遍地的尸首向任伯安和刘八女他们走去。

走近那十几个瑟缩在一堆的人群，年羹尧停了下来，突然他闪电般拔出了宝剑！

他一步步向前走着，手里的剑却披风般左右砍杀！

庄丁们断柴般向两边倒下！

走到墙边，年羹尧又停住了。

任伯安和刘八女双双坐靠在墙上，绝望地闭上了眼睛。

年羹尧宝剑一挥！

两道血光一左一右喷向镜面！

年羹尧的画外音："放火！把这儿统统烧光！"

熊熊的火光燃烧起来。

36. 江夏镇河边

远处，江夏镇已是大火熊熊，红透了半边天空！

一箱箱财宝都被装到了船上。

浑身血迹的官兵们在岸边列队肃立。

岳钟琪走向坐在一个土堆上的年羹尧身边，轻轻地唤道："大帅……"

年羹尧懒洋洋地站了起来，打了个哈欠，像个刚睡醒的孩子，对众人说道："弟兄们剿贼有功，回四川后每人赏五百两银子。"

众兵士面露喜色却鸦雀无声。

年羹尧还是那副懒洋洋的神态："有谁说了这里的一个字，就杀他全家。"

岳钟琪大声提醒道："听到了吗？！"

众官兵低声齐应："是！"

年羹尧："东美，你带他们押着这些东西回四川。"

岳钟琪："是。"

年羹尧："近卫亲兵，随我连夜进京。"

八名近卫亲兵齐声应道："嗻！"

年羹尧翻身上马，一勒马头。

江夏镇那边已是火光冲天。

火光冲天的背景上，叠出年羹尧勒马扬蹄的剪影。

定格。

| 第十四集　火烧《百官行述》|

1. 胤禛府大门外

天还没亮，大门咔呀一声打开了。

两名太监提着长竿和灯笼走了出来，接着用长竿把灯笼挑到檐梁上挂好，又走了进去。

灯笼上印着"雍王府"三个大字。

紧接着两名侍卫挎着刀走了出来，一边一个在门外站好。

一名仆人拿着一把长长的竹扫帚走了出来，在门前的大坪里扫着。

天蒙蒙亮了，一阵急促的马蹄声传来。

年羹尧率着八名亲兵飞马驰来。

2. 胤禛府前院

年羹尧满头大汗走了进来。

高勿庸迎了过来。

年羹尧急问："四爷呢？"

高勿庸："在后院看书。"

年羹尧："快带我去！"

3. 胤禛府后院

站在一条幽径上的胤禛脸色一变，将手中的书一合："走，到屋里再说。"说着径直走去。

跪在地上的年羹尧连忙爬起，跟了过去。

4. 胤禛府万福堂

胤禛跌坐在榻上双眼微闭数着念珠。

他身边的榻几上摆着胤礽写给任伯安的那封信和任伯安寄存《百官行述》的那张当票。

年羹尧跪在榻前，不时地瞟一眼口中念念有词的胤禛。

胤禛那愈诵愈急的念经声渐渐化成愈敲愈近、愈近愈响的木鱼声。

木鱼声中夹杂着许多人的呻吟声和哭喊声。

胤禛那渐显愁苦之色的脸上渗出了汗珠。

跪在榻前的年羹尧脸上亦流下了汗珠。

突然，门啪地被推开了！

一切声响戛然而止。

胤禛倏地睁开了眼睛。

年羹尧也吃惊地抬起了头。

胤祥一阵风似的闯了进来，一望见抬头目迎的年羹尧便骂开了："年羹尧，一夜之间就杀了七百多人，你狗日的胆子不小呀！"

胤禛一怔，急问："你是怎么知道的？！"

胤祥："岂止我知道？淮安营死了一百多名官兵，安徽的六百里加急早已报到兵部。这会儿不但太子知道，八哥他们全都知道了！"

胤禛和年羹尧都是一惊。

5. 毓庆宫

胤礽气急败坏地直拍书案："十三爷呢？怎么还没来？"

一太监："回太子爷，已经派了两起人去找了……"

胤礽："再派人去！赶快找来！"

6. 胤禩府书房

胤禩阴沉着脸坐在书案前。

胤禟和胤䄉也沉着脸坐在窗前的椅子上。

胤禵则气急败坏地来回疾走，走到门边倏地停住，又猛地转身，咬牙切齿地说道："这事一定是太子派人干的！不行！咱们辛辛苦苦积攒的几百万银子不能就这样让他掳走！"

胤禩："几百万银子都是小事，那《百官行述》不能落在他的手里！"

胤禟被提醒了，更是一惊："对了！《百官行述》落到他的手里就更糟了！"

胤禩和胤䄉都紧张了起来。

胤禵站了起来，说道："这事得赶紧查！八哥，我这就回兵部，安排人立刻去安徽，一定要查出是什么人干的！"

胤禩："好。但要以官兵被杀的名义去查。"

胤禵："我理会。"说完，匆匆走了出去。

7. 万福堂

胤禛仍然趺坐在榻上。

邬思道也被请来了，他默默地坐在椅子上，神情一如往常的平静。

年羹尧还是跪在那里，一动不动。

胤祥则双手交臂站在年羹尧旁边。

一片沉默。

胤祥忍不住了，望了望脸色铁青的胤禛，说道："算了算了。这差使本就难当，亮工也没想到任伯安会勾结淮安营的官兵拒捕。总之，这一次他还是功大于过。四哥，你也别生气了，咱们商量善后才是正经。"

年羹尧闻言心里一松，微微抬起头感激地看了胤祥一眼。

胤禛叹了口气，望了望年羹尧，说道："你呀……听着，你先到吏部去述职，然后住到柏林寺去，不要到处乱走。揩屁股的事我们来办。"

年羹尧重重地叩了个头："奴才该死，奴才给主子惹了祸，奴才愿受处罚！"

胤禛："处罚？真要处罚你，'滥杀无辜'四个字就要了你的命！……现在他们不知道，咱们自己得瞒住。等到瞒不住的时候，我和十三爷自会把担子担起来。好了，你先到后院去走走，见见福晋，见见你妹子，也见见狗儿、坎儿。"

年羹尧这才完全松了口气，又重重地叩了个头："是。"接着爬了起来，退了出去。

望着年羹尧消失的身影，邬思道这才开口说话了："年羹尧这笔财可发得不小哇……"

胤禛和胤祥被他这么一点，都惊悟了！

胤禛的脸又变得难看起来，眼中寒光一闪："好个奴才，这件事他居然一个字也没说……"

8. 那拉氏的套间

年羹尧跪在一张珠帘前。

珠帘内传来那拉氏的声音："这些东西都是不容易得到的。花了不少钱吧？"

年羹尧："只要主子喜欢，就是奴才的造化。"

那拉氏："我和四爷喜欢原不在这些上头。只要看着你们这些包衣门人一个个比别人出息，能多为朝廷出力，就是最大的欢喜。"

年羹尧："是。奴才一定记住福晋的话，在外头好好做官，多为朝廷出力。"

9. 万福堂

胤祥："这事他敢说吗？四哥，你没带过兵，不知道带兵的难处。手里没有钱，谁给你卖命？我想呀，只要他把这笔钱用在带兵上面，咱们睁一只眼闭一只眼算了。"

胤禛："你这话我不认。自古以来，那么多名将都靠这个带兵吗？"

胤祥："当然不都是，但各人有各人的做法。我就认一个理，不管是什么猫，能抓住老鼠就行。四哥，你的门人中也就年羹尧这一只猫哟。"

邬思道："十三爷这话有理。王爷，'水至清则无鱼，人至察则无徒'。此人杀伐决断，将来还有派大用场处，切不可因此毁了自己的臂膀。"

胤禛沉吟了片刻，然后无可奈何地叹了口气，说道："你们说的这些我也不是不知道。但一味地纵容，就很容易'尾大不掉'！我担心的是这个呀。"

邬思道立刻认同地点了点头。

胤祥："不会。他孙猴子还翻得过你如来佛的手掌心？"

这时，门外传来了高勿庸的声音："主子，十三爷府上的人来了，说是太子爷派了很多人在到处找十三爷呢。"

胤祥站了起来："好了，轮到我去'揩屁股'了。"

胤禛："要沉住气。他说叫查，你就先答应下来。过后再赶来，咱们商量下一步怎么干。"

胤祥："好吧。"说完匆匆走了出去。

这时，胤禛才从榻上下来，来回地踱了几步，然后对邬思道说道："这事儿弄复杂了。邬先生，你看咱们该怎么办？"

邬思道："现在最要紧的是赶快把《百官行述》从万永当铺赎出来！"

10. 后院的一间大厅

望着眼前都长成了大人的狗儿、坎儿和翠儿，年羹尧笑着说道："四爷家的水真养人！才两年不见，几个小崽子都长得认不出了！"

说到这里，年羹尧走到左边贼笑嘻嘻的李卫面前，在他肩上掏了一拳："你是狗儿！"

接着又转身对憨笑着的坎儿，在他肩上也掏了一拳："你是坎儿！"

然后望着出落得含苞怒放的翠儿："翠儿倒是越长越好看了……"

这时，他又看了看狗儿和坎儿，又看了看翠儿，诡秘地笑着从袖套里掏出一枚镶着红色宝石的戒指伸到翠儿眼前，说道："翠儿，你看这个戒指我是给狗儿好呢，还是给坎儿好？"

翠儿："你给谁，关我什么事？"

年羹尧又哈哈笑了："傻丫头，怎么不关你的事？这个戒指将来是你的。你说，我把它给谁，将来才会戴到你的手上哪？"

翠儿仍然没有反应过来。

狗儿和坎儿倒完全听懂了，情不自禁地一齐望着翠儿。

翠儿看到狗儿、坎儿的模样，这才红了脸，对年羹尧嗔道："你坏！"说完，飞快地跑了出去。

年羹尧哈哈大笑着，又从袖套里掏出了另一枚镶着绿色宝石的戒指，对狗儿和坎儿说道："给你们一人一只，看谁有本事把它戴到翠儿手上！"

狗儿仍然是贼笑嘻嘻地接过了那只红宝石戒指。

坎儿的笑容有些勉强，踌躇了一下，也接过了另一只绿宝石戒指。

这时高勿庸走进来了："高福，四爷叫你呢。"

11. 万福堂

胤禛拿起一张当票递给高福："你这就到账房里支一千两银子，带几个人，赶一辆车，到万永当铺把这四只箱子赎回来。"

高福接过当票："是。"

12. 年秋月的卧室门外

年羹尧被那扇紧关着的门挡在外面。

年羹尧："妹子，你这是怎么了？我是你哥呀！"

13. 门内

年秋月背靠在门扇上，眼中闪着泪花："我没有哥！我家里的人都死绝了！"说到这里泪水汩汩地流了下来。

14. 门外

年羹尧一惊，急问道："到底怎么了？谁给你气受了？"

15. 门内

年秋月："谁给我气受关你什么事？反正一家子旗也抬了！你的官也升了！……把个女儿撂在王府里讨主子的好，一家子指着这个飞黄腾达……我们年家真出息呀……"

16. 门外

年羹尧一张脸变得煞白，脚一跺，转身走去。

17. 万福堂

胤祥已经从太子那儿回来了，坐在那儿对胤禛和邬思道说道："太子怀疑这事是八哥他们干的，叫我派刑部的人去查。"

胤禛："你怎么说的？"

胤祥："我还能说什么？只好答应他派人去查呗。四哥，当务之急是赶快把《百官行述》弄到手。"

胤禛："我已经派高福儿去了……"

正在这时，高福儿垂头丧气地走了进来。

胤禛："怎么了？东西没赎回？"

高福："是。"

胤禛："怎么回事？"

高福："那当铺的掌柜认识任伯安，说是不见当主本人，不能赎当。"

胤禛："胡说！从来都是凭票赎当，哪来的这门子规矩？"

高福："回王爷，任伯安在存当的时候，同当铺掌柜附签了一张契约，契约我看了，上面确实注明着，除了任伯安本人谁也不能赎当。"

胤祥："好个任伯安，果然老奸巨猾。四哥，我亲自去赎！"

胤禛："不行。你直接去赎必然引起注目。高福，打听没有，这家当铺是谁开的？"

高福："打听了，是八爷的门人开的。"

胤禛、胤祥和邬思道都是一惊。

邬思道站了起来，拄着拐杖走了几步："这事有些麻烦了……高福，他们认出你了吗？"胤禛和胤祥一齐望着高福。

高福："我说是受了任伯安的委托从南边来的。他们应该认不出。"

邬思道："这就好。你先下去吧。"

高福退了出去。

邬思道："四爷，十三爷，这事儿不能再犹豫。咱们得走一着险棋！"

胤禛、胤祥一凛，同时把目光聚在邬思道脸上。

18. 万永当铺

李卫在柜台外的客椅上一坐，喊道："抬进来吧！"

几名仆役从门外往里抬进两口木箱。

高柜内那掌柜停下拨弄算盘的手，把目光从铜丝架老花眼镜上方瞧去。

衣着光鲜的李卫正跷着二郎腿，拿着一只珐琅内镂花的鼻烟壶，二指撮烟往鼻孔里抹。

掌柜的眼睛一亮，目光移去。

堆在店堂中的两只红木大箱四周镶着白银花边，显是官宦巨绅家方有之物。

掌柜的低下头对高柜下的伙计低声说道："有大桩买卖来了，快准备接货。"

那伙计点了点头。

掌柜心中跃动却神色不惊，慢条斯理地走出柜台，走向李卫："这位爷，敢莫是要寄存东西？"

李卫："嗯。你先瞅瞅，这几箱东西值多少钱，报个数，我等着要钱用。"

掌柜听说"等着要钱用"便知来者是冤大头，于是点了点头，踱向那两只木箱。

抬箱仆役掀开第一只箱盖——里面尽是狐皮貂皮，毛光闪亮，毫锋纤齐，显是上等好货。

仆役又掀开第二只箱盖——里面竟是五色迷目的珍玩！

那掌柜连忙调匀呼吸，伸手在箱里拿出一串朝珠。

——那朝珠竟是拇指般晶圆的珊瑚珠串成，颗颗大小一般！

掌柜暗暗心惊，却装得若无其事地将朝珠放回箱内，然后转对李卫："这位爷，您这些东西都是贵府上的？"

李卫脸一沉："你这是什么话？不是我府上的，还是你府上的？"

掌柜："那串朝珠呢？"

李卫："我家老爷子的，怎么着？什么地方不对吗？"

掌柜赔笑道："不是，不是。在下的意思是您把这朝珠当了，令尊上朝啦，去衙门啦，倘若要挂，岂不没有了？"

李卫这才将脸放松了，说道："老爷子早几年就伸了腿儿，留下这劳什子也没用了。"

那掌柜疑心一去，喜心翻倒，在心里狠狠说着："又是个败祖业的主，可不能放过他！"接着说道："是这样，那就不打紧。请问爷，您这两口箱子，要当多少银子？"

李卫："我问过人了，至少要当十万两！"

那掌柜一听答道："爷，您没听错吧。就这些东西，也值十万？"

李卫："怎么不值？光那串珊瑚珠，我家老爷子当年就花了三万银子。"

掌柜："话儿不是这样说。一来，早年的行市和眼下不同了。二来，您是寄当，又不是卖祖产不是？过一阵子，您手头活泛了，还得来赎，是不？"

李卫装作死要面子的模样，大声答道："这倒没错！少爷眼下手头紧了点，过一阵子自然要来赎的。八万两银子，不能再少了！"

掌柜："四万！"

李卫："六万！"

掌柜："最多五万！再多，小当一时也拿不出了！"

李卫愣了一愣，咬了咬牙，说道："五万就五万！我得要现银。"

掌柜："付现银，这就付现银。"

19. 刑部大堂

几名刑部和顺天府的官员都低着头站成一排。

大堂正中，胤祥正在不断地拍着书案大发雷霆："都是吃干饭的！天子脚下，首善之区，竟让人把四王爷府上的东西都偷了去。这还了得！限你们一天时间破案！"说着将一张失单扔到官员们面前。

那几名官员都急了，为首那名官员拾起失单，说道："十三爷，一天时间是不是太急了……"

胤祥又拍了下书案："就一天！一天没破案，你们都回家抱孩子去！"说完，胤祥径自走下书案，头也不回走了出去。

那几名官员都抓瞎了，忙不迭连声喊道："来人！来人！"

八九名公差闻声连忙跑上堂来。

为首那名官员扬着那份失单对公差们嚷道："调集刑部和顺天府所有的差役全部出动，一定要在一天之内把四王爷府上被盗的东西找到！"

那些差役面面相觑："什么？一天？"

那官员吼道："就一天！一天没找到，你们都回家抱孩子去！"

那些差役苦着脸答道："是。"

那官员："还不去？！"

那些差役飞也似的跑了出去。

20. 枫晚亭

胤禛和邬思道正在黑白对弈。

胤祥急匆匆地走了过来，一边嚷道："好闲心，你们还在这儿下棋，我可是布置他们'破案'去了。四哥，酒席安排好了吗？"

胤禛停住了手中那枚刚想布下的棋子，说道："今天就摆酒？总不成你一天能把案子破了吧？"

胤祥诡秘地笑了笑："四哥，这些事儿你就外行了。这破案嘛，你逼得紧他就破得快，你逼得不紧他就破得慢，你不逼，有些案子一万年也破不了。"

邬思道也笑了："王爷，十三爷既说今天能破案，那一准儿能破。还是通知厨房里安排酒席要紧。免得到时候客人们来了又是青菜豆腐。"

见他二人说得如此肯定，胤禛也露出了一丝笑容，把手里的棋子往棋盘上一扔，站了起来，大声喊道："高勿庸！"

21. 醉仙居酒楼

闹哄哄地坐满了酒客。

两名换穿了便衣的差役走了进来，对视了一下眼神。

一名半靠在大门口站了下来。

另一名差役则向店角一群划拳哄闹的酒客走去。

那一伙酒客见这名差役来到，急忙站了起来，赔着笑脸。

远远地可以看出，那差役在向他们问着什么。

那伙人开始是摇着头，分辩着，接着都急了，在那儿指天发誓。

守在门边的差役则看似清闲其实也在紧张地注视着店里的一切。

这时，一名酒客匆匆地走了出去。

过不久，酒店的一名伙计走了过来，把一个信封递给守在门边的差役："王二爷，这是一个客官叫我交给您的。"

那差役接过信封，撕开封口，抽出信笺一看，又惊又喜，大声喊道："老李！别问了，我这儿有消息了！"

里面那名差役连忙走了过来。

门边这位差役把信笺递到他的面前，一边低声说道："东西有下落了，在万永当铺！"

22. 枫晚亭

刑部那位官员低着头垂着手站在那儿。

胤祥看了看那信笺，大声说道："办得好！你这就带人把万永当铺给我围了！"

那官员却犹豫了："十三爷，听说那万永当铺是八爷的门人开的，万一搜不出东西……"

胤祥："叫你围你就去围，待会儿我亲自带人去搜！"

那官员这才放了心，大声答道："是！"接着又向胤祥和胤禛行了个礼，这才转身匆匆走去。

胤祥笑着对胤禛说道："怎么样？一天就把案子'破'了吧？"

胤禛却没有笑，站了起来，说道："那好！你去搜赃，我去请客！"

23. 万永当铺外

刑部的差役已将当铺四周团团围住。

胤祥带着几名老公差大步走了进去。

远远的，围观的人群中一个中年人对一个后生急忙说道："我在这儿看着，你赶快去禀报八爷！"

那后生点了一下头，从人群中钻了出去。

24. 胤祀府书房

胤祀、胤䄉、胤禟坐在那儿聚精会神地望着胤䄉。

胤䄉："事儿干得真绝！一个活口也没留。整个江夏镇变成了一片废墟……"

胤禟："我就不信，能不留下一点蛛丝马迹！"

胤䄉："当然。安徽臬司衙门的人说，那几天有很多操四川口音的人在那一带出没。"

胤祀一凛。

胤禟和胤䄉也是一凛。

胤䄉："是四川的土匪干的？！"

胤禟："哪儿有这么大股土匪越省作案的！十四弟，你接着说，安徽地方知道这些四川人的来头吗？"

胤禵："只是猜测，他们也不敢认定。"

胤禟、胤䄉："谁？！"

一直没有说话的胤祀双眉一轩："是年羹尧吗！"

胤禵点了点头。

胤禟和胤䄉惊得站了起来。

正在这时，门外传来胡管家的声音："八爷，四爷来了！"

25. 胤祀府客厅外

胤祀大步迎了出来，胤禟、胤䄉、胤禵跟在他身后也迎了出来。

胤祀对徐步走来的胤禛揖道："四哥稀客，是什么风把您给吹来了？"

胤禛："我刚从太子那儿来，心里闷，听说九弟、十弟、十四弟都在你这儿，有点儿事正好和你们聊聊……"

26. 万永当铺内

胤祥坐在高柜旁的客椅上，两眼紧紧地盯着那位掌柜。

那掌柜正在捧着失单细看，看着看着脸色变了，心中叫苦不迭："怎么办？招承了，五万两银子没了，还得落上窝赃的罪名。不行！我得一口咬定没这事儿。"

胤祥急躁道："有，还是没有？"

掌柜："没有！确实没有！小的吃了豹子胆也不敢诓您十三爷！"

胤祥："那我可得到库房里去看看了。"

掌柜："十三爷！十三爷！您这儿一查库房，哄传出去，小当往后的生意可就砸了！您不看僧面看佛面，给八爷留点面子……"

27. 胤祀府客厅

胤禛望着胤祀说道："早几天听说你心口疼的毛病又犯了，怎么瞧你的气色又不太相干？老十三前些日子送了我一包枣花黄芹茶，最能养胃安脾，待会儿送给你喝吧。"

胤祀微笑了笑："劳神四哥惦记，我这病本就时好时犯，也没什么要紧。但你知道我的处境，既不想当差，也不想见人，正好借这个病在家里躲着，也正经读几本书。"

胤禛点了点头，望着胤禟、胤祧、胤禵说道："如今都有一本难念的经呀。你们大概也听说了，我的差事也越来越不好伺候了。再这么下去，我也学学八弟，弄个病养起来闭门读书——笑话！我雍亲王也不是那么好欺的！"

胤祀、胤禟、胤祧和胤禵闻言一怔，互相对视了一下眼神。

胤禟说话了："怎么？四哥也受气了？"

胤禛苦笑了笑："岂止受气？苏北遭了灾，我和揆叙他们到处调粮筹款，忙得昏天黑地，临了还被人家说是假公济私！接着我上的几个条陈都被驳了回来。这几天我也撂担子了，本想在家里偷偷闲，谁料到更烦心的事来了……"说到这里胤禛皱起了眉头，把话停了下来。

胤祀等人见他这般模样，都感觉到这位四哥是要绕出什么重要话题来了，一个个凝神注视着他。

胤禛："我也是刚知道不久。年羹尧进京述职，今儿到府上来看我，说是那个什么叫刘八女的钦犯从刑部大牢里逃出去了，他奉了毓庆宫的札子，到江夏镇去拿人，遇到抵抗，就把那个刘八女的庄子剿了，听说连八弟和九弟的门人叫任伯安的也一刀杀了！"

胤祀等人听到这里都站了起来。

胤禛也激愤起来："我听了气得不行！……人心不古，世风日下，这种撒野的奴才，真叫人没有法子……"

胤祀等人听他把这件事如此轻描淡写地说了出来，一个个气得怔在那儿。

28. 胤祀府客厅门外

胡管家带着万永当铺前来报信的那人急急地向客厅走来。

刚到门边，胡管家一怔。

他看见：

门内胤禛正冷着脸坐在那儿。

胤祀等人也一个个面容凝重，一声不吭。

胡管家吓得暗吸了一口冷气，朝那报信的人摆了摆手，悄悄地缩了回去。

29. 万永当铺内

胤祥："扯你娘的淡！什么事都往皇子们身上扯！告诉你，再敢把你这儿往八爷身上扯，我不打烂了你的嘴，八爷也要剥你的皮！乖乖儿的，拿好了钥匙，带我们到库房里去查赃！"

差役头儿何等老到，立刻走上前去从掌柜腰间一扯，立时将一大串钥匙操在手中，接着吼道："走吧！"

那掌柜蔫了，只得哆嗦着带路往里面走去。

30. 胤祀府客厅

胤禛："现在年羹尧被我关起来了。我今儿来，是两个意思：一是代这个奴才给八弟、九弟赔罪——你们四嫂在府上准备了一席酒菜，请你们都过去；也正好借这个机会把江夏镇的事问个明白。"

胤祀四人一听，都知道这位四哥请的这顿饭并不是这般简单，但心里关注着"江夏镇的事"，怎么也忍不住想去"问个明白"。一个个面面相觑了好一阵子。

胤祀淡淡地笑了，说道："既然四哥这样说，我们不去倒好像真的见怪了。"

胤禟、胤䄉、胤䄉会意，一齐点头。

胤禛："好。那咱们这会儿就去吧。"说着站了起来。

胤祀、胤禟、胤䄉、胤䄉都只得站了起来。

31. 万永当铺库房

那两口红木大箱的盖子都已经掀开。

差役头儿拿着失单向坐在椅子上的胤祥禀道："禀十三爷，失单上的东西一样不差，全在这里。"

胤祥将目光一横，紧紧地盯向站在一旁打颤的掌柜。

掌柜腿儿一软，扑地跪倒："十三爷！小的该死，小的白长了两只眼珠，竟没瞧出这些东西是四王爷府上的失物。小的这就叫人把东西送到四爷府上去。"

胤祥冷笑了一声："说得轻巧，拈根灯草。刚才我问你，你为什么一口咬定没有这些东西；这会儿倒说是误当了赃物？来呀！"

差役头儿："在！"

胤祥："把他还有这当铺所有的人都带到那边屋里看起来！"

差役头儿吼应着，指挥差役把掌柜拖了出去。

胤祥连忙起身，背着手向库房四处察看。

突然，他站住了。

目光及处，四只贴着封条的大箱整齐地码在库房里端的货架上。

胤祥走近前去，细看封条。

封条上写着："康熙四十二年任伯安封。"

胤祥嘴角露出了笑纹。

32. 胤禛府客厅

胤禛陪着胤祀、胤禟、胤䄉、胤䄉在那张乌木大圆桌旁坐下。

桌上一只一品锅嘟嘟地冒着热气……

胤䄉："看起来今儿四哥还是真心请我们哪。记得那回你请客，尽上些青菜豆腐……"

突然门外传来胤祀的声音："青菜豆腐，阿弥陀佛！唯我四弟，体民之苦……"

话音未落，胤祀轻摇折扇，潇洒地走了进来。

胤祀、胤禟、胤䄉、胤䄉都是一愣，接着站了起来。

胤䄉真是心中有便口中出，急忙问道："怎么？还请了三哥？"

胤祀脸上的笑容顿失："什么？我是不当请之人吗？老十，你平时不请我，今儿老四请我，你也不乐意？"

胤䄉："哪里哪里？我是怕三哥一开口就是'子曰子曰'，我搭不上话，多没劲？可没有别的意思。"

胤祀："子曰，见人说人话，见鬼说鬼话。我见你老十，只说鬼话不就行了？"

胤䄉："三哥骂我是鬼？"

胤祀："酒鬼也是鬼。你待会儿多喝酒少说话，做个酒鬼吧！"

胤䄉："好！这个鬼我愿意做！"

胤禛："三哥、诸弟，请坐吧。"

众人刚想落座，门外传来了高勿庸的传呼声："太子爷驾到——"

众人这次真的吃惊了，一齐望着胤禛。

胤禛笑了笑，迎了出去。

门外，胤礽的画外音："老十三呢？那东西真在你这吗？"说话间胤礽的一只脚跨进了门槛，便怔住了。

胤礽的脸像凝固般木住了，望着胤祀等人竟然没有缓过神来。

这时胤禛连忙示意众人上前行礼："参见太子！"

胤礽这才缓过神来，欲退不能，只好敷衍："不要多礼，都、都坐。"

众人一一落座。

一个人又走了进来——竟是马齐!

众人又一怔。

马齐团团一揖,问道:"四爷今日有什么喜事?竟连太子爷和这么多皇子爷都请来了?"

这一次就连胤祉也感到奇怪了,问道:"老四呀,你今儿请的是什么客呀?到底还有谁?"

胤禛:"外人就请了一个马中堂,再也没有了。马中堂,请坐。"

马齐在末座坐下。

这时,门外传来了马车的滚动声,接着传来了胤祥的声音:"快!都搬进来!"

胤禛眼一亮:"上酒!"

众仆从鱼贯而入,顷刻间上齐了酒菜。

胤禛举杯站起,朗声说道:"胤禛今日既非寿日,也无喜庆,更不是我的福晋请客。那么,为何要请太子爷、诸位兄弟和马中堂屈降呢?太子爷和诸位一定感到奇怪。不错,我今天正是有一样奇怪的东西请大家同观。来,先干了这一杯,再请大家一开眼界!"说着,胤禛先干了杯中之酒。

众人急于要看下文,惴惴然一齐喝干了杯中的酒,又一齐望着胤禛。

胤禛放下酒杯,大声喊道:"十三弟!把那四只箱子抬了上来!"

胤祥领头,带着四名仆人将四口箱子抬了上来,摆在厅中。

众人一齐注目箱盖上的封条——

封条上"康熙四十二年任伯安封"几个大字清晰可见!

胤礽第一个就变了脸色。

胤祀、胤禟、胤䄉、胤禵也是面面相觑,相顾失惊。

——众人十有八九都猜到了箱中之物!

只有胤祉和马齐则是一脸迷惘。

胤禛:"大家一定想问,这四只箱子里究竟装的是什么东西?我这就告诉诸位,这箱子里装的是我大清三百多名官员的阴私!"

如此直言宣告,不啻晴天惊雷,在座诸人无论此前知情与否,无不闻言失色。

胤禛接道:"这几箱东西是哪里来的呢?是从万永当铺抄出来的!那么又是谁放在万永当铺的呢?是一个曾经在吏部任过主事,后来又在江南做过巡盐道姓任名伯安的神奸巨恶存放在那里的!说此人是神奸巨恶,犹有不足,我以为,这个人简直就是我大清的第一个蠹贼!他利用自己任吏部主事之便,广设耳目,专一搜罗刺探文武百官的阴私过失,然后——详细记录，编排成册，取名为《百官行述》。其用心无非为了靠这些把柄，挟制百官，小则逞其私欲，予取予夺，大则可图谋不轨，犯上作乱！这样的人，这样的事，不但我大清建国数十年未有，纵观历朝史册也是闻所未闻！"

马齐拍案而起："太子爷应该即刻下令，将他捉拿归案，明正典刑！"

胤礽好不尴尬，只得应道："对，对，应该捉……拿，治罪……"

胤禛："马大人请息义愤，你可知道安徽前日报来的江夏镇一案是怎么回事吗？"

马齐："江夏镇的案子莫非与任伯安有关？"

胤禛："正是如此。有人和任伯安暗中勾结，想利用《百官行述》掀起一场政潮。十三弟主管刑部，得知此事后，为了不泄露机密，就下了一道手谕，密令进京述职的四川提督年羹尧利用上京之机，顺途捕拿，抄查这几箱东西，不料任伯安怙恶不悛，竟敢勾结淮安营的官兵拒捕，年羹尧出于无奈，这才将他们依法剿灭！"

听到这里，胤礽、胤祀等人一个个又惊又恨又是心虚，尽管强自镇定，脸色都已十分难看。

胤祉将折扇一收，啪地击在掌心，大声赞道："乱臣贼子，人人得而诛之！年羹尧此功不小。"

马齐赞同地点了点头。

包括胤礽、胤祀在内，其他诸人都机械地点头。

胤禛："现在，太子爷在这里，诸位皇兄弟在这里，上书房留守大臣马中堂也在这里。请你们上前细看。"

胤禛站起来，走到箱前。

众人一齐站起，围到箱前。

胤禛："请看，这箱口的封条完好无损，足以证明我和十三弟都没有私看其中的东西。"

马齐："封条确实未动，老臣可以作证。"

胤禛："那就好。十三弟，你打开一只箱子。"

胤祥遵言将一只箱子的锁拧开，然后打开箱盖。

——箱子中果然是整整齐齐堆列的一本本册簿！

——每一本册簿上都用楷书写着"百官行述"四字！

亲睹此物，众人无不愕然。

胤裪又冒起了傻劲，伸手就要去拿……

胤祀一声喝止："住手！"

胤禩手一缩。

胤祀："这里的东西谁都不能看！"

胤禛："八弟这话说得透彻！谁想知道这里面所记的事情，谁就是想挟制百官，图谋不轨！太子爷，臣弟的意思，是趁我们都在场，当众一把火把它烧了！"

众人闻言又是一惊。

胤禛："一来可以安百官之心，以免人心浮动，影响朝局；二来，也避免有人利用它乱了朝纲！"

胤礽脸上一阵青又一阵黄，嘴里却不得不应付："有理……有理……"

胤禛更不犹豫，大声喊道："来呀！把这几口箱子抬到院中烧毁！"

几名仆人应声走了进来。

33. 胤禛府前院

四口木箱已燃起了熊熊大火。

火光映照下各人表情各异的面孔。

34. 毓庆宫

胤礽脸色发白，嘴唇发抖，连连拍着书案："你说！你说！这是怎么回事？！"

胤祥却一面孔的无所谓，答道："我和四哥都不愿意看着您再翻船，就这么回事。"

胤礽："好……好……你和老四倒真是忠心耿耿呀……瞒着我派年羹尧剿了江夏镇，又瞒着我偷偷地把《百官行述》弄走，居然还……算我看走了眼。你走……你走！我不想再看到你！"

胤祥行了个礼，转身走了出去。

35. 胤祀府书房

胤禟："上折子！咱们赶快给皇阿玛上折子！告他一个私毁罪证，居心叵测！"

胤䄉："我也是这个意思。任伯安死了，《百官行述》又被他烧了，扯不到我们身上来。正好借这个事轰他一下！"

胤祀则仍然面容凝重，摇了摇头，徐徐说道："没有这么简单……四哥敢这样做，就必定留有后招。这件事让太子和马齐他们去告诉皇阿玛，你们都不要轻举妄动。等我弄清楚背后的实情再说。"

36．胤祀府客厅

胤祀："前几天来取任伯安那几口箱子的人是什么模样，你还记得吗？"

掌柜："十、十七八岁年纪，个儿不高，像南边人的个头……对了，他说话也夹着南边的口音。"

胤祀："那个前来当赃物的人又是什么模样？"

掌柜："也是十七八岁年纪，个儿也不高，也像南边……没错！这两个人口音很接近。"

胤祀猛地转过身来："再见到他们，你能不能认出来？"

掌柜："能！烧成灰奴才也能认出来！"

37．南京行宫外

一骑驿马疾驰而来。

行至一座大牌坊下，驿差滚鞍下马，一边向宫门奔去，一边解开背在身上的包袱。

张五哥迎了出来。

那驿差："马中堂的密折，四百里加急！"

张五哥："万岁爷不在行宫，我带你去找。"

38．南京·郊外的一片田野上

一只大手一挥——

一群麻雀从稻田里轰地惊飞起来。

那只手捏住了一穗沉甸甸的稻穗，一将，稻穗上的谷粒脱落在另一只手心上。

镜头拉开，身穿便服的康熙左手捧着将下的谷粒，从田埂上站了起来。

他的身旁，身穿便服的张廷玉也一只手捧着谷粒，站了起来。

康熙面带喜色地说道："到那边去，咱们数数，每一穗有多少颗。"边说，边向旁边一处条石砌成的三层水井走去。

张廷玉跟了过去。

远处，可以看见德楞泰、刘铁成还有不少的大内侍卫都穿着便衣，散站在周围，凝神地警戒着。

39．井旁

康熙数罢谷粒，孩子般地笑了，大声说道："今年收成不错！我这一穗有八十七颗！

衡臣，你的呢？"

张廷玉也欣喜地大声答道："恭喜皇上，臣的这一穗也有八十三颗！这个稻种值得推广。"

康熙更喜了，大声说道："好！来，咱们剥开看看，饱满不饱满。"说着在井边的第一层条石上坐了下来。

张廷玉也在井边的第二层条石上坐了下来。

康熙看着张廷玉，显然是在观察他是如何剥开谷粒。

张廷玉把手心的谷粒放在石上，然后拈起一粒，用长长的指甲去剥谷粒。

康熙笑了，也将谷粒放在条石上，然后拿起身旁一块石头在那堆谷粒上一推。

那堆谷粒的壳都裂开了。

康熙把裂壳的谷粒扫在手心上，两手又搓了搓，然后捧到嘴边一吹——谷壳都扬了出去，颗颗饱满的米粒都显了出来。

康熙又向张廷玉望去。

张廷玉其实早已看见了康熙的"优剥法"，却并不仿效，仍在用长长的指甲剥着谷粒。

康熙："衡臣，你那样剥未免太慢了。"

张廷玉："微臣岂能同圣上相比？圣上是'叱咤风云'，微臣是'如烹小鲜'哪。"

康熙赞赏地笑了，却摇了摇头说道："你这马屁拍得不对，这选种子可不能'叱咤风云'哟。"

张廷玉何等机敏，脱口答道："那微臣也不能同圣上相比。"

康熙："哦？"

张廷玉拈起了一颗米粒说道："圣上有几十个儿子，臣却只有一个儿子呀。"

康熙哈哈大笑起来，笑罢，面容又渐渐地凝重起来，望着远方感叹地说道："是呀。天生万物，其理则一。要想来年收成好，一定要选出好的种子呀。"

张廷玉一怔，却不敢接言，只好低下头仍然去"烹"他的"小鲜"。

就在这时，一阵马蹄声传来，康熙和张廷玉都循声望去。

远处，张五哥带着那名驿差飞马而来，在德楞泰面前停了下来，驿差将一个奏折盒递给了德楞泰。

德楞泰捧着那个奏折盒大步向康熙奔来。

康熙拿出盒内的奏折一看，脸色一变："回行宫！"

定格。

| 第十五集　明月照萧墙 |

1.　南京行宫

那份四百里加急的密折已经摆在御案上。

镜头拉开，康熙却站在门边，背着手望着上空的远方。

张廷玉站在他的身后，眼睛一眨不眨地望着康熙那微微抬起的头。

康熙没有动，像是对张廷玉，又像是自言自语："吏治……吏治呀……吏治腐败到这个样子，怎么得了！任伯安！《百官行述》！竟有三百多名官员有把柄被人攥着！你说，这么大的事情，胤禛一把火就烧了，事前既不奏请，事后也不奏报；太子和胤祀这么多皇子也没有一个人奏报……"

张廷玉："其中定有隐情！臣以为只要把年羹尧召到南京来一问，就能明白。"

康熙一震，急剧思索了片刻，大声说道："拟旨。年羹尧着升为四川巡抚，接旨后即刻到南京行宫见朕！"

张廷玉："是。"

2.　枫晚亭

胤禛面容凝重，两眼望着上方，说道："邬先生，皇上突然加封年羹尧，圣旨里却没有一个字说明事由。你看……"

邬思道："只有两个原因：一是皇上对王爷这次处理《百官行述》一事，心里是默许的；但是这么大一件事，王爷不上奏，太子、八爷他们也不上奏，皇上焉能不疑？我料定，急召年羹尧去行宫，主要是为了问明实情。"

胤禛点了点头，接着问道："那么要不要年羹尧把事情和盘托出？"

297

邬思道："不能！年羹尧只能说是奉了刑部的公文去抓钦犯，太子的事一个字也不能说！这一点，王爷一定要和年羹尧说清楚，让他咬住。我还真担心他。"

胤禛眼光一凛："他的胆子再大，我的话也不敢不听！"

邬思道这时站了起来，拄着拐杖走了两步，意味深长地说道："我担心的不是这一次去行宫他敢乱说。我担心的是今后！封疆大吏，大权在握，又远处蜀地，倘若捅出娄子，便有天大！王爷不可不未雨绸缪。"

胤禛听到这里，触动了心病，也站了起来："先生所虑极是！然则计将安出？"

邬思道转过身来："派个人，盯住他！"

胤禛一边点头，一边凝神思索。

邬思道走到桌边："王爷。"接着伸出中指从茶杯中蘸了蘸。

胤禛注目看去。

邬思道的手指在桌面上写了个"年"字，又写了个"狗"字，接着在"狗"字前面画了一横直指"年"字！

胤禛眼一亮，接着深深地点了点头。

3. 那拉氏寝室

翠儿轻轻地放下福晋床上的帐子，然后走到外楇间自己的小床前。她刚解开外襟上的纽扣，突然窗外传来了声音！

窗外蛐蛐叫两声停一下，叫两声又停一下。

翠儿嘴角露出一丝笑纹，沉吟了片刻，接着瞟了一眼福晋那张大床，无声地叹了口气，径自脱下外衣，躺到楇上，扯过薄被，睡了下来。

窗外的蛐蛐声稍停了片刻，接着一声一声地急叫起来。

翠儿急了，悄然爬起，披上外衣，蹑手蹑脚地向门外走去。

4. 室外窗下

李卫仍然伏在黑暗处学着蛐蛐越叫越急。

翠儿轻轻走到他身后，在他头上拍了一下。

李卫一惊，差点跳起。

翠儿虎着脸，指了指室内，然后轻轻跺了下脚，转身子欲往室内走去。

李卫一把拉住翠儿的手，双腿顺势跪下，睁着两只贼亮的大眼，可怜兮兮地看着翠儿。

翠儿软了，却在李卫的额角砸了一个爆栗。

李卫一喜，爬起来牵着翠儿朝另一方的幽径走去。

5. 那拉氏寝室

一只戴满钻戒的手将帐子撩了开来。

那拉氏在床上坐起，轻声唤道："翠儿，翠儿。"

见无人应声，那拉氏眼一犀，暗自点了点头，从床上下来，趿着鞋走到门外，唤道："有人吗？来人哪。"

高勿庸光着顶，边跑边扣着衣服向这边急来："主子，这么晚了，有什么事儿吗？"

那拉氏："翠儿不见了，你带两个护院到花园去找，如果是在做什么见不得人的事，立刻绑了，带来见我！"

高勿庸："嗻。"

6. 后花园

李卫和翠儿并肩坐在一丛灌木底下。

翠儿从李卫掌中抽出自己的手，嗔道："也不管人家的死活，这么晚把我从福晋的身边唤出来，就为了猴手猴脚的轻薄，总有一天我会被你害了。"

李卫叹了口气，凄惨地说道："放心吧，往后我就是想害你也没机会了。我要走了。"

翠儿一怔，旋又嗔道："就爱装神弄鬼，编出这样的话儿借故讨人家的便宜。我不理你了。"

说着，翠儿起身欲去。

李卫也不再拉她，却抱着头低声哭了起来。

翠儿这才惊了，急问："怎么了？你真的要走了？为什么？"

李卫收了泪，说道："就为了万永当铺卖假当的事儿。四爷怕人家认出我，因此……要撵走我……"说到这里，他又哭出声来。

翠儿又急又疼又伤心，一下蹲了下来抱住李卫的头搂在怀里，眼泪也汩汩地流了下来。

李卫从怀里掏出那枚红宝石戒指，说道："好翠儿，我走了以后你千万别嫁人，一定要等我。"说着，把那枚戒指捧到翠儿面前，满脸的期待之色。

翠儿咬着下嘴唇，从李卫手里接过戒指，戴在手指上。

李卫激动得一把搂住了翠儿……

就在这时，高勿庸像幽灵般出现在他们身后。

高勿庸："好哇！"

李卫和翠儿吓得跳了起来。

高勿庸："果然不出福晋所料，两个人在这里干出好事儿来了。把他们带走！"

两名护卫走上前来："走吧！"

李卫大声辩道："高公公！不关她的事，是我一个人的错，您放了她！"

高勿庸："打嘴！你当我真不懂！这事儿还有一个人能做的？！乖乖儿跟我走，这话你跟福晋说去。"

7. 胤禛府门前

年羹尧和他的亲兵们行装匆匆，在大门前下了马。

年羹尧将马缰扔给一名亲兵，然后大步向门内走去。

8. 胤禛府前院

李卫和翠儿被分别绑在两株树干上。

两人的头上肩上都是湿漉漉的，显然打了一夜的露水。

年羹尧站在他们面前，说道："狗儿，你这狗娘养的忒不小心了。干这事儿怎么不隐秘点，让福晋给发觉了？"

李卫："年大人，拜托您跟四爷和福晋求个情，饶了翠儿，要杀要剐，我都认了。"

年羹尧："好你个多情多义的猴崽子！饶了她，不饶你，人家翠儿还不得守一辈子活寡？翠儿，你怎么说？"

翠儿："我这一辈子跟定狗儿了。要死死在一起。"

年羹尧："好样的！冲着你们这几句话，我去向四爷求个情。管不管用可得看你们的福分了。"

9. 万福堂

胤禛："我刚才吩咐的话，你都记住了？"

年羹尧："奴才一定照主子吩咐的话向万岁爷陈奏。"

胤禛："记住！这不是欺瞒，而是识大体。如果牵出了太子，就是天大的祸事！你担不了，我也担不了。明白？"

年羹尧一凛："奴才明白。"

胤禛缓和了语气，温言问道："这几日住在柏林寺有些什么感想呀？"

年羹尧："是。感触良多。"

胤禛："说来听听。"

年羹尧："奴才一下子也说不清楚，但有一点是奴才当永世铭记在心的。"

胤禛："哪一点？"

年羹尧："主子您是菩萨转世，奴才应该做一个护法的金刚！"

胤禛微微点头："你能悟到这一点，可见佛法无边哪！记住，佛家说的大慈悲心，就是儒家说的仁心。你现在虽然不带兵了，可是身为巡抚，生杀之权更重，不杀生是不可能的，但滥杀无辜则必遭报应！"

年羹尧连忙跪下："奴才这一次在江夏镇所为虽是迫不得已，终归也因为奴才少了一点主子所说的大慈悲心。主子，奴才想请主子恩赏两样东西。"

胤禛："什么东西？你说吧。"

年羹尧："一，请主子将您平时念经用的那串佛珠赐给奴才。"

胤禛尽管明白他是在逢迎自己的心意，仍不禁对他的"悟性"表示赞赏，微笑了笑除下手腕上的那串佛珠，递给了他："还有一样呢？"

年羹尧双手捧过佛珠，接着说道："还有……请主子将李卫和翠儿交给奴才！"

胤禛："怎么？是李卫向你求情了？"

年羹尧："是。但奴才不是因为他求情。奴才是想，李卫这小子虽然不太守规矩，但对主子却是一片忠心，再说人也机灵，交给奴才去历练历练，日后必能为主子效力。"

胤禛故作沉吟，过了片刻才喊道："高勿庸！给李卫和翠儿松绑，带他们进来。"

门外，高勿庸应答了一声，不一会儿，带着李卫和翠儿走了进来，二人双双跪在胤禛面前。

胤禛："年大人给你们求情了，而且愿意带你们到四川去。你们俩收拾收拾，今天就跟年大人上路吧。"

李卫和翠儿一听，双双流下泪来。

李卫："主子，奴才哪也不去！您要打要杀，奴才都认了，就是死，也要死在主子的身边！"

说到这里，李卫放声大哭。

翠儿也跟着呜呜地哭了起来。

胤禛眼圈也红了："我府上的规矩你们不是不知道。这一次只把你们遣送出去已是格外开恩了……高勿庸。"

高勿庸："奴才在。"

胤禛："你到账房去领两千两银子。一千两给李卫到四川安顿家室，一千两给翠儿办嫁妆。"

高勿庸:"嘘。"

李卫和翠儿哭得更伤心了。

胤禛:"不要哭了。去给福晋叩个头吧。"

李卫和翠儿哽咽着爬了起来,抽泣着走了出去。

默然了片刻,胤禛:"亮工,你也去见见你妹子吧。"

年羹尧怔了一下,接着说道:"不了……"

胤禛眼中掠过一丝疑惑……

10. 醉仙居酒楼

那只绿宝石戒指被搁在桌面上。

已经半醉的高福仍在捧起酒坛往碗内筛酒。

坛内的酒都没了。

高福把酒坛朝楼板上一摔,大声说道:"人都死光了?怎么不上酒!"

一名伙计走了过来:"客官,你是一个人,还是有同伴?"

高福:"你他娘管天管地,管老子是一个人还是几个人?怕老子喝酒没钱还是咋的?"说着,掏出一锭银子朝桌上一拍。

那伙计仍是不卑不亢:"客官,您有钱这我知道,没钱的主也不敢上咱醉仙居喝酒了。可小店有个规矩,单身客人醉了可没人照料。"

高福一把揪住那伙计的胸襟,怒道:"你狗日的什么东西!有钱不给上酒,还敢说三道四,教训起老子来了!你上不上酒?"

那伙计却不怵火:"客官,在这儿撒酒疯可没好果子吃。"

说话间,两名护店的把式走了过来。

这时,早就坐在另一张桌旁默默地注视着高福的胡管家走了过来,问道:"怎么回事?"

伙计看见胡管家连忙赔笑答道:"胡大爷,您是贵人,又是小店的常客,您说说,几曾有人在小店这般撒野?"

那胡管家看了看高福,佯惊道:"这不是四爷府上的高管事吗?"接着,他转过身对那伙计和两名把式叱道:"我看你们都昏了头。你们知道这位客人是谁?他是雍王爷府上的人!得罪了他,只怕你们的托合齐大人都吃不了兜着走!"

那伙计一听也慌了,连忙赔笑:"是小人瞎了眼,不知道客官是四王爷府上的管事,小人这就给高爷上酒，这就上酒。"

高福也松了手。

那伙计连忙招呼两名把式走了开去。

高福："请问仁兄是？"

胡管家："兄弟记不起了？上回你随四爷到八爷府来，咱们照过面。"

高福："哦，记起了，您是八爷府上的胡管家？"

胡管家："这不，记起来了。来，咱们兄弟难得相聚，会到一块儿，一同喝几杯，我做东。"

11. 暗香楼小红鞋卧室

酩酊大醉的高福已被安置在小红鞋的床上，酣然沉睡。

万永当铺的掌柜悄悄走了进来，看了看熟睡的高福，然后对胡管家说道："没错！他就是第一次来赎任伯安当物的人！"

胡管家点了点头，接着挥了挥手，那掌柜退了出去。

胡管家走到正在梳妆台前卸头饰的小红鞋身后。

镜子里，胡管家对小红鞋满脸淫笑，接着从她身后将一只手插进她那襟扣半开的胸间，一边摩挲，一边说道："小红鞋，待会儿就看你的了。"

小红鞋："许我的东西可不能赖账！"

胡管家："什么话？堂堂的王府还会赖你一个婊子的账？"

小红鞋卸完头饰站了起来。

胡管家那只手仍然插在她的胸襟里。

小红鞋："爷，您还不走，是不是想咱三人一床儿睡？"

胡管家这才抽出手："操！小荡妇，好好儿侍弄那位主吧。"

胡管家退了出去。

小红鞋关上房门，吹熄了灯，爬上床去。

一片月光爬进窗棂。

高福似是梦呓，吐音却十分真切："翠儿……翠儿……"

小红鞋伏在他的耳边轻声应道："嗯。我在这儿了。福哥，你想我了？"

高福："想……想……你别走，你别，别走。"

小红鞋把自己的手塞到高福的掌中："我不走，我陪着你。"

高福紧紧地攥住小红鞋的手，喘着气："翠、翠儿……真是你吗？"

小红鞋翻身压在高福身上："不是我，还能是谁？"

高福紧紧抱住小红鞋。

12. 胤祀府书房

胤祀坐在那里面容凝重，倾神注听。

胡管家："他喝醉了，说得夹七夹八，可也能听出个大概。大约是年羹尧带来了一张任伯安的当票，四爷就叫他去赎当，当铺里不让赎。四爷就叫什么狗儿假装当东西，然后报了盗案，十三爷亲自出马，就把任伯安的几口箱子取出来了。"

胤祀："这些都已经知道。他还说了什么没有？"

胡管家："他好像还说……对了！还说过有一封太子写给任伯安的信！"

胤祀倏地站起，两眼凝神沉思了好一阵子，才又对胡管家说道："这件事你办得很好。现在，你到账房去，支一笔钱，给高福买一所四合院，再把那个妓女赎出来送过去。一定要从高福那儿弄明白太子那封信写的是什么！"

胡管家："是。"

13. 棉花胡同一所四合院

胡管家领着高福走进院门。

高福站住脚，抬眼打望。

院虽不大，却格局完整，院落幽静。

高福："胡爷，这是什么地方？"

胡管家："别问，进去就知道了。"

高福几分狐疑几分兴奋地随胡管家向正中厅房走去。

14. 厅房

墙白窗亮，一屋子新打的家具。

甫一进厅，胡管家就扯开嗓门喊道："新郎官到了，新娘子怎么还不出来接驾？"

高福闻言一怔，接着眼睛一亮。

门帘挑处，纤纤一身影翩然而出，不是小红鞋是谁？

小红鞋穿着一件缎面隐花的大红紧身小褂，乌黑透亮的头发梳了个"新媳妇髻"，鬓边插着一朵绒绢小红花，眉脸新绞，秋水瞳瞳，冶荡的风韵中偏透出几分羞怯，抿着嘴望着高福直笑。

高福愣了好一阵子才回过神来，转过头两只眼直勾勾地望着胡管家。

胡管家笑道："怎么了？还不过去接她，真要人家投怀送抱？"

不要"接"，小红鞋已经走了过来，挽着高福柔声说道："从前儿晚上起，我就是你的人了，您可不能撇下我不管。"

高福两眼仍然看着胡管家。

胡管家笑了："好吧，我就直言告诉你吧。高兄弟，打今儿起，她，还有这所四合院，连同这院里的摆设家什都是你的了！"

高福："你要我办什么？"

胡管家："错了错了，高兄弟，愚兄能有什么事叫你办呢？这些都是别人送你的。"

高福："谁？"

胡管家："八爷。"

高福仿佛头顶响了一记炸雷，惊得脸色都变了："这怎么能？我一个小小的下人，八爷干什么要这样子待我？不成，我、我不能受！"

说完，高福就要往外走。

小红鞋一把搂住高福："爷，你听胡大爷把话说完，再走也不迟呀！"

高福被她一搂，不自禁望了望小红鞋仰望着他的那张可人的脸蛋，立时软了一半："好，那我听胡爷把话说完。"

胡管家："这也不怪高兄弟犯急。换上我，也不能揣着个小鹿儿在心里受下这份厚礼。实话告诉你吧，八爷这是为了谢你的情。"

高福更懵了："谢情……？我可没为八爷做过什么呀。"

胡管家："不，你为八爷做了一件大大的好事。不过是做者无心，受者有意罢了。"

高福："胡爷，您越说我越糊涂了。到底是什么事？！"

胡管家："就是万永当铺的事！"

高福一屁股坐倒在椅子上，一脸的茫然，一脸的惊惧。

胡管家："你知道，万永当铺是八爷的产业，每年有一百万的进项哪。为什么，就为它信誉好，当主放心。可前不久十三爷突然带着刑部的人把它抄了，说是窝藏贼赃……气得八爷好几晚睡不着觉呀。多亏你高兄弟把这件事一五一十地说了出来，原来这一切都是四爷、十三爷同八爷开的一个玩笑，给八爷解了个谜，他能不谢你吗？"

高福脸色灰白，却死也记不起何时泄漏了此事，矢口否认："什、什么'玩笑'？什么'谜'？我不知道，也从没说过！"

胡管家："我刚才说了，高兄弟是说者无心，自然一时也记不起来了。兄弟我把话都挑明了吧。就是你喝醉酒后，前儿晚上在暗香楼说的！四爷得到了年羹尧送来的一张当票，是不是？于是就派你去取那四口箱子，是不是？你没有取着，四爷就派狗儿假装当物，后来又假报失盗，十三爷利用取赃拿走了那四口箱子，是不是？！"

高福这时更有何疑，倏地站起，又倏地蹲下，双手抱头，心乱如麻。

胡管家："兄弟，你也犯不着心急，八爷有个外号想必你也听说过，他是'八贤王'！你给他解了个大难，他感谢你还来不及，决不会把这件事告诉四爷。我现在站在这儿给你起个誓，这件事只有八爷、我和你们两口子知道。只要你们不说出去，八爷和我一辈子也不会说出去！"说罢，给小红鞋使了个眼色。

小红鞋蹲了下去，搂着高福的肩道："放着这么好的小日子不过，我们干什么要自己说出去？胡爷，您说话可得准数！"

胡管家："你们要是再不相信，我愿意和高兄弟喝血酒！"

高福慢慢抬起头，望着胡管家。

胡管家走过去慢慢扶起高福。

15. 枫晚亭

年秋月默默地给胤禛、胤祥和邬思道续满了茶水，转身就要离开。

胤祥："秋月，这么大的喜事，也没见你谢我呀。"

年秋月："我不知道十三爷说的什么。"

胤祥："嗬！你二哥升了四川巡抚了，你还装作什么事都没有？"

年秋月："他当他的巡抚，我做我的丫头，一样都是主子的奴才，照样地当差做事罢了。"

听她这么淡淡地一说，胤禛和胤祥都是一愕，对视了一眼，然后又一齐望着年秋月。

只有邬思道没有惊愕，眼神里反而露出一丝说不出是惆怅还是钦怜……

年秋月："主子，没有事，奴才给邬先生洗衣服去了。"

胤禛只得点了点头。

年秋月走了出去。

胤祥："秋月这丫头怎么了？"

胤禛没有答言，只望了望邬思道。

邬思道苦笑了笑，也没有接言。

胤祥不好再说下去，话锋一转，扯上正题："太子又在追问我那封信的事了，我再三说并没有什么信，也许是让那一场火给烧了。他还是疑神疑鬼。四哥，我看那封信干脆也烧了算了，留在这儿总是个隐患。"

胤禛："我何尝想留着这封信？可是'人无害虎意，虎有伤人心'，到时候万一掀出这件事，太子难保会全推在你的身上。留着它，到时候他也有所顾忌。"

胤祥："四哥顾虑当然比我周详。我是怕万一这信漏了出去，甚至让八哥他们知道……"

胤禛一怔，接着说道："没有的事。我府上篱笆牢，不像你的府里，一句话刚出口便立刻传到别人耳朵里了。"

胤祥："四哥，有句话我想说，又怕你性子急……"

胤禛一惊，充满询问的眼光紧紧地盯着胤祥。

胤祥："你说你篱笆牢，可你知不知道你府上最近有人和八哥的人交往得火热呀？"

胤禛呼地站了起来："谁？你怎么知道的？"

胤祥淡淡一笑："别忘了，我管着刑部呢！这满北京的事能瞒住我？实话告诉你吧，高福和八爷府上的胡管家交上朋友了！"

胤禛的眼里立刻闪出寒光："难怪这一向老是找借口出去，回来又总是喝得醉醺醺的。"

邬思道一直静静地听着他二人说话，这时眼光一闪，说道："王爷，这件事你不要过问，交给我吧。"

胤禛点了点头。

16. 高福卧房

高福独自一人坐在床上，抱住双膝出神。

邬思道拐杖轻点，悄悄走到高福床边，唤道："高福。"

高福吓了一跳，定睛一看，发现是邬思道，连忙跳下床来："邬先生，您怎么到这儿来了？有事吗？"

望着惊慌失措的高福，邬思道又明白了几分，挨着床沿坐了下来。

突然，闻到一股异样的香味，邬思道眼光一犀。

——枕头边，一条绣着鸳鸯交颈的手绢展开摆在那里！

高福连忙上前，将那块手绢塞进枕头下边。

邬思道心里雪亮，却不点破，只是问道："高福，这一阵子感到很孤单吧？"

高福触及心事，慌乱中涌出一阵伤感，答道："不……有点儿……"

邬思道："想李卫和翠儿了？"

高福心乱了，点了点头，又咬了咬牙。

邬思道："是呀。十几年朝夕相处，就是石头也伴热了。"

说着，邬思道站了起来，拄着拐杖，在房中来回踱步。

一杵一杵的拐杖点地声，扰得高福一阵一阵不安。

高福："邬先生？"

邬思道："这就叫缘分哪。你，和李卫、翠儿是缘分；你们被四爷收留，像亲人般带在身边，护着，呵着，更是缘分，而且是恩义之缘哪……高福！"

高福："在、在……"

邬思道："你说，倘若有人做了对不起四爷的事，你该怎么办？"

高福："我，我，我豁出性命也要保、保护四爷。"

邬思道："好！我就要你这句话！高福，我最清楚你们和四爷的情义。无论在什么时候，你也不会有意干出对不起四爷的事。可是，你毕竟年幼，许多事情都还看不透，防不了。这就难免有时糊里糊涂着了人家的道儿，无意中做出不利于主子的事情。"

听到这里，高福的汗水和着泪水一齐流了下来。

邬思道："干了错事不要紧，要紧的是赶快想法子补救，不能一错再错！要不然，就是死了，也要背着个背主忘恩的骂名，不容于世，也不容于天！"

高福浑身乱颤，双膝一软扑通跪倒在邬思道面前，哭喊道："邬先生，我不是人，我犯了大错，您救救我！你要救救我呀。"

邬思道："知道错，就有法子救，起来，慢慢说。"

高福慢慢站起，揩了揩泪，述说起来。

17. 胤禩书房

胡管家兴冲冲走了进来，向胤禩请了个安，接着将一封信双手递给胤禩："爷，您这一注终于换来一个大果子了！"

胤禩乜了胡管家一眼，然后接过那封信。

胡管家不敢再多口，压抑住兴奋，低着头站在一旁。

看着信的胤禩却抑不住眼中一阵阵闪出光来。

看罢信，胤禩大声说道："快！把九爷、十爷和十四爷请来！"

18. 邬思道书房

邬思道："好！你做得很好。记住，这件事对任何人都不要说起。"

高福："四爷呢？"

邬思道："也不要说。到时候我会告诉他。"

19. 胤祀书房

胤禟兴奋地看罢那封信，又递了给胤禵。

胤禵看罢信复递回胤祀。

胤禟、胤禵尽自兴奋，却仍循往日习惯，静静地望着胤祀。

胤祀："这是个绝大的把柄，也是个绝好的机会！只要让皇阿玛看到这封信，太子必然再次被废！老四私毁《百官行述》，也逃不了同谋的嫌疑！"

胤禟："那就赶快给皇阿玛上折子，把这封信一同寄去！"

胤祀："关口是这份折子由谁来上！"说着，胤祀把目光盯向胤禵。

胤禵："八哥的意思是让我给皇阿玛上折子？"

胤祀："对！淮安绿营的军报是寄给你的，你以管部阿哥的名义调查江夏镇的事是名正言顺。因此，这个折子由你上给皇阿玛最为合适。"

胤禵闻言一惊，表面默然，心中却震撼不已："好一个八哥，借我的刀一下砍翻太子和老四，让大家都恨我，你却站在山头看翻船……"

胤祀："怎么？有难处吗？"

胤禵笑道："这有什么难处，我这就上折子。"

20. 南京行宫

康熙将那封信往桌上一扔："十四阿哥的折子呢？"

张廷玉："回圣上，只有太子的这封信，没有十四阿哥的折子。"

康熙："哦？"

张廷玉："臣也纳闷，难道十四爷也有难言之隐？"

康熙："看起来，胤禵也成熟了。张廷玉，朕如果再次废了太子，你说，千秋万代以后，史书上会怎样评价朕？"

张廷玉一震，斟酌片刻，这才答道："圣上对太子的一片苦心天下臣民有目共睹。臣担心的是眼下圣驾远离京畿，最要紧的是稳住太子，不要让他再干蠢事，一切等到圣驾回京再做处置。"

康熙却摇了摇头，望着远处，说道："作为上书房大臣，你的顾虑不是不对。可是，你想的是眼下，朕想的是将来！马上以上书房的名义，将他写给任伯安的信寄还给他！"

张廷玉大惊："圣上！圣上！这样一来，岂不是要逼太子……"

康熙："你错了！这是朕给他最后一次机会！如果他还有一点天良，就该放弃一切妄念，自行请罪。如果他真要一意妄行，再干出什么天佛不容的事情，列祖列宗在前，千秋史册在后，就都不能怨朕了！"

张廷玉饶是久侍帝侧，这时也被康熙逼反的谋断所震惊，但出于责任，不得不奏道："圣上天心远虑，臣不胜钦服。但是否应同时做些安排，以策万全。"

康熙："对。是要做些安排。拟旨吧。"

康熙又习惯地闭上了眼睛。

张廷玉连忙走到书案边，濡墨铺纸，静候康熙述旨。

康熙："第一道密旨寄给四阿哥胤禛，命他即刻召见隆科多，密切注视太子一党的动向，一旦发现他们图谋不轨，即着胤禛捉拿太子，隆科多将太子的党羽一体捕获！"

张廷玉一怔："四阿哥？"

康熙："对！是四阿哥！"

"是。"张廷玉飞笔疾书。

康熙："第二道密旨寄给十四阿哥胤禵，命他以兵部的名义，布置西山锐健营严密注视热河驻军的动静；布置丰台大营严密注视密云驻军的动静。只要这两支驻军擅自行动，就立刻解除凌普和耿索图的兵权！"

"是。"张廷玉又挥笔疾书。

康熙："同时，下一道明诏，通告天下，朕定于八月十六日到京！"

张廷玉："是。"

21．紫禁城·毓庆宫

马齐捧着一道明黄诏书和一只密封的锦匣走了进来。

胤礽连忙站起："是皇上的诏书？"

马齐："是。圣旨说，圣驾定于八月十六日到京。"

胤礽一惊："这么大热的天，为什么急着回京？"说着，一把抓过锦匣上那道明诏，又发现了那只锦匣："这是什么？"

马齐："和明诏一道寄来的，是给太子爷的密旨。"

胤礽狐疑："密旨？"连忙搁下明诏，接过锦匣，说道："没你的事了，去吧。"

马齐："是。"退了出去。

一待马齐出门，胤礽就急忙撕开封条，打燃火绒熔开火漆，开启匣盖。

突然，他眼直了。

——锦匣内，一张信封上赫然是他的钟王小楷："亲交任伯安大人密启！"

胤礽的脸唰地白了，一屁股坐倒在椅子上。

22. 太子府内室

胤礽写给任伯安的那封信凄惨地摆在书案上！

胤礽容颜惨淡，双眼失神地望着房梁出神。

凌普率先从椅子上站起，吼道："不行！与其坐以待毙，不如奋起一拼！"

托合齐、耿索图都猛地站起。

托合齐："对！太子爷若是再次被废，咱们都得完蛋！"

耿索图："拼吧！拼它个鱼死网破！"

胤礽："怎么鱼死？怎么网破？我们难道斗得过万岁爷吗？"

司马尚这才站了起来，阴鸷地说道："世事难料！许多事情原不在能不能，而在于敢不敢！李世民若非玄武门之变，也就做了阶下之囚！"

胤礽："玄武门之变？你是说逼皇上退位？"

司马尚："对！以臣之见，只要策划周密，咱们有七成胜算！"

众人俱是一振。

司马尚："诏书上说，皇上八月十六日经密云到京。耿索图大人，你的两万兵马不正在密云吗？只等圣驾一到密云，你就立刻以护驾为名，解除随驾护军的武装，然后挟持皇上看护起来，密送进京！"

耿索图："这个我可以办到！进京之后呢？"

司马尚："同时，太子下一道谕旨，让托合齐大人取代隆科多九门提督的职务，托合齐大人再纠集步军衙门的兵马，一等你挟送皇上到京，就关闭九门，进驻大内，逼皇上写下退位诏书。与此同时，凌大人则率领热河兵马进驻京郊，以为呼应之势。只等皇上的退位诏书和太子的登基诏书颁布，天下就可传檄而定！"

一番话说得众人热血沸腾，眼灼异光。

托合齐、凌普、耿索图齐声说道："太子爷，干吧！"

胤礽："那就干吧！"

23. 胤祀书房

康熙的密旨赫然摆在书案上。

胤祀："十四弟，你的机会来了！"

胤禵："我的机会？"

胤祀："对！这次太子被废，便是万劫不复。你要力争太子之位！"

胤禵仿佛眼前突然划过一道闪电，将一双眼睁得老大："八哥，你怎么能开这样的玩笑！"

胤祀上前一步，握住胤禵的手，说道："八哥没有开玩笑。我们几个哥儿当中，皇阿玛最器重的就是你。当然，还有老四。你不当，难道要给他当？！"

24. 柏林寺大雄殿

身着便服的胤禛正惕然跪在释迦牟尼佛像前默祷。

随着胤禛膜拜的节奏，柏林寺住持文觉不时敲击一下铜磬。

25. 禅室

胤禛和文觉各在一只蒲团上相对趺坐。

二人中间的矮几上，一支藏香浮着袅袅青烟。

胤禛："近日只要一合上眼，便见万座大山矗立，千条江河奔涌。请问大和尚，这大山是真山还是假山？这大河是真河还是假河？"

文觉："请王爷放下手中的念珠。"

胤禛依言将念珠放在地上。

文觉："王爷，这还是念珠吗？"

胤禛思索片刻，答道："不是了。"

文觉："为何不是了？"

胤禛："既然不念，自然不是念珠。"

文觉："圣哉王爷！如果心中没有江山，纵有千座大山万条江河都是假的。如果心中有了江山，一粒尘埃便是真山，一滴水珠便成江河。"

胤禛一震："那为何每当我眼前矗起大山，流过大河，心中便生无穷烦恼，不尽忧愁？"

文觉："有江山便不该有'我'，有国便不能有家！"

胤禛霍地站起，合十向文觉行礼。

26. 胤禛府后院一间小屋里

一双手捧着一只碗在不住地颤抖，碗里的酒被抖得淌了出来。

镜头拉开，高福脸色苍白，那只碗捧到嘴边却怎么也凑不到嘴唇上去。

高勿庸站在他的身旁，柔声地说道："喝吧，喝了它你就什么烦恼都没有了。"

高福咬了咬牙，勉力将碗边凑到嘴上，突然又放下："高公公，我要见邬先生，让我见见邬先生……"

27. 邬思道卧室

两只穿着长白布袜的脚在床沿边急速地探摸鞋子，鞋子却不知去向。

镜头拉开，邬思道光着脚从床上跳了下来，操起拐杖急忙走了出去。

28. 后院那间小屋

门啪地被推开了。

屋里一片寂静。

一支拐杖，两只穿着袜子的脚一步一步走了进去，又停了下来。

屋角边，高福仰天躺着。

他的鼻孔边、嘴角边淌满了鲜血，两只眼睁得老大！

邬思道慢慢闭上了眼睛，嘴里喃喃地说道："杀高福者，邬思道也……"

这时，一双手从他的背后搀起了他的手臂。

年秋月搀着邬思道慢慢离开了这间小屋。

29. 柏林寺禅室

隆科多疾步趋进，一膝跪地："奴才隆科多给雍王爷请安！"

胤禛连忙上前，双手将他扶起。

二人席地坐在小几前，紧张地密议起来。

30. 紫禁城

一轮橙黄的月亮斜挂在东角楼的飞檐上，静静地照着那一顶顶浮在夜色中的殿脊。

31. 东华门

急速的跑步声打破了下钥后宫门的岑寂。

两队护军向宫门跑来。

护军千总挥手。

一队挎刀护军换下原来守护宫门的四个护军，在宫门两侧列开。

一队执枪护军沿着护城河内皇城脚下巡弋。

正在此时，一只灯笼照着三个人向宫门走来。

护军千总喝问："谁？"

来人走近，竟是胤禛带着两个随从。

护军千总先是一怔，随即连忙上前请安："奴才参见四王爷！"

胤禛看了看突然增加的守门护军，心里已然雪亮，问道："出什么事了吗？为什么突然增兵？"

护军千总略一犹疑，旋即趋近胤禛低声答道："回王爷，是太子爷手谕，说今儿晚上有人图谋不轨，命奴才们加意防范，任何人都不许进宫。"

胤禛："我也不能进宫？"

护军千总："哪儿的话？王爷是领侍卫内大臣，管着奴才们呢。可是……奴才斗胆说一句，王爷能不进宫，最好别进宫。"

胤禛："此话怎讲？"

护军千总："宫内的侍卫首领都换了，全是托合齐大人的人……"

32. 步军统领衙门大堂

灯火通明。

隆科多端坐在大堂中央。

托合齐带领四名心腹将官走了进来。

托合齐走到大堂正中站定，倏地展开胤礽的手谕："太子手谕：着托合齐接替隆科多步军统领衙门都统的职务！隆大人，交印吧！"

隆科多笑了："能不能把太子的手谕给我看看？"

托合齐将手谕一递："看吧。"

33. 毓庆宫外

侍卫首领把胤禛挡在宫外。

侍卫首领："太子爷已经安寝，请四王爷明日再来吧。"

胤禛犀着眼望了望那名侍卫首领，然后对他身后的几名侍卫问道："这人是谁？我怎么不认识？"

众侍卫面有难色，不敢搭腔。

那侍卫首领："奴才原是步军衙门的人，蒙太子爷恩典，今日调任的侍卫首领。"

胤禛脸一沉："我是领侍卫内大臣，侍卫的调迁归我该管，我怎么不知道？"

那侍卫首领："原准备明日告诉王爷。"

胤禛："不用等到明日了，我现在就下令，不允你调任！来呀，把他拉下去。"

侍卫首领："谁敢？"

话未落音，胤禛带来的两名随从闪电般欺上前去，一人抓住那人的双腕，另一人端住那人的头颈一扭。

那侍卫首领哼也未哼，便双眼暴突，死于非命。

胤禛对另几名侍卫说道："从现在起，这两个人就是你们的头儿，一切听他们的指挥！"

众侍卫："嗻！"

34. 步军统领衙门

隆科多瞄了瞄那张手谕，又轻轻地把它放在案上："这事奇怪。我这儿也接到了一张手谕，可与太子爷的手谕有点儿不同。"

托合齐一惊，厉声问道："什么？你也接到了手谕？谁的手谕？"

隆科多倏地站起，从怀中掏出康熙密旨大声答道："万岁爷的手谕！托合齐、众官员接旨！"

众武官略一犹疑，纷纷跪倒。

35. 毓庆宫

灯烛不兴，唯有一片月光透过窗牖，照出一片凉白。

月光下，胤礽和胤禛相对而坐，俨然两座面色苍白的雕塑。

靠窗的榻几上，赫然摆着康熙下给胤禛的那道手谕。

胤礽开口了："老四，咱们兄弟没在一起赏月大概也有二十多年了吧。"

胤禛："是。记得最后一次是我们还在南书房念书的时候。二哥带着我，还有几个弟弟一起，在御花园赏月……"

胤礽："那个晚上的月亮真好呀。那个时候父慈子孝，兄友弟恭，一家人谁也没有想到会弄成今天这种局面。"

胤禛："二哥，亡羊补牢，犹未为晚。你赶快回头吧！"

胤礽："四弟，咱们满人射出去的箭，能够回头吗？"

36. 密云驿道

耿索图骑在马上挥动长剑。

大批兵勇分列进入驿道两侧埋伏。

37. 丰台大营

胤禵全身披挂将手一挥。

众武将率领铁骑驰出大营。

38. 毓庆宫外

胤礽："我知道，我斗不过皇阿玛。可是，一条狗逼急了也会咬人！甚至咬他的主人！四弟，到了明天，就是我的末日了。你我就是想再说一句话只怕也是不能了。二哥最后给你掏一句心窝子里的话，不要争这个太子，更不要指望当皇上。这个位子能把好人都逼疯呀。"

正在这时，宫外火把闪耀，人声喧哗。

隆科多的声音："四王爷和太子在宫里吗？"

侍卫回答："在！"

胤禛闻声疾步走到门边，打开殿门。

门外，隆科多带领人马整齐地列在宫外。

隆科多见到胤禛，一膝跪倒，大声禀道："禀王爷，太子在京的党羽全数捕获，整个京城和大内都已控住。"

站在门边的胤禛轻轻地闭上了双眼。

39. 密云驿道

天已大亮。

耿索图率领的兵马仍然潜伏在驿道两侧的密林里和深草中。

一阵马蹄声传来。

一名材官在薄雾中疾驰而来。

耿索图从深草中站起。

那材官翻身下马，走到耿索图身旁耳语。

耿索图神色大变，连声发令："撤！撤！立刻撤兵！"

众潜伏官兵纷纷跑上驿道，列队。

突然，两边山头已是鼓声大作，旌旗林立。

丰台大营的兵马吼声震天从四面八方围来。

耿索图的官兵纷纷扔掉兵器。

40. 正阳门

胤禵一马当先，率领禁军铁骑高举长枪大戟团团护卫着康熙和张廷玉策马飞驰，穿过正中的城门。

41. 乾清宫

康熙端坐在正中御座上。

张廷玉、李德全侍立在康熙身侧。

诸皇子和诸大臣肃立在大殿两侧。

胤礽跪在殿中一动不动。

低沉的男声画外音："康熙五十一年，胤礽因图谋策反，再次被废除太子名位，罢为庶人，永远圈禁……"

画外音中出现以下画面：

德楞泰走上前去取掉了胤礽头上的红缨宝顶。

两名侍卫上前架着胤礽挟出殿外。

低沉的男声画外音："出人意料的是，胤祥也因暗杀郑春华，擅自派兵剿灭江夏镇的罪名，押解宗人府圈禁……"

画外音中出现以下画面：

康熙大喊了一声。

两名侍卫走向站在左厢班列中的胤祥。

胤禛、胤祥愕然的神色。

胤禟、胤䄉得意的神色。

胤祀漠然的神色。

胤祥将手一甩，大步向殿外走去。

两名侍卫紧押着胤祥向殿外走去。

低沉的男声画外音："更出人意料的是，康熙皇帝向朝野宣布，从此以后不再册立太子。于是，曾引起层出不穷的争斗和追逐的目标突然从众人面前消失了……"

画外音中出现以下画面：

康熙向张廷玉望了一眼。

张廷玉登上高台，从李德全手中接过一道圣旨，宣读……

诸皇子和诸大臣黑压压地跪了下来。

胤禛和胤祀同时将目光转向对方。

二人的目光中都充满了茫然若失的神色……

定格。

| 第十六集　西北有鹿 |

1. 喀哪乌苏河边

一声炮响，一团火光，一道黑烟冲天而起，一面大清的龙旗被炸得粉碎！

2. 西北至北京的驿道上

一名参将身系装有军报的包袱，率领四名亲兵驰马飞奔。

那参将和众亲兵一个个硝烟黑面，征衣破损，显是从战场而来。

翻盏般的马蹄上迭出：

准噶尔部的骑兵举刀齐吼，排山倒海般席卷而来。

四面被围的清军仓皇应战。

3. 畅春园戏园

李德全在香烟缭绕的香案上捧起排满戏签的托盘。

康熙坐在戏台下正中的龙椅上。

胤祉、胤禛、胤祀、胤禟、胤䄉、胤䄉，还有张廷玉、马齐侍立在他的身后身侧。

李德全捧着戏签盘走到康熙面前跪下，将托盘高高举起。

康熙站了起来。

他益显苍老了。闭目默祷时眼角的皱纹既深且密，两鬓的白发如霜似雪。

默祷有顷，康熙伸手向托盘摸去。

诸皇子和张廷玉、马齐神色都紧张起来。

康熙那青筋暴露又大又瘦的手在诸多的竹签中游移，最终，摸起一支竹签。

319

竹签翻了过来，康熙神色一变，长眉立锁。

众人神色随之一变。

戏签上写着：《失空斩》！

4. 驿道上

那参将和众亲兵仍在飞驰。

迭出：

清军将士被蒙古骑兵马踏刀砍，成片倒下。

5. 畅春园戏园

锣鼓喧天。

戏台上正演《失街亭》：马谡的兵马被司马懿大军杀得大败。

康熙脸色阴沉，双目紧闭。

诸皇子和张廷玉、马齐也一个个脸色阴沉，凝神屏息。

6. 北京城外驿道上

巍峨迤逦的城楼城墙已遥遥在望。

那参将猛抽一鞭。

四亲兵一齐挥鞭。

马队跑得更急了。

迭出：

喀哪乌苏河中沉浮着无数清军的战尸。

河水泛成了红色。

岸边土包上，清军主将傅尔丹血面蓬首，仰天长叹，举起长剑往颈间一勒……

7. 畅春园戏园

台上已演《斩马谡》：两名身穿红色法衣的刽子手高举鬼头刀，押着五花大绑的马谡向下场口走去。诸葛亮惨伤地跌坐在椅上。

唢呐牌子鸣里哇啦奏了起来。

康熙仍然双目紧闭坐在椅上。

李德全神色张皇捧着一张六百里加急奏折奔了过来。

李德全趋至康熙身侧，在他耳边轻唤了一声。

康熙睁开眼睛。

李德全将奏折双手呈上。

奏折上赫然贴着三支羽毛！

康熙一惊，接过奏折展看，立时神色大变。

随侍众人无不脸色大变。

康熙倏地站起，指了一下胤禛，又指了一下胤禵，然后大步向外走去。

李德全紧随康熙走去。

胤禛和胤禵对望了一眼，接着追着康熙走去。

众人都怔在当场。

胤祀的脸一下白了。

胤禟和胤䄉看见胤祀的神色，脸色也变得难看起来。

戏台上犹自呜里哇啦吹奏不休。

胤䄉一跺脚，一声大吼。

戏台上的吹奏声立刻哑了。

画外音："康熙五十六年，朝廷派往西北平乱的六万大军在喀哪乌苏河边中了准噶尔部的埋伏，全军覆没。康熙接到奏报，只召胤禛和胤禵前去密议，一场争夺兵权的好戏又拉开了帷幕……"

8. 胤祀府书房

胤祀、胤禟、胤䄉，还有揆叙、阿灵阿、成文运、鄂伦岱都在紧张而又焦虑地坐等着。

胤禟："八哥，你说皇阿玛单召老四和老十四，总不成在他们俩中间派一个去带兵吧？"

胤祀尽管表面镇定，心中也早已七上八下，随口答道："难说。等十四弟一来就知道了。"

胤䄉嚷道："这个老十四，怎么还不来！"

9. 宗人府深巷中

青黝黝的高墙，沿着两边长满青苔的小径一直延伸到远处，益显得深院森森，死气沉沉。

胤禛疾步向前走着。

康熙的画外音：“朕的意思，在你们阿哥中选派一人为大将军王，率领十万大军，出征西北……”

10. 胤祀府书房

胤祀倏地站起问道：“派谁？定了没有？”

胤禟摇了摇头：“还没有定……”

11. 宗人府高墙外铁门边

一名笔帖式虽然恭敬却毫不通融地对胤禛答道：“四王爷，不是奴才挡您的驾，实在是万岁爷早有旨命，任何人都不能够私下里见十三爷。”

胤禛闭上了眼睛，刚想转身离去。

突然，墙那边传来了胤祥的声音：“快！快抓住它！”

胤禛一凛，疾步走向铁门，从门上的方孔中向内望去。

12. 宗人府高墙内

一面高檐，三面高墙，嵌着一块方方正正的深邃的蓝天。

高檐下一条长廊挨着囚室。

高墙的脚根长满了说不上名目的各种野草，间或有几蔓青藤悠闲地爬在墙壁上。

头发已见花白的胤祥，穿着短襟大褂，将袖口捋得老高，正伏在墙根的一丛野草中，眼睛紧紧地盯着前方。

一只蟋蟀正在墙根的草丛中跳踉着。

“快！快呀！”胤祥又在喊。

一旁，捧着蟋蟀盒的阿兰，慌忙放下盒子，去扑那只蟋蟀。

阿兰曲着身子，双手紧紧按在另一丛草上，一动也不敢动。

胤祥爬了过来：“抓到了？”

阿兰怯怯地望了一眼胤祥，没有把握地点了点头。

胤祥：“那就捉起来呀！”

阿兰又怯怯地点了下头，双手小心翼翼地合拢着捧了起来。

胤祥慢慢地掰开她的手指，撮着食拇二指去捉。

阿兰的手掌中却是空的。

胤祥的脸一下子沉了下来。

阿兰低下了头，轻声说道："爷别生气，我再去捉……"说着，连忙向墙根另一侧走去。

"咣啷"一声，阿兰的脚碰翻了搁在地上的蟋蟀盒。

盒盖翻开，几只蟋蟀全都跳了出来，向四面八方逃去！

阿兰"啊"的一声，吓得怔在那里。

胤祥的脸更阴沉了，一声不吭望着空空的盒子。

阿兰怔了好一阵，才怯怯地挪到盒子边，捧起那只盒子，喃喃地说道："爷别生气，我再去捉……"

胤祥一声大吼："生气生气，我什么时候生气了！一天到晚就这一句话，你还会不会说其他的话！"

阿兰又一怔："爷别生气……"

胤祥一跺脚："嗨！"转身向囚室走去。

13. 高墙外铁门边

胤禛眼中噙着泪水，快步向外走去。

14. 胤祀府书房

胤禟："几十万大军可不能落在他人的手里。八哥，这个大将军王咱们得争！"

胤祀："这就得看十四弟了。"

众人把目光都盯向胤禵。

胤禵："我当然要说话。可得八哥先拿个主意。"

众人又把目光转向胤祀。

胤祀："这个主意可不好拿呀。"

胤禵："为什么？"

胤祀："因为，谁现在能当上大将军王，谁将来就是皇阿玛的继位人！"

众人都是一震！

15. 胤禛府后园门外

园门紧闭着。

高勿庸紧紧地把守着园门。

邬思道拄着拐杖走了过来。

高勿庸连忙迎了过去。

邬思道："王爷在练箭？"

高勿庸尴尬地笑了笑，身子却挡在邬思道的前面丝毫不动。

邬思道报以宽容理解的一笑，说道："我知道，王爷练箭的时候是不让人看的。"说着，搁下拐杖，在路旁的一块大石上坐了下来。

16. 胤禛府后园内

"嗖"的一箭，射在远离红心约三环的位置上。

箭靶前约三十步开外，身着箭衣紧装的胤禛铁青着脸，又从箭囊中拔出一支箭，搭在弓弦上，将弓引满，重又瞄准箭靶。

17. 胤禩府书房

胤禵："八哥，我是不是上个折子保举您做大将军王？"

胤禩皮里阳秋地笑了笑："不，这个位子我争不过你。十四弟，还是你当这个大将军王吧！"

仿佛一声霹雳划空而过，胤禵惊得站了起来。

众人也都把惊疑的目光投向胤禵。

胤禵心里一凉，颤声说道："八哥，无论年资，还是德望，十四弟都不能及你一分。你这样说便是疑我。我愿歃血为盟，以明心志！"说着，便捋起了袖口，露出手臂。

鄂伦岱站了起来："十四爷这话诚恳，我看八爷是不是多心了？"

成文运："是呀。咱们这些人，八爷是首脑，九爷、十爷、十四爷都是心腹。自个儿不能先乱了次序。"

胤禩眼中掠过一丝欣慰的目光，接着又叹了口气，注目门外，说道："在咱们这些人中我是首脑。可君权天授，岂是能够私让的？十四弟现管兵部，皇阿玛圣眷优隆。而我遭逢上次一跌，已经失去圣心，天命难追了。"

胤禵："八哥，您说的天命，本是看不见摸不着的东西。说您失去圣心，我看也不见得。皇阿玛儿翻几覆地挫磨你，焉知不是在空乏你身心，历练你心志，好放心将这万儿重担交与你？不然，为什么一边对你大加申斥，却仍然保留你的亲王？他老人家明知我是你的一党，为什么将兵部交给我？又囚禁了会带兵的十三阿哥？因此，我敢断定，皇阿玛就算……就算重用我，也是为了给你立一个擎天保驾之臣！"

胤禟："老十四这话有理！我看这样，咱们先保八哥为大将军王。万一皇阿玛不准奏，咱们再力保十四弟。总之，不能把这个位子让老四他们抢了去！"

18. 胤禛府后园内

箭靶上，红心的周围已零零散散钉有八九支羽箭，而红心上却仍然空空如也。

射位上，胤禛又引满了弓箭——又是"嗖"的一声，羽箭离弦。

——这一箭射得更糟，直插在箭靶的边沿上不住地摇摆！

胤禛将弓一甩，接着大步向箭靶走去。

一阵乱扯，箭靶上的羽箭都被他扯了下来，扔在地上。

19. 万福堂

胤禛坐在书案前飞笔疾书奏折。

坐在一旁的邬思道不紧不慢地问道："王爷，您真的要向皇上举荐十三爷出来带兵？"

胤禛头也没抬，仍在飞笔疾书："为什么不？"

邬思道："您难道忘了，十三爷的外公就是喀尔喀蒙古大汗？"

胤禛仍未抬头："那又怎样？他还是爱新觉罗的子孙呢！我就不信十三弟会连这个都分不清楚！"

邬思道："可是，人家以此作为借口极力反对呢？"

胤禛还在疾书："我就以百余口身家性命力保！"

邬思道："那王爷这百余口身家性命也就断乎难保！"

胤禛这才停笔抬头："这话怎么讲？"

邬思道站了起来，一边踱步，一边说道："西北用兵，看起来打的是兵马，实际上打的是钱粮，是后援。茫茫荒漠，十万大军，最怕的就是粮草不继，后援短缺。傅尔丹全军覆没，大家都说是他轻敌冒进。可是就没有人替他想想，兵部一月几道兵符责他畏葸观望，劳师糜资，而应给的钱粮器械又找种种借口不按时供应。他坐困愁城，能不急着找叛军决战？如果说傅尔丹轻敌冒进，这恰恰是朝廷逼的！他的失败，不是败在敌军，而是败在自己人的手里！"

胤禛似有所悟，接着眼中闪出寒光："可是老十四也是知兵之人，他难道就不知道这样做会导致兵败？难道他们……"

邬思道："没错！十四爷和八爷要的就是傅尔丹兵败！"

胤禛一震："你是说，他们不惜牺牲朝廷六万大军，就为了争得带兵之权！"

邬思道点了点头："因此，皇上如果派了十三爷为大将军，八爷和十四爷更会时时设阻，处处掣肘。那个时候，十三爷就是第二个傅尔丹！十万大军和王爷这一百余口身家性命……"

胤禛惊悟，倏地站起来惶急踱步："皇阿玛、皇阿玛圣明烛照，难道就一点儿也没察觉？"

邬思道："王爷这话问得好！如果说皇上以前没能察觉，现在也一定洞若观火了。因此，我料定，皇上心里早就默定了大将军人选！"

胤禛："谁？"

邬思道："十四爷！"

胤禛："唔？"

邬思道："论才略，十四爷可以胜任，更重要的是只有十四爷带兵出征，才不至于后援受滞，重蹈覆辙。"

胤禛："照你这么一说，皇阿玛马上会有旨意？"

邬思道："不会，他老人家还在观望。"

胤禛："观望什么？"

邬思道："观望八爷，更在观望王爷您！"

胤禛："哦？"

邬思道："太子一位虚悬，皇上又日见苍老。这大清的继位人才是他老人家最大的心事。这个继位人，皇上心里早就有数。可一直不把他抖出来。为什么？一是要保护他，以免他重蹈废太子的覆辙；二是要进一步观察他，看这个人是不是有人君的器宇！王爷，如果您有这个器宇，这一次就一定会以朝廷的大局为重，力保十四爷出任大将军！而不是去争这个大将军！"

胤禛懵住了！两只大眼出神地望着邬思道。

邬思道高耸的眉棱、垂直的鼻梁、分明的嘴角和秀长的须髯，在胤禛的眼里逐渐化成了一座渐远渐高的塑像。

胤禛的画外音："这人是谁？他怎么什么都知道？连深不可测的皇阿玛都在他的机算之中！他真是上天派来辅佐我的吗？"

邬思道开口了："王爷？"

胤禛回过神来："嗯。"接着，尴尬地笑了笑："我被先生一席话说得走了神了。依先生的看法，我应该抢先举荐十四爷出任大将军！"

邬思道："对！"

胤禛："但十万大军在他的手里，万一……"

邬思道摇了摇头："不是在他的手里，而是在朝廷的手里。"

胤禛："哦？"

邬思道："我刚才已经说了，西北用兵，打的是粮草，是后援。接济调配大军粮草的是陕甘总督，只要争到这个位置，就能制约他的十万大军、百万大军！"

胤禛如醍醐灌顶，一片空明，脱口说道："对！让老十四当这个大将军，年羹尧做陕甘总督！"

20．万福堂

胤禛端坐在饭桌旁。

桌上只摆着几样蔬菜、一碗米饭和一碗清汤。

一个婢女将一双刚用开水烫过的竹箸奉与胤禛。

那拉氏一边清点着堆积如山的寿礼，一边说道："还是自家的奴才贴心哪。看这些礼物，还真不容易见到，我也就说了那么一句，年羹尧就愣给弄来了。"说着端起那尊整块和田玉雕成的观音爱不释手地观看。

胤禛把筷子一搁："我同你说了多次了，不要叫年羹尧给我们弄东西，你就是不听。这些东西都不要动，退还给他。"

那拉氏："您说得轻巧。退还给他，我拿什么给皇额娘送寿礼？您倒好，整天忙着朝廷的大事儿，皇额娘的寿辰，要些什么，她老人家喜欢什么，您压根儿就不过问。实话告诉您吧，这几样东西还是一年前皇额娘和我提起后，我才说给年羹尧的。你要做贤王，等他来了咱们把钱算给他。"

听到这里，胤禛："你呀你呀。这些东西要多少钱？他一年的俸禄银子又有多少？你这不是在纵容他贪吗？我好不容易才培养了一个年羹尧，你却……"说到这里，把筷子一推，便要站起离去。

那拉氏连忙走了过来，柔声说道："你说得对，我记住了。行吧？"说着拿起筷子递给胤禛。

胤禛叹了口气，接过筷子，又坐了下来，这才开始吃饭。

正在这时，门帘一挑，胤禵走了进来，向胤禛和那拉氏一拱手，笑嘻嘻地说道："四哥四嫂吉祥！"

胤禛一怔，心里说道："他还真来了……"

那拉氏见胤禛发愣，忙笑着招呼："十四爷来了，快请坐。"

胤禛这才回过神，也笑着站了起来，说道："坐，坐。"

胤禵在胤禛对面，二人一同坐下。

胤禵："怎么？四哥这早晚才吃饭啊？"

胤禛："他们都吃过了。我吃斋，因此随便点儿。"说着自顾吃饭。

胤禵点了点头，回头看见那拉氏在清点寿礼，又问道："嗬！这么多奇珍异宝啊！谁送来的？"

那拉氏："今儿不是额娘的寿诞吗？年羹尧从四川赶着送来的，这不，准备着让你们哥儿俩待会儿带进宫去呢。"

胤禵听着，怔在那儿半晌作不出声来："糟糕！忙昏了头，怎么连皇额娘的生日也忘了？幸亏来了这一趟儿……"

那拉氏："十四爷，您的寿礼准备好了吗？"

胤禵红了脸，支吾着答道："我正为这事儿来请嫂子帮忙呢。额娘的寿礼我原已准备了些。这一向西北出了事儿，我在兵部忙得焦头烂额，要补办的几样东西一直也没来得及办好。"

胤禛灵机一动，忙道："怎么样？还是年羹尧心细吧？十四弟，这些东西原就有你的一份，是年羹尧在四川替你暗地里办好的。你四嫂说，十四爷只怕瞧不上眼，没得让你见了笑话，这才没给你送过去。"

那拉氏何等精明，连忙把话茬接了过去："看您说的，幸好是十四爷，自己人，让人家听了，还说我这个做嫂子的小气。十四爷，您过来瞧瞧，这幅瀛洲九老对弈图屏风、这座正宗和田玉雕的观音是你的；还有这十二篓羊奶蜜橘、十二坛酒枣，都是额娘喜欢吃的，都算你一半。"

胤禛："这两百斤银丝京挂，你也不必回去拿了，算咱们一人一百斤吧。"

胤禵心里一紧，暗道："怎么了？这么热络？对了，一定是他也想当大将军王。四哥呀四哥，这么点小恩小惠就想拢住我，你也忒小瞧人了。"心里提防，脸上却堆出笑来，说道："难得年羹尧还记挂着我，说到底也是四哥四嫂的面子。我总得赏他点什么才好。"

胤禛："有机会你提拔他一下，他也就受益不尽了。现在别说这个，我赶紧吃了饭，咱们一块儿进宫。"

胤禵："是。"

胤禛忙着将剩下的半碟雪里蕻倒进饭碗里，又用筷子将洒落桌上的几粒米饭夹进碗里搅了搅，大口吞咽。

胤禵看得眼睛都大了。

胤禛吃完碗里的菜饭，又将那清汤倒进半碗，漾了漾，咕嘟喝了下去。这才站起来，对胤禵说道："走吧。"

21. 长春宫暖阁

胖太监拉长了嗓子："四王爷、十四贝勒爷给娘娘拜寿来了！"

胤禛和胤禵连忙在珠帘外跪倒，齐道："儿臣恭叩贵妃娘娘千秋圣寿！"说毕，一齐叩下头去。

珠帘内，德妃乌雅氏说道："小胖子，把这劳什子帘子拢起来。方才是怕有外客，他两个是我肠子里爬出来的。没的装神弄鬼做什么？"

那胖太监："嗻。"连忙撩开帘子拢上。

乌雅氏斜靠在榻上，看见这一双儿子，笑道："起来，坐着说话。"

胤禛、胤禵："是。"答毕，一齐起来在两旁绣墩上坐下。

这时，那胖太监又张罗着指挥几名太监把二人的寿礼抬了进来。

胖太监："给主子报喜，二位爷孝敬的寿礼真正是盖了帽儿了。您瞧瞧。"

乌雅氏："哦？"走下座来，步至那架瀛洲九老对弈图屏风前看了看，笑着点了点头；又步至那座玉观音前，连忙双手合十行了个礼，笑容满面地道："这菩萨好，竟是整块玉雕成的？这可不好找。"

胤禵脸红了红，刚想开口。

胤禛抢着答道："这是十四弟花了好大的工夫从几千里外请回来的。论孝心，十四弟比我还强。"

乌雅氏："论孝心，你们都好。其实，孝心也不在乎这些东西上。要紧的是你们好好替万岁爷分忧，为朝廷出力，替娘争面子。你们看——"说着，将手一指。

暖阁外宫厅里琳琅满目，摆满了众人送来的各种寿礼。

乌雅氏："要不是你们兄弟替我争气，哪来这么多人送礼贺寿？前不久大阿哥的生母纳兰娘娘六十整寿，竟没有一个人前去叩寿。还是我过去陪她说了半晌儿的话。那情景……唉！"

胤禛："额娘，既然您老人家说到这里，儿臣有件事得先请求了额娘，然后才好去办。"

乌雅氏："什么事？如果是朝廷的事可不要同我说。咱们大清朝的规矩，后宫可不能干政。"

胤禛："是。可这件事儿臣必须先经额娘同意。"

乌雅氏："那就说吧。"

胤禛："儿臣想举荐十四弟出任大将军！"

此言一出，乌雅氏一喜。

胤禵则是眼睛睁得老大，惊喜莫辨！

胤禛："儿臣想过了。十四弟深通兵略，又管了多年的兵部，只有他出任这个大将军才能平定西北的战乱，为皇阿玛分忧。再说，这件大功劳，儿臣也不想让人家夺了去……"

乌雅氏见胤禛如此关顾胤禵，心中大慰。开口说道："虽说出外带兵是辛苦事儿，可我也不能光顾着疼儿子而误了朝廷的大事儿。何况禛儿这么想，既为了朝廷又顾了自己的兄弟……禵儿，还不谢过你四哥？"

胤禵这才上前一步，深深一揖："谢过四哥。"

22. 城外西郊

胤禛和胤禵沿着护城河并辔而行。

渐渐行至永定河边，只见堤外秋水连涌，芦荻花白；堤内却是一片荒芜的坟茔，老桧松柏下衰草连陌，东倒西歪的石人、石马、石羊，有的已半埋土中。

阴沉沉的天上，星星雨雾已洒落下来。

二人勒住了缰绳。

胤禛失笑："今儿怎么了？咱兄弟俩一声不吭跑到这儿来了。看样子都得浇一场雨啰。"

胤禵："浇点雨好哇！清醒清醒不是坏事儿……"

胤禛："哦？"

胤禵："四哥，我万没想到您今儿个在皇额娘那儿提出要保举我做大将军。看起来，到了紧要关口，'打虎还得亲兄弟'呀。"

胤禛："怎么了？发这样的感慨？难道还有人想不让你出任大将军？"

胤禵："有些事您不知道。八哥也指望出去带兵呢！"

胤禛假装一惊："那怎么行？'兵者国之大事。'他不懂兵略，怎么能带兵！"

胤禵："是呀。八哥这个人也就是这些事上想不开。用心太深，求成太切。听说昨儿他去皇阿玛那儿请安，说如今情势他处在两难，想出来做事，怕人家说有野心；不出来做事，又怕人家说他韬晦，要请皇阿玛准他装病休养。"

胤禛："有这回事？皇阿玛怎么说？"

胤禵："皇阿玛什么也没说。可他倒认为这是皇阿玛要用他的先兆。这样一来，我就是想出去带兵，为朝廷出力也难以请缨了。"

胤禛："十四弟，不是四哥说你，做人做事都不能光往这些方面想。比方说西北这么大的战事，关系到朝廷的安危，首先想到的就应该是谁去带兵能够取胜。阿哥中一个十三弟，一个你，也只有你们俩能够胜任。可叫我举荐，我第一个就要举荐你。为什么？因为十三弟的外公是喀尔喀蒙古大汗。倒不是说他去带兵就会反叛，而是牵着这层关系就影响了军心。十四弟，我举荐你是为了朝局，是为国举贤！我可不在乎人家说什么亲亲疏疏。"

胤禵感动了："四哥，既然您这样子剖了心，我也不能掖着藏着。倘若皇阿玛真让我到西线领兵，这后援粮草的事还要靠四哥支撑我！"

胤禛："我现管着户部，后援粮草当然是我支撑你。不过朝廷调征的粮草照例由陕甘接应。陕西甘肃才是最要紧的地方！"

胤禵："我有个想法，不知四哥以为如何？"

胤禛："说吧。"

胤禵："真是我出任大将军，我想保举年羹尧做陕甘总督！"

胤禛心里一喜，却假意沉默了好一会儿，才说："十四弟，这话你不说，我还真不好提。论才干，年羹尧能胜任；要想我支撑你，使十万大军后援不缺，也只有年羹尧才会不折不扣照我的意思去办。"

胤禵举起右手："那咱们就一言为定！"

胤禛也伸出了手，朝胤禵的手掌一拍："一言为定！"

23. 乾清宫

康熙端坐如仪。

众皇子、众大臣跪拜如仪。

康熙："今儿把你们叫来，是商量西北用兵的事。我大清自太祖皇帝龙兴关外，马上得天下！兵略武备传至朕躬一日不敢稍懈。渠料用人不当，傅尔丹轻敌冒进，致使六万兵马全军覆没。此败实我大清建国七十年来空前未有！思之令人痛心。朕省之再三，决定从皇子中择一贤者代朕出征，假天子节钺，封大将军王称号，节制文武，务使一举扫平边氛！"

胤禩轻轻地用手臂碰了一下胤禵。

康熙却已看见，直对胤禩："胤禩，你是不是有话要说呀？"

胤禩："回皇阿玛，胤禵现管兵部，儿臣以为应听听他的见解。"

康熙："他管兵部是他。朕现在要听你的见解。"

胤禟推诿不过，只得硬着头皮说道："是……儿臣以为，阿哥带兵，只是个坐镇儿的主帅，要紧的是运筹帷幄，将士用命。皇阿玛适才说的一个'贤'字，儿臣认为至允至当。因此儿臣举荐八阿哥胤禩。请皇阿玛鉴纳。"

胤䄉："九哥的话有理。当主帅的原用不着冲锋上阵。诸葛亮一丁点儿武功也没有，照样打胜仗。"

胤䄉话刚落音，一人大声奏道："十爷的话至为允当，老臣保举一人，必能胜任！"

众人一怔之后，瞩目望去，这人竟是王掞。

康熙的眉头不禁皱了起来。

王掞："刚才十爷说当主帅的原不用冲锋上阵，而在于运筹帷幄，赏罚分明，将士用命。臣以为雍亲王胤禛堪当此任。"

众人原以为王掞保的是废太子胤礽，听他说完，不但胤禩等人大吃一惊，胤禛和康熙也是大出意外。

康熙却不露声色，转问胤禛："胤禛，你说说看。"

胤禛："儿臣写了个折子，意见都在上头。敬呈皇阿玛御览。"说完，掏出奏折高高举起。

李德全接过奏折，转呈康熙。

康熙展折，看不数行脸上便现出了赞许的神色。

24. 兵部大堂外

胤禵捧着大将军的节钺，在一群红顶戴黄马褂武官的簇拥下，从大门走了进来。

通往大堂的道路两旁，站满了前来报到的各路官员。

这些官员一齐躬身："卑职等参见抚远大将军王！"

胤禵一边走，一边微笑着向两旁点头。

突然，他看见了人群中的年羹尧！

胤禵脚步略滞了滞，接着还是向大堂走去。

25. 兵部大堂

胤禵已在大堂中央落座。

随侍的红顶戴、黄马褂武官们也已在两旁站好。

一名提督捧着一大沓手本走了上来，双手呈与胤禵。

胤禵接过手本，慢慢翻着，翻到其中一本，问道："年羹尧来了？"

那提督："是。他是刚到京的，立刻就到这儿来了。"

胤禵微微一笑："我这就见他。慢，其他的人今天就不见了。"

26. 枫晚亭

胤禛手里拿着一封信，脸上浮着难得一见的笑容，兴冲冲地走了进来。

邬思道扶着桌边站了起来也笑着问道："是李卫来信了？"

胤禛忍住笑说道："哪儿是信？简直是天书。邬先生，我念一段你听听。"

邬思道："好，好。"

胤禛坐了下来，展开信，念道："'主子，奴才李卫狗儿率老婆翠儿合主子福普盖头了……'"

邬思道一怔："合主子福普盖头？"

胤禛："是'给主子福晋磕头……'"

邬思道扑地将一口茶水喷在地上，接着大笑起来。

在一旁默默做着事的年秋月也忍俊不禁，捂着嘴笑了起来。

笑罢，邬思道："果然是天书，请王爷再念。"

胤禛又接着念了起来："'报告主子一个好消息，奴才当知县了。报告主子一个坏消息，奴才不会看状子……'"

邬思道又笑了起来："好个糊涂知县，不会看状子怎么断案？"

这一次倒是年秋月扑哧一声笑了出来，又连忙忍住。

胤禛继续念道："'何是奴才会斤，在难的安子，奴才一斤，就能断个八九不十……'"念到这里，胤禛忍不住先笑了起来，笑罢问道："邬先生，你能听出他说的什么吗？"

邬思道想了半晌，转头对年秋月说道："秋月，你听出意思了吗？"

年秋月扑闪了几下眼睛，说道："他是说拿秤去称案子？"

胤禛和邬思道相对大笑。

邬思道："罢了罢了，拿着一杆秤在大堂上称案子，真是大手笔呀。他是说让人家念状子，他听了以后再断吧？"

胤禛："我猜也是。底下还有一段：'再报告主子一个不好不坏的消息，奴才老婆肚子里有小狗儿了……'"

听到这里，年秋月已是笑得直不起腰，连忙一手捂着嘴，一手撑着腹跑了出去。

邬思道笑得连忙摇手，直说："王爷，不要念了，不要念了。"

胤禛："还有最后一句，也是最要紧的一句，请先生听完：'最后报告主子一个大消息，年羹尧进京了……'"

邬思道神色严肃起来："哦？年羹尧进京？他自己好像并没有禀报过王爷呀？"

胤禛面容也凝肃起来："我也正在纳闷……"

正在这时，高勿庸匆匆走了过来，在胤禛的耳边低语了几句。

胤禛脸色立变："唔？他现在哪里？"

高勿庸："先是到兵部拜见了十四爷，现在好像又到八爷府去了……"

胤禛一掌击在石桌上，倏地站起，走了出去。

邬思道两道长眉慢慢凝聚拢来……

27. 胤禩府客厅

胤禩坐在正中的椅子上，望着站在面前的鄂伦岱。

鄂伦岱："八爷的话奴才都记住了。到西北后，奴才会随时将那儿的情况报告八爷。"

胤禩点了点头。

胡管家走了进来："八爷，十四爷领着年羹尧来了。"

胤禩先是一怔，接着一笑："快请。"

28. 吏部大堂

胤禛坐在中央的书案旁慢慢地翻着待发的任命文书。

吏部尚书揆叙和两名侍郎站在两旁。

翻到其中一张，胤禛抽了出来，对揆叙和那两名侍郎说道："年羹尧出任陕甘总督的事还要再议。等我和上书房商量以后再定。"说着，把那张文书塞到袖中，走了出去。

29. 胤禩府客厅

年羹尧："羹尧这次接任陕甘，多蒙八爷、十四爷提携。羹尧敢不竭忠尽力，以图报效。"

正在这时，揆叙走了进来，望见年羹尧先是一怔，接着说道："原来亮工在这儿，正好。"

胤禩："什么事？"

揆叙："刚才四爷到吏部，把奏报年大人出任陕甘总督的那张文书拿走了。说是还要和上书房商量以后再定。"

年羹尧闻言大惊，一张脸变得煞白。

胤祀和胤禵也面面相觑了好一阵子。

胤祀："亮工，到京后你还没去见过四爷吧？"

年羹尧木然地点了点头。

胤祀悲悯地叹了口气："快去吧。"

30. 万福堂门外

年羹尧直挺挺地跪在那里，一动不动。

远远的，一些家人奴仆一边聚在一起窥望，一边悄悄地议论。

高勿庸出现了，对那些家人叱道："看什么看？一点规矩也没有！"

那些家人奴仆一下子走得烟消云散。

高勿庸走到年羹尧身旁，说道："年大人，福晋说叫你起来。有什么事她会和四爷说的。"

年羹尧只是摇了摇头，仍然跪在那里，一动不动。

31. 枫晚亭

胤禛和邬思道又在弈棋了。

胤禛一反平日雍容闲适的神态，拈起一枚子重重地下在棋枰上。

邬思道瞄了一眼满脸寒霜的胤禛，不露声色地也拈起一枚子轻轻地下在棋枰上。

年秋月在一旁默默地给他们续着茶水，转过身去又从脸盆里拧好毛巾递给二人。

邬思道欠了欠身，接过毛巾。

胤禛却头也没抬，只是将手一挥。

年秋月一怔，轻轻地咬了咬下嘴唇，默默地转过身去。

邬思道无声地叹息了一声。

这时，那拉氏在一名婢女的搀扶下，踏着花盆底走了进来。

年秋月连忙躬身行礼："福晋吉祥。"

邬思道也站了起来。

胤禛抬起了头，问道："你怎么到这儿来了？"

那拉氏先瞟了一眼年秋月，接着说道："什么事弄得年羹尧跪在那儿一个下午了？人家虽说是我们府上出去的包衣奴才，这会儿也是朝廷的大员了，犯了什么事你不会当面教训他……"

胤禛："我没有这样的包衣奴才！你说得对，他现在是四川巡抚，听说还要升什么陕甘总督了。在外面他是开牙建府，起居八座；进了京也是一方诸侯，自有办不完的公事，做不完的应酬。你们问过他没有，昨天就到了京，为什么今儿下午才来？天可怜见，他心里没我这个主子，我哪里还敢认他这个奴才！我又没有叫他跪在那儿，叫他走，免得我见了心烦。"说完又拈起一枚棋子啪地下在棋枰上。

那拉氏不好再说什么，不禁又瞟了一眼年秋月。

年秋月早已把头转在一边，把两条毛巾在面盆里不停地搓洗。

那拉氏轻轻地叹了口气，把手搭在那婢女的肩上走了出去。

邬思道则默默地看着这一切，又默默地坐了下来。

32. 万福堂门外

一个家人打着灯笼照着胤禛走了过来。

老远，胤禛就已看见，年羹尧仍然直直挺挺地跪在门外。

胤禛不露声色走了过去。

见到胤禛，年羹尧连忙把头伏了下去，嗓音沙哑地说道："奴才年羹尧叩见主子！"

胤禛淡淡地说道："这不是年大人吗？几时进的京？公事都办完了？快起来，我怎么受得起你的头？别折死了你四爷！"说着走进门去。

年羹尧慢慢抬起了头，脸色更苍白了。

良久，一名家人端着一盆热水走了过来。

走到门边，年羹尧站了起来，示意他把热水放下，又示意他下去。

接着，年羹尧咬了咬牙端起那盆热水走了进去。

33. 万福堂内

胤禛正坐在榻上看书。

年羹尧慢慢地蹭了过去，走到胤禛身旁，一条腿跪了下来，放下热水，又去给胤禛脱鞋脱袜。

胤禛的一双脚被年羹尧捧起放进了盆内。

镜头上摇，胤禛的眼睛从书卷的下方看见了正在给他洗脚的年羹尧。

胤禛眼中掠过一丝歉仄，很快又装作没有看见，照旧看他的书。

年羹尧洗完了脚，又悄悄地站起，寻找擦脚的帕子。

这时，胤禛才装着发现了他："怎么？是你？"

年羹尧已经拿起了帕子，讪笑着又跪了下来要替胤禛擦脚。

胤禛将脚一缩："不行。人呢！"

一名家人连忙跑了进来："奴才在。"答着急忙从年羹尧手中接过帕子，跪下去给胤禛擦脚。

胤禛一脚踹倒了那名家人，骂道："该死的奴才！怎么敢这般没规没矩？高勿庸！"

高勿庸闻声也连忙跑了进来。

胤禛："把这奴才带下去，打二十棍。"

年羹尧连忙说道："主子，是奴才自己要侍候主子，与他们无关。"

胤禛故意沉吟了一会儿，这才说道："看在亮工的面子上，寄下你这一顿打。下去。"

高勿庸连忙带着那名家人端起水退了出去。

胤禛一边拿起帕子自己擦着脚，一边说话了："见过八爷了？"

年羹尧怔了一怔，只好答道："是……"

胤禛："大约还有九爷、十爷，想必都拜望过了？"

年羹尧又跪了下来："回主子，奴才敢对天发誓，绝没有自外于主子的心思。奴才因为接到的是兵部的文书，因此一到京就先去了兵部。没想到十四爷把奴才直接带到了八爷那儿……"

胤禛冷笑道："我几曾说过你不该先到八爷那儿了？天理良心，无论八爷、九爷、十爷，还有三爷，谁不是我的骨肉兄弟？十四弟更不必说了，我们还是一个娘肚子里出来的呢！你若替主子去拜望他们一下，我还巴不得呢！还会怪你？我指的是你的心！"

说到这里，胤禛已经穿好了鞋，舒坦地在年羹尧面前踱了两步，接着说道："不要盘算着天上这块云那块云，你头上只有一块云，那就是我！你知不知道，这一次为什么升了你陕甘总督？你还知不知道，我今天要是晚一步去上书房，这个陕甘总督就派了别人？！"

年羹尧抬起了头，两眼惶然地望着胤禛。

胤禛："不要以为你现在是一方的封疆大吏，建牙开府，起居八座，朝廷里只要有人一句话就可以剥得你干干净净！"

年羹尧："奴才再糊涂，这一点也不会忘记。奴才这棵树无论枝叶长到哪儿，根总是在主子这里。没有了主子这个根，天上哪块云也遮不了奴才的荫。千错万错，总是奴才做事不当，这才惹得主子生气。这一回奴才如果能接任陕甘总督，就一定替主子争气，为朝廷看好西北的门户；不能接任陕甘总督，奴才也一定在四川好好干，决不辜负主子的深恩厚意。"说到这里，也不知触动了哪条衷肠，竟然流下泪来。

胤禛也动了感情："我教训你，为的你好。我说这话，你流的什么泪？要知道，你是我奴才中出去最大的官，我对你期望越深，责你越严。北京这么乱，你胡走乱闯，惹出事来谁能保你？你当你委屈，你知不知道，就连我也是不敢多说一句话，不敢乱走一步路。"说着，胤禛竟也掉下泪来。很快，他又控制了情绪，接着说道："还没有吃饭吧？我也没有吃呢。我这就吩咐厨房把饭送来，咱们一块儿吃。"

34. 邬思道卧室

邬思道显然是刚洗完澡，他穿着一身白绸短襟大褂，转身开开了房门。

年秋月默默地走了进来，去端那只木盆，准备倒水。

邬思道连忙说道："放在那儿。"

年秋月一怔，又去拿起邬思道换下的衣服。

邬思道："别动，放在那儿吧。"

年秋月疑惑地望了望邬思道。

邬思道却面容平静毫无表情。

年秋月默默地放下了衣服，又默默地走了出去。

邬思道望着年秋月的背影，这时眼中才露出一丝说不清是伤感还是惆怅的神色，深深地叹了一口气。

35. 后院·一口井旁

这晚的月光很好，把井台照得一片银白。

一双手在吃力地摇着井上的辘轳，接着一只手又把摇上来的那桶水提到井口旁。

镜头拉开，邬思道在井口上坐了下来，拿起地上的衣服放进桶里默默地搓洗起来。

突然，一个长长的身影映在他面前的石面上。

邬思道微微一颤，慢慢抬起了头。

年秋月无声地站在那儿，两只眼睛默默地望着他，像是要看穿这个每日里离得这样近却又那样远，似乎这样熟悉却又那样陌生的人。

邬思道尴尬地笑了笑："这么晚了，还没歇着？"

年秋月："邬先生，你想把我怎么样？"

邬思道又是微微一颤，扶着井台站了起来，把两只湿漉漉的手在身上擦了擦，背过身去，望着天上的那轮月亮，说道："秋月，你到这儿来也有十一年了吧？记得当时你才十五岁……"

年秋月："告诉我，你们要把我怎么样？"

邬思道仍然抬着头望着天上的月亮："你看那轮月亮，它有时候圆，有时候缺，它从东方升起来，又从西边落下去……是谁把它这样的呢？没有，谁也没有把它这样……谁也不能把它这样……可是它只能在天上，升起来的时候它在天上，落下去的时候它仍然在天上。它是如此纯净，如此澄澈，不管它离你多远，永远是这样默默地照着你，照着你……可它自己呢？'碧海青天夜夜心……'秋月，你明白我的话吗？"

年秋月眼里已经噙满了泪水，她不再说话，而是默默地走了过去，捞起桶里的衣服，拼命地搓洗起来……

36.　德胜门外

三军肃列，盔甲鲜明。

胤祉、胤禛、胤祀、胤禟、胤祯诸皇子领衔，率文武百官齐立门边，等着为胤禵送行。

突然，鼓乐大作。

御辇从城门洞中缓缓开来，康熙和胤禵并肩而坐。

诸皇子和文武百官齐齐跪倒。

御辇开出门洞后停住。

身披金甲的胤禵从车上跳了下来，转身跪倒。

康熙徐徐站起，从车座上拿起那把宝剑，双手授予胤禵。

胤禵双手接过宝剑，叩拜，起身。

胤禵手捧宝剑向坐骑走去。

胤禵翻身上马，然后将剑一举。

三军按队列启动了。

骑着马列在胤禵身旁的年羹尧慢慢地回过了头。

跪在前排的胤禛目光和年羹尧一接！

年羹尧慌忙把头转了过去。

胤禵昂起了头，双腿微微一夹，他胯下的那匹白马慢慢地走动了。

他身后两侧的年羹尧和鄂伦岱紧跟着也策动缰绳跟着启动了。

许多人脸上都露出了"天命攸归"的肃然之色。

画外音："康熙五十七年，胤禵封抚远大将军王，率十万大军开赴西北平叛。至此，猜疑了许久的皇位继承人，似乎有了新的答案……"

胤禛眼里浮出一丝莫名的忧惧和怅惘……

37. 胤禛府新房

鞭炮在房外轰鸣。

喜烛在房内高烧。

年秋月罩着红盖头孤独地坐在床沿上。

38. 万福堂

胤禛解开身上的红披带扔过一边，然后在书案前坐了下来，翻出李卫的那封信，提笔濡墨改了起来。

胤禛的画外音："李卫：你的信我收到了。满纸的白字，怎么做官？你要多读书，要做一个好官。记住，要紧紧地盯着年羹尧，把他的一举一动随时密信告我……"

39. 新房

喜烛已经燃尽。

窗外已经泛白。

年秋月悄悄地掀开了盖头，两行泪水从她眼中流了出来……

定格。

| 第十七集　霜刃未曾试 |

低沉的男声画外音："清康熙六十一年三月十八日快到了。这一天是康熙皇帝六十八岁寿辰，更是他登基满六十年跨六十一年的大庆。朝野上下都在盼望这一天的到来，盼望着雨露普降，恩泽均沾。正当民间自发地张灯结彩、颂圣祈福的时候，宫里却静悄悄地毫无大庆的迹象……"

画外音中依次出现以下画面：

1. 北京城内一条大街上

镜头拉开，整条街上都挂上了大红灯笼，结上了大红彩带……

灯笼上映着"恭贺圣寿""普天同庆"等字样……

2. 畅春园澹宁居外

静悄悄一如往昔。

胤祉、胤禛、胤祀、胤禟、胤䄉、胤礼、胤禄，还有年仅六岁的胤祕都跪在宫外的大门旁。

李德全走了出来，向众人传了一句康熙的口谕。

诸皇子都站了起来，又一齐走进门去。

3. 澹宁居内

康熙似乎比三年前更见苍老了。他坐在榻上对跪在面前的儿子们平静地说道："你们的孝心，朕都知道了。今儿不才三月初嘛，再等等吧，等等吧……"说到这里，他闭上了眼睛。

阿哥们面面相觑，无可奈何地叩了个头，又一齐站了起来，悄然退了出去。

低沉的男声画外音："他在等什么呢？阿哥们心里都雪一样的明白，他在等待西北战场胜利的消息。也正因为这样，阿哥们心里才沉甸甸地感到，十四阿哥在这位皇阿玛心中的分量是越来越重了……"

4. 胤祀府书房

胤祀在伏案疾书。

胤祀的画外音："十四弟如晤……"

5. 西北战场

胤祀的画外音在战场上空回荡："……时机尚未成熟，千万不可出兵。须知道，我军胜利之时，也即吾弟解除兵权之日。江山社稷皆系于此，望吾弟以大局为重。何时出兵，愚兄自会驰函告知。切切……"

画外音中出现以下画面：

和春光明媚的北京相反，这儿仍然是寒风凛冽，积雪遍野。

朝廷的十几万大军遍布在方圆几十里的山头和辽阔的草地周围。

遥遥可望，数万策旺阿拉布坦的蒙古叛军被团团围在草地中央。

镜头推近，一群伏在战壕里的清兵被寒风吹得耳鼻通红。

画外音止。

一名老兵骂开了："奶奶的！围了一个月了，既不进攻，又不撤退，这打的什么仗！"

另一名士兵："听说朝廷已经连续下了几道旨催着王爷出战，也不知道为什么，老是叫我们在这儿窝着。"

又一名士兵："你们还不知道吧？昨儿我听我那个当司务的老乡说，咱们的粮草也只能维持三天了……"

一名武官走了过来，厉声斥道："娘的！活得不耐烦了！谁叫你们在这儿瞎议论？！"

那几名士兵连忙闭住了口。

6. 大将军王行营

胤禵盘腿坐在矮案前的虎皮褥子上，看罢胤祀的来信，嘴角露出一撇冷笑，把信往几案上一摔，站了起来，走到鄂伦岱面前，问道："老鄂，八爷叫我们按兵不动，你的看法呢？"

鄂伦岱犹豫了一会儿，答道："奴才是个带兵的，按照眼下的情形似乎应该出兵……可是八爷这样说，必定有他的道理……"

胤禵又是一声冷笑："什么道理？无非是怕我们打了胜仗，压了他！"

鄂伦岱大惊："十、十四爷……您怎么能这样说？"

胤禵："你觉得我这样说是反叛八爷，是不是？"

鄂伦岱："……"

胤禵："老鄂，你太老实了……"说着，从几案上的匣子里拿出另一封信递给鄂伦岱。

鄂伦岱狐疑地接信展看，看着看着神色剧变，颤声问道："十四爷，这信是从哪儿来的？"

胤禵："你先不要问是哪儿来的。你只说这是不是八爷的手迹。"

鄂伦岱颤抖着又仔细看了看信："确、确实是八爷的手迹。可八、八爷为什么要这样对我？"

胤禵："人心难测呀。八哥待我原来也没话说，可就为了这大将军一职，竟怀疑上我了。派了雅布齐、塔宁来监视我。后来见我重用你，就疑心你向了我。这不，他一边来信叫我按兵不动，一边又派人给雅布齐捎信，叫他在暗中放你的冷箭。这下你明白了？！"

鄂伦岱满脸通红，两眼冒光，吼道："娘的！我真是瞎了眼了！十四爷，那个送信的人在哪儿？把他交给我！"

胤禵："什么？你真想和八爷作对吗？！"

鄂伦岱倒吸了一口凉气，心中却愤气难平："十四爷，那您说，我该怎么办？"

胤禵："听我的，你就没事。当务之急，咱们得立刻出兵，赶在皇上万寿之前打个大胜仗。然后我派你进京去报捷，附带将我的寿礼敬呈。皇上一高兴，给你升了官，八爷也就无可奈何了。"

鄂伦岱跪了下去，说着："奴才一切听十四爷的！"

胤禵："好！……我现在唯一担心的是粮草不继。年羹尧那儿我已经去了几道命令，他也总是借故推搪，没有粮草我就是想打这个仗，也没有把握呀。"

7. 西宁城外大军草料场

一辆辆装满粮草的马车骡车一行行排列在草料场中。

一名名押解粮草的伕役和士兵也早已排列在大车旁候命。

年羹尧和李卫并肩站在草料场调配处的门前，一声不吭地望着大门外的那条驿道。

一阵马蹄声传来，一名驿差向大门驰来。

年羹尧和李卫眼一亮。

那名驿差已经驰到他们面前，连忙勒缰下马，将一封信双手递给年羹尧。

年羹尧连忙撕开封口，抽信展阅。

胤禛的画外音："亮工如晤：你的信已经收到，你能事事禀告我然后施行，我心甚慰。前方军事牵涉朝廷安危，皇上日夜焦虑。望你以大局为重，速将粮草运往军前，切切勿误！至于所缺军饷，叫李卫来京办理……"

年羹尧将信一收，大手一挥，喊道："起运！"

马鞭齐挥，一辆辆大车驶出了大门。

8. 大将军王行营

鄂伦岱等将领一个个顶盔贯甲，面容凝重地伫立在两侧。

胤禵铁青着脸，盘腿坐在几案前一声不吭。

他们显然都在等待着什么。

终于，一名参将奔了进来："禀报大将军王，粮草到了！"

胤禵眼睛一亮，从虎皮褥子上倏地站起，大声发令："向叛军发动总攻！"

鄂伦岱等齐声吼应："嗻！"

9. 战场上

鼓声、呐喊声惊天动地。

鄂伦岱一马当先，清军步骑大军排山倒海般呼啸涌进。

酷烈的战斗！

一匹匹战马悲鸣着倒了下去。

一个个蒙古叛军倒了下去。

一个个清军将士也倒了下去。

清军的后续部队像潮水般又涌了上来。

蒙古叛军越战越少。

最后一股蒙古叛军杀开一条血路，向远方的山谷驰马飞逃而去……

10. 澹宁居

康熙从榻上霍然站起，大声说道："打得好！"

11. 畅春园大草坪上

一排太监站在椅子上，用长长的挑竿将一只只大红的寿字灯笼挂了起来。

一列苏拉站在椅子上，将一面面绣有各种瑞兽的彩旗树了起来。

无数的匠人正在为两条能容纳千人开宴的芦棚盖顶。

张廷玉、马齐在一群内务府官员的陪同下，四处察看、指挥众人布置大典的现场。

12. 胤禛府大门外街口

几名亲兵护着两顶蓝呢大轿，行至胡同口停了下来。

轿杠前倾，第一顶轿帘中钻出了顶戴官服的李卫。

第二顶轿帘中钻出了抱着孩子的翠儿。

望着不远处熟悉的王府大门，李卫惊喜而感慨不已："翠儿，翠儿，咱们到家了！"

翠儿亦兴奋不已："到家了！"

李卫："咱们走着去，在主子门前可没有咱们坐轿的礼儿。"

翠儿："就你知道礼！"

说着，二人撇下随从疾步向府门走去。

13. 胤禛府前院

轿夫执事正准备了鹅黄大轿伺候胤禛出门。

胤禛带着两名随从正从大厅下来，走向大轿。

李卫领着翠儿已经进门，见到胤禛抢步奔向前去："爷！爷！想死奴才了！"

呼喊间，二人已跑到胤禛面前跪倒："主子万福万安！奴才李卫、翠儿给主子叩头了。"

胤禛也着实惊喜，笑道："好你个猴崽子！怎么？走路来的？做了粮道了，竟小气得连轿钱都舍不得了！你不嫌寒碜，人家翠儿大小也是个四品夫人嘛，怎么能叫她也走着来了？"

翠儿："回爷的话，原是坐轿来的，到了胡同口，狗儿说在主子门前坐轿不恭敬，这才走了进来。"

胤禛赏识地点了点头，这才看见翠儿旁边牵着的孩子，又笑道："嗬！连小狗儿都这么大了？叫什么名字？"

翠儿："三岁了。想着主子的恩德，给起了名儿叫李忠四爷。"

"李忠四爷？"胤禛哈哈大笑，"这份意思是好，就叫起来拗口。后面两个字去掉，就叫李忠吧。"

李卫、翠儿："是。"

李卫又禀道："禀报主子，万岁爷的万寿，年羹尧和奴才原都为主子准备了寿礼，后来接到主子的信，奴才就没有带来了。"接着，他压低了声音："主子，鄂伦岱也来京了，听说还带了一块天石，是十四爷献给万岁爷的寿礼。"

胤禛点了点头，接着说道："我现在要赶到宫里去。好了，你们先去见福晋。过后李卫在枫晚亭邬师爷那儿等我，晚饭咱们一块儿吃。"

14. 胤禩府客厅

胤禩、胤禟、胤䄉都阴沉着脸坐在那儿。

鄂伦岱背着一个用黄绫包着的匣子风尘仆仆地走了进来，一进门刷下马蹄袖跪在地上，大声说道："奴才给八爷、九爷、十爷请安……"

胤䄉："安什么安？你们这一次是怎么搞的……"

胤禩连忙打断了胤䄉的话，站了起来，走到鄂伦岱面前说道："听说你这一次立了大功了？"

鄂伦岱一怔："是。"

胤禩："我给你的信收到了？"

鄂伦岱："收到了……"

胤禩："十四爷出兵你也是赞成的吗？"

鄂伦岱："八爷，不是奴才不听您的话，实在是您不在前方，不知道那儿的情况。十四爷也是箭在弦上，不得不发呀……"

胤禟和胤䄉同时站了起来。

胤禩摆了摆手，止住了他们，笑着说道："我并没有说你不对，更没有说十四爷不对嘛。"说着目光盯向了他身上的那只包袱："皇上万寿，十四爷送的什么礼物呀？"

鄂伦岱："是一块天石。"说着解开了身上的包袱，放在地上。

胤禩："天石？"

鄂伦岱："是。天上落下的一颗流星。本也没有什么稀奇，只是上面有一个寿字，十四爷说这是上天给万岁爷加寿的吉兆，这才觉得珍贵。"

胤禩："哦。管家！"

胡管家应声走了进来。

胤禩："带鄂大人下去用饭。"

胡管家："是。"

鄂伦岱又叩了个头，这才站起，随胡管家走了出去。

15. 那拉氏寝室

那拉氏从首饰盒中拣出一块拴着金链的玉锁，递给翠儿："这还是王爷小时候戴过的长寿锁，就算我赏给李忠的礼物吧。"

翠儿接过玉锁，拉着孩子一同跪下："主子，这个礼物奴才可不敢受，没得折了孩子的寿数。"

那拉氏："胡说。戴了王爷用过的东西，只会添福，怎会折寿？"

翠儿这才一手按着李忠，一齐叩了个头："主子这样说，奴才母子只好谢赏了。"说毕，拉着李忠起来，将玉锁给他戴上。

那拉氏："翠儿啊。"

翠儿："奴婢在。"

那拉氏："听说你不许狗儿讨妾，可有这回事吗？"

翠儿："回主子，有这么回事。他一个小叫花子出身的人，全托主子的福，做了官，有了一个老婆还不够呀？他真敢花心眼儿讨了小的回来，我打也把她打了出去！"

那拉氏呵呵笑了："对！就这么着！他要敢欺负你，告诉我，我给你做主。"

16. 枫晚亭

邬思道眯细着眼睛，嘴角带笑地看着李卫。

李卫将那顶缀着暗蓝宝石的顶戴搁在膝盖上，正细细地拣掉沾在顶上的杂线。

邬思道轻轻叹了口气，说道："多少人十年寒窗望这顶官帽而不可得呀。李卫，你可得好好儿做官，千万不要忘记了自己受苦受难时候的光景啊……"

李卫："不会！邬师爷，您的意思我知道，做人做官一个理儿，不能忘本。"

邬思道："孺子可教！你说说，什么才叫作不忘本？"

李卫："这道理很明白。比方我，原是个小叫花子，因为四爷，才有了今天，四爷就是我的本！什么时候忘了四爷，我这树枝尖儿上的叶子也就没了根，就会枯死。邬师爷，您说对吗？"

邬思道听后，愣了半晌，却无法驳他，只好淡淡一笑："对。臣子忠于皇上，奴才忠于主子，这谁也不能说不对。"

李卫："再比方您邬先生。如果不是四爷，您还不是坐在扬州府的大牢里？或者这个时候只怕连老命也没了。您如今这般死心塌地为四爷出谋划策，还不是为了报恩？说句不中听的话，我狗儿在外面无论做了多大的官儿，总是四爷的奴才。您邬师爷不做官，坐在王府里效力，也是四爷的奴才……"

邬思道脸色骤变，呼地站起来，险些摔倒。

李卫连忙站起，扶住邬思道："邬先生，您怎么了？不要紧吧？"

邬思道苦笑了笑："不要紧，我这是老毛病了，这腿儿隔三岔五就抽筋。像我这么个废人，就是做奴才，也不够格呀。"

李卫眨巴着眼睛，迷惑地望着邬思道。

17. 胤祀府客厅

胤禟望着鄂伦岱消失的背影，恶狠狠地说道："鄂伦岱这奴才变了心了！"

胤祀："咱们是看走眼老十四了……"说着，从袖子里掏出一封信，"这是雅布齐寄来的信，你们看看吧。"

胤禟立刻接过信，胤䄉也连忙凑过头来，二人一齐观看。

看着，二人皆面现惊愕之色。

胤禟："八哥，您干什么叫雅布齐杀鄂伦岱？"

胤祀淡淡地说道："你们也以为这是真的？我再糊涂，犯得着写信去叫雅布齐暗害鄂伦岱吗？"

胤禟："那你的那封信……"

胤祀："我压根儿就没有写什么信！老十四自己就是个造假信的高手。你们忘了，那年在热河模仿老十三假造老二调兵的那张手谕了？告诉你们吧，那就是老十四造的！"

胤禟、胤䄉四眼相对，恍然大悟。

胤䄉："乌雅氏这条老母狗，生的儿子没一个好东西！"

胤禟："难怪。又是打胜仗，又是献天石。原来说老四想当皇上，现在看起来老十四是真想当皇上哪！"

胤祀阴沉的目光转向了那只黄绫包袱。

胤禟和胤䄉目光也一齐转向那只黄绫包袱："打开来看看？"

胤祀点了点头。

胤禟捧起那只包袱放到桌上，解开了黄绫。

一只紫檀木匣子露了出来，两张封条交叉封在匣盖上。

胤禟和胤䄉对望了一眼，又一齐望着胤祀。

胤祀："撬开底座！"

胤祦点了点头，从腰间拔出那把锋利的解手刀，插进底座，用劲一撬。

底座撬开了，胤禟端开了上面的匣身。

——一块黑黝黝的陨石露了出来。

镜头推近，那块陨石的中间果然凹有一个天然的"寿"字！

胤祀眼中透出了寒光……

18. 畅春园大草坪上

鼓乐齐鸣。

康熙在众太监侍卫的簇拥下，登上寿台上的宝座就位。

有王掞领衔，上千名须发或花或白的老人在大坪中黑压压地跪倒，齐声山呼："盛世臣民恭贺皇上圣寿！"

望着匍匐满地的老人，康熙露出了慈祥的笑容，侧身对李德全低声吩咐。

李德全跨前一步，大声宣旨："皇上有旨！你们都是朕请来的客人，也是朕的同龄老人，份属君臣，实同兄弟，着免礼，与朕同乐！钦此。"

众老人一齐欢呼："万岁！"

在一群礼仪太监的引导下，众老人步入芦棚内的酒席前就座。

六名人高马大的太监走了出来，同时将手中一丈长的净鞭凌空甩起！

"啪！啪！啪！"三声脆响，整个大典现场肃静下来。

大廊两侧，畅音阁六十四名乐工琴瑟竽笛齐奏，钟磬鼓钹齐鸣，奏八佾之乐。

六十四名丰容盛鬋的满装宫女，脚踏花盆底，踏着乐拍，分八行上场，手挥流苏扇，歌喉齐放，作八佾之舞。

歌曰：

辟雍建，规矩圆方，复古自吾皇。于论钟鼓铿锵，春水环桥滚浩荡，隆礼乐，焕文章……圣人出，天下文明，玉振叶金声。日月江河照法像，自古经行。觉吾黎，敷五教，彝伦叙，宁万邦……

芦棚席上，耆老们耳闻仙乐，目迷五色，不禁心醉神迷。

灰白稀疏的短辫随着乐拍在不停地摇摆。

枯瘦的指爪握住玉筷在敲击碗碟。

亦有不顾歌舞一味大嚼的缺牙老嘴在不住扪动——汤汁不断从嘴角流出，沾得花白胡须上淋漓不堪。

坐在御案后的康熙，眯细着眼不住地巡视着乐而忘形的老人们，嘴口露出深深的笑纹。

坐在芦棚首席的王掞却目不转睛地望着康熙。

八佾之乐奏毕，宫女们仍分八行款款退下。

突然，鼓声震天。

分列在两侧的十八面巨形大鼓，在十八名短褂露臂的大汉擂击下，发出雷鸣般巨响。

老人们大多吓了一跳。

面容失色者有之；

失手落箸者有之；

正在吞咽食物陡被卡噎而不断以手抚胸者有之。

正在欣赏众耆老神态的康熙见状忍俊不禁，正欲大笑。

突然，康熙脸色陡变，双眼失神，汗水从额角渗了出来。

一直在暗中关注康熙的王掞吓得一惊。

李德全十分见机，已经趋至康熙身侧，亮开折扇挡住康熙面孔，迅捷地用手帕揩去康熙额上的汗水，一面在康熙耳边唤道："万岁爷！万岁爷！您不要紧吧？奴才扶您到养心殿歇歇去？"

康熙缓过神来，咬牙撑住，伸出一手摆了摆。

李德全只好退至一旁。

大坪内，几十对满蒙大汉身着褂褡正捉对摔跤。

惊魂稍定的老人们又津津有味地看起了布库之戏。

19. 大草坪一侧

李德全焦急地向蹙眉凝思的张廷玉问策："中堂，怎么办？要不要赶快停了庆典？召御医为万岁诊脉？"

张廷玉："不行！那样一来会引起朝野震动，再说万岁爷也不会答应。接下来还有几个庆典？"

李德全："还有三四个庆典，最后是阿哥们拜寿，敬献寿礼。"

张廷玉："你去通知，把前面几个庆典偷偷减了，提前让阿哥们拜寿，献寿礼。"

20. 大草坪上

李德全临阶伫立司礼："诸皇子给万岁爷拜寿！"

胤祉为首，胤禛、胤祀、胤禟、胤䄉、胤禄、胤礼，还有年方六岁的小阿哥胤祕，一个个顶戴袍服，鱼贯而前，然后一字排开，齐齐跪倒："儿臣恭祝皇阿玛圣寿！愿皇阿玛万寿无疆！"

望着一行祝寿的儿子，康熙精神有所好转，虽然疲惫，仍报以一笑。

李德全司礼："诸皇子向万岁爷敬献寿礼！"

胤祉叩了个头，将一篑用明黄锦缎裱糊的书篑，双手捧起："敬启皇阿玛，儿臣奉旨率陈梦雷、李绂等编纂的《古今图书集成》万卷已赶在昨日全部刊印完毕。佑文成化，谨为皇阿玛寿！这是全书的目录，敬呈皇阿玛御览。"

康熙闻言眼中闪出光来，两颊也涌出潮红，不胜欣喜地道："快！呈上来，让朕观看！"

李德全连忙上前接过锦篑，解开套扣，呈于康熙案前。

康熙的手有些发抖，急急翻开篑盖。

——装帧精美的封面上赫然印着康熙手书的"古今图书集成"八个端楷。

康熙微微颤抖的手翻开封面。

——显出"总目"和一行行印刷清晰精良的目录。

侍立一侧的张廷玉和马齐即时称颂："真是前无古人，千秋功业。臣等谨为皇上贺！"

康熙兴奋地大声赞道："对！千秋功业！千秋功业啊！传旨，皇三子胤祉着赏亲王双俸；陈梦雷、李绂等有功人员均由吏部加三级叙用！"

张廷玉、马齐："是！"

胤祉脸上飞金，大声叩谢："儿臣率一体编纂臣工谢圣上恩典！"

胤禛双手捧起一卷亦用明黄缎而裱装的手卷高高举起，道："这是儿臣亲手恭楷并诵念一万遍的《金刚经》一部，谨为皇阿玛寿！"

康熙慈爱地点了点头："呈上来吧。"

李德全接过手卷转呈康熙。

康熙接过手卷，含笑说道："心诚则灵。这部经你念了一万遍，诸天佛祖一定降吉祥于朕。皇四子胤禛孝心可嘉，着亦赏食亲王双俸！"

胤禛却大声答道："皇阿玛恩赏儿臣愧不敢受！"

康熙："唔？"

胤禛："论到孝心，还有一人超过儿臣万倍，儿臣因此愧疚。"

康熙警觉："你说的是谁？"

胤禛："皇十三子胤祥！"

话音一落，众人皆是一惊。

康熙的脸也立刻沉了下来。

胤禛却从怀里掏出层层叠好的一包黄绢，大声说道："这是十三阿哥胤祥十年来用自己的鲜血刺写的《孝经》，托儿臣转呈皇阿玛，为皇阿玛寿！"

说到这里，胤禛已有些哽咽，连忙低下头去，双手高高举起。

康熙动容。

众人皆受震动。

康熙："呈上来吧。"

李德全悄声上前，接过黄绢，又默然呈与康熙。

康熙徐徐展开黄绢。

——黄绢上显出暗红色的恭书小楷《孝经》，密密麻麻俨然斑斑血迹。

康熙鼻翼翕张，双眼潮润，接着闭上两眼，调匀呼吸，淡淡地说道："既然是他的孝心，朕也收下了。"

胤禛面现失望之色。

胤祀不容胤禛再说，高声说道："儿臣谨具菲礼为皇阿玛寿！"

21. 太和殿侧

鄂伦岱正紧张地守着一只匣子，在那里等候觐呈。

一名太监飞也似跑了过来，嚷道："鄂大人，快，快！轮到十四爷献寿礼了。"

鄂伦岱急忙捧起匣子，随那太监走去。

22. 太和殿前

鄂伦岱急趋而前，捧匣跪倒。

康熙疲惫地笑问："是你们将军王叫你送来的寿礼？"

鄂伦岱："是。"

康熙："是什么东西呀？"

鄂伦岱有心讨康熙欢心，亮开他那军前司令练就的铜锣大嗓，高声回道："回万岁爷，是一块流星天石，上面天生烙有一个'寿'字，大将军王说这是上天给万岁爷增福增寿的吉兆！"

此言一出，立刻引来无数惊奇兴奋的目光和凑趣的啧啧声。

康熙也是一喜："哦？这可是难得的吉物。既是上天所赐，朕当亲自接受。"说着站了起来。

胤禟和胤䄉不安地对望了一眼，接着又把目光向胤祀望去。

胤祀依然十分平静地跪在那儿，只是面色显得十分苍白。

走近鄂伦岱，康熙恭敬地双手接过匣子："李德全，打开来看。"

李德全："嘛。"近前撕开封皮，又从鄂伦岱手中接过钥匙开锁。

无数双眼睛一齐注视。

李德全掀开盒盖。

无数双瞳孔都放大了。

李德全乍见盒内神色陡变，又立刻将盒盖盖上。

捧着匣子的康熙惊疑，嗔道："怎么了？"

李德全声音发颤："一、一块石头，没、没什么好看的……"

康熙疑心大盛，斥道："打开来！"

李德全："万岁爷……"

康熙怒喝："打开！"

李德全的手抖得更甚。

无数双眼睛都惊疑地望着李德全那双手。

李德全终于又打开了盒盖。

康熙凝眸望去，突然脸色变得惨白，双手一松。

——那只匣子跌翻在地，盒中滚出一只僵硬的死鹰！

张廷玉、马齐惊愕的面孔！

胤祉、胤禛惊愕的面孔！

康熙失神地呆在原地。

李德全紧紧地搀住康熙。

胤祀飞快地给胤禟、胤䄉递过一个眼神。

胤禟、胤䄉会意。

胤禟一声大吼："将鄂伦岱抓了起来！"

刘铁成率两名侍卫飞跑上前，将匍匐在地的鄂伦岱扭住。胤䄉接着大喊："这是谋逆！隆科多！隆科多！快将出路堵住，不要放走了同党！"

众禁军一齐拔刀举枪，注目隆科多，等候指令。

隆科多临乱不慌，大声喊道："都不要动！这个时候只能听万岁爷一个人的旨意！"

康熙闻言一振，失神的眼珠恢复了几分活力，慢慢转向隆科多。

隆科多疾步上前，一膝跪倒，说道："该怎么办？请万岁爷示下。"

康熙欣慰地点了点头："乱不了的，乱不了的……你说得对，都不要动……都不要动。"

隆科多："嗻！"答毕起身，转向众禁军发令："各回原位，照常警戒！"

众禁军应声悄然有序地退下。

偌大的畅春园大草坪上，千余人复归静谧，悄然无声地注视着康熙一人。

康熙呆滞的眼神转向死鹰，又转向被侍卫扭跪在地的鄂伦岱。

鄂伦岱："万岁爷！奴才冤枉，奴才冤枉哪！"

康熙："放了他。"

二侍卫松手。

胤禩大声喊道："万岁爷，这是乱逆大罪，不能放他！"

康熙倏地将眼光盯着胤禩，又向众阿哥一一扫视过去，然后沉重地说道："有罪的，无罪的，天知道，朕也知道……"

突然，康熙一口气接不上来，眼一黑，身子瘫软下去。

早已侍候在一旁的刘铁成何其敏捷，从后面一下将康熙架住。

王掞不知什么时候来到了康熙面前，这时已经扑倒在康熙脚下，带着哭声大喊："传太医！传太医呀！"

23. 畅春园大门外

一个太监打着灯笼送凌国康走了出来。

凌国康刚走向小轿，突然一惊。

穿着便服的老王掞正站在轿旁等他。

凌国康："王……"

王掞已经伸出枯瘦的手止住了他，接着一把捏着凌国康的手臂，低声问道："凌太医，你得给我个实信，皇上的病到底怎么样？"

凌国康为难了，踌躇了好一会儿才斟酌着说道："吉人自有天相。不要紧的。"

王掞难过地闭上了眼睛，喃喃地说道："我明白了……"

24. 万福堂

胤禛连忙站起，迎上前去，搀住王掞，又扶着他坐下："王师傅，这么晚了，您又这么大岁数，赶着来，有什么要紧的事吗？"

王掞张开两只老眼左右直瞧。

胤禛会意，忙道："这儿没有外人，有什么话您老直说吧。"

王掞："四爷，皇上快不行了……"说到这里，滴下泪来。

胤禛黯然地点了点头："我也知道了。"

王掞一把捏住胤禛的手臂："四爷，您得争取继位！"

胤禛一惊："王师傅，这话是妄言不得的。"

王掞苦笑着摇了摇头："我一个灯枯油尽的人了，既没有什么可怕的，更不为攀附你。想当年老臣被指派为太子的师傅，心里是何等的庆幸哪。从古至今，那么多读书人又有几个能有机会做这天下第一件大事呢？可是老臣失败了。太子爷二次被废以后，我几次服毒，万岁爷看得紧，都没有死成。我的先祖为保明武宗，九死一生，终于成功。没想到我一生心血花到二阿哥身上，到头来化为一场烟云……午夜扪心，我有负皇上的寄托，有负天下臣民的期望，愧对我王家祖先的神明哪。这几年来，老臣一直在暗中看着，也一直在暗中想着，二阿哥是不行了。其他的阿哥呢？养尊处优，耽于玩乐的就占去了一大半；剩下的，有的做事，有的拆台，有的看笑话儿，有的心藏险诈，一心要做杨广！只有四爷您，心里装着我大清的江山，心里念着我大清的臣民！我今儿来见你，就是为了明一明心迹。我快死的人了，未必够得上侍候下一代主子，但我心里就一个念头，盼望四爷您能够继承大统！四爷，听老臣一句话，在这个时候您得站稳脚跟，做好准备呀。"

胤禛虽然感动却无法答话，只是深深地点头。

王掞："四爷，我问您一句话，您得照实告诉我，那个郑春华是不是让您给保起来了？"

胤禛一惊："您听谁说的？"

王掞："四爷，您是百密一疏呀。这件事早就有许多人知道了。八爷他们一直假装不知，就是为了抓住这张牌，想着在关键的时候打出来置您于死地呀！"

胤禛确实被震惊了，站在那儿说不出话来。

王掞："当务之急，您得当机立断，赶快处死郑氏！"

胤禛："可是……她是十三爷再三托付给我的，我不能有负十三爷所托呀。"

王掞："四爷，此女是不祥之人！她已害了二阿哥，老臣不能眼睁睁地看着她又害了四爷您，葬送了我大清的江山社稷！四爷，老臣斗胆说一句，您万不可因妇人之仁而误了社稷大事呀。"

胤禛震惊之余感动地说道："王师傅，您的话我记住了……"

25．柏林寺大雄殿

大殿两侧垂挂着两幅黄绫长幡，左书"佛祖降福"，右书"天佑吾皇"。

佛像下法案俨然，文觉居中，众和尚分坐两侧，铙钹鼓磬齐鸣，诵经之声大作。

胤禛居中，胤礼居左，张廷玉居右，率众文武百官跪在佛像前拈香默祷。

26．白云观正殿

大殿两侧亦悬着两幅黄绫长幡，左书"道祖降福"，右书"天佑吾皇"。

三清像下，法坛缊缊，道长正领着一干道众绕坛作法。

法坛前，胤祀居中，胤禟居左，马齐居右，率众文武百官躬身拈香默祷。

27．澹宁居

面色蜡黄的康熙躺在御榻上，从被头伸出枯瘦的手摆了摆。

两名太监捧着御旨，躬身退了出去。

28．澹宁居外

前来探疾问安的大臣们一个个面容凝重鸦雀无声地站在殿外，望着那两名太监捧着圣旨匆匆地走了过去。

接着，李德全捧着一道圣旨走了出来："圣上有旨，王掞跪接！"

王掞踉跄着走了出来跪倒。

李德全宣旨："康熙五十一年，朕就有旨意，不再设立太子，以免邪佞之人借拥立之功紊乱朝政。渠料王掞在朕龙体欠安之时，又妄言奏立太子。其心殊不可测！着即免去王掞一切职务，限明日递解回原籍。钦此！"

王掞颤抖着叩下头去："罪臣领旨。"

29．柏林寺大雄殿

法事仍在进行。

一名侍从走进殿来，躬身在跪着的胤禛耳边低语。

胤禛一怔，随即向两旁的胤礼和张廷玉招手示意。

胤禛、胤礼、张廷玉站了起来。

众官员纷纷站了起来。

众人一齐走出殿去。

30. 柏林寺山门

胤禛等跪听宣旨。

太监宣旨："朕圣躬违和，国事烦剧。渠料皇四子雍亲王胤禛、上书房大臣张廷玉，举止失措，临事畏搐，深负朕望。胤禛着撤去领侍卫内大臣职务和兼管刑户二部差使，张廷玉着降两级处分，暂留上书房行走。钦此！"

胤禛不仅惊恐亦且茫然，怔跪在地。

张廷玉却显得宠辱不惊，轻声提醒胤禛："四爷，谢恩吧。"

胤禛惊悟，和张廷玉一道叩头："臣谢恩！"

俯伏其后的众官员不胜愕然。

31. 白云观外

胤祀、胤禟、马齐亦率领一众官员伏跪听旨。

传旨太监："……胤祀着撤去一切差使，马齐着革去太子太保、文渊阁大学士职衔，交部议处。钦此！"

胤祀、马齐皆惊惧叩头："臣谢恩！"

俯伏其后的官员无不愕然。

32. 棉花胡同一所四合院的厢房里

三十出头的郑春华，额头上竟然爬上了皱纹，鬓角边也已出现了丝丝白发。

她默默地坐在炕沿上，两眼出神地望着上方，像是在对王掞，又像是在自言自语："您说得对，我是世界上最无耻的女人……最下贱的女人呀……记得那一年，我还是个宫女……那一天，我随着皇上去见太子……他是那样的可怜，皇上当着那么多的人教训他，他跪在地上一句话也不敢说。当时我像是被鬼魂迷了心窍，竟然那么大的胆，我说：'太子爷是一国的储君，万岁爷不应该当着这么多奴才斥他训他……'奇怪的是，万岁爷竟然没有处罚我，反而晋封我做了嫔……也就是从那以后，太子爷经常变着法子来找我。我真无耻呀……竟然答应了他……您说得对极了，我是一个不祥的女人哪……"

王掞颤颤巍巍地站了起来，说道："你知道了就好，知道了就好……拿着，用这条干干净净的白绫解脱你的罪过吧……"

郑春华跪了下去，双手接过那条白绫："谢谢您了，王师傅……"

33. 胤禛府客厅

胤禛拖着两条疲累的腿迈了进来。

早已候在那儿的文宝生扑通一下跪了下来，哭着说道："四爷，四爷，小的该死！小的该死呀……"

胤禛一惊："怎么了？"

文宝生："今儿断黑的时候，奴才的女人去送饭，推开门就看见郑大奶奶挂在房梁上了。十三爷好端端地将个人交给奴才，她这样去了，叫奴才往后哪有脸再见十三爷啊……"

胤禛："她怎么会这样？事前就没有什么征兆吗？"

文宝生："下午王师傅来了，同郑大奶奶说了些什么，郑大奶奶关着门一直哭，后来就……"

胤禛一警。

王掞的画外音："此女是不祥之人哪！她已经害了二阿哥，老臣不能眼睁睁地看着她再害了四爷您哪……"

胤禛惊悟："不好！快！备马！去王师傅家！"

34. 王掞家大门口

胤禛飞马而至，翻身下马，直往门内奔去。

35. 王掞家前院

远远的，胤禛望见了坐在大厅桌旁的王掞。

胤禛放慢了脚步，暗暗长吁了一口气。

36. 王掞家客厅

王掞笑了，笑得那样从容轻松，他给胤禛倒了一杯酒，说道："老臣就知道四王爷会来的。"

胤禛狐疑地望了望王掞，又向空荡荡的四周瞧了瞧，问道："王师傅，您的家人呢？"

王掞："走了。早在三天前老臣就安排他们回原籍了。"

一种不祥之兆又在胤禛的心里浮起："为什么？"

王掞："不为什么。从哪儿来，回哪儿去。四爷，您说这要为什么吗？"

胤禛："王师傅，为了举荐我，您落得个递解回籍的处罚，我……"

王掞又笑了，端起面前的酒杯一口饮干，又从容地用袖口抹了抹嘴角，笑道："您错了。别看万岁爷处罚了我，他是另有深意呀。我这一辈子下了两步棋，一步棋下输了，一步棋下赢了，一输一赢，我是不输不赢哪……四爷，老臣要走了，您的路还长，千万不要灰心，更不要松劲，您要好好地把它走完……"突然他向后一靠，两眼紧闭，接着一缕鲜血从嘴角流了出来！

胤禛大惊："王师傅！王师傅……"

定格。

| 第十八集　传位几阿哥 |

1. 胤祀府书房

胤祀一反以往温文尔雅的气度，变得十分暴躁气浮："老爷子真够狠哪！这么大的事竟不追查，反而拿我们开刀。看样子他是铁了心要把大位传给老十四了！"

胤禟、胤䄉对望了一眼，接着问道："那怎么办？"

胤祀："昨儿我打听了，太医说，万岁爷看样子过不了这个冬天了。老十四那儿不要翻脸，也无须担心。他远在西北，只算手足之疾。老四坐在京里，表面上不露声色，暗地里还不准在干些什么。王掞为什么在这个当口上表推荐他做太子？可见是蓄谋已久。他才是心腹之患！当务之急，要抓住京里的兵权。一是丰台大营，二是步军统领衙门。丰台大营是咱们的人管着，这没什么担心的。最要紧的是隆科多，他那两万兵马管着九门，是最厉害的撒手锏。咱们一定要把隆科多拉过来。"

胤禟和胤䄉狠狠地点了点头。

胤禟："好吧，我去找隆科多，咱们许他个兵部尚书，不愁他不干。"

2. 枫晚亭

胤禛和邬思道相对默坐。

高勿庸招呼几名仆人抬着两只箱笼走了进来，放在屋中，然后退了出去。

胤禛起身，走到箱笼边掀开箱盖。

一只箱笼中装着各色上等衣料。

另一只箱笼中装着黄金珠玉。

邬思道一愕："王爷，这是干什么？"

胤禛："邬先生，这么多年来你竭忠尽智为我出力。如今……唉！一切都不用谈了。这点东西送给你安度下半生吧。"

邬思道："王爷要撵我走？"

胤禛："先生言重了。虽说你有房杜之才，无奈胤禛却无李世民之命，委屈先生了。"

邬思道看了看颓唐的胤禛，又看了看那两只箱笼，突然仰天大笑起来。

胤禛始是一嗔，接着似乎从笑声中看见了一丝亮光，急问："先生是笑话我？"

邬思道脸转庄严："王爷呀王爷，您怎么就不明白皇上的一片苦心啊……"

胤禛苦笑了笑，说道："我不明白皇阿玛有什么苦心。我只知道他老人家心里已经默定了十四弟做他的继位人。"

邬思道："何以见得？"

胤禛："就是瞎子也能看见。先不说王师傅上表举荐我遭了他老人家的罢黜，就说老十四吧，他进给他老人家一口匣子，里面装的是一只死鹰。这是什么？这是禽兽都不忍心干出来的事呀！就算不是老十四干的吧，可他老人家竟一声不吭，查也不查，反倒将我和张廷玉、马齐都降级的降级，撤差的撤差。这分明是在给老十四登基扫清障碍嘛！难道说人一到老了，就真的什么都糊涂了！"

邬思道："王爷，邬某所见恰恰相反。"

胤禛："唔？"

邬思道："请问王爷，我大清以什么治天下？"

胤禛："这何须问，自然是以孝治天下。"

邬思道："那么在父亲寿诞之时，做儿子的送给父亲一只死鹰，这是干什么？这是在诅咒父亲快死啊！皇上再糊涂，难道会将皇位传给一个不孝的儿子？退一步说，如果皇上真有心将大位传给十四爷，他就一定要查下去，是十四爷干的，他就会立刻改变主意；不是十四爷干的，他也要即刻为十四爷洗清冤枉。如今不追不问为的什么？因为他老人家心里压根儿就没想把皇位传给十四爷！"

胤禛眼一亮："你是说皇上心中另外有人？"

邬思道："不是别人，就是王爷您！"

胤禛倏地站起，两眼紧紧盯着邬思道。

邬思道："王爷，当务之急，不在皇上那儿，而在八爷他们！我最担心的是隆科多，他佟氏一门和八爷交往最深。他现在是九门提督，掌握着满北京的兵权，此人如果倒向八爷，皇上就算传位给你，你也坐不住！"

胤禛倏地站了起来。

3. 隆科多府客厅

一名戈什哈捧着一杯茶献给坐着的胤禟。

胤禟接过茶碗问道："知道你家隆大人到哪儿去了吗？"

那戈什哈："回九爷，小人不知道。要么这样，您先回去，待会儿隆大人回来，我告诉他，请他到您府上去？"

胤禟："不了，我就在这儿等他回来。"

4. 佟国维府书房

佟国维也老了，长长的寿眉已经雪白雪白，只有那两只眼睛仍然是那样深邃。

隆科多又恢复了当年那副恭敬的神态，双手放在膝上，两眼目不转睛地望着他这位深居不出的六叔。

佟国维慢慢地从躺椅上站了起来，走到窗边："躲是躲不过的。八爷也好，四爷也好，他们不是在找你，是在找手里握着两万兵权的九门提督。除非你现在辞了这个官。你能吗？"

隆科多摇了摇头："我现在就是想辞，也辞不掉了。"

佟国维慢慢转过身来，说道："你现在该知道六叔当年的处境了吧。什么叫身不由己？'富贵'两个字有时候就像一把锁，套在你的身上；钥匙呢，却在人家的手里。想脱身也难哪。"

隆科多："六叔，现在的局势就像一团迷雾，闯了进去侄儿一个人身败名裂都是小事，可咱们佟氏一族从此就可能一蹶不振哪！这个当口，您得给侄儿指一条明路！"

佟国维眼光一闪，说道："唯一的明路，就是等！"

隆科多："等？"

佟国维："对，等！你要知道，阿哥们找你，想拉你，难道万岁爷就不会找你？"

隆科多眼一亮。

佟国维："现在无论谁来找你，你都不要得罪他，也不要答应他。等到万岁爷找你，你就把宝全押上去。因为，只有按照万岁爷的旨意拥立的新君才是铁稳的新君！"

隆科多五体投地跪了下去："谢六叔指点迷津！"

5. 枫晚亭

邬思道从怀里掏出一张名单："王爷，这还是当年我同十三爷交谈的时候记下的一份名单。这上面全是十三爷当年的旧部，很多人仍然掌着兵权。您现在无论如何都要去见十三爷一面，让他把这里面可用的人提供给你，到时候可以起大作用！"说着，将那份名单递给了胤禛。

6. 宗人府高墙外铁门边

胤禛一脚将跪挡在他面前的那名笔帖式踹了开去，斥道："开口万岁爷，闭口万岁爷，我是万岁爷的什么？我是万岁爷亲生的皇四子雍亲王！瞎了眼的奴才，你不开门，到刑部大狱待着去，我找一个开门的来！"

那名笔帖式慌了神，一边叩头，一边说道："奴才该死，奴才这就给四王爷开门……"说着爬了起来，从腰间掏出钥匙，打开了那把偌大的锁，接着吱呀一声把那道沉重的铁门推了开来。

胤禛缓和了脸色，从袖中抽出一张银票递了过去，说道："这是五百两银子，你拿去喝茶吧。"

7. 宗人府高墙内

咣啷一声，连盆带水从阿兰的手里跌翻在地。

正蹲着身子在墙根边栽着小草的胤祥闻声站了起来："怎么了？"说着转身来看阿兰。

阿兰却愣了一般，站在那儿一动不动，两只眼定定地瞪着铁门方向。

胤祥循着她的目光望去，浑身像闪电般一颤！

不远处的走廊上，站着胤禛。

8. 墙院内的囚室

四壁萧然，唯有一桌一椅一张木床。

胤禛和胤祥盘腿对坐在床上几前。

床几上摆满了胤禛带来的酒菜。

胤祥端起酒杯一口饮干，赞道："好酒！……好像是……没错，是年羹尧送给邬先生的那坛百年老窖？"

胤禛见他时隔七年竟然还能一口品出当年的酒味，心中不禁一阵欣然又是一阵潜然，望着他点了点头，说道："还剩下小半坛，邬先生一直没舍得喝，原说是等你出来时给你接风，今天知道我来看你，特地叫我带来了。"

胤祥："好个邬先生，还记得我十三爷。四哥，咱们对饮一杯。"

胤禛：“阿兰呢？叫她进来一块儿吃吧。”

胤祥：“她不会来的。留点儿，给她待会儿吃吧。”

胤禛：“十年了，也真够难为她的……你四嫂托我带了点东西给她。”说着端起身旁的一只盒子，打了开来：“这是高丽国进贡的搽脸的油，听说是用百年以上的老人参掺着珍珠粉调成的，还有……”

胤祥：“谢过四嫂了。其实在这个地方哪儿用得上这些东西？”

胤禛：“十三弟，不是四哥说你，你不应对她这样。”

胤祥：“四哥，你这话说得对，说得对极了！我不应该对她这样，我当然不应该对她这样……来，喝酒，喝酒。”边说又干了一杯，接着拿起盘中的一只大酱肘子大口啃了起来。

胤禛心里一酸，立刻觉到胤祥隐藏在内心深处的悲哀，眼中涌出了泪花，连忙别过头去。

胤祥慢慢地放下手中那只肘子，说道：“四哥，你不要看着我可怜，心里难受……其实，十年了，我在这儿也习惯了，眼耳清静，真的放我出去，兴许反而不会习惯，只是心里常挂牵着你们……对了，皇阿玛呢？他老人家身子骨还好吧？”

胤禛霍然地闭上了眼睛。

胤祥豁地站了起来，大声问道：“他老人家病了？”

胤禛慢慢睁开了眼睛，又慢慢点了点头。

胤祥：“病得很重？”

胤禛：“太医说了，很难熬过这个冬天……”

胤祥一屁股坐了下去，两行泪水汩汩地流了下来。

相对默然。

少顷，胤祥揩干了眼泪，说道：“四哥，大位传给谁，他老人家有个说法吗？”

胤禛又摇了摇头，接着说道：“看迹象，像是会传给我……可是老八他们正在暗中串联丰台大营和步军统领衙门的人。我担心，就算皇阿玛把大位传给我，他们也会作乱。”

胤祥一拳砸在床上，大声说道：“你为什么不去找皇阿玛，放我出去？只要我在外面，多少兵马也不敢作乱！”

胤禛：“我来就为了这事。迟早我会想办法把你放了出去，但现在不行。这里有份名单，你看看哪些人能用。”说着从袖中掏出那张名单递了过去。

胤祥接过名单，仔细审阅。

胤禛已经走下床去，从桌上揭开砚池，倒上水，拿起墨，磨了起来。

胤祥走了过去，坐了下来。

胤禛又把笔递了过去。

胤祥接过笔开始在名单上圈点。

良久，胤祥圈点完毕，捧着名单递给胤禛。

胤祥："上面打圈的都是些跟着我出生入死的人，忠实可用；打点的只要给他们点好处，也能够将就着用；打叉的都是些见风使舵的人，其中有些只怕早就变了心，都不可用。"

胤禛一边点头，一边朝着墨迹吹气，然后将名单小心翼翼地折好，塞进怀里。

9. 隆科多府客厅

胤禟有些不耐烦了，对侍候在一旁的戈什哈说道："你家隆大人到底干什么去了？这么久也没回来。"

那戈什哈："要不小人找去？"

胤禟略想了想，将手一摆："算了，我再等等。"

10. 畅春园澹宁居外

一名太监领着隆科多匆匆而来。

远远地，张廷玉已经在宫外石阶下等候。

隆科多加快了步伐，趋至张廷玉身前屈膝请安："卑职给张中堂请安。"

张廷玉微微一笑，虚扶一扶，说道："皇上正等着你呢。请随我来吧。"说着便向一侧的月洞门走去。

隆科多狐疑地望了望澹宁居正门，又望了望向月洞门走去的张廷玉，只得拔步跟去。

11. 澹宁居月洞门内

跟着张廷玉走进月洞门，隆科多益显惊疑。

但见此去一带并无宫殿房舍，幽径两旁花篱外都是丛丛灌木，更远处则是古木参天，阴森森鸦雀无声。

隆科多心悸，追问道："张中堂，您这是带我去哪儿？"

张廷玉头也不回，只是淡淡地答道："不要问，跟我走。"

说话间，折过几株古树转弯处，前面现出一带土墙，墙内露出黄茅结盖的房顶。

张廷玉带着隆科多到土墙中门站住。

隆科多抬头望去。

宽敞的大车门斗上悬着一块泥金扇形匾额，上书"穷庐"二字。

隆科多心里吃惊："这是什么地方？我竟从来没听说过？"

正惊疑间，一名侍卫从院内迎了出来。

隆科多又是一惊。

这名侍卫竟是张五哥！

张五哥上前低声说道："快进去吧，万岁爷正等着哪。"

张廷玉正领着隆科多疾步走进。

12. 穷庐

隆科多跪在地上愣了好一阵子才适应室内太过昏暗的光线，他略抬了抬头，目光沿着室内扫视过去。

突然，他望见了一双蹬着明黄色朝天靴的脚。

他猛一抬头，发现康熙被重重锦褥拥躺在屋角墙边的卧榻上。

隆科多心头大震，连连叩头："奴才隆科多叩见万岁爷！"

康熙喉结动了一下，吃力地说道："是隆科多吗？"

隆科多心内一酸，答道："是奴才。"

康熙："衡臣哪。"

侍立在门边的张廷玉连忙答道："微臣在。"

康熙："你给他宣诏吧。"

张廷玉："是。隆科多听着，这是皇上的遗诏，你听好了！"

隆科多一颤，慌忙将头俯伏在地："嗻！"

张廷玉宣诏："奉天承运皇帝诏曰：步军统领隆科多，本系微末小臣，蒙朕破格简拔，位列台阁，乃敢交通皇八子胤禩、皇十四子胤禵图谋不轨，谋求非分恩荣，着即赐死。钦此！"

隆科多浑身微颤，豆粒大的汗珠从额上顺着面颊淌了下来。

张廷玉的声音仿佛从很远的地方传来："隆科多，你有什么话说吗？"

隆科多惊觉，垂死辩道："奴才冤枉！八阿哥虽然多次笼络奴才，奴才着实没有和他逾格交往，恳求万岁爷明察。"

康熙望了望张廷玉，又合上了眼睛。

张廷玉："你记住，这道遗诏由我收藏。今后，你如果没有和八阿哥、十四阿哥图谋不轨，这道遗诏就算没有。你如果真起异心，我取你的性命就是代天行诛！"

隆科多松了一口气："是。"

张廷玉："现在我宣读第二道诏书。"

隆科多又是一凛："万岁！"

张廷玉展开第二道诏书："奉天承运皇帝诏曰：步军统领隆科多，随朕三十几年，忠诚勤慎，人才难得。着晋封为领侍卫内大臣、上书房大臣，加太子太保衔，赐爵一等公。钦此！"

隆科多简直懵了，伏在地上一动不动，竟忘了谢恩。

张廷玉温言提醒："隆大人，谢恩吧。"

隆科多这才醒来，连连叩头，颤声道："奴才隆科多叩谢万岁爷天恩！"

康熙那几近僵木的脸上也露出了一丝笑容："起来吧，起来说话……"

隆科多又叩了个头，这才站起来，在康熙身边垂手侍立。

康熙对张廷玉使了个眼神。

张廷玉会意，躬身退了出去。

康熙："小多子啊……"

隆科多乍听康熙叫他小多子，一股温情夹着辛酸涌上心头，连忙俯下身去，弯腰应道："爷，小多子在。"

康熙："记得你随我打准噶尔时，还只有二十出头吧？"

隆科多："是。奴才那年二十岁。"

康熙："你那时是好样的……皇亲中朕也就最喜欢你呀……记得朕当时曾赐你一把宝刀……那刀呢？"

隆科多一听，心里又慌了，连忙跪下一膝，答道："奴才不争气，前些年奴才赋闲在家，为还国库的欠款，把宝刀……把宝刀……"

康熙："当了，是吗？"

隆科多："奴才该死。"

康熙："你去看看，那桌上盖的是什么……"

隆科多惊疑地站起，走到桌边，掀开黄绫。

——黄绫覆盖下竟是他当年当掉的宝刀！

隆科多返身又扑地跪倒："万岁爷？"

康熙："唉！那些年是苦了你了……听人说，你总怪你叔叔佟国维压着你，不让你抬头……其实，你是冤屈他了……真正压着你的，不是他，是朕呀……你这把宝刀，朕就是想留到要紧的时候用哪……"

隆科多鼻头一酸，多少年的苦水直涌喉头，眼泪夺眶而出，不禁痛哭失声："万岁爷，奴才是什么人？竟蒙万岁爷期许之深……奴才今生今世粉身碎骨也没法报答您的知遇之恩啊！呜……呜……"

康熙："别哭了，咱们满人进了中原，管理这九州万方都不容易呀。你佟佳氏一族，从太祖皇帝开始，就是我大清的姻亲……朕的母后，还有朕的皇后就都是你们家的人哪。只要你们忠心报国，我爱新觉罗不会忘记你们的……衡臣……衡臣呢？"

隆科多揩干了眼泪，站了起来，对外喊道："张中堂，万岁爷召。"张廷玉走了进来。

康熙："你把那份东西交给他吧。"

张廷玉："是。"接着从康熙身后的床上枕边捧出一个锦盒，交给隆科多。

康熙："这是传位遗诏……大位传给谁，等到那一天就会……知道……你要如实宣读诏书……"

隆科多双手将锦匣高举过顶，双膝跪倒："是！"

13. 隆科多府前院

隆科多斜签着身子满脸带笑送胤禟出门。

隆科多："九爷，您放心，真有人敢谋为不轨，我一定调兵保护八爷、九爷和十爷。"

胤禟："好。只要你肯出力，八爷说了，让你干兵部尚书！"

看见胤禟压低嗓门许以重宝的模样，隆科多心里好笑，却装作受宠若惊，立马请了个安："那奴才先要谢过八爷、九爷了。"

胤禟笑了笑，昂首向门外走去。

14. 入夜后的北京

雪花纷纷扬扬。

14·A. 崇文门内

一阵急促的跑步声，打破了沉寂的夜空。

随即，一个声音在大声吆喝："戒严了！都回家去！回家去！"

街道旁点着气死风灯的馄饨摊、烧饼摊旁的小贩们慌忙收拾摊担，匆匆离去。

一名千总领着两队兵丁执枪挎刀跑了过来，在门洞前两侧分队列好。

14·B. 宣武门内

又是一阵急促的跑步声传来。

一个声音在大声吆喝："戒严了！各家上门熄灯！"

街道两旁各店铺民居窗口内的灯火纷纷熄灭了。

又一名千总领着两队兵丁执枪挎刀跑了过来，在门洞前两侧分队列好。

14·C. 胤祀府大门前

一名参将带领一队兵丁列队跑来，又迅即在门前和墙外分头列岗站好。

大门吱呀开了，胡管家走了出来。

那参将："奉九门提督隆大人之命，特来护卫八爷进宫！"

14·D. 胤禛府大门外

也是一名参将带领一队兵丁列队跑来，迅即在门前和墙外分头列岗站好。

那参将走到门边，叩响门环："奉旨——护卫四王爷进宫！"

15. 胤祀府大厅

胤祀、胤禟、胤䄉都已披好斗篷。

胤祀对肃立听命的几名心腹侍从下令："我和九爷、十爷有隆科多的人保护，万无一失。你们从西直门出城，立刻前往丰台大营去见成文运成大人，叫他召集所有人马，今晚不许睡觉，等候我的指令！"

侍从："是。"

16. 邬思道卧室

邬思道倏地站起："是召见所有阿哥吗？"

胤禛："是。说叫我立刻赶到畅春园去。"

邬思道："王爷，是万岁爷的大限到了！"

胤禛眼睛红了："我也这么想。"

邬思道："王爷，决大事就在今晚，您打算怎么办？"

胤禛："我心乱如麻。步军衙门的人就在门外，说是奉命保护我去畅春园。我怀疑隆科多是老八的人，这一去……"

邬思道沉吟有顷，然后决断地说："一定要去！如果万岁爷大限在即，今晚就有遗诏。您不去，八爷他们就能改了诏书，到那时，他是皇上，您听命还是抗旨！"

胤禛一震。

邬思道："王爷，您的那颗钦差关防呢？"说着伸出了手。

胤禛略一犹豫，从腰间解下一颗玉印，递了过去。

邬思道："您放心去。如果到了申时还没您的消息，我就用这颗关防派人去放了十三爷出来。他有很多故旧部下，一呼百应，让他们前来救你！"

胤禛咬了咬牙："好吧！"说完，扭转身大踏步走了出去。

17. 胤祀府门外

步军衙门的将士警戒着三人上了马车。

众将士一齐上马，驱着马车，消失在雪夜中。

18. 穷庐门外

灯笼火把将雪夜照得昏昏蒙蒙。

两名侍卫护着胤禛赶到。

张五哥迎上前来："奴才张五哥给四爷请安！"

胤禛愕然："怎么？是你？"

张五哥："四爷，奴才奉了万岁爷的旨意保护您。"接着，转身对那两名护送侍卫，"没你们的事了，去吧。"

二侍卫转身走去。

张五哥："四爷，请随我来。"

19. 穷庐

张廷玉、马齐、隆科多俱已默然侍立在康熙床侧。

康熙脸色蜡黄，双眼紧闭。

胤禛唰地扔掉斗篷，奔至床边，跪倒："皇阿玛！皇阿玛！您怎么了？您怎么了？"

康熙闻声睁开了眼睛："你来了就好……朕有好些话要对你说……"说着伸出了那只枯瘦的手。

胤禛急忙跪前一步紧紧地握住康熙的手，眼中的泪水夺眶而出……

20.　穷庐门外

胤祉、胤祀、胤禟、胤䄉、胤礼、胤祕都已赶到。

德楞泰和刘铁成将众阿哥挡在门外。

德楞泰："万岁爷正在召见四王爷，请众位爷稍等。"

胤祀、胤禟、胤䄉立刻变了脸色。

21.　穷庐内

似是回光返照，又像是在积聚最后一点精力，康熙眼中闪出深幽幽的光来，中气虽弱却语音清晰："听着。朕决定将大位传给你了！不要哭，打起精神，听朕把话说完。朕在位六十一年，这六十一年不容易呀……平三藩，收台湾，收复被俄罗斯占去的版图；治理黄河，整治漕运……这些都不难。我大清龙兴关外，马上得天下，靠的都是武功。可是治理这九州万方，我们靠什么呢？我们没有孔子，没有《四书》《五经》，我们没有征服人心的东西呀……朕一生朝乾夕惕，兢兢业业，始终不渝地做的就是这一件事，学习汉人的文化，然后用它去收服汉人的心，这才是最难的呀。为了这个，朕后四十年致力推行仁政，处处以宽仁治政，处处以宽仁待人。可到了后来，朕才慢慢地察觉，朕的宽仁造成了难以挽回的弊端……土地兼并，税收流失，吏治腐败，国库空虚……朕留下来的实在是一个积弊甚深的局面呀。但朕已经没有办法了，朕一生创下的圣名，实不愿意就这样毁在自己的手里。朕自己射出去的箭，自己收不回来呀。朕曾经寄希望于废太子胤礽，但他根本就不是人君之选，甚至做一个好儿子、好兄长都不能够。三阿哥性好读书，颇有文才，但于国计民生一无所长。八阿哥胤祀处处学朕，但处处学得不像，朕以宽仁治国，他以宽仁收买人心；朕已经过于放纵下头，他比朕还要放纵。就算他的宽仁是真的，也只会把列祖列宗的江山由于放纵而毁于一旦！十四阿哥爽直敢为，机敏干练，这几年整兵经武也很见成效。但他为人处事，胆子过大而胸怀狭小，用于将兵尚需控制使用，用于治国则必然坏事。十三阿哥是性情中人，他心地光明，重情重义，但疾恶如仇，感情用事，不会权变。朕圈禁了他十年，就是担心他任性行事，闯出大祸，把你牵连进去无法收拾。有了这十年的教训，他也应该更加成熟，可以做你的好帮手了……"

听到这里，胤禛再也控制不住，伏在床边，"哇"的一声，号啕痛哭起来……

康熙哆嗦着手，取下腕中的那串念珠，喘息着接着说道："不要哭……不要哭了……朕把这万几重担交给你，就是深知你做事刚毅，久经历练，处处能以国计民生为念，处处能以江山社稷为重，朕相信你能够匡补朕的过失，刷新吏治，纠正时弊……朕唯一不放心的是你处事过于急躁，待人有失宽容。拿着这串念珠……记住朕的话，善待你的兄弟，善待你的臣民……不到万不得已，不要伤害他们……"

胤禛含着泪水，忍住哽咽，双手捧过了念珠。

22. 穷庐门外

跪在这里的胤祀、胤禟、胤禵见康熙久久没有召他们进去的旨意，开始按捺不住了。

胤祀用手肘撞了一下胤禵。

胤禵会意，大声喊了起来："一般都是万岁爷的儿子，这个当口为什么见他一个人？不行！快放我们进去！"

屋内传来康熙的声音："让，让他们进来……"

胤祀等一窝蜂爬起，拥了进去。

23. 穷庐内

众阿哥乱纷纷地拥到康熙的床前跪倒："皇阿玛，您怎么了？皇阿玛！"

康熙看了看众儿子，微叹了一口气："朕不行了……看见你们，朕放不下这颗心呀……听朕一句话，你们要手足相亲……千万不能骨肉相残哪……"

最小的胤祕先哭了起来。

接着众阿哥都哭了起来。

康熙又挣扎着伸出了手，握住胤禛拿着念珠的那只手："记住……要善待你的兄弟……"

胤禛哽咽着点头："皇阿玛，儿臣记住了……"

康熙："你们都听着……朕传位于、传位于四阿哥……"说完，头一歪。

胤禛："皇阿玛！皇阿玛！"

众人齐声呼喊：

"皇阿玛！"

"万岁爷！"

胤祀这时两眼已冒出火来，突然大喊一声："先都别哭！"

众人住声。

胤祀向前膝行几步，挨近床边，故意大声喊道："皇阿玛，您醒醒，刚才您说传位给谁？我们都没听见。您再说一遍，您再说一遍呀……"

此言一出，众人都是一惊。

胤禛此时再不犹豫，大声说道："老八，你明知皇阿玛不能再说话了，何必多此一问？这么多人在场，谁没听清，皇阿玛是说'传位于四阿哥'？！"

胤禩闹了起来："谁听清了？谁听清了？皇阿玛只说了'传位'，根本没说什么'四阿哥'！"

胤礼："我听清了，是'传位于四阿哥'！"

小胤祕也接言了："我也听见了个'四'字。"

胤禩被二人一顶，一时傻眼了。

胤禟："不错！是有个'四'字，但是'十四阿哥'，不是'四阿哥'！"

胤禩："对！是'十四阿哥'！"

胤礼："四阿哥！"

胤禩："十四阿哥！"

胤礼："胡扯！"

胤禩："放屁！"

两人争着争着竟扭打起来。

一时，殿中乱成一团。

张廷玉大喝一声："都住手！"

二人僵住，慢慢松了手。

众人也立刻安静下来。

张廷玉："众位阿哥节哀，跪回原位。隆科多隆大人！"

隆科多："在。"

张廷玉："皇上传位诏书早已拟好，在乾清宫中，请你率人即刻取来！"

隆科多："好！"说完就走。

张廷玉："张五哥！"

张五哥："在！"

张廷玉："你扶四王爷到偏殿暂歇，等候诏书到来。"

张五哥："是。"答着，上前扶起胤禛向外走去。

胤祀惊醒过来："张廷玉，你这样发号施令，是何居心？"

胤禟："你一个臣子，怎么能如此越权谋政！"

胤禩："这是图谋乱政！"

刚平静的殿内又哄闹起来。

24. 穷庐隔壁偏殿

听见隔壁传来的哄闹声，眼睛通红的胤禛急得来回踱步。

踱至门边，胤禛突然站住，对侍卫一旁的张五哥："五哥，你知道万岁爷的金牌令箭在哪里？"

张五哥："知道，就在这里！"说着，从一旁的一口黑漆木箱中取出金牌令箭。

胤禛眼中放亮："好！张五哥，我叫你去干一件大事，你干不干？"

张五哥："但听四爷吩咐！"

胤禛："你带着这支金牌令箭即刻赶到我府上去，把它交给邬师爷，告诉他，皇上已传位给我了，叫他依计行事！"

张五哥："嗻！"

25. 胤禛府大厅

灯火通明。

合府的随从下人都被邬思道召集在此，等候行动。

张五哥手捧金牌令箭气喘吁吁跑了进来："邬先生何在？"

邬思道倏地站起。

张五哥："皇上已传位给四王爷了。这是金牌令箭，四王爷说请邬先生依计行事！"

邬思道激动得两眼闪光，胡须微颤，仰天喊道："苍天哪！终于大功告成了！"说罢，突然将两根拐杖一扔，接着健步走上前去接过金牌。

在场众人见状无不一惊。

邬思道声如洪钟："张五哥听令！命你拿这支金牌急速前往宗人府，赦出十三爷，叫他立刻前往丰台大营接管兵权，连夜带兵到畅春园护卫四爷登基！"

张五哥："是！"接过令牌返身奔去。

26. 丰台大营

一支支火把将大营映得四处通红。

所有将士皆戎装贯甲，在风雪中列队待命。

27. 大营中军帐内

十余名将领肃立在两侧，一齐注目着来回走动的成文运。

将领甲："提督大人，到底有何军务？叫弟兄们在风雪中站了半夜了……"

成文运喝道："住口！养兵千日，用在一时，等候我的将令就是。"

成文运："好吧，告诉你们。我接到朝廷密令，今晚有人意图谋反，待会儿你们只管听我的将令行事，剿灭叛逆！"

突然，一个声音传了进来："是谁叛逆呀！"

成文运和众将领皆是一惊。

胤祥大踏步走了进来。

众人："十三爷？！"

胤祥走到案前一坐："不错，是我，皇十三子十三爷！怎么？成文运，你和你的部下好规矩呀，见了我，竟连礼都不会行么！"

成文运兀自惊疑未定，众将领已纷纷向前行礼："参见十三爷！"

胤祥一一扫视众将领，笑道："好！好一群兔崽子，都升了官儿了。想当年跟着我的时候可没这么威风噢。"

众将领："托十三爷的福！"

成文运警醒过来，喝道："都站开去！"

众将领一愣，纷纷退回原位。

成文运："十三爷，据下官所知，您不是在宗人府吗？这么晚到我丰台大营有何公干？"

胤祥："你是盘问我？好吧，我告诉你，你十三爷本是关在宗人府，可今天万岁爷放了我，并命我接管丰台大营！"

成文运脸色陡变："不对！十三爷！这丰台大营是朝廷交付的兵权，岂能听你一句话就这样接了过去！何况……何况……"

胤祥："何况我是不是万岁爷放出来的还不一定。是吗？"

成文运咬了咬牙，答道："正是！"

胤祥脸一沉，一掌拍在案上，然后从怀中掏出金牌令箭高高举起："这是什么？你看清楚了！"

众将领一齐跪倒："万岁！"

成文运双腿一软也跪了下去。

胤祥一只脚踏在虎皮椅上，两眼滴溜溜在一众武官头上扫视，突然两眼一定，大声喊道："毕力塔、张雨、殷富贵！"

毕力塔、张雨、殷富贵齐声应道："末将在！"

胤祥："你们当年都是跟着我从死人堆里爬出来的。怎么现在还是游击参将哪？现在，爷提升你们为副将！"

三人先是一怔，接着大喜过望，一齐叩头："愿为十三爷效命！"

胤祥："好！你们各带一千人马随我到畅春园去。"

毕力塔、张雨、殷富贵又齐声吼应："嗻！"接着一齐站了起来。

这时，成文运也倏地站了起来："谁也不许动！我是朝廷委任、万岁爷钦封的丰台大营主帅，没我的命令，这里的一兵一卒也不许动！"

胤祥眼中闪出寒光，嘴角却挂着笑纹，盯着成文运问道："你是朝廷委任的丰台提督？"

成文运："十三爷既然知道，何必再问。"

胤祥倏地收了笑容："好。从现在起，你再不是丰台提督了！站过一边去。"

成文运也铁了心，对众将官大声吼道："都回营去！没我的命令谁敢乱动一步，就地正法！"

众将官有些无所适从了，一个个面面相觑，怔在当场。

胤祥把脚从虎皮椅上放了下来，一步步向成文运走去。

成文运下意识地握紧了腰中的剑柄。

胤祥走到他的面前站定："拔剑呀，怎么不拔剑！"

成文运仍然握紧剑柄，却退了一步："十、十三爷……你、你不要逼我……"

胤祥眼中寒光陡盛，闪电般抽剑出鞘！

众人只见眼前白光一闪！

胤祥已经回剑入鞘。

一道血箭从成文运胸口喷了出来。

接着"砰"的一声，成文运像倒柴般倒了下去。

胤祥把金牌高高举起，大声发令："带领兵马，随我速去畅春园勤王护驾！"

众将官齐声吼应："嗻！"

28. 穷庐

胤禵仍在大声吼叫："万岁爷明明说传位于十四阿哥，现在又说有什么遗诏，这绝不能令人相信。张廷玉，你如果悬崖勒马现在还来得及，快，即刻派人去肃州请回十四爷！这里的人一个人也不许乱动，守着万岁爷的灵柩，等候十四爷驾临！"

这时，胤禛又出现在门口，喝道："哪里去？你是想到丰台去调兵吗？"

胤禵一怔，旋即硬起脖子粗声答道："你管不着！"说着又要往外冲。

胤禛："德楞泰、刘铁成。"

二人应声出现在门边。

胤禛："不管是谁，走出宫门一步，即刻锁拿！"

胤䄉："哟嗬！谁敢呀！谁敢来拿我？来呀，你们来呀！"

突然，门外火把光照了进来。

胤祥的声音："所有兵马将这里团团围住，不许外走一人！"

胤禩、胤禟、胤䄉闻声大惊，脸色惨白。

胤禛则一昏，浑身松软，险些跌倒。

刘铁成连忙扶住胤禛。

张廷玉则仰天长吁了一口气。

胤祥浑身雪花闯了进来："四哥！四哥！皇阿玛呢？皇阿玛在哪里？"

胤禛伸出一只手握住胤祥的手，慢慢走到床边，哽咽道："阿玛，阿玛，您苦命的十三儿来了……您睁开眼看看他呀……"

胤祥圆睁双眼，死死地盯住两眼紧闭的康熙，突然张开双臂扑倒在康熙身上，放声痛哭。

立刻，殿中又哭声大作。

就在这时，戎装佩剑的隆科多手捧诏书昂然而入，南面站定。

隆科多："大行皇帝遗诏，众皇子跪听！"

胤禛带头跪了下去。

众皇子俱跪下去。

隆科多："皇四子胤禛人品贵重，深肖朕躬，必能克承大统。着传位于皇四子胤禛。钦此！"

胤禛这时却一下扑倒在地，放声哭道："阿玛阿玛……您在位六十一年吃尽了苦受尽了累，今天却把这副重担交给儿臣，儿臣如何担得起来呀……"

"万岁节哀！"张廷玉、隆科多一齐上前扶起胤禛在一张椅子上坐下。

张廷玉："大位已定，众人朝拜新君！"

一直在一旁一言未发的胤祉，这时却十分见机，率先跪倒："臣胤祉参见皇上！"

胤祥、胤礼、胤禄、胤祕一齐匍匐："臣参见皇上！"

胤禩、胤禟、胤䄉兀自插葱树笔般直挺挺跪在那里，不肯参拜。

隆科多："八阿哥、九阿哥、十阿哥，你们兀自不拜，难道不想做大清的臣子吗？"

胤禩、胤禟、胤䄉将牙关咬得紧紧，闭上眼，拜了下去。

这时，远处传来了钟声。

定格。

低沉的男声画外音起："公元一七二二年、清康熙六十一年冬十一月十三日，皇四子胤禛在畅春园继位，是为雍正皇帝……"

| 第十九集　雄主有忌 |

1. 邬思道卧室

鼓乐声、鞭炮声从门外传来。

门被啪地推开了。

门外是一片晃人眼的灯笼光。

那条通向敬贤堂的石路两侧站满了打着灯笼俛首而立的大内太监。

一顶绿呢大轿停在门口，高勿庸站在轿旁喊道："请邬先生上轿进宫！"

房内，邬思道容光焕发，年秋月正在给他换穿礼服。

年秋月给邬思道穿好衣服，又把拐杖拿过来递给邬思道，然后站到一边上下打量了一会儿，笑了："好了，去吧。"

邬思道深深地望着年秋月，做了个"一同去"的表示。

年秋月又笑了，摇了摇头。

邬思道显得有些失望，正欲再同她说话。

年秋月却突然在原地消失了……

淡出：

身上穿着进府前穿的那件已经洗得泛白的蓝衫的邬思道，正提着那件当年进府拜师时穿的礼服出神。

床上堆着已经叠好的王府为他置办的衣服。

淡淡地一笑，邬思道把那件礼服也折好了，郑重地叠在那堆衣服的上面。

接着，他拄着拐杖，走到门边，把门打开。

夜风卷着雪花迎面扑来。

隐隐约约，邬思道发现门外不远处几个人正紧紧地盯着这里。

邬思道嘴角露出一丝苦笑，慢慢地把眼光转向雪幕中的远方夜空……

2. 紫禁城通往潜邸的大街上

大雪在纷纷扬扬地下着。

嘚嘚的马蹄声和吱呀的车轱辘声，从远处传来，益显得夜街空落沉寂……

一辆蓝顶盖的金辂车孤零零地从大街深处碾来。

金辂车的前座上只坐着横刀盘腿的张五哥，周围却并无随驾护卫。

其实也无须护卫随驾，因为沿途两侧早已三步一岗布满了雪俑般的御林军武士。

3. 金辂车内

身着嗣皇帝孝服的胤禛显然疲累已极，他那由于居丧守礼而顶发丛错于满面的面容益显得憔悴。

他实在挡不住车辆摇晃带来的催眠的诱惑，眼皮不由自主地耷拉了下来。

这时，金辂车前部的挡板传来"咚、咚、咚"的刀柄敲击声，接着又传来张五哥的声音："万岁爷，睁开眼睛喽！"

胤禛倏地睁开布满血丝的两眼，答道："睁着呢。"

4. 潜邸大门前

平时挂在门洞倒厦滴水檐下那四只"雍亲王府"红绸灯笼，已经换成映着蓝色"潜邸"字样的九只白纱灯笼。

门前两旁，站满了大内带刀侍卫。

大门洞开，一眼望去，满院灯火通明。

影影绰绰，大门内许多人已紧张无声地排列在那里等候接驾。

远方，传来了隐隐约约的车轮滚动声。

高勿庸带着两名小太监疾步无声地走了出来。

走到门外，高勿庸和那两名小太监侧耳聆听。

车轮的滚动声渐近渐响。

高勿庸脸上的肌肉一动："来了！快，准备接驾。"

两名小太监急忙向里跑去，低声喊道："来了！接驾，接驾！"

5. 潜邸前院

满院子的雪地上跪满了阖府的家人奴婢。

胤禛带着张五哥徐步走了进来，在跪迎的人群前站定。

跪在前面的高勿庸："奴才们恭迎万岁爷驾返潜邸！"

跪迎的人群齐行三拜大礼。

胤禛的眼睛在跪迎的人群头上扫视，显然是在寻找着谁，接着他的脸一沉，淡淡地问道："邬先生呢？"

高勿庸："回万岁爷，邬先生在他的屋子里。"

胤禛不再理会众人，穿过跪迎的人道快步向里面走去。

6. 邬思道卧室

门被啪地推开了。

胤禛默默地出现在门边。

坐在对面桌旁的邬思道默默地站了起来。

胤禛的目光一凛，落在邬思道身上那件洗得泛白的蓝衫上。他突然感觉到了一种失落——一种自己无法把握的大江东流、雪落无痕的失落。

邬思道的目光则落在胤禛那须发磁然的憔悴的面容上。他也感觉到了一种失落——一种写完了一部巨著的最后一个字却无法回头重读一遍的失落。

这种沉默只相持了一会儿，邬思道拄着拐杖走了过去，挣扎着准备下拜。

胤禛这才回过神来，扶住了邬思道，挤出一丝疲惫的笑容："你还是你，我还是我，不要做这生分模样。今晚这一聚十分难得，过了明天，就又忙起来了。"

7. 邬思道卧室门前的院落里

允祥（注：雍正皇帝登基后，为避其名讳，其兄弟名字中的"胤"字改为"允"字）浑身雪花挎着刀大步走了进来。

两旁的侍卫一齐啪地肃立行礼。

高勿庸连忙迎了上来。

允祥一面向里走着，一面问道："皇上呢？"

高勿庸紧跟在后，答道："正在跟邬先生谈话。"

允祥一怔，脚步慢了下来。

胤禛的画外音："你看邬先生这个人怎么处置才好哇……唉，此人志比天高，心比海深，我也不知道怎么安排他才好……一切但看缘分吧……"

允祥的额上冒出汗来。

转眼间，他已经走到门外。

据守在门外的张五哥正要向前行礼。

允祥伸手止住了他，接着摆了摆手。

张五哥会意，退了开去。

允祥走到门边。

门内传来了胤禛和邬思道的声音。

允祥犹疑了一下，在门边坐了下来。

8. 屋内

胤禛："你不同。只是说到名分倒也没有办法。我准备先给你一个荫贡的身份，让你能够参加今年的会试。只要你考中了进士，担任什么职务也就好办了。"

邬思道轻轻地摇了摇头。

胤禛："怎么？当然，这样做对你是委屈了点。但白衣入相本朝又没有先例。"

邬思道："皇上误解臣的意思了。臣根本就不是为官之人。"

胤禛紧紧地盯着邬思道："为什么呢？"

9. 门外

允祥一惊，慢慢站了起来。

10. 屋内

邬思道缓缓答道："臣有三忌，三不可用。臣是个残疾之人。历朝历代哪儿有个瘸子居于庙堂之上的？这是一忌。国家取士授官，自有制度。臣在王邸十几年，担任世子的先生，朝野知道的人甚多，如果皇上启用了臣，虽至公也不公，虽无私也有私，岂不有伤圣德。这是一不可用。"

11. 门外

允祥眉头皱了起来，摇了摇头。

12. 屋内

胤禛则只是默默地听着，脸上毫无表情。

邬思道："臣原是先帝朝的犯罪之人，这是二忌。康熙三十六年，臣作为举人，在参加应天府会试的时候，曾率领五百考生大闹贡院，虽说是激于义愤，但毕竟触犯了国法，因此获罪入狱。后来朝廷大赦，江苏督抚衙门却不放臣出狱，就是因为臣闹的事太大，震动朝野，天下皆知。幸蒙王爷相救，臣才得以脱身图圄。皇上如今克承大统，就启用先朝钦犯，到底是先帝朝当年抓臣错了，还是皇上如今用臣错了？用了我这样的先朝罪人，以至于天下议论皇上是不孝之君，臣心何安？人心何安？这是二不可用！"

13. 门外

允祥的眉头已经紧蹙起来。

14. 屋内

胤禛的面容也凝重起来，沉吟了一会儿，然后叹了口气，说道："只是可惜了你。"

"这正是第三忌。"邬思道接着说道，"臣虽然小有才气，却是阴谋为体。皇上垂拱而治，如日月经天照临大地，行的是光明正大之道，用的自当是光明正大之臣。密室策划，不但无用，而且断不宜用！何况臣在潜邸十多年，蒙皇上言听计从，纵然有些才智也早已用尽耗光，如同已经熬干了的药渣，何堪再用！"

胤禛倏地站了起来紧逼着问道："邬先生，你是不是想归隐？"

邬思道："圣明无过皇上。"

15. 门外

允祥已经急得不行，伸手便想敲门，终于又停住了。

16. 屋内

胤禛慢慢走到窗前，望着远方，叹道："看起来还是你比我幸运哪。'大隐隐于朝，中隐隐于市，小隐隐于乡'。你打算怎么隐？"

邬思道："臣既不想大隐，也不想中隐，更不想小隐……"

胤禛慢慢转过身来："哦？"

邬思道："臣想'半隐'！"

胤禛："'半隐'？"

17. 门外

允祥一震，凝神聆听。

18. 屋内

胤禛正紧紧地盯着邬思道。

邬思道平静地说道："第一，臣孑然一身，身无分文，如果全隐，必然饿死。第二，臣和皇上君臣际遇十几年，一朝离别，皇上一定会想念臣，臣也一定会想念皇上。臣如果全隐了，万一皇上想念起臣来，却找不到臣，臣心何安？因此，臣想找一个既能吃饭，又能让皇上找到臣的地方半隐起来，既使臣在有生之年有所依靠，又全了我们君臣这段恩遇。皇上……"

胤禛眼睛一亮，伸出手来阻住邬思道："让我想想……"

胤禛手中的那串念珠急速地转动起来，突然又停住了。

胤禛："你是想到李卫那儿去住？"

邬思道笑了，答道："知臣者皇上也！"

胤禛也露出了笑容，说道："知皇上者邬先生也！"

二人相对笑着，慢慢地眼中都闪出了泪花……

19. 门外

允祥长长地吁了一口气，慢慢地闭上了眼睛——眼里也闪出了泪花……

20. 北京郊外

泪花化成了结在马车顶盖上的冰花。

镜头拉开，一辆黑色顶盖的马车在离京的雪道上颠簸着驶去。

四名大内侍卫化装成的随从骑着马紧护在马车两侧。

马车内，邬思道微闭着眼睛孤零零地盘腿坐着。

车外的风声一阵阵荡进他的耳鼓，隐隐约约一阵银铃般的笑声夹在风声中传了过来，渐近渐响……

年秋月惊喜的画外音："北京！北京到了！邬先生，快看呀，到北京了……"

邬思道倏地睁开了眼睛，耳边只剩下呼啸的风声，他情不自禁地掀开了车旁的窗帘望去。

风雪中的北京城楼是那样的遥远，远不可及……

突然，马车"咔"的一声停住了。

前方，另一辆马车停在驿道正中，挡住了去路。

骑在前面的两名侍卫警觉地对视了一眼，接着一齐策马驰了过去。

侍卫甲："怎么了？挡道怎么着？快让开！"

那辆马车上的车夫，却恍若未闻，坐在那儿一动不动。

两名侍卫更警觉了，又飞快地对视了一眼，两人同时伸手握向刀柄。

就在这时，对方马车的车帘掀开了，一个人从马车内钻了出来。

两名侍卫大惊："十三爷？！"急忙跳下马来，单膝跪下。

允祥已经走了过来，问道："邬先生呢？"

两名侍卫："回十三爷，邬先生在车内。"

允祥不再搭理他们，径直向邬思道的马车走去。

21. 大路旁不远处的一株槐树下

允祥和邬思道相对盘腿坐在狼皮褥子上，一任雪花飘落在头上身上。

允祥拍了下手掌。

允祥的车夫从马车中捧出一个酒坛，走了过来，放在允祥和邬思道的面前，又退了开去。

邬思道乍见那只酒坛，不禁眼睛一亮，接着将眼光转向允祥。

允祥："没错。这就是您托四哥带到牢里给我喝的那半坛酒。当时我喝了一点儿，没舍得把它喝完。没想到……"

说到这里，允祥眼睛湿润了，揭开坛盖，先给邬思道的碗中倒满，再给自己的碗中倒上，接着捧起碗来："邬先生，这碗酒我替四哥敬您！"

邬思道也捧起碗来，两眼怔怔地望着允祥。

允祥却把目光移到了酒碗上。

雪花一片片飘落在酒面上，又慢慢地融化在酒水中。

允祥："邬先生，我们……我们对不起你……"说着，流下泪来，连忙将酒凑到嘴边咕咚几口喝了下去。

邬思道却笑了："十三爷这话错了。我是怀着为天下苍生的心愿来辅佐四爷的……如今心愿得偿，夫复何憾！"说着，也将酒碗凑到嘴边咕咚几口喝了下去。

允祥揩干了泪水，接着又给邬思道倒满了酒，再给自己倒满了酒，又端了起来："先生今年也快五十了吧？"

邬思道见他问得蹊跷，没有端碗，只是紧紧地望着他。

允祥："来，这碗酒……我们一同敬秋月吧！"

邬思道一颤，犹疑了一下，端起了酒碗。

允祥："多亏了秋月，十多年来代我们照顾先生……"说着，又把酒凑到嘴边咕咚几口喝了下去。

邬思道却没有喝，怔了一会儿，默默地将酒轻轻地酹在雪地上……

允祥深深地望了一眼邬思道，然后微笑了笑，说道："邬先生，你看，我给你送谁来了？"接着，他面对自己的那辆马车，举起手来又拍了一掌。

邬思道循着他目光望去——突然身子一颤！

马车的车帘内一条十分熟悉的乌黑的大辫子露了出来，一个穿着旗女短装十分熟悉的婀娜背影从车上跨了下来……

邬思道脱口低呼："秋月？！"

那女子慢慢地转过身来——不是秋月，但眉目间却有着秋月的风范！

那女子向邬思道和允祥走了过来——行路间竟也和秋月十分相像！

邬思道怔了好一阵子，缓过神后把目光移向允祥……

允祥："这是我和四嫂给你找的……如月，来，给邬先生敬酒。"说着，把一碗酒递了过去。

那如月双手接过酒碗，两只乌黑的眼睛深深地望着邬思道。

邬思道："你叫如月？"

如月点了点头："嗯。是十三爷取的名字。"说完，一仰脖子把那碗酒喝了下去，接着将空碗朝邬思道一亮。

邬思道慌忙端起酒碗，手却有些颤抖，凑到嘴边喝了几口，竟呛得剧烈地咳嗽起来……

如月连忙蹲了下去，一只手接过邬思道的酒碗，另一只手轻轻地捶着他的背，说道："爷，不会喝，就别喝。"说着，把邬思道的酒又一口喝干了。

邬思道望了一眼如月，又望了一眼允祥，说道："看起来，我这后半辈子又得让人管着了。"

二人相对笑了。

那如月的脸红了，嗔道："还主子呢。叫人家喝酒，临了又笑话人家。不理你们了！"说完，转身向马车跑去。

邬思道和允祥又对望了一眼，接着放声大笑起来……

22. 娘子关外的山道上

漫天的飞雪裹着一行三十余骑在积雪的山道上艰难地行进。

镜头推近，这一行三十余骑上的人顶戴上都摘去了红缨，帽檐上一律系着一条白色的孝带。

刘铁成一马当先，领着十骑大内侍卫走在前面。

正中间那匹白色的骏马上坐着面容黯淡的允禵。

他的周围八骑王府亲兵紧紧地护卫着他，一个个紧绷着脸，风雪中仍然将眼睛睁得老大——仿佛随时准备和前后二十名大内侍卫刀血相拼！

走在最后的十骑大内侍卫也是一个个凝神戒备，紧盯着前面的允禵等人，眼光一刻也不敢离开。

天色越来越暗，苍茫的雪幕中，一眼望去全是白皑皑的群山。

刘铁成勒住了缰绳。

一行人都跟着停了下来。

不远的山头上，一座庙宇孤零零地矗立在风雪之中。

刘铁成翻身下马，走到允禵面前，说道："十四爷，天快黑了，又这么大的雪，娘子关前头五六十里连个驿站也没有。请爷的示下，今晚要不就在前面那个山神庙歇下？"

允禵看都没看刘铁成一眼，只是用漠然的目光仰视着昏暗的天空，冷冷地说道："你们是雍正皇帝派来押我回京的，该怎么做还用得着请我的示下吗？"

刘铁成一怔，忙赔着笑脸答道："十四爷这话奴才可担当不起。万岁爷只叫奴才们好生侍候着十四爷回京奔先帝的丧。在这儿十四爷就是奴才们的主子，奴才们当然要听十四爷示下。"

允禵冷笑了笑："那好，我现在不要你们护送，你们先走吧。"

刘铁成到底是跟随康熙多年的老牌侍卫，岂能被允禵难倒？他仍然堆着笑脸，答道："十四爷说笑话了。奴才们以前护卫先帝爷的时候，这样的旨意都是不敢从命的。"

允禵不再理他，双腿一夹，策着马径直向那座庙宇驰去。

八名亲兵连忙策马紧随允禵驰去。

刘铁成："快！跟上！跟上！"

二十骑大内侍卫急忙夹马跟去。

23. 山神庙前院

空落落的大庙前院覆盖了尺余深的雪,允禵踏着雪率先大步走了进来,走到大院中又停住了脚步,两眼慢慢地扫视着周围:

依着山势,正殿两边庑廊整齐地排列着两溜厢屋。

正殿的檐下垂着二三尺长的冰凌,半旧的殿门大敞着,里面黑沉沉的幽深难辨——显然这是一座废弃不久的庙宇。

他的八名亲兵很快走了进来,在他的周围团团站好。

刘铁成率领着二十名大内侍卫也紧跟着走了进来。

刘铁成飞快地扫视了一眼这座破败的庙宇,接着发令:"快!分十个人,把后殿打扫干净给十四爷安歇,再把这两边的栏杆拆了,生火取暖。"

24. 后殿

一堆柴火熊熊地燃烧起来。

允禵默默地站在窗旁,望着窗外黑暗的夜空。

八名亲兵一排儿站在允禵的身后。

侍卫们则在忙碌地清扫后殿。

"死人!这儿有个死人!"一名侍卫尖叫着。

其他的侍卫连忙拥到神龛面前。

那几名亲兵也好奇地注目望去。

神龛下,果然蜷缩着一个死人。

刘铁成:"还不赶快弄出去!"

"是。"两名侍卫皱着眉头便去抬那死尸。

"大人,还没死,他的胳肢窝下还是温的!"那名抬手的侍卫说道。

刘铁成皱了皱眉头:"也抬出去。"

两名侍卫抬着那人就往殿外走去。

"还是个孝子呢。"一名侍卫说道。

"放下!"站在窗前一直没有吭声,也一直没有回头的允禵这时说话了。

两名侍卫望了望刘铁成。

刘铁成示意他们放下。

两名侍卫把那人放了下来。

这时,允禵才慢慢转过身来,向地上那人望去。

那人头上戴着一顶孝帽，身上穿着麻衣，显然是热孝在身。

允禵慢慢取下了头上那顶缠着白带的暖帽，出神地望了望，接着冷冷地说道："把他放在火边，熬好了热汤，给他喂一碗。"

刘铁成："是。"

接着，允禵走到火边坐了下来，又说道："你们都出去吧。"

刘铁成："是。"向众侍卫使了个眼色。

众侍卫跟着刘铁成退了出去。

那八名亲兵还犹疑地站在那儿没动。

允禵："你们也出去。"

八名亲兵这才默默地退了出去。

允禵默默地在火边坐了下来，望了一眼捧在手中那顶缠着孝带的帽子，又望了望躺在火旁的那个穿着孝服的人，这才把孝帽轻轻地放下，接着又慢慢地解下腰间那把尚方宝剑横放在膝上，怔怔地望着……

淡入：

鼓乐声从遥远的天际传来。

康熙和胤禵并肩坐在御辇上，从德胜门的门洞中缓缓驶了出来。

城门外跪满了诸皇子和文武百官。

身披金甲的胤禵从御辇上跳了下来，转身跪倒。

康熙徐徐站起，从车座上拿起那把尚方宝剑，双手授予胤禵。

康熙的画外音："阿玛老了，身子骨儿也不好。阿哥里头就只你还能带兵，你不替朕分忧，谁能尽这个孝呢……"

胤禵两眼含泪，双手接过宝剑。

淡出。

允禵紧紧地握住剑鞘，倏地站起，大声喊道："刘铁成！"

刘铁成应声走了进来："十四爷？"

允禵："今儿这个地方上不沾天，下不着地，我有几句话要问你。你当着先帝爷的在天之灵发誓，要如实回答我！"

刘铁成吓了一跳，踌躇了半晌，答道："只要是奴才知道的……"

允禵："你当然知道。我来问你，先帝爷的遗诏，究竟是把大位传给谁？！"

刘铁成岂敢犹疑，大声答道："自然是传给当今皇上！"

允禵眼光一寒，紧接着问道："那'当今皇上'为什么第一道圣旨先传给川陕总督年羹尧，命令川陕两省戒严？他怕什么！"

刘铁成："这事奴才知道，先帝爷驾崩，事出仓促，恐生变故，因此朝廷下令天下兵马一律戒严，北京九城也封了。"

允禵冷笑了一声："恐生变故？名正言顺，怕什么变故？我再问你，新任的陕西布政使李卫，就是先前四哥府里那个小兔崽子，专管供应我大军粮草的，为什么突然把按月供应改成按日供应？"

刘铁成笑道："奴才不在西北前线，这事怎会知道？"

允禵："不知道？你们装好的这个连环套骗骗三岁小儿去吧——你领着二十个大内侍卫跟着我，后三十里就尾随着年羹尧的三千绿营兵监视。这你也不知道？！"

说到这里，允禵激动得像一头困兽大步来回走着，突然扑到窗棂旁，一把撕去窗上的残纸，注视着外面无边的黑暗，大声喊道："老天爷……你怎么这样安排！八哥、九哥、十哥……你们在北京都是做什么吃的？你们这些酒囊！这些饭桶！"

允禵的八名亲兵闻声握着刀一齐闯了进来，四个人用刀从四面逼住刘铁成，另四个人则跑到允禵身边团团护住。

紧接着，二十名大内侍卫也跑了进来，见状大惊，一齐将刀拔了出来。

刘铁成一声喝道："干什么？把刀收起来。退出去！"

那二十名侍卫又悄悄地还刀入鞘，退了出去。

允禵的一名亲兵头目："大将军王？"

允禵站在窗边没有答话，只是摆了摆手。

那名亲兵头目见状也向刘铁成身边的四名亲兵摆了摆头。

那四名亲兵这才收了刀，退到一边。

就在这时，那个冻僵了的人抽搐了一下，轻轻地哼了起来。

众人的目光转到了那人身上。

允禵也转过身来，走了过去："热汤呢？"

刘铁成大声喊道："热汤呢？熬好了吗？"

一名侍卫捧着一碗热汤走了进来。

允禵接过热汤，又对众人说道："都出去吧。"

众人又都退了出去。

允禵在那人身旁盘腿坐了下来，伸手抱住那人的上身靠在胸前，准备喂汤。

突然，允禵一怔，注目向那人脸上望去。

那人的脸上虽然沾满了灰土，但挨近观望仍可看出是个面目姣好的女子。

允禵的目光又向她的身上望去。

那女子虽然穿着男子的服饰，但宽大的衣服显然与她那娇小的身躯不甚相称。

允禵只犹疑了一下，还是舀起碗中的汤往她嘴里喂去。

喂了几口，那女子"嗯"了一声，睁开了两只水杏般的眼睛。

骤一看见允禵，她的眼中掠过一丝惊惧。

允禵那剑眉高鼻棱角分明的面庞和那双天生高贵此时偏露出怜悯神色的眼睛，很快使她安定了下来。

那女子喃喃地说道："俺死了吗？你是人……还是鬼？"

允禵淡淡一笑："我不是鬼，不过人和鬼比起来，还是人可怕些……你家谁死了？是你爹，还是你妈？"

那女子："俺爹……"

允禵："哦……同病相怜哪……我的爹也刚刚去世……"说着把那女子的头轻轻地放了下来，转过脸去望着那堆柴火又怔怔地出起神来。

那女子被火一烤，又喝了几口热汤，此时已经回过神来，她挣扎坐了起来，又挣扎着要向允禵跪下，终因乏力又倒了下去。

允禵仍然坐在那儿没动，只是说道："你身子弱，躺下别动。"

那女子："您是俺的救命恩人，俺应该给您叩头……"说着就躺在地上砰砰地叩起头来。

允禵有些不耐烦了，大手一挥："罢了罢了。叫你躺着别动。休得叫人心烦。"说完又定定地望着火光出神。

那女子一怔，眼光中先是一嗔，接着露出又奇又柔的神色，挣扎着她又爬坐起来，说道："您救了俺的命，原本傲气些……俺也没有办法报答您，这一辈子给您烧香叩头就是……"说着，爬了起来，跟跟跄跄就向门外走去。

允禵："站住。"

那女子原已走不动了，听允禵这一声不容违抗的呵斥，立刻扶着头挣扎着站住了。

允禵站了起来，走到她身边，一把将她抱起，放回在自己原来坐着的那张狼皮褥子上，然后说道："看不出你还有些脾气。离这儿最近也得六十里才有人烟，你走得出去吗？"

那女子喘着气说道："俺在这儿不是叫您心烦吗？"

允禵心一动，这才真正地关注起这个女子来，仔细地打量着她。

那女子丝毫也不回避，也睁着两只水杏般的眼睛望着允禵。

允禵嘴角露出一丝笑纹："好。你很对我的脾性。我既然救了你，就要救到底。你叫什么名字？家里还有什么人？热孝在身为什么一个人躺在这荒庙里？"

那女子："俺叫乔引娣，山西代县人。去年家乡遭了旱灾，官府不但不免收赋税，还加派了官银，县府衙门的差役和里甲一个劲地催逼。俺家穷，实在交不起，又断了粮。俺爹只好带着俺跟俺妈还有个六岁的弟弟逃了出来。没想在半路上俺爹染了急病死了。为了葬爹，俺妈只得把俺卖给人家做婢女。没想到买俺的那人是个人贩子，他转手要把俺卖到窑子里去做妓女。俺趁他不防半路上跑了出来，连大路也不敢走，跑到这儿遇上大雪，又饿又冻就躺在这儿了……"说到这里，她再也抑制不住，捂着嘴滴下泪来。

允禵眼光一闪："我救了你，你不应该对我说假话。去年山西荒旱，秋粮没有收上来是实情。可康熙万岁爷下了明诏，免去了山西全年的钱粮。怎么还会有官府加收赋税的事？"

乔引娣收了泪："俺说的是实话，您不信也没有办法。听人说是山西藩库亏空了很多库银，当官的急了，便不顾俺们百姓的死活……这位爷，您、您也是个当官的吧？"

允禵这才有些信了，听她这么一问，又淡笑了笑："你猜得不错，我大小也算个官吧。遇上我，是你的缘分。先跟着我去北京，然后再慢慢地访你妈和你弟弟。好吗？"

乔引娣点了点头："您是好人，俺跟您去。"

允禵："好人？这世上只怕没有好人了。"

乔引娣："俺这条命是您救的。您就是坏人，俺也认了。"

允禵被她说得心一动，又盯着她望了望："那好。你就跟着我吧。还有，你这男人装得也不像，待会儿把辫子再往上紧一紧，身上也得多穿件衣服。"

乔引娣脸上泛起了红晕，点了点头，轻声答道："嗯。"

25. 北京京郊潞河驿

巍峨的北京城楼已遥遥在望。

允禵猛抽一鞭，那马嗖地窜上前去。

刘铁成和众侍卫还有众亲兵一齐加鞭紧跟了上去。

只有一骑小马落在后面，上面坐着扮着男装的乔引娣。

马队驰至潞河驿门口，忽见马齐为首的一群官员整齐地排在驿道中央。

允禵猛地一勒缰绳，那马前蹄扬空，打着喷鼻，硬生生停了下来。

刘铁成等人也一齐勒住了马。

马齐只向允禵点了点头，接着展开早已握在手里的圣旨，大声说道："有圣旨，着十四贝子允禵接旨！"

刘铁成和众侍卫慌忙下马肃立一旁。

允禵却愣愣地望着马齐，坐在马上一动不动。

他的八名亲兵也坐在马上，列在他的身后一动不动。

马齐一惊。

众官员都是一惊。

马齐提高了声音："皇帝有旨，十四贝子允禵下马跪接！"

允禵冷着脸问道："皇帝？哪个皇帝？！"

马齐等人见他如此负气相抗，惊得脸都白了。

也只有一会儿，马齐恢复了镇定，向前跨了一步，声色俱厉地说道："奉圣祖大行皇帝遗诏克承我大清国大统的当今皇帝！十四贝子，你若还自承是先帝的皇子，爱新觉罗的子孙，就立刻下马接旨！"

允禵的脸白了，咬了一下牙，翻身下马，闭上双眼跪了下去。

那八名亲兵也连忙翻身下马，跟着跪了下去。

马齐暗暗吁了口气，这才宣旨："奉天承运皇帝诏曰：'着十四贝子允禵今晚在潞河驿暂宿，明日进京叩拜先帝梓宫。钦此。'"

允禵倏地站了起来，大声说道："我千里奔丧，到了城外却不让我进去叩拜先帝灵位。这是什么旨意？！"

马齐："十四爷，皇上念在你一路奔波，意思是叫你在潞河驿将息一晚，明日好从容进宫叩拜先帝灵位，这原是一片好意。"

"这是什么好意！"一个清脆的声音从允禵的身后冒出。

众人皆是一惊，注目望去。

说话的竟是扮着男装的乔引娣。

乔引娣接着大声说道："父亲死了，却不许儿子赶去哭拜。普天下也没有这个理！"

马齐的脸色变得铁青："这是谁？竟敢如此放肆！刘铁成，替我拿下！"

允禵："谁敢！"

喝住了刘铁成，允禵回头对乔引娣喝道："你懂什么？再多嘴，抽你的鞭子！"

乔引娣撇了撇嘴，泪花在眼眶里直打转，但也不敢再说话。

允禵接着对亲兵们说道："上马。随我进京！"

说完跨鞍上马。

亲兵们和乔引娣跟着一齐跨上了马背。

允禵猛一挥鞭，那马箭一般向前冲去。

马齐等人惊得连忙向两旁闪避。

八亲兵和乔引娣紧跟着策马追去。

刘铁成也慌忙招呼众侍卫上马跟去。

马齐望着飞扬的尘土,摇了摇头,喃喃地说道:"非国家之福也……"

26. 养心殿西暖阁

胤禛显然有些激动,他把一份奏折重重地往御案上一摔:"这个山西巡抚要革职拿问!一个省遭了那么大的旱灾,朝廷有明诏免去百姓的赋税,他却反而加派官银。弄得一个冬天冻饿死了几千人,这还了得!"

张廷玉:"是。此人不办,是无天理。不过山西的吏治腐败由来已久。历届的官员积累亏空了藩库三百多万两官银,为了填补亏空,他们就一个劲地从百姓身上摊派。要治本还得从吏治入手。"

胤禛:"山西得派个好巡抚去。各省的国库亏空都得限期追回,但决不能从百姓身上盘剥。这件事就从山西做起!"

隆科多说话了:"奴才保举一人,定能胜任。"

胤禛:"谁?"

隆科多:"诺敏!"

胤禛两眼慢慢地移向上方,显然是在记忆中搜寻这个人的印象,良久,他眼一亮,问道:"是不是镶白旗下做过户部主事的那个诺敏?"

隆科多:"圣明无过皇上。这诺敏在户部的时候因为顶撞了八爷,因此被冷落了多年。机敏练达,是个理财的能手。"

胤禛:"好!只要是人才,朕不惜破格录用。山西巡抚就叫诺敏去!"

张廷玉原有话说,见胤禛已经拍板,便忍了下来。

正在这时,刘铁成气喘吁吁地跑了进来,扑通跪倒,叩了一个响头:"万、万岁爷,奴才无用,办砸了差事。十四爷他……"

胤禛倏地站起,厉声问道:"他怎么了?!"

刘铁成:"马中堂传旨叫他在潞河驿歇下,他不愿奉旨,直闯乾清宫去了!"

胤禛脸色铁青:"走,去乾清宫!"

27. 乾清宫外

这时的乾清宫,灵幡幢幔白茫茫蓝泱泱一片。

允禵疯了似的向前奔跑。

此时他的心中已是一片迷惘混沌，临清砖铺成的地面在他的脚下倾来斜去。

那既熟悉又陌生的宫殿和天空在他的头上旋转。

也不知跑了多久，他来到了乾清宫门外的御阶下。

穿着孝衣的允祉和允祥从殿里奔了出来。

二人在殿前一左一右搀架住了允禵："十四弟……"

允禵左望望允祉，右望望允祥，然后将目光直愣愣地向殿内望去。

殿内，一阵哨风吹过，"正大光明"匾下的灵幡哗哗地直响。

允禵浑身剧烈地抖动了一下，挣扎着跳起来双脚一跺，号哭着就要向殿里扑去。

允祉和允祥在两旁紧紧地架住他，被他连冲带拉地一齐向殿内跄去。

28. 乾清宫内

"砰！砰！砰！"允禵用头死命地撞击着摆在大殿正中的金漆楠木棺材，声嘶力竭地哭号道："皇阿玛，皇阿玛，您这是怎么了？您怎么在这里头！您醒醒，您醒醒呀……您不孝的十四儿回来了……回来看您了……嘀嘀嘀……临走时您不是说过要等我回来吗？是天不允还是地不允？我的皇阿玛……这不公道啊……嘀嘀嘀……"

东边以八阿哥允禩为首跪着的众阿哥，西边以贵妃郭络氏为首跪着的众妃嫔以及各位福晋，被允禵这一番哭诉引得一齐放声痛哭起来。

允祉和允祥在两旁使劲地扯住允禵。

允禩这时膝行着爬到棺材旁边，哭说道："阿玛！阿玛！您的大将军王儿子回来了！您快睁开眼睛看看他呀……"

被允禩这么一说，允禵更疯了，使劲用头又撞击起棺材来，双手剧烈地抖动着，两条腿狂躁地蹬着地面，大声号道："把棺材打开！把棺材打开！我要看看皇阿玛……我要看看他老人家呀……嘀嘀嘀……阿玛！阿玛！您是怎么死的呀……"

允禟和允䄉这时也火上浇油地大声号哭起来："阿玛！您说话呀……"

在左边搀着他的允祉，已被弄得面色苍白虚汗直流，大声喊道："老九、老十……你们别火上浇油了好不好……列位皇太妃！十四弟这个哭法不成……既伤了身子又坏了礼法……太妃们是长辈，求你们出面劝劝……"

29. 养心殿往乾清宫的路上

胤禛手握着那串念珠大步直奔。

张廷玉和隆科多紧随在他的身后。

30. 乾清宫内

乌雅氏已经走到棺材边紧紧握住允禵的手，泪流满面地说道："儿子，你这么远赶回来，又这么哭，要伤身子的……"

允禵头也不抬："身体发肤受之父母……父皇不在了，我还要这身子做什么？我的阿玛呀……"

乌雅氏咽了一口气："你也是娘身上掉下来的肉……替你阿玛想，替我想，你都不能这样。好儿子，你……你要想想……"

允禵突然停住了哭声，转过泪眼陌生地盯着乌雅氏，好一阵才问道："你是谁？凭什么管我？"

乌雅氏："孩子……你哭昏了头了吗……我是你的额娘呀！"

允禵疯子一般地咆哮："你穿的是皇妃的服色，你不是太后，国家有制度，你管不了大将军王！"接着将乌雅氏的手一甩！

乌雅氏也慌了神，坐在地上愣愣地流泪。

允禤和允禩对望了一眼，又号哭起来。

允禵："四哥呢？雍正皇帝呢？他哪儿去了？他怎么不来见我……"

就在这时，一个森冷的声音在殿门边响起："谁要见我啊！"

胤禛的身影出现在大门边。

大殿里立刻鸦雀无声。

允禵坐在地上，慢慢地转过了头，两只眼睛定定地盯着胤禛。

胤禛两眼闪着光，也定定地直视允禵。

允禵："四哥……雍正皇帝……你就是雍正皇帝？"

乌雅氏看了看胤禛，又看了看允禵，把牙一咬，一声断喝："你疯了？来人，架他起来，参拜皇帝！"

几名侍卫对望了一眼，参差不齐地应道："嗻。"便走向前去。

允禵这时两眼放出光来，红着脸，硬起的脖子上青筋鼓得老高，一副天不怕地不怕的样子，狠狠地望着走向前来的侍卫。

侍卫们惊住了，停在那儿，不敢向前。

乌雅氏："你们怎么了？我是天子之母！祖宗的家法都不要了吗？张五哥，你过去，给我架起他来，先给皇帝行礼！"

张五哥一脸惶恐地走向允禵，弯下腰去："十四爷，您应该向万岁爷行礼。"说着便去搀他的胳膊。

啪的一声，允禵一掌扇去！

张五哥被打得倒退了好几步，这才站稳。

胤禛的眼里冒出火来。

他手里捏着的那串念珠也冒出汗来。

定格。

| 第二十集　雍正通宝 |

1. 乾清宫内

殿内一片死寂。

允禵仍然硬着脖子跪在棺材旁，两只红红的眼睛往上盯着胤禛。

胤禛也犀着两眼紧紧地盯着允禵。

阿哥们和妃嫔们一个个吓得跪在那儿眼露惊惶，呆呆地动也不敢动。

只有允禩和允祯虽然也跪着没动，脸上却也是一片桀骜之色。

允祀则一如往常，脸上平淡得像一片静水。

站在胤禛后面的隆科多这时悄悄地移近允祥，低声问道："十三爷，如果有人闹事，是否一体擒拿？"

这话虽轻，却清晰地钻进每个人的耳中。

许多人都情不自禁地一颤。

允禵立刻将凶狠的目光投向了隆科多。

允禩和允祯也倏地抬起头来，冷冷地望着隆科多。

允祀则慢慢地把目光投向胤禛。

胤禛的手指使劲地一粒一粒地磨动着念珠。

他的眼光慢慢地转向了那具楠木棺材。

接着，他又把目光转向了坐在棺材右侧正望着自己的乌雅氏。

乌雅氏眼中满是哀伤和乞求的神色。

胤禛握着念珠的手微微一颤。接着，他向摆在殿门旁的一把椅子走去，端起了那把椅子。

几名太监唬得连忙走了过来，欲接那把椅子。

胤禛目光阴冷地向他们一扫。

那几名太监又被唬得低头退了开去。

胤禛端着椅子一步一步向棺材走去。

所有的人都怔住了，他们的目光随着胤禛的脚步移动。

他们惊诧地发现，胤禛走去的方向只有允禵跪在那儿——莫非他是在给允禵搬椅子！

就连允禵也睁大了眼睛望着一步一步走来的胤禛。

胤禛的脚步在棺材前停住了。

他把椅子郑重地放在棺材的前端，然后转过身去走到乌雅氏面前，弯下腰将她搀了起来。

胤禛将乌雅氏搀扶到椅子前，又扶着她坐了下去。

接着，胤禛双膝一软跪在她的面前。

那些原本站着的人见状无不一惊，连忙跟着跪了下来。

乌雅氏惊得身上一颤，慌忙站起，翕动着嘴唇，半晌才说出话来："皇帝，祖宗的家法……我担不起这个礼……快起来，你快起来！"

胤禛两眼滴下泪来："皇阿玛已经撒手离开儿子们去了，儿子就只有您一个亲娘了。在皇阿玛宾天的那一天，儿子就和上书房拟定了您的皇太后封号，只是想等十四弟回来再宣告天下。现在十四弟已经回来了，从今日今时起，您就是我大清国的圣母皇太后了！"说着郑重地叩下头去。

责无旁贷，作为上书房首辅的张廷玉见机朗声喝道："名分已定，诸皇子大臣、诸后宫妃嫔即行参拜皇太后大礼！"

左边，允祉带头站了起来，率先在皇子们的位置首位跪了下来。

允祥带着允礼、允祕等皇子站了起来，走到自己的位置上跪了下来。

允祀闭了下眼睛，站了起来，走到允禵身边，搀起他，走到允祉的身旁跪了下来。

允禑和允䄉暗暗地咬了咬牙，也站起来走到允祀的身边跪了下来。

右边，那拉氏带领众位太妃嫔和诸王福晋一齐站了起来，走到后妃的位置上跪了下来。

张廷玉朗声宣礼："请皇太后安坐受礼！"

乌雅氏看了看跪在面前的胤禛，又看了看跪了满殿的皇子、后妃和几位重臣，身子一软，坐了下来。

众人齐呼："恭祝圣母皇太后万岁！万万岁！"接着，齐行三叩大礼。

胤禛站了起来，对那拉氏说道："皇后，你和众位太妃福晋奉皇太后到后宫休息去吧。"

那拉氏："是。"答着站了起来。

诸太妃福晋跟着站了起来。

那拉氏走到乌雅氏身边："太后。"

乌雅氏站了起来。

那拉氏搀着乌雅氏向殿门走去。

诸太妃福晋跟着走去。

一场即将爆发的闹灵剧变，就在胤禛轻轻一转的宣告册立皇太后的礼仪中悄然化解了。

胤禛的目光在仍然跪着的诸皇子头上慢慢扫过，然后语气沉重地说道："都起来吧。今日只论兄弟，不论君臣……"

皇子们和几位重臣都站了起来。

胤禛仰天吁了口气，徐徐说道："皇阿玛将大位传给我，你们中有人没想到，这不奇怪。因为，就连我自己也没想到……"

众人都是一怔，瞪大了眼睛向胤禛望去。

胤禛接着说道："很多人都认为当皇帝是乐事，可据我看这是天下第一号的苦事。圣祖大行皇帝天生异秉，龙筋虎骨，为什么年未七十便龙驭上宾？他老人家是为天下苍生、江山社稷呕心沥血，活活累死的！"

说到这里，他两眼转向了上方："九州万方，二十七个行省，一千七百多个府厅州县，三万多个官员，四万万百姓，靠一人治理。钱粮、刑狱、赋税、河工、漕运、用兵，还有年年不断的旱灾、水灾、蝗灾……这副担子难挑呀。就拿现在的局面来说吧，赋税不均，造成大量的土地兼并。那些官宦士绅人家仗着不要交税，大量收买田土；剩下那些田少地少的穷苦人家，又多数交不起赋税。国家的收入一天天减少，而官吏们还明借暗贪，损国肥私！十四弟知道，这几年西北用兵，又耗去了朝廷收入的十之六七。现在户部的存银已经不足五百万两；而各省的库银更是亏空得一塌糊涂。亏空最少的省份是六十多万两，亏空最多的山西已经是三百多万两！朝廷稍一催促，地方的官员们就加倍到百姓身上盘剥，弄得民怨沸腾！皇阿玛在世时，哪一天不是忧心忡忡，寝食难安！现在他老人家撒手去了，却把这副重担交给了我，我真挑不起，也不愿意挑呀！兄弟们都在这里，你们有谁愿意做这个皇帝，今日当众说出来，我让位给他！"说着轻轻地闭上了眼睛。

这一次众人真的都被震住了，谁都没有想到，至少从来就没认真想过国家的局面竟是如此的严重，此时听他寥寥数语便如诉家常般娓娓说了出来，却又是如此诚恳，如此推心置腹，一时间大殿里静得只剩下胤禛的余音在嗡嗡作响。

允禩、允禵和允䄉都不禁互望了一眼，接着又把目光向允祀望去。

允祀的眼睛先是慢慢地移向了胤禛，然后又出神地望着上方，显然他也受到了震动，在急剧地思索。

张廷玉、隆科多和允祥也情不自禁地对望了一眼，默契地交换了一个钦佩的眼神，然后一齐将目光又转向胤禛。

胤禛又睁开了眼睛，轻轻叹了口气，接着说道："既然你们都不愿挑这副重担，我只有勉为其难了。但仅靠我一个人是无论如何也挑不起这副担子的。在朝廷中枢重地，要靠众位兄弟和先帝的旧臣一起来挑。八弟。"

允祀怔了一下，接着答道："臣弟在。"

胤禛："在我们兄弟中，你是有才的。朕的意思让你出任总理王大臣，和上书房几位大臣一道处理军国大事，望你不要推辞。"

此言一出，众人无不大感意外，就连允祀也几乎不相信自己的耳朵，怔怔地望着胤禛，忘记了答话。

胤禛的眼中充满了诚挚的期望："八弟，你不会推辞吧？"

允祀心中波浪翻涌，脑子里也好像有万头丝绪，一时何从清理？间不容发间走了出来，向胤禛跪倒，答道："为了列祖列宗的江山社稷，臣弟义不容辞！"

胤禛露出了一丝笑容，忙道："好！好！请起。"

允祀叩了个头："是。"站了起来，退了回去。

胤禛又望了望其他的皇子，接着说道："所有的兄弟们都要同舟共济，为国分劳。十三弟仍然管着刑部和京师的禁军。其他的兄弟以后都要安排差使，现在多给我提提醒，出出主意，咱们一块儿把皇阿玛交下来的江山治理好。他老人家在天之灵也必定会至感欣慰！"

诸皇子到此时还有何话说，声音或高或低，都答了个"是"字。

胤禛提高了声调："皇阿玛生前就多次提过，吏治才是一篇真文章！当务之急，一是要为国选才，二是要清理国库亏空……"

胤禛的声音发出巨大的回响，从乾清宫飘了出去……

2. 紫禁城上空

胤禛的画外音："做好了这两件事，就有了一个极好的开端……"

画外音从乾清门飘向太和门，又向午门飘去……

3. 京城各部院衙门上空

胤禛的画外音："朕的意思，在大行皇帝灵位奉安以后，今年就增开恩科，选拔一批才俊之士，充实各部院衙门和各省府州县任职……"

画外音在顺天府贡院、各部院衙门和街坊上空飘荡……

4. 北京通往各省的驿道上空

胤禛的画外音："同时朝廷发一道明诏，责成各省清理藩库亏空，限期两年清完。两年内未能填补亏空的官员一律革职拿问抄家抵债！凡在限期内提前完成清理亏空的，朝廷要明令嘉奖……"

画外音越过千山万水飘向四方，飘到了山西省巡抚衙门上空……

5. 太原·山西巡抚衙门外

"嗵！嗵！嗵！"

一团团火花冲上天空。

一杆杆礼铳的筒口冒着青烟。

山西省道、府、州、县的所有官员，在藩臬二司的率领下，翎顶袍服集齐在衙门外恭迎新任巡抚诺敏到任。

一辆青布顶盖十分陈旧的骡车慢慢地驶了过来。

所有的官员都睁大了眼睛，露出了诧异的神色。

那骡车驶到恭迎的仪仗前停下了。

青布车帘一掀，头戴毡帽，身穿老蓝布棉袍，脚踏藏青布棉鞋的诺敏从容地走了下来。

众官员都是一怔，一时竟忘记了上前恭迎。

那诺敏把两手套在袖筒里，微微抬起头，漫不经心地打量着衙门上那块红底上镏着"山西巡抚衙门"金字的匾额。

直到这时，藩臬二司才回过神来，连忙招呼众官员迎上前去，拱手行礼："山西省藩臬道府州县正堂职员恭迎中丞大人！"

诺敏这才把手从袖筒中抽了出来，回了一揖，口中应道："哦，哦。"

那藩台弯腰将手一伸："请中丞大人更衣升堂，接受下属参拜。"

诺敏又应道："哦，哦。"接着又将两手插到袖筒中，向大门走去。

众官员一个个神情诧异地跟着走了进去。

6. 巡抚衙门大堂

换上红顶花翎二品袍服的诺敏坐在大堂中央，这时已完全是另外一种气象。

他那刚才还睡眼惺忪的两眼这时竟炯炯有神，慢慢扫视着站在两侧的官员们。

接着，他说话了，声音也不似刚才那般有气无力，而是异常的洪亮清朗："蒙皇上恩遇，隆中堂举荐，朝廷派诺某出任山西巡抚。本来，我不想来。因为我自认才力不济，管不好这个全国亏空最多的第一大省！一个省竟然亏空了三百多万两库银，两年内要填补干净。落在诸位的头上，每人至少要找出十万两以上。怎么办？皇上在看着我们，全国其他省份也在看着我们。我没有带家眷来，因为我随时准备让朝廷革职拿办。但是，有句丑话我说在前头，我受了朝廷的处分，你们也别想安稳过关。现在我只说一句话，山西全省的亏空一定要在一年内全部补齐！"

满堂像炸了窝，所有的官员都顾不上礼仪官缄，急得纷纷议论起来。

诺敏将惊堂木轻轻一拍。

官员们这才慢慢安静下来。

诺敏："今天就议到这里。我也乏了，各位大人请回吧。"说着，站了起来将茶碗一举。

7. 养心殿西暖阁

胤禛显得异常兴奋，也异常激动，他把诺敏的奏折放在手心重重地拍了两下，然后站了起来，对允祀、张廷玉、隆科多和马齐大声说道："诺敏是好样的！治顽症下猛药，就得要有诺敏这样的人！舅舅，这个人你举荐得好！"

隆科多也看了这个奏折，本来有的一丝顾虑和担心，这时也已随着胤禛兴奋激动的情绪扫得干干净净，他下意识地瞟了一眼允祀、张廷玉和马齐，然后答道："这是皇上知人善任。奴才们忝在中枢重地，为国荐贤也是分内的事。"

胤禛点了点头，接着说道："只要咱们君臣一心，这天下就没有办不好的事。你们上书房把诺敏这份奏折明发各省，促一促他们！"

张廷玉："是。"

胤禛："还有，恩科也得赶快筹备着开了。张中堂。"

张廷玉："臣在。"

胤禛："你是康熙朝的老翰林出身，对开科取士，为国选才是有资格说话的。你说，这次会试，派谁做正副主考合适？"

张廷玉："兹事体大，臣的意思还是商量着定好。"

允祀说话了："臣弟倒有个人选。"

胤禛："说。"

允祀："现任内阁侍读学士张廷璐！"

此言一出，胤禛和张廷玉都是一怔。

胤禛看了看张廷玉，又看了看允祀，问道："你说的是张中堂的弟弟？"

允祀："臣弟说的是会试的主考，并不管他是谁的弟弟。"

马齐插话了："廉亲王这是古大臣荐贤的遗风，奴才深以为是。"

隆科多也马上附和："奴才也赞同廉亲王的举荐，请皇上鉴纳。"

胤禛笑了："好！'外举不避仇，内举不避亲。'为国举贤，就得这样子。"

张廷玉见众人是如此热情，又见胤禛是如此加恩宠信，知道自己的面子确实不小，虽然有些畏盈惧满，也不禁激动起来，说道："臣也推举一人。此人崖岸清峻，在读书人中声誉很高，可以出任副主考。"

胤禛想了想，接着说道："你说的是李绂？"

张廷玉："圣明无过皇上。"

胤禛高兴地说道："好！就是这两个人。"

这一天倒像是个十分难得的黄道吉日，令人高兴的事如锦上添花。

这时允祀又从袖中掏出两枚澄黄锃亮的新制钱来，奏道："这是阿灵阿领着户部的人赶制的新朝通宝样钱。皇上看看，如果满意，就通知铸钱局大批地铸制。"说着把两枚制钱呈了上来。

胤禛接过制钱眼睛便是一亮。

——那两枚制钱通体黄亮，"雍正通宝"四个字也凹凸分明十分清晰。

胤禛看了后又把制钱掬在手心掂了掂，眼中露出十分难得的赞赏满意的神情，望着允祀，不停地说道："好！好！这件事办得很漂亮！八弟，不是皇兄说你，只要你肯上心，什么事情都能办好。衡臣、舅舅、马齐，你们都看看。"

虽然胤禛把自己排在第一，张廷玉仍然没有第一个去接制钱，而是向隆科多做了个谦让的手势。

隆科多却不谦让，走上前去接过制钱，大声赞道："好！果然有新朝气象！哎？听说那个户部主事名叫孙嘉诚的为了制新钱的事和户部尚书阿灵阿打了起来。我原来还以为是新钱铸得不好，这蛮好的嘛！"

胤禛一听，立刻上了心，问道："什么？一个户部主事为了铸这新钱和堂官打了起来？"

马齐："回皇上，是有这么回事。好像是为了铸钱用铜和用铅的比例。那孙嘉诚不同意现在的铸法，上了个条陈，要阿灵阿转呈皇上，阿灵阿说他多事，他不服，闹了起来。阿灵阿那性子皇上也知道，就掌了孙嘉诚一个嘴巴，两个人就扭打起来了。依照朝廷制度，以下犯上，是要革职拿问的。今天一早，阿灵阿就把那孙嘉诚带到上书房来了，现在正跪在那儿等候处罚呢。"

胤禛大是诧异，望了望允祀，然后望着张廷玉："这事上书房是怎么处置的？"

张廷玉："根据朝廷制度，孙嘉诚以下犯上是因为公事，'从公，减半刑处罚'。因此臣等原准备陈奏皇上后再行处置。"

胤禛："把那个孙嘉诚叫到这儿来。我倒要看看，他是个什么三头六臂的东西。"

8. 天街上

一名太监在前面引路，两名侍卫押着孙嘉诚走来。

那孙嘉诚果然有些奇特。他长着一张冬瓜脸，两只暴突的眼睛，一张阔大的嘴，一只蒜头般的大酒糟鼻，原就使人不愿多看；再加上从额头穿过眼睛被抓了几条血道子，身上的纽扣又被扯掉了几只，补服也是扯得东一块西一块的，就更让人不堪入目了。

可这人偏有些名士派头，被侍卫押着倒像是去赴哪家的宴席，又像到什么地方去讨债，一副理直气壮又有些毫不在乎的样子。

9. 养心殿西暖阁

胤禛仔细地打量着跪在面前的孙嘉诚，不知道为了什么，竟然生出几分好感，但又不得不板起面孔，威严地问道："你就是孙嘉诚？听说你是康熙己丑科第二甲第一名的鸿胪，学问想必是不错的。为什么如此孟浪，居然敢和堂官厮打？你撒野得太过分了！"

孙嘉诚一抬头："皇上，不知新铸的雍正制钱皇上见过没有？"

胤禛："见过了，很好啊！"

孙嘉诚直盯着胤禛："请问皇上，朝廷铸制新钱，是为了便利民间流通，还是为了粉饰太平？"

在场诸人，除了允祀，都吃了一惊。

隆科多厉声喝道："孙嘉诚，你这是在和皇上说话？来人，把他叉了出去！"

胤禛这时却毫不动气，摆了摆手，说道："慢。让他把话说完。你说，何为便利民间流通，何为粉饰太平？"

孙嘉诚："是。皇上可知道，如今市面上一两银子能兑换多少制钱？"

胤禛："这谁不知道，一两银子可兑换两千制钱——这与铸制新钱有何相干？"

孙嘉诚："臣就为了这个有话要说。刚才皇上说一两银子可兑换两千制钱，那是朝廷定的官价，可是到了市面上，一两银子却只能兑换八百制钱！"

听他这么一说，众人都变了脸色。

胤禛的面容更是立刻凝重起来，转向允祀、张廷玉等人问道："有这么大的差距？"

允祀淡淡地答道："银贵钱贱，古已有之。这在先帝爷的时候就是这样。"

胤禛却并不放松，又转问孙嘉诚："孙嘉诚，你说说，为什么到了市面上银子和制钱的差价有如此之大？"

孙嘉诚："回皇上，这都是因为制钱中含铜和含铅的比例不对。康熙制钱是半铜半铅，就已经是含铜过高，奸商们用一两银子买两千制钱的代价，大量收集制钱熔化重炼，造了铜器去卖，一转手就是几倍十几倍的暴利。如今制的雍正制钱，阿灵阿他们也不知道是为了什么，把铜的含量提高到了六成，铜六铅四，钱是好看了，可是弊病更大！国家花了那么大的本钱去开矿炼铜，炼的铜再多，却只是好了贪官奸商，苦了小民百姓……"

胤禛："胡说！既然是朝廷贴本铸制的新钱，民间自然一体得利，又怎会苦了小民百姓？"

马齐在上书房本就分管财政，这时岂能缄口不言："皇上，这里头原是有些弊病。国家出钱开矿铸制铜钱，奸商们把铜钱收去铸成铜器，制钱自然就少了，便使得民间流通不便，很多地方拿东西去换东西就是因为这个原因。更要紧的是，国库是按银收税，乡间的百姓手里没有银子，就只好以两千文制钱一两银子的官价，以制钱交付国税，这两千文制钱到了贪官污吏们的手里立刻便可兑换成二两多银子，却只需向国库上缴一两，另一两多便落入了他们的腰包。"

胤禛怔住了，刚才还为允祀他们铸制的新钱高兴异常，这时才隐隐觉察到这中间原来有如此大的弊端——或许是阴谋？他又看了看摆在御案上的新钱，恨不得一把抓起摔到门外，但转眼一想，自己好不容易收服了允祀这个八爷党的首领，这件事情弊端再大，权衡之下也不宜在这个时候和允祀翻脸。想到这里，面容登时温和下来，对允祀问道："廉亲王，这件事情你的看法如何？"

允祀还是那副从容不迫的神态，答道："有些事情本来就难以两全。皇阿玛在世的时候，也不是不知道这些弊病，为什么一直是按半铜半铅的含量铸钱？因为半铜半铅是古制，也只有这样，钱上面的字迹才会清晰。制钱就是一个朝代的脸面，铜的含量低了，字迹模糊，流传后世成何体统？皇上新登大宝，臣弟等在第一批新钱上提高一成铜的含量，就是为了宣扬新朝的气象。"

孙嘉诚亢言插道："臣不赞同！减低铜的含量，也只是字画上稍微模糊了些，却杜绝了钱法的一大弊政，于国于民都有利无害，何必粉饰气象！"

胤禛一掌击在御案上，厉声喝道："住口！你一个蕞尔小吏，懂得什么？先是和本部堂官厮打，现在居然敢顶撞总理王大臣，非礼犯上，放肆已极！念在你年轻，孟浪无知，为的又是公事，从轻处罚——免去你户部云贵司主事，回去待选——真可笑，这么多王公重臣难道都不及你的见识？下去，好生读几本书，长长见识！"

10. 户部云贵司门外

一块写着"户部云贵司"的木牌钉在大门右边的门方上。

门内传来一阵哄笑声。

一个笔帖式的画外音："阿弥陀佛！孙大傻子要滚蛋了，咱们也熬出头了！"

孙嘉诚跟跟跄跄地走了过来，闻声一怔，站在门外呆住了。

另一个笔帖式的画外音："这几年人家几个司都捞得撒泡尿上面都冒油星儿，咱们这个司被孙大傻子把得一个个老婆孩子都养不活了。"

又一个笔帖式的画外音："天睁眼！灾星去了福星来喽！"

话未落音，一个扎好的铺盖卷从门里扔了出来！

孙嘉诚一愣，出神地望着地上的铺盖卷，好一阵子才轻轻地叹了口气，拿起铺盖卷失神地又往来路走去。

11. 大街上

孙嘉诚把铺盖背在肩上，低着头，一边梦游般向前走着，一边喃喃地自语："'归去来兮，田园将芜胡不归……'"

突然，一群长袍马褂气度不凡的读书人模样的人迎面向他走来。

走到他的面前，这群人一齐站住了。

孙嘉诚看见了一双双停在面前的脚，他慢慢地抬起头来。

孙嘉诚眼睛亮了："巨来！是你们？"

站在他面前的果然是李绂和翰林院、都察院的一些同年文官。

李绂伸出一手搭在他的肩上："你的事，我们都知道了。大家不胜钦佩呀！为了朝廷，为了百姓，你敢跟阿灵阿斗，敢跟廉亲王斗，还敢跟皇上争，了不起！你为咱们这一科的同年争了气！为孔圣人争了光！咱们在文星楼为你摆了酒，大伙儿一醉方休！"

孙嘉诚激动得脸都红了："多谢……多谢……"

李绂："走！"

孙嘉诚："走！"

一名同年官员过来接下孙嘉诚的铺盖。

一群人簇拥着孙嘉诚和李绂向前走去。

12. 允祀府书房

当的一声，一枚新制的铜钱扔进了一个摆在屋中的铜壶里。

允祯大声喊道："中了！我扔中了一个'雍正'！"

允禟手里也拿着一枚新制的铜钱掂了掂，接着向铜壶扔去。

当的一声，那枚铜钱也扔进了铜壶。

允禟："我也扔中了一个'雍正'。"

允祯正要再扔。

允祀阴沉着脸走了进来。

允禟和允祯站了起来。

允祀看了看他们身边堆着的新制铜钱，又看了看摆在屋中的那只铜壶，厌烦地说道："我说了多次了，你们不要再干这些无聊的事好不好？"说着疲倦地在门边的一把椅子上坐了下来。

允禟和允祯怔了一下。

允祯眼睛望着地面，嘟哝着说道："你是总理王大臣，有干不完的差事。我们呢，我们什么都不是，不干些无聊的事，干什么？"

允祀瞟了允祯一眼，却没有作声。

允禟："十弟，你就别朝八哥发牢骚了。你当他这个总理王大臣当得顺心？"

允祀又叹了口气，接着问道："十四弟呢？他怎么没来？"

允禟也叹了口气："我们去找过他了。门上回说他病了，不愿意见客……我们给他留下了一百枚新制的铜钱，这就回来了。"

允祀："这个十四弟呀……"

13. 允䄉府西居室

咣啷一声，一只大手将堆在桌上的一堆新制铜钱全扫在地上。

一枚枚印着"雍正通宝"的铜钱滚得满屋都是。

扫落了铜钱，允䄉兀自铁青着脸坐在桌旁生气。

已经换上女装站在门边的乔引娣怔了一下，接着悄然无声地走了过去，拿起茶几上的一个青瓷花空瓶，蹲了下来，捡撒落满地的铜钱。

允禵没好气地斥道："捡它干什么！"

乔引娣停了一下，眼珠儿一转，说道："捡起来再让你扔哪。"

允禵怔了一下，眼中的神色不但和缓下来，而且露出了一丝活力，点了点头："嗯，这个主意还不错，你是怎么想出来的？"

乔引娣一边捡着地上的铜钱，一边笑着答道："我呀，是跟俺村里一个老奶奶学的。"

允禵："哦？"

乔引娣捡着钱继续说道："这个老奶奶呢是个节妇。她在二十岁就死了丈夫。到了六十岁的时候，官府报请朝廷给她立了一座贞节牌坊。那一天好多人去向她贺喜。有一些年轻的寡妇问她，这么多年她是怎么守过来的？她呢，捧出了一个大罐，里面呀就装着一罐子铜钱。那些铜钱一枚枚都磨得溜光，上面的字样儿都没有了。那些寡妇不明白。她就告诉她们说，她这几十年是怎么守过来的呢？原来呀，每天晚上当她睡不着的时候，就把这罐铜钱倒在地上，滚得满屋子都是。然后呢她就去捡，捡呀捡呀，等她把这些铜钱捡完的时候，鸡也叫了，她呢也困了，这个时候她再爬到床上去，一觉也就睡到天亮了……"

允禵听完之后终于笑了，笑着不禁定定地望着仍在地上捡着铜钱的乔引娣。

乔引娣不断地移动着婀娜的身躯，飞快地捡着地上的铜钱，一捡一扔中，曲线流动，撩人眼目。

允禵心一动，问道："这个故事有趣。那么你现在捡钱，是不是也因为睡不着觉啊？"

乔引娣愣住了，停在那儿，接着慢慢地转过头来望着允禵。

允禵的两眼正灼灼地望着她！

乔引娣脸一红，接着把目光移向了地面，轻轻地说道："爷，我是看您心里烦，说个笑话给您解闷儿。您不该取笑我……"

允禵倏地站了起来，走到乔引娣面前，站住了。

乔引娣慢慢地站了起来，两眼热辣辣地望着允禵。

允禵一把抢过她手里的花瓶，把里面的铜钱又都倒在地上。

乔引娣："爷……"

允禵把嘴凑到她的耳边，轻轻地说道："咱们一起来捡。"

乔引娣笑了："嗯。"

两个人一同蹲了下去，捡起地上的钱来……

14. 孙嘉诚府外

所谓孙嘉诚府，其实是租的三间带着一个窄窄小院的民房。

孙嘉诚已经喝得半醉，背着那卷铺盖，踉跄着推开那扇已经漆皮剥落的院门。

院子里，他的那个兼着仆人差事的远房侄子——一个十四五岁的孩子迎了上来，接过他手中的铺盖卷，说道："二叔，有个客人等您很久了。"

孙嘉诚微睁着红眼："客人？什么客人？不是走错了门吧？"

他那侄子一手搀着他，答道："不是。那人点名说是来找您的。"

孙嘉诚："哦。"说着，推开他那侄子，脚步微踉着向正房走去。

15. 孙嘉诚府客房

一推开门，孙嘉诚就怔住了。

方桌旁的椅子上分明坐着现任上书房首辅大臣张廷玉！

张廷玉微笑着站了起来。

孙嘉诚这个时候酒全醒了，愕然问道："张中堂……您、您是来拿我的？"

张廷玉放下手里那卷翻开的书，笑着答道："拿你？真要拿你用得着我这上书房首辅大臣亲自出马吗？……开句玩笑罢了。嘉诚呀，你官虽小，如今也已是名震京华的人物了。我来串串门，看看你也是应该的。瞧你那样子，好像并不欢迎我。我可是已经吃过你的萝卜白米饭喽。"说着，把眼睛转向桌上的一只空碗。

孙嘉诚心里一阵激动，慌忙说道："简慢，简慢。中堂请坐。小墩子，怎么不给客人上茶？"

他那侄子在门外答道："茶叶早就喝光了，怎么上茶呀？"

孙嘉诚脸一红，只得解嘲地说道："'有客夜来茶当酒。'中堂，我可是连茶都没有呀。"

张廷玉震动了，沉重地说道："没想到你清贫如此。难怪皇上一见到你就认定你是个好官哪！"

孙嘉诚一振，两眼闪出光来，定定地望着张廷玉。

张廷玉："我来是转告皇上的口谕，白天在养心殿皇上当面呵斥了你，是因为他也有难言之隐哪。你能理解吗？"

孙嘉诚此时岂止理解，简直是感激莫名，哆嗦着答道："微臣是何许人？岂敢劳皇上如此看重。"

张廷玉："你是我大清朝的诤臣！这是皇上的原话。皇上叫我转告你，你的减低制钱含铜的建议很好，只是暂时还不能施行。但皇上已经下旨，责成户部把第一批铜六铅四的制钱由一千万枚减至一百万枚。以后铸钱一律按铜四铅六的成色铸制。"

孙嘉诚的泪水夺眶而出，他伸出那只油污污的袖口一把擦了，喉头哽咽地说道："皇上圣明！我真高兴……这是天下苍生之福！三年之内，新钱流通海内，国家财源顺畅，那些贪官污吏和奸商们就只好干瞪眼了！"

张廷玉点了点头，接着慢慢地踱开了步，一边走着，一边说道："还有，你听了就未必高兴了，你虽然有理，但咆哮朝堂，以下犯上，大失官体，处分是免不了的。皇上叫我问你，你愿意接受什么样的处罚？"

孙嘉诚扫了张廷玉一眼，突然放声大笑起来。

张廷玉不动声色，只是望着他。

孙嘉诚："中堂，请恕我失礼。我孙某如果是为了博取高官厚禄，或者是为了明哲保身，又何必直言犯上，几乎陷入不测之地？现在，皇上准了我的条陈，朝廷得益，天下苍生得益，孙某已是心满意足。为此，我死且不怕，还怕什么小小的处分？"说着从怀里掏出一份奏折，接着说道："这是我自请革职的奏陈，请中堂转呈皇上。"递了过去。

张廷玉却没有接他的奏折，只是说道："嘉诚，不是我说你。你们这些清流文人就是这些毛病不好。洁身自爱，敦品励行，这都是对的。但决不能仗着自己是圣贤门下，三榜出身，动不动就使酒骂座，负气而行。忍辱负重，处处以国家大局为念，才是做臣子应尽的责任。"

孙嘉诚动容了，服气地答道："中堂是清苑前辈，您教训的是，晚生谨记在心。"

张廷玉这才露出一丝笑容，接着说道："皇上的意思，叫你到山西去，暂时挂职为都察院山西道御史。到那儿留心观察山西官员们的行止，得空儿多帮帮诺敏，把山西的吏治和国库的亏空早日办好。"

孙嘉诚扑通跪了下去："臣孙嘉诚领旨！"

16. 隆科多府客厅

紫檀木雕花的大圆桌上摆满了一只只锦匣礼盒。

隆科多不动声色地坐在桌旁，手里拿着一只内印花的鼻烟壶，把烟末倒在手心里，然后撮着二指抹上烟末，伸到鼻孔边，深深地吸了下去。

山西太原县令沙本纪，垂手站在他的身侧。

许久，隆科多才"阿欠"一声把喷嚏打了出来，这才慢慢地说道："我同你们何大人、胡大人早就打过招呼，不要给我送礼。他们为什么老不听呢？"

沙本纪："回中堂大人的话，我们何大人、胡大人还有山西通省的许多同僚都说了，中堂辛劳国事，对我们山西又特别关照。地方官给朝廷清贫的大臣一些年敬、节敬是自古的通例。咱们也没有什么破格的孝敬，一些微礼，留着给中堂大人赏下人用的。"

说着，悄悄地走到桌边，掀开了第一个盒盖。

——那盒子里溜圆地摆着十颗拇指般大的东珠！

隆科多眼角的余光早已瞟见，却不动声色。

那沙本纪又掀开了第二个盒盖。

——这只盒子里整齐地摆着一锭锭特铸的金元宝，每只元宝上还印着一个篆体的"寿"字。

沙本纪还要去掀另外几只盒子。

隆科多说话了："好了。这一次我就不拂你们的意了，下不为例噢！"

沙本纪："是。卑职一定转告中堂的意思。"

隆科多站了起来，踱到书案边，揭开一只书匣，掏出一封信，说道："你们的诺中丞哪……做事也太性急了。十几年的亏空，怎么可能在一年内便清还得了？现在好了，皇上已经把他的奏折明发全国各省了。这样一来，就成了箭在弦上。皇上的性子你们都不知道哇，他的意思就是要拿山西做个榜样，好推行新朝整顿吏治的决心。现在话说得这样满，到期事情又没办好，岂不扫了皇上的脸！今儿听你这样一说，就是杀了你们，你们一年内也不可能把亏空藩库的银子填满。怎么办？银子是死的，人是活的嘛。只要数字对上了，为天下的督抚做出个榜样，也就行了。这封信，是给诺大人的。你把它带去。"说着一递。

沙本纪心里暗喜，连忙双手接过那信。

隆科多接着问道："你这次到北京来，去过你们诺中丞府里了吗？"

沙本纪："卑职不敢造次，还没有去。"

隆科多："应该去嘛。他家里境况不是太好，你们本省的同僚也应该关心关心。给他家送点安家的银子，就说是我送的，他也就没话说了。"

沙本纪更喜，大声答道："是。"

17. 山西巡抚衙门后园

诺敏正穿着一件单衣，满头大汗在一块菜地里浇水。

山西藩台和臬台一声不吭地站在一旁，默默地望着他"躬耕陇亩"。

诺敏没有理睬他们，仍然是一个劲地浇水淋菜。

良久，诺敏浇完了最后一棵菜，将长勺往桶里一搁，这才向二人走来。

诺敏伸了一下手："坐。"说着先自在菜地边的土坎上坐了下来。

藩、臬二台对望了一眼，也只好在土坎上坐了下来。

藩台望了望诺敏，然后小心翼翼地说道："奉中丞的钧谕，卑职召集各道府州县的下属会议了一次。大家都表态一定在半年期内把亏空藩库的钱补满。"

诺敏抬起了头，定定地望着藩台。

藩台："中丞放心，到时候您到藩库去看，保准儿有三百万现银。"

诺敏："可不准从百姓头上硬派。"

藩台："不会。"说着把嘴凑到诺敏的耳边低声说了起来。

诺敏听罢，半天没有作声，沉吟了好一阵子，站了起来，说道："好吧！先就这样。到时候，你们可得把各自的亏空陆续地如实补满。"

藩、臬二台同时答道："一定，一定。"

18. 乾清宫

黑压压又站满了各部院詹道的官员。

胤禛端坐在须弥座上，他的两颊潮红，显得异常激动。

他望了望众王公官员，竭力调整了自己激动的情绪，然后朗声说话了："今天叫大起，是有一件大事要告诉你们。昨天晚上朕接到了山西来的奏折，山西省十几年来亏空藩库的三百多万两官银，在半年内全部还清了！"

大殿里立刻传来了众官员的低声议论。

胤禛清了下嗓子。

众人又安静下来。

胤禛接着说道："这说明一个道理，不管多难的事，只要心里装着国家，用心去做，没有做不好的。新任山西巡抚诺敏就是一个榜样！据朕所知，此人清廉勤政，躬作表率，因此他去了山西，很快就使官场的风气一变，也才能够这么快就见了成效。诺敏做了个表率在这儿，其他各省的督抚怎么办？见贤思齐，朕希望大家都向他学着。山西的亏空半年就还清了，其他各省什么时候能够还清？朕还是按正月十六的明诏不变，要求在两年内一律还清。高勿庸。"

侍立在一旁的高勿庸连忙躬身答道："奴才在。"

胤禛："那块匾呢？"

高勿庸："准备好了。"答着向殿侧喊了一声："抬上来！"

两名太监抬着一块用黄绫覆盖的木匾走了上来，走到须弥座侧站好。

胤禛亲自下座，走到匾前，将黄绫掀开。

众人眼睛一亮。

——"天下第一巡抚"几个胤禛亲书的金字熠熠闪光！

胤禛："这是朕昨晚写好后，命内务府赶制出来的。这块匾朝廷立刻派人送到山西，然后将这件事明发各省！"

张廷玉出列答道："是。"

胤禛满意的目光又落在那块匾上……

定格。

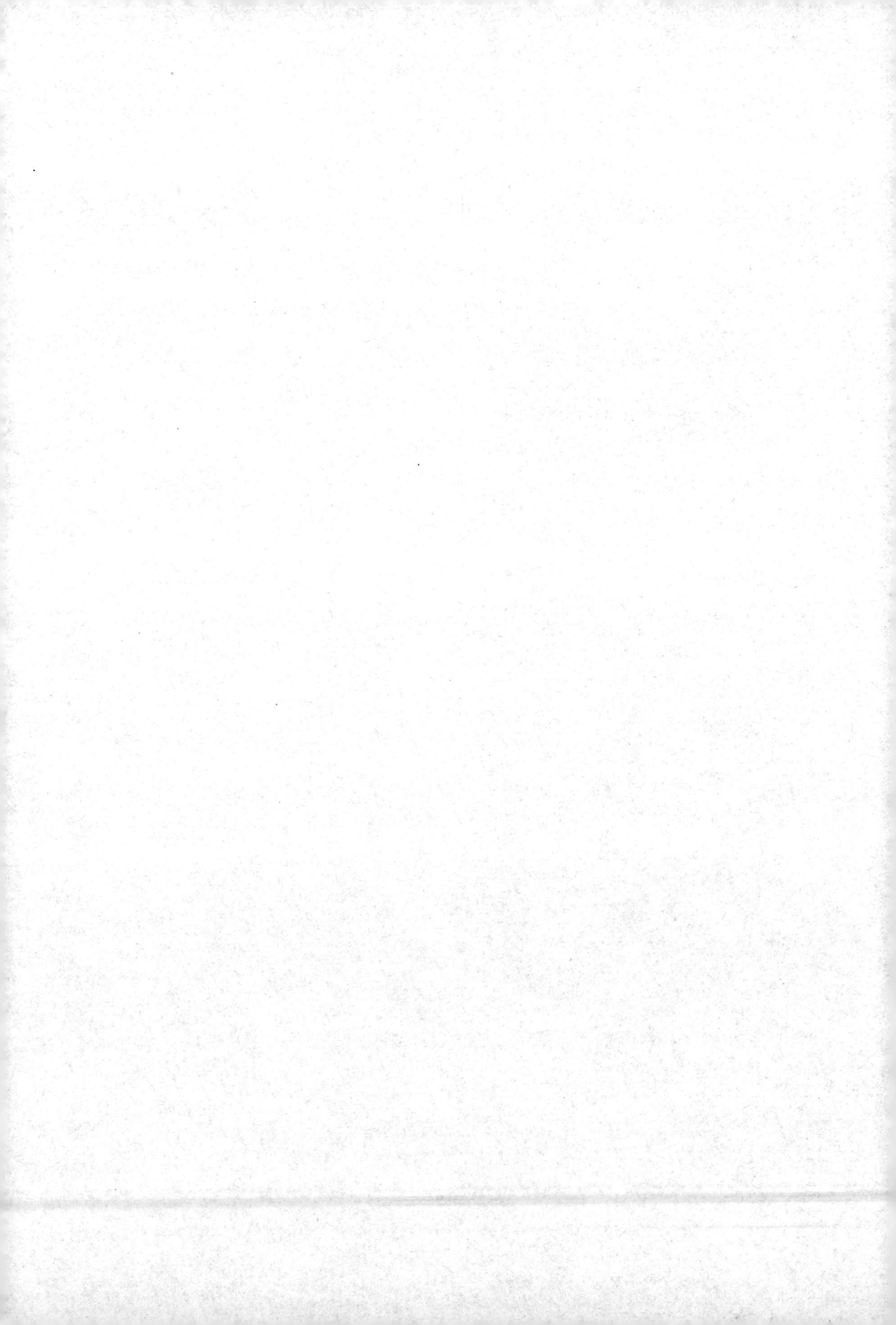

雍正王朝

下

刘和平
罗强烈
——作品——

SPM
南方传媒 | 花城出版社

中国·广州

图书在版编目（ＣＩＰ）数据

雍正王朝：全2册 / 刘和平，罗强烈著. -- 广州：
花城出版社，2017.5（2025.3重印）
ISBN 978-7-5360-8302-8

Ⅰ. ①雍… Ⅱ. ①刘… ②罗… Ⅲ. ①长篇历史小说
－中国－当代 Ⅳ. ①I247.5

中国版本图书馆CIP数据核字(2017)第036773号

本书由二月河的小说《雍正皇帝》改编而成

出 版 人：张　懿
策划编辑：张　懿　陈宾杰
责任编辑：杨淳子
技术编辑：凌春梅
封面设计：

书　　名　雍正王朝
　　　　　YONGZHENG WANGCHAO
出版发行　花城出版社
　　　　　（广州市环市东路水荫路 11 号）
经　　销　全国新华书店
印　　刷　佛山市浩文彩色印刷有限公司
　　　　　（广东省佛山市南海区狮山科技工业园 A 区）
开　　本　787 毫米 ×1092 毫米　16 开
印　　张　51.5　2 插页
字　　数　940,000 字
版　　次　2017 年 5 月第 1 版　2025 年 3 月第 11 次印刷
定　　价　128.00 元（全 2 册）

如发现印装质量问题，请直接与印刷厂联系调换。
购书热线：020 - 37604658　37602954
花城出版社网站：http://www.fcph.com.cn

| 目 录 |

第二十一集　天下第一巡抚

1. 养心殿正殿外

天才刚刚见黑，整个紫禁城里已经黑沉沉，空荡荡的，只有养心殿正殿里透出一缕缕微弱的光亮。

一只灯笼慢慢地向养心殿飘来。

高勿庸侧着身子伸长了手臂，把灯笼伸在胤禛身前的右侧，嘴里还在不断地念叨："万岁爷，走好了。"

胤禛穿着一件石青色的便袍，腰间系着一根明黄色的丝绦，虽然是信步，步子却还是迈得很大，走得很快。

转眼间主仆二人已经走到养心殿外。

突然，一阵歌声从殿内传来："提起俺的家来家有名……"

胤禛停住了脚步。

高勿庸却吓得变了脸色，低声说了一句："该死！"接着就要进殿去拿问。

胤禛伸出手阻止住了他。

那歌声还在轻轻地传来——是带着浓重山西口音的民歌，声音虽小却清脆悦耳，有些像童声，又有些像女声："俺家在清徐三十里村。一条汾河门前过，小哥哥上船就去了太原城……"

胤禛慢慢地向殿门里走去，脚步却已迈得很轻。

高勿庸跟在他的身后，紧张得额角都渗出汗来。

走到门边，胤禛又站住了，向内望去……

2. 养心殿正间内

一个小太监正跪在御案前的方台上细心地擦着地面。

擦着擦着，他又唱了起来："小哥哥一去没了音讯，小妹妹……"这时他正好转过身来，一下子像触了电，身子一颤便跪在那儿不知道动弹了！

——他目光所及的前方地面上，一幅石青色缎袍的下摆和那双只有万岁爷才能穿的明黄色便靴赫然映入眼帘！

小太监的头仍然低在那儿，撑在地上的手却开始剧烈地抖动起来。

胤禛慢慢地走了过去，轻轻地说道："抬起头来。"

小太监显然吓蒙了，仍然跪在那儿一动没动。

高勿庸喝道："万岁爷叫你抬头，听见了没有！"

这时那小太监才回过神来，却依然没有抬头，只是拼命地把头在地上碰得"砰砰"直响，颤抖的声音里仍然夹着山西口音："奴、奴才该死……万岁爷饶、饶命……"

胤禛的声音却十分柔和："朕恕你无罪，抬起头来吧。"

那太监这才抬起了头。

胤禛望去——那小太监最多不过十一二岁，虽然瘦小却长得眉目清秀，两只眼睛尽管充满了惊惶，但大大的仍然十分招人喜爱……

胤禛："叫什么名字？"

那小太监："回万岁爷，奴才叫秦顺儿。"

胤禛："你是山西人？"

那小太监："回万岁爷，奴才是山西清徐县人。"

胤禛："你们山西是个好地方啊。杏花村的酒，清徐的醋，还有漫山遍野的煤……"

那秦顺儿没想到万岁爷竟是这般温和，而且一下子就说出了他家乡的三样特产，小孩儿心性立刻便忘记了害怕，接言说道："万岁爷您去过山西？"

胤禛："当然去过，朕到过五台山。"

秦顺儿："五台山？那可是文殊菩萨道场……"

胤禛："你年纪小小还知道不少的事嘛。你是怎么进宫来的？"

秦顺儿："回万岁爷，奴才家里穷，原来还有两亩地，后来因为遭了灾，又交不起税，就把地卖给俺村马举人家了。俺爹养不活俺，便把俺托给一个远房的表亲带到了北京，俺这就进了宫……"

胤禛黯然了，过了一会儿才说道："老百姓苦哇……不过现在会好了。你们那儿去了个好官，你知道吗？"

秦顺儿："回万岁爷，宫里的规矩，奴才们不许打听朝廷的政事。"

胤禛点了点头："是要守规矩。"

高勿庸插话了："既然知道宫里的规矩，为什么敢在殿里唱小曲儿？"

秦顺儿又叩下头去："奴才下次不敢了。"

胤禛摆了摆手，说道："你的小曲儿唱得很好，朕特准你在没人的时候可以唱唱。"

秦顺儿又重重地叩了个头："谢万岁爷！"

胤禛："去吧。"

秦顺儿这才站起，端着水盆低着头退了出去。

胤禛目送着退出的秦顺儿，若有所思地说道："李卫当年进府的时候好像也是这么大吧？"

高勿庸："万岁爷记得不错，李卫当年进府的时候是和他一般大。"

胤禛又点了点头。

3. 陕西布政使衙门正堂

灯火通明却鸦雀无声。

布政使衙门的官员们一个个屏声静息，低着头站在大堂两侧。

朝廷传旨的钦差正手捧着装有圣旨的匣子站在大堂中央。

那钦差脸色越来越难看了："你们李大人到底哪儿去了？总不成叫我老捧着圣旨在这儿等他吧？"

站在首位那名官员躬身答道："已经派人找去了，请钦使再稍候片刻。"

4. 李卫府卧室外间

翠儿惊诧地反问道："他不是在衙门的签押房办公事吗？"

李卫的小厮站在门边苦着脸答道："奴才去问过了，那儿的人说老爷天一黑就离开了。"

翠儿的脸一下子拉得老长，恨恨地说道："天杀的！一定又是去会那个小贱人去了。荷花、菊花！"

两名丫头答道："在。"

翠儿："备轿！"

两名丫头："是。"

正在这时，门边那个小厮叫了起来："老爷回来了！"

说话间，李卫顶戴袍服满头大汗捧着圣旨走了进来，一边嚷着："热死了！热死了！快，给我换衣！"

丫头、小厮忙着就要给他张罗换衣。

翠儿："你们都下去，让我来。"

丫头、小厮答应着都退了出去。

等着他们一出去，翠儿就把门关上了。

李卫正忙不迭在那儿刚取下帽子脱掉袍子，见状诧异道："正热着呢，关什么门？"

翠儿却不理他，走上前去一把就揪着他的衣领，低声吼道："到哪儿去了？说！"

李卫急了："干什么？干什么？这不，接圣旨去了……"

翠儿没有松手："接圣旨前到哪儿去了？"

李卫："我一直在衙门里呀……"

翠儿："好哇！到这个时候还在骗我……圣旨到了好一阵了，到处找不着你的人……说实话，是不是又去会那个贱人去了！"

李卫口气软了，忙解释道："没有的事。我也就溜达出去听了一会儿鼓词儿……"

翠儿见他逼一句松一句，却仍然是谎话连篇，更是不依不饶，紧紧地揪着他的衣领，说道："我知道，在你眼里我是烂菜叶儿了，碍你的眼，招你的嫌……难怪一头十天半月不是在衙门里睡，就是在外间屋里打地铺……"

李卫："这不天热嘛……"

翠儿："以前天也热，怎么没这样？说！"说着，把他的衣领揪得更紧了。

李卫也上火了，抓住她的手一推，把她推了开去，吼道："你他妈有完没完？我这儿连圣旨上说些什么都还没看，你倒好，就同我耗上了！误了主子的事，算你的还是算我的？"

听他这么一说，翠儿一愣："什么？圣旨上说的什么你还不知道？"

李卫："一多半的字认不出来，我怎么知道？"

翠儿："那还不赶快找邬先生去。"

李卫却反而上脸了："你同我吵呀，吵呀……吵到老子把事情都耽误了，这官儿也别做了，干脆一块儿当叫花子讨饭去！"说着衣也没换，拿着圣旨气冲冲地走了出去。

5. 邬思道住处

灯下，邬思道正捏着如月的手，在那儿教她写字。

写完了这个字的最后一笔，如月哀求着说道："爷，今天就写到这儿吧。"

邬思道："不行，说好了写一百个，这才刚一半呢。"

如月噘起了小嘴："还才一半？不写了，不写了。"

邬思道："还写二十个。"

如月："十个！"

邬思道："二十个！"

如月："十个！要不我一个也不写了。"

邬思道："好，十个就十个。"说着又捏住了她的手，写了起来。

这时，门被"啪"地推开了。

邬思道和如月惊得抬起了头。

李卫穿着那件被揪得领口皱巴巴的短襟白褂闯了进来，见状一怔，讪笑着说道："打扰打扰……"

邬思道松开手站了起来，问道："有事？"

李卫把圣旨一举："这不，刚来的。"

邬思道："哦？"说着走上前去接过圣旨展开看。

如月倒了杯茶送到李卫面前："李大人，请用茶。"

李卫："有劳有劳。"

如月避了进去。

邬思道看完圣旨，抬起了头。

李卫两眼灼灼地望着邬思道。

邬思道："是有关表彰山西巡抚诺敏的明诏。"

李卫："什么事？"

邬思道："是说他在半年以内就清还了十几年亏空的三百多万官银。"

李卫："乖乖隆地咚！这么厉害？半年就把十几年亏空的银子都追了回来？不太可能吧？"

邬思道沉吟了一会儿，答道："你说得对。我也不太相信，这里面只怕有出入……皇上是不是太心急了……"

李卫的面容也严肃起来："没错。我也担心那些花花肠子串通起来欺瞒皇上！"

邬思道："这事儿咱们先别管，也管不好。倒是这里面透着有关你的好消息。"

李卫眼睛一亮。

邬思道："你来看。这明诏朝廷是发给各省总督和巡抚的，你才一个布政使，为什么也给了你一份？"

李卫："你是说皇上要升我的官？"

邬思道："没错。我估计不久就会有旨意，大概会放你到哪个省去当巡抚。"

李卫激动起来："主子的恩典真是天高地厚……我真担心自己干不好……邬先生，你看我要不要上个折子，把山西的事给皇上提个醒儿？"

邬思道："不要。如果真是假的，那个新任山西道御史的孙嘉诚一定会给皇上上折。"

6．养心殿正殿

御案上的蜡烛燃得剩下不到一寸了。

高勿庸把刚点好的另外一只烛台拿到御案上，换下了那只快燃完的烛台。

胤禛仍在手不停挥地批着奏折。

接着，他将这份批好的奏折放在御案上那堆高高的批好的奏折上。

高勿庸又拧好了一条热毛巾，递了过去。

胤禛接过毛巾擦了把脸，头也没回递了过去，又顺手拿起了另外一份奏折。

高勿庸接过毛巾，轻轻地说道："万岁爷，夜很深了，您该歇着了。"

胤禛一边展开那份奏折，一边说道："不多了，批完再说。"

高勿庸不敢再说，低着头退到一边。

突然，胤禛"唔"了一声，脸色一下子凝肃起来。

高勿庸吃了一惊，睁着眼望着胤禛。

胤禛的脸色随着眼光在那份奏折上移动越来越难看了。接着，他把那份奏折重重地一合，一掌按在御案上，站了起来，急速地来回走动。

高勿庸的心一下提了起来，屏住呼吸，目光悄悄地随着胤禛的脚步移动。

胤禛走到殿门边又倏地站住了："上书房是不是张廷玉当值？"

高勿庸："是。"

胤禛："快，叫张廷玉即刻到这儿来！"

7．上书房通往养心殿的路上

张廷玉一面急忙走着，一面问道："知道那份折子是谁上的吗？"

高勿庸打着灯笼在一旁紧跟着，回道："好像是孙嘉诚的折子。"

张廷玉的脚步一下停了，失惊地说道："糟了！山西要出事！"

高勿庸："不会吧……"

张廷玉没有再搭理他，又急忙迈开了脚步："快走！"

8. 养心殿正间

张廷玉看完了那份奏折，轻轻地把它合好，凝神细思。

胤禛又急速地来回踱起步来，一边走一边说道："衡臣，你说山西的事朕是不是太性急了点儿？"

张廷玉："这岂能怪皇上太性急。若真如孙嘉诚所说，那就是山西的官员上下其手，串通欺瞒朝廷！"

胤禛停住了脚步，两眼闪出幽幽的光来："若真是这样，朕决不轻饶！"

张廷玉："可是……这事朝廷已经明诏通告全国……臣以为，当务之急是把事情弄清楚。而且不能闹大……最好是派一个得力的人以验收的名义，暗中彻查。"

胤禛："你看派谁合适？"

张廷玉："田文镜即将赴河南上任，途中经过山西。臣以为让他顺途彻查较为合适。"

胤禛："好！即刻拟一道密旨给田文镜，让他去办！"

9. 山西阳泉县城外

一座青石砌成的五孔大石桥，神气地跨在汾河上。

这儿显然是一条交通要道，熙来攘往许多人在等着过桥。

桥头上，却站着四个兵丁，还有一名县吏模样的人懒洋洋地坐在一张桌旁。

桌子上摆着一只大斗，过桥的人走过一个，便将十枚铜钱扔进斗内。

一名商人模样的中年人——田文镜正默默地站在一旁，冷静地观看着行人交过桥费。

一个随从牵着一头健壮的走骡默默地伫立在他的身后。

一个老汉挑着一担青菜走了过来，见前面的人还在排队交钱过桥，便放下了菜担。

田文镜顺势移步上前，一揖："老丈请了。"

那老汉连忙还揖："客官请了。"

田文镜："请问老丈，这过桥还要交钱是什么规矩？"

那老汉惊觉地向周围瞧了瞧，见没有旁人，这才问道："客官不是本地人吧？"

田文镜："在下是从陕西到河南去做生意，途经贵地。"

那老汉叹了口气："原来如此。既然客官是外地人，老汉同你说说也不打紧。您得做好准备，这一路去只怕还得准备交更多的钱呢。"

田文镜："这是为何？"

那老汉："官府拖欠了国库的银子，新皇上催得紧，来了个诺中丞急于要表功，限定半年还清。各级的老爷们急了，变着法子从老百姓身上要。这不，过桥要交费，小煤窑要交费，听说连婊子接客也要交费了。"

田文镜："你们山西欠的库银不是早就还清了吗？"

那老汉："谁知道。现在呀，是县骗府，府骗省，省里呢就骗皇上。反正也没人查。"

这时，桥头的兵丁向这边吆喝了："要过桥的就快！别老是待在那儿！"

那老汉："失陪了。"说着挑起菜担向桥头走去。

田文镜对随从："咱们也走吧！"

10. 山西巡抚衙门大堂

"天下第一巡抚"的御匾高悬在大堂上方。

大堂正中香烟缭绕，供着圣旨。

圣旨前方的两侧呈八字形摆着两张案桌，田文镜在左端坐案前，诺敏在右。

山西省的藩臬道府官员垂手站在大堂两侧。

诺敏将惊堂木一拍："带阳泉县令！"

堂下戈什哈一声暴应，押着阳泉县令走上堂来。

阳泉县令在堂中跪了下来："卑职阳泉县县令詹培人叩见钦差田大人，中丞诺大人。"

诺敏："本堂三令五申，不许摊派加税盘剥百姓，你为什么在阳泉到处设卡收费？"

詹培人："回中丞大人，卑职接任阳泉县令不到一年，前任积累亏空了十几万两库银，中丞饬令半年内要填补清还，卑职没有办法，才出此下策。"

田文镜："我看了账册，你们阳泉县的亏空不是已经还清了吗？"

詹培人怔了一下，又瞟了一眼冷面高坐的诺敏，这才答道："回钦差大人，阳泉的欠款是已经还了，但那是……"

田文镜："那是什么？你要说实话！"

詹培人："是，卑职说实话，卑职所辖阳泉县的欠款是太原县暂时垫交的。这款我们还得还给太原，卑职因此……"

田文镜："太原县代还的？太原县自己还了二十几万，又代你们垫了十几万，太原蛮有钱的嘛……诺大人，可否叫太原县令前来对质？"

诺敏冷冷地答道："当然可以。"

田文镜："传太原县令上堂！"

太原县令沙本纪似是早有准备，田文镜的话刚落音，他便走上堂来。

田文镜："你就是太原县令？"

沙本纪："卑职正是太原县令沙本纪。"

田文镜："阳泉县亏空的库款是你们垫交的？"

沙本纪："是。阳泉县的欠款是本县垫交的。"

田文镜："你这个县挺富的噢？"

沙本纪："回钦差大人，也不是挺富，无非开源节流，有些余银罢了。"

田文镜："既有余银为什么不早些还清国库的欠款？"

沙本纪："钦差大人明鉴，原是可以早些还款，但天下这么多县哪个没有欠款？朝廷不催，本县也不敢强充出头，以招忌恨。自从诺大人上任以来雷厉风行执行皇上的旨意，本县自然遵命还款……"

田文镜见他说得滴水不漏，知道这是个久经阵仗的官场老手，更激起了穷追到底的狠心，冷冷地说道："我现在也不听你说，我要查你的账！诺大人，请你派人协助。"

诺敏的脸一下子变得十分难看起来，也冷冷地答道："田大人是钦差，可皇上的旨意只叫你验收藩库清还的官银。现在你要查我手下的官员，只怕有些越权了吧？"

田文镜："哦？诺大人，听你这么一说，本官还真不得不查查你山西藩库了。"

诺敏："悉听尊便。退堂！"说完，拂袖而去。

众官员见状，也不再搭理田文镜，一哄而散。

田文镜先是一愣，接着眼中放出凶冷的光来……

11. 山西省藩库门前

唰唰唰，一阵急促的跑步声，一队队官兵挎刀执枪迅速跑到藩库的门前、墙院边列队站好。

田文镜在山西省何藩台、太原县县令沙本纪和一群藩库书办的簇拥下来到了藩库大门前。

田文镜对何藩台说道："请开库门吧。"

何藩台："好吧。"答着向前走了一步，向大门深深行了个礼，然后大声喊道："天地神祇，朝廷国法俱在，有敢取国库一文钱者天诛地灭，国法不容！开门！"

突然，田文镜一愣。

这时，从大门两侧的值房里走出一群赤着上身光着两腿，只在下身前后搭着两块没有缝上的遮羞布的人来！

——走在前面的三人或肥肉叠叠或瘦骨嶙峋，每人手里握着一把长长的铜钥匙，这是藩库的掌钥官。

走在后面的八人，一个个身强体壮，肌腱隆起，这是搬银的库兵。

第一个掌钥官走上前去，把钥匙插进了门上的第一把大锁，把锁打开，然后退到一边。

第二个掌钥官接着走上前去，把钥匙插进了第二把大锁，把锁打开，也退到一边。

第三个掌钥官最后走上前去，把钥匙插进了第三把大锁，把锁打开，也退到一边。

八名库兵一边四个，同时齐推，两扇沉重的铁门徐徐地推开了。

田文镜怔了一怔，就要进去。

三名掌钥官一齐伸手把他挡住。

田文镜："唔？"

何藩台笑了笑，指着一名书办捧着的一叠库服，对田文镜说道："朝廷有制度，进藩库者一律得换衣服。"

田文镜又愣了愣，只好取下了头上的顶戴，递给身旁的随从，接着又去解身上袍服的纽扣。

12. 藩库内

一排排铁架上码着一封封库银。

换穿着无袖短褂和无裆短裤的田文镜、何藩台、沙本纪和几名书办走了进来。

何藩台："田大人，是不是从第一架清起？"

田文镜眼睛转了一转，说道："不！从最后一架清起。"

13. 山西巡抚衙门签押房

诺敏正伏案疾书。

诺敏的画外音："微臣本风尘末吏，蒙皇上拔擢充任封疆，肝脑涂地亦无所报答，岂敢欺君罔上，辜负圣恩！况山西所欠官银得以在半年内填补清还，纯赖皇上天威所至，群臣畏服，实非微臣之功……"

14. 藩库内

诺敏的画外音："现田文镜下车伊始，便多方责难，吹毛求疵……"

算盘拨得"噼啪"山响。

毛笔在账簿上不断地画圈。

田文镜已经清到中间的铁架，一封封银子都被他打开了包皮。

田文镜的脸色渐渐地露出失望难堪。

15. 山西巡抚衙门签押房

诺敏仍在伏案疾书。

诺敏的画外音："其心实因嫉妒，其行则上损皇上圣名，下寒群臣求治之心。藩库清查之后，倘银账不符，微臣甘愿领罪；倘银账相符，则田文镜难辞其咎！谨此上闻。"

书毕，诺敏将奏折封好。

16. 藩库内门边

田文镜已经清完了最后一排铁架，怔怔地待在那儿一动不动，口中却不断地喃喃自语："奇怪……奇怪……"

何藩台和沙本纪对视了一个得意的眼神，然后对田文镜："田大人，是否再清一遍？"

田文镜没有搭理，径自走了出去。

17. 山西巡抚衙门前院

一张香案摆在大院正中。

一名驿差早已行装在身，牵着一匹骏马候立在香案一旁。

藩臬道府官员再加上一个太原县县令沙本纪，一个个面容凝重地恭立在香案两旁。

诺敏还是那副喜怒不形于色的神态，捧着那份奏折，从里面走了进来。

众人立刻安静下来，一齐站立。

诺敏把奏折恭放在香案上，点燃了信香，然后跪了下去。

众官员一齐跪了下去。

炮声响了。

拜折已毕，诺敏站了起来，双手取下奏折递给那名驿差。

那驿差一膝跪地，双手接过奏折，放入怀中，转身上马，飞鞭而去。

诺敏这才将手一抬，众官员齐齐站起。

诺敏慢慢地扫视了一遍众官员，然后说道："事情已经到了这一步。上为朝廷，下为诸位，我只好同田文镜干到底了！但是，我要同诸位打个招呼。第一，田文镜的事有我去对付，你们谁也不要去招惹他，倘若有谁自作聪明捅了娄子，我决不轻饶。第二，从今天起，各府州县一律暂停收取百姓的各种税费，等到事情过后再说。"

众官员一齐答道："是！"

18. 养心殿正殿

御案上并排摆着诺敏和田文镜的两封奏折。

胤禛端坐在龙椅上一言不发。

允祀、张廷玉、隆科多、马齐侍立在两侧，也一言不发。

殿里一片沉寂。

胤禛的目光慢慢移向了隆科多。

隆科多知道自己不能再沉默了，斟酌着说道："奴才以为，既然山西藩库确有三百万银子在那儿，可见诺敏所言不虚；也可见皇上封诺敏为'天下第一巡抚'是圣明烛照。虽然阳泉县出现了向百姓摊派欠款的事，但瑕不掩瑜，十个指头有长有短，朝廷似不宜求全责备。"

允祀："不责备山西，就得责备田文镜。现在诺敏的折子参田文镜，田文镜的折子参诺敏，究竟责任在谁，朝廷不能不核查清楚。不然朝野猜测，人心观望，臣担心皇上正月十六的明诏要求各省两年内清还国库亏空又会无功而返。"

胤禛知道允祀是在将自己的军，但他说得凿凿在理，自己断不能有任何心虚的举动，以落个授人以柄。想到这里，他把目光转向张廷玉。

张廷玉："以往大臣间出现争端，朝廷照例是另派钦差前去查明实情。这一次似乎也应该如此。"

胤禛不再犹豫，大声说道："那就马上派个人到山西去把事情核查清楚，奏明朝廷。"

允祀："臣弟以为此事非同小可，应该从上书房派个人去。臣推举隆科多为钦差大臣，请皇上斟酌。"

上书房三大臣闻言都是一惊——这种做法不但没有先例，倘若有所偏颇，朝廷的脸面将扫得干干净净——三人都面露难色一齐看着胤禛。

胤禛淡笑了笑，说道："这件事虽然重要，但也犯不着如此兴师动众，只要派个忠实可靠的人去就行了。朕的意思，叫刘铁成去。你们以为如何？"

上书房三大臣先是一怔，接着无不露出佩服的神色，一齐说道："皇上圣明！刘铁成确是合适人选。"

允祀知道这个回合被胤禛赢了，却又不甘心，接着说道："刘铁成去当然也可以，但是宫里的侍卫领班去查封疆大吏的案子不合身份。"

胤禛："那就让刘铁成挂理藩院尚书衔，前去查案。"

张廷玉连忙答道："是。"

19. 隆科多府客厅

刘铁成疾步走了进来。

隆科多也连忙站了起来。

刘铁成躬身打千："下官刘铁成参见隆中堂。"

隆科多满面笑容，双手扶住刘铁成，说道："免礼，请坐请坐。"

刘铁成站直身子又拱了拱手，这才斜签着身子在一旁坐下。

隆科多："什么时候动身呀？"

刘铁成："准备明日就动身。"

隆科多面容严肃起来，郑重其事地说道："铁成，你这一次担子不轻哪！皇上的圣名，朝廷的脸面全押在你的身上了！"

刘铁成惶恐地站了起来："还请中堂指教。"

隆科多也站了起来，一边慢慢地踱着步，一边说道："皇上新膺大宝，励精图治，好不容易树了山西这一个榜样，倘若闹出笑话，我真不知道怎样收场哪！"

刘铁成更惶恐了，两手不断地搓着，说道："下官也不知道皇上为什么会派我去……中堂，请您再同皇上说说，改派他人吧。"

隆科多笑了："大可不必，大可不必。铁成哪，皇上为什么派你去？就因为你是皇上身边的人嘛。这一点你还不明白？再说，你一个侍卫领班才从三品，一下子挂了理藩院尚书的衔头就成了从一品。没有风险，哪有这般好事？事在人为，只要你把住机会，替皇上、替朝廷圆了脸面，就是大功一件！这下明白了？"

刘铁成："多谢中堂指教。"

隆科多满意地笑着点了点头。

20. 御花园

胤禛穿着便服背着手在石径上走着。

刘铁成微弓着身子，小心翼翼地跟在他的身后。

胤禛走着走着，突然停住了脚步问道："隆科多都跟你说了些什么？"

刘铁成一惊，连忙答道："回皇上，隆中堂提醒奴才，一定要顾全皇上的圣名和朝廷的脸面。"说着暗暗地斜望着胤禛，观察他的反应。

胤禛不露声色："你是怎么想的？"

刘铁成："奴才能有什么想法？一切但听皇上训诲。"

胤禛又踱开了脚步，一边走一边说道："朕没有其他的训诲，只有三个字'说实话'！你去了以后不要表态，只要把实情弄清楚，然后即刻向朕陈奏。明白？"

刘铁成大声答道："嗻！"

21．太原城大街上

穿着便服的田文镜，一面的阴云，带着一名随从在熙来攘往的人流中漫无目的地走着。

就在他身后不远的地方，四名穿着便衣的山西臬司衙门的公差正目光如梭，暗暗地跟着他。

走到一个削面摊前，田文镜站住了。

那摊主站在滚水沸腾的锅前约三步开外，运刀如飞，他肩头上那团不断转动的面团上便有片片匀薄如纸的面片飞进锅中。

田文镜走到摊前的小桌旁坐下，又向他那名随从做了个手势。

那随从哈了下腰，在他身旁的条凳上也坐了下来。

两碗滚热的削面端到他们的面前。

这时，一个青年壮汉走到田文镜身边另一个空位上坐了下来。

又一碗滚热的削面端到那位壮汉面前。

那壮汉低头吃面，口中却说道："您是钦差田大人吧？"

田文镜一怔，停下箸狐疑地望着那人。

那壮汉没有抬头，继续说道："我家大人在前面转角处的恒兴酒楼的雅座里等候大人。请大人留意，山西臬司衙门有人跟着您。"说完飞快地端起碗把面汤喝了，掏出两枚铜钱搁在桌上，起身便走。

田文镜站了起来，向那壮汉的方向走去。

他那随从也连忙站了起来，掏出四枚铜钱搁在桌上，连忙跟去。

22．恒兴酒楼地厅

四名便衣公差急急忙忙地跟了，进来，又突然站住，假装若无其事地寻找座位。

原来田文镜那名随从正站在楼梯口眼睁睁地望着他们。

23．恒兴酒楼楼上雅座内

门帘掀处，田文镜走了进来，立刻一愣。

李卫已经笑嘻嘻地站了起来。

李卫身边的座位上，邬思道也站了起来。

田文镜眼睛亮了起来，连忙走了进去："原来是你！什么时候到的太原？圣上有旨意吗？"

李卫调侃地说道："怎么，砸了人家的庙，这会儿又急着找菩萨救苦救难了？"

田文镜眼角扯了一下，接着苦笑了笑，看了看邬思道，问道："这位是……"

李卫："这位是邬先生，挺有学问的一个人，现在我的幕府里，自己人。"

田文镜敷衍着说道："幸会，幸会。"

几个人同时坐了下来。

李卫给他斟上酒，一边说道："刚才你问我为什么到了太原，我现在告诉你，我放了江苏巡抚了。"

田文镜心头一酸，端起酒杯喝了一口，说道："你倒好，春风得意。不像我，有心杀贼，反被贼杀……这一次是栽在诺敏手里了。"

李卫还在调侃："他是'天下第一巡抚'，栽在他的手里你也不丢脸哪。"

田文镜："果然是我错了，栽了我也认。他山西这个事情里面分明有鬼，偏偏又抓不到他的把柄。我真是上误皇上，下误山西的百姓呀！"说着把那杯酒一口喝了。

李卫又笑了："刚才我的话还没说完。我到太原，一是路过，二也是为了救你。"

田文镜："哦？"

李卫："别误会，我没那么大的本事。能救你的，是这位邬先生！"

田文镜把目光忙转向邬思道。

邬思道却微笑地坐在那儿也看着他。

田文镜又狐疑地把目光转向李卫。

李卫："不相信？告诉你吧，这位邬先生上通天文，下通地理，奇计百出，言无不中。有什么难题但同他说，包管你逢凶化吉，遇难呈祥，转败为胜！"

田文镜欲待不信，又见李卫说得如此大包大揽；欲待相信，面前这位邬先生实在也看不出有何过人之处。但病急乱投医，他只得站了起来，对邬思道一揖："李大人既然这般说，邬先生必有以教我。"

邬思道也站了起来，微笑着答道："好说，好说。"

李卫："对了。我这位邬先生是绍兴人。绍兴人，你知道吗？是论价钱出主意的。多大的事，是多高的价。你这事说大不大，说小也不小，上面牵着皇上和朝廷，下面牵着山西的百姓，中间呢还牵着你田大人的前程。值多少钱，你开个价吧！"

田文镜心里反感，口中难言，只好咬了咬牙说道："但能使田某弄清楚山西这件大案的内幕，向朝廷有个交代，要什么，邬先生尽管直言。"

邬思道笑道："李大人是取笑了。其实邬某也没有其他的奢求，就是想找一个靠山安度晚年。田大人是皇上在潜邸时就赏识的旧臣，鹏程万里，前途不可限量。邬某但求能到田大人的幕府找一口饭吃，于愿已足。邬某估计，此案查明之后，田大人封疆有望。田大人如果到了哪省做了巡抚，每年给我八千两银子的幕酬就行。答应了这个数，我帮田大人打赢这场官司！"

田文镜："果如先生所言，田某一定兑现。"

邬思道："那就一言为定！"

田文镜："一言为定！"

二人举起酒杯一碰，同时干了。

邬思道抹了下嘴，徐徐问道："田大人，你在藩库清点库银的时候，那库银都是用桑皮纸包的？"

田文镜："我都拆开看过。"

邬思道："是京锭还是台州锭？"

田文镜："约有三十万两是台州锭，其余的都是杂银。"

邬思道把折扇打开，轻轻摇了起来，接着说道："这就对了。田大人，你想想，如果这三百万两库银真是各道府州县缴还的官银，就应该一律是五十两一锭的京锭或者台州锭，怎么会是杂银呢？"

田文镜眼一亮，"霍"地站了起来，兴奋地说道："你是说他这藩库中实有的库银只有三十万两，其余的二百七十多万都是临时从民间的商家借来的？"

邬思道把折扇一收："对！山西的银号票号生意都做到了全国，由巡抚衙门出面借二三百万银子装装门面，这不是轻易不过的事情吗？"

田文镜："我怎么就没有想到这一层……"

李卫："哎！你答应的事可不准反悔哟！"

24. 山西巡抚内衙大厅

灯火通明，人声鼎沸。

大厅内摆着八张席面，筵宴未开，众官员正三五相聚，兴高采烈，谈兴正酣。

在藩臬二司的簇拥下，诺敏迈着方步走了进来。

大厅内立时安静下来。

诺敏走到大厅上首站定，习惯地扫视了一眼众官员，这才说道："今天是元宵之夜，诺某特备了几席水酒宴请诸位同僚，聊表诺某对诸位同僚这几个月来为我在公事上鼎力相助的谢意——顺便说一句，这几席酒宴钱是诺某从俸禄银子里的开支，不是衙门的公款。"

众官员又活跃起来，便有人不失时机地拍响了马屁：

"中丞大人清廉如水，真不愧'天下第一巡抚'！"

"我大清的督抚如果人人像中丞一样，何愁不能天下大治！"

"那田文镜小人心端，竟敢与中丞为敌，真是不自量力……"

这人马屁拍得走了样，诺敏刚才还微笑的面孔一下沉了下来，眼光冷冷地向这人射来。

这人连忙咽了口唾沫，把头低了下去。

其他人也法螺停吹，大厅里又安静下来。

诺敏清了下嗓子，严肃地说道："田大人奉旨前来查验我山西藩库，虽然苛严了一点，但这是对朝廷负责，也是对我们负责。我山西的官员嗣后不得再有半句恶言相加！"

众官员低声齐应："是。"

诺敏转对沙本纪问道："沙县令，我叫你去请田大人，为什么没请来呀？"

沙本纪躬身答道："回中丞大人，卑职去请过，田大人不来。"

诺敏轻轻叹了口气："他有成见，我也无法呀。看样子也只有等新任钦差到了以后才能够说清楚了……对了，新钦差什么时候能到？滚单来了吗？"

沙本纪："回中丞大人，卑职一直派人在沿途驿馆候着，没见滚单到来，估计新任钦差大人还没有出京。"

诺敏："哦。好了，我先敬诸位一杯！"说着端起了酒杯。

众官员一齐举起了酒杯。

25. 山西巡抚衙门大门前

由于是元宵之夜，衙门前的檐下也挂着八只大红灯笼。

八名戈什哈一边四个，正挎着刀威风凛凛地站在洞开的大门两边。

那名戈什哈领班则挎着刀在大门前走走停停，不时将目光来回巡弋。

一阵马蹄声传来，一行二十余骑向大门驰来。

那一行马队驰到衙门前纷纷勒缰停住，一齐滚鞍下马。

戈什哈领班连忙将目光投去。

这一行人全是便衣行装，一时竟看不出什么来路。

但中间为首那人却甚是威严——他正是御前侍卫领班、挂理藩院尚书衔新任钦差刘铁成！

那戈什哈领班也是见过阵仗之人，一看这些人的气势，便知来头不小，连忙趋上前去，将手向刘铁成一拱，问道："诸位是……"

刘铁成将头微微抬起，恍若未闻。

他身旁的一位随从接言答道："这是我们新任钦差刘大人！"

那戈什哈领班一惊，连忙刷下马蹄袖，"哎呀"一声便跪下请安："没有接到滚单，不知钦差大人驾到。请大人稍候，小人这就去禀报我家中丞。"

刘铁成这才开口说话："不用了，你领我进去就行。"

那戈什哈领班面显难色："这个……"

刘铁成不等他回过神来，已经大步向大门走去。

那领班只好连忙跟去。

26. 内衙大厅

觥筹交错，众官员一个个喝得酒酣耳热。

刘铁成已经悄然来到厅首，抓住机会观察诺敏。

那诺敏却没有喝酒，只是默默地坐在上首，似笑非笑地看着众位官员。

那戈什哈领班这时再也不敢耽搁，疾步穿了进去，走到诺敏身边低头急语。

诺敏一惊，连忙站起，将目光投向厅首。

刘铁成正微笑着望着他。

诺敏："肃静！"

众官员立时安静，一齐看着诺敏。

诺敏疾步走向刘铁成，刷下马蹄袖，双膝跪下："臣山西巡抚诺敏恭请圣安！"

刘铁成端立不动，大声答道："圣躬安！"

众官员这才知道钦使到了，一齐狼狈地在席前乱七八糟地跪下。

27. 巡抚内衙客厅

刘铁成微笑着坐在上首望着诺敏。

诺敏："钦差大人将到的消息，我是在本月初就知道了。"

刘铁成："哦？那个时候朝廷的旨意还没有下呢。"

诺敏："实不相瞒，是隆中堂来信告诉我的。"

刘铁成见他一上来就打出了"隆中堂"这张牌，知道他是在给自己施加压力，却不露声色，只是微笑着点了点头，却不"表态"。

诺敏见他如此，心中没了底，又转了一种方式，叹了口气，说道："我真难哪！一心想替皇上分忧，为朝廷争口气，没想到想做点儿事情，会招来这么一场纠纷……反而让皇上忧心增劳，仔细想想，令人灰心。"

刘铁成依然不"表态"，问道："田大人呢？"

诺敏："田大人清理完藩库的银账之后，就再也没有跟我见面。听说这几天在大街小巷到处转悠——大概是想找诺某的短处吧。"

28.　山西藩库大门前

田文镜顶戴袍服，带着一队从李卫那儿借来的亲兵气势汹汹地来到门前。

藩库的掌钥官连忙迎了出来。

田文镜对他大声说道："听着，我现在用钦差关防封了你们的藩库！没有我的命令，有敢撕封者，按对抗朝廷罪论处！"

那掌钥官慌了："钦差大人……"

田文镜手一挥："封！"

几名随从立刻走到门边，刷上糨糊，把几张长长的封条交叉贴上。

——封条上写着"大清雍正二年正月封"几个大字和一方鲜红的钦差大印！

29.　巡抚内衙客厅

一声传呼："钦差田文镜田大人到——"

话未落音，田文镜大步走了进来。

刘铁成和诺敏都站了起来。

田文镜："听说新任钦差刘大人到了，不知……"

刘铁成仍然是笑眯眯地："在下就是刘铁成。"

田文镜一凛，连忙趋步上前，跪倒："臣田文镜恭请圣安！"

刘铁成端立受礼，答道："圣躬安！"

田文镜正想起身。

刘铁成紧接着说道："且慢起来，奉旨问你的话。"

田文镜又连忙跪好："是。"

刘铁成："田文镜，你在奏折上说山西清理的藩库官银其中有假，现在查出来什么了吗？"

田文镜："回圣上的话，臣正在彻查。"

刘铁成："要查到什么时候才能查清？"

田文镜："回圣上的话，臣在两天之内就能查清！"

听他说得这般肯定，诺敏不禁一惊，刘铁成也顿感意外。

刘铁成："田大人请起，圣上的话问完了。"

田文镜叩了个头，站了起来。

刘铁成："田大人，你刚才说两天就能查清，这不太可能吧？"

田文镜："回刘大人，田某敢具结，两天之内查不出山西藩库的弊端，田某甘愿领罪！"

诺敏急着说话了："田大人，你、你敢如此肯定？"

田文镜："肯定不肯定，我已经用钦差关防将你的藩库封了！"

诺敏脸色陡变："姓田的，查封藩库是要请圣命的！如今没有皇上的圣旨，你敢擅封藩库，这是越权乱命！"

田文镜毫不示弱："我是钦差，可以便宜行事。再说这事我已经派人六百里加急向皇上递了奏折。诺大人，你心中无鬼为什么怕我封你的藩库？"

诺敏："我这里有朝廷发来的公文，雁门关春荒，要紧急调拨二十万两库银赈济灾民。你封了藩库，如果饿死了一个人，诺某定然请下王命旗牌，先斩后奏，拿你抵命！"

田文镜仰天大笑起来，笑罢说道："放心，饿不死一个人。因为我已经贴出了告示，山西的商贾缙绅凡是借了钱给官府的，限定他们两天内前来领回。两天之内不来领的，这钱一律充公！"

诺敏一张脸变得煞白，一屁股跌坐在椅子上。

定格。

第二十二集　英才难入彀

1. 山西巡抚衙门内衙大厅

众官员像炸了马蜂窝，一个个急得汗流满面，张皇失措，七嘴八舌，把个大厅弄得像滚水沸腾。

何藩台一声大吼："好了！"

声音慢慢平息下来。

何藩台："你们还嫌乱得不够！"接着转对胡臬台："胡大人，不能这样坐以待毙，咱们得想个对策。"

胡臬台狠狠地点了点头。

何藩台又转对众官员："你们都待在这儿别动，一切听我们安排定了再说。"说完和胡臬台一起走了出去。

2. 内衙客厅

刘铁成原是抱着个"不表态"的宗旨，没想到事态发展到如此剑拔弩张，一直留在脸上的微笑一下子消失了，面容顿时也凝重起来，转对诺敏问道："这件事倒腾得大了……诺公，你有什么章程？"

诺敏突然失态地大吼一声："我的章程就是立即拆封！立即撕掉那个莫须有的告示！"

刘铁成又把目光转向了田文镜。

田文镜："刘大人，我想向你借一样东西。"

刘铁成："什么东西？"

"借你一袋烟的时辰。"田文镜不容他思索，将手向门外一让，"请借一步到门外

435

说话。"

刘铁成只好跟着他向门外走去。

诺敏两只眼珠儿急剧地转了几转，也立刻站了起来，向门外走去。

田文镜和刘铁成走到门边，又突然站住。

田文镜回过头来拦住诺敏："对不起，在我们两位钦差没有商定以前，请诺大人不要离开这个房间。"

诺敏两眼闪出光来："你想软禁我！"

田文镜："岂敢岂敢。也就一袋烟的工夫，诺大人什么事这么急不可待呢？"

刘铁成也说话了："诺公，你就稍候片刻吧。"

听刘铁成这么一说，跟来的几名大内侍卫把大门一挡。

诺敏只好咬了咬牙，踅回去坐下。

3. 内衙大厅

何藩台和胡臬台已经商议完毕，又重新走了进来。

众官员纷纷站起，一齐注视二人。

何藩台："坐下，都坐下。听我说……"

4. 内衙客厅外的院落里

田文镜面容凝重地对刘铁成说道："刘大人，我同你说句话，你相信不相信？"

刘铁成："请说。"

田文镜："诺敏和山西的二百九十七名官员是在上下其手，串通欺瞒皇上！"

刘铁成："何以见得？"

田文镜："他藩库里只有三十万两官银，其他二百七十多万都是在商家手里借来的。"

刘铁成也倒吸了一口冷气："你有把握？"

田文镜："这样吧，这个案子由我去查实。查对了，功劳是我们两人的；查错了，我一个人顶罪。怎么样？"

刘铁成急剧思索了片刻，说道："你要我干什么？"

田文镜："我现在走的是两步棋，第一步是封了他的藩库，第二步是贴出告示。我估计就在明天那些商家会赶来取回他们借给官府的银子，这样一来，案子就真相大白了。但如果诺敏一道命令下去，山西的官府一齐出动，就会把那些前来取银的商家堵住。只要刘大人封住巡抚衙门的大门两天，不让他们出去，我便能大功告成！"

刘铁成又犹豫了，说道："这恐怕不太好吧。"

田文镜："刘大人，这事迟早会水落石出。如果这一次你我两个钦差都未能查实上奏，日后愈演愈烈，陷皇上于不可收拾的境地，皇上追查起来，我们都难逃失职之罪！"

刘铁成牙一咬："好！我最多给你一天时间，一天之内取不到证据，我就上折子参你！"

5. 内衙客厅

刘铁成又换上了那副笑眯眯的面容，独自走了进来。

诺敏早已急不可待，连忙站起："刘大人，田文镜呢？"

刘铁成："这人有些怪，同我说了几句话又匆匆地走了。别管他。对了，来之前皇上吩咐我和你们山西的官员见见面。正好，他们都在这儿，咱们一块过去。"

诺敏不得要领，只好陪着他走了出去。

6. 内衙大厅

何藩台和胡臬台正领着众官员在激烈磋商。

刘铁成在诺敏的陪同下满面笑容地走了进来。

众人慌得连忙站起。

刘铁成一边笑，一边伸出两手招呼着："请坐，请坐，大家都请坐下。"

众官员又都七零八落地坐了下来。

刘铁成清了下嗓子，说道："大家同朝为臣，都犯不着客气。我这个人哪，你们不知道，诺大人是知道的。我一个御前带刀侍卫，斗大的字认不全一箩筐，如果放我一个外任官，我是连知县都做不好哇……这一点你们在座的诸位都比我强！"

众官员听他这么一说，立时便轻松了许多，大厅的气氛也慢慢活跃起来。

刘铁成接着说道："要说我还有点什么长处，那就是对皇上一片忠心！以前我侍候先帝爷的时候是这样，现在我侍候当今皇上也是这样。就凭这个，皇上派了我钦差，让我来调解诺大人和田大人之间的一点误会。当然，既然是误会嘛，总得慢慢地搞清楚。诺大人，你说是吧？"

诺敏其实早已急不可耐，又不得不装出笑脸敷衍着答道："是。"

刘铁成："误会归误会，搞清楚也就结了。但不能伤和气，更不能因此就连酒也不喝了，饭也不吃了，节也不过了。今儿是元宵佳节，实不相瞒，为了赶路，我连晚饭都还没吃呢。趁大家都在这儿，我就厚着脸皮叨扰诺大人一顿……诺大人，把酒席重新开过，咱们一块儿过一个元宵佳节，如何？"

诺敏这时心里已经雪亮，这位新任钦差分明已经和旧任钦差商量好了，行的是缓兵之计，他岂肯上当？沉吟了片刻，答道："刘大人如此赏脸，真是我山西同僚们的荣幸。这样吧，何大人、胡大人。"

何藩台和胡臬台连忙答道："在。"

诺敏："今晚闹元宵，到处都在玩花灯、放焰火，这个时候最容易出事。劳你们二位和有关的官员们到城里各处巡察。其余的人随我留下来陪刘大人过节。"

何、胡二位立刻会意，大声答道："是！"

何藩台立刻点将："藩臬二司衙门的官员，太原府和太原县的官员随我出去！"

立时便有二十余名官员站了起来。

刘铁成大喊一声："慢！"

那些刚要出门的官员又只得站住了。

刘铁成也知道和诺敏铆上劲了，但没到最后关头他仍然不愿把脸撕破，因此仍然笑嘻嘻地说道："不就是元宵闹花灯嘛，哪儿就会出什么事？再说到处有兵丁差役巡守，更犯不着去这么多官员嘛。来来来，大伙儿都坐下，喝酒，喝酒。"

诺敏这才知道这个"牛皮筋"并不比田文镜好对付，但火烧眉毛，再也不能同他周旋，于是转对藩臬二台把脸一沉，夹枪使棒地喝道："刘大人和你们客气，你们也真的不懂事？到底是喝酒要紧，还是公事要紧？去，你们都去！"

藩臬二台不再犹豫，把手一招，带领那些官员便要出门。

刘铁成高声喝道："来呀！"

据守在门外的大内侍卫吼应："在！"

刘铁成："这些都是我的客人，放走了一个，唯你们是问！"

大内侍卫们："是！"一个个横挎着腰刀，排在厅门外，把去路断了。

诺敏脸色变得铁青："刘大人，你真是成心找诺某的不是来了！"

刘铁成："哦？诺大人，你有什么不是？"

诺敏喘着气，眼中放出凶光："既然你任意妄行，我诺某也不是好欺的。来人！"

一阵急促的跑步声传来。

门外，那名戈什哈领班带领一队戈什哈执枪挎刀疾步跑来，在那些大内侍卫外围站定。

刘铁成哈哈一笑："怎么了？怎么了？我这是到了哪儿了？这儿还是不是大清朝的天下？"

说着两眼闪着寒光从诺敏开始，在众人脸上一一扫射过去。接着，一脚踏在椅子上，大声说道："如果这儿不是大清朝的地方，你们不是大清朝的臣民，就尽管往这儿来！"说着刷地一下把胸前的衣服扯开——露出几道翻着红肉伤疤的胸脯来！"笑话，居然敢对朝廷的钦差使刀弄枪！你们中间有谁知道大清律法怎么说的吗？'戕害钦差，按谋反罪论处，诛灭九族！'"说到这里，大步走到门外，对那戈什哈领班大声喝道："还不滚！"

那戈什哈领班一颤，答道："是。"把手一招，带领那群亲兵铩羽而退。

诺敏这时完全呆了，怔怔地站在那儿，一张脸变得煞白。

7. 藩库门外

天越来越亮了。

门前早已候在那里的掌钥官和库兵赤裸着身子，冻得直在原地跑步。

摆在门侧的一排书案前，书办们也冷得直呵着手。

只有田文镜带来的兵丁像钉子般钉立在藩库周围，一动不动。

田文镜急得在门前来回徘徊，不时地停下来伸长着脖子望着来路。

来路空荡荡，寂无人影。

田文镜急得又大步来回徘徊。

突然，不远处人声嘈杂，紧接着一大群商人手执借据，向藩库大门拥来。

田文镜眼一亮，连忙转身大声喊道："天地神祇，朝廷国法俱在……开库门！开库门！"

三个掌钥官早已冻得恨不能回去穿衣，闻声一拥而上，哆嗦着手把锁打开。

八名库兵跟着一拥而上，把两扇沉重的铁门推了开去……

8. 养心殿正殿外

又是空荡荡、黑沉沉，只有正殿的门窗里射出一缕缕微弱的亮光。

一只灯笼在急速地向养心殿闪来。

胤禛铁青着脸，手里拿着一份奏折，大步流星地向前疾走。

高勿庸打着灯笼气喘吁吁地紧跟在他身后跑着小步。

二人已走到养心殿外。

殿内又传来了秦顺儿那带着浓重山西口音的民歌："……家住在清徐三十里村。一条汾河门前过，小哥哥上船就去了太原城……"

胤禛走到殿门前，一脚将殿门踹开！

歌声戛然而止。

9. 养心殿正殿内

秦顺儿又跪在方台上擦地，这时正睁着两只大眼吃惊地望着殿门："万岁爷……"

胤禛低声喝道："拉出去，打二十板子！"

高勿庸："嗻！"答着向秦顺儿走去。

秦顺儿吓得脸色都变了："奴才不敢了……万岁爷饶命！万岁爷饶命……"

高勿庸一把揪住他的后领："走吧你！"把他拖了出去。

胤禛气犹未消，走到御座前坐下，将那份奏折往御案上一摔！

10. 上书房通往养心殿的路上

张廷玉、隆科多、马齐在两名举着灯笼的太监带领下疾步向前赶着。

11. 养心殿正殿内

胤禛脸上那种气愤的神色已经消失，代之而来的是一脸的茫然和淡淡的凄凉。

张廷玉、隆科多和马齐悄悄地走了进来，没敢作声，只是默默地请了个安，然后在各自的位置上站好。

胤禛终于说话了，嗓音有些嘶哑："刘铁成和田文镜联名的折子来了，是参诺敏和山西二百九十七名官员的。朕被他们骗了……嘿嘿，真是前所未闻哪……你们都看看吧。"说着将那份奏折一递。

张廷玉连忙趋前，双手接过那份奏折，移到灯前，又对隆科多、马齐二人使了个眼色。

隆科多、马齐悄悄走了过去，三人挤在一处默默地看折。

看着看着，隆科多首先变了脸色，但很快又镇定下来。

折子看完，张廷玉步履沉重地走近御案，将折子双手放下，然后退回原位。

胤禛没有看他们，只是将目光望着殿门外黑黑的夜空，说道："山西是个好地方哪……杏花村的酒，清徐的醋，漫山遍野的煤……怎么会弄成这个样子呢？"

张廷玉带头跪了下来："臣等位忝中枢，却不能未雨绸缪，请皇上治臣等失职之罪。"

隆科多和马齐也跪了下来。

马齐："这件事的责任首在上书房，请皇上给臣等处分，对朝野也是个交代。"

隆科多："诺敏是奴才推荐的，要说责任首在奴才……但奴才以为诺敏的错是错在急于邀功，与贪赃枉法、玩忽职守不同。把这一点弄清楚了，对朝野也是个交代。"

马齐见他到这个时候还在文过饰非，又犯了憨劲，亢声说道："他这是欺君！比贪赃枉法、玩忽职守更可恨！"

隆科多："照马大人这样说，是非要置皇上圣名于不顾了？！"

马齐又要同他争了。

胤禛将手一摆："你们都回去吧，让朕一个人清醒清醒。"

张、隆、马："皇上……"

胤禛摆了摆手："去吧。"

张廷玉、隆科多和马齐对望了一眼，心情各异地退了出去。

12．允祀府书房

允祀穿着一身紧身皮袄，正坐在白云铜盆的炭火边看书。

允禵的粗嗓门老远就传来了："八哥！八哥！有好戏看了！"

话未落音，允禟和允禵一齐闯了进来。

允祀慢慢地把书放在身边的茶几上，望着二人伸了伸手。

二人拖过两把椅子，凑到火边坐了下来。

允禟："刚听到的消息，山西清还国库的官银全是假的！"

允祀仍然是那副平静的神态："早在意料之中。他急急忙忙召张廷玉三人进宫，却没有传我，我就知道是山西的事发了。京里有何反应？"

允禟："只知道都察院、翰林院和国子监那班清流们纷纷在写折子，要联名参诺敏。"

允禵："这是个好机会！咱们得好好地轰他一轰！"

允祀站了起来，走到窗前，沉吟了一会儿，然后说道："千万不能跟着起哄。不但不能起哄，到一定的时候我们还得帮他说话。"

允禟和允禵对望了一下惊疑的眼神，又一齐望着允祀："帮他说话？"

允祀："对。不要忘了，咱们这位皇上可是极要面子的人哪……"

13．养心殿正殿

胤禛把御案上的一摞奏折抓了起来狠狠地扔在地上，发现还有几份没有扔掉，又抓了起来，扔了下去！

站在旁边的高勿庸，还有站在殿门边的几名太监一个个吓得面孔煞白，想去捡又不敢捡，大殿里一时像死一般的沉寂。

这时，高勿庸眼睛一亮。

允祥从殿门外默默走了进来。

441

看见撒得满地的奏折，允祥望了一眼兀自坐在御座上生气的胤禛，接着弯下身来，默默地把奏折一份一份捡起。

允祥捧着捡起的奏折，朝高勿庸使了个眼色。

高勿庸会意，悄悄地对其他的太监摆了摆头。

太监们都悄然退了出去。

允祥这才走上前去，把奏折放到御案上："皇上……"

胤禛这才叹了口气："你来了。"

允祥："什么事，犯得着这样生气？何必伤了自己的身子。"

胤禛指着面前那一摞奏折："可恨！事前没有一个人出来说话，案子发了，却一窝蜂上折子，说诺敏可杀的，说诺敏情有可原的——暗地里却全是冲着朕来的！"

允祥也叹了口气，说道："我也在想，举朝上下怎么就没有一个人在事先给皇上提个醒呢？可见国士难遇，人才难得呀。如果邬先生还在的话……"

胤禛先是一怔，接着脸色又变得难看起来，斜着眼冷冷地看着允祥，一声不吭。

允祥："臣弟说这话没有别的意思——我是想说，皇上似乎应该着手发现培养一批才俊之士，人才才是治国之本哪。"

胤禛这才面色和缓下来，点了点头："你这话说得在理。现在能用的人，有用的人真是太少了……西北有个年羹尧在那儿，既要管着陕甘，又要忙于调兵遣将对付蒙古叛军，他总算是朕一手培养的人才。李卫是朕培养的人，这几年差事当得也还漂亮，可又书读得太少，把他放到江苏其实是一步险棋，但朕也实在没有办法。田文镜是可以用的，朕准备把他放到河南去当巡抚，让他先在河南试行新政。除此以外，朕还真的想不起谁能够和朝廷一心一德，把这个积弊甚深的局面扭转过来。"

允祥："这得慢慢来。春闱恩科一开，应该能发现一批人才。"

听到这里，胤禛眼中才又闪出一些光来，随即点了点头。

14. 贡院大门外的高墙前

墙上贴着一溜黄榜告示，告示的开端赫然写着"雍正二年甲辰恩科会试告示"字样。

告示前站满了应考的举子，一个个像伸长了脖子的鹅聚精会神仰头看着告文。

一个青年举子声调很高，旁若无人地说话了："官样文章，千古一腔，不看也知道。王兄、尹兄，咱们还是喝酒去吧。"

众举子一齐把目光转向了这人。

这人相貌俊秀，如此寒冷的天气却穿着一件黑底隐花的绸袍，这绸袍由于质地很轻，被风吹得一阵阵飘起，又露出里面那件月白底子上绣着一朵朵淡红梅花的皮袍来，他手里还拿着一把香妃骨绢面的折扇，兀自展了开来轻轻地扇着。

众举子无不露出说不清是嫉妒还是鄙夷的神色。

那被称作王兄的王文昭，被称作尹兄的尹继善也面显尴尬之色。

那青年举子显然丝毫没有把众人放在眼里，催着王文昭、尹继善："走吧走吧！"

那王文昭、尹继善只得随他走去。

15. 伯伦楼酒楼外

这座酒楼紧邻着贡院，高矗在街北，下层朱楹青阶一排儿六间门面，正中门楣上方挂着一块泥金黑匾，上写着"伯伦不归"四个大字；上层是歇山式顶子，出檐木廊邻着街面，木廊檐前还挂着四盏红纱西瓜灯。

那青年举子一行三人向酒楼走来。

16. 伯伦楼酒楼内

就是地厅，也已经散坐着数十个人，三五一席，都是举人打扮。有的吆五喝六、拇战正酣，有的醉眼迷离正仰着头望着天花板出神，有的在摇头晃脑吟诗作对，更有的喝醉了，硬拉着别人听自己的八股文章……乱哄哄，热闹不堪。

那青年举子一行三人走了进来。

跑堂的立刻笑容满面地迎了上去，冲着那位青年举子："刘大少爷，您来了，您吉祥，您是三位？嗬！三鼎甲，好兆头！"接着抬起头对楼上喊道，"三位，楼上雅座，请！"

三人登楼，尹继善调侃地说道："刘大少爷，你在这儿好大的面子。"

刘大少爷——刘墨林淡淡一笑："哪儿是我的面子大，他们是看在我家老爷子的银子足呀。"

三人一齐笑了。

17. 楼上雅座

三人已经喝得酒酣耳热。

那刘墨林将酒杯往桌面上一蹾，叹道："今朝有酒今朝醉！喝了这一顿，今后如何就无法预料了。"

尹继善："刘兄何出此言？"

刘墨林脸色暗淡下来："二位年兄有所不知，从今天起我就不能回家了。"

尹、王二人一怔。

刘墨林："家母去世得早，墨林不见容于继母。家父对我管教过严……其中当然与我继母有关……这一次会试，家父放出话来，不考中便不许回家，让我住到寺庙里去……也好，青灯古佛，什么时候一下子顿悟了，我便把这一头烦恼丝剃了，出家当和尚去。"

尹继善善劝善谑，拍着手说道："好！好！"

刘墨林嗔道："如何便好？"

尹继善："第一，刘兄的文才、时艺冠盖当今，你出了家，我们便榜上有望，说不准状元榜眼便是我们二人的了；第二，刘兄的风流手段冠盖京华，你当了和尚，那京师名妓苏舜卿……"

刘墨林苦笑了笑："都归你们，都归你们。那苏舜卿听说见一次面也得三百两银子，家父如果知道我拿了他的钱去买名花一笑，只怕连我身上的衣服都要剥了去。"

那王文昭一直未吭声，这时候也插话了："倘若那苏舜卿对你一见倾心，不要你的钱，甚至倒找你的钱呢？"

刘墨林眼睛一亮："真能如此，我视富贵功名如浮云耳！"

这时，忽听外面人声喧哗："快来看呀！快来看呀！诺敏被押进京了！"

三人一振，连忙站起，走了出去。

18. 酒楼临街的走廊上

挤满了看热闹的酒客。

刘墨林三人好不容易也挤了进去，向街心望去。

大街上，两边早已站满了人。

一队执枪的兵丁分作两排在前面开路。

紧接着一阵车轱辘声传来，一列十几辆囚车驶了过来。

囚车驶近，第一辆车上坐着光着头穿着囚衣、戴着手铐、两眼紧闭的诺敏。

第二辆囚车上坐着何藩台。

第三辆囚车上坐着胡臬台。

后面的囚车还有很长……

刘墨林、尹继善和王文昭仿佛心意相通，同时从挤着的酒客中走了出来，又面容黯淡地对视了一眼，复向雅座间走去。

19. 雅座内

三人刚走了进去，便是一怔。

雅座里竟坐着一个年轻的道士！

那道士并没穿道袍，只头上挽了个髻儿，戴着条雷阳巾，两条淡淡的眉毛，一条高高的鼻梁，面色白得像纸，偏是嘴唇血红，使人一见便生鬼神之念。

见三人走了进来，那道士说话了——声音细得像铜丝，却直钻耳鼓嗡嗡颤响："有人科场求富贵，有人官场进刑场！三位不必惊慌，你们只是由科场而官场，绝无刑场之咎。"

三人面面相觑了一阵，又一齐望着那位道士。

那道士："山人在这儿找了好几天了，今天竟能一举得见本科三鼎甲，难得！难得！"

三人又是一怔。

刘墨林："道长好眼力，刚才跑堂的也称我们'三鼎甲'呢。"

那道士淡淡一笑："山人既不要你们的钱，也不喝你们的酒，更不指望三位高中之后为我建造寺观。只不过游戏红尘罢了。探花何必见疑？"

刘墨林："你说我是今科探花？那么他们二人中谁是状元？"

那道士指着王文昭："这位便是。如若不信，请写个字来。"

三人都来了兴致，一齐坐了下来。

王文昭以指点酒，在桌上顺手写了个"因"字。

那道士笑道："气运所至，果然不虚。三位请看，这'因'字外面是个'国'，里面是'一人'，'国内一人'岂不是状元！"

王文昭和尹继善不觉流露出几分惊诧、几分信服的神色。

刘墨林兀自不信，嘴角露出一丝冷笑："我也写个字，看你如何判断。"说着，也以指蘸酒，在桌上也写了个"因"字。写毕冷笑着看着他。

王、尹二人见刘墨林如此机敏，也不禁露出佩服的神态，一齐默默地望着那位道士。

那道士仍是淡淡一笑："施主今科虽能高中，其间怕有坎坷。"

刘墨林："何以见得？"

那道士："适才状元公是信手写了个'因'字，属无心写'因'；而你是有心写'因'，'因'下加个'心'字，便是个'恩'字。你必要贵人加恩，方能得中。"

刘墨林也怔住了，呆在那儿正想继续同他舌战。

那道士站了起来："你们的主考来了，这里不久将成为是非之地，我劝三位还是避一避为好。"说完径自飘然而去。

三人好一阵才缓过神来，也不知为何竟然都信了那道士的话，一齐起身向外面走去。

走到外间，尹继善一惊。

刘、王二人低声问道："怎么了？"

尹继善低声答道："那道士有些神。你们看，坐在窗口那位便是今科副主考李绂李大人。"

刘、王二人顺势望去，窗口的一张方桌旁果然坐着一位修眉入鬓的中年书生——那人果然便是李绂！

三人不再作声，悄悄走下楼去。

20. 酒楼下

三人刚走到楼梯口，一个人迎面走了过来，神秘兮兮地对他们低声说道："三位想买功名吗？"

三人又是一怔："买功名？"

那人从提袋中掏出一个信封："都在里面。本来要卖一百两银子一位，你们是三个人，打个折，七十两银子一位吧。"

尹继善惊问："是考题？"

那人点了点头。

刘墨林："又来了个神仙。考题皇上还没出呢。走吧！"

那人摇了摇头，低声叹了一句："可惜可惜，错过一场功名。"接着提着袋子走上楼去。

刘墨林走向柜台，对掌柜的说道："照常，给我挂在账上。"

那掌柜讪笑着说道："刘大少爷，今儿……今儿您还是付现银吧。"

刘墨林脸一沉："怎么？怕我家没钱？"

那掌柜："哪能！谁不知道您老太爷的钱能买一条街呢。不过……老太爷派人来招呼过了，说从今儿起，您的账他一概不认。您看……"

刘墨林脸儿一下子变得煞白，呆在那儿好久没有吭声。

王文昭："多少钱？我来付。"

那掌柜满脸堆笑："不多，也才三两二钱五分，刘大少爷是常客，那五分就免了。"

王文昭解下身上的褡裢，松开裢口往柜台上一倾。

那掌柜抓起那把碎银往秤上一称，脸色不好看了："才一两八钱呢。"

王文昭的脸色也尴尬起来。

尹继善忙从身上掏出一锭小银，往柜台上一搁。

那掌柜抓起扔进秤盘："还差四钱。"

刘墨林二话没说，把身上那件黑色隐花绸袍脱了下来往柜台上一扔：“够了吧？走！”说完头也不回，疾步走了出去。

尹、王二人急忙低着头跟了出去。

21．酒楼上

李绂叫了两碟菜、一壶酒正在那儿自斟自酌，一双眼不时地暗中打量着酒楼上的酒客和上楼下楼的人，突然他眼睛一亮。

那个卖考题的人提着袋子走上楼来，又站在那儿，两眼穿梭般寻找主顾。

李绂解下腰间那只沉沉的褡裢往桌上一扔。

那卖考题的人的目光立刻被吸引了。他略停了停，然后装得若无其事地向李绂这张桌子走来。

走到桌旁，那人笑着问道：“借光，可以坐吗？”

李绂伸出手，做了个“请便”的手势。

那人把提袋往桌上一搁，坐了下来，又四处看了看，然后低声问道：“客官，要买功名吗？”

李绂心里一咯噔，暗道：“果然有这么回事！”却不露声色，问道：“什么价？”

那人：“一百两一位。”

李绂：“我怎么听人说是七十两呢？”

那人：“那是三个人同时买的价。”

李绂：“我只出七十两，不卖就算了。”

那人：“好吧。您也爽快，我也乐意。”说着掏出一个封套从桌子底下递了过去。

李绂却不接那封套，说道：“我怎么知道你不是诓我的？”

那人把手一缩：“客官，我现在怎么说您也不会相信。但我可以透一点儿口风给你，你自己斟酌。这一次恩科考试，主考是张中堂的弟弟张廷璐，副主考是内阁侍读学士李绂。张廷璐是八爷举荐的，李绂是张中堂举荐的。怎么样？我说得有点儿来路吧？”

李绂暗暗一惊——张廷璐和自己出任正副主考这是尽人皆知，但当时如何举荐却是朝廷机密，听他说得如此真确，便立刻感到此人确实来路不小。想到这里，他把褡裢从桌面上推了过去：“七十两全在里面。”

那人倒也大气，拿起褡裢并不解开，只把封套往李绂手里一塞，便提着褡裢和提袋走了出去。

李绂待那人下楼，连忙站起：“店家，会账！”

22. 允祉府书房

允祉拿着那个封套在手里不断地晃着，过了好一阵子才说道："巨来呀，你不看这里面的题是对的。不但你不要看，我也不能看。皇上登基以后急着要做的是两件事，一件是整顿各省的藩库亏空，这件事一开始就办砸了。他心里正烦恼着呢。剩下的一件就是恩科会考，还没开始，你就拿着个来路不明的考题去向他陈奏，这不是没事找事，火上浇油吗？听我的，装作没这个事，准备好当好你那个副主考吧。"

李绂："王爷所虑极是。但倘若这里面的考题真是今科会考的题目呢？"

允祉也是一怔，接着说道："到了那一天，若真是这样，你就立刻向朝廷举报！"

李绂深深地点了点头。

23. 乾清宫外

在高勿庸的带领下，张廷璐和李绂顶戴袍服一前一后疾步走到殿门边。

高勿庸将手一伸，张廷璐和李绂停了下来。

殿内传来胤禛的声音："诺敏一干人先寄押在大理寺，等到今科考试以后，再行审理。在此期间有敢上奏折议论诺敏一案者，定责不饶！"

接着是张廷玉、隆科多、马齐的声音："是。"

之后，张廷玉、隆科多和马齐从殿内走了出来。

张廷璐和李绂见了急忙就要上前行礼。

张廷玉摆了摆手，示意二人进殿。

24. 乾清宫内

胤禛高坐在须弥座上，头也不抬地正在批阅奏章。

张廷璐和李绂跟在高勿庸的后面趋了进来，悄悄跪倒，取下顶戴放在身前，默默地候在那里。

高勿庸悄悄地走了过去，在胤禛的耳边轻轻说道："万岁爷，张廷璐和李绂来了。"

胤禛这才抬起头，将手中的朱笔搁下。

张廷璐和李绂这才叩头行礼："臣张廷璐、李绂恭请圣安！"

胤禛脸上挤出一丝笑容："会试大主考来了？领考题的吧？"接着把目光对着张廷璐，"你叫张廷璐，是张中堂的弟弟？"

张廷璐又叩了个头，答道："是，臣张廷璐，张廷玉是臣的兄长。"

"嗯。"胤禛又把目光转向李绂："那么你是李绂了？记得当年在诚亲王府我见过你。"

李绂连忙叩头答道："臣那时年轻气盛，出言无状，顶撞了皇上，请皇上恕罪。"

胤禛笑了："书生本色，不畏权贵，也谈不上罪不罪的。"

李绂只好又叩了个头。

胤禛："你官声不错。在浙江做了三年布政使，离任时只带了一船书，当地百姓还给你立了一座生祠——很难得呀！"

李绂激动得脸色绯红，又连连叩了几个头："谬承圣奖，这都是浙江的百姓父老对微臣的错爱。"

胤禛："官做得清，百姓自然要爱你。"说着接过高勿庸递上来的茶呷了一口，"你们来领试题，原没有多的话，但这是朕的头一场科考，少不得叮咛你们几句。你两个，一个世宦门第，一个清苑名士，对你们的人品不放心，朕断不肯派这个要差。抡才大典要公平取士，不能心怀偏私，你们明白吗？"

"臣明白！"二人一齐答道。

"你们未必明白。"胤禛脸色又严峻起来，"为国家取士，讲究一个'公'字，并不见得不纳贿、不收钱就算完事。有一等人，不看文章好坏，只管拣着贫寒的人取，那被他取中的人自然就感激不尽，恨不得扒出心来报效老师——收名于当前，获利于以后，这也叫'偏私'——朕怕就怕你们犯这个毛病。"

张、李二人又一齐答道："臣谨记圣训。"

胤禛提高了声调接道："至于科考收受贿赂，那是天理国法决不能容，和朕刚才说的又是另一码事了。康熙五十年江南科考，数百举人抬着财神拥入贡院……你们要在北京给朕弄出这类有伤国体民心的事来，朕就是要容你们，天理国法也不能容你们！"

张、李二人一凛："是！"

胤禛慢慢站了起来，走下御座，步至殿角一个金漆大柜前，从腰间解下一把钥匙打开了柜上的铜锁，然后打开柜门端出一个封得严严实实的烤漆小筒，又郑重地走到二人面前，声调十分森严地说道："你们抬起头来！"

张、李二人惶恐地将头抬起。

胤禛森冷地说道："这是今年恩科考题。你们拿去，拆看不拆看都由你们。自康熙四十二年之后，科场考题屡屡泄漏，真正不可思议……今科的考题，是朕亲自手书，亲自密封，亲手交给你们。望你们记住朕方才的话，替国家取几个像样的人才……还有什么不明白的，现在就问，日后休说朕不教而诛！"

二人又是一凛："臣等谨记圣训！"

胤禛将考题郑重地双手递过。

张廷璐双手举过头顶，捧接考题，眼中却露出一丝惊惶……

25. 贡院大门外

三月朔日，才四更天，夜空中寒星闪烁，斗柄倒旋。

贡院门外一丈四尺高的高墙下已经站满了执枪肃立的号兵。

正道前的三座石牌坊下，更是灯火辉煌，布满了执枪挎刀的警卫。

一顶绿呢大轿抬到正中那座刻有"天下文明"的大牌坊下停了下来，轿帘掀处，李绂哈着腰从轿中钻了出来，向里面走去。

一名号兵头目喝道："应试举人到墉城外头等着！"

李绂一边不紧不慢地走着一边答道："是我。"

"凭你是谁，不能过来，前面就是龙门！"那号兵头目边呵斥着边迎了上来，这才看清了李绂，连忙打千行礼，"哎哟！原来是李大人，您早！我还当是举子们等不及了，兀自要闯进来呢。"

李绂点了点头："原应该把紧点。都有谁到了？"

那号兵头目："回李大人，东屋里张大主考已经到了，西屋里是当差的弟兄们正在扎纸人儿，避避邪，图个清静儿。"

李绂又点了下头，徐步向里面走去。

26. 贡院至公堂内

大堂正中供着"大成至圣先师文宣王"的牌位。

香案上红烛高烧，香烟缭绕。

但就在孔子牌位的两侧，又同时摆着几个纸扎的鬼神——左边那个富态温柔，满面笑容，胸前大大的写了个"恩"字；右边那个青面獠牙狰狞可怖，胸前大大的写了个"怨"字——这是恩怨二鬼！

此外孔子牌位旁还并列着文昌帝君、关圣帝君、奎星等各种神祇的牌位。

以燕喜堂官为首，众差役仍在手忙脚乱地供神上香。

门外传来一声高呼："正副主考大人率各房考官大人叩见牌位喽！"

话音刚落，张廷璐和李绂在前，十八房考官随后，列队走了进来。

张廷璐接过燕喜堂官递来的三支线香，便要率众人叩头。

"慢！"李绂突然一声大喝。

众人都是一怔，齐齐地望着他。

李绂盯着燕喜堂官，冷冷地问道："这里是庙会吗！中间供着孔圣人的牌位，边上还供着这么多乱七八糟的神祇，这是什么规矩？"

燕喜堂官连忙答道："回李大人的话，这都是上辈看贡院一代一代传下来的规矩。历来考场最怕传瘟疫，又怕有恩的、有仇的来找举子们的麻烦，因此请了这些神祇专门来护佑贡院圣地的。"说着，向张廷璐投过去乞情的眼神。

张廷璐正想说话。

李绂一声大喝："怪力乱神，子所不语；六合之外，存而不论！国家抡才大典，科考圣地，岂容邪鬼猖獗！把那些牌位纸鬼都拿出去砸碎烧了！"

几个差役慌乱地答应了一声，纷纷取下牌位拖着纸鬼走了出去。

门外熊熊的火光燃了起来。

各房考官神色各异地望着张廷璐。

张廷璐这才回过神来，觉到自己这个主考的尊严已经受到了伤害，顿时脸一沉，举起香跪了下去大声说道："为国家社稷秉公取士，不徇私情，不受请托，不纳贿赂——有负此心，神明共殛！"说罢径自拜了下去。

李绂等人随着拜了下去。

拜毕，张廷璐呼地站起，大声喊道："开龙门！"

门外，许多人同声齐呼："开龙门喽！"

27. 龙门前

盘龙华表中间两扇朱漆大门"吱呀"一声打开了。

举子们排成长队，每人都是一手提篮，一手提着灯笼鱼贯而入。

其中，王文昭走了过去。

尹继善走了过去。

身上仍然穿着那件月白底儿绣着朵朵淡红梅花皮袍的刘墨林走了过来。

门官看着他不顺眼，手一指："出来！"

刘墨林没有在意，继续向前走着。

那门官脸一沉，走上前去喝道："我叫你出来，耳朵聋了！"

刘墨林心中血气一涌，反问道："什么事？为什么骂人！"

那门官："骂人？见你这样儿就不像个正经举子，过来，搜他！"

两名差役应声走了过来："把手抬起来！"

刘墨林知道这是考场的规矩，忍着气把两只手平平地抬起。

那差役蹲下身去，从他的脚踝部一路捏了上来。

没有搜出结果，那门官犹自不肯罢休，又冷冷地说道："把衣服脱了，鞋也脱了。"

刘墨林一张脸气得通红，操起篮子，提起灯笼："我不考了！"说着转身就走。

那差役横身一挡，把他挡住："不考了，现在也不能走。要等考罢两场才准离开！"

把个刘墨林气得蒙在当场。

28. 至公堂

那只装着试题的烤漆小筒已放在一只金盘中供在香案上。

张廷璐和李绂对金盘深深一揖。

接着二人趋至香案前方凳上那只铜盆里洗了手。

张廷璐这才双手将烤漆小筒取了下来，亲手拆了，拿出第一道试题，看了看便递给了李绂。

李绂双手接过那道试题，一看。

——试题是《利者，义之和也》。

等候在门旁的承题吏员连忙走了过来捧着这道试题，急忙又走了出去。

李绂突然间心血潮涌，便觉烦躁不安，回头看了看张廷璐。

张廷璐正道貌岸然地坐在那儿闭目养神。

李绂转过身去，从怀中掏出那个买来的封套，悄悄地撕开，展开一看。

突然，他身上陡地汗毛一炸，一颗心狂跳不止，两只眼睁得老大。

——那张纸上第一道题正是《利者，义之和也》！

李绂调匀呼吸，将那张纸塞进袖中，走到张廷璐身旁，轻声叫道："张大人。"

"唔？"张廷璐懒洋洋地睁开了眼睛。

李绂："那两场考题呢？"

"不忙，考一场再拆一题。"张廷璐仰在椅子上，长长地透了一口气，"你不知道贡院这些人，油锅里也要捞钱的，这时候一取出来就走露出来。"

李绂不好再说，强抑住那颗狂跳的心，说道："你在这儿坐镇，我到各考棚前去看看。"

29．考棚前

李绂在一间一间的板房前烦躁地来回走着，也不跟监考官们打招呼，凝着两只眸子显然在急剧思索，其实是在等着宣布下一道考题。

这时承题吏员又捧着第二道考题从至公堂走了出来，站在大道正中，准备宣题。

李绂已经把那张纸从袖中掏了出来，目光落在第二道考题上。

——第二道考题上写着《子所不语》。

承题吏员高声宣题了："各位考生听仔细了。第二场考试题目是——《子所不语》。《子所不语》！"

李绂将那张纸紧紧一捏，眼睛里闪出光来，大步向至公堂走去。

30．至公堂

张廷璐正在拆第三场考题。

李绂站在一旁一声不吭，但可以看出他的脸上已经紧张得沁出了汗珠，两眼一动不动地盯住张廷璐正在展开的考题。

张廷璐看罢这场考题，一抬头诧异地问道："巨来，你脸色好难看，是不是病了？"

"没有。"李绂心头"怦怦"直跳，颤声问道："第三场是什么题目？"

张廷璐："嗯。《易经》里的'日有得天能久照'！"

李绂一声大喝："张大人！这考题有毛病！"

张廷璐一惊："唔？！"

李绂："我不是说题目有毛病。"他的脸色苍白得像张白纸，"我说的是这题目早就泄露了出去！"

张廷璐手一抖，那道考题跌落在地。

这时承题吏员在门口探了一下头。

张廷璐忙把手一摆，喝道："你们别进来！"然后转向李绂，"你怎么知道考题已经泄露？这件事可干系着许多人的身家性命，没有证据，你可不能乱说！"

李绂弯腰拾起那道考题，又从袖中掏出那张买来的考题，一齐递给张廷璐："张大人，请看！"

张廷璐神色茫然地接了过来，两相对照一看，那张脸顿时也变得煞白，怔在那儿说不出话来。

定格。

| 第二十三集 逢君之恶 |

1. 贡院至公堂

张廷璐拿着那两张试题终于缓过神来，声音却不自禁地颤抖着："巨、巨来……这、这张考题你是从、从哪儿弄来的？"

李绂："伯伦楼！有人在那儿公开兜售！咄咄怪事！皇上亲自书写，亲手封存在殿内的金柜里，为什么会全部泄漏在市井之中，买卖于酒楼之上？张大人，不能再考了，我们得立刻奏报朝廷！"

张廷璐顿觉一松，忙问："你是说我们拿到考卷以前，这试题就已经泄漏了？"

李绂点了点头。

张廷璐吁了一口气："可见此事与我们无关……但究竟是如何泄漏出去的呢？"说到这里，他偷偷瞟了一眼李绂，"难道是皇上身边的人……若真是这样，只怕牵连出天潢贵胄皇子皇孙也未可知。还有，天下奇能之士很多，或者是有人未卜先知，猜中了题目？巨来呀，孤证不立，我们这里掀了出去，立时就会震惊朝野，牵动全局，倘若抓不到真正的罪犯，顶缸的首先就是你我，还有十八房考官。这么多人的身家性命在里头，不能不慎重。你说对吗？"

李绂惊觉地闪了他一眼："那张大人的意思？"

张廷璐："继续考。这件事你不说我不说，就是那些事先得到考题的考生也不会说。咱们平平安安地把这场差事对付过去，或许还是一场功德。"

李绂震惊了，两眼闪着光直直地盯住张廷璐，似乎要看穿他的心。

张廷璐目光游移："巨来，你觉得如何？"

李绂轩眉一扬，大声答道："不行！国家抢才大典，出了这般骇人听闻的弊情，你我隐瞒不报便是欺君误国！张大人，你报不报？你不报，我去报！"说着两眼咄咄地直逼张廷璐！

张廷璐也变了面孔："哼！我倒为你好，你反而逼我！我来问你，这考题你究竟从哪儿弄到的？你说是买的，那卖考题的人在哪儿？要说有嫌疑，你就是第一个！好，要奏报你只管去奏报，我也要递奏折，头一个参的就是你！"

李绂一声冷笑："那好！咱们就同时写奏章吧。但现在得立即停考！来呀！"

2.　至公堂门外
二人的吵闹，此时早引来了好些官吏在门前窥望，听李绂一叫，承题官和几名监考官立刻向堂内涌去。

3.　至公堂
李绂大声说道："传令，各考棚考生立即停考！考场的差役号兵全部出动，立刻包围伯伦楼，将酒楼的人一体擒拿候审！"

众人还没应声，张廷璐立刻咆哮道："谁都不许动！这里的主考是我。李绂，你跋扈犯上已经不是一次了！几时等你当了正主考再来发号施令。听我的——第三场考题即刻下发，照常考试！"

众官吏："是。"

承题官接过第三场考题走了出去。

众官吏随着都走了出去。

李绂怔在那儿，一张脸变得毫无血色——他这才知道什么叫作"官大一级压死人"，最担心的还是风声走漏出去，买卖考题的人有了准备，到时证据全无，再奏报便成了无头之案。想到这里，李绂急得走到门边，又踅了回来，走到张廷璐面前，死死地看着他。

张廷璐很快又换了一副温和的面孔，慢慢站了起来，轻轻叹了口气，说道："巨来呀，我也是为了大家好，为了皇上好呀……你想想，皇上改元之始，做的两件事情，如果都弄砸了，局面不可收拾呀。听我的，有什么事由我担待。好吗？"

4.　龙门前
刘墨林将考篮往地上一摔，大声嚷道："我是自愿不考的，为什么不放我出去！"

5. 至公堂

吵嚷声传了进来，李绂和张廷璐正陷在沉默的僵局中。

张廷璐借机打破僵局，一拍书案："什么事？竟敢在考场喧哗！"

一名监考官立刻走了进来，报道："有个考生，说是不该搜他的身，负气不愿考了，吵着要放他出去。"

张廷璐："那就逐他出去！"

那监考官："是。"答着退了出去。

李绂眼一亮，走到书案前将自己的东西匆忙收拾，提起就走。

张廷璐惊问："你要到哪儿去？"

李绂："我也不愿考了，我也出去。"

张廷璐又是一惊："你是官身，当着朝廷的差，怎能想走就走！"

李绂冷笑一声："我不要这官身，辞掉这差事！"说罢，将头上那顶青金石顶子取了下来，"咣"地往张廷璐面前一掼，转身大踏步走了出去。

张廷璐惊得倏地站起，望着李绂的身影消失在门外，两眼顿时变得黯然无光了。

6. 允祉府卧室外间

允祉光着头，趿着鞋，一边扣着袍子上的纽扣，从里间睡眼蒙眬地走了出来，一边说道："巨来，巨来呀，半夜三更把一个王爷从床上叫起来，也只有你有这么大的派头呀……什么事？你脸色这么难看……对了，你不是在考场监考吗——莫非真的是东窗事发了？！"

李绂面容严峻地点了点头，接着说道："三道考题，完全一样。最可恶也最可疑的是张廷璐居然千方百计隐瞒不报……王爷，这件事来路不小。当务之急是要赶快包围伯伦楼，拿住证据！可我手里又没有兵。"

允祉也震惊了，趿着鞋"啪哒啪哒"地来回踱步，嘴里还不断地念叨："麻烦事，麻烦事……李绂呀李绂，你真会找麻烦哪。"

见他这般怕事的模样，李绂不禁失望，将手一拱，说道："既然王爷有难处，我就不打扰了，再去找别人。"说完就要走。

允祉："站住。这深更半夜的，就是宫里也上了钥了，你能找谁去？再说谁有这么大胆子跟你去蹚这趟浑水……哎，有了！你去找一个人，就在我府门对面不远的驿馆里！"

李绂："谁？"

允祉："李卫！"

李绂：“李卫？就是皇上当年在潜邸那个包衣奴才？”他脸上不禁流露出不屑之色。

允祉脸色严肃起来：“收起你的名士派头吧。这件事只有他帮你去办，在皇上那儿才能过关。懂了吗？”

李绂恍然大悟：“多谢王爷指教。”

允祉：“别说了，别说了，快去吧！”

7. 驿馆门前

李绂下了轿，就疾步向门前走去，使劲地拍敲着门环。

里面很快传来了声音：“谁呀？谁呀？这么三更半夜的……”大门“吱呀”一声开开了，一个门房模样的人张着睡眼探出头来。

李绂递上自己的名刺，说道：“烦你叫醒李卫李大人，就说李绂有要事求见。”

那门房不但不接名刺，反而将门一掩。

李绂连忙用手将门推住：“干什么你？”

那门房：“这位老爷，我也不知道您是谁，也不想知道您是谁，总之，这个时候您别弄这么个差事让我为难。天也快亮了，您明儿早上来吧。”说着又要掩门。

李绂：“放肆！来呀！”

李绂的两名随从应声走了上来。

李绂：“给我看住他！”说完，推开门大步向里走去。

8. 驿馆内院

远远的，一排三楹的官舍，左边那间居然明明的亮着灯。

李绂向那官舍大步奔去，才走到石阶前，突然从两侧闪出两名戈什哈：“谁？”

李绂停住了脚步：“我有要事急着见你们李大人，烦请通报。”

那两名戈什哈迎上前来，其中一名说道：“天一亮我家大人就要进宫觐见皇上，现在他正在赶写折子。您要拜见，换个时间来吧。”

李绂脸一沉：“拜见？我和他同朝为臣，拜什么见？快去通报！”

那戈什哈毫不通融：“我家大人在写折子的时候最烦人家打搅，通天下谁不知道他老人家这个脾气？请您见谅。”

李绂勃然大怒：“不识字，还这么大的架子！”接着高声喊道：“李卫！李卫！赐进士出身、内阁侍读学士、现任会试副主考李绂来了，你见是不见！”

房间内一阵窸窸窣窣的响声，接着正间的大门开了，光着头穿着一件短襟皮袄的李卫出现在门边。

两名戈什哈吓得连忙迎上前去："大人，小的们说了，他不听……"

李卫一口啐去："我啐！李大人是读书人的领袖，大清官。他来见我是给我面子，懂吗？"说着满脸堆出笑容迎了出来，"对不住，对不住，兔崽子们无知，您……"

李绂哪还有心思同他寒暄，急忙上前一步捏住他的手臂："李大人，出了一件天大的案子！事起仓促，请你带着亲兵即刻前去拿人搜赃！"

李卫："不要急，不要急，什么事，到屋里去说。"说完拉着李绂向正门走去。

9. 官舍内

李卫两眼望天滴溜溜转了好一阵子，这才说道："李大人，你的想法不对！"

李绂："唔？"

李卫："别急，别急，听我说。有人在伯伦楼卖考题，不见得就与伯伦楼有关系。这是其一。其二，如果真是和伯伦楼有关，现在已经开考，他们还留着考题卖给谁？等着留个把柄让官府去搜？因此咱们这会儿就是去了伯伦楼也搜不出什么结果。您说对吗？"

李绂惊悟间，眼中不禁露出佩服的神色——其间更多的是"请说下文"的期待。

李卫："要搜证据，只有一个地方……"

李绂眼一亮："你是说考场！"

李卫："没错！有卖的，有买的，买了干什么？必定是先做好了再夹带进去照抄。这时候只有到考场去，才能搜出证据！"

李绂这时已然由衷佩服，不住地说道："惭愧，惭愧！那现在……"

李卫大声喊道："来呀！"

两名戈什哈在外面立刻应道："在！"

李卫："把那些兔崽子都叫起来，带上家伙，跟老子抓贼去！"

外面吼应："嗻！"

10. 考棚前

跑步声夹带着"干什么？你们这是干什么？"的吵嚷声。

挎着宝剑的李卫和李绂并肩大步走在前面，李卫的四十名亲兵挎着刀分成两排紧跟在他们两侧小跑着闯了进来。

后面气急败坏地跟着门官和几名差役。

里面，几名监考官也吃惊地迎了上去："李大人，这是怎么了？"

李绂当中一站，大声说道："立刻停止考试，各棚考生一律坐着别动！"

沉默少顷，四处传来一阵骚动。

李卫："快！每人盯住一个考棚！"

众亲兵吼应："嗻！"接着分头跑去。

每个考棚前，都被亲兵们看住了。

这时张廷璐才脸色灰败地赶了出来，气急败坏地说道："大、大胆！擅闯考场，是杀头的罪！李绂，你、你难道连这个都不知道吗！"

李绂冷冷一笑："杀谁的头这会儿还不知道呢。搜！"

众亲兵一声吼应，几十间考棚的门帘都被扯了下来。

考棚里，考生露出了惊惶的神色。

张廷璐吼道："慢！你们听清楚了，没有圣旨，搜查考棚，不论主从一律是死罪！"

众亲兵怔住了，一齐望着李卫。

李卫走近张廷璐，笑着望了望他，然后说道："嗬，好吓人，我好害怕……张大人，你说的是真的？"

张廷璐并不认识李卫，但见他头上那颗红顶子，便知他来头不小，心虚地问道："你、你是谁？"

李卫："你问我？那我就告诉你吧，我是从十一岁起就跟在皇上身边，现任江苏巡抚李卫！怎么样？吓我不着了吧？娃子们，搜！"

众亲兵不再犹豫，一声吼应，一齐闯进了各自的考棚。

11．考棚甲内

一名亲兵喝道："站起来！"

那名长得像竹竿一般又高又瘦的考生惊惶地站了起来。

那亲兵："站出来！"

那考生从考桌旁移了出来。

那亲兵开始搜他的身：

两只裤角一路捏上，没有。

袍子的内襟线缝处一路路捏过，没有。

那考生却一直把两手搭在后脑勺上，像是全亮了开来任由搜查。

那亲兵："把手放下来！"

那考生犹豫了一下，这才小心翼翼地把两手放了下来，又伸了过去。

那亲兵倒也精明，并不搜查他的两袖，眼光一下子盯向他的头发。

那考生立刻紧张起来。

那亲兵一把抓住他的头发，一扯——竟是个假发套！

发套翻开，里面的皮子上密密麻麻写满了文字！

那亲兵一声冷笑，对那名脸色煞白的考生："请吧，您！"

12. 考棚乙内

这名亲兵搜得更仔细，那位胖得出奇的考生身上的衣服都被脱了下来，露出一身滚圆的肥肉来。

那考生："好、好了吧？"

那亲兵眼睛盯向他的裤头："把裤子也解了。"

那考生一张脸憋得通红："岂、岂有此理？"

那亲兵："你脱不脱？"

那考生哆嗦着手把裤带解了开来，两手仍然死死地提着："你、你捏吧。"

那亲兵把手伸向裤子捏了两下，突然往下一扯！

——那考生滚圆凸出的肚皮上竟然也密密麻麻写满了文字！

13. 考棚前

挨路边已经蹲着一排被搜查出来的舞弊考生。

张廷璐和一些监考官们都已变了脸色，木然地站在那儿发蒙。

李绂大声吩咐："把他们夹带进来的文字都收好了！"

亲兵头目便挨个儿从众亲兵手中收取弊证。

走到那名胖考生面前，负责搜查胖考生的亲兵报道："他的文字是写在肚皮上！"

李绂和李卫一听，既吃惊又觉好笑："哦？"

李卫走了过去："让我看看。"

那考生犹豫着把裤头褪到肚脐眼下，露出了那一肚皮的文字。

李卫一遇到此类奇事便童心大盛，故意歪着头做思考状，然后假装惊喜，大声说道："这好办！把他这一层肚皮揭下来，不就得了！"

那胖考生吓得面色焦黄，扑通跪了下来："大人饶命！大人饶命！晚生下回不敢了！下回不敢了……"

李绂也觉得荒唐："李大人，此法不妥……"

李卫："好吧。既然主考大人求情，就留下你这张肚皮吧。把他那件白内衣，放在水缸里浸湿了！"

那亲兵遵言拿着那胖考生的白内衣往水缸里一浸，又提了上来，然后望着李卫。

李卫："饭桶！拧掉水，然后把他肚皮上的字蒙下来。"

那亲兵大悟，依言把水拧掉，然后走到那胖考生面前："还不起来，真要揭你的肚皮了。"

那胖考生连忙站起，露出肚皮。

那亲兵展开白衣往他肚皮上一贴，抓住两头往他身后一紧，然后轻轻地揭开。

——那白衣上果然蒙上了反着的文字。

李绂含笑点了点头，又不禁露出佩服的神色，接着他又走到中间，大声说道："凡是夹带作弊的考生都带到国子监去听候审问。其余的考生回去候命，等新考题出来以后，再行考试！"

各考棚内立刻又传来骚动声。

李卫走到呆若木鸡的张廷璐面前："张大人，你不是说要问我的死罪吗？好吧，现在咱们一块儿见皇上去吧。"说着一转身对众亲兵吼道："都带走！"

14. 养心殿西暖阁外

门外，允祀、张廷玉、隆科多、马齐一个个面容凝重地站在那里。

殿外的大坪里，跪着张廷璐和十八房考官。

这时，允祥撩着袍裾大步奔了过来。

走到门边，允祥喘着气问道："怎么样了？"

高勿庸："皇上这会儿正在问话，招呼了，请王爷们和众位大臣先在外面候着。"

15. 西暖阁内

一大堆弊证——其中包括那个假发套和那件蒙着反字的白内衣，还有李绂买来的那张假考题全陈列在胤禛身旁的榻几上。

胤禛的脸黄得像蜡，眼睛定定地盯着前方一动不动。

李卫和李绂则并排跪在榻前。

突然，胤禛胸脯猛地一起伏，一口气憋不过来，爆发出一阵剧烈的咳嗽，他整个上身都喘咳得弯了下来。

李卫傒地站起连忙奔上前去，一手挽着他的臂腋部，另一只手不停地在他的背部抚着……

李绂也惊得抬起了头，两眼透出既痛且伤的泪光。

16. 殿外

剧烈的咳嗽声惊得候在门外的人无不失色。

允祥第一个奔了进去。

高勿庸紧接着转身奔了进去。

允祀、张廷玉、隆科多和马齐接着奔了进去。

17. 殿内A

经过李卫一阵抚摸，胤禛的喘咳终于平息下来，但那张脸又已经变得纸白。

允祥："皇上！"

众人："皇上……"

胤禛却令人吃惊地笑了，笑得那样的惨然："没事的，天塌不下来……李绂。"

李绂再一次抬起了头："微臣在……"

胤禛："考试不能停止。朕这就重新出题，由你担任主考。"

李绂眼中已然泪光莹莹，喉头有些哽咽："臣领旨。"接着伏了下去。

18. 殿内B

李绂和李卫已经离去。

殿内又出现了短暂的沉寂。

胤禛的目光先是望了望允祥。

允祥报以充满理解和坚信的回望。

胤禛眼中闪过欣慰的爱意，接着把目光扫向马齐。

马齐眼中闪过一丝歉疚，接着把头慢慢地低了下来。

胤禛的目光又转向了隆科多。

隆科多却避开胤禛的目光，双眉紧蹙，两眼望着地面，作沉思状。

胤禛不再看他，转望张廷玉。

张廷玉没有回避胤禛的目光，也毫不掩饰自己此刻痛苦和自责的神情，同时把那充满惶恐和真诚的目光交给胤禛。

胤禛立刻给他回赠了一个安慰和信任的眼神。

张廷玉的目光中蕴出了一层薄薄的泪影。

胤禛微闭了闭眼，轻点了点头，最后把目光落向了允祀！

允祀满脸的凝重，出人意料的是，他上前一步，撩起了袍裾，跪了下来。

其他人始是一怔，接着跟着跪了下来。

允祀："臣是总理王大臣，这接二连三出现的事情，上书房有责任，臣第一个有责任。臣的意思，请皇上给臣和上书房诸大臣以处罚。这样，能够让群臣有个警悟。"接着，从袖中掏出一个奏折，"这是臣弟自请处罚的奏折，请皇上御览。"

胤禛原以为允祀纵然不幸灾乐祸，也必然隔岸观火，没想到他竟会引咎自责。狐疑间，高勿庸已经把奏折转递过来。

胤禛接过奏折才看了数行，脸上便抑制不住地露出了感动的神色。接着，他抬起了头，望着允祀。

允祀满脸真诚地跪在那里，由于距离很近，胤禛第一次吃惊地发现，允祀的眼角竟然隐隐地出现了几道鱼尾纹，鬓角上也露出了几丝银色的白发。

这一发现，使得胤禛突然涌出一种莫名的激动，他站了起来，接着走了过去，双手将允祀扶了起来。

两双深邃的眼睛这时都充满了谅解和真诚，第一次这么近，这么近地交视在一起！

胤禛挽着允祀手臂的那两只大手不觉慢慢地握紧了："八弟，朕领了你这份心意。但现在谈不上什么处分。你说，咱们该怎么办？"

允祀："当务之急是妥善处理好这两个案子。既要按法处理涉案的官员，使群臣有所警悟，又要顾全朝廷的体面，不能留下话柄，让下面议论。"

胤禛松开了允祀的手臂，一边点着头，一边答道："嗯，嗯。"接着对仍然跪着的其他人说道："都起来，都起来。咱们一块儿商量商量，这两个案子怎么处理好。"

众人都没料到，在这种时候，允祀显出了如此难得的臣道和雅量，竟使得一场隐藏着君臣暌隔的戾气化作了前嫌尽释、同心同德的祥和。其中包括允祥，就在这一跪一起之中，都深切地领略了"八贤王"之"贤"的感人力量！

允祥投过去赞赏和欣慰的目光。

隆科多和马齐也毫不掩饰地交换了一下庆幸的眼神。

只有张廷玉仍然是那副沉重的神态。

胤禛："廉亲王，你接着说。"

允祀："是。这两个案子牵涉的关系十分复杂，如何处理才能于当前的大局有利，这才是关键所在。臣以为只有咱们几个人才能把握好其中的轻重曲折。臣提议：科场舞弊案由臣主持会审；山西亏空案由怡亲王主持会审。"

胤禛不断地点头："很好，很好。怡亲王，你觉得怎样？"

允祥："臣弟同意八哥的看法。"

胤禛："好。廉亲王，你接着说。"

允祀："这两个案子牵涉到上书房两位大臣，难免有人借机发难，咱们要尽量淡去这一层关系。臣提议：张中堂和隆中堂照常在上书房当值，只是不要过问案情便行。这样一来，想借这个话题兴风作浪的人，也就无机可乘了。"

胤禛又深以为然地点了点头，把目光转询张廷玉和隆科多。

张廷玉又跪了下来，说道："臣感谢廉亲王的信任。但朝廷有成法，直系亲属犯罪，其在朝廷担任之职务可能影响案情者，都应回避。鉴此，臣请求暂时辞去上书房的差使，待案情完结后再说。"

胤禛理解地点了下头，接着说道："这样吧。你先递个辞呈，然后朕批一下，不让你辞差。这样，别人也就无话可说了。"

张廷玉："皇上……"

胤禛："就这样吧！"

19. 大理寺关押张廷璐的囚室

狱卒把灯笼伸到门锁边。

狱吏把囚室门上那把大锁开了，然后闪在一旁。

允祀："你们都离开，我要单独和张大人谈谈。"

狱吏和狱卒答应着退了开去。

允祀慢慢地把门推开。

已经去掉官服穿上囚衣的张廷璐睁着那双浑浊的眼睛打量着出现在门边的允祀。

由于灯光太暗，站在门边的允祀身影不甚清晰。

张廷璐："你是？"

允祀慢慢地走了过去。

张廷璐惊得慌忙跪了下来："罪官张廷璐叩见王爷！"

允祀连忙搀住他，说道："我是来看你的，不必如此。来，咱们坐下谈。"说着，先在那张囚床上坐了下来，然后在身旁的床沿上拍了拍，"坐吧。"

20．大理寺关押诺敏的囚室

另一只手重重地击在临时搬进来的公案上。

镜头上摇，允祥双眉一扬，大声喝道："你还有脸提要见皇上！皇上的脸都让你丢光了！"

诺敏两只眼慢慢地低垂了下去，不再吭声。

允祥气犹未消："你一个候补在家的四品官，皇上破格让你去当一省的巡抚，对你是何等的信任，寄托了多大的希望？什么叫恩？这就是恩！什么叫忘恩？你就是古往今来第一号忘恩的东西！"

诺敏慢慢地抬起了头，两只眼眶中已经盈满了泪水，接着他发疯似的把头在砖地上碰得"砰砰"直响，一面哭喊着："奴才该死！奴才辜负了皇上的隆恩厚爱！奴才好悔，奴才好悔呀……"

21．张廷璐囚室

张廷璐也已是泪流满面，哽咽着说道："王爷……我是夹带了七名考生……但考题确实不是我泄露出去的……至于是谁……我不能说，请王爷也不要再问……我认罪就是……"

允祀伸出手在张廷璐的手背上轻轻地拍了拍，然后叹了一声，又站了起来，向前走了两步，这才说道："我是来救你的，你不说我也没有办法。可是，你想过没有，令兄张中堂因为你的案子已经向皇上递了辞呈了？他一生的清名，这一下全葬送在你的手里了……"

张廷璐扑通跪倒在允祀的身后，喊道："王爷！这事同罪官的兄长没有丝毫的关系，请你转奏皇上，替他辩白。"

允祀倏地转身："你不说出实情，我如何替他辩白？现在朝野议论纷纷，都说令兄是和皇上最近的人，考题的泄露肯定和他有关！"

张廷璐一屁股坐在地上，两眼望着墙壁呆呆地出神……

22．诺敏囚室

诺敏通过一番歇斯底里的发作，已经平静下来。他的两眼也望着墙壁，像是在回忆，又像是在自白："我原来也不想这样……我本是想通过一番整顿，切实地把藩库亏空的银子追回来……可是一追，我才发现那银子根本就追不回。有些银子是官员们私吞了，可更多的银子都是用在官场的应酬上……而且是历届官员积累的应酬亏空。我向谁追去？但是我的话已经说出去了，给皇上的奏折又已经让朝廷明发给了各省……我是箭在弦上不得不发呀……"

允祥："既然发现追不回，你就应该将实情再奏报朝廷。亡羊补牢，也不会落到今天这个地步！"

诺敏："我不敢，我也不愿意……我想立功，我想给皇上争气，给我们旗人争口气！十三爷，您去查查，我在山西一年多，从来就没有收受过人家一文钱，没有贪污过官府一文钱。我在家里候补了十几年，落下了一屁股的亏空，就在去年，我的老娘八十大寿，我都拿不出钱来给她老人家摆酒呀……十三爷，我冤哪……"

允祥也震动了，霍地站了起来！

23. 张廷璐的囚室

允祀惊得呼地站起："你说是他？！"

张廷璐黯然地点了点头。

允祀眼中闪出光来，急剧地思索了片刻，然后面容十分严峻地对张廷璐说道："你听着！这件事你对任何人都不能再说，说出来就是天大的祸事！不但救不了你，还会害了你的家人，害了你的兄长，会掀起一场骇人听闻的大狱！你明白吗？！"

张廷璐惊恐地又点了点头。

24. 允祀府书房

允禟、允䄉、阿灵阿、揆叙都来了，静静地坐在那儿，望着允祀。

允祀抑制不住兴奋大声地说道："从今天起，你们要做的就是一件事，去联络各部衙门的官员和各省的督抚，叫他们上折子，保张廷璐，保诺敏。这两个人，一个也不能杀。"

允䄉心里不明白，也不愿意细想，脱口问道："为什么要保他们？"

允祀："现在不要问，保下来之后，自然明白。"

允䄉："八哥……"

允禟："八哥说不要问就别问，先干着再说吧。"

允䄉咽了口唾沫，说道："好吧。"

允祀接着对允禟问道："老十四这一向怎么样了？"

允禟："他还能怎样？整天把自己关在府里，和那个什么山西救来的小妞儿风花雪月的，整个儿变了个人。"

允祀沉思了一下："我得去看看他。"

25．允禵府后园

这里的太阳很好，照在一丛丛抽完芽的叶子上，青色逼眼。

允禵的那名亲兵头目陪着允祀从园门走了进来，就听见被一丛丛垂柳遮住了的湖那边传来叮咚叮咚的琴声。

允祀停住了脚步，深深地吸了一口气，又侧耳听了听时断时续的琴声，问道："你们十四爷是在教引娣弹琴？"

那亲兵头目笑了一下，答道："八王爷真厉害，一猜就中。"

允祀回以一笑："你转去吧，我顺着琴声就能找到。"

那亲兵头目："是。"答着退了出去。

允祀顺着那条石径，分花拂柳，转了几道弯，眼前顿觉豁亮。

——一道小桥曲折地伸到湖心，一座四面来风的凉亭内，允禵正抱着乔引娣坐在腿上教她弹琴。

允祀轻轻叹了口气，喃喃说道："塞翁失马，焉知非福呀。"

突然"啪"的一声琴弦断了，琴声戛然而止。

允禵："真笨！又把弦勾断了。"

乔引娣："还怪我呢，你捏着人家的手，用那么大的劲，能不断吗？我不学了！"说着，从允禵的身上跳了下来。

允禵站了起来："这首《凤求凰》是古曲，原有些难，不断几根弦怎么能学会？过来，换了弦再弹。"边说边伸手去拉乔引娣。

乔引娣嘟着小嘴，一扭身子，突然一张小脸涨得通红。

允禵兀自不觉，拉着她的手，柔声说道："听话，再学一会儿。"

乔引娣急了，轻声说道："别拉了，八爷来了。"

允禵："哦？"这才转头向桥那边望去。

允祀正微笑着站在桥头。

允禵松开了手，大声说道："我说怎么忽然断了弦，原来是八哥在偷听。"

允祀笑着向他们走去，一边说道："这样弹，就是一百根弦也断了，可与我听不听无关。"说话间已经走到二人身旁。

乔引娣只好红着脸向允祀行了个旗礼，轻声答道："八爷吉祥。"

允祀："嗯。引娣，你刚才说得对，他这样教完全是教不得法，怎么能不断弦呢。"

乔引娣望着允禵："怎么样？连八爷都说是你教不得法，才把弦勾断的吧。"

允禵："怎么就是我教不得法，我倒要听听。"

允祀："好，那我就教教你。这首曲子，是西汉时候司马相如所创。据说司马相如爱上了卓文君，又无法表达心意。因此谱了这首曲，借琴声而表爱慕之意，取名《凤求凰》。这首曲子的真谛，在于一个'求'字——也就是凤还没有得到凰，正在'嘤嘤'地叫着，渴望凰来到他的身边。现在你把引娣抱在怀里，这是凤已经得到了凰，还求什么？于是'嘤嘤'也就成了'轰轰'，难怪引娣说你捏着她的手用那么大劲——你这岂止是教不得法，简直是乱弹琴！琴弦焉得不断？"

乔引娣拍着掌跳了起来，高兴地叫道："说得好！说得好！八爷，我给您倒茶去！"说罢笑着向桥那边跑了过去。

允禵叹了口气，轻轻地说道："八哥，什么时候你都是有理呀。这会儿来，不是为了给我说琴理的吧？"

允祀也轻轻叹了口气："见你这般有福，我还真不想同你再说那些烦恼的事。"

允禵："那就别说……八哥，我已经是'不知有汉，无论魏晋'，你就让我做个桃花源中人吧。"

允祀凝视着允禵："老十四，这不像你的为人。你这样做，自以为是与世无争，但在别人看来会觉得可怜，后世人评议也会觉得可笑。事情并没到不可为的地步，真到了那一步，我也不这样做。要求解脱，两眼一闭，扔掉了这副臭皮囊，才算真正的解脱！"

允禵微微一颤，问道："那你说该怎么办？莫不成还能同人家去争这个皇上？！"

允祀："什么叫皇上？说一句话就是圣旨，天下人都得照办，这才叫皇上！如果说的话都没人听，或者是都不能兑现，那这个皇上也不过是个空名而已。反过来说，咱们心里想的，能够让天下人都照着去做，那么不当皇上又有何不可？"

允禵一惊，怔怔地望着允祀。

允祀："我来就是想告诉你，现在是个绝好的机会。老四登基后要干的两件大事都砸了。现在朝野上下都看着他，看他如何收场。诺敏是他封的'天下第一巡抚'，这是他闹的第一个大笑话，咱们要竭力保住诺敏，让他这个笑话永远摆在那儿。这样一来，他想整顿各省藩库的亏空也就令不能行。到时候，我们再来给他收拾残局，让天下人都看看，究竟是谁说了算！"

允禵被他说得心一动，接着又冷漠地摇了摇头，说道："老四不是那么容易被你把握的。"

允祀："还有下一代！告诉你，科场舞弊案的主谋是弘时！"

允禵又是一惊："哦？"

允禩："这件事目前只有我知道！有了这个把柄，我们就可以制约弘时，然后把他往太子的位子上推。那么，就算老四的手里咱们不能获胜，到他儿子的手里，咱们也能扳回来！"

允禵瞪大着眼睛定定地望着允禩，过了好一阵子，才又叹了口气，说道："八哥，以前我就佩服你这股子不屈不挠、锲而不舍的劲儿，现在我是更服了你了。但我早没有这门心思了……这样吧，你接着干你的，到了你们落下风的时候，我不会袖手旁观。可现在，我实在不想再闹腾了……"

允禩还想说什么。

这时，乔引娣端着茶走了过来："八爷，您喝茶。"

允禩微笑了笑："不了，跟你们爷好好学琴吧。"说完，转身向桥上走去。

乔引娣望了望允禩走去的背影，又望了望怔在那儿的允禵，问道："爷，咱们还学琴？"

允禵这才又回过神来，大声说道："对！咱们学琴！"说着，又一把抱起了乔引娣，向摆在石桌上那张琴走去。

26. 隆科多府客厅

揆叙和许多官员把一座不小的客厅坐得满满的。

家人们穿梭般端碗沏茶，到后来竟然连茶碗也不够了。

坐在主位上的隆科多哼了一声，说道："去，把那套景德镇的茶碗拿出来用。"

一家人答道："是。"忙不迭走了进去。

揆叙："中堂不必费心了。我们今儿来，都是为了诺敏的事。说来说去，诺敏也是咱们旗人中不可多得的人才。他在山西一年多，没有收过一份礼，也没有拿过官府一文钱，他还是个清官嘛。就凭这一点，中堂您当初举荐他也就没有错。我们呢，也都为他惋惜呀。中堂，您是托孤重臣，您的话皇上还是要听的。我们的意思，以您为首，大伙儿一起保一保，办他一个失察的罪也就行了。"说着掏出一份厚厚的折子，"这是我们大伙儿联名保诺敏的公折，想请中堂领衔。"

众官员齐声说道："请中堂领衔！"

这时家人托着那套沏满了茶的景德镇茶碗走了出来，在隆科多面前摆了一碗，又在先前没有摆茶的官员面前摆上茶碗。

隆科多顺势端起茶碗："请，请喝茶。"接着自己先啜了一口。

众官员一齐端起茶碗，客厅里一片的碗盖相碰声和嘘嘘的喝茶声。

隆科多放下茶碗,清了下嗓子,然后说道:"大家的心意当然都是好的,想法也都在理。不过,这件事不能因为诺敏是我推荐的人,更不能因为我是托孤重臣就可以重罪轻判。刚才揆大人说得好,怎么说诺敏还算个清官嘛。他的错就错在'清而不明',过于轻信,过于急躁了一点。要不皇上也不会赐他个'天下第一巡抚'。再说投鼠忌器,咱们不为诺敏想,也得为皇上考虑,为朝廷的体面考虑。为了这个,我愿意保诺敏,但我不能在这个联名的折子上签名,我单独上个折子吧。"

揆叙和众人交换了一个眼色,接着说道:"这样更好。"

隆科多:"还有,听说张廷璐这次也只是夹带了几名考生,其实也是罪不至死。冲着张中堂的面子,你们也应该保一保。"

揆叙又和众人交换了一个眼色,大声答道:"是。咱们按中堂吩咐的办。"

27. 张廷玉府客厅

这间客厅太小,因此除了以阿灵阿为首的几名红顶子官员坐了下来,其余蓝顶以下的官员都站在那里。

一名家人走了出来:"我家老爷传话,说他有病,实在不能出来接见众位大人,请众位大人多多见谅。"

阿灵阿和那几名红顶官员交换了一下眼色,接着说道:"那就请你转告你家中堂,我们是来告诉他,叫他放心,大家正在联名上折子保张廷璐大人。"

那名家人答道:"在下转告就是。"

阿灵阿站了起来,领着众人走了出去。

28. 都察院大堂

这里也是灯火通明,或站或坐,挤满了各道御史和翰林院、国子监的清流文官们。

孙嘉诚慷慨激昂地大声说道:"不行!咱们也得上折子,得争!诺敏不杀,张廷璐不杀,是无天理!"

御史甲:"保他们的人很多,六部正副堂官、各省的督抚,势力很大,而且是以廉亲王为首,中间还夹着张中堂和隆中堂,咱们这些人力量似乎不够。是不是等李绂李大人和十八房监考官们出了闱,咱们再联名上折?"

御史乙:"不能等了。倘若皇上准了他们的奏章,再要扳回就更难了。"

孙嘉诚:"对!咱们人虽少,只要据理力争,未必不能驳倒他们。要是皇上真的准了他们的奏章,我们就集体辞官!"

众人一个个热血沸腾："对！宁愿不做这个官，也要维护朝廷的纲纪！"

孙嘉诚摆了摆手，大家又安静了下来。

孙嘉诚："我还有个想法，张中堂历来就是非分明，老成谋国，他是为了避嫌，所以深居不出。在这个关口，咱们得争取他。只要他能大义灭亲，咱们就多了一成胜算！"

御史甲："孙大人所言极是，咱们一块儿去见他。"

孙嘉诚："不用！你们先上折子。张中堂那儿，我一个人去就成。"

29. 养心殿正殿

烛火荧荧。

十几名太监一人捧着一个大大的奏折盒，分成两排侍立在御案两侧。

胤禛面容凝重地坐在御案前，正在一份一份地展阅奏折。

高勿庸不断地从侍立着的太监捧着的盒中掏出奏折送上御案。

看着看着，胤禛的脸色越来越凝重了。

他突然把手中那份奏折一按，问道："还有多少是保诺敏和张廷璐的？"

侍立着的太监同时低头看着各自奏折盒上的贴黄。

左排从第三个太监开始报道：

"奴才这儿是。"

"奴才这儿也是。"

"奴才这儿也是。"

从左到右，越报越快，全都是报的是——"是！"

胤禛呼地站了起来："有没有张廷玉的奏折？"

高勿庸："看看！"

从左到右，侍立着的太监们一路摇头。

胤禛的脸色阴沉了下来。

30. 张廷玉府客厅

孙嘉诚正襟危坐，静静地候在那里。

那家人又走了出来："我家老爷传话，他病了，实在不能出来接见大人，请大人见谅。"

孙嘉诚仍然坐在那儿一动不动，说道："烦你再去禀告你家中堂，过去他曾经救过孙某，今天孙某是救他来了！快去吧。"

那家人犹豫了一下，又走了进去。

31. 养心殿正殿

胤禛背着手在御案前来回疾走。

太监们一个个低着头噤若寒蝉。

胤禛倏地又走到御座前坐下，提起笔在一张笺纸上大大写上了"允祀、允禵、允禊"一排大字。

接着，又写上了"隆科多"三个大字。

又写上了"六部堂官"四个大字。

又写上了"各省督抚"四个大字。

接着，他在最底下写下了一个大大的"张"字，便搁下了笔，两眼紧紧地盯着那张纸凝神默思……

32. 张廷玉府客厅

张廷玉已经走了出来。

孙嘉诚连忙起身行礼。

张廷玉伸手做了个"坐"的手势，然后坐了下来，问道："松韵连夜来访，必有见教于我？"

孙嘉诚："不敢。晚生是受都察院、翰林院、国子监同僚们的委托，扶保我大清国的柱石来了！"

张廷玉不禁动容："哦？"

孙嘉诚："恕晚生斗胆直言，中堂，在令弟这件事情上您不应该沉默。"

张廷玉神色黯然地："不沉默，我又能怎样？"

孙嘉诚大声说道："沉默就是暧昧，暧昧就是偏袒！中堂，许多人都在看着您哪！"

张廷玉站了起来："我也想了很久，我也想上个折子，想大义灭亲。无奈心乱如麻，下笔不能成文哪……"

孙嘉诚从袖中掏出了一个折子："晚生已经替中堂写好了。"说着双手递了上去。

张廷玉接过折子，手有些哆嗦，连忙定住神，坐了下来，凑到灯边展看。

看着看着，张廷玉的眼中盈出了泪水。少顷，他合上了折子，伸起袖口揩干了泪水，然后对孙嘉诚说道："请你转告同僚们，就说我张廷玉谢谢大家。"

孙嘉诚也感动得落了泪，倏地跪了下来，说道："孙某一定转告！"

33. 养心殿正殿

天已经亮了，一道道晨曦从窗棂中和大门外泻了进来。

胤禛仍然默默地坐在御座上。

太监们也仍然噤若寒蝉地站在那里。

突然，外面传来一名太监的低呼声："来了！张中堂的折子来了！"

高勿庸连忙走到门边："快！快递上来！"

那名太监急忙把折子递给高勿庸。

高勿庸捧着折子疾步走到御案边递给已经站起的胤禛。

胤禛接过折子，连忙展看，看着看着，他的面容渐渐舒展开来，大声说道："去，传怡亲王、张中堂即刻前来见朕！"

定格。

第二十四集 罪在朕躬

1. 养心殿正殿

允祥和张廷玉已经来了。

胤禛向他们点了点头，然后对高勿庸："把殿门关上，你到外面看着，任何人朕都不见。"

高勿庸："嗻。"答着走到殿门边，先关上左边那扇殿门，接着拉着右边那扇殿门的门环，跨过门槛，从外面把这扇门也关上了。

允祥和张廷玉立刻肃然起来。

胤禛："你们自己搬凳子，坐过来。"

2. 殿门外

允祀和隆科多匆匆地走来。

高勿庸连忙走下台阶，迎了过去。

允祀："听说皇上一个晚上都没歇着，是吗？"

高勿庸："是。"

隆科多："这会儿呢？"

高勿庸："这会儿皇上说了，什么人都不见。"

隆科多一惊："怡亲王和张中堂不是在里面吗？"

高勿庸："皇上说了，这会儿他什么人都不见。"

允祀和隆科多交换了一个惊疑的眼神。

允祀："既然这样，咱们走吧。"

二人满腹狐疑地转身走了回去。

3. 养心殿正殿内

允祥望着御案上那堆积如山的奏折，说道："六部官员、各省督抚，还有这么多宗室王公同时上折子保这两个人，很不正常！"

胤禛点了点头，把目光又转向了张廷玉。

张廷玉："阿灵阿他们也找过我。"

胤禛站了起来，一边来回地走着，一边说道："这是串通好了的！你们说，他们为什么这样？"

允祥犹豫了一下，接着把头一抬："皇上，他们这是在'逢君之恶'！"

胤禛倏地站住，脸色陡变，两眼直逼允祥："你说什么？！"

这也是张廷玉心中想说的话，但他万没想到允祥会如此直言不讳！看见胤禛此时羞怒异常的神态，他的心一下子吊了起来。

允祥却仿佛丝毫没有顾及胤禛此刻的心态，继续说道："'上有好者，下必甚焉'！因为有了皇上不看实情急于把十几年乃至几十年的国库亏空追回的操切，于是有了诺敏'半年收回'的贻笑天下的逢迎。因为有了皇上赐匾在前的轻信，这才有了群臣力保在后的口实。因为……"

"住口！你给朕住口！"胤禛顺手抓起御案上那方砚池狠狠地摔在地上！

——那砚池碎块四溅！

胤禛的面孔煞白，胸脯不断地起伏。

允祥的面孔也白了，但坐在那儿一动没动。

空气都像凝固了，殿里一点声音都没有，众人的耳朵里却仍在嗡嗡直鸣……

张廷玉早已站了起来，不知过了多久，他忽然轻轻地说道："因为有了魏征的犯颜直谏，于是有了唐太宗的贞观之治。"

这声音虽轻，却掷地生金石声，在殿内袅袅回响……

胤禛不易察觉地颤了一下，目光慢慢地扫向张廷玉。

望着他那惯见的充满忠诚令人信任的眼神，胤禛很快平静了下来。

接着，他的目光又瞟了瞟允祥，不无负气地说道："你骂得好。接着骂呀。"

允祥站了起来，声音却有些颤抖："皇上责我也好，罚我也好，就是削了我这个亲王的爵位也可以。这个时候我再不说话就没有人敢说！当时，皇上急急忙忙给诺敏赐匾，我就觉得不妥，但是我没有说。过后出了事，我在想，当初我为什么就没有给四哥提个醒呢？过后我想明白了，是因为四哥现在是皇上了……许多话想说也不敢说了。我又想，信任亲密如我都是这样，其他的人岂不是更不敢说话了？张廷玉在这儿，他难道就看不到这些事？他也是不敢说呀！"

胤禛震惊了，他用已经很久没有了的那种眼光望着允祥——他似乎想起了当皇子时的那些日子……接着，他把目光——是那种带有点儿自省又带有点儿疑问的目光——转向了张廷玉。

张廷玉说话了："怡亲王说的是肺腑之言。臣有时候心里有话，确实没有能够向皇上及时陈奏……但臣却不一定是因为害怕……臣有时候是怕动摇了皇上励精图治的信心。再说，皇上高瞻远瞩，考虑全局……也不是臣下时时都能理解的。因此……"

胤禛把手一挥，打断了张廷玉的话——到这个时候他已经心里透亮：这一个手足亲王，一个股肱重臣，一个雷鸣电闪，一个细雨和风，方式截然不同，目的却十分明显，都是给自己进谏来了！——他走到窗棂边，略站了站，接着猛一转身，大声问道："你们的意思，是不是要朕下罪己诏！"

4. 乾清宫

一片顶戴花翎，从亮红的宝石顶子到淡红的珊瑚顶子、暗红顶子——宗室王公和二品以上的大员跪在前几排；从亮蓝顶子到暗蓝顶子——三品和四品的官员则一直跪到了大殿的门槛边。

胤禛也穿起了只有在举行大典时才穿的朝服，默默地坐在须弥座上，静静地望着他的臣子们。

胤禛把手一抬。

高勿庸跨前一步，宣道："起！"

众官员都站了起来。

胤禛："今天并没有什么庆典。把你们都叫来，只有一件事，那就是朕要当着你们，向天下人认错！"

允祀第一个露出了惊诧的神色！

隆科多露出了惊惶的神色！

允祥和张廷玉目光一碰，各自露出欣慰的神情。

许多官员都茫茫然，莫名所以。

静默只是一瞬间的事，接着"轰"的一声，大殿里立刻骚动了起来。

高勿庸拿起挂在柱上的那条静鞭，悬空一抖——"啪"的一声脆响，大殿里立刻又安静下来。

胤禛："这几天，朕收到了四百二十七份奏章。其中有三百八十一份是保诺敏和张廷璐的；只有四十六份是主张严惩这两个人的。为什么会有这么多人保他们呢？这里有一条重要的理由：那就是认为诺敏虽然虚报政绩，诓骗朝廷，但他本人从未贪污过一文钱，收受过一份礼，还算是个清官。至于张廷璐嘛，也只夹带了几名考生，而这些考生多数是同僚好友委托的，并不是为了收受贿赂，因此他也算个清官。既然这两个人都是清官，所犯的罪也就情有可原。还有的奏折上说，天理、国法、人情，根据这三条定罪的准绳，其中'天理''人情'都可以免去这两个人的死罪。言之凿凿，立论皇皇。一句话，如果杀了这两个人，就没有了天理，也没有了人情。"

大殿里立刻又引起了一阵轻微的骚动。

那些主保的人立刻兴奋起来，一道道得意的目光相互交织。

而那些主杀的清流文官们则神情黯然起来。

胤禛轻咳了一声，接着提高了声调："但是，还有几条至关重要的理由，这些奏章上都没有说。现在，朕代你们说了吧。第一，是为了保全朝廷的体面。诺敏是隆中堂推举的人；张廷璐是廉亲王推举的人，而且是张中堂的弟弟。杀了他们，就势必伤了这几位朝廷柱石的脸面——这是台面上的理由。下面还有一层，保了他们也就卖了几位大臣的人情……廉亲王、张中堂、隆中堂，欠了这个人情，你们不好还哪。"

允祀的脸立时灰暗下来。

隆科多的脸也立时灰暗下来。

只有张廷玉报以深以为然的颔首。

那些主保的官员们这才不安起来。

胤禛接着说道："第二，各省的督抚力保诺敏，还有一门不可言传的心思，那就是保住了诺敏，山西的亏空就将不了了之。山西的亏空追不回，他们那些省份的亏空自然也就可以赖着不还！这样一来，以诺敏的一颗人头保住了无数官员贪没、挪用国库的银子，皆大欢喜，普天同庆哪！"

这一次大殿的后排爆发出了热烈的反响！

孙嘉诚在人群中大声说道："皇上圣明烛照，臣等不胜钦服！"

那些清流文官们一齐大声说道："圣上英明！"

胤禛淡淡一笑："你们且慢拍朕的马屁。在这两件事上，朕实在是不英明哪！岂止不英明，而且就是因为朕，才出现了现在这个局面！这就是朕要说的第三个理由。圣祖仁皇帝把列祖列宗的江山社稷交给了朕，同时也把整顿国库亏空、整饬吏治腐败的重担交给了朕。朕夙夜忧虑，唯恐辜负了先帝的重托。因此改元之始，朕就迫不及待地想在极短的时间内扭转这个局面。因此朕就轻信了诺敏，轻信了他在半年之内收回了藩库亏空的鬼话……不！这不只是轻信，朕是在自欺欺人！如果朕头脑清醒，诺敏就不敢诓朕！如果朕不是急功近利，诺敏也就无机可乘，今天也就没有这么多人竟然置皇皇国法于不顾，一拥而上，来保这两个罪无可恕的国家罪人！你们以为，朕赐了诺敏'天下第一巡抚'的匾，就一定会为了顾全自己的脸面，替诺敏文过饰非——其实就是为朕自己文过饰非。你们以为朕为了顾全上书房几个重臣的脸面，就一定会投鼠忌器。这样想，你们就错了！同列祖列宗的江山社稷相比，同九州万方的天下苍生相比，朕的脸面算什么？上书房几个重臣的脸面又算什么？！告诉你们，朕如果连这一点都想不明白，圣祖仁皇帝会把这万斤的重担交给朕吗！上书房的几个大臣如果连这一点都分不清楚，他们还有资格待在上书房吗！"

胤禛的声音在沉寂的大殿里回响，整个大殿都在轻轻摇晃。

张廷玉首先跪了下来。

马齐紧跟着跪了下来。

允祀和隆科多这时已然脸色苍白，犹豫了一下，也悻悻地跪了下来。

胤禛："起来。你们都起来。这两个案子朕不想牵连任何人，也绝不会把责任推给任何人。要说有责任，这个责任朕一个人担起来！"

允祀、张廷玉、隆科多和马齐又都站了起来。

胤禛："昨天，怡亲王告诉朕，说诺敏当了一年多的山西巡抚，家里仍然十分清贫。还说，他的母亲满八十大寿，居然拿不出钱来摆酒。朕听了心里也十分难过。朕已经通知内务府，给他家里送去了五千两银子，只要他的母亲还在，朕今后每年都会送银子去，直到老人家去世。还有张廷璐，听说有两个孩子没有成年，这个负担就交给张廷玉了。"

张廷玉眼睛又湿润了，轻声答道："是。"

胤禛："但有一点朕要说明白，朕这样做绝不是邀名。朕这样做只是因为他们没有贪财。可朕依然要杀他们，为什么？是因为他们两个比贪财更可恶！比方说诺敏，他没有贪财，但是他贪的是名！为了贪名，他不惜置朝廷的声誉于不顾，置朝廷的政令于不顾，置山西百姓的痛苦于不顾。为了自己一个人的前程，上误国家，下误百姓，不杀他，是无天理！还有张廷璐，国家开科取士，一旦选中便是朝廷官员，就要代朝廷执行政令，管理百姓，应该何等的公正，何等的小心。可他居然把朝廷的名器做人情，把那些和他有关系的，对他今后有好处的人请托的子弟都带进了考场。这样一来，那么多读书人，十年寒窗，苦习圣贤之道，还有什么用处？你们保他的人，不妨去问问那些正经的考生，问他们同不同意赦免张廷璐！"说到这里，胤禛寒冷的目光慢慢从那些主保的官员脸上扫过。

他的目光所及之处，那些官员们都一个个低下了头。

胤禛声音更高了，而且更加激愤："至于山西那些贪没了藩库钱财的官员，和科场泄露考题有关的人，更是一个也不能饶！也不用等到秋天！廉亲王，怡亲王。"

允祀和允祥："在。"

胤禛："你们俩立刻召集都察院、大理寺和刑部，根据朕刚才说的意思，马上把这两个案子的犯人审谳定罪。三天以后，押赴菜市口行刑。还有，在京四品以上的官员，全部去观刑！上书房再下一道明诏，通知各省，让那些试图通过保诺敏而拖欠国库亏空的人明白，再有人胆敢欺骗朝廷，拖赖国库欠款，诺敏就是榜样！"

5. 菜市口西市茶楼上

换穿着便服的张五哥带领着几名大内侍卫早早地便来到了这里。

张五哥指挥着几名侍卫把一把把椅子摆到临街的窗前，排成一排。

这时，刘铁成又带着两名大内侍卫上来了。

张五哥迎了上去。

刘铁成低声说道："皇上马上就要来了。这儿都检查了一遍吗？"

张五哥："都检查了。"

刘铁成四处扫视着，然后对众侍卫说道："凡是皇上将走过的地方，都用手摸一遍！"

众侍卫答道："嗻！"接着，从楼梯口开始排成一排，双手在地上一路摸了过去。

刘铁成在张五哥的陪同下，又走到临街的椅子前，问道："这些椅子都试坐过吗？"

张五哥："还没有。"

刘铁成脸一沉："太粗心了。万一椅子松了，或者有钉子什么的，怎么得了？来，咱们每把都坐一坐。"说着就坐到第一把椅子上，抓住两边的把手，身子使劲地晃了晃。

接着，刘铁成又坐到第二把椅子上。

张五哥见状，连忙走到另一头的第一把椅子上，学着刘铁成的模样"试坐"起来。

6. 菜市口刑场

由于有几百官员前来观刑，顺天府和步军统领衙门加派了几百官兵维持秩序。从大路口一直到行刑台的两边都密密麻麻站满了执枪的兵士。

警戒线的外围，已经站满了等着看热闹的老百姓。

官员们陆陆续续来了，一个个阴沉着脸走到行刑台前的大坪中站好。

7. 西市茶楼上

不知谁低呼了一声："来了！"

据守在楼梯口的两名侍卫已经跪了下来。

楼梯上的脚步声已经越来越响。

分守在茶楼上的其他侍卫全都在原位跪了下来。

刘铁成带着张五哥连忙向楼梯口迎去。

穿着便服的胤禛出现了。

紧接着，允祥、张廷玉和马齐出现了。

刘铁成和张五哥屈膝请安："奴才们见过万岁爷。"

胤禛的目光在楼上扫了一遍，问道："廉亲王和隆中堂呢？"

刘铁成嗫嚅了一下，答道："回皇上的话，廉亲王和隆中堂传话来了，说他们有病……"

胤禛的脸一下子阴沉了，接着冷笑了一声："只怕是有心病吧？"说着，径直走到临窗前正中的椅子上坐了下来。

允祥和张廷玉、马齐对视了一眼，跟了过去在他们的两边坐了下来。

众人刚坐好，楼下就传来了喧哗声、骚动声：

"来了！来了！"

"快看，最前面的就是诺敏，第二个是张廷璐！"

奇怪的是，以胤禛为首，这君臣四人全都靠在椅背上，没有一个人倾向窗口观看。

胤禛把头掉到左边望去。

坐在他左边的允祥用手肘轻轻地碰了碰他，然后用眼光向自己的右侧瞟了瞟。

胤禛循着他的示意，马上注意到坐在右边的张廷玉。

张廷玉脸白得一点血色也没有，他微闭着两眼，端端正正地坐着，只是嘴唇在轻轻地翕动着——他显然在竭力平复着自己内心的激动。

胤禛惊悟了，他站了起来："刘铁成。"

刘铁成应声走了过来。

胤禛："把张中堂的椅子搬到一边去。"

刘铁成："嗻。"应着走到张廷玉身后，"张中堂，请吧。"

张廷玉慢慢地站了起来。

刘铁成亲手端起他的椅子，走到楼中放好。

张廷玉却站在那儿仍然没动。

胤禛慢慢走了过去，在张廷玉的手臂上拍了拍，然后拉起他的手，走到楼中那把椅子旁："是朕粗心了……原不应该叫你来的……你就坐在这儿吧。"

这时，楼下一声炮响，接着行刑的号声也呜呜地响了……

胤禛和张廷玉都猛一回头，望向窗口。

胤禛："吏治，人才呀……"

8．考场外

也是一声炮响，龙门开了。

蓬发垢面的考生们各自提着考篮一窝蜂拥了出来。

人群中，刘墨林、王文昭、尹继善联袂走了出来，走到大牌坊下，一齐站住了。

尹继善："现在有三件事都急着要做——找个酒楼去大吃一顿；找个浴室去痛痛快快洗个澡；回客栈倒头大睡一场。你们说先干什么？"

王文昭："这澡嘛，不洗也罢；大吃一顿呢，钱又不够；还是睡觉去吧。"

刘墨林："俗人！俗人！除了这洗吃睡，难道就没有其他的事干了？"

尹继善："干什么？总不成去找苏舜卿吧？"

刘墨林："知我者，尹兄也！"

尹继善："怎么？令尊又派人给你送银子来了？"

刘墨林："哪里。除了客栈里吃睡由他结账，此外我仍是一文不名哪。"

尹继善："那你见什么苏舜卿？"

刘墨林诡秘地一笑："没有钱能见到她，才算真风流呀。"

尹继善心动了，望了望王文昭。

王文昭："算了吧。朝廷有制度，咱们还是不去为好。"

刘墨林："俗人，俗人。白乐天，苏东坡，哪一个不是护花使者？"

尹继善："就这一次，咱们悄悄地去，未必就有人知道。"

王文昭无可奈何："好吧。"

9．至公堂内

李绂端严地伫立在那张偌大的考案前。

十八房考官排着队走上前去，轮流把收来的考卷摆上考案。

考案上堆满了考卷。

考官们分别在大堂两侧肃立。

李绂："接下来，咱们分房阅卷。在这里，我要提醒大家，为国选才，不能有一毫的私心，也不能有一毫的偏见。张廷璐为何身败名裂？就是因为他存了私心。殷鉴不远，你我应生警惕之心。再说，皇上改元之始，咱们也应该尽心尽力，为朝廷选出有用之才，庶不负皇上的托付之重！"

众人尚未接言，几下掌声已从门外传了进来，大家注目一看，无不大惊。

胤禛穿着便服，轻轻地拊着掌，徐步走了进来。

他的后面，跟着李卫和田文镜。

李绂连忙走下考案，率众考官跪了下来："臣等恭叩皇上圣安！"

胤禛笑着："都起来，都起来。"

众人叩了个头，又一齐站起。

胤禛含笑看了看众人："好，好。都是清流。朕注意查了一下，你们一十九个人，都是主张杀诺敏和张廷璐的，这就说明，读圣贤书出来的人到底是非分明哪。田文镜，李卫。"

田文镜和李卫："臣在。"

胤禛："你们二人办事是不错的，亏的就在于不是科甲出身哪。当差之余，得多读书，多读圣贤的书，尤其是李卫。听到了吗？"

李卫大声答道："是！"

田文镜却有些尴尬，低低地答了一声："是。"

胤禛接着说道："李绂刚才说的话，朕都听到了，说得很好。这是朕登基后的第一次科考，你们给朕好好地选些人才。不但要选才气好的，更要选德行好的。有才又有德才能成为朝廷的栋梁之材！"

众人齐声应道："是！"

10. 漱玉院门前

一条不宽的街面上，已经停满了马车和轿子。

刘墨林等三人来到门前，停住了脚步。

这里哪像是妓院？倒像一户中产之家的宅院，一道三层石阶上去，进深不到四尺的檐门，此时正双门洞开。

王文昭犹豫着说道："是这儿吗？别走错了门。"

刘墨林又是一笑："怎么会错？"接着往门内一指，"早已门庭若市了。"

王文昭和尹继善往门内瞧去……

11. 院井里

果然，这里已经挤满了人：其中有不少穿着阔气的豪客——这些不是有钱的官户人家子弟，便是豪商富贾；也有不少青衿蓝衫的文人——其中就有刚刚出闱的举子们。

这些人都挤成个半圆，无一人迈向里边那幢二层楼房，却都伸长了脖颈向院井中一个方向望着。

刘墨林、尹继善和王文昭这时已经走了进来，也挤了过去。

原来院井中竖着一块牌子，那牌子上赫然写着："会'琴、棋、书、画'者请登楼"！

一个外地人说道："这苏舜卿也太小瞧天下人了！就咱们这些人中，难道就没有会琴、棋、书、画的？"

这时，一个满口京腔的人接言了："哟嗬！今儿只怕真有会琴、棋、书、画的了。"

那人听他语带嘲弄，反唇问道："你这话什么意思？"

那北京人："没意思。我在这儿看了十几天了，还真愣没瞅见有会琴、棋、书、画的呢。"

那人："莫非她这琴、棋、书、画与众不同？"

那北京人："终于开窍了您！要不这会儿只怕楼上早挤满人了。"

有几个人还想再问。

一个满脸泛着油光的胖商人操着湖北口音嚷了起来："这板板的！卖花就卖花，又弄出个什么琴棋书画，老子千里万里的从武昌赶了来，总不成又抬着银子就这样回去？来呀！"

他的两个随从应声抬着一个小箱走了过来。

那胖商人："打开！"

随从打开了箱盖——露出一箱子五十两一锭的二十锭白银！

那胖商人朝楼上喊道："老子也不懂什么琴不琴画不画的！一千两银子在这里了，苏舜卿，咯老子同你见一面，你干不干？"

就在这时，一个穿着四开气儿团花湖绸袍子，上罩一件青缎乌云镶边儿巴图鲁背心，头戴镶着一块碧绿汉玉黑缎瓜皮帽的约三十岁的男人走了进来，径直走到那胖商人面前，用脚一挑，把那只钱箱的盖子啪地挑上，冷笑了一声说道："哪条河没盖盖儿，露出这么只王八，到北京城装阔气来了！"

那胖商人脸一红："板板的！咯老子有钱干你婊子养的什么事？"

"啪"的一声，那男人一耳光扇去，打得那胖商人一个趔趄。

那胖商人捂着脸站稳了便要冲过来拼命。

他的两名随从也跟着冲了过来。

这时，那男人带来的两名精壮跟班倏地横穿了过来，同时伸手一拉脚下一绊，使了个布库中绊跤的手法，把那两名随从掼布袋般掼倒在那胖商人身上。

三人立刻跌倒在地，滚成一团。

三个人好不容易爬了起来，欲待再上前又明知不敌，就这样败下阵去又实在放不下这张脸，一时怔在当场。

就在这时，漱玉院的鸨母从里面赶了出来，见到那男人满脸堆下笑来："原来是大公子来了，您大人大量何必同这乡下佬一般见识？"

那胖商人却不识相，又嚷了起来："板板的！你说谁是乡下佬？到武昌城里去访一访，谁不知道我周半城？"

那鸨母："这位客官，识相的就快点走吧，你那点儿财势还不及佟大公子手指头一伸呢。你知道打你的这位是谁？他就是当朝隆中堂的大公子！"

12. 隆科多府账房

四张账桌前，四名账房正在把算盘拨得噼啪直响。

总账桌前，那名总账房把一沓沓账簿呈给坐在对面的隆科多。

隆科多拿起一本账簿，慢慢地翻阅，接着用手点着中间几行账目说道："山西送来的这几笔钱立刻从账上销掉。"

那总账房连忙接过账簿："是。"接着提起笔涂掉那几行账目。

隆科多又拿起了另一本账簿翻阅，突然眼睛盯在中间一行账目上问道："这二万两银子是怎么用的？"

那总账房接过账簿看了看，犹豫地答道："这二万两银子……"

隆科多脸一沉："说！"

那总账房："回老爷，是、是大公子支去用了……"

隆科多呼地站起："这么多钱，他拿去干什么用了？"

那总账房："这个……小人也不知道。"

隆科多大声喊道："去，把那个畜生叫来！"

他的随从在门外答道："回老爷，大公子一早就出去了。"

隆科多："还不去找来！"

那随从："是。"

13. 漱玉院院井中

那胖商人早已铩羽而逃。

有些怕事的人这时也开始纷纷向外面走去。

王文昭也有些怕了，拉了拉刘墨林和尹继善。

尹继善望了望刘墨林，刘墨林面露不屑之色立在原地一动不动。

王文昭和尹继善无法，只好仍然陪着他站在原地。

那隆中堂的大公子——阿尔阿松乜斜着眼望着那鸨母："刘妈妈，有人破关了吗？"

那刘妈妈堆着笑答道："好叫大公子放心，连您都破不了的关谁还能破得了？"

这时不知是谁在人群中答道："未必！"

阿尔阿松头一转，两只眼闪着光在一群人中搜索："谁在说话？刚才是谁在说话？"

说话的那人显然气馁了，不敢再接腔。

刘墨林刚要上前，便被尹继善紧紧地拉住了。

这时，隆科多的那个随从气喘吁吁地跑了进来，一看见阿尔阿松就连忙奔了过去："大公子，叫奴才好找。老爷叫您赶快回去呢。"

阿尔阿松："什么事？"

那随从："这儿不好说，总之老爷好像在生气。"

阿尔阿松不敢再延搁，一跺脚："妈的，晦气！"骂着急忙走了出去。

那随从和跟班连忙跟了出去。

那鸨母也连忙跟着送了出去。

这时几个举子模样的人愤愤地议论开来：

"什么东西！不就仗着老子，就这般作威作福的！"

"我就不相信，连这北京城里的秦楼楚馆也让他霸了！"

满口京腔那位北京人插言了："还真让几位说中了，这位佟大公子就是想独霸花魁呢。"

那几名举子挤了过来："哦？请道其详。"

那北京人侧着头望了望这几个举子："你们是进京赶考的举子吧？"

那几个举子面面相觑了一阵子，其中为首的一人才答道："我们是进京来做生意的。"

那北京人皮里阳秋地笑了笑，接着说道："是呀，凡是到这里来的举子都说是做生意的。"

那举子脸一红。

那人："无妨无妨，到这儿来的举子多着呢，我也犯不着到国子监去说，您说是吧。刚才你问我这是怎么回事，还算有点眼光，问到别人真还不一定知道呢。告诉你们吧，这苏舜卿是百年难得一出的尤物。不只是长得好，而且琴棋书画、诗词歌赋样样精通，真可谓色艺双绝。有人把她比作前明江南的四大名妓——反正那四大名妓你我都没见过，我想四大名妓未必比得过她——您说是吗？尤其难得的是，这苏舜卿偏偏又心高气傲，只卖艺，不卖身。这样一来更是撩得那些贵家公子们神魂颠倒，一个个捧出银子洒水一般，都想破她的瓜。其中要算这位隆中堂的大公子出手最是豪阔，每天带一千两银子来，一见面就守着她不走。到后来他提出拿一万两银子要娶苏舜卿回去做小。那苏舜卿哪能答应？那佟大公子恼了，放出话来，无论是谁不管他出多少钱都休想从他手中夺走苏舜卿。那苏舜卿便发了誓，无论是谁，不管他有多少钱也不嫁。而且今后谁拿钱来她也不见，除非是能够破了她摆的这'琴、棋、书、画'四关才行。这样一来，那佟大公子也没有了办法。可是——"说到这里往那牌子上一指，"一连十几天了，愣没人能过得了这四关。"

为首的那举子："未必，偌大的京城，藏龙卧虎，难道就没人懂得琴、棋、书、画？"

那人连连摇头："难！难！也有人试过，都在第一关就败了下去。"

那几个举子来了劲，一齐怂恿着那名为首的举子："李兄，别问了，出手吧！"

那举子："好吧。我倒要看看，这号称京师第一名妓的苏舜卿是什么模样。"说着，矜持地踱着方步，向那竖着的牌子走去。

看热闹的人都兴奋起来，一个个睁圆了眼睛。

尹继善和王文昭也来了神，碰了碰刘墨林。

刘墨林却没有吭声，只是微笑着，站在那儿静静地看着。

那举子走到牌子前，轻轻一揭，将牌上那张纸揭了下来，大声说道："破关的来了，请苏小姐赐教。"

14. 二楼·走廊上一间厢房门前

一道竹帘挂在门口。

两个婢女在竹帘外轻声说道："小姐，又有个要破关的。"

竹帘内，传来苏舜卿轻轻的叹息声，接着又传来她的说话声："那就把琴、谱摆好吧。"

15. 院井里

这时院井里又新来了不少人，挨挤着一齐拉长了脖颈望着院井中央。

院井中，一张紫檀木镂花的琴几上，一座古铜香炉里已经浮起袅袅的檀香，一张古琴被一条绣着百花图案的锦缎覆盖着，一本琴谱摆在锦缎上，封面上写着"高山流水"几个娟秀的楷书。

琴几旁，一只紫檀木镂花的圆凳上，摆着一只铜盆，里面装着半盆清水。

那举子在众目睽睽下，矜持地走到铜盆前，把手伸了进去略洗了洗，接着拿起盆边的毛巾擦干了，然后走到琴几前，在那只绣花蒲团上盘腿坐了下来。

看热闹的人——包括尹继善、王文昭——都拥了过去，在那人身后围成了一个半圆。

只有刘墨林背着手在院墙边踱开了步。

那举子先是拿起了那本琴谱，看了看，脸上便浮出了不屑的一笑，翻也不翻，便把琴谱扔在一旁。

和那举子同来的另几个举子立时捧场，喝着彩道："好！"

那举子双手抱拳伸过头顶揖了揖，聊当答谢。接着，便要去掀那块锦缎。

这时传来一声："慢着！"那个鸨母急忙从门外走了进来，对那个举子说道："这位客官，你有没有把握？"

那举子矜持地一笑："试试再说吧。"

那鸨母双手抱臂："那就免了吧您。什么人都跑来试，我这漱玉院一家老小喝西北风去！"

那举子："那你说要怎样？"

那鸨母："她不要钱，我还要养这一院老小呢。有把握您就上，过得了这劳什子四关，你去见她我不管。破不了这四关，您总得留点什么是吗？"

那举子："留什么？"

那鸨母："看您这样儿也不像有钱的主，就拿二百两银子的注吧。"

那举子脸红了："这个……"

人群中有人起哄了：

"没有把握，又没有钱，上去充什么好佬！"

"下来吧，您！"

那举子从脸红到了脖子，解下了腰间的褡裢，回过头去说道："我这儿只带了一百两，几位年兄凑个数。"

同来的几个举子犹豫了一下，这才在身上东摸西掏，凑了一捧银子递了过去。

那举子："多谢。"便把这堆银子搁在琴几上。

那鸨母便要上前来取。

那举子一手罩住："你就量我过不了关？"

那鸨母讪笑着缩回了手，说道："好，好。你过，你过关。"

那举子不再理她，抓住锦缎的一角潇洒地一掀——刚一掀开，便蒙住了，眼睛睁得老大，抓住锦缎的那只手也停在那儿不能动了。

众人的目光一齐向那只古琴望去，接着无一不惊！

——那只七弦古琴上，孤零零地只有一根弦！

同来的那几个举子一个个面面相觑，纷纷把目光投到琴几上那堆银子上——他们知道，这银子只怕是掉在水里响都不会响了。

其他的人则不愿意看着这般收场，便有人又起哄了："既然坐上去了，好歹也弹几下给苏小姐听听！"

"是呀，就这样下来多丢人哪！"

"弹吧！弹吧！"

那举子如何愿意再丢人现眼，可又实不甘心就这样让人坑了，他呼地站了起来，红着脖子说道："这分明是坑人！这《高山流水》一曲一根弦怎么能弹得了？"接着对着楼上高声喊道："苏小姐，你自己能弹吗？"

那同来的几个举子立刻附和："是嘛！自己不能弹，却设下这个骗局，这是怎么说！"

楼上的走廊上，一个婢女探出头来大声说道："妈妈，小姐说了，这位客官不能弹就让他走，把银子还给人家。"

那鸨母跳了起来："她倒好，放着那么多贵人拿银子来不见，这会儿又做好人。她不要银子也行，撤掉这劳什子四关，明天照常接客！"说着便要去拿琴几上的那堆银子。

那举子哼了一声，伸出手将银子死死地罩住："你家小姐都胆虚了，你还有脸把这银子拿去吗？"

"都不要争！"就在这时，刘墨林从人群中走了出来，望了望那鸨母，说道，"这位妈妈，既然苏小姐说了不要这位客官的钱，你又何必拂她的意？"不等那鸨母接腔，他又望了望那举子，说道："这位年兄，苏小姐既然出了这道题，那就一定有人能弹，你也不能说她就是坑人。"

那举子脸一沉："这位年兄，敢莫是你能弹？"

刘墨林微微一笑："差不多吧。"

此言一出，人群中又哄动起来。

尹继善和王文昭急了，连忙走上前来，拉住刘墨林，低声说道："刘兄，咱们可没带钱。"

刘墨林："信不过我，你们可以先走。"接着，抬起头对楼上喊道，"苏小姐，刘某今天特地以琴棋书画来会会你这位才女！可我又没带钱，你能不能先给我垫上二百两？"

人群中响起了一片笑声。

少顷，楼上走廊上那婢女又探出头来："妈妈，小姐说让这位客官试试。过不了关，二百两银子由她给你。"

那鸨母倏地扫起琴几上的银子，骂道："赔钱货！"骂着捧起银子走了进去。

先前那举子急了："我的钱……"

刘墨林拦住那举子："这位年兄，等我也过不了关时，你再找她要钱不迟。"

那举子只好站在那儿。

这时，刘墨林走到铜盆边，也洗了洗手，又擦干了，然后走到琴几边坐了下来。

这时，众人尽管将信将疑，却都一个个屏住了呼吸，睁大了眼睛注视着刘墨林，整个院井中一片鸦雀无声。

刘墨林轻轻地吸了口气，先将左手的无名指按在弦上，接着用右手食指轻轻一勾——开始弹了起来。

16. 楼上门帘边

琴声从院井中传了上来——开始还是叮咚叮咚如滴水轻溅，慢慢地，便似清泉曲流，幽咽回旋——响成一片。

门帘内，影影绰绰一个修长的身影出现了。

门帘外，两名婢女也露出了惊喜的神色。

17. 院井里

琴声激扬起来——那根琴弦上，刘墨林那细长的左手四指飞快地在琴弦上来回滑行揉动，右手五指则不断地在弦端上一会儿勾、提、抹、挑，一会儿披、托、摘、打，接着食指、中指和无名指抡动起来，越抡越快，——琴声顿作瀑布飞泻空谷回响之声……

围着的人都看呆了。

先前败下阵来的那位举子这时更是睁大了两只眼睛，露出惊惶的神色——仿佛看到了绝不可能的事情。

突然，"乒"的一声，刘墨林右手五指一扫，然后两手停在了琴弦上方——琴声却余音袅袅，在院井上空回响。

许久，众人才回过神来，不知是谁大声叫了一声"好"，接着众人都拊起掌来。

刘墨林也站了起来，双手一揖，聊当答谢，接着大声说道："请赐第二题！"

18. 楼上门帘边

门帘内，苏舜卿激动的声音："快，把棋盘挂上。"

门帘外两名婢女连忙应道："是。"

19. 院井里

一块偌大的棋盘挂在二楼的廊檐下，棋盘上一只只盘子大的棋子都装好了钩子挂在棋格上。

众人都睁大了眼睛注视着这盘残局。

败下阵来的那名举子一边凝神细想，一边微微摇头，接着斜过眼去瞟了一下刘墨林。

尹继善和王文昭看了一阵，也担心了，低声地对刘墨林问道："能破吗？"

刘墨林微微一笑。

这时，一名婢女已经来到了楼檐下，接着一根顶端装有叉子的长竿放了下来，那婢女："那位客官，请吧！"

更令人吃惊的事情出现了，只见那刘墨林转过身来，背对着棋盘，说道："开始吧。"

那婢女吃惊了："你不看？"

刘墨林："看着下算什么本事。"

那婢女："那你知道我会下哪一着？"

刘墨林："当然知道。不要问了，下吧。"

那婢女将信将疑地举起了竹竿。

众人又是一讶，跟着又大大地兴奋起来。

刘墨林："红车四进五！"

那婢女用长竿挑起那只红车送到了黑方的士口里。

人群中发出了不解的惊呼声：

"怎么这样走？"

"这不是送死吗？"

果然，那婢女接着挑起了二五位那只士吃掉了刘墨林的那只红车。

接着，刘墨林又喊道："车六进五！"

人群中更多的人叫了起来：

"他会不会下？"

"又送掉了一只车，这不输定了？"

果然，那婢女挑起在一五位的那只将又吃掉了刘墨林的这只红车。

尹继善和王文昭都紧张了起来。

先前败下阵来的那名举子这时却并没有跟着哄笑，而是托着下巴凝神急思，一边还若有所悟地点了点头。

刘墨林不再思索，一口气接连报道："马二进四！马四退六！兵六平五！兵七平六！"

——这时棋盘上，刘墨林一方又送掉了两个兵、一匹马，只剩下了最后一匹马。

刘墨林："马八进七，将！"

——黑方的老将这时退路被自己的棋挡住，中路又和红方的老帅对了位，愣生生地被刘墨林剩下的一匹马将死了！

那婢女将竹竿一丢，高兴地大声喊道："小姐！小姐！第二关又被他破了！"

众人这时才如梦方醒，爆发出一阵喝彩声！

先前败下阵来那位举子这时已五体投地，不住地拱手："佩服！佩服！"

刘墨林也拱了拱手答道："承让，承让。"

那举子一愣："我又没下，承什么让？"

刘墨林："你没下，就是承让。"

那举子尴尬地笑了。

众人都笑了。

尹继善和王文昭也笑了。

20.　连升客栈

一名书吏带着一个差役走了进来。

客栈老板连忙迎了出来。

那书吏拿着一本名册，翻开了问道："有几个叫尹继善、刘墨林、王文昭的举子是住在你这儿吗？"

那老板堆着笑答道："是，是。"

那书吏："在吗？"

那老板："回老爷，他们都出去了。"

那书吏："等他们回来你告诉他们，今科主考李大人传下话来，凡是应考的举子在发榜前都不许到秦楼楚馆去寻花问柳。否则，一经发现就是考取了都要革去功名！"

那老板："是，是，小的一定转告。"

21. 漱玉院院井中

二楼的廊檐下，一幅偌长的绸幅刷地垂了下来，在微风中微微摆动。

众人注目望去。

——那绸幅上已经浓淡参差画了好些枯润传神的树叶，只是其间留下了好些空白，显然是为了给过关者填充书画……

一名婢女已经捧着一只装有满满浓墨的偌大的砚池站在绸幅的左边。

另一名婢女则捧着一只装有红黄绿紫彩色颜料的绘盘站在绸幅的右边。

刘墨林手里已经握着一支足有三尺长的巨笔站在绸幅前凝神。

众人无不屏声静息远远地围站在那儿。

刘墨林将那只大笔伸进了砚池中。

那捧砚的婢女关切地提醒他："客官，这绸幅很轻哟。"

刘墨林报以一笑："多承关照。"说着退后一步将笔一提，迅疾地在绸幅左上方空白处疾书起来。

那绸幅果然很轻，笔尖一点就开始向后面摆去。

但刘墨林挥笔更快，没等那绸幅摆起，几个大字已经一气呵成。

——绸幅上出现了墨汁淋漓的"万绿丛中一点红"七个龙飞凤舞的大字！

众人报以热烈的拊掌声……

那两名婢女也是喜笑颜开，其中一个飞快地向楼上跑去。

22. 楼上门帘外

门帘内，苏舜卿显然也十分兴奋，却仍然挑剔地说道："字虽然写了，可是并不切题呀。把这话传下去。"

那婢女："是。"答着走到栏杆边对下面的刘墨林大声说道："那位客官，我家小姐说，你的字不切题！"

23. 院井中

刘墨林微微一笑，说道："要切题，也不难。"说着，把笔搁下，却将那只油光黑亮的长辫子撩到了身前，接着把辫梢拿到另一名婢女捧着的绘盘中那格红色的颜料里浸了浸，运足了神，突然手一甩，头一低——那条辫子飞了起来，辫梢"啪"地点在绿叶中的空白处！

——万绿丛中一点鲜红，耀人眼目！

这时，众人一齐喝起彩来。

尹继善也兴致大发，高声喊道："请苏小姐开门迎客！"

许多人同声附和："迎客！迎客！"

24．楼上

门帘内，苏舜卿喜悦的声音："去，请那位公子上来。"

那婢女大声答道："嗯。"连忙跑了下去。

25．院井中

刘墨林矜持地一笑："请转告你家小姐，我刘某是为天下须眉争口气来的。见不见她，无所谓！"说罢，把那只辫梢上仍然沾满红汁的长辫往身后一甩，转身大踏步走了出去。

定格。

| 第二十五集　天子重英豪 |

1. 贡院·至公堂内

坐在大堂正中的李绂和分坐在大堂两侧的三名阅卷官、一名记名官一齐把目光投向正在批阅最后一份考卷的那名阅卷官。

那名阅卷官批完了最后一个字，连忙站了起来，捧着考卷走到李绂面前，呈了上去。

李绂接过考卷，默默地阅览。

大堂里静谧无声，四名阅卷官一个个肃然地默视着李绂，等待着这场会考的最后一刻。

李绂阅完了这份考卷，提起笔架上的那支笔，工工整整地在那份考卷的顶端画了一个圆圈，接着搁下笔，撕掉考卷边上的糊名，念道："录取顺天府贡士一名——刘墨林！"

坐在他左侧的那位记名官在名册的最后工工整整地写上了"刘墨林"。

李绂长长地吁了口气，然后站了起来，脸上露出了疲倦的笑容。

四名阅卷官一齐站了起来，脸上都露出了如释重负的笑容。

李绂将那沓堆在左边案头的考卷拿了起来，在手里沉重地掂了掂，说道："本科录取的贡士一共是八十四名。大家再辛苦一下，这就将入选的考卷进呈皇上，然后通知这些贡士，准备参加殿试。"

四名阅卷官一齐答道："是。"

这时，一名监阅官拿着一个信封走了进来，向李绂一揖："禀报大人，这是东城的巡街御史送来的一封信。他说，事关重大，请大人即刻拆看。"说着将那封信呈了上去。

李绂接过那封信，拆开封口展看，看不数行，脸色便阴沉下来。

四名阅卷官都惊疑地望着李绂。

李绂将那封信往书案上一扔，说道："节外生枝！"

阅卷官甲问道："大人，这信里说的是？"

李绂："东城的巡街御史说，隆中堂家的大公子向他告发，有十几名考生在会试以后跑到漱玉院嫖娼去了！其中还特地点了几个人的名字……"说到这里，他把信又拿起，递给记名官，"对一对，有没有录取的贡士。"

那记名官接过信连忙对照名单查阅，少顷报道："禀大人，有。"

李绂忙问："都是谁？"

记名官："有尹继善、王文昭、刘墨林，还有……"

李绂："好了！即刻派人去查。若真有嫖娼情事，得立刻奏报朝廷定夺！"

2.　养心殿西暖阁

胤禛将那封巡街御史的举报信随手往身旁的榻几上一扔，说道："小题大做。隆中堂家里的人管得也太宽了吧……这些考生不过去看了看热闹，怎么能说他们都是品行不端的人呢？当然，修身养性是立德的根本，防微杜渐也是必要的。你去告诫一下这些考生，叫他们今后注意也就是了。"

李绂："是。那个什么'破四关'的刘墨林如何处置？请皇上示下。"

胤禛微微一笑："朕看这个人还是挺有才的嘛……他破了四关，能够不和那个什么名妓见面，就说明他心里还是记着朝廷的礼法。朕看也不必探究了，让他们都参加殿试吧。"

李绂："是。"

3.　隆科多府内厅

"啪"的一记耳光，抽得阿尔阿松倒退了好几步，才站稳了脚。

隆科多："混账行子！拿了钱去玩妓女，和人家争风吃醋，还有脸串通了御史去告别人的状？现在好了，皇上说话了……总有一天，我这条老命要送在你们手里！"

阿尔阿松捂着脸，嘟哝着道："你自己因为诺敏的事，在皇上那儿失了宠，能怪我吗……"

隆科多气得浑身发颤，不断地拍着桌子："来、来人！来人！"

两名随从应声走了进来。

隆科多手指发颤，指着阿尔阿松："把这个畜生关到后院去！"

那两名随从："老爷……"

隆科多大声吼道："关到后院去！"

两名随从："是。大公子，走吧。"

阿尔阿松哼了一声，转身走了出去。

两名随从跟着走了出去。

4. 午门外

景阳钟响了，从巍峨的城楼往下望去，蚁集在三面高大的红墙中的八十四名贡士一齐抬起了诚惶诚恐的头，聆听着大内深处传来的钟声。

左掖门、右掖门一齐开了。

在两名太监的引导下，贡士们分成两行，分别向左右掖门走去。

5. 中和殿外

殿坪的跸道两旁和殿廊上已经布满了执枪的禁军。

靠近殿阶的两侧，刘铁成亲自率领八名御前侍卫守护着。

由于是天子亲临策试，上书房几位大臣允祀、张廷玉、隆科多、马齐和李绂等会试的考官都已聚集在殿门外。

太监引着贡士们走来了，然后在殿外停了下来。

李绂走上前去替下了两名引道的太监，接着领着贡士们向殿内走去。

隆科多转头向身旁一名考官低声问道："谁是那个刘墨林？"

那考官暗暗指了指，隆科多注目看去。

行列中的刘墨林正神采飞扬，目光流转，不断打量着周围的殿宇，浑不似其他贡士那样战战兢兢。

隆科多的脸阴沉了下来。

6. 中和殿内

胤禛穿着大典的礼服，高坐在正中的须弥座上。

李绂率领几十名贡士跪了下来，然后大声奏道："臣会考总裁李绂率雍正二年甲辰恩科贡士叩见皇上，恭请皇上圣安！"

众贡生："恭请皇上圣安！"

望着趴在殿中的考生们，胤禛眼中闪过一丝亮光，突然，他仿佛听见了一个声音，从极遥远的地方传来。

康熙的画外音："我大清龙兴关外，马上得天下，靠的都是武功……我们没有孔子，没有《四书》《五经》，我们没有征服人心的东西呀……朕一生朝乾夕惕……学习汉人的文化，然后用它去收复汉人的心，这才是最难的呀……"

想到这里，胤禛微闭了下眼睛，接着脸上露出了难得一见的慈祥笑容，向侍立在身旁的高勿庸点了点头。

高勿庸大声宣示："开考！"

李绂率几十名贡士又一齐叩了个头，站了起来。

贡士们分别向大殿两侧的几十张考桌走去。

7．殿外

允祀向张廷玉和隆科多点了点头。

张廷玉和隆科多率领八名监考官向殿内走去。

8．中和殿内

大殿内已经静谧无声。

胤禛端严地坐在须弥座上，默默地注视着满殿的"门生"。

肃立在大殿左右柱旁的张廷玉、隆科多和肃立在门边，四角的监考官们一个个目光如梭，不停地来回扫视着已经坐在考桌旁的贡士们。

贡士们正在"龙门"前作奋力一"跳"：

有些人咬着笔头，紧盯着考卷出神。

有些人两眼上翻望着殿顶凝思。

有些人则在一笔一笔字斟句酌，小心翼翼地写着。

唯有刘墨林文不加点，奋笔疾书。

胤禛的目光很快被刘墨林吸引了。

隆科多也将目光紧紧地盯着刘墨林。

少顷，刘墨林将笔搁下，站了起来。

接着，他捧着考卷，走到大殿中央跪了下来，双手将考卷捧过头顶。

胤禛问话了："这么快就写完了？"

刘墨林："回皇上，听说皇上每日批阅的奏折都在万字以上。同皇上比，臣算是慢的了。"

胤禛没料到他竟会如此对答，更加注意地打量起这位"门生"来。

隆科多目光一闪，低声喝道："放肆！你是什么人，怎能将自己和圣上相比！"

刘墨林却毫不怯场，答道："追比圣贤，原是读书人的愿望。"

隆科多被他这轻轻一顶，竟一时无法驳他，气得怔在当场。

李绂等众监考官都被这位狂生的大胆举动怔住了。

张廷玉的眉头也蹙了起来。

胤禛此时竟露出了耐人寻味的一笑，他向李绂轻轻地点了点头，示意他将考卷呈上来。

李绂走了过去，从刘墨林手里拿下考卷："退到殿外候着去。"

刘墨林向胤禛叩了个头，这才站了起来，退了出去。

胤禛接过刘墨林的考卷略看了看，又不露声色地递还给李绂。

9. 午门外

一名驿差驰马而来。

午门的护军千总连忙迎了上去。

那驿差从大汗淋漓的马上跳了下来，掏出一份奏折："六百里加急奏章！"

那千总接过奏折，转身向左掖门奔去。

10. 中和殿外

太阳已经偏西。

大部分贡士都已交了试卷，这时全鹄立在殿坪里。

午门的护军千总气喘吁吁地跑来了，却不敢走近殿门。

刘铁成迎了上去。

那千总打了个千，接着递上那份奏折："六百里加急奏章！"

刘铁成一惊，接过奏章一看。

——那奏章上果然粘着三根羽毛！

刘铁成回头望了望肃静异常的殿门，有些为难了。

这时允祀悄无声息地出现在他的身后："什么事？"

刘铁成连忙转身："回王爷，刚送进来的，六百里加急奏章！"答着递上奏章。

允祀接过奏章一看，也是一惊。

马齐也走过来了，忙问："王爷，是哪儿来的？"

允祀："是年羹尧来的。"

马齐一惊："不好，一定是西北的战事吃紧！怎么办？这会儿就呈给皇上？"

允祀："不能搅了殿试大典……急也不急在这一刻。"

11. 殿内

只剩下了最后几名考生，一个个都在紧张地赶做试卷。

胤禛仍然笔直地挺坐在须弥座上，一动不动。

张廷玉、隆科多、李绂和监考官们也只得肃立在那儿，等候这几名考生交卷。

一名考生站了起来。

又一名考生站了起来。

12. 殿外

太阳已经沉下去了。

几名考生从殿内退了出来。

马齐有些急了，望了望允祀。

允祀这时正坐在殿门旁的一张圆凳上，微闭双眼，平静如常。

马齐忍不住了，伸长脖子向殿内望去。

13. 殿内

大殿内的光线已经暗淡下来。

到处是空空荡荡的考桌。

只有一张考桌前坐着一名考生——那人竟是王文昭！

所有人的眼光都集中在他的身上。

王文昭显然已经十分着急，他的额头上、脸颊上渗满了汗珠，握笔的那只手也有点儿颤抖了。

胤禛说话了，声音异常的慈和："李绂，告诉他，不要着急。"

李绂："是。"答着向王文昭走去。

14. 殿外

马齐忍不住了，走近允祀："王爷，不能再等了，这份奏章得立刻呈交皇上！"

允祀睁开了眼睛："好吧，那你就送进去。"说着，把奏章递了给他。

15. 殿内

胤禛："高勿庸，把灯点上。"

高勿庸："嗻。"答着，打燃火绒，点亮了御案上的那只座灯。

这时马齐走了进来，匆匆地向胤禛请了个安，接着走了过去，双手呈上奏章，低声说道："皇上，西宁来的，六百里加急。"

胤禛一惊，接着很快镇定了下来，接过奏折看也没看，轻轻地放在御案上。

张廷玉、隆科多和李绂等人都急了，一齐望了望仍在写着的王文昭，又一齐转过头去望了望胤禛。

胤禛站了起来，拿起御案上的座灯，离开须弥座，向底下走来。

众人都吃惊地睁大了眼睛。

只见胤禛拿着座灯一步一步地走向王文昭。

一片光明照亮了王文昭的考桌，他吃惊地抬起了头。

胤禛正面带微笑地端着座灯站在他的桌旁。

王文昭蒙了，怔在那儿一动也不能动了。

胤禛温和地说道："不要急，慢工出细活嘛。慢慢把它写完。"

两行清泪从王文昭眼中簌簌地流了下来。

镜头慢慢地拉上，从大殿的藻井俯瞰下去，那一点灯光是如此的明亮！

16. 连升客栈

刘墨林和尹继善，还有住在这儿的其他几个举子都拥到了王文昭的房里。

王文昭仍然抑制不住内心的激动，流着泪，喃喃地说道："皇上的圣德、圣恩真是天高地厚……天高地厚呀。"

一名举子："这位年兄，你哪怕没有考中，就凭皇上亲自为你掌灯，也不亏十年寒窗之苦了。"

另一名举子："是呀，古往今来谁有年兄这般恩遇呀？"

王文昭又掉下泪来。

刘墨林却失声地笑了起来。

众人都冷眼望着他。

刘墨林："王兄不要见罪，我是想起那个道士的话了……尹兄，你还记得吗？"

尹继善也失笑了："没错，没错。那道士说王兄是'国内一人'。这次殿试最后就剩下了王兄一个人，而且还幸蒙皇上掌灯照亮，这岂不是'国内一人'吗？"

王文昭也破涕为笑了。

17. 养心殿正殿

灯火通明。

胤禛连大典的礼服也没来得及换下，就在这儿召集上书房大臣，还有匆匆赶来的允祥召开了御前会议。

胤禛："年羹尧的折子上说，罗布藏丹增占据西藏并吞青海，自号亲王，现在已经纠合了十几万兵马，而且有和策旺阿拉布坦勾结的倾向。这两支叛军一旦会合，西北的局势不堪设想！而朝廷目前只有年羹尧的九万三千兵马，敌强我弱，形势十分危急。你们说，该怎么办？"

众人都知道此时每一句话都直接关系到朝廷的安危，因此一个个凝神细思，一时间竟没有一个人说话。

只有允祀，显然由于很早就得到了这份奏折，虽没拆看，但也已猜中了几分，借着白天殿试的那段时间早已筹谋在胸，这时他说话了："首先是调集大军。西北到处是沙漠荒原，非有数倍于敌的兵力无法用兵。但是，从各地调来的军队，得有一个既懂兵法又有身份的人才能统领得住。先帝当年用兵西北，用十四阿哥统兵就是这个道理。"

此言一出，首先是胤禛怔住了。

接着，其他的人都是面面相觑，沉默无语。

只有允祥，仍在凝神细思。

胤禛却等不及了，对着允祥说道："怡亲王，你是最通兵法的。你说该怎么办？"

允祥站了起来，说道："廉亲王的话至为有理。但是，真的要大举进兵也是秋天的事了。当务之急无非两项。一是调兵布防，二是调集粮草。臣的意思，首先责令年羹尧调集川陕的军队，兵分两路：一路固守里塘、巴塘和黄胜关，截断叛军入藏的道路；一路驻守永昌和布隆基河，防着罗布藏丹增进入甘肃。再调靖逆将军富宁安的军队即行西进，进驻吐鲁番和噶斯口，隔绝罗布藏丹增和策旺阿拉布坦会合的通道。这样一来，就遏制了叛军的蔓延之势。与此同时，申饬户部、兵部赶紧把粮草和春日应更换的军衣，还有行军锅灶一应军需物资运往大营。至于委派谁作为大将军，可以慢慢物色，从长计议。"

胤禛的脸色舒展了，他也站了起来，大声说道："好！一切就按怡亲王所说的去办！张中堂、马中堂，这一向你们两个人把其他的事放一放，主要协助怡亲王办理西北军务。"

张廷玉、马齐站了起来："是。"

胤禛："廉亲王、隆中堂，李卫放江苏巡抚、田文镜放河南巡抚的咨文，吏部都办好了吗？"

允祀："正在办。"

胤禛："催一催，叫他们马上就办。"

允祀："是。"

胤禛："还有新科进士的事情，你们俩过问一下，叫李绂他们抓紧阅卷，早点发榜。"

允祀和隆科多悻悻地站了起来，应道："是。"

18. 养心殿膳房

胤禛坐在上首，李卫坐在西向，两人面前各摆了一双竹箸、一只空碗。

几个太监托着菜盘，一个太监端着一锅米饭走了进来。

菜摆上了桌：一盘烧豆筋、一盘芹菜爆里脊、一盘清蒸素丸子、一盘清炒豆芽，还有一碗漂着菜叶的清汤。

一个太监拿起胤禛面前的空碗，要去盛饭。

李卫站了起来："让我来。"

那太监犹豫了，望了望胤禛。

李卫："主子，奴才这一去不知什么时候才能见到您，就让奴才再侍候一次您吧。"

胤禛："好吧。这儿不用你们侍候了，都出去吧。"

那几名太监："嗻。"答着躬身退了出去。

李卫拿起胤禛的碗满满盛了一碗饭，双手放在他的面前。接着自己又去盛了一碗饭。

胤禛端起碗，拿起竹箸："来，赶一点儿给你。"

李卫："怎么？主子连一碗饭也吃不完了？"

胤禛轻轻叹了口气："早就吃不完了。"说着把碗里的饭赶了一小半给李卫，"吃吧。"

李卫："嗯。"答着，却放下了碗，把头掉了过去。

胤禛刚扒了一小口饭，忽然望见李卫抽泣的背影，诧道："你怎么了？"

李卫回过头来已是泪流满面，抽咽道："主子，您一天到晚这么操心劳神，却只吃这么一点儿，怎么得了呀。"说着，趴在桌上放声哭了起来。

胤禛也吃不下了，把筷子轻轻放下，说道："狗儿，狗儿呀。"说着站了起来，走到一边，望着墙上那张写着"俭"字的斗方，不再作声。

李卫哭了一阵，感觉没有了声音，连忙抬起了头，看到胤禛站到墙边不再吃饭，吓得连忙揩干眼泪，走了过去，扑通跪了下来："都是奴才不好，惹得主子生气，奴才该死！"说着把头在地上叩得砰砰直响。

胤禛转过身来，眼中满是伤感："朕没有生气。来，咱们主仆俩人吃饭吧。"

19. 允祀府花厅

允祀、允禟、允䄉也围坐在一张圆桌前。

桌上酒肴横陈。

允䄉喝了一口酒，说道："我就不明白，那田文镜一个进士都没考上的风尘小吏，一下子放了河南巡抚；李卫一个连字都不识的奴才也放了江苏巡抚。八哥竟连一句话也不说，你这个总理王大臣当得也太窝囊了吧。"

允祀把筷子一放，却没有吭声。

允禟："你不懂就少说。八哥不同意这两个人，湖广布政使张圣弼、粮储道许大完、广西按察使李继谟、直隶巡道宋师曾，还有江苏布政使李世仁能在雍正那儿通过吗？以五比二，这笔生意咱们没吃亏。"

允䄉兴奋了："原来八哥暗地里做了这笔交易……刚才的话，算我没说。"说完又喝了一口酒。

允祀轻轻叹了口气："论起用人，我们还是远远不及他呀。你们看看李卫就知道了，一个地地道道的叫花子，硬是让他调教成了个厉害角色！而我们这么多年培养的人呢？如今倒戈的倒戈，避难的避难，就是现在用的这些人，又有谁能和李卫、田文镜相比？"

允禟："八哥，咱们也不要太长他人志气。二十七个行省，这么多要职，他一时片刻也找不到那么多人。"

允祀："你们不了解他。他除了破格起用自己的旧人，现在正把眼睛盯着那些科甲出身的清流。身为皇帝，竟然为一个考生掌灯，你们当他是妇人之仁吗？他这是在笼络人心哪。"

允禟："他也在失人心！听说这一向隆科多就是满腹的牢骚……八哥，咱们是不是去拉一拉他？"

允祀："还不到时候。据我这一向冷眼旁观，皇上迟早会弃了他这枚棋子。到一定的时候，不用咱们拉，他也会靠过来的。"

允禟和允䄉都点了点头。

允禟接着又说道："西北大将军的事咱们也得争。现在看来，只有一个老十三，还有就是老十四。老十三是绝不愿意让他离开身边的。除了老十四，他还能派谁？"

允祀没有正面回答他，把目光转向了窗外，说道："不知道……走着瞧吧。"

20. 慈宁宫

这里也正在开饭。

长长的膳桌上大大小小摆了几十碗各种菜肴。

乌雅氏坐在上首，允禵坐在她的旁边。

乌雅氏慈爱地望着允禵，说道："难得你赶来陪额娘吃一顿饭。有什么事情，边吃饭，边慢慢说吧。"说着，咳起嗽来。

允禵站了起来，拿起身旁带来的一只锦盒，说道："这是儿臣花了好大的劲从高丽找回来的一支千年老人参，额娘把它吃了，这病会有起色的。"

乌雅氏充满爱怜地点了点头，说道："额娘领了你这一片孝心。不是额娘说你，你那个脾气得改改，对你四哥也多让让。有什么话我也好同他说。"

允禵："是。"

21. 养心殿膳房

李卫一边给胤禛的碗里舀了半碗汤，一边说道："奴才这一次去江苏，原想试试主子说的'摊丁入亩'，把人头税摊到土地里去。可现在看来，还不到时候。因为江苏是朝廷的一半财源，如今西北要打大仗，如果把江苏搞乱了，西北的军饷出了问题，就会误了大事。因此奴才想，先把江苏亏欠朝廷的税银收上来，保住西北的军饷再说。"

胤禛点了点头，欣慰地说道："你能从大局着眼，从小处着手，说明你真是长进了。两江是国家财赋的根本重地，不能乱。你到了江苏以后，好好干，着实干出点政绩，同时要多读点书，等到你有了那个能力，朕把两江都交给你。"

李卫连忙站了起来："奴才真怕干不好。"

胤禛手一摆："坐下坐下。这是咱们君臣肚子里的话，现在不要说出去，到时候朕会妥善安排。对了，西北是目前最吃紧的地方，几十万大军需要一个有大将之才的人去统领，你说说看，派谁最好？"

李卫骨碌着眼睛想了想，答道："既然主子问我，奴才就说了。最合适当然是十三爷，但是主子身边少不了他。此外只有一个人……"说到这里，他瞅了一眼胤禛。

胤禛："说吧。"

李卫："年羹尧！"

胤禛不露声色，接着问道："这是你的想法？"

李卫又站了起来，答道："奴才不敢隐瞒主子，这是邬先生说的。"

胤禛眼睛一亮，点了点头，接着问道："邬先生在你那儿还好吗？"

李卫："很好。除了奴才有事儿找他请教请教，平时他总是待在院子里哪儿也不去。"

胤禛："听说他想到田文镜的幕府里去，有这回事吗？"

李卫暗暗一惊："这是奴才们在太原见到田文镜时说的一句玩笑话。"

胤禛："田文镜那儿也确实需要这么个人。如果邬先生愿意，就让他去待一阵子。帮田文镜在河南站稳了脚跟，再到你那儿去也可以。"

李卫："是。"

这时，高勿庸走了进来："万岁爷，太后那儿传话来了，说是如果万岁爷用完了膳，请去一趟。"

胤禛一警："今天都有谁去过太后那儿？"

高勿庸："回万岁爷，十四爷来了，这会儿还在那儿。"

胤禛的脸沉了下来，接着站了起来："朕现在就去。"

22．慈宁宫

看见胤禛进来，所有的太监宫女都跪了下来："皇上吉祥！"接着都退了出去。

允禵也连忙站了起来。

胤禛向乌雅氏行礼："儿子给太后请安。"

乌雅氏满脸堆笑地站了起来："罢了。允禵，还不过来见过皇上。"

允禵这才走了过来，跪了下去："臣弟叩见皇上。"

胤禛笑着搀起了他，说道："你可是贵步呀。用过膳了吗？"说着眼睛向膳桌上瞟去，接着脸色一变，"小胖子呢？"

那名慈宁宫的首领太监——小胖子连忙走了进来："奴才在。"

胤禛指着膳桌问道："这就是太后的膳食？有六十四个碗吗？"

那小胖子连忙跪了下去："回万岁爷，没、没有……"

胤禛厉声喝道："太后以天下养！朝廷有制度，为什么不按规矩办？"

乌雅氏连忙插言："不要怪他们，这是我自己的主意。人老了，一看见满桌的油腻就心烦，倒是喜欢清淡点儿的，更合胃口。"说着竟咳起嗽来。

胤禛连忙上前扶起乌雅氏到榻上的大迎枕上躺下，说道："儿子已经传旨，请青海罗藏札布寺的活佛进京来给太后祈福。夜来也曾传太医问过，说是您这病只要安心荣养就行，太后只管放心。"

乌雅氏："难为你这片孝心。刚才你十四弟也给我带来了一支高丽的千年老人参。看着你们兄弟这么孝顺，我就有点病也好了。"说着又咳了两声。

胤禛忙一腿跪到榻上给她轻轻地捶背。

允禵也连忙端起地上的痰盂伸了过去。

乌雅氏吐了一口痰，看了看胤禛，又看看允禵："来，你们挨着我坐下。"

胤禛和允禵在乌雅氏身边一左一右坐了下来。

乌雅氏一手拉着胤禛，一手拉着允禵，若有所思地说道："先帝爷留下的二十四个骨血，虽说都是我的儿子，但从娘肚子里出来的毕竟只有你们两个。娘老了，在这深宫里养着，一闭上眼睛就是你们两个人……昨儿听说西北又吃紧了，我不由得想起了康熙五十七年我的生日那天……"

听到这里，胤禛暗中一惊，不由向允禵望去。

允禵也正把眼光向他望来，二人目光一碰，又连忙移开。

乌雅氏接着说道："皇帝，我记得那时你对我说，要举荐你十四弟出任大将军王，问我放不放心……当时，我心里好欢喜。皇帝……"

胤禛连忙打断她的话："额娘，您累了，歇着吧。有什么话，以后再说。"

乌雅氏如何肯放掉这个机会，接着说道："我不累，现在当着你们两个人都在，我要你答应我一件事。"

胤禛站了起来，大声说道："祖宗有家法，后宫不能干政。如果是有关朝廷的政事，儿子恳请额娘不要说了。"

乌雅氏一怔，一张脸顿时憋得通红，一口气喘不过来，剧烈地咳起嗽来。

胤禛又连忙跪了上去，给她捶背。

允禵见他如此拉得下脸来，不禁一股气直冲脑门，也呼地站了起来，大声说道："皇上！你为什么不让额娘把话说完？"

胤禛脸一沉："你这是在同朕说话？"

允禵毫不退让，仍然大声说道："皇上对太后不也是这个样子说话吗？你当太后是向你求情让我出任大将军王？你错了！我今天来是想求太后做主，让我纳乔引娣做侧福晋！"

胤禛："哦？那也不行！凡是有违祖宗成法的事情，朕都不会答应！"

允禵一张脸变得煞白，颤声说道："好……那好……那我也问皇上一句，你做的事情都合乎祖宗的成法吗？就说这次开科取士，有个叫刘墨林的举子公然到妓院去嫖娼，御史告到你这儿，你仍然让他参加殿试。这合乎祖宗的成法吗？"

胤禛站了起来，冷笑了一声："你今天是代谁向朕兴师问罪来了？！"

允禵怔了一下，却仍然硬着脖子，硬声答道："你是皇上，谁还敢向你兴师问罪。"

乌雅氏这时已经急得头颈直颤："允禵，你、你这是在跟皇上说话吗！你、你给我出去！出去……"

允禵二话不说，跺了一下脚，转身就走了出去。

乌雅氏又剧烈地咳起嗽来。

胤禛虽然心中激愤，却不得不喊道："快！传太医！"

乌雅氏喘着说道："不、不要管我……我死了更好……"

胤禛俯下身去："额娘……"

乌雅氏摆着手："你也走吧，让我清静清静……"

胤禛怔了一下，咬了咬牙，转身也走了出去。

23. 养心殿正殿

胤禛拍着御案大声说道："新科进士的名单出来没有？叫他们赶快送来！"

高勿庸："嗻。"

24. 连升客栈

一大早，客栈里就像开了锅，各个房间都热闹起来。

客栈的老板像过年一样，穿了一身簇新的暗红色袍子，帽子上还插了一朵红花儿，向楼上走来。

他的身后跟着两名小二，每人手里捧着一个大托盘。

每个托盘里都摆着几个小盘，每个小盘里都装着一只糕、一只粽子、一只鱼头。

走到楼上，这老板高声喊道："今儿张榜，各位状元公金榜题名啊！"

走到第一间房门口，他转身拿起一只小盘递了进去："恭喜，恭喜，高中鳌头！"

一双手把小盘接了过去："借您的吉言。同喜，同喜。"

接着，他又走到第二间房门口，递过一只小盘："恭喜，恭喜，高中鳌头！"

又一双手把小盘接了过去："吉言，吉言。同喜，同喜。"

走到第三间房门口，他又拿起一只小盘，刚要递上。

刘墨林出现在门口，笑道："还有两位状元在我这房间里呢，三盘都拿来吧。"

那老板也笑了："好，好。三鼎甲在此，三元齐上！"说着又拿起两盘递了过去。

尹继善和王文昭也出现在门口，一人接过一盘。

尹继善也调侃地说道："老板，究竟是我们中状元，还是你中状元哪？"

那老板："罪过罪过。小人祖坟上还没有长那棵草呢。当然是老爷们的状元哪。"

尹继善："那你头上插着朵红花，不是准备去跨马游街的吧？"

那老板："这您就不懂了，这会儿是我插红花，等到金榜出来，就是您插红花了。"

尹继善："说得好！我们中间只要有谁中了，一定重重地赏你。"

那老板："哟！那小人这儿先谢过了。不过，状元公要赏不要赏别的，到时候给小店题个匾，写个字，就是最大的赏赐了。"

刘墨林："那好，到时候我们一个人给你题一块匾。"

那老板也真会逗趣："那我就把临街的门面再加上一层，每一层挂一块匾，到时候我这店里可要排着队才住得进来喽。"

刘墨林："那你就等着加层吧。"

25. 房内

三人开始吃盘子里的东西。

王文昭想了半天，问道："这盘子里一片糕、一个粽子、一个鱼头是什么意思？"

刘墨林："亏得皇上给你掌灯，连这个都不懂，怎么做'国内一人'哪？这是'高、中、鳌头'的意思。"

王文昭笑了："你当我真的不懂？我是看他每人都送了一盘，哪有这么多鳌头呀？"说着先就拿起那只鱼头啃了起来。

尹继善也笑了："刘兄，你呀是聪明在外，王兄呢才是真正的深藏不露呀。你看他，平时写文章都是文不加点，为什么殿试的时候那么慢？他用的是缓兵之计呀……"

刘墨林："哦？"

王文昭急了："我、我哪懂什么缓兵之计？实话说吧，我当时一急，真担心那个病要犯了……这一急，才……"说到这里，他的神色黯然下来。

尹继善和刘墨林对视了一下。

尹继善："我是开个玩笑，王兄不必在意。再说吉人自有天相，只要你高中了，那个病自然就不会再犯了。"

王文昭："但愿如此。"

这时外面一阵阵呼朋邀友的声音传来："走吧，走哇，看榜去！"接着就是很多人走过的楼梯响。

王文昭："我们也快点吃，好去看榜。"

刘墨林："俗人。没有把握才去看榜。咱们就在这儿等着，自有报子前来报喜。"

尹继善："对！任凭风浪起，稳坐钓鱼船。这才是三鼎甲的风范！"

王文昭："那好，咱们就在这儿等着。"

26. 午门前

正中的红墙上黄榜高挂。

许多人都拥在那儿伸长了脖颈看榜。

一个人摇头晃脑地念了出来："一甲一名，贵州省会试贡士王文昭！"

许多人跟着嚷了起来："状元出来了，是什么王文昭！"

27. 连升客栈门前

锣鼓声和鞭炮声响成一片。

一群看热闹的人拥着两名报子和吹鼓手向门前拥来。

客栈的老板连忙迎了出来。

报子甲大声问道："王文昭王老爷是在这儿下榻吗？"

那客栈老板连声应道："是！是！王老爷就在小店下榻。高中了吗？"

报子乙刷地拉开手中的红纸喜报高声报道："报！贵州举人王老爷讳上文下昭高中甲辰恩科殿试第一名状元及第！"

那客栈老板忙不迭声地喊道："放鞭炮！快放鞭炮！"

店内，小二把早已准备的鞭炮点燃放了起来。

报子甲："快叫状元公出来，让小的们叩喜。"

那老板这才惊悟过来，连声说道："我这就去请，这就去请！"说着转身奔了进去。

28. 客栈里楼的走廊上

王文昭、尹继善，刘墨林被喧嚷声惊动，已经走了出来。

那老板在天井里望见了王文昭就扑通一声跪了下来，大声报道："王、王老爷上文下昭高中了！"

尹继善忙问："第几名？"

那老板："第一名！状元及第了……"

王文昭牙关一咬，一张脸顿时变得苍白，往后就倒了下去。

尹继善和刘墨林连忙将他搀住。

那老板在底下忙叫："快扶到床上去，这是喜心疯！我这儿有药，喝一碗就好。"说着连忙又奔了出去。

29. 房内

王文昭平躺在床上，已经缓过神来。

尹继善和刘墨林站在他的床前。

那老板拿着那只空药碗，说道："状元公安心养息，报喜的人小人已经给了钱打发走了。"

王文昭虚弱地说道："多承费心。"

老板："应该的，应该的。"

这时门口又传来了锣鼓声，众人又是一惊。

老板眼一亮："没错，是到咱们这来的！状元公和二位先歇着，小人去去就来。"说罢一揖，又连忙奔了下去。

30. 客栈门前

锣鼓声、鞭炮声又响成了一片。

又一群看热闹的人和另两名报子、几个吹鼓手站在门前。

报子丙喊道："尹继善尹大老爷是在贵店下榻吗？"

客栈老板大喜，答道："是，是。"

报子丁唰地拉开手中的红纸喜报高声报道："报！满洲镶黄旗下尹大老爷讳上继下善高中甲辰科殿试第二名榜眼及第！"

那客栈老板脸上笑出花来，忙不迭声地喊道："放鞭炮！快放鞭炮！"

店内，另一名小二把早已准备的鞭炮点燃放了起来。

报子丙："快叫榜眼公出来，让小的们叩喜。"

客栈老板："这就去！这就去！"

31. 房内

报喜的人都走了。

王文昭也已经坐了起来，手里捏着那份喜报发怔。

尹继善手里也捏着一份喜报，坐在那儿默不作声。

刘墨林笑了起来："你们忘记那个道士的话了？"

尹继善和王文昭眼睛同时一亮："嗯，没错。再等等，你的喜报一定会来。"

这时外面果然传来了锣鼓声。

刘墨林："怎么样？我说了吧……"

话未落音，客栈老板已经走了进来，满脸堆笑："恭喜状元公和榜眼公，国子监派轿子来接二位爷了。"

王文昭和尹继善连忙站了起来，刚要走出去，又一齐站住，回过头望着刘墨林。

刘墨林虽然仍在笑，但已经有些勉强，说道："去吧，去吧。我待会儿就来。"

王文昭和尹继善也只好说道："好，我们等着你。"说着走了出去。

刘墨林这时默然了，听着底下传来的一阵一阵锣鼓声，忍不住又走了出去。

刘墨林靠在栏杆上向下望去，两顶蓝呢大轿停在院井中，一名国子监的书办正领着众差役和众鼓手、轿夫跪了下来向王文昭和尹继善叩头。

接着，众人又都站了起来，掀开轿帘。

王文昭钻进了第一顶大轿。

尹继善也钻进了第二顶大轿。

锣鼓又敲了起来，两顶大轿一先一后抬了出去。

刘墨林怔了片刻，大踏步向楼下走去。

32．午门外

看榜的人已经稀少了。

刘墨林一步一步走来了，望着远处的黄榜，竟然没有勇气走近去观看，站在那儿发怔。

有几个看完榜的人过来了，一人议论着说："今年好怪，三鼎甲中竟然有两个人是连升客栈的，那地方好风水呀。"

刘墨林脑子一轰，这才知道他的那个"探花"已经落了空，定了定神，一咬牙，他还是向黄榜走去。

33．黄榜下

黄榜上面一行一行的名字都过去了。

刘墨林眼睛已经灰暗下来，接着他又定了定神，从头又看了过去。

黄榜上一行一行的名字又过去了。

高大的午门城楼竟慢慢地在他的头顶旋转起来。

刘墨林梦游般地转过了身子，喃喃地说道："完了……完了……"

34．客栈大厅内

刘墨林失神地走了进来。

店里的人，包括老板、小二都用陌生的目光望着他。

刘墨林仿佛一点儿也没看见他们，拖着两条腿向里面走去。

突然，那老板喊道："刘、刘公子。"

刘墨林站住了，慢慢地回过头，失神地望着那老板："什么事？"

那老板犹豫了片刻，这才说道："刚才您家老太爷派人来了，说是叫您明天就搬到城外潭柘寺去住，到那儿去读书……"

刘墨林笑了："知道了，我早就知道了。我搬，我明儿一早就搬。"说着，突然高声大笑起来，一边迈开大步向里面走去。

定格。

| 第二十六集　取瑟而歌 |

1. 刘墨林客房

恼人的月亮，升得不高不低，刚好露在窗口，照着那张木床。

刘墨林两脚悬搁在床架上，背部枕在叠着的被上，仰着头，倒看着窗外的那轮月亮。

不知过了多久，他又爬了起来，坐在床上，两眼望着房梁，出了会儿神。接着，他眼睛一亮，下床走到门边的脸盆架前，端起那半盆清水，又走到桌旁，放在桌上。

面盆里又一只月亮在漾漾地漂着。

他看了看天上的月亮，又看了看水里的月亮，叹了口气，搬过一把椅子，放在靠桌前的房梁下面，站了上去，然后解开腰上那根长长的绸带往上一抛。

绸带那端越过房梁垂了下来，刘墨林挽过绸端，把两头拴在一起，打了个结，又用手往下拽了拽，然后回过头去，望着那清水中的月亮，笑了。

2. 上书房

灯烛高烧。

正中的书案上摆满了考生们的试卷。

胤禛坐在书案前，身上穿着便服，头上连帽子也没有戴，脸上也一改平时的端严，而是少有的平静和随和。

允祀、允祥、张廷玉、隆科多和马齐显然是有特旨嘱咐，也都穿着便服，此刻正站在书案两侧。

胤禛对身旁的高勿庸：“把他们叫进来。”

高勿庸走到门边：“有旨，传阅卷官进见！”

李绂领着四名阅卷官顶戴袍服走了进来,一齐跪下:"恭请圣安!"

胤禛望了望他们,说道:"这里有一份考卷,写得很好,却被你们刷了,听说还是因为这个考生去过漱玉院那件事。朕本可以不告诉你们就特旨录取他……叫你们来,是想弄清楚一个道理。为什么真正犯了国法的,有那么多人不遗余力去保;而这么一个考生,就是因为去了一趟漱玉院,又有这么多人不遗余力地要把他榜上除名?甚至还有人到处散布流言,说朕让他参加殿试是坏了祖宗的成法。廉亲王、隆中堂,你们是代表朝廷主持这次阅卷的大臣,你们说说,这究竟是为了什么。"

允禩和隆科多知道,这位皇上连夜叫他们来,绝不是为了一个考生的录取与否,而是借题发挥——这时又点名要自己回答,十有八九是冲着自己来的了……想到这里,二人对望了一眼。

允禩:"李绂,你们回皇上的话。"

李绂:"是。《大清律》载:'在职官员嫖娼者,杖八十廷杖;秀才、举人嫖娼者,停止科考一届'。"

允祥插话了:"何为嫖娼?那刘墨林嫖过娼吗?"

李绂:"回怡亲王,正因为他未成事实,因此皇上让他参加殿试,臣等未有异议。记得皇上曾对臣等说过,为国抢才,既要取才,更要取德。那刘墨林在漱玉院与妓女斗艺,众口喧腾,传遍京城。取了他,既有玷皇上圣德,也有背圣人礼法。臣等没有取他,实是为了维护朝廷的纲纪。请皇上鉴察。"

那四名阅卷官也齐声说道:"圣人的礼法,朝廷的制度,都是用来维系世道人心的。请皇上三思!"

胤禛把目光转向了张廷玉、马齐。

张廷玉和马齐纷纷避开胤禛的目光,一声不吭。

胤禛有些失望,但也知道,牵涉到"礼法"二字,张廷玉和马齐也绝不敢一味地附和自己,而招来清议……想到这里,他不禁瞟了允禩和隆科多一眼。

允禩仍是那副见惯的平静之中莫测高深的神态。

隆科多则是双眼微闭,一副置身事外的神情。

胤禛嘴角掠过一丝冷笑,接着给允祥递过一个眼色。

允祥会意地笑了笑,然后说道:"皇上,臣倒想同他们切磋切磋什么叫作礼法。请皇上和上书房几位大臣坐到一旁听听。"

胤禛站了起来:"好吧。"接着走了下来,对允禩、张廷玉、隆科多和马齐说道,"我们在一边听听。"

说着，他率先走到一旁的榻上坐了下来，手一指："你们也坐。"

允祀等也只好在两旁椅子上坐了下来。

允祥走到书案前坐下，在椅背上微微一靠："高勿庸。"

高勿庸："在。"

允祥："听说这儿有个叫秦顺儿的小太监小曲唱得很好，是吗？"

高勿庸："是。"

允祥："你去把他叫来。"

高勿庸："嗻。"

3. 刘墨林客房

刘墨林这时已经坐在椅子上，低着头望着盆中的月亮。

镜头上拉——他那条黑亮粗长的辫子的末梢竟结在绕过房梁的绸带上，绷得像拉紧的弓弦……

4. 养心殿正殿

秦顺儿已被叫来，怯怯地站在那儿。

允祥笑着对他说道："你们家乡有没有唱月亮哪，河水呀，男女相会呀一类的小曲？"

此言一出，众人都是一怔。

那秦顺儿也呆了，一时不知如何回答。

高勿庸："十三爷问你呢，有就有，快回答。"

秦顺儿怯生生地："是。回十三爷的话，有。"

允祥："唱几段，给大家听听。"

众人都惊呆了，面面相觑了好一阵，接着无不把诧异的目光转向胤禛。

胤禛正用少有的和蔼的目光望着秦顺儿，并微微地点了点头。

高勿庸："十三爷叫你唱，你就唱呀。"

秦顺儿这才答道："是。"接着，低下眼睛唱了起来：

　　初一到十五，十五的月儿高。

　　那春风吹动，吹动杨柳梢。

　　三月桃花开，情郎捎书来。

捎书书，带信信，要一个荷包带。

一绣一只船，船上张着帆。

里面的意思，情郎你去猜……

"好！"允祥大声鼓起掌来。

众人还没在这婉转动听的歌声中和七上八下的心境里缓过神来，允祥又连声赞道："好！好！歌儿好，意思好，唱得也好！"说着解下腰间那只镶金丝的荷包扔给秦顺儿，"这个赏你。"

秦顺儿哪里敢接，又把目光转向了高勿庸。

高勿庸："十三爷赏你的，你就接下。"

秦顺儿这才跪了下去双手拾起荷包，叩了个头："谢十三爷的赏。"

允祥："你下去吧。"

秦顺儿叩了个头："是。"接着又移过双膝向胤禛叩了个头，这才爬了起来，退了出去。

这时一名阅卷官一脸的正色，一撩袍服，直挺挺地跪了下来，大声说道："乡谣俚曲不登大雅之堂，何况是庙堂之上！十三爷此举臣实实不解，也实实不敢苟同！"

紧接着，另一名阅卷官却面对胤禛跪了下来，大声说道："谢济世此言，请皇上鉴纳！"

李绂领着另两名阅卷官也跪了下来，等待胤禛回话。

胤禛没有看他们，却瞟了瞟一旁的允祀和隆科多。

允祀仍然面无表情。

隆科多也仍然微闭双眼，面无表情。

胤禛："怡亲王，你同他们理论。"

允祥大声答道："是。"接着把目光对准了第一个阅卷官，"你叫谢济世，是康熙五十一年的进士？"

那谢济世："是。"

允祥又把目光对准了第二个阅卷官："你叫陆生楠，和谢济世是同榜进士？"

那陆生楠："是。"

允祥："你们说乡谣俚曲不登大雅之堂？好。那就来一段可登大雅之堂的吧。你二人把《诗经》中的第一首念给皇上和大家听听。"

谢济世和陆生楠怔了一下，又对望了一眼，接着吟了起来："关关雎鸠，在河之洲。

窈窕淑女，君子好逑……"

5. 刘墨林客房

刘墨林仍然坐在椅子上默默地望着盆中。

他那悬梁的头影倒映在水面上。

一阵风吹来，水面荡起了波纹，摇漾中他的头影化入：

一灯摇曳，少年时的刘墨林，正把辫子高高地悬在梁上，嘴里在不断地诵读。

他的面前摆着一本《四书》。

他太困乏了，嘴里虽然仍在喃喃地念着，两只眼皮却合了下来，他的头一垂——悬在梁上的辫子一紧，他又惊醒了。

门外传来了母亲的声音："都半夜了，让孩子睡吧？"

父亲严厉的声音："不行！今天不背出这一章不能睡！"

母亲长长的叹息声。

刘墨林的眼中盈满了泪水。

化出。

现时的刘墨林慢慢往椅背上一靠，闭着的眼中渗出了泪水。

突然，他觉得脸上一凉——几滴水珠弹在了他脸颊上——倏地睁开眼睛。

轻轻摇漾的水面上，那轮还剩半边的月亮旁，一个清丽异常的面庞正睁着两只秀美的眼，含笑望着他！

6. 上书房

谢济世和陆生楠已在背诵第三段："参差荇菜，左右采之，窈窕淑女，琴瑟友之。参差荇菜，左右芼之，窈窕淑女，钟鼓乐之。"

允祥也报以掌声："好，好，背得很好。只是这意思太深奥，还要请二位给我解释解释。"

其实，到这个时候大家心里都已明白，允祥是在借《诗经》这部圣人删注的经典破他们的所谓礼法。

几名阅卷官都尴尬起来。

隆科多的脸也开始阴沉下来。

允禩那平静的神态也没有那么平静了。

张廷玉和马齐此时都露出了佩服的微笑。

倒是胤禛，一脸的端严。

允祥："怎么？不愿意教我？"

谢济世和陆生楠对望了一眼，只好答道："岂敢。"

允祥："是岂敢教我，还是岂敢不教？"

谢济世和陆生楠又对望了一眼。

谢济世："好，我说。《关雎》乃《诗经》之开篇。是说一位姣好的女子在河边采摘荇菜，一位钟情的男子弹着琴瑟，敲着钟鼓向她倾诉爱慕之意……"

7. 刘墨林客房

刘墨林恍若梦中，坐在那儿怔怔地望着苏舜卿。

苏舜卿坐在靠窗边的桌旁——她戴着一顶镶玉暗红色瓜皮小帽，穿着一件月白色绣着暗红梅花的湖绸长袍，上面套着一件暗红色绣着白色梅花的马褂，俨然一位翩翩美少年——两只秀美明亮的眼睛也深深地望着刘墨林。

刘墨林的两眼中开始闪出了光泽。他那旷达的性情一下子又喷涌而出："白天我是庄子，夜晚我是蝴蝶。不知道是蝴蝶白天梦成了庄子，还是庄子夜晚梦成了蝴蝶？"

苏舜卿笑着答道："天上有个月亮，水中有个月亮。不知道是天上的月亮在水中，还是水中的月亮在天上？"

刘墨林脱口赞道："好！"倏地站了起来，却被吊在绸带上的辫子一绊。

苏舜卿扑哧一笑，接着又说道："梁下有根辫子，辫上有根房梁。不知道是房梁扯住了辫子，还是辫子扯住了房梁？"笑着走了过去，替他解开结在绸带上的辫梢……

8. 上书房

允祥站了起来，说道："来而不往非礼也。我也背几段给你们听听。"说着从书案前走了下来，微微抬着头，在李绂、谢济世、陆生楠几人面前来回踱起步来，接着抑扬顿挫地大声吟诵起来："'静女其姝，俟我于城隅。爱而不见，搔首踟蹰。'——这是《诗经》中《静女》第一段。'蒹葭苍苍，白露为霜。所谓伊人，在水一方。溯洄从之，道阻且长。溯游从之，宛在水中央。'——这是《诗经》中《蒹葭》第一段。说的都是男女情爱。如果你们想听，我还可以给你们背诵。"

9. 刘墨林客房

刘墨林和苏舜卿相对坐着，相对望着，初见时的旷达已变作了黯然的沉默。

良久，苏舜卿低下了头，轻声说道："我都知道了，全是因为我，使你失掉了前程……"

刘墨林又回复了那股旷达的豪气，他倏地站起，大声笑了起来，笑罢说道："'吹皱一池春水，干卿底事？'"说着转过身去望着已经升得很高的那轮月亮，不再吱声。

苏舜卿也慢慢地站了起来，望着他的背影问道："听说令尊叫公子搬到寺庙里去读书，等到下一科再考，是吗？"

刘墨林好像在回答她，又像是在自言自语："此生已被读书误，绝厌青灯再读书。莺飞草长，正是江南好风景……西子湖畔，秦淮河边，卖字画去！"

苏舜卿轻轻地一颤："你要到江南去？"

刘墨林仍然没有转身，还是望着那轮月亮，答道："朝廷不要我，家里不容我，这具臭皮囊总得找个归宿……到了天也不覆我，地也不载我的时候，我就往西湖里或者秦淮河一跳，就什么都干净了。"

苏舜卿眼中盈出了泪水，很快她又悄悄地揩干了泪水，佯笑着说道："如果你真的跳了河，我就到河边去祭你……"

刘墨林倏地转过身来，定定地望着她，接着也笑了起来："那我现在就去跳河！"

苏舜卿也笑着答道："那我现在就来祭你。"说罢，回身从琴囊中取出带来的那张古琴，摆在桌上，然后坐了下来："'为君歌一曲，请君为我侧耳听'。"

说着，她那纤长的秀指轻轻在琴弦上一挑一勾，弹奏起来：

极轻极轻的"叮咚"声，如疏落的雨点滴落在汨汨的水面上。

接着琴声渐急，渐响，风声渐紧，雨声渐急，汨汨的流水化作了滚滚的涛声。

"啪"的一声，她有意把琴弦弹断了一根，弹奏却毫未受阻，风声雨声涛声反而更紧、更密、更响。

接着，她又把琴弦弹断了一根，风雨声、波涛声更加激扬。

琴弦又断了一根，风雨涛声化作了高亢的呼啸。

"啪""啪""啪"，琴弦剩下了最后一根，风雨声、波涛声戛然而止。

短暂的停顿，剩下的一根琴弦又响了起来，如深夜月下流水川前，伊人在默默祈祷，絮絮低语……

这时，苏舜卿那充满柔情的歌声和着琴声唱了起来：

风里雨里寻你寻你千百度，佛前月下为你为你烧掉香千炷。

只说是，还要等你等你五百年；蓦回首，你却在灯火灯火阑珊处……

刘墨林激动得浑身发颤，他一步一步走了过去，一把捏住苏舜卿的手，把她拉了起来，拖到胸前，紧紧地盯着她那双柔情似水的秀眼。

苏舜卿也微微抬着头望着刘墨林，喃喃地问道："你还跳河吗？"

刘墨林呼吸粗重地答道："跳！跳到你这条河里去！"说着，把头紧紧地埋在她的怀里。

苏舜卿闭上了眼睛，把他的头紧紧地搂住。

窗外那轮月亮突然变得血红血红。

10. 上书房

"好了。"这时，胤禛站了起来，大声说道："怡亲王说得已经够明白了。实话同你们说吧，你们学的这些圣经贤传，朕和怡亲王、廉亲王他们打一小在南书房都学过。"说到这里，他停住了脚转对允祀："廉亲王，我记得这'诗三百'，当年在南书房你好像也能够通背？"

允祀只好点了点头。

胤禛接着说道："现在，朕想同你们说的只有一点，那就是怎么样去理解圣人的礼法。圣人的礼法，两个字可以概括，那就是'中庸'！何为中庸？天容万物，海纳百川，才是中庸。为什么秦顺儿唱的那首情曲你们一听便心生反感，说是乡谣俚曲，不分好坏一概鄙薄。而《诗经》中这些情曲你们一个个不但能倒背如流，而且无不心向往之？就因为孔子说过一句'诗三百，一言以蔽之，思无邪'！怡亲王这样做，朕这样说绝不是想为难你们，也没有丝毫不尊礼法的心思。朕只想说，圣人制定礼法，既讲天理，也讲人情。那个刘墨林不过就是仰慕苏舜卿，去弹了一会儿琴什么的，'琴瑟友之''钟鼓乐之'，何罪之有？朕秉圣人天理，人情之本意，准他参加了殿试。为什么就流言纷起，说朕是不尊祖宗成法……其实，有些人是'项庄舞剑，意在沛公'！而你们呢？你们这些饱读圣人诗书的人怎么也如此糊涂？一个个跟着起哄？！"

李绂带头跪了下来，谢济世、陆生楠和另两名阅卷官也跪了下来。

李绂此时已大彻大悟，大声说道："臣等于圣贤的道理学得不透，蒙圣上教诲，如茅塞顿开。那刘墨林只是以琴棋书画偶涉风月，并未有玷礼法。臣同意补录他为今科进士。"

四名阅卷官也大声说道："臣等也同意补录他为今科进士。"

胤禛笑了。

11. 刘墨林客房

苏舜卿满头秀发披散在刘墨林的臂弯里和那床寒衾上。

刘墨林靠在床头的架格上，轻轻叹了一声，说道："天一亮我就要走了，也不知道今生今世能不能再见到你。"

苏舜卿静静地偎靠在他的胸前，答道："你以为今生今世我还会跟着第二个人吗？"

刘墨林一怔，接着微微摇了摇头："我身无分文，拿什么为你赎身？"

苏舜卿："赎身的钱我早就蓄足了。"

刘墨林倏地坐直了身子："跟着我，将要受尽千般苦楚，你不后悔？"

苏舜卿："什么叫千般苦楚？说给我听听。"

刘墨林眨了眨眼睛，想象着说道："可能我们住的是一间破屋……外面刮大风，屋里刮小风；外面下大雨，屋里下小雨……"

苏舜卿也扑闪着眼睛，想象着说道："那我们就买很多很多的盆，哪儿漏雨就摆在哪儿……那雨一滴一滴地滴在大盆里、小盆里……声音好听极了，就像琴声……"

刘墨林："那雨一下就是十天半月……咱们呢，缸里没米，灶内无柴……"

苏舜卿："不能吧？缸里早就有满满的一缸米，是你卖字的钱买的；灶旁也堆满了大捆的柴，是你卖画的钱买的。"

刘墨林："对，对。缸里是有满满的米，灶旁也是有大捆的柴。可是我们俩谁会做饭呢？"

苏舜卿："当然是我会做。我会做……"

刘墨林："你会做熊掌、豹胎、鹿唇、猴脑、驼峰、鱼翅、燕窝、海参，还会做一品锅、二度梅，三阳开泰、四季发财、五子登科……"

苏舜卿举起两手不断地捶着刘墨林："坏！你坏，你坏……"

突然，楼下传来了喧闹声！

12. 楼下院井里

天已蒙蒙亮了。

那苏舜卿的鸨母正在院井里跳着脚、扯开喉咙号叫："李二你这挨千刀的开的好黑店！眼错不见，就把我的苏姐儿拐到这里来了。快告诉我，她在哪个房间！"

那老板赔着笑下气儿说道："好我的干姨！苏姐儿是您老的摇钱树，我家就是坟头上冒八丈青草，也不敢拐弄她呀。您没有搞错吧？"

那鸨母："放你娘的屁！夜来都还有人听见她在你这儿弹琴呢。"

老板："您说的是北房？北房的刘公子哪个晚上不弹琴？"

那鸨母："我不同你扯胡膊。捉了奸再同你理论。"骂着，径直向北边的二楼走去。

13. 刘墨林客房

刘墨林紧紧地把苏舜卿搂在怀里："有我，不要怕。"

苏舜卿："我不怕。"说着抽出手从贴身的小衣里掏出一张银票，"这是我把所有的积蓄换来的一张银票，共一万两。你就说是你的，拿着它给我赎身。"

刘墨林接过银票，眼中闪出了泪花。

这时，门被一脚踹开了，鸨母闯了进来。

"老天爷！"那鸨母一见二人相拥着坐在床上的被子里，双腿一软就盘坐在地上，接着双掌在两只膝上拍着哭骂起来："你这没良心的浪蹄子！这些天来，你闭门谢客我就知道你起了浪心——那么多人出一千两银子见你一面你都不肯，隆中堂家的公子出五千两银子替你梳拢你也不肯。这下倒好，一文钱没有，把个囫囵的身子送给这个落第的穷酸了！"哭到这里，她双手一撑，扑了上去，就要去抓苏舜卿。

刘墨林伸手一推，将她推开。

那鸨母就势又躺在地上，大声号叫："你是个什么东西？破烂流丢一口钟的功名，叫花子不像叫花子，卖唱的不像卖唱的，就凭你给佟家大公子提鞋也不配，你就跟他睡呀？你这黑了心、没天良的贱蹄子……"

那老板见外面已经有些人在探头探脑地观望，连忙走过来说道："好我的老干姨，姨祖宗，你老醒醒神儿吧！这破了身子的事儿，自己瞒着还来不及呢，您倒好。满天的叫唤，唯恐人家不知道吗？"

那鸨母被他一说，有些清醒过来，坐在地上，嘟哝着道："我就是不说，这纸还包得住火……现在就是让人家梳拢，让人家赎身，也开不起价钱了……你这自轻自贱的浪蹄子呀。"

刘墨林一掀被，走下床来，问道："你说，要多少钱才肯让她赎身？"

那鸨母揩了揩眼泪鼻涕，爬了起来："就凭你？好，老娘这个本已经赔了，索性一赔到底。头面首饰银子不要你的了，本银一千，我养了她九年，每年也算一千，共是一万两银子。一手交钱，一手交人——拿来！"

刘墨林淡淡一笑："一万就一万，你得立个字据。"

那鸨母有些发怔："一万两银子你有？"

刘墨林拿起那张银票一扬："有没有，你自己看去！"说着往桌上一拍。

那鸨母连忙拿起银票，对着窗口透着天光仔细看了半天，又转回头对那老板："李二爷，您给帮着瞅瞅。"

老板接过银票又仔细看了看，说道："没错，是恒茂昌的银票，即换即兑。"

那鸨母刚想去拿，刘墨林一把抢过银票："立字据吧。"

那老板连连答道："好事，好事。我给你们当中人。"

14. 上书房

天已大亮，曙光从窗棂中大门里射了进来。

李绂等人已经离去。

允祀、隆科多这时已是神情倦怠，脸色灰暗。

张廷玉和马齐也有了些倦意。

就连允祥也大大地打了个哈欠。

胤禛依然毫无倦容，对高勿庸说道："弄些热毛巾，再弄几碗燕窝莲子羹来。"

高勿庸："嗻。"答着走了出去。

胤禛对众人说道："咱们接着把西北大将军的人选也议了吧！"

众人一怔。

15. 刘墨林客房

那鸨母从刘墨林手中接过银票，这才把字据递了过去，回头走到门边又站住了，转过头来，望着苏舜卿："女儿呀，你真的今天就要跟他到江南去吗？"

苏舜卿早已穿好衣服，这时站在床边点了点头。

那鸨母："孩子呀，跟着他过不下去再来找妈，啊？"

苏舜卿听她这么一说，眼中也盈出了泪水，跪了下来："妈妈的养育之恩，女儿永远不会忘记……我既然跟定了他，就一辈子也不会回头了……妈妈您自个儿多保重。"说着叩了个头。

刘墨林也挨着苏舜卿跪了下来，说道："舜卿从小就没有父母，多谢妈妈将她养大，我刘墨林将来若有出头之日，决不忘妈妈的养育之恩。请妈妈也受我一拜。"说完也叩下头去。

那鸨母鼻孔里哼了一声，扭头就走。

突然，楼下鞭炮声、锣鼓声轰鸣起来。

众人都是一怔。

那老板诧异道："这么早，怎么回事？"

话未落音，楼下有人高声喊道："刘墨林刘老爷在吗？"

老板连忙跟了出去，大声答道："在！在！"

楼下又高声喊道："恭喜恭喜！顺天府刘老爷讳上墨下林高中甲辰科殿试一甲第三名探花及第喽！"

首先是苏舜卿，她的脸唰地白了，两眼惊惶地望着刘墨林。

刘墨林怔了怔然后摇着头说道："榜早就发了，这一定是有人在恶作剧。不要理他们，我们收拾一下，待会儿就走。"

苏舜卿这才缓过神来，轻声说道："我好怕……"

刘墨林笑了笑："你怕我真的考中了？放心，就是考中了我也不要这个功名，只要你！这下不怕了吧？"

苏舜卿这才点了点头。

刘墨林搀着苏舜卿站了起来。

那鸨母也回过神来嘟哝着道："我说呢，哪有这样的好事。"

这时楼下又喊了起来："请刘老爷下楼升轿，去国子监报到！"

刘墨林和苏舜卿又是一怔。

刘墨林轻轻地拍了拍她："我出去看看。"

16. 门外走廊上

刘墨林靠近走廊，这时才真的蒙了！

院井里停着一顶蓝呢大轿，一名国子监的书办带着差役轿夫看见他后一齐跪了下来："请刘老爷下楼升轿！"

刘墨林的脸也白了，喃喃地说道："不可能……这不可能……"

院井里，那书办又大声禀道："请刘老爷不要再犹豫了，是皇上将您的考卷从落卷中提上来的。您是皇上恩点的探花！"

刘墨林这才信了，他慢慢地回过身，又慢慢地向房门走去。

17. 房内

苏舜卿扶着床架站在那儿，脸儿白得像纸，嘴角边偏露出一丝笑纹，两眼正深深地望着站在门口的刘墨林。

刘墨林心潮翻涌，疾步走上前去双手搀住苏舜卿的两肩，连声说道："不去！我宁愿不要这个探花……"

苏舜卿嘴角笑着，眼泪却扑簌扑簌地大颗滴落下来："不……你十年寒窗不容易……何况这是皇上的恩遇……你去吧，我等着你……"

刘墨林怔了怔，接着大声喊道："老板！老板！"

那老板连忙走了进来，躬身应道："小人在。"

刘墨林："夫人暂时就寄住在你这儿，你要给我好好地侍候。"

老板连声答道："这个自然，这个自然。探花公放心去吧。"

楼下的鼓乐吹奏声又响了起来。

刘墨林低下头对苏舜卿说道："等着我。要是不能两全，我一定辞官不做回来找你。"

苏舜卿含泪含笑点了点头。

18. 国子监

刘墨林跪在那里。

李绂含笑望着他，好一阵子才说道："好一个风流才子！你知不知道，为了你，皇上，两个亲王，三个上书房大臣，五个阅卷官一个晚上没睡觉？"

刘墨林抬起了头，两眼充满询问地望着李绂。

李绂："好了。不说了。你要记住，你这个探花是皇上的雨露天恩浇出来的。好好做官，报效皇上的知遇之恩吧。来呀，看上顶戴袍服！"

一名书办捧着顶戴袍服走了过来："请刘大人换装。"

刘墨林望了望顶戴袍服，突然转过头来对李绂大声说道："晚生不愿为官，请恩师大人转奏皇上！"

李绂一惊："为什么？"

19. 上书房

胤禛对张廷玉大声说道："年羹尧出任西北绥远大将军，就这么定了！上书房马上拟一道明诏，传谕各部和各省，除了川陕现有的九万三千兵马，靖逆将军富宁安的八万人马，还有甘肃青海连同川陕四省都归年羹尧节制！"

张廷玉大声应道："是。"

允祀、允祥、隆科多、马齐心情各异地一齐站了起来。

20. 西华门外

允祥走了出来，刚要登轿。

早已守候在那里的李绂连忙走了过来，请了个安："十三爷，又出麻烦了。"

允祥："哦？"

21. 国子监

刘墨林仍然跪在那里，那托盘中的顶戴袍服摆在他的身旁。

允祥在他面前大步地来回走着，一边说道："没出息！没出息！你真的为了那个苏舜卿连探花也不要了？"

刘墨林："回怡亲王，那苏舜卿待学生恩深似海，学生不可以负她。"

允祥站住了，又仔细地打量着他，接着点了点头，然后又踱起步来，一边大声说道："迂腐！迂腐！她既然为了你誓死不嫁，你难道就不能为了她誓死不娶？只要你现在不娶她，这个官还可以照样做嘛。"

刘墨林："可是……"

允祥大声打断他："不说了，不说了。"接着打了个哈欠，"我也要回去睡觉了。快换上衣服，待会儿还要去赴琼林宴呢！"说完大步走了出去。

22. 太和殿

胤禛高坐在须弥座上，镜头从他那布着血丝的眼睛和微微发青的眼圈上慢慢拉了开来。

大柱旁肃立着张廷玉、隆科多、马齐和李绂。

宽敞的大殿里，王文昭、尹继善、刘墨林三鼎甲站在前排，几十名二甲三甲的进士站在后面。

高勿庸操起那条一丈来长的静鞭"啪""啪""啪"甩了三下。

站在柱旁的李绂接着高声宣礼："雍正二年恩科进士跪聆皇上圣谕！"

进士们将手一甩，马蹄袖打得一片山响，接着黑压压地跪了下来。

胤禛望着他们慈爱地笑了，接着清了清嗓子说道："你们都是读书人，十年寒窗，从童生到秀才，从秀才到举人，又从举人到进士，为的是什么？为的就是'学而优则仕'。什么叫作'学而优'呢？就是知书明理，知书明事。国家取士，三年一比，从你们读书人中选择知书明理，知书明事的人出来，辅佐朕料理政务，或代朕管理地方，治理民事，调理民情。现在你们都录取了，可见已是'学而优'了，这个'仕'做得好坏，就要看以后了。怎么样才能做好这个官？朕赐你们三个字：第一个是'公'，第二个是'忠'，第三个是'能'。"

所有的人都把头低伏着，大殿中寂静无声。

胤禛顿了顿，接着说道："什么叫'公'？公，就是把心放在中间，处处以大局为重，绝无偏私。在这里朕为你们介绍一个榜样——张廷玉！"

张廷玉躬身答道："臣在。"

胤禛用手指着他说道："就是他！他是康熙三十九年的进士，可以算是你们的老前辈了。现在他是朕的心腹肱股之臣。他的弟弟张廷璐出任会试主考，徇私舞弊，那么多人上折子保他，张廷玉呢却上了个折子，主张严办。他这就是公，是公而无私！有了这个公心，说话办事就会时时处处想着朝廷，想着百姓，而不是自己。他是你们科甲出身人中的楷模，望你们好好向他学着。"

众进士齐声应道："是！"

胤禛接着喊道："李绂！"

李绂微微一颤，连忙上前一步，躬身答道："臣在。"

胤禛接着说道："他，就是朕为你们树的第二个楷模——'忠'的楷模。这次会试，是他第一个发现了科场舞弊的事情。他完全可以装聋作哑，犯不着得罪那么多人，冒那么大的风险掼纱帽出考场，举发这件事情。后来，有人告发你们进士中有些考生去了青楼，他竟然不顾朕的主张，顶撞着把有些考生刷了下来……当然经过朕一番启发，他又改正了。他为什么这样做？因为他认为代朕办差就一定要办好，一定要对朕负责，这就是忠，是忠心不二！他也是你们科甲出身人中的楷模，望你们也好好向他学着。"

众进士又齐声应道："是！"

胤禛又说道："下面，朕为你们找一个并非科甲出身的楷模。高勿庸，宣田文镜上殿。"

高勿庸："嗻。有旨，宣田文镜上殿！"

田文镜从殿门外疾步走了进来，跪在柱旁："臣田文镜恭请圣安！"

胤禛："起来。"

田文镜："是。"站了起来。

胤禛："这个人，姓田名文镜，是个捐生出身。康熙四十六年他就辅佐朕在江南办理赈灾救款，一连数月，衣不解带，到处筹粮筹款，救活了无数灾民。接着他又辅佐朕办理追比户部欠款的差事，硬是从老虎嘴里收回了上百万的欠银。这一次朕派他到山西调查藩库还款一案，他孤身入晋，四面皆敌，却偏能从不能入手处入手，从不能进步处进步，把山西亏空一案大白天下。这番捏沙成团的手段，当之无愧一个'能'字！可见，只要有真学问，也不一定非是科甲出身。田文镜就是你们的榜样，望你们也好好向他学着。"

众进士又齐声答道："是！"

胤禛："因此，朕用人既看出身，也不看出身。朕看重的是这'公、忠、能'三字！只要具备了这三个字，朕就会不拘一格，大胆起用。这一次朕就起用了田文镜为河南巡抚，起用了李卫为江苏巡抚。就在今天，朕还起用了年羹尧为西北绥远大将军！朕不怕别人说长道短，只看真才实学。现在，朕还要起用两个人，一就是你们这一科的主考李绂！"

李绂连忙跪了下来。

胤禛："李绂，朕委你为湖北巡抚，望你能在短期内把湖北的亏空追回来，并且把那儿的吏治民生切实整顿一番。"

李绂叩了个头，大声答道："臣鞠躬尽瘁，一定不辜负皇上的期望！"

胤禛："二就是你们这一科的探花刘墨林！"

刘墨林一怔，接着伏了下去。

胤禛："这个人两场的考卷朕都仔细看了，他的书读得很好。朕决定把他留在身边，做朕的侍读。"

刘墨林一边叩头，一边颤声答道："臣死而后已。"

23. 连升客栈

天已经黄昏。

换了便衣的刘墨林急忙走了进来，向迎来的老板连声问道："她呢？"

那老板扑通跪了下来："小人该死……苏、苏小姐走了……"

刘墨林一惊："走了？到哪儿去了？"

老板："是、是跟着漱玉院妈妈走的，她说……"

刘墨林："她说了什么？！"

老板："她说叫老爷您忘了她……"

刘墨林脸色大变，转身就走。

24. 漱玉院

彩灯闪烁，院内停满了轿子。

刘墨林气喘吁吁地闯了进来，就听见楼上的琴声和很多人的喧笑声。

刘墨林一震，站住了倾听。

楼上传来了琵琶声和歌声："莫攀我，攀我太心偏。我是曲江临池柳，这人折了那人攀，恩爱一时间……"歌声凄婉哀怨——不是苏舜卿是谁！

刘墨林的脸一下子变得煞白，两条腿也发起颤来，接着他疯了似的一边喊："舜卿！舜卿！"一边向楼梯口跑去。

阿尔阿松的那两个随从出现在楼梯口上，并肩挡住了刘墨林。

刘墨林急喊道："让开！我要去见舜卿！"

那鸨母出现了，笑着说道："原来是探花老爷。您现在是朝廷的官儿了，朝廷可有制度，当官的是不能够娶咱们这一行的女儿家的。您快走吧，免得被都察院知道了，多有不便。"

刘墨林气得浑身乱颤："你叫舜卿出来！她答应我的，我要见她！"

鸨母："好，您就在这儿等着吧。"说着走了过去。

刘墨林攀着楼梯杆，喘着气忧急地等着。

突然，琴声又响了——不是琵琶，而是古琴，接着歌声和着琴声又传了过来：

  风里雨里寻你寻你千百度，佛前月下为你为你烧掉香千炷。

  佛说是，还要等你五百年，待来生，奈河桥上再相聚……

刘墨林两行热泪夺眶而出，接着拼命喊道："舜卿！舜卿！你出来！你出来呀！"

这时，另一个人在楼梯口出现了，说道："什么人在这儿搅局呀！再不走，递个帖子送到都察院去！"

25. 允祥府书房

刘墨林含着泪在客厅里来回走着。

光着头穿着便衣的允祥从里面走了出来。

刘墨林扑地一下跪了下去，抱着允祥的腿，声泪俱下："十三爷，您是有名的侠王。您帮帮我，代我替皇上转奏，我不做这个官了，皇上的深恩我下辈子做牛做马再报……"

允祥搀起他："怎么了？慢慢说。"

刘墨林："她又去漱玉院了……我知道她是怕误了我的前程。十三爷，她是这天底下第一个好女子，我不能负她，我不能负她呀……"说着又哽咽了。

允祥也怔了，过了好一阵，才说道："难得……难得……就冲着你们这两个天底下第一号糊涂蛋，你十三爷帮你一次。"说着，走到书案边，拿起笔写了起来。

写完后，允祥又拿起那张墨笺吹了吹，然后喊道："来呀！"

一名戈什哈领班应声走了进来。

允祥把那张手谕递了过去："拿我的手谕，到刑部去，叫他们派人把漱玉院封了！"

那领班大声应道："嗻！"

26. 漱玉院院井内

"干什么？干什么？"一阵喧闹声中，一名刑部官员带领一队差役和兵丁冲了进来。

那鸨母连忙迎了出来，赔着笑问道："这位大人，什么事？咱们这儿可是在顺天府上了籍的正宗院子。"

那官员歪着头看了看她："你就是这儿的鸨母？"

鸨母："是。"

那官员："来呀，抓起了。"

两名差役吼应着把她扭住。

那鸨母叫起撞天屈来："凭什么抓我？凭什么抓我？！"

那官员："凭什么？就凭你逼良为娼！"

那鸨母："冤枉！老婆子可从来没有逼良为娼。"

那官员："没有？我来问你，那苏舜卿已经让人赎了身，你怎么又把她逼了回来，让她卖唱？"

那鸨母："没、没有的事。"

那官员："还敢抵赖。掌嘴！"

两名差役极熟练地一人一掌，打得那鸨母满脑发昏。

那鸨母急了，大声喊道："佟大公子，快来救我！"

那阿尔阿松已经走下楼来，这时摇着折扇踱了过来，问道："你们是哪个衙门的？"

那官员假装不识："你又是哪儿的？"

阿尔阿松对身旁的随从说道："你们告诉他。"

一名随从挺身走了过来，粗声地说道："你没长眼睛？这位就是当朝隆中堂的大公子。这下认识了吧？"

那官员这才装着恍然大悟："哦……原来是佟大公子……不会吧，隆中堂家教这么严，他老人家的公子怎么会到这种地方来？"

阿尔阿松一怔，接着低声凑到他面前说道："你是谁的属下？为什么非要同我过不去？"

那官员也故意低声答道："不敢。下官是怡亲王十三爷的属下。公子为什么非要同十三爷过不去？"

阿尔阿松这才变了脸色，咬了咬牙，一跺脚："走！"说着急忙走了出去。

两名随从也慌忙跟了出去。

其他的客人也都狼狈地跟了出去。

那鸨母兀自喊着："佟大公子，您可不能扔下我们不管呀。"

那官员："还吼？是不是又要讨打？"

那鸨母连忙闭住了嘴。

那官员这才大声下令："来呀，把这儿都封了！"

众差役兵丁大声吼应："是！"

27. 漱玉院楼上

那官员歪着头打量着苏舜卿，然后轻声对她说道："我代人传一句话，你仔细听着：你那个人正在想办法娶你，又有个人正在想办法保他。你不要再犯傻了。明白？"

苏舜卿含着眼泪点了点头。

28. 隆科多府书房

隆科多气急败坏地拍着桌子大声吼道："是谁把这个畜生放出去的！锁起来！给我锁起来！"

29. 养心殿西暖阁外

高勿庸从门内走了出来，对候在那儿的隆科多说道："万岁爷说他累了，有什么事明儿再说。"

隆科多怔了好一阵，这才拖着两条腿转身走去……

定格。

|第二十七集　英雄欺人大将军|

1. 伯伦楼

楼下的大街上挤满了看热闹的人，人头攒动，一齐仰望着二楼的走廊。

楼廊上，一群歌女珠闪金亮，正嘻嘻哈哈靠坐在栏杆上逗笑。

有些歌女还笑着将嗑开的瓜壳从楼上往下面的人头上扔。

楼下便有闲汉嚷道："骚婊子，撩老子怎么着？今儿晚上我在西直门外等你！"

人群中发出一阵哄笑。

这时，酒楼里走出一个管家模样的人朝众歌女拍了拍掌，说道："别浪了！开始唱。"

众歌女纷纷坐好，又纷纷操起乐器，调弦对音。

楼下也安静下来。

檀板轻按，琴筝箫笛齐奏，一名歌女扯开歌喉唱了起来：

> 月儿高，望不见我的冤家到。
>
> 猛望见窗儿外，花枝影乱摇，低声似指我名儿叫。
>
> 双手推窗看，原来是狂风摆花梢。
>
> 喜变做羞来也，羞又变做恼。

那歌女一边唱，一边眼波流动，瞅着楼下的人群媚眼频抛。

楼下那些闲汉哥子被撩得兴奋不已，一曲方毕，便扯开喉咙齐声喝彩。

又有闲汉嚷道："别恼，我来了呢！"

众人又笑。

2. 街那头

巡街御史一勒马缰惊怒道："这还得了！来，跟我去！"说着策马就走。

一群巡街兵丁抽马跟上。

3. 伯伦楼

楼廊上，那歌女又唱道：

俏冤家，想杀我，这时方来到。

喜滋滋，连衣儿搂抱着，你浑身上下都堆俏。

搂一搂愁都散，抱一抱闷都消。

便不得同床共枕也，我跟前站站儿也是好……

众人刚喝了一声彩，马蹄声急，那巡街御史带着兵丁们奔来了。

马鞭抽处，人群惊得往两边挤闪。

楼上的乐器声、歌声戛然止了。

巡街御史："好大胆！当街伤风败俗，这还得了！"斥喝间下了马，带着几名兵丁闯进楼去。

4. 二楼上

那御史领着兵丁气势汹汹登上楼来，刚要发威拿人，突然如见鬼魅蒙在那里。

——靠着走廊的那张桌子旁，赫然坐着允禟、允䄉和允禵。

那御史回过神来，连忙趋上前去，刷下马蹄袖请了个双安："卑职给九爷、十爷、十四爷请安。"

三人瞧都没瞧他一眼，允禵回过头去对身旁的随从说道："叫她们接着唱。"

那随从："嗻。"面对走廊，"接着唱！"

檀板一按，琴筝箫笛又响了起来……

见那御史还低头垂手站在那儿，允禵吼道："还不滚？"

那御史："是。"正要离去。

允禟："等等。你可以把这事奏上去，就说我们在这儿弘扬圣人的礼法呢。"

那御史："是……"答着，退到楼梯口，对兀自站在那儿的几名兵丁斥道："还不走！"

5. 伯伦楼下

那御史领着众兵丁夹着尾巴走了出来。

慌忙间，他们刚登上马，楼上那歌女唱道：

情哥哥，你好没来由。

坐也不坐一下，茶也没喝一口，怎的就走……

人群中又爆出一阵哄笑。

那御史气急败坏："还不快走！"一夹马，领着那群兵丁仓皇而去。

6. 养心殿西暖阁

正在批着奏折的胤禛将笔重重一搁，站了起来，两眼寒光直闪。

正在另一张书案前整理公文的刘墨林连忙跪了下来："都是因为臣才弄成这样。请皇上治臣之罪，以维圣德。"

胤禛哼了一声："不干你的事。廉亲王现在在哪里？"

高勿庸："回万岁爷，廉亲王这会儿好像在户部……"

7. 户部西北司

允祀坐在书案前，对侍立在两侧的官员们说道："那十万石粮米和一万担草料从榆林的仓里调，务必在十五天内运往西北军营。"

众官员："是。"

这时，允祀的一名随从匆匆走了进来，在他耳边低语了几句。

允祀脸色立变："走！"

8. 伯伦楼上

允祀铁青着脸出现在楼梯口。

允禟、允䄉、允䄉都站了起来。

允祀对他们身旁的随从："还不把这些歌女轰走！"

那些随从慌忙走到楼廊上："快，收拾了，走！"

那些歌女慌忙收拾了，颠着小脚仓皇相拥着离去。

允祀望了望兀自站在那儿的允禟、允䄉、允䄉，闭上双眼，摇了摇头，长长叹了口气，转过身独自走下楼去。

9. 允祀府书房

允禟倏地站了起来，嚷道："这口气，你受得了，我们受不了！八哥，他们借一个考生的事，整夜地羞辱你……暗中又挤弄老十四，还愣把一个大将军派给了异姓奴才！可你呢，还一个劲张罗着替年羹尧调集军需粮草……八哥，就算不当那个什么总理王大臣，你还是先帝爷亲封的廉亲王呢，你怎么就咽得下这口气……"

"住口！"允祀也倏地站了起来，嘴唇气得直颤。

10. 养心殿西暖阁

允祥已经赶来了，他坐在一旁的圆凳上，语调伤感地说道："我真不明白，他们为什么要这样拧着干……都是爱新觉罗的子孙，都是皇阿玛的骨血，为什么会这样子离心离德呢……"

11. 允祀府书房

允祀："没错，人家是给我气受……可你们呢？你们让我伤心！我不是什么总理王大臣，我也不稀罕廉亲王的爵位，可我是先帝的儿子，是爱新觉罗的子孙！十几万叛军都打到家门口了，我不会因为自己受了一点气就置列祖列宗的江山安危于不顾，更不会自甘下流，去当街丢丑！"

允䄉倏地站了起来，大声回道："是！我们是自甘下流！我们是置列祖列宗的江山于不顾！那天你找我时是怎么说的？可一到了关键时刻，你倒……你是贤王，是雍正的忠臣，我们都是爱新觉罗的不肖子孙！"说罢，气冲冲地走了出去。

允禟也站了起来："八哥，想怎么干你就怎么干吧，我们不给你添麻烦就是。老十，我们走，免得人家瞧着我们伤心。"说着也走了出去。

允䄉叹了口气，也跟着走了出去。

允祀坐在那儿怔怔地掉下泪来。

12. 养心殿西暖阁

胤禛大手一摆："多行不义必自毙！朕的忍耐也是有限的！"

允祥一惊，突然猛烈地咳起嗽来。

胤禛："怎么了？要不要叫太医看看？"

允祥："伤了点风，不要紧的。皇上，臣恳请您，不到万不得已不要和他们一般见识。"

胤禛："放心，他们这样做无非是想败坏朕的名声。朕的名声也不是这么容易败坏的。朕不会因为这些事落个手足相残的骂名。"说到这里，他沉思着说道，"朕是在想，老十四一向都自命清高，深居简出，为什么在这个时候跳了出来？他是对那个大将军王耿耿于怀呀……"

13. 允禵府书房

允禵坐在书案前挥笔疾书。

允禵的画外音："富宁安将军并示旧部兄弟：尔等皆是我八旗历经百战之巴图鲁，驰马御边，挥刀杀贼皆分内事也。唯俯首听命于一包衣奴才，实我满人勇士前所未有之大辱……"

14. 养心殿西暖阁

胤禛已经站在门边，望着远方，忧心忡忡地说道："朕担心的是西北的军事呀……"

15. 西北行营

中军帐内，年羹尧坐在当中的矮几前。

富宁安和他手下的将军们坐在左侧的一排几前。

岳钟琪和另一些将军则坐在右侧的一排几前。

年羹尧神态十分和煦，说道："各路将军的人马到今天为止都会集了。蒙皇上恩宠，朝廷信任，叫年某忝任大将军一职。望诸位多多扶助，大家精诚一心，和衷共济，将叛军救平，以安社稷，以报皇恩。富宁安将军，您是我大清的宿将，对当前的战局和今后的战略必有高见。"

富宁安先是瞟了瞟他手下的将军们，然后才微微昂起头说道："你是大将军，该怎么用兵，你说吧，我们听着就是。"

年羹尧一怔，旋即敛了笑容："既然富宁安将军这样说，那我就部署用兵方略。请大家仔细听了。"

右侧的岳钟琪等立刻坐直了身子。

左侧的富宁安们却反而做出懒洋洋的神态。

年羹尧不露声色，侃侃说道："西北历来是朝廷的心腹隐患！康熙五十六年，傅尔丹率领的六万大军在这儿全军覆没。康熙五十七年十四爷统领二十多万兵马历时四载，也只将策旺阿拉布坦赶到了新疆一带。这就说明，西北用兵殊非易事！为什么？就因为茫茫荒漠，叛军飘忽不定，而我军失去地利，粮草转运十分困难。当时圣祖仁皇帝就曾指出，西北打的不是兵马，而是钱粮。圣明烛照，一言中的。而今，我军会集了二十三万兵马，最为关键的是要保证粮草军需的供应，站稳脚跟，步步为营，与他们作持久之争。因为我军粮草转运困难，叛军同样粮草转运困难。只要我们能保证粮草军需源源不断，同时切断叛军的粮草供应，就能将形势扭转过来，有利于我而不利于敌。到了那时再与叛军决战，方能一鼓荡平！诸位以为如何？"

富宁安："请问年大将军，我们要和叛军持续多久？四年？八年？十年！二十多万大军每天的粮草军需是多少？朝廷又能拿出多少钱粮让我们和叛军耗着？打仗，就是真刀真枪，血光相拼！纸上谈兵，迟早是要误事的。"

富宁安的将军们都无声地笑了。

年羹尧仍然不露声色，只是问道："那我倒想听听什么才不是纸上谈兵。富宁安将军，你能跟大家说说吗？"

富宁安："我说了，年大将军会照我的去做？"

他的将军们又笑了。

年羹尧答道："只要说得在理，年某自然采纳。"

富宁安："好。我的意思很简单，叛军只有十几万，我军却有二十三万。趁现在罗布藏丹增和策旺阿拉布坦没有会合，咱们立刻全军出击，将叛军一鼓荡平！"

年羹尧："一鼓荡平？请问，叛军现在哪里？二十多万人马从哪几路出发到哪儿会合？这么多人的粮草又如何随着大军转运？"

富宁安："这些就是大将军的事了。"

年羹尧："好吧。那你们就听我的将令。岳钟琪岳将军。"

岳钟琪站了起来："在。"

年羹尧："你率领四川的三万兵马布守里塘、巴塘和黄胜关，严防罗布藏丹增入川，若叛军有一兵一卒进了四川，唯你是问！"

岳钟琪："是！"答着坐了下来。

年羹尧："富宁安将军！"

富宁安：说吧。

年羹尧："你率领所部八万兵马即刻西进，进驻吐鲁番和噶斯口，隔断罗布藏丹增和策旺阿拉布坦会合的道路。"

富宁安："年大将军，从这儿到吐鲁番、噶斯口几千里的路程，茫茫荒漠没有人烟，我这几万弟兄只怕还没有走到就都完了。这个将令，恕难执行。"

年羹尧脸一沉："你想抗命？"

富宁安脸也一沉："是乱命，谁都能抗！"

年羹尧一拍几案站了起来："你当我这个大将军不能治你？"

富宁安也一拍几案站了起来："你要治我？可以，问问我这八万弟兄答不答应！"

富宁安的部下一齐站了起来。

岳钟琪和另外一些将军也倏地站了起来。

众目怒对，剑拔弩张，一触即发。

年羹尧两眼不断地闪动，接着他笑了起来："干什么？这都是干什么？自己人打自己人吗？都坐下。"

岳钟琪等坐了下来。

富宁安和他的部下也坐了下来。

年羹尧："这样吧。富将军有什么用兵方略，可以写个条陈给我，待我请示朝廷再定。"

富宁安："我的方略很简单，就是即刻找到叛军决战。"

年羹尧："那也好，只要你找到了叛军，能够决战，告诉我一声。"

富宁安："那就这样。"说完对他的部下，"走！"率先走了出去。

他的部下紧随着也走了出去。

岳钟琪两眼冒出火来："大将军……"

年羹尧将手一举："你们也都回去待命。"

岳钟琪和那些将军只好悻悻地站了起来，又悻悻地走了出去。

年羹尧盘腿坐在那儿，两眼闪着光，思索了好一阵子，接着拿起了笔，铺开奏折，写了起来。

16. 养心殿

一灯荧然。

胤禛看完奏折，提笔濡墨，飞快地批了起来。

胤禛的画外音："尔的想法，朕深以为然。朕将二十多万兵马交给了尔，也就是将社稷的安危托付了尔。尔需有雷霆手段，不能丝毫手软，该怎么做，放手做去，朕自会支持尔。就是做错了，朕也不会怪罪尔。粮草军需，朕自会源源不断地接济尔。总之，尔要替朕争气，剿灭了叛军，守住了西北的门户，尔就是朕的恩人……"

17. 允禵府书房

允禟将一封信看完，兴奋地说道："好！富宁安是好样的！年羹尧统不住这二十几万大军，这个大将军王迟早还得你去。"

允禵："那也未必。不要忘了，还有个老十三呢。"

允禟诡秘地笑了："你不知道吧，过不多久，老十三只怕连路都会走不动了，怎么能去带兵打仗？"

允禵："哦？"

允禟："告诉你吧，老十三患了个咳痨的病，已经见红了……"

允禵："不会吧？他看起来还好好的。"

允禟："那是撑着的。他府里我有眼线，不会错。他这个病，是在宗人府的牢里就染上了。"

允禵："哦……"

18. 允祥府卧室

允祥一阵猛咳。

阿兰连忙端过痰盂，接在他的嘴边。

咳罢，阿兰看了看痰盂，惊惶地说道："又见红了……我看，还是告诉皇上，请太医院的太医来给你看看吧。"

允祥："哪儿就死人了？我说了，这事不能让皇上知道。"

阿兰："可是……"

允祥："你少啰嗦好不好？拿衣服来，我还得到兵部去。"

阿兰忍着泪，转身去替他拿衣。

19. 兵部

允祥看罢一件公文大惊："这是什么时候来的？我怎么不知道？"

一名官员答道："昨天来的，属下们见您这一向太累，没敢去惊动您。"

允祥一拍公案，怒道："这是什么事？你们竟敢耽搁！西北损了兵马，我唯你们是问！备轿。"

众官员齐声答道："是。"

20. 养心殿

允祥怔住了，好半天才说道："一万人……两万人……甚至更多人的生命哪……"

胤禛两眼闪着寒光："攘外必先安内。为了大局，再多的人也在所不惜！"

21. 阿斯坦荒漠战场上

富宁安端坐在马上，满脸的骄悍之色。

他的将军们环骑在他的周围。

几万兵马旌旗猎猎，盔甲鲜明，已经列成方阵待命出击。

对方，叛军的骑兵虽也已严阵以待，但人数显然少得太多。

这时一名偏将驰马而来，奔至富宁安面前勒住了缰绳，跳下马，大声禀道："禀将军，年大将军说，情况未明，现在不宜作战，请将军率军回去。"

富宁安一声冷笑："好，待我打了胜仗，再去和他理论。出击！"

鼓声大震。

数万兵马吼声震天，冲了过去。

叛军的骑兵也"呵呵"地吼叫着驰马扬刀迎了过来。

两支队伍像相激的大潮碰在了一起。

22. 中军大帐

年羹尧双目微闭，盘腿坐在正中的几案前。

岳钟琪和其他的将军们一个个鸦雀无声地侍立在两侧。

马蹄声响，响至大帐外停了下来，接着一名探子奔了进来，向年羹尧跪倒："报！富宁安将军已经和叛军交战！"

年羹尧眼都没睁，顺手捞起案上一块银饼扔了下去："再探。"

那探子拾起银饼："嗻！"又奔了出去。

23. 战场上

叛军已渐渐不敌。

一名叛军头领大声喊道："撤！撤！"一勒马头率先驰去。

众叛军像是早有准备，一齐将手中的战刀向官军掷去！

呼啸声中刀势劲疾，无数道白光飞向官军阵中。

官军们慌忙刀枪并举拨挡飞来的战刀，有些人还是中刀落马。

就这样阵势受阻，待到缓过神来，叛军已经向一条峡谷逃去。

富宁安大声吼叫："追！"率先驰马追了过去。

众官军蜂拥着跟着追上去。

24. 中军大帐

另一名探子奔了进来向年羹尧跪倒："报！叛军逃向阿斯坦峡谷，富宁安将军已经率兵追了进去！"

年羹尧猛一睁眼："岳将军！"

岳钟琪跨前一步。

年羹尧："你带领二万兵马速去峡谷口，多用弓箭，待我军逃出，敌军追击时用弓箭阻住敌军！"

岳钟琪大声应道："是！"大步走了出去。

年羹尧站了起来："全军出动，跟我去迎接富宁安将军！"

众人齐声吼应："嗻！"

25. 阿斯坦峡谷口

峡谷内杀声震天。

不久，富宁安的军队潮水般退涌了出来，马踏人喊，乱成一团。

谷口外，岳钟琪的部队已经列好阵势张弓搭箭，严阵以待。

岳钟琪骑在马上，默默地望着溃涌的官军人流。

最后，富宁安在几名将军的拼死护卫下率领一拨人马逃了出来。

紧跟着，叛军的骑兵"呵呵"地吼叫着驰马扬刀追了出来。

岳钟琪令旗一挥："放箭！"

箭若飞蝗，冲在最前面的一群叛军骑兵纷纷中箭落马。

岳钟琪令旗又一挥。

第一排兵士弯腰换箭，第二排士兵的弓箭又放了出去。

刚刚冲出的另一群叛军骑兵又纷纷中箭落马。

接着，第三排、第四排、第五排士兵排箭接放，整个谷口全被飞蝗般的羽箭封住。

峡谷内，一名叛军头领大声喊道："撤！撤！"杂沓的马蹄声渐渐消失在深谷之中。

26. 阿斯坦荒漠战场上

一面"大将军年"的大旗迎风招展。

大旗下，年羹尧面似寒霜雄坐在一匹大白马上。

他的身后排骑着十名彪悍的戈什哈。

他的两侧排满了盔甲鲜明的方阵。

溃逃的官军奔了过来，看见自己的大军才渐渐安定了惊魂，呼喊寻找着在大军前排成了散落的队列。

终于，富宁安带着最后一群溃军来了。

奔至年羹尧面前，富宁安摇着头嚷道："妈的！中了他们的奸计……"

年羹尧眼中寒光一闪："损折了多少人马？"

富宁安一怔，接着装作不在乎的神态："还没统计，不到一万吧。"

年羹尧："好大的口气！不到一万，就算八千吧。"

接着，年羹尧把马缰一纵，驰至溃散的官军队伍前，大声说道："弟兄们！你们的父母把你们送到军前来，朝廷用这么多钱粮把你们养起来，为了什么？为的是叫你们杀敌立功，保土安民。不是让你们白白送命来的！"说到这里，他马头一转，对富宁安说道："我已有军令，告诉你情况不明，不宜作战，你为什么不听？"

富宁安这才有些胆怯了，慢慢低下了头。

年羹尧眼闪寒光："你屡抗军命，桀骜不驯！如今损兵折将，不杀你如何向朝廷交代，如何对得起死去的这么多弟兄！"

富宁安猛地一抬头，大声吼道："我是靖逆将军，是一品大员，没有皇上的旨意，谁敢杀我！"

这时他的十余名心腹将领一齐驱马拥到他的身边，握着剑柄，盯住年羹尧。

富宁安一勒马头："走！"领着他的将领们向自己所部的队列走去。

年羹尧一声冷笑，将手一举。

显然是早有安排，数十只法号一齐吹响了——"呜呜"的声音在荒漠的上空惨烈地回响……

一群骑兵骤然发动，马蹄翻盏，刀光出鞘，绕成一个偌大的圆圈，将富宁安等十余人围在垓心。

法号停了。

富宁安和他的将领们变了脸色，纷纷拔刀出鞘，环瞪着形成圆圈的骑兵。

年羹尧又将手一举。

圆阵骑兵向外一扩，每两匹马之间立刻空出了一人的空间，每个空间中走出一名弓箭手在马头前跪下，一齐张弓搭箭，瞄向垓心的富宁安和他的将领们。

富宁安和他的将领们神色大变。

年羹尧大声说道："只杀富宁安一人，其他的人，扔下兵器，退出来！"

一把刀扔在了地上，又一把刀扔在了地上……

一匹匹马垂着头从圆圈中走了出来。

孤零零的，只剩下了富宁安一个人。

年羹尧将手一按。

法号又吹了起来。

箭如飞蝗。

垓心中，马在悲嘶，人在惨叫。

少顷，弓箭手停止了射箭，法号也停了，一切归于沉寂。

围成圆圈的骑兵和弓箭手慢慢发动，形成一个单列撤回方阵。

空地中，富宁安和他的那匹马像刺猬一样倒成一堆。

整个战场上鸦雀无声。

年羹尧策着马在队列前慢慢地走着，他那两道寒冷的目光徐徐地在众人的脸上扫过。

众人无不神情凛然。

行至大将军旗下，年羹尧勒住了缰绳："我，抚远大将军年羹尧！是节制四省、统领二十三万兵马的主帅！嗣后，有胆敢不听我的号令者，他就是榜样……"

洪亮而冷酷的声音在三军的头上回响……

27. 慈宁宫

富宁安的老婆带着她才七岁的儿子穿着孝服，跪在地上号啕痛哭。

乌雅氏嘴唇翕动着，脸儿黄得像蜡。

允禵铁青着脸站在她的旁边。

忽然，乌雅氏大声地喘咳起来。

允禵连忙上前给她捶背。

喘咳稍定，乌雅氏："去……叫皇帝来，叫皇帝来。"

站在槅门外的小胖子太监慌忙答道："嗻。"

28. 养心殿西暖阁

胤禛冷着脸问道："是谁带他们到太后那儿去的？"

小胖子太监嗫嚅着答道："是、是十四爷……"

胤禛脸一变，倏地站了起来，走了几步，大声说道："你去回太后，就说朕现在正忙，进晚膳的时候再过去请安。"

小胖子太监："嗻。"退了出去。

坐在一旁的允祥开口说话了："富宁安固然该死，可是不请旨就杀朝廷的一品大员……何况是太后娘家的人……年羹尧也太大胆了。皇上，您知道外面都怎么说吗？"

胤禛转过头望着允祥。

允祥："说皇上心里只有汉人没有满人，只有奴才没有兄弟。"

胤禛："这话是从哪儿传出来的？"

允祥："老九的门人！"

胤禛两眼闪出光来："走，去上书房！"

29. 上书房

胤禛坐在正中的案前。

允祀、允祥、张廷玉、隆科多和马齐站在两侧。

以穆香阿为首的十名侍卫分成两排跪在地上。

胤禛说话了："有人说，朕重用汉人忘了满人。可笑……九州一统，入关都经历三朝了，居然还有人说出这样满汉之分的话来。真要分得这么明白，那就来看看，咱们满人现在究竟是个怎么样子？康熙五十六年，傅尔丹六万兵马全军覆没。这一次，富宁安又损兵折将！国家养这么多军队，旗营兵还有多少？哪一仗不是靠绿营兵在冲锋陷阵？进关才七十多年，许多旗人就连马都不会骑了……"说到这里，他拍着书案，"这能怪朕不重用满人吗！好。现在，朕派你们十个人到西北去……知道去干什么吗？"

穆香阿回道："知道。皇上是派奴才们前去历练！"

胤禛："知道就好。你们都是上三旗的子弟，又是朕身边的人，到了西北，好歹也替朕争口气，不混出个人样儿，就不要回来见朕！"

众侍卫齐声应道："嗻！"

胤禛掉过头去对允祀和张廷玉说道："不是还有人说，朕只有奴才没有兄弟吗？那好，朕的兄弟中也应该派个人到前方去历练历练。拟旨，叫允禵去！"

首先是允祀，接着是其他人，闻言都怔住了。

30．西北中军大帐

年羹尧仍是盘腿坐在那张几案前，几个月下来，他一下子消瘦了很多，两颊和眼窝都深陷了下去，眼睛里也布满了血丝，原就棱角分明的脸上皱纹深得更像刀刻一般。

桑成鼎——一个五十多岁干瘦得像风都能吹倒的老头，站在他的身旁，正拿着一沓公文念道："甘肃巡抚范时捷咨文，大军移防，眼看要上冻，他请拨两千套牛皮帐篷。"

年羹尧："回文给他，叫他兵部要去——加上一句，往后给我行文，要有上下之分，否则我不回文，误了军机我斩他！"

桑成鼎："是。"答着，又念第二份公文，"岳钟琪将军呈文，大将军命他率兵进驻松潘，他说眼下不便执行。"

"唔？"年羹尧转过脸来，目中寒光直闪，"为什么？"

桑成鼎看着公文答道："他是请了圣命的。说目前敌军的行踪尚未确定，他不宜与大将军合期并进——这是他抄来万岁爷的朱批。"说着将那份朱批递了过去。

年羹尧接过朱批仔细地看着，脸色一下子阴沉下来，接着把朱批往案几上一放，说道："什么人都能直接从皇上那儿接受旨意了，还要我这个大将军干什么？回文，告诉他，今后有什么想法直接向我禀报，再这样做，如果误了军机，几十年的情分脸面就顾不得了！"

桑成鼎："是。"答着又翻出了另一份公文，乍一看就变了脸色。

年羹尧："怎么了？"

桑成鼎："是、是朝廷刚发来的邸报……"

年羹尧："都说些什么，念。"

桑成鼎："皇上……皇上派了十名大内一等侍卫护送九阿哥允禟来大营军前效力……"

年羹尧倏地站了起来，抢过邸报匆匆一看，接着扔在地上，大步走了出去。

31．中军大帐外

年羹尧背着手，望着远处漠漠滚动的黄风，声音冷得像冰缝里的风："来吧……都来吧……"

32．通往西北的路上

漫漫无垠、坦荡辽阔的黄土，一线地平直接天穹，黄风过处，几十个蠕动的黑点从地平线上冒了出来。

镜头推近，十名侍卫把允禵夹在中间，牵着马顶着黄风正艰难地翻过一个隆起的风口。

一段斜坡下来，风势小了，众人纷纷扔掉马缰坐倒在地。

侍卫们有的解下牛皮水囊大口灌水，有的掏出风干牛肉费力地嚼着。

一名侍卫骂了起来："狗日的年羹尧，把老子们害惨了。"

另一名侍卫接着骂道："妈的！到了西宁，侍候得老子们好便罢了；不好，老子们就一天一个密折报上去。"

穆香阿："闭上你们的臭嘴！你们当这儿是在大内？"说着，瞟了一眼允禵。

侍卫们嘟哝着不再作声，有些人干脆摊开手脚仰躺在黄沙上。

允禵这时正默默地坐在一旁，望着远处出神。

允禩的画外音："大丈夫能屈能伸。这一去，你要处处忍耐，不要得罪这些侍卫，更要和年羹尧处好关系，能拉他就拉他；不能拉他，也不要惹翻他……一步走错，雍正就能借他的手杀了你……你要切记……"

穆香阿爬了过来，递过一只水囊："九爷，您也喝口水？"

允禵从沉思中惊醒过来，笑着接过水囊喝了一口，接着从怀中掏出一张银票，说道："一路上多承你们照应，这张银票拿去给弟兄们喝酒。"

穆香阿注目一看。

——那银票上赫然露出"壹万两"三个大字！

穆香阿先是一惊，接着讪笑道："奴才们做了什么，怎敢受九爷如此厚赏？"

侍卫们都已纷纷地爬坐起来，望着这边。

允禵大声说道："不要什么奴才主子的，到了这个地方大家都是患难兄弟。拿去吧。"将银票一递。

穆香阿笑着接过银票，又回过头去大声喊道："还不过来谢九爷的赏！"

众侍卫纷纷爬了过来，围看了看那张银票，接着一齐说道："谢九爷赏！"

允禵笑着说道："罢了罢了。咱们还是赶路吧。"

穆香阿大声应道："嗻！"

便有一名侍卫连忙把允禵的马牵了过来，另一名侍卫扶起允禵送上马去。

众人纷纷上马。

33. 西宁城外接官厅

两桌酒宴办得十分丰盛——除了鸡鸭鱼肉以外，居然还有时鲜蔬菜。

西宁知府陪着允禟和穆香阿坐在上首一席。

另外九名侍卫坐在下首一席。

端的是久旱逢甘露，众侍卫一路上喝凉水吃干肉早已馋痨，此时一见鲜肉蔬菜，便如风卷残云，大啖不止。

只有允禟，略吃了几口便离席走到炕上，盘腿坐下。

西宁知府也连忙离席，端上一杯盖碗茶，递了过去。

穆香阿也已吃得满头大汗，这时见允禟过早离席，便笑着问道："九爷，您想什么心事，这么好的菜，怎么不吃？"

允禟："我自幼修身惜福，怎么比得了你们？你们只管吃。"他呷了一口酽茶，转脸问司马路："这些青菜，可是此地产的？"

司马路忙赔笑道："九爷真是紫禁城长大的。这地方此时哪有青菜？除了萝卜，一概都是从四川邮传过来的。年大将军赐给奴才，奴才舍不得吃，孝敬九爷罢了！"

穆香阿剔着牙缝道："年羹尧好大气派！四川到这里这么远，菜都还是鲜的！"

司马路："从孟龙寺到这里快马走三天，单是送菜的就分着十拨，一千多人，自然供得上大将军的中军营帐了。"

众人听了都停住了筷子，面面相觑。

允禟却换了话题："大将军行辕离这里多远？"

司马路揣着允禟的话意，缓缓回道："回九爷话，就在城北。奴才平日也难得见大将军一面。大将军那边这会子必定也知道九爷到了，一会儿准有消息……"

众人这才知道，这个知府压根儿就不是年羹尧派来款待皇差的，一名侍卫便"呸"地将一口菜吐在地上："这顿饭不是年羹尧招待我们的？"

西宁知府赔笑答道："这是卑职的一点心意……"

穆香阿顿时涨红了脸，一挥袖子操着京腔说道："真他娘的林子大了，什么鸟都有！我们是皇上差来的，不是谁的奴才！难怪京里那么多人……"

"老穆，有酒了。"允禟摆手止住了穆香阿，掏出怀表看了看，知道难指望年羹尧亲自来迎，便笑道："既然离行辕很近，咱们不必在这里干坐——我们去拜会大将军！"说着，也不等众人答应，将狐皮袍子裹了裹便踱出了接官厅。

十侍卫拍筷子、墩碗碟地站了起来，跟了出去。

34. 中军大帐

年羹尧低着头在看着公文。

桑成鼎领着几名将官走了进来。

桑成鼎走到年羹尧身边轻声说道："大将军，九爷和十侍卫已经到了城南了，您要不要接一接？"

年羹尧头也没抬："你们几个去接一下就行了……慢着，就说我军务在身，不便远迎。"说着照旧翻着公文。

桑成鼎和那几名将领对视了一眼，只好走了出去。

35. 西宁城内一条大街上

两旁的民房上都插着军旗，有的还设有仪仗——显然都住上了军队。

允禵和十侍卫在一个衙役的带领下牵着马走了过来。

前方，桑成鼎领着那群将官迎了上去。

带路的衙役赶忙停住了脚步，在允禵耳边低语了几句。

允禵一行也停住了脚步。

桑成鼎走到允禵面前，打了个千，然后说道："年大将军叫奴才们再三致意九爷，他军务在身，不便相迎，委屈九爷和诸位大人前往大营相见。"

允禵含笑点了点头："有劳贵纲纪了，请前边带路吧。"

侍卫们的脸色更难看了。

穆香阿却冷笑了一声，回过头对众侍卫大声说道："瞧你们那副不死不活的样子，还像皇上身边的人？都把黄马褂穿上！"

十侍卫会意，一个个抖出黄马褂穿在身上，也不再理睬桑成鼎等人，跨上马竟然嘚嘚地先行走去。

桑成鼎和将领们望了望他们，一个个摇了摇头。

36. 中军行辕外

十名侍卫一个个勒住了缰绳，伫在那里。

辕门紧闭。

——行辕门口，绣着"抚远大将军年"几个大字的大旗在风中翻卷。

行辕倒厦两边，立着两面丈余高的铁牌，一面写着"文官下轿武官下马"，一面写着"肃静回避"。

铁牌下肃立着四十名挎刀军校，一个个面目狰狞，威猛无伦。

允禵在桑成鼎等人的陪同下也赶来了，见到这般阵势也是一怔，停站在辕门外。

这时，一名行辕旗牌官从辕门大步走了过来，雪亮的马刺踩得石板地铮铮有声，径向马前允禵单膝一屈，平手军礼说道："年大将军有令，请九爷在此歇马，大将军立刻出迎！"

允禵在马上点了点头，踏着下马石跨下马来。

那十名侍卫兀自骑在马上。

突然，画角鼓乐大作，炸雷般三声炮响，行辕正门哗然洞开，两行武官数十人，手按腰刀墨线般正步跨出，在正道两旁钉子般排成两行。

年羹尧头戴三眼花翎珊瑚顶戴，九蟒五爪袍子外套一件簇新的明黄马褂，缓步走了出来。

"啪"的一声，排在两行的武官们齐刷刷地打下了马蹄袖，又齐刷刷地单膝跪了下来。

年羹尧脸板得一丝笑容也没有，看也不看他们一眼，径直走到允禵面前，只双手一抱说道："九贝勒，年羹尧奉旨久候，有失远迎，多有得罪！"

允禵连忙揖手回礼："大将军，我是奉旨前来大将军麾下效力的，从今日起，但有使命，一定俯首谨遵！"

年羹尧这才露出了一丝笑容："九爷言重了。九爷乃是天潢贵胄，虽说是到军前效力，规矩还是要讲的。"说着扫视了一眼仍然骑在马上的十名穿着黄马褂的侍卫，又转脸对允禵道："请九爷到后帐，我为九爷洗尘！"

说着将手一让，把十名侍卫竟晾在门外睬都不睬！

允禵和年羹尧并肩而入，但心里到底忐忑，走着，小声道："穆香阿他们十个，都是皇上眼前侍候的人，请大将军稍留体面！"

"嗯。"年羹尧停下了脚步，叫过一个旗牌官，说道，"那十个人，你带他们到西官廨设酒接风。告诉他们，他们的差使明日就分拨下去！"说着手又一让，陪着允禵向里面走去。

那旗牌官走到穆香阿等人面前，说道："大将军要卑职为十位大人设酒接风……"

旗牌官的话还没说完，就被穆香阿大声打断了："告诉你们大将军，就说老子已经吃饱喝足了，不劳他接什么屁'风'！"

走得不远的允禵显然已经听到，不禁瞟了一眼年羹尧。

年羹尧却是面无表情，只额角上青筋不易觉察地抽搐了一下。

37. 行辕后书房

这是一间很大的书房。

挨墙一溜全是书架，堆的却都是军帖文案，西边地上铺着一幅丝锦织成的军事地图，占去几乎半间书房。

年羹尧与允禟二人进来，桑成鼎已在里边，一桌丰馔已摆在炕前。

年羹尧："九爷，请！"

允禟在筵桌前坐下，笑道："亮工，过去我们有些误会……但也有些交情。"说到这里压低了声音，"八爷托我向你问好……"

"给九爷请安！"年羹尧突然打断了他的话，一瞬间好似换了个人，满脸恭敬地倒身跪了下去。

允禟一惊，慌得连忙起身双手搀起，说道："亮工，这是怎么说？我不是钦差，也不是监军，我是……"

"您是九爷！"年羹尧笑道，"国礼不可慢，家礼不可废，请九爷恕我前倨后恭。"说罢亲自给允禟斟上酒，"羹尧是个读书的将军，说到底，君臣纲常还是懂的。其实您到这里做什么，我们心照不宣。等战事稍有转机，我一定奏明皇上，叫九爷体体面面回京！"

这是很顾情面的话了，允禟心里一阵感动，端起杯一饮而尽，说道："亮工，你真是个角色！真人面前不说假话，皇上与我虽是兄弟，但多年来也存着不少芥蒂，自古成者王侯败者贼，我有什么不明白的？又是兄弟又是'贼'罢了。我说这个话，你密奏皇上也好，将我就地正法也好，都无所谓。但我心里拿你当条汉子，如今依托你，求个平安——我对天起誓，我若有谋逆篡位的心，有如此杯！"说着将手中酒杯"啪"的一声掼得稀碎。

"九爷！"年羹尧喊了一声，却接不下话去，良久才冷静下来，说道："何必这样！先前各为其主，说不上'是非'二字。如今既为臣子，只要安位守命，我不做小人之事！"

允禟见时机已到，从袖中取出一张银票递过去："这点银子，寄回去家用吧。听说十一月初三是令尊大人七十大寿，我原想亲自去的，可惜皇命难违……"

年羹尧推辞道："生受九爷，家严如何当得起？"接过略瞥一眼。

——那张龙头银票上赫然印着"凭票即兑库平纹银拾万两"！

年羹尧心里一惊一喜，手攥得紧紧的，口里却说道，"这实在……"

正在此时，桑成鼎匆匆进来，看了允禟一眼，没有立刻回话。

年羹尧慢慢将银票往桌上一放，问道："怎么了？"

桑成鼎略一躬身道："回帅爷，西官廨的侍卫爷们吃醉了酒，和帅爷帐下几个亲兵打起来了！"

"唔？"年羹尧眼中寒光一闪，缓缓站起身来，冷笑一声，"九爷您先坐——来，传二品以上副将参将，都到帅帐，等着本帅升帐议事！"说着便出了书房。

38. 西官廨

两桌宴席翻了个底朝天！

满地是砸得稀烂的杯盘碗盏和踩得烂酱一般的酒肉。

十个侍卫黄马褂被油渍污得斑斑驳驳，一个个怒目圆睁，挺着剑站在西南端。

十几个中军行辕的亲兵，也挺着刀站在北端。

突然，这十几个亲兵刷地跪了下去。

年羹尧阴沉着脸，出现在门口。

亲兵领班颤声说道："禀、禀大将军，他们辱骂您，兄弟们劝阻，他们还动手先打人……"

"你这会子才想起来禀我？迟了！"年羹尧满脸刀刻一般的皱纹更深了，沙哑的声音令人毛骨悚然，"去手！"

什么是"去手"？十名侍卫一怔。

那十几名亲兵已应声如雷："嗻！"接着一齐伸出左手，右手将锋利的腰刀高高举起。

一片刀光齐闪！

十几只手齐腕掉在地上！

定格。

| 第二十八集　灯下黑 |

1. 西官廨

那十几名亲兵一个个面色蜡黄，豆大的汗珠从额上大颗大颗地冒出来，兀自刀尖支地，挣扎着单膝跪在那里。

年羹尧手一抬。

立刻便有另外十几个亲兵举着火把跑了进来。

跑进来的亲兵一人挽起一个"去手"亲兵的断臂，将火把伸向他们的断腕。

一道道焦烟冒起。

一声声撕心裂肺的惨叫。

年羹尧仍然面无表情，冷冷地说道："每人发三千两银子，调到军粮处养伤。"

一个亲兵挽着一个"去手"的亲兵排列着走了出去。

穆香阿等十名侍卫都白了脸，站在那儿发怔。

年羹尧冷冷的目光向他们扫去："他们都是立过战功的，因此我免了他们一死。你们搅闹行辕，怎么处治？"

十侍卫这才回过神来——九个人一齐将目光望向穆香阿。

穆香阿如何会在这个时候服软？他挑衅地迎着年羹尧的目光："你可以上奏皇上，该怎么就怎么，无所谓！"

年羹尧："我是节制四省的大将军，发落你几个狗娘养的，何须惊动皇上？"

穆香阿嘴角撇起一丝冷笑："回你大将军的话，我母亲是和硕公主，是康熙先帝爷的女儿，当今皇上的妹妹，不是什么狗娘！"

年羹尧盯视着他，良久，突然仰天大笑，又倏地收住，说道："好！你顶得好——升

552

帐！"说罢转身走了出去。

门外传呼声忽起：

"大将军升帐喽！"

"大将军升帐喽！"

——一声声渐传渐远。

接着响起了炸雷般三声炮响，紧接着沉沉的鼓声敲了起来。

2. 中军行辕

鼓声越来越响。

接着是整齐划一的刷刷的跑步声——一双双牛皮战靴和一幅幅闪着银光的袍角闪过。

镜头上摇，两队顶盔贯甲的将军手按佩剑向行辕大厅跑来。

行辕大厅极似紫禁城的大殿，极高极宽极深——这里原是当年康熙亲征准噶尔时修造的行宫！

镜头摇过：东阁御榻上摆放着一只偌大的作战沙盘；宽大的西壁上绘着青海省山川形势图；正中那张硕大的御案上摆着文房四宝；虎皮交椅后幔着一道朦胧的黄纱帐，里面隐隐约约可以看到摆着两架一人多高的龙凤架，左架上供着皇帝"如朕亲临"的金牌令箭，右架上供着错金嵌玉的尚方宝剑。

顶盔贯甲的将军们跑了进来，在两侧肃然立定。

年羹尧阴沉着脸走了进来，在正中的虎皮交椅上坐下。

他的眼神突然变得饿狼似的闪出绿幽幽的光来，一道冷冷的声音从丹田中冒出："伊兴阿！"

伊兴阿一凛："末将在！"

年羹尧："将那十名犯纪侍卫提来！"说着抽出一支令箭"当"地掼了下去。

伊兴阿拾起令箭双手抱揖："嗻！"大踏步走了出去。

3. 西官廨至中军行辕的路上

伊兴阿抱着令箭走在前头。

后面，二十名如狼似虎的军校架着那十个鼻青眼肿的侍卫排成一行走来了。

有些侍卫还在挣扎：

"放开！你们狗胆包天，老子是皇上的侍卫！"

"皇上知道了，你们一个个都得死……"

二十名军校却一个个面无表情紧紧地夹着他们半拖着往前走。

4. 中军行辕

十名侍卫被推了进来，站在大厅正中。

出奇地安静，使得十名侍卫反而停止了叫骂，也安静了下来，一个个张着惶惑的眼偷偷地打量着这个似乎比太和殿、乾清宫还要瘆人的地方。

站在两旁的将军们俨然大庙里的天王金刚，怒目圆睁，一动不动。

而坐在正中的年羹尧这时反而脸上看不出丝毫的喜怒，垂着眼在慢慢地翻着侍卫们的履历。

沉默，令人极度不安的沉默。

穆香阿忍不住了，望着年羹尧说道："年大将军，咱们奉了圣谕，万里迢迢到军前效力，你就这样子对待咱们？"

年羹尧眼也没抬，只冷冷地说了一句："跪下。"

穆香阿："什么？"

年羹尧仍然没有抬眼："跪下。"

穆香阿："你看看，咱们穿的是什么？叫咱们穿着黄马褂给你跪下？"

侍卫们便有人抻了抻身上被揉皱了的黄马褂，一个个又都来了神，站直了身子。

年羹尧这才慢慢把手头的履历一合，又慢慢地抬起了头，先是冷冷地望了望强撑着硬脖子挺胸脯的众侍卫，然后把目光朝两旁的将军们一扫："脱掉外甲。"

两旁的将军们应声将外甲齐齐脱下——一个个身上赫然都穿着簇新发亮的黄马褂！

侍卫们都傻眼了。

年羹尧："都看见了？穆香阿刚才你在西官廨说什么来着，你是和硕公主的儿子？伊兴阿。"

伊兴阿躬身答道："末将在。"

年羹尧："把你的出身，说给他听听。"

伊兴阿："嗻。镶黄旗佐领下将军伊兴阿，和硕简亲王世子，按爱新觉罗宗谱，系当今皇上叔辈！"

年羹尧："听到了吗？他的身份没你尊贵？"说到这里猛地一拍御案，"什么东西？不过是皇上的一群狗！竟敢到我西北大将军行营撒野！跪下！"

众人齐吼："跪下！"

十侍卫腿一软，一齐跪了下来。

年羹尧：“伊兴阿！”

伊兴阿：“在。”

年羹尧：“按行辕营规，这十个人在辕门不行参拜，喧哗西官廨，辱骂本将军，该当何罪？”

伊兴阿进前一步，大声迸出一个字：“斩！”

十名侍卫还没缓过神来，又听得年羹尧一声大喝：“上酒！我亲自为他们送行。”

话音刚落，一个军校捧着一摞碗，两个军校抬着一坛酒走了进来。

酒碗在地上一溜摆开——共有十一只。

酒坛倾倒，酒水从空碗上一溜筛过。

军校捧起了一碗酒举过头顶奉给年羹尧。

年羹尧接过酒碗，站了起来，先是向厅门外一望。

站在厅门外的桑成鼎会意地点了点头，转身匆匆离去。

接着，年羹尧端着酒碗走下座位，慢慢踱到十名侍卫面前，换了语气，温和地说道：“其实，我也不想杀你们……皇上差你们到这里来，是想叫你们一刀一枪为朝廷建功立业来的，这我知道。穆香阿，我和你父亲的交情也不是一天两天了，你做满月、做周岁我都去过，还说你有出息，将来比你爹强……哪能想到你今天会死在我的令箭之下？这人，是从哪里说起呢……端起碗，喝了吧！”

像着了催眠，穆香阿不由自主地端起了酒碗，其他九名侍卫也木木地端起了酒碗——一个个手却都在颤抖，酒水不断地从碗边淌了出来。

九名侍卫脸都白得像纸了，一齐望着穆香阿。

穆香阿张着惊惶的眼向四周望去——一张张陌生的面孔，连个说情的也没有——他这才真正恐惧起来，放下碗，向年羹尧砰砰地叩头，颤声说道：“小的们初来乍到，不懂规矩，冒犯了大将军。如今知错了……望大将军念在与家父的交情，饶了我们这一次，往后甘愿一刀一枪死心塌地为大将军效命……”

年羹尧摇了摇头：“不是这一说。这里是西北大营中军行辕，是指挥二十几万大军的地方，不是小孩子玩家家，砸了家伙可以重来。我宽纵了你们，就无法约束二十多万将士——你们在西官廨，那里的军校没有向你们宣讲纪律？”

十侍卫张皇地对视了一下。

穆香阿嗫嚅地答道：“宣、宣讲了……”

“那就休怪我无情了！”年羹尧一仰头咕咚一气将酒喝干，随手把碗朝地上一掷：“拖出去！”

候在门外的那二十名军校雷轰般一声吼应，扑了进来苍鹰搏兔似的扭住十侍卫就往外倒拖。

呜呜的法号声又惨烈地响了起来。

5. 中军行辕外

一排翘起的法号直指灰蒙蒙的天空，呜呜的号声悲凉地在上空回响……

已被五花大绑的十名侍卫排跪在空荡荡的校场上，他们的身后，捧着鬼头刀的刽子手一双双寒冷的目光直盯着他们的后脖颈。

"刀下留人！刀下留人——"允禟和桑成鼎一前一后，手撩袍角气喘吁吁地从辕门内跑了出来，对监刑的伊兴阿喊道，"且慢行刑，一切等我见了大将军再说。"

伊兴阿答道："是。"

6. 中军行辕

年羹尧依然冷冷地坐在虎皮交椅上。

两侧的将军们也仍然肃立在那里。

门外传来了允禟的声音："军前效力九贝勒允禟求见年大将军！"

年羹尧慢慢站了起来，接着冷冰冰地说道："请进！"

允禟急忙走了进来："年大将军，我替十名侍卫向您求个情……"

"军法无情！"年羹尧毫不客气地打断了他，"九爷，您似乎不应该管这些事！"

允禟脸一红："是，我是到军前效力的人，本没有资格管这些事……可是，他们是和我一同来的，第一天就都被杀了……大将军，传到朝廷，传到皇上那儿，我也脱不了干系呀！"

年羹尧："人是我杀的，绝不干你的事！九爷，您知道，我节制着四省，十几路人马，二十多万将士，赏罚不明，怎么打仗？如今我军正对叛军形成合围之势，各路兵马不能协调一致，误了军国大事，我才真正脱不了干系！"说着，坐了下来，低头翻看公文，不再搭理允禟。

允禟一急，瞥眼想起了站在两边的将军们，情势急迫也顾不得身份尊荣，双手抱拳，向四周团团一揖："各位将军，他们犯了军规本应处死，但念在我的薄面，请大家一起求个情，我这里先向诸位谢过了，谢过了。"说完又不住地作揖。

将军们见这位体自尊荣的皇弟如此降尊纡贵、谦恭下礼，心里都不禁一阵发酸、一阵发热，对视了一眼，齐齐走到中间向年羹尧跪下："属下愿同九爷共保十位侍卫！"

年羹尧这才抬起了头，瞥见弯腰深揖的允䄉和齐齐跪倒的众将军，心里一阵惬意，知道戏已做足，叹了口气："看起来这执行军法也十分之难呀……"

允䄉："大将军这样说，允䄉不胜惶恐！我这里先行谢罪。"说着一撩袍角便要跪下。

年羹尧这才有些吃惊了——倘若这位礼绝百僚的贝勒爷真的向自己下了跪，传到京城便是绝大的麻烦——闪电般一转念间，他急忙走了过去，搀住允䄉："不可，万万不可！传令，先将那十名侍卫押回来！"

门外的桑成鼎一声答应，急忙走了出去。

年羹尧搀着允䄉："九爷往后千万不可如此。"说着眼一横，"还不给九爷设座？"

一名军校连忙搬过一把椅子，摆在大案边上。

年羹尧扶着允䄉在椅子上坐下，然后自己又走到案前坐定："都起来吧。"

众将军："嗻！"都站了起来退回原位站好。

就在这时，十名侍卫一个个脸色灰败地押了回来，也不用呵斥，腿一软都自己跪了下来。

年羹尧："今天是九爷替你们求情，让你们在鬼门关上把命捡回来了……"

十侍卫一齐叩头："谢大将军不杀之恩，谢九爷救命之恩。"

年羹尧脸一扬："死罪虽免，活罪难饶！各打二十军棍！"

7. 西宫廨

手臂粗的巨烛把厅堂照得通明。

一席丰盛的菜肴已经摆好。

桑成鼎堆着笑容引着十名一瘸一拐的侍卫走了进来。

桑成鼎："这是大将军特地安排给诸位压惊的。"

十侍卫对视了一眼，纷纷摇着手："不敢，不敢……"

桑成鼎："诸位莫非不领大将军的情？"

十侍卫又对视了一眼，接着说道："不敢，不敢……"

桑成鼎一笑："那就请入席吧。"手一让。

以穆香阿为首，众人都扶着椅子，侧着身子坐了下去。

正在这时，身着便衣的年羹尧走了进来。

十侍卫一惊，连忙扶椅子的扶椅子，扶桌边的扶桌边，纷纷站了起来，便要下跪。

年羹尧手一摆，微笑着说道："不必多礼，不必多礼。"

十侍卫都怔站在那里。

年羹尧朝椅子上一瞥，脸沉了下来："为什么不给众位将军设软垫！"

桑成鼎："是小的疏忽了。快，设软垫！"

立时便有两名军校捧着两摞锦缎软垫走了进来，一只只安在椅子上，接着又退了出去。

年羹尧手一伸："坐，请坐。"

十侍卫只好怯怯地坐了下来。

年羹尧望了他们一眼，温和地说道："年某担着捍卫朝廷安危的干系，许多事都是身不由己。你们是皇上身边的人，我更是皇上一手提拔的心腹。按理同事一主，不应生分，但你们当着我的属下那样做，使我为难……"

众侍卫又站了起来，穆香阿连忙说道："都是小的们不懂事，请大将军多多教诲。"

年羹尧："我知道，你们都有密奏之权——不就是凭着这个才敢放肆的吗？但我要告诉你们，我也有密折陈奏之权，而且是先斩后奏之权，要不然我就敢杀了富宁安！你们还太年轻，不晓事，皇上若信不过我，岂肯将几十万大军交给我？"

穆香阿连忙说道："今儿个一场噩梦，胜读十年之书。咱们服到底了，今后鞍前马后，总归听大将军的使唤就是了。"

那九名侍卫也连声说道："唯大将军之命是从！"

年羹尧知道已经收服了这十个侍卫，暗自舒了一口气，说道："好，从现在起，你们好好跟着我在军前效力，我自不会亏待你们。桑成鼎，把他们都安排在中军行辕，不要让他们到前方去了。"

桑成鼎："是。"

十侍卫这才真正感激起来："谢大将军恩典！"说着又要下跪。

年羹尧笑着伸手阻住了他们。

就在这时，伊兴阿出现在门边："大将军……"

年羹尧瞥了他一眼："什么事？"

伊兴阿望了望十侍卫，犹疑地将手中的公文抬了抬："各营刚刚报上来的军务……"

年羹尧："这儿没有外人，进来说。"

伊兴阿："是。"答着走了进来，看着公文禀道："据守巴塘的五万军马粮草快要完了，最多还能维持十天；据守黄胜关的八万将士已有两个月没有关饷了。岳将军说，再这样下去兵就很难带了……"

年羹尧手一抬，阴沉着脸说道："速给户部上文，催他们即刻将粮草军饷运来。再这样子，这个仗叫他们来打！"

8. 上书房

这儿也是灯火通明。

允祀："第一拨的十万石粮米和一万车草料已通知各省陆续起运；这两个月各省上缴的税银除留下了一小部分维持朝廷的日常开支，其余的也全都调给西北了。"

胤禛站了起来，踱了几步："户部这一向差事办得不错，尤其是廉亲王，居中调度，能在这么短的时间内把军需粮草源源不断地运到前方，殊为难得！"

允祀淡淡地答了一句："分内之事，何劳皇上圣奖。"

胤禛回过头来："不，凡是辛劳社稷的人，都应该受到褒奖。张廷玉，拟旨，着赏廉亲王亲王双俸。"

张廷玉："是。"

"不！"允祀突然提高了声调，"这个恩赏，臣不能领受，也断断不敢领受！"

胤禛："唔？"眼光定定地直视允祀。

允祥、张廷玉、隆科多、马齐也是一怔，齐把目光转向允祀。

允祀一脸的庄严："因为这个差事我也当不下去了！"说着，从袖中掏出一份公文，"这是今天收到的西北的公文。现在，大军每天需要的银子是二十多万两！"

"要这么多？！"众人都是一惊。

允祀："那么一个月下来就是七百万两以上。国库现有的存银也就一千来万，只够大军一个多月的开支。再说粮草，这几年山西大旱，黄河、淮河又接连发大水，波及山东、河南几个省歉收，刚运去的十万石粮米，都是从牙缝里挤出来的。再这样下去，我不知道还有什么法子能保证大军的军需粮草。"说完默默地坐了下来。

众人都沉默了。

胤禛急速地踱起步来，又猛然站住，对允祥问道："兵部和年羹尧拟的那个用兵方略，能不能再作调整，尽快地和叛军决战？"

允祥："不能！几十万大军在方圆几千里调动，仅对敌军形成合围之势就要几个月的时间，何况叛军在那一带经营已久，飘忽不定，稍有不慎，就可能重蹈傅尔丹和富宁安的覆辙。"

胤禛怔住了，站在那儿沉默了好一阵子，然后手一挥："张廷玉，拟旨。"

张廷玉拿起了纸笔，静静地望着胤禛。

胤禛一边踱步，一边述说："当前的国策，一切以西北军事为重。从明天起，所有的开支都要紧缩。从大内开始，除了太后的日常用度不减，朕的开支和各宫的开支都减去一半。京里的各部衙门，所有的开支减去一半。各省督抚司道州县所有的应酬一律停止！节省下来的钱全部供应西北。"

马齐说话了："西北大军的开支似乎也应该节约。据户部核算，仅大将军行辕，每天的用度就需要二三万银子——甚至还安排了一千多人特地从四川运送新鲜蔬菜供行辕食用，这也太靡费了……"

胤禛："有这回事？"

允祀接言了："确有其事。"

胤禛眼中的光一闪一闪，接着断然说道："再苦不能苦前方，只要他们能打赢这一仗！"

9. 养心殿正殿

夜已经很深了，这里也仍然亮着灯光。

胤禛疾步走了进来，对一直候在殿内的高勿庸问道："西北的密折到了吗？"

高勿庸："回万岁爷，刚到的。"答着手一指。

胤禛朝御案上望去。

——御案上摆着两只上了锁的匣子。

胤禛点了点头，走到殿侧的那只大立柜前，从腰间取下钥匙，开了柜锁。

高勿庸已经举着座灯凑了过来。

——大柜内整齐地挂着许多排钥匙。

胤禛的目光在钥匙上贴着的字条名单上逡巡。

镜头推近：一把钥匙上面的字条上赫然写着——"穆香阿"。他的手伸了进来，取下了那把钥匙。

接着，他的目光又在搜寻。

镜头再推：另一把钥匙上面的字条上赫然写着——"伊兴阿"。他的手又伸了进来，取下了这把钥匙。

御案上，贴着"穆香阿"字样的那只密匣打开了。

镜头拉开，胤禛取出里面的密折展看。

穆香阿的画外音："奴才穆香阿跪陈：年羹尧是好样的。他心里装着主子，装着朝廷，每天睡觉不到三个时辰，吃的东西也很简单……"

胤禛将这份密折一扔，接着拿起另外一把钥匙，把贴有"伊兴阿"字条的另一只密匣打开，取出里面的密折展看。

伊兴阿的画外音："奴才伊兴阿密陈：大军正在对叛军形成合围之势，当务之急是军需粮草……但浪费仍然很大。仅中军行辕每天吃的蔬菜就安排了一千多人从四川转运。九贝勒允禟和十名侍卫已经到了，年羹尧对允禟礼敬有加，却差点儿杀了十个侍卫……不知为什么，十个侍卫反而对他十分畏服……"

胤禛把密折一按，抬起头望着殿外的夜空。

10. 西北中军行辕辕门外

一辆辆装满军饷、粮米和草料的马车、骡车停得满校场都是。

户部的解银官和各省的押粮官员一个个风尘仆仆肃立在辕门外等候交差。

显然已经等了好久，他们一个个伸长了脖子焦虑地向幽深的辕门内张望。

又过了一阵，辕门旗牌官才走了出来，对他们说道："列好队，随我进去。"

众押粮官员慌忙列成一行，跟随旗牌官走了进去。

11. 中军行辕

年羹尧坐在御案前，正低头翻看着账册。

他的身后两侧站着那十个黄马褂浆洗得干干净净，挎侍卫腰刀的大内侍卫。

户部的解银官和各省的押粮官员低着头垂着手站在案前两侧。

看着看着，年羹尧的脸色突然变了，抬起了头："谁是户部解送军饷的官员？"

户部的那位解银官站了出来："卑职就是。"

年羹尧将御案一拍："我要的是一千万两军饷，为什么只送来六百万？"

那官员："回大将军，户部一下子实在拿不出一千万。这六百万还是廉亲王从各省的税银中挤出来的。"

年羹尧哼了一声，烦躁地飞快翻着账册，接着他的目光停住了："谁是河南来的押粮官？"

一名满面尘土浑身泥浆的官员连忙走了出来，躬身答道："卑职河南粮道朱子范，奉本省巡抚田大人之命给大军押粮来了。"

年羹尧："根据日期，你押的军粮昨天就该到，为什么今天才到？"

朱子范："回大将军，卑职在路上遇到大雨，山洪暴发，造了一天的桥，所以延误了一日。"

年羹尧："延误了一日？今天你延误一日，明天他延误一日，我这几十万大军不要打仗了。穆香阿！"

站在他身侧的穆香阿跨前一步大声应道："在！"

年羹尧:"按照军规,粮草迟误一日怎么处置?"

穆香阿大声答道:"斩!"

话音刚落,两名侍卫立刻如狼似虎地扑了上去,将朱子范扭住。

朱子范惊呆了。

户部的解银官和其他各省的押粮官都惊呆了。

年羹尧的手伸向了令箭筒,捏住了一支令箭慢慢地拔了出来。

朱子范惊醒过来,大声喊道:"我是河南的地方官,是朝廷特简的三品大员,你没有权力杀我!"

年羹尧牙帮一咬:"没有权力?我的话就是权力。斩!"说着,头也没抬,将令箭朝地上一扔。

穆香阿连忙拾起令箭,对朱子范:"走吧您!"

两名侍卫熟练地将他的手腕一扳,接着将手臂插进他的臂弯一紧,拖了出去。

户部的解银官和其他各省的押粮官员全吓得面如土色,有些人头上开始滴下汗来。

年羹尧又抬起了头,对户部的解银官说道:"你是朝廷派来的,我不杀你。你这就马上回去,叫户部把军饷补齐送来。要不然,我直接向皇上要军饷去!"

那官员颤声答道:"是。"

12. 养心殿正殿

胤禛阴沉着脸坐在御案前,望着跪在殿中的户部官员们。

允祀和上书房三大臣默默地站在两边。

沉默了一阵,胤禛说话了:"集体辞官?"接着,他一拍御案:"国家没事的时候你们为什么不辞职?现在几十万大军指着你们接济军饷,朝廷面临着安危存亡的时候,你们倒要辞官了!你们就这样子做官,这样子为臣?!"

阿灵阿抬起了头:"臣等也是实在没有法子……再这样下去,误了朝廷的军国大事,奴才们就是死一万次也担不起这个罪名呀……"

"辞了官你们就没有罪名了!"胤禛连连拍着御案,"要辞官也可以,全都发配到军前去打仗!"

阿灵阿等都怔住了,一个个把目光转望着允祀。

允祀说话了:"皇上,他们都尽了力。国库里一文钱都挤不出来了,年羹尧又一天一个公文催饷,户部这个差谁都没有法子当下去……臣是分管户部的大臣,要发配,就先发配臣吧。"说着一撩袍角也跪了下来。

胤禛怔了，胸脯一起一伏地，过了好一阵子，才调匀了呼吸，说道："好吧。西北的军饷户部不要管了。"

众人都是一惊，全都抬起了头，望着胤禛。

胤禛："张廷玉，拟旨。从现在起，成立军机处，西北的军需粮草调配和用兵方略指挥，全归军机处办理！"

张廷玉问道："启奏皇上，军机处都有哪些人当差？"

胤禛眼光一闪一闪："怡亲王允祥、你们上书房三个大臣……还有……廉亲王也算一个。"

13. 军机处

一排简陋的厢房，正门口挂着一块用木板临时写着"军机处"三个大字的牌子。

房内，挨墙是一溜土炕；房端摆着一张方桌、两把椅子；临窗边是一排木椅。

胤禛坐在炕上。

允祀、允祥、隆科多坐在临窗的椅子上。

张廷玉和马齐则坐在方桌旁，他们的面前摆着笔砚和一摞摞的公文。

胤禛站了起来，大声说道："拟一道严旨，催讨各省拖欠国库的款银，接济西北的军饷！首先从江苏开始—— 一个省就亏欠了一千二百万，真是天良丧尽！听说，苏州织造李煦、江宁织造曹寅两家共亏空了三百多万……隆中堂，内务府是你该管，曹寅和李煦欠下这么多银子，而且一欠十几年，为什么到现在还不追讨？！"

隆科多："回皇上的话，曹寅已经死了，现在是他的侄子曹頫接任织造。这曹家和李家都是孝庄皇太后家的包衣……"

胤禛："不管是谁的包衣，这一次都要将欠款还清！张廷玉、马齐，以军机处的名义发一道六百里加急的明诏给李卫，江苏的欠款先从曹頫和李煦入手。还不起欠款就抄家！"

允祀、张廷玉、马齐齐声答道："是。"

14. 江宁织造曹府大门外

急促的跑步声，两队兵丁把曹府团团围住。

两名官员带领几名书办和一群差役拥了进去。

府内传来了慌乱的哭喊声。

15. 曹府大厅

江宁织造曹頫容颜惨淡地向那官员不断作揖："府里女眷太多，还有老太太年事高了，请容我安排一下……"

那名官员手一挥，大声指挥道："把女眷都赶到后院去，挨房搜查！"

众书办差役齐声吼应："是！"

16. 曹府后院

白发苍苍的曹母把曹雪芹搂在怀里无声地掉泪。

众女眷环绕着她一递一声地哭泣。

一名管事家的妇女闯了进来，哭禀道："老夫人，不好了……那些差役把贵重一点儿的首饰字画都抢着往身上塞……"

曹母："抢吧……抢吧……让他们都抢去吧……"

女眷们哭得更伤心了。

17. 前院内房

这儿显然是一处正经主子的卧室，里面的陈设奢华异常。

几名差役正拥在一口大箱旁，抢着把里面的珠玉宝玩大把大把地往怀里塞。

塞完后，这几名差役刚一站起，全都傻了眼。

红顶花翎的李卫带着几名戈什哈正冷冷地站在门边，盯着他们。

几名差役慢慢地跪了下来，又慢慢地从怀中掏出赃物往大箱里放。

等他们掏尽了赃物，李卫才慢慢踱了过去，绕着他们踱了一圈，然后笑着说道："好，好。强盗遇到贼打劫……好手段，好手段。"

那几名差役一个个吓得汗流满面，连忙将头在地上叩得砰砰直响。

李卫："免了，免了。看你们汗流满面的，一定是抄家抄得太热了……把衣服脱了，凉快凉快。"

几名差役还在犹豫。

戈什哈领班喝道："还不快脱！"

几名差役只得脱衣。

脱到上身赤露，他们又停住了，一齐望着李卫。

李卫没有吭声。

他们只好又脱，脱得只剩下一条裤衩了。

李卫："好了。都站到大门外去，给其他人做个榜样。"

戈什哈领班又喝道："走！"

那群差役排着队走了出去。

18. 苏州织造李府门外

又是急促的跑步声，一队兵丁将李府团团围住。

几名官员和书办带领一群差役从大门中闯了进去。

19. 军机处

又是一个不眠之夜。

一支支蜡烛都快燃到了尽头。

门窗外已经射进了蒙蒙的晨光。

允祀、允祥、张廷玉、隆科多、马齐一个个眼中都布上了血丝，脸上满是倦容。

胤禛站了起来，走到门边，深深地吸了口气，两眼忧虑地望着远方。

他的画外音："西北的军饷总算有了个着落……年羹尧要是再打不赢这一仗，朕都无法向列祖列宗和天下的臣民交代了……"

20. 西北中军行辕

沙盘前，默默地站满了各路将领。

年羹尧红着眼睛，在沙盘上到处扫视，半晌才烦躁地说道："全青海都被我围住了，可罗布……罗布藏丹增在哪里？他的主力到底在哪里？"

将领甲："既然大将军已经部署了关门打狗之势，门都关起来了，还愁找不到狗？"

将领乙："只要我们把口袋一点一点收拢来，自然就找到罗布藏丹增了。"

年羹尧："一点一点收？你们知道整个大军一天要花多少银子？二十多万！再拖下去，就连皇上也坐不稳了！伊兴阿！"

伊兴阿："在。"

年羹尧："派去侦察的探子都回来了吗？"

伊兴阿："回大将军，都回来了，仍然没有叛军的下落。"

年羹尧眼一寒："都斩了！另派一些有家室的人去，探不到叛军的下落就杀他们全家！"

伊兴阿一凛："是！"答毕匆匆走了出去。

年羹尧不再看沙盘，疾步走到正中间的交椅上坐下，对桑成鼎说道："再下几道咨文，限令各省把下个月的军粮火速运来。哪一省误了日期，我就严参哪一省的巡抚！"

21. 河南巡抚衙门大堂

田文镜铁青着脸坐在大堂中央。

两厢站满了各司道官员。

田文镜："运往西北的军粮还差多少？"

众官员面面相觑，没有一个吭声。

田文镜指着藩台："你是藩台，你说。"

那藩台："还差一万五千石……"

田文镜："怎么会差这么多？"

那藩台："回大人，今年一场大水淹了十几个州县，又要赈济灾民，又要筹粮运往西北，本就捉襟见肘……这不，要粮的日期又提前了，我们也实在没有办法。"

田文镜："那就把这五千石先送去。"

众人又是一阵沉默。

藩台："启禀大人，没有人敢去。"

田文镜："唔？"

藩台："大人也不是不知道，上一次朱大人押运粮草去，路上遇到山洪暴发也就迟了一天，就被年羹尧那个魔头杀了。这一次差一万五千石军粮，谁敢去！"

田文镜倏地站了起来："那也得送！"说着走下座位，一边来回踱步，一边扫视着众官员。

被他眼光所及的官员无不慌忙低下头来。

田文镜站住了："总不成叫我这个巡抚亲自去送吧？"

一片鸦雀无声。

这时，屏风后传来了一记一记的拐杖拄地声，邬思道走了出来。

田文镜正没好气，冷冷地说道："邬先生，你是幕府，怎么走到前堂来了？"

邬思道调侃地反问道："前堂有人？怎么会鸦雀无声？"

田文镜一甩袖，踅回大案前坐下："邬先生，八千两银子一年的幕酬，你不干事也就算了，不要再给我添乱子好不好？"

邬思道："东翁，邬某今天就是冲着这八千两银子一年的幕酬来的。我在后堂已经听到，军粮数目不够，没有人敢去押运，邬某替你走一趟如何？"

众人都是一振。

田文镜也是眼一亮："你愿意去押运粮草？"

邬思道："总得有人去吧。"

田文镜："你不怕死？"

邬思道："放心，年羹尧还杀不了我。"

此言一出，众人纷纷用惊疑的目光望着他。

邬思道："好叫众位大人放心，邬某和年大将军过去有些交情，只要是我去交运粮草，他不但不会为难我，连剩下的一万五千石也会给免了。"

田文镜愁眉一展，仍然将信将疑地问道："真的？"

邬思道："东翁，你当邬某活得不耐烦了？"

田文镜又连忙站起："好！那就拜托先生辛苦一趟。"

邬思道："当然。不过东翁上半年还欠着我二千两的幕酬，回来的时候还望付清。"

田文镜一愣，接着答道："一定付清！"

邬思道笑了。

22.　西北中军行辕

年羹尧猛一回头，大声吼道："斩！凡是探不到叛军下落的统统全家问斩！说过的话为什么还来问我？"

伊兴阿犹疑了一下，答道："是。"走了出去。

桑成鼎又走了进来："禀大将军，甘肃巡抚范时捷求见。"

年羹尧："什么事？"

桑成鼎："他说是军务。"

年羹尧："那就叫他进来。"

话未落音，范时捷已经走了进来："参见大将军。"

年羹尧心里窝着火，连手也不虚抬一下，冷冷地问道："什么事？说吧。"

范时捷："上次请大将军调拨军需帐篷，大将军命我找兵部要，兵部说，都拨到您这儿了。现在我们甘西驻军几十个人挤在一个帐篷里，说句寒碜的话，夜里出去撒尿，回来就找不到睡觉的地方了。特来请示大将军，帐篷什么时候能够发到我军？"

年羹尧冷笑道："就为这事，你巴巴儿跑来？"

范时捷："这事我想不是小事。——还有，您调甘肃绿营兵移防松潘，我也有点想不明白。岳钟琪将军的部队离松潘近在咫尺，为什么要大老远调我们甘肃兵去四川驻防？我想请大将军再考虑考虑，能否收回成命。"

年羹尧怔了一下，不想和他纠缠下去了，随即说道："知道了，你连夜赶回去吧。"

范时捷："知道了不等于解决了。我回去兵士们照样睡不下，岂不伤了大将军爱兵如子之心？我已将甘肃难处禀告了岳钟琪将军，最好请他驻守松潘，我和他都能两免其苦。"

年羹尧脸色气得铁青，问："谁叫你擅自禀告岳钟琪改变移防的？"

范时捷闪着眼盯着年羹尧："是您啊！上次甘东誓师，您登坛阅兵，岳钟琪是副帅。您告诫众将，有事要随时禀报您或者岳将军，在座诸公都听见了的……"

年羹尧两眼死死地盯住范时捷头上的亮红顶子和两眼花翎，过了好一阵才冷笑了一声说道："我知道，你这个甘肃巡抚不想当了……来呀，取掉他的顶戴花翎！"

站在年羹尧身后的十侍卫便有两人走上前来。

范时捷将手掌一伸："无须劳驾！我这个巡抚也早就不想当了。也正好，老母年高，正等着我回去侍候呢。"说着将顶戴一取朝案上一搁："大将军，这个就烦你转交给皇上了！"打了个拱，扬长而去。

年羹尧气得一甩手，将那只顶戴扫了出去。

——顶戴从御案上直飞到大门外，落在正匆匆走来的辕门旗牌官脚下。

那旗牌官一愣，正在进退两难，被年羹尧一眼瞥见。

年羹尧："什么事？"

旗牌官："禀大将军，河南的军粮运到了，不过……还差一万五千石。"

在场所有人都是一惊，对视了一眼——担心这位大将军又要杀人了。

年羹尧这一次不但没有动怒，反而哈哈大笑起来："好，好。各省的巡抚都同我打起擂台来了……"接着诧异地问道："差这么多军粮也敢送来……那个押粮官是什么人？"

旗牌官："回大将军，押粮的没有顶戴，不像是个官。"

年羹尧："哦？带进来，让我看看。"

23. 辕门外

四十名挎刀威立在铁牌下的军校也一个个露出了惊诧的目光。

——这个穿着蓝衫挂着拐杖慢慢走进辕门的中年人居然如此坦然，面露微笑，两眼还不时地上下左右打量着，仿佛一点儿也不知道他那三只腿正一步步在迈向鬼门关。

24. 中军行辕

邬思道已经拄着拐杖站在大厅中央。

这时，年羹尧又坐到了交椅上低头看着公文。

大厅里一片沉寂。

年羹尧没有抬头，只冷冷地问道："你是田文镜什么人？"

——没有回音。

年羹尧慢慢将眼朝上一瞟，突然一颤，连忙站了起来："邬先生！是你？"

邬思道这才徐徐说道："亮工，别来无恙？"

年羹尧疾步走了下来，一把搀住邬思道："想不到，想不到……请，请到书房叙话。"说着，搀着邬思道走了出去。

大厅里的众将领和众侍卫一个个面面相觑，怔在当场。

25. 行辕后书房

这时天已经渐渐黑了下来。

年羹尧搀着邬思道一边走进书房，一边大声说道："掌灯！"

桑成鼎连忙点燃了桌上的座灯，又准备去沏茶。

年羹尧："没你的事了，下去吧。"

桑成鼎退了下去。

年羹尧扶着邬思道在上首桌旁坐下，又亲手沏了一杯茶端了过去。

邬思道接过茶碗，一边慢慢地啜着，一边打量着年羹尧这间书房。

年羹尧在下首坐了下来，笑道："听说先生在李卫那儿，为何又会替田文镜押送粮草？"

邬思道也笑着答道："李卫不讲交情，把我八千两银子一年卖给田文镜了。"

年羹尧搭笑着："先生说笑了……您是神龙见首不见尾，原不可以常理度之。"说到这里他站了起来，低声说道，"先生千里而来，总不会为了区区五千石粮草吧……必有以教我，是吗？"说罢，两眼定定地望着邬思道。

邬思道将茶碗一搁，扶着拐杖也站了起来，踱了两步，叹道："知我者，亮工也。"说着，慢慢转过身来，"亮工，你应该知道，这一仗你如果打不胜，或者劳师糜饷，找不到叛军决战，会有什么样的后果？"

年羹尧一凛，低声答道："我知道，皇上的位子都将坐不稳！"

邬思道点了点头："为了你能在西北平定叛军，皇上已经掏空了国库，而且得罪了普天下的官员。现在，所有人的眼睛都在盯着你，只等你一失败，外患内忧就将一齐爆发！亮工，你的十条比大还大呀。"

年羹尧怔了一怔，接着疾步来回走了起来："我知道，我知道……如果不知道这个天大的干系，我也犯不着这样天天杀人，犯不着冒天下之大不韪！现在最苦的是调兵遣将部署了将近一年，好不容易形成了关门打狗之势，罗布藏丹增这条狗突然一下子消失了。每天二十几万银子的消耗，再拖下去，不用打，大军拖垮了，朝廷也会拖垮了。"

邬思道："大将军哪大将军，你处处算无遗策，为什么就没有算到，我军需要庞大的军饷开支，叛军难道就不需要军饷开支？"

年羹尧："他们是本地人，又是游牧骑兵，消耗比我们要小得多。"

邬思道："本地人，游牧骑兵，一样的也要水、草、粮。你想想，你已经把青海全省围了个水泄不通，而罗布藏丹增的十几万兵仍然能够支撑到今，为什么？就是因为还有源源不断的粮食水草供给他们——你误就误在当初没有切断叛军的粮源。因此，才形成了今天的对耗之势，他也才得以藏起来，拖死你！"

年羹尧猛然惊悟，接着牙一咬："没错！我要立刻截断内地运往青海的粮道——就是饿死青海全省的人也在所不惜！"

邬思道见他说得如此狠毒，心里也不禁一咯噔，接着说道："犯不着，何况现在再封锁粮道为时也晚了。因为他们的储粮至少还可以支持一个冬天，你二十几万大军还能对耗一个冬天吗？当务之急，是必须立刻找到叛军主力！"

年羹尧听他绕来绕去又绕到了无法解决的话题上，不禁失望地瞟了他一眼，说道："能找到叛军的主力，还犯得着同先生在这儿闲聊吗？"说着坐了下去。

邬思道笑了："你怎么就不问问我叛军的主力在哪儿呢？"

年羹尧又是一振："你知道罗布藏丹增的主力在哪儿？"

邬思道："当然知道。你来看。"说着一手拄着拐杖，一手拿起桌上的座灯，向地上那张硕大的牛皮地图走去。

年羹尧也站了起来，跟了过去。

邬思道蹲了下来，问道："我们现在的位置在哪儿？"

年羹尧也蹲了下来，指了指地图上的西宁。

邬思道接着问道："周围这些地方都打探过了吗？"

年羹尧："全打探过了，没有他们的踪影。"

邬思道："这就已经很清楚了，叛军的主力就在这儿——"说着将手指点在座灯底下一个点上。

年羹尧："宁古寺！不可能，宁古寺离这儿不到一百里，叛军的主力怎么敢在这儿窝藏起来？"

　　邬思道笑着将座灯往西宁那个点上一放："这儿就是我们现在所处的位置。亮工，你再看看，能不能看到宁古寺。"

　　年羹尧注目看去——邬思道刚才所指的宁古寺这时候恰好在灯光照不到的黑影底下。

　　邬思道接着大声说道："这就叫作'灯下黑'！"

　　年羹尧如醍醐灌顶，一片空明，兴奋得连忙拿开座灯，注视着地图上的宁古寺，接着又开五指猛地一掌罩在宁古寺上面，大声吼道："对！马上向宁古寺合围！"

　　年羹尧那只罩在地图上的手掌慢慢变大，最后占据了整个画面。

　　炮轰声、喊杀声排山倒海般传来，淡化的手掌上，一面面清字旗、年字旗狂飙般卷过，千军万马在火光中呼啸涌进……

　　定格。

| 第二十九集　跪雨午门 |

1. 午门

灰蒙蒙的天空，雪花稀稀落落飘了下来。

一名驿差高举着一份奏折高呼着狂奔过来："西北！西北！六百里加急！六百里加急！"

护军们无不露出惊愕的神情。

护军千总狂奔了过去："快！给我，给我！"说着一把抢过奏折奔进门去。

2. 乾清门

刘铁成从奔来的护军千总手中一把抢过奏折，疾步向军机处奔去。

3. 军机处

刘铁成一阵风似的闯了进来，举起手中的奏折，气喘吁吁地："西、西北……"

允祥、张廷玉、马齐倏地站了起来。

隆科多也站了起来。

允祀仍然坐着，眼睛却也直勾勾地盯着刘铁成手中的奏折。

允祥大步走了过去，抢过奏折，急忙展看，接着攥紧了奏折按在胸口，一阵猛咳。

张廷玉、马齐、隆科多连忙围了过来，齐问："说、说的是什么？！"

允祥平息了下来，两眼望着上方，喃喃地说道："打胜了……打胜了……"

张廷玉一把抢过奏折，马齐和隆科多都把头凑了过来。

允祀也倏地站了起来。

4．养心殿

允祥在前，张廷玉、马齐、隆科多、允祀在后，一齐闯了进来。

殿内却没有胤禛的踪影。

允祥对高勿庸急问："皇上呢？皇上在哪儿？"

高勿庸："刚出去不久……"

允祥："去哪儿了？"

高勿庸："他说想一个人出去走走，不让奴才们跟着……"

这时殿门内外，太监们和刘铁成、张五哥等近侍们都拥了近来。

允祥："快！你们都到外面去，一齐喊'西北大捷了'！"

侍卫和太监们一齐兴奋地答道："嗻！"

5．紫禁城殿坪里

开始，是几名侍卫和几名太监扯开喉咙在喊："万岁爷，西北大捷了！"

慢慢地，更多的侍卫和太监走了出来，惊喜地跟着喊了起来："万岁爷，西北大捷了！"

6．御花园

雪花慢慢大了。

空落落的园子里，胤禛背朝着画面，独自坐在一块石头上，微仰着头望着灰蒙蒙的天空，一任雪花飘落在头上身上。

远处，"万岁爷，西北大捷了……"的喊声一阵阵传来。

胤禛猛颤了一下，倏地站了起来。

喊声渐渐近了，更加清晰，更加响亮。

胤禛慢慢转过身来，抬起头望着远方，眼中闪出两颗晶莹的泪珠。

胤禛兴奋激动的画外音："列祖列宗在上，西北的军事终于大功告成了！先帝的遗愿，朕完成了一半，下一步可以腾出手来推行新政了……召年羹尧进京，召年羹尧进京！朕要重重地封赏他，让天下人都看看，都看看……"纷纷扬扬的雪花不断地飘落在他的头上，脸上……

7. 德胜门

雪花化成了耀眼的太阳光点。

画角齐鸣，军乐高奏。

四行一眼望不到头的龙旗猎猎飘过。

镜头拉开，显出擎着龙旗坐在高头骏马上的彪形大汉。

黄土轻扬，跟在龙旗后面的是迈着整齐有力步伐的一排排配刀校尉。

隆隆的车轮声，碾过来九架由健骡拖着的"无敌大将军"红衣大炮。

驿道两旁万头攒动的百姓人群发出了一声惊呼。

一百对军士举着金钺、卧瓜、立瓜、钺斧、大刀、红镫、黄镫开过来了。

一辆特大的纛旗车开过来了——车正中竖着一杆两丈多高的旗杆，旗杆上飘着一面赤红流苏、明黄镶边，宝蓝底色的纛旗，上面绣着"钦命征西大将军年"八个斗大的黄字。驿道两旁的百姓齐刷刷跪成一片。

纛旗后，年羹尧来了！

在十骑身穿黄马褂的御前侍卫的夹护下，年羹尧黄缰紫骝高昂着头来了！

镜头推近，他那曾经一度十分瘦削的脸庞显得丰润多了。也许是阳光太刺眼，也许是这接近顶点的辉煌使他晕眩，他的眼睛紧闭着……

胤禛的画外音又在他的耳边响起："听到你平定西北的消息，朕曷胜欣喜！你是朕的恩人，也是大清的恩人！朕在北京等着你，为你庆功，做个千古君臣知遇的榜样，给天下人看看……"

年羹尧的嘴角露出了深深的笑纹。

8. 午门

巍峨的午门近了。

镜头下摇，午门前列满了迎接凯旋王师的官员队列——正中是以允祀为首包括允禩、允禵的诸王贝勒，两边是在京衙门七品以上的官员。骄阳下众人汗流满面却一个个肃然而立，鸦雀无声。

嘚嘚的马蹄声和沙沙的脚步声带着地面的震动传来了。

首先进入众人视线的是那面两丈多高的大纛旗。

骑在那匹纯白大马上的年羹尧出现了，他板紧着脸，眯细着双眼望着前方——那巍峨的午门突然矮了下来，矮得仿佛慢慢地降到了他的脚下；而伫立在午门前的诸王贝勒和文武百官此时竟变得小如虫蚁——他的嘴角撇过一丝笑纹。

仪仗停住了。

允祀眼中闪过一丝光亮，突然跨前一步，高声喊道："百官跪迎！"

众官员先是一怔，一齐望着允祀——都怀疑自己听错了。

没有听错，允祀又高喊了一声："百官跪迎！"

除了诸王贝勒，所有的官员都黑压压地跪了下来。

沉静，出奇地沉静，排满了凯旋王师和跪迎官员的午门前静得一丝声音都没有。

众官员惊诧了，纷纷抬起了头。

——年羹尧依然坐在那匹大白马上，两眼望着正中的大门，一动不动。

就是皇帝御驾亲临，百官跪迎之际也得宣一声"平身"呀！众官员脸上渐显愤懑之色。

允禩的眼中露出了一丝冷笑。

允禵的脸则越来越青了。

唯有允祀仍然是那样平静。

突然，三声清脆的静鞭挥碎了僵冷的沉静，接着午门的正门"咔咔"地开了。

接着是丹陛之乐大作，胤禛含着笑领着允祥、张廷玉、隆科多、马齐缓步走了出来。

刚一走出正门，胤禛就微微一怔——他敏锐地发现了眼前异常的情景：高坐在大白马上的年羹尧，一起跪伏在地的文武百官。

一丝寒光很快在胤禛的眼中闪过，一瞬间他又恢复了笑容，继续向年羹尧走去。

胤禛走到离年羹尧马头约有五步的距离站定了。

丹陛之乐停了。

年羹尧才缓缓地从马上下来，矜持地跪了下去："臣钦命征西大将军年羹尧恭请圣安！"

胤禛上前几步双手将一件黄马褂披在年羹尧的身上，又亲手扶起了他，握着他的手向午门正门走去。

他们的背后，是一双双表情各异的目光：

喜形于色的目光。

略带沉吟的不解的目光。

充满麻木的无所谓的目光。

更多的是愤懑和深感受辱的目光！

允祥和张廷玉也察觉到了这沉默中的躁动，二人对视了一眼，刚想叫百官起身。

突然，一个人忽地站了起来，他的那张疾恶如仇貌似钟馗的脸气愤得扭曲了！

他的画外音："简直无人臣之礼！我要参他！"——此人正是那位貌似钟馗的孙嘉诚！

他的周围，陆生楠、谢济世、刘墨林、尹继善、王文昭等文官们跟着都愤怒地站了起来！

又一群官员站了起来！

所有的官员都站了起来！

允祥和张廷玉、马齐交换了一个焦虑的眼神，走了进去。

允祀和允禩、允禵也飞快地交换了一个会意的眼神，走了进去。

9. 储秀宫

一只摆着金册的丹漆托盘和四只装着皇贵妃礼服的丹漆托盘整齐地摆在一条香案上。

高勿庸率领四名太监跪在地上。

他们前方的椅子上坐着的人，可以看到一截缎面绣花旗袍的下摆和一双高高的花盘底鞋。

高勿庸满面喜气，高声祝颂：“奴才们恭贺主子册封皇贵妃！”

祝毕，领着四名太监恭恭敬敬叩了两个头。

镜头上摇，渐渐显出端坐着的年秋月，那苍白的脸上勉强露出了一点儿笑意：“起来吧。”

高勿庸领着四名太监站了起来，又笑着说道：“国舅爷在西北打了大胜仗，为咱们大清立了大功劳呀……”

年秋月淡淡一笑，打断了他的话，转对身旁的那位宫女说道：“看看，箱子里还有多少银子，全拿出来赏他们。”

那宫女应着，走到一旁的箱子边，掀开箱盖捧出一小包银子，又走到年秋月面前：“主子，全在这儿，一共是八十两。”

年秋月：“不要嫌少，拿去给大家喝杯茶吧。”

那宫女捧着银子递了过去。

高勿庸没接，他身旁的那名太监却伸过手来，高勿庸啪地把那只手打了回去，转过脸笑着对年秋月说道：“皇贵妃的赏，奴才们心领了。奴才们这就告退。”

说着，他领着那四名太监退了出去。

10. 储秀宫外

高勿庸一边走一边斥道：“没心没肺的东西，年贵妃就剩那么点儿月例银子，你也敢接！”

那太监嘟哝着说道："我就不信，年家那么有钱……"

"闭上你的臭嘴！"高勿庸站住了，"咱们这位贵妃不像其他的主子，她是从来不要娘家一文钱的。知道了吗？"

几名太监都动了容，一齐点头。

11. 养心殿正殿

胤禛坐在正中的御案前，含着笑望着年羹尧。

年羹尧挺直了腰板叉开双腿坐在案侧的绣墩上。

允祀、允祥、张廷玉、隆科多和马齐这时都没有座位，一个个肃立在殿中的大柱两旁。

胤禛："张廷玉，你把议封年羹尧的旨意念给他听听。"

张廷玉："是。"接着展开了手中的上谕念了起来，"上谕：赐征西大将军，川陕总督年羹尧一等公爵，加太子太傅衔，授精奇尼哈番嘉号，赏穿四团龙服、戴三眼花翎！"

胤禛亲手将一只叠有宝石顶子三眼花翎顶戴和四团龙服的托盘递了过来。

年羹尧受赏而不惊，欠了欠身子站了起来，接过托盘，并不下跪而是弯下腰去说道："谢皇上隆恩。"

侍立两侧的众人都是一惊。

胤禛却仿佛丝毫也不在意，温言说道："你为大清立了大功，论理就是赏你个王爷也不过分……不过自古异姓封王多没有好下场，朕这是爱护你，望你体谅朕的苦心。"

年羹尧这才微微一惊，口中答着"是"，作势便要跪下。

胤禛伸出手虚扶了扶："罢了。你在前方受了苦，这次回京又受了累，这些虚礼就免了。"

这怎么是虚礼？允祥和张廷玉等人都露出了诧异之色。

年羹尧居然受之泰然，又答了个"是"字，坐了下来，将托盘放在御案角上，接着从袖中掏出一张名单递给胤禛："这是臣保举的立功人员名单，请皇上照准。"

"哦？"胤禛接过名单一看，眉尖不禁一动。

——那张过大的纸上密密麻麻写了上百号人的姓名和保举的封号官衔！

胤禛还是不露声色，将名单递给了张廷玉。

张廷玉一看也是一惊，说道："这么多人，这么多职务，只怕一时不好安排。"

年羹尧："张中堂，他们可都是立了功的人。"

胤禛手一摆："照年大将军的意思，尽量安排吧。"

张廷玉还有何话说，只好答道："是。"

胤禛站了起来:"朕在御花园给你摆了庆功宴,咱们先去赴宴,明天再到丰台大营检阅你的三军!"

12. 丰台大营操演场

正当午时,骄阳似火,耀人眼目。

三千铁骑分成三个方队挺立在火辣辣的热地里——每个方队前方是一个红顶雀翎的二品武官,武官的后面则是三名铠甲外套着黄马褂的御前侍卫。

一丝风也没有,九十五面龙旗,还有各色杂旗,分青红皂白按东南西北方位蔫蔫地垂着。

阅兵台上,穿着天子礼服的胤禛满脸流汗坐在正中的龙椅上。

年羹尧陪坐在雍正侧面,虽也满头油汗却是铸铁一般岿然不动。

允祀和允祥分坐在二人的两边。

张廷玉、隆科多、马齐,还有作为天子文学侍臣的刘墨林站在他们身后。

六部九卿各级官员则都肃立在阅兵台下的两侧。

年羹尧掉转头对胤禛问道:"皇上,开始吧?"

胤禛:"开始吧。"

年羹尧将手一举。

队伍前,一个执红旗的军将将旗一摆。

排列在三军前的九门"无敌大将军"红衣大炮齐声怒放,连响九声,撼得大地簌簌发抖。

张廷玉一干文臣个个听得心旌摇动,面容失色。

礼炮响过,担任中军司令的穆香阿走到阅兵台前,单手平胸行礼,高声喊道:"请万岁检阅!"

胤禛望着晒得黧黑的穆香阿笑了笑,接着转过头对年羹尧说道:"你发令吧。"

"方队操演!"年羹尧大喝一声。

胤禛不安地抖了一下,他身子向前略倾了倾,又矜持地坐端了。

"喳!"穆香阿单膝跪地向胤禛行了军礼,啪地一转身,回到操演场大将军纛旗下,大喝一声:"大将军军令,方队操演,请万岁检阅!"

"皇帝万岁,万万岁!"三千军士雷轰价齐吼了一声。

在三名头戴红顶雀翎、身着黄马褂的二品武官带领下,三个方队发动了。

队形在不断地变换——时而横列,时而纵列,时而呈一字形,时而又变换成品字形,黄尘滚滚中刀光剑影杀气腾腾。

突然，队列中一个兵士被凌空抛了出来。

接着，又一个兵士被凌空抛了出来。

"扑通""扑通"，黄尘腾起，被抛出来的兵士重重地扔落在地上——原来是中暑晕倒的病号！

胤禛倏地站了起来。

允祥和允祀也跟着站了起来。

所有的官员都伸长了脖颈注目望去。

年羹尧却依然面无表情铁铸般坐在那儿一动不动。

很快，几个专管收容的军士扛着几副担架跑了过去，抬起晕死的兵士往担架上一放，抬了下去。

胤禛这才慢慢坐了下来。

允祥和允祀也坐了下来。

众人方错愕间，穆香阿双手黑红旗交错一摆，所有阵势立时大乱，浮土灰尘黄焰冲天。

胤禛不禁看了年羹尧一眼。

年羹尧眼中闪着暗灰色的光，盯视着队列，头也不回地道："皇上，这是变阵。是我据武侯八阵图演化而来。万一我军建制打乱，又受敌围困，就用这种阵法重新整顿……"

说话间，队伍已团成圆形，中间队伍成太极双鱼状蠕蠕周流而动，四周外围的军士则人手一弓，护卫着内里队伍整顿，顷刻间以两个太极鱼眼为核心，内中重新整成两个方队，外围军士向中一合，三千军士竟合成一个大方队，纵横踏步而行。

接着所有的军士同时扔下兵器，马蹄袖同时打下，一片山响，都跪了下来。

——跪下的大方阵恰恰结成了"万寿无疆"四个大字。

偌大的校场上顿时一片沉寂，鸦雀无声。

众人都看呆了。

胤禛点头微笑着喊了一声："好！"接着从袖中掏出一块手绢擦了擦满脸的汗水，举目又向跪在校场中的将士们望去。

所有的将士无不发脸俱湿，汗透甲衣。

胤禛感动，慈爱形于颜色，对身边的高勿庸道："传谕下去，叫将士们宽衣卸甲，凉快凉快吧。"

高勿庸扯着尖音高声喊道："皇上有旨，众将士宽衣卸甲哪！"

众将士仿若禾闻伏在那儿一动不动——就连那九名派到车前的御前侍卫也一动没动。

胤禛吸了口气，亲自开口了，大声喊道："将士们都辛苦了！宽宽衣，把甲卸掉吧。"

众将士仍然匍匐在那里一动不动。

众官员都怔住了。

胤禛也是满脸的茫然，转过头对年羹尧问道："朕的话他们都没听见？"

年羹尧微微一笑："这些奴才都是军营里呆惯了的，只知有军令，不知有皇上……既然皇上有旨意，臣叫他们卸甲就是。"说到这里，他慢慢站了起来，喊了一声："卸甲！"

只听"嚓"的一声如雷般暴应，接着是"哗啦啦"一阵铁响，三千军士齐刷刷地卸下甲来！胤禛的眼中立时闪过一瞥阴寒的光……

观礼的官员中有个人眼中也露出了愤怒的光芒——这人又是那个貌似钟馗的孙嘉诚！

他的周围，许多人露出了愤慨的神色！

13. 养心殿正殿

胤禛啪地将一份奏折扔在御案上，喝道："把孙嘉诚抓起来！严审他，是谁指使他参年羹尧的！"

允祥、允祀、张廷玉、隆科多和马齐都没有作声。

胤禛："朕说的话你们都没听到？"

马齐答话了："回皇上，孙嘉诚是御史，有上折子参劾大臣的职责。"

胤禛拍着御案："他这个时候参劾年羹尧就是居心叵测！抓起来，等朕明天亲自审问他！"

张廷玉："是。"

14. 储秀宫

两位太监举着明黄宫灯导引着一脸阴沉的胤禛走了进来。

年秋月撩起袍角跪了下来："臣妾年氏接驾！"

胤禛瞥了她一眼，一声不吭地径直走到榻上坐下。

两名宫女端着洗脸水、洗脚水走了进来，放下后刚要去绞盆内的帕子。

胤禛轻轻地一摆手，宫女退了出去。

年秋月见状，赶紧亲自上前拧了帕子双手奉给胤禛。

胤禛虎着脸并不伸手。

年秋月愣了愣，转身把帕子放进盆内，端起铜盆走到胤禛面前，放在他的脚下，蹲了下来，便要给他脱鞋。

胤禛的脚紧紧地踏在地上，年秋月试着脱了几下，那双脚却一动没动。

年秋月惊诧了，抬起头望着胤禛。

胤禛嘴里冷冷地蹦出了两个字："卸甲！"

什么叫"卸甲"？年秋月一愣，又看了看胤禛，见他一脸寒霜，两眼直盯着自己的领口，这才把手慢慢地伸向了颈边的纽扣。

一件外袍放在了胤禛的脚边。

胤禛冷冷的画外音："再脱！"

又一件衣服放在了胤禛的脚边。

胤禛的画外音："再脱！再脱！再脱！"

一件又一件衣服、裤子堆在了胤禛的脚边！

胤禛的腿站起来了，两只脚一停不停飞快地走向门边，跨过门槛，消失在门外。

镜头拉开，裸露着身子的年秋月怔怔地仍然跪在那堆衣服面前……

15. 养心殿西暖阁

不甚明亮的灯下，刘墨林早已跪在那儿等候胤禛。

铁青着脸的胤禛走了进来，径直走到刘墨林面前的榻上坐下："打听清楚了吗，孙嘉诚为什么上这个折子，都有哪些背景？"

刘墨林答道："回皇上，孙嘉诚上这个折子纯粹是因为看不惯年羹尧的所作所为。都察院、翰林院、国子监和六部的文官们都对年羹尧有看法，和八爷他们没有关系。"

胤禛沉吟了，好一阵子才说道："朕也为难哪……你这就回去，密切注意他们的动向，适当的时候可以和尹继善他们在中间劝说劝说。"

刘墨林："是。"

16. 养心殿正殿

"说！是谁指使你参年羹尧的？"胤禛冷冷地问道。

"是上天！"孙嘉诚大声答道。

"唔？"胤禛微微一怔。

允祥、张廷玉、马齐也是一怔。

孙嘉诚将头在地上重重碰了一下，声音铿锵地接着说道："今年春四月初至今，直隶、山东久旱无雨，皇上知道什么原因吗？"

"什么原因？"胤禛反问。

孙嘉诚："根据我朝名臣于成龙推的《易》理，京师久旱乃是朝中有奸臣。这个奸臣就是年羹尧！"

17. 年府大厅

大厅两侧，几个剽悍的亲兵正汗流满面一下一下费力地拉着一根一根的长绳。

镜头沿着长绳摇了上去，那绳索穿过钉在大厅梁上的一只一只葫芦，吊在两排方桌大的毡垫上——一松一紧间，那两排大块的毡垫来回摆动，扇起一阵阵的风来。

大厅上，几桌丰盛的酒席旁坐着几十名红顶蓝顶的官员，奇怪的是桌上的酒菜一点没动，席旁的官员也一声不吭，齐齐注目着坐在正中上首铁青着脸的年羹尧。

满头大汗的穆香阿进来了，兴奋地向年羹尧说道："禀大将军，皇上正在审问孙嘉诚。"

年羹尧："审得怎样了？"

穆香阿："我离得太远，听不真实，只看见皇上生了很大的气。"

年羹尧的脸这才松了下来，举起了酒杯："诸位，请吧。"

众官员这才活跃起来，纷纷举起酒杯，站了起来。

18. 养心殿正殿

"胡说！"胤禛大声喝道，"天道茫茫，圣人难知。你分明是在假借天象，攻击朝廷的功臣！"

孙嘉诚丝毫不惧，大声答道："不错！自古奸雄之臣，哪个不曾立下过功劳？曹操若不荡平张角，横扫诸侯，能当上汉相？年羹尧西北之捷，是有功劳。但这功劳，是耗尽了皇上的心血，倾尽了天下的财力才获得的！皇上，您比谁都清楚，现在国库里是前所未有的空虚呀！可年羹尧呢？他并不是这样想的。这两年部署兵力围攻叛军，他挥金如土，草菅人命，光是死在他手下的朝廷命官就有数十人之多！甚至连一省的巡抚也说罢就罢，跋扈残忍，令人发指！当时臣等没有参他，是因为战事紧张，以大局为念。只想他大战之后有所收敛，殊不料此人秉性不改，变本加厉。前日进京百官跪迎，他居然高坐马上视若未见；昨日丰台阅兵又公然说出大军只知军令不知皇上的狂悖之言……不臣之心，昭然若揭！而且结党营私，一张保荐的名单，光是司道一级的官员就有上百名之多，朝野称之为年选……皇上，这样的人还不是奸臣，谁是奸臣？朝廷出了这样的奸臣，上天又怎么不会降下旱灾……"

"啪"的一声，胤禛一掌拍在案上——把案几上的砚台笔架都震得老高！

张廷玉和马齐都变了脸色——两个人此时的心思全是一样，唯恐胤禛震怒之下，将这个不知天高地厚又十分难得的谏臣一句话推出午门斩了——不禁都把目光转向允祥。

允祥却是泰然自若，咳了声嗽，徐徐地对孙嘉诚问道："你想做龙逢、比干？"

孙嘉诚："回十三爷，龙逢、比干是千古忠臣的楷模！"

胤禛倏地站了起来，焦躁地在殿中来回踱着，极力掩饰着心里的矛盾，不时地用眼盯着这位兀自硬着脖子跪在面前的御史，终于他停住了脚步："朕成全你。"他咽了一口又苦又涩的口水，吃力地说道："你不是说天旱因为年羹尧是奸臣吗？那好，你这个忠臣就到午门外跪在太阳底下求雨去！"

孙嘉诚头一昂："臣愿去！"

19. 午门外

天空中一丝云也没有，只有那个晒死人的毒日头！

偌大的午门空地上，跪着摘了顶戴的小小的孙嘉诚。

镜头推近，孙嘉诚的肩上背上全湿透了，他的头发上和脸上更湿漉漉的满是汗水——上天真会晒死他吗？！

突然，一群上百号人从天安门方向排着方阵悲壮地走来了——这群人中有刘墨林、尹继善、王文昭、谢济世、陆生楠……全是翰林院、都察院、国子监和六部的文官们！

他们默默地走着，走到孙嘉诚的身边顶着太阳站住了——用自身的阴影遮住跪在地上的孙嘉诚！

20. 年羹尧府

年羹尧将手中的杯子一放，冷笑了一声，说道："年某也是进士出身，书生意气动不动上万言书，耸人听闻的事也做过。自从放了外任，才知道切切实实做点事情不容易。就拿在西北打仗这两年来说吧，岂止是晒太阳，栉风沐雨，顶霜冒雪，什么样的苦没受过？可笑！"

官员甲举起杯子，说道："大将军国之干城，皇上倚为心腹，称为恩人，岂是区区孙嘉诚之流所能撼动！诸位，为大将军福体安康，我们同饮一杯！"

众官员举着酒杯都站了起来。

年羹尧这才显出一点笑容，举杯还礼："感谢诸位的好意。其实孙嘉诚他们参劾我，更主要的是因为我保举了你们……放心，你们的官职，上书房已经饬文吏部，吏部即刻就会下文。好好干，替年某争口气，替皇上争口气！"

众人齐声道："谢大将军提携之恩！"

官员乙："巡抚布政使这样的朝廷命官，都是大将军说了就是，连皇上都听大将军的，吏部还能说什么呢？"

众人会意地大笑。

汪家奇——一个坐在下首的官员见时机已到，对春风得意的年羹尧说："大将军，多谢您保荐我做河南的河道。但河南巡抚田文镜不是个好侍候的上司，我想请大将军给换一个地方，不知可否？"

醉意朦胧的年羹尧一副志得意满的样子，说道："没关系！你是我举荐的人，他不敢把你怎么样。"

官员乙立刻打趣地插话："汪大人真是杞人忧天。你当的是河道，怕的是发大水——你看看，天上这么大的太阳，黄河的水都干了，你还怕什么？"

官员甲接过话头大声说道："您这话不对。这太阳不是给汪大人的，是给那位孙嘉诚孙大人的！"满堂哈哈大笑起来。

21. 午门

太阳似乎越来越大了。

临青砖铺起的午门大空地，蒸起的地气煌煌直上。

站在那儿的文官们一个个满头大汗，却依然神情肃穆，岿然不动！

孙嘉诚的脸上汗水混着泪水汩汩地淌了下来。

22. 养心殿正殿

胤禛在大殿里焦躁地来回走着，走到殿门口又站住了，微抬着头，望着从无边的天空直射下来的万道光剑。

张廷玉和马齐也焦灼地慢慢走到他的身后，望着殿外蒸气熏逼的烁日。

允祥也忽地从椅子上站了起来，大声说道："我去找年羹尧！叫他来替孙嘉诚求情！"

胤禛把手一举，阻住了允祥："不要去！朕要的是人的心……"

话未落音，突然，一阵风吹了起来，胤禛三人的袍角被荡了起来。

"起风了！看，天边有云了！"马齐惊喜地喊道。

张廷玉也是眼睛一亮。

胤禛的眉毛剧烈地抖动了一下，脸上现出了惊惧的神情！

23. 午门

风越来越大，吹得站在那儿的文官们身上的袍子猎猎有声！

所有的人都抬起了头，一个个脸上满是激动、兴奋、敬畏的神情。

一道道阳光慢慢地向天空收缩，大团大团的乌云从天际滚来。

突然，一滴铜钱大的雨珠滴在一个文官的脸上，这人浑身一凛！

接着，一颗一颗铜钱大的雨珠疏疏落落地滴了下来，间歇地打在这个人的脸上、那个人的脸上……

众文官仰望苍穹，一齐跪了下来！

24. 年羹尧府

酒筵还摆着，众人都喝得有酒意了。

突然，一声沉雷拖着长长的尾音，像一盘空磨在远处颤抖着传进府来，众人都怔住了。接着又是一声雷响，音也不高，只是尾音更长，好像天也累极了，发出一声撼动人心的闷声叹息。

不知谁无意之中惊呼一声："天下雨了！"

正站着接受敬酒的年羹尧手一颤，酒水从杯中洒了出来。

25. 养心殿

养心殿的顶上，也滚过一声石破天惊的响雷。

接着，是一道闪电划过，疏落的雨滴之后，接着是由东向西松涛一样的雨声来了，整个紫禁城的巍峨宫阙、龙楼凤阁刹那间便淹没在帘一样的雨幕中。

胤禛闭目仰天，像是在默默感受上苍突然降临的难以破解的旨意，又像是在痛苦地运筹着一步关系全局、难以舍弃的劫材！接着他迈开了脚步，向雨幕中走去。

允祥、张廷玉、马齐跟着他也向雨幕中走去……

26. 午门外

暴雨倾盆！

跪在地上的孙嘉诚和众文官们一个个把身子挺得笔直，尽情地接受着这场大雨的洗礼。

大雨中，胤禛从午门默默地走来了。

他的身后，允祥、张廷玉、马齐也默默地走来了。

众官员的目光从上空转向了胤禛——像一群受了委屈的孩子默默地望着自己的父亲。

走近了，这时的胤禛也像一个慈爱的父亲，走向了这一群委屈的孩子。

大雨浇着他们，把他们的心都溶在了一起。

胤禛默默地站在他们的身旁，又微微地抬起了头。

他沉痛的画外音："年羹尧，朕多么希望你这个时候也到这儿来呀……"

27．允祀府客厅

大雨在这儿也溅起了巨大的浪花。

允祀、允祯、允禵正在这里设酒为后期赶到的允禟洗尘。

四人也都离开席面，一齐站在门边望着不尽不休的雨幕。

允禵冷冷地说话了："老四想利用年羹尧西北大捷来压我们'八爷党'，可是'八爷党'在哪儿？在我大清成千上万的官员心中！他能堵住我们的口，堵不住天下人的口，更掩饰不了他国库空虚的窘迫！现在好了，不用我们说话，文官们都说话了。我倒要看看，他是怎样收拾这个残局！"

允禟、允祯都狠狠地点了点头。

允祀没有接言，顾自吟哦道："好雨知时节呀……"

28．养心殿东暖阁

连日来烈日曝晒，又猛淋了一场生雨，胤禛病倒了。

他躺在床上，头上敷着一块热气腾腾的毛巾，两只眼也一下子大了许多，怔怔地望着床顶出神。

换了一盆热水的高勿庸进来了，他放下铜盆，走近床边，轻轻地说道："万岁爷，皇四子弘历看您来了。"

胤禛眼中闪过一丝亮光："叫他进来。"

高勿庸应着走了出去。

已经出落得玉树临风一般的弘历疾步走了进来，他面如冠玉，两只眼睛像点了漆一般闪闪发亮。走近床边，他单膝跪了下来，握着胤禛的手，关切地问道："皇阿玛，您好些了吗？"

胤禛拿开头上的毛巾，撑着坐靠到床头，笑了笑答道："小小风寒，不碍事的。来，坐在这里。"

弘历站了起来，在床边坐下。

胤禛："朕叫你去安抚那些官员，你做得怎么样了？"

弘历："回皇阿玛，儿臣分别找到了他们清流的几个领袖，同他们谈得很透彻。他们都表示要以朝廷的大局为念，不会再跟年羹尧过不去了。对了，这一次新科的几个进士十分通情达理，尤其是那个刘墨林很会说话，着实帮儿臣做了些工作。"

胤禛嘴角掠过一丝笑纹："嗯……你能理解朕为什么这样做吗？"

弘历："儿臣能仰体皇阿玛的苦心。西北虽然暂时平定了，可是罗布藏丹增和策旺阿拉布坦还在，几十年积下的隐患并未消除，目前也只有年羹尧能够镇住西北的局势。再说，年羹尧毕竟是皇阿玛一手培养的人才，如果他能够通过这一次有所警悟，深自谦抑，还是能够为我大清担当重任的。"

胤禛十分欣慰地点了点头："你能看到这一层，确实是长进了……也不枉你皇爷爷疼你教你一场……孙嘉诚呢？他愿不愿意到西北去和年羹尧共事？"

弘历："回皇阿玛，孙嘉诚的事，儿臣请张中堂在说。"

胤禛闪了闪眼睛，接着赞道："很好，张廷玉去说比你去说确实要管用一些。"

29.　养心殿膳房

御膳仍然是那么简单，除了一只一品锅，其余几碟都是豆腐蔬菜。

年羹尧也动容了："皇上的膳食还是这么素俭？"

胤禛微微一笑："你知道，朕在这些上面历来就没有什么要求。何况大战下来，国库空虚……"

年羹尧面部的肌肉颤扯了一下，讪讪地答道："是。"

胤禛趁势问道："西北是不是还需要十万兵？能不能再裁减一些？"

"不能再减。"年羹尧毫无商量余地，"罗布藏丹增和策旺阿拉布坦一定还在暗中积蓄力量，伺机再起。十万兵分布在几千里的战线上已经很吃力了。"

"那每个月一百五十万两的军需开支能不能再紧缩一些？"

"回皇上，一百五十万已经是最低限额了。"

"那么这一百五十万能不能都在西北四省开支，不要朝廷再另外筹款了？"

"西北四省太穷。仅青海一省十年都难以恢复元气，根本无法独立承担十万大军的开支。"

"朕准备在西北试行火耗归公。初步算了一下，每月可从火耗中省出近五十万两的银子。这样一来西北的军饷也就差不多了。"

年羹尧怔住了——大仗之后，西北的官员们吃了这么多年的苦，刚想过一点舒心的日子，怎么能这小时候从他们的嘴里掏食？想到这里，他望了一眼胤禛，答道："皇上，臣也知道您的难处，但是西北实在是太难哪！"

胤禛仍然十分耐心："你说的难是指的什么？"

年羹尧："处处都难。更重要的是缺乏能干的人手，因此臣还准备物色一些人到西北去帮我……"

胤禛笑了："这一点，咱们君臣算是想到一起去了。朕已经给你物色到了一个理财的能手……"

年羹尧一警："谁？"

胤禛："进来吧。"

年羹尧转过头向门外望去，突然一惊。

——走进门来的竟是孙嘉诚！

孙嘉诚走到胤禛面前跪了下来："臣恭请圣安。"

胤禛瞟了他一眼，对孙嘉诚说道："还不给年大将军赔礼？"

孙嘉诚愣了一下，站起来看也没看年羹尧，只是抱手一揖。

年羹尧倏地站了起来，望了望孙嘉诚，又望了望胤禛。

胤禛笑道："他是个直人，连朕也顶撞过。这一次对你有些误会，经朕开导已经明白了。你们同朝为臣，不要因为这些事而生嫌隙……来，朕劝你们一杯酒，你们和好了吧。"说着端起了酒杯。

孙嘉诚也端起了酒杯。

年羹尧还站在那儿没动。

胤禛的目光紧紧地望着他。

年羹尧这才悻悻地端起了酒杯。

胤禛："自古成大事者，第一要有胸襟。这个孙嘉诚曾经是户部第一理财能手，朕准备派他到西北去帮你经管军需财务……明天你们就要去西北了。来，咱们君臣饮了这杯酒。"

年羹尧再跋扈，此时也不敢说一句"不接受"，只好答道："羹尧跟随皇上多年，也深知人才难得。孙大人，到了西北，你的脾气要改……倘若犯了军令，年某可是不顾情面的！"

孙嘉诚大声答道："军令，孙某是不会犯的；脾气，也是改不了了！只要处处按朝廷制度办事，大将军何必讲什么情面！"

年羹尧脸一寒："好！年某就同你饮了这杯酒！"

两只酒杯一碰，酒水溅了出来。

胤禛的眉头蹙了起来……

30．紫禁城角楼旁

从紫禁城城楼上望去，一场足雨过后，远远近近的树枝上都是一片油绿，充满了勃勃的生机。

胤禛背着手走在前面，允祥、张廷玉跟在他的身后。

胤禛一边走一边说道："没有法子，年羹尧那儿水也泼不进，针也插不进。十万兵一个也减不下来，每月一百五十万两军饷一两也减不下来。国库是空的，各省也元气大伤。当务之急只有调整国家的税收制度，推行新政……有地的，没地的都是按人头交税，这一定要改！还有，有了一点点功名的人就可以不当差、不纳粮，这更要改！朕的意思先在几个省试行。官绅一体当差，在河南试行，让田文镜做去。摊丁入亩，在江苏试行，让李卫做去。上书房拟一道明诏，把朕的这个意思通告天下。"

张廷玉："是。"

允祥说话了："还有，今年直隶、山东旱了将近两个月，赈灾的事也得赶紧筹措。昨儿我问了钦天监，他们说大旱之后可能还有大雨。今年的夏汛，河南可是个危险的地段……"

胤禛沉吟了好一阵子，接着断然说道："不行！朕得立刻到河南、江苏去一趟。一来看看河南夏汛的防务，二来看看新政试行的情况。"

允祥点了点头。

张廷玉问道："请问皇上准备什么时候出巡？让哪位皇子监国？都派哪些人随驾？"

胤禛："朕过几天就走。京里让皇四子弘历监国，有你们俩在，朕放心。朕这次下去只是看看，让刘墨林跟着就行了。"

31．养心殿西暖阁

刘墨林走了进来，跪下："臣恭请圣安。"

胤禛含笑看着他："这一次你干得很好，没有辜负朕对你的期望。"

刘墨林叩了个头，答道："臣是皇上从废卷中拔擢的探花，知遇之恩天高地厚，臣纵然肝脑涂地也无法报答。"

胤禛又笑着点了点头："听说你曾经想到江南去卖字画，是吗？"

刘墨林讪笑着答道："恭逢盛世，臣这几笔字画只怕卖不出去了。"

胤禛："还想不想到江南去走走？"

刘墨林何等聪明，立刻答道："云从龙，风从虎，臣愿做从龙之臣。"

胤禛："那就收拾收拾，准备随朕出巡去吧。"

刘墨林："是。"

胤禛："家里还有什么事情需要处理吗？"

刘墨林又大声答道："是。但臣无法处理。"

胤禛："哦？什么事，说出来朕给你解决。"

刘墨林立刻重重地叩了个头，大声说道："臣谢主隆恩！"

胤禛有些警觉了，问道："事情还没有说，怎么就谢恩了？"

刘墨林："臣的事情，只有皇上能够恩赐。适才已蒙皇上恩允，臣敢不谢恩。"

胤禛："什么事？"

刘墨林倏地将头抬起，鼓了鼓勇气，大声说道："请皇上下一道恩旨，免去苏舜卿的贱籍！"

胤禛始是一怔，接着笑了。

32. 漱玉院苏舜卿的房间

门被啪地推开了，刘墨林满脸激动地出现在门口。

素衣淡妆的苏舜卿慢慢地站了起来。

四目相对。

苏舜卿似乎感觉到了什么，一颗心怦怦地跳了起来，她强忍着慌乱，慢慢地走了过去，怯怯地说道："看你，一头大汗……"说着拿着手绢就要替他揩汗。

刘墨林一把抓住她的手，刚要说话。

苏舜卿惊慌地伸出另一只手挡在他的嘴边："你别说……别说……"

刘墨林微微点了点头："好，我不说，我不说。"

苏舜卿拉着他的手，把他让到桌旁坐下。

接着，她走到窗边，双手合十，微微闭上了眼睛，嘴唇喃喃翕动着，好一阵才转过身来，说道："你说吧。"

看见她用情如此之深，刘墨林一阵激动之后，眼光一转，故意露出懊丧的神态，叹了口气，这才说道："告诉你吧，我马上就要跟皇上出巡了……"

苏舜卿一阵失望，又一阵莫名的惊慌："我就知道……"接着走了过去，"什么时候走？多久才能回来？你要、要早点回来……"

刘墨林笑了："人家说得不错，这女孩子家就不能嫁人，一嫁了人就絮絮叨叨像个老婆子了。"

苏舜卿："谁嫁你了……我这一辈子还能明媒正娶地嫁人吗？"说着苦笑了一下，连忙转过身去。

刘墨林站了起来，从背后扶住她的双肩，将嘴凑到她的耳边，低声说道："我再告诉你一件事，你要挺住，不准犯急。"

苏舜卿又是一惊："什么事！"就想回身。

刘墨林紧紧地按住她："是不是，我还没说你就犯急了。"

苏舜卿："你坏！我不听了。"

刘墨林："真的不听了？"

苏舜卿没再吭声。

刘墨林在她耳边一个字一个字地说道："皇上已经恩准你脱籍了……"

苏舜卿颤了一下，接着又慢慢地摇了摇头。

刘墨林倏地将她的身子扳转："真的！……你的手好凉！"

苏舜卿没有答话，身子一软。

刘墨林慌忙将她抱住。

定格。

｜第三十集　摊丁入亩｜

1. 黄河大堤上

一年一度的夏汛，黄河的水还在见涨。

田文镜领着一群官员在河堤上巡视。

走到一处崩塌了一边的堤坝前，田文镜站住了："这些地方为什么还没有修复？一场大雨下来，马上就会冲垮。你们不知道？"

河道汪家奇答道："要修复的地方很多，人手不够。"

田文镜转对藩台问道："那些官绅人家都派人来修堤了吗？"

藩台答道："还没有。"

田文镜脸一沉："巡抚衙门的告示都贴出去十几天了，难道都是废纸！"

藩台："官绅不当差是千年传下来的规矩，一下子叫改过来，自然没有那么容易……"

田文镜一声冷笑："说难也难，说容易也容易。各衙门把兵丁和差役都派出去，不肯来的就押来！笑话，田地是他们多，家财是他们大，叫修堤偏是他们不来。那就让黄河的水淹过去，看是谁的损失大！"

另一名官员插话了："每年到这个时候，他们这些人家都在忙着把家里的东西往高处搬，这水还真淹不了他们呢。"

田文镜："再发一道告示，今年所有人都不许搬家，全部到堤上来！"说完大步向前走去。

许多官员不以为然地对视了几眼，跟了上去。

2. 河南巡抚衙门签押房

天已经黑了，房里透出一缕灯光。

田文镜疲乏地走了进去，一怔。

邬思道正坐在他的大案前，拿着他才能够用的那支笔在写着什么。

田文镜的脸一下子又冷了下来。

邬思道写完了才站了起来，笑道："东翁，叫我好等。"

田文镜走到旁边一张竹椅上坐下，冷冷地问道："什么事？"

邬思道拄着拐杖走了过来，将手中的那张字据递了过去。

田文镜不耐烦地接过，一看，脸儿拉得更长了："邬先生，什么时候，你就这样巴巴地向我讨债？"

邬思道："东翁这话不对。邬某不是讨债，是讨工钱。去年的幕酬你欠我二千两，说好了到西北运了粮草回来就付，结果没给。今年上半年的幕酬该付四千两你只给了二千两，现在上半年都快过去了，眼看又要发大水，弄得不好，邬某这四千两幕酬被黄河一场大水卷了去，东翁，你叫我喝黄泥汤呀？"

田文镜真是哭笑不得："总要我有钱才能付你，现在你就是杀了我也是没钱。"

邬思道一笑："我已经打听清楚了，昨天你还进了一注火耗银子—— 一共是五千两，对不对？"

田文镜差点跳了起来："噢？五千两银子你就要拿走四千两？这么大的衙门，这么多人吃饭，这样大的开支，你叫我怎么办？"

邬思道："这我管不着，没有这么大的塘，就不要养这么多的鱼。总之，我的钱你得付。"

田文镜一张脸气得铁青，倏地站了起来，大声嚷道："罢了罢了！你这条鱼太大了，我养不活！来呀！"

一名戈什哈领班应声走了进来。

田文镜把那张收据递给领班："带他到账房去，从昨天那五千两银子里付四千两给他，然后打发他走。"

邬思道："东翁，这可是你叫我走的哟？"

田文镜不再搭他的腔，往竹椅上一躺，闭上了眼睛。

邬思道嘴角露出一丝笑纹，眼中却流出一阵激动，转过身，随那名领班走了出去。

3. 邬思道卧房

邬思道啪地推开了门。

早已坐在那儿等候的如月连忙站了起来。

邬思道："都准备好了吗？"

如月指了指身旁的两个大包袱，答道："准备好了。"

邬思道："只带一个，马上走！"

如月："都这么晚了，明天一早再走不行吗？"

邬思道："得马上走，明天就走不了了。"

如月轻轻叹了口气："好吧。"一手挽起一个包袱，一手搀着邬思道。

二人消失在门外的黑夜中……

4. 签押房

田文镜实在是累得乏极了，不一会儿竟躺在竹椅上沉沉地睡了过去，顷刻间已是鼾声如雷。

突然，一阵沉闷的雷声又把他惊醒了过来。

他倏地坐了起来，揉了揉眼，擦去嘴角的涎水，掏出怀表就着灯光看了看。

一道闪电将书房内外照得一片惨白：墙角的芭蕉、竹丛、兰花树在哨风中被吹得枝条抽摆。

仿佛就在头顶，一声令人胆寒的炸雷，震得书房簌簌发抖，好像一把铁锤砸破了扣在苍茫大地上的锅，惊得田文镜浑身激灵一颤。

5. 签押房外

田文镜迎着扑面的罡风走了出来，袍角衣襟都被风撩起老高，凉飕飕的风带着雨腥，袭走了田文镜最后一点睡意。

一群戈什哈急忙迎了上来，领班躬身道："大人，外头风大，当心着了凉！"

"唔，不要紧。"田文镜仰视着黑沉沉的天穹。

雷声犹自像车轮碾过石桥似的滚滚流动，闪电时而在云层间金蛇走空。

田文镜不再犹豫，厉声吩咐道："给我备油衣、备马！立刻叫起府里所有人丁，随我到河堤上去！"

此时，呼天啸地的倾盆大雨已经笼罩了黑沉沉的巡抚衙门。

几个戈什哈忙不迭地答应着，传呼人丁，备马。

田文镜从戈什哈手中接过一件油衣一边穿着，一边吩咐："知会开封府衙门，各里弄街巷巡视一遍，有的房子不牢靠，叫房主迁出来，各寺庙里头安置，各寺主持不得违抗！"

戈什哈："嗻！"

田文镜的脸在闪电中一明一灭，铁铸般一动不动，一边思索，一边下令："十七岁以上男丁，还有开封城内所有满汉兵马，按区划段守护城墙。就是河堤溃了，四城之内一滴水也不能进！否则——不等皇上治我的罪，我先请王命旗牌斩了他们！"

戈什哈："嗻！"

田文镜不再说话，起身便走。几个戈什哈就雨里拉过马来。掌几盏玻璃灯，随田文镜翻身上马，奔了出去。

6. 黄河大堤上

淙淙大雨中，黄河发出令人心悸的咆哮声，震得大地都簌簌发抖。

雨幕中，但见河堤上一盏盏油纸红灯闪烁着，影影绰绰，许多民工和兵丁正在抢修堤坝。

一名小官——河伯所长迎了上来，风雨中仍不失礼节，向田文镜打了个千，然后把田文镜引到了河道衙门设在堤上的毡棚内。

风雨声太大，田文镜大声说道："官绅人家都派人来了吗？"

河伯所长也大声答道："没有。"

田文镜那满是雨水的脸更青了，望了望棚内，又问道："你们河道呢？"

"回大人话，"河伯所长答道，"汪观察在城里包坑府，那里地势低，怕进水，正在家搬挪东西。方才来人说，一会儿雨小点就来。"说着递上一杯茶来。

田文镜"啪"的一声将杯摔得粉碎，咬着牙狞笑道："我此刻最怕的就是水，好个狗娘养的！大雨倾盆，黄水滔天，万千百姓的身家性命危在旦夕，他居然给自己搬家去了！"接着盯着河伯所长问道，"你叫什么名字？"

河伯所长见巡抚发这么大火，吓得脸色煞白，忙跪了下来，说道："回中丞爷，卑职叫武明。"

田文镜脸上毫无表情，一字一板地说道："我这就出宪牌，由你代理河道！"

"啊？"武明吓了一跳，忙叩头道："卑职只是个八品官，与河道隔着好几层呢！再说，汪道台——"

田文镜一口截断了武明的话："什么八品四品，官是人做的，不是人就不能做官！汪道台不是人，他已经不是道台了！"他回头对身边的钱师爷说："你带人进城，寻着汪家奇，摘了他的顶子，抄了他的家！"

钱师爷小心地躬身道："抚台，这抄四品官员的家，可是要向朝廷请旨的……"

田文镜："什么时候了，还请什么旨？叫你抄你就抄，有什么事我一身担着！"

"是！"钱师爷答应一声，便和几个戈什哈返身出了毡棚。

7. 汪道台家

许多河道衙门的兵丁正在抬着扛着大笼小箱往门外的车上搬。

汪太太："耳朵聋了！叫你们把我房里的东西先搬出来，听见了没有！"

两名兵丁放下箱笼又急忙跑了进去。

汪家奇更急，大声呼喝道："书房！书房！那里的两箱宋版书是要送给年大将军的，先搬出来！"

几名兵丁又连忙跑了进去。

钱师爷带着一群戈什哈走了进来。

汪家奇以为又是来帮自己搬家的，忙迎了上去，说："钱师爷，我自己能行，何必劳动兄弟们呢？"

钱师爷也不答话，站定之后，对戈什哈们说："把这屋里所有的东西都搬到巡抚衙门，好生看管，一律充公！"

戈什哈们一声暴应，有几人跑了进去，有几人就去牵马赶车。

汪道台吃了一惊："怎、怎么回事？"

钱师爷连头也不回："你去问巡抚大人。我只是奉命行事！"

这时几名戈什哈抱着几只首饰箱从里面走了出来。

汪家奇的太太和几个姨太太哭喊着追了出来："天杀的！来强盗了！"

几名戈什哈站住了。

戈什哈领班："强盗？好，咱们就强一次盗吧！来呀，把她们身上的东西也抄走！"

几名戈什哈大应一声，冲上前去，把汪家太太姨太太颈上、手上的首饰也扯了下来，夺了就走。

汪家奇的太太们全都坐在了地上，连哭带叫地闹了起来："还我的首饰！还我的首饰！你们这帮该死的东西，那是我从娘家陪嫁来的首饰！"

汪家奇这时才反应过来，冲着钱师爷吼道："钱师爷，我是朝廷的四品命官，你凭什么抄我的家？"

钱师爷这才回过身来，看了看汪家奇头上的亮蓝顶子，闪过一丝讥笑，大声吩咐身边的戈什哈们："来呀！摘了这位四品命官的顶戴花翎！"

"嗻！"戈什哈们觉得非常解气，上前几下便扯下了汪家奇的顶子。

汪家奇冷笑道："好，好！我找田文镜去！我找田文镜去！"说着冲着身旁的两名家人吼道："还不备轿！"

8. 黄河毡棚内

风声雨声小了下来。

这时，藩台、臬台和驻省各衙门的官员都赶来了。

田文镜大步地来回走着，走到开封府知府面前突然停住了："住在城内的官绅们什么时候能请到堤上来？"

知府："卑职又派人请去了……"

田文镜气得脸一歪："还真派人请呢，你当这是摆酒请客？朝廷的旨意，在河南试行官绅一体当差，告示都贴出去这么久了，置若罔闻！把差役们都派去，一个个抓到堤上来护堤、修堤！"

知府怔住了，把目光望向藩台。

藩台靠前一步，说道："中丞，像张阁老，还有周家、王家，不是朝廷退休的一品大员，就是现任的二品官员家，不好这样子干吧……"

田文镜怔了一怔，接着将手向下一劈，大声说道："我只知道皇上的旨命，不知道什么一品二品！张阁老年岁大了，他的儿子呢？不能来当差？去，都抓来！"

那知府见他面目狰狞，只好答应了一声，匆匆走了出去。

这时，光着头的汪家奇不合时宜地闯了进来。

众官员看着他，一个个都低眉不语。

汪家奇冲到田文镜面前："田大人，我犯了哪条王法？你不但摘我的顶子，还抄我的家。你、你也太跋扈了吧！"

田文镜犀了他一眼，冷冷地说道："你现在已经不是朝廷的官了，没有权力跟我说话。待到家里去听参吧！"说着径自坐了下去。

汪家奇也豁出来了，嚷道："我是年大将军保的官，你没有权力参我！"说着，竟在他对面的凳子上一屁股坐了下来。

田文镜一拍桌子，又站了起来："那我就连同年羹尧一起参！难怪人家说，'年选年选'……"

藩台、臬台这时连忙插话了："中丞……"

田文镜："干你们的事去。谁求情，我就参谁！"

众人不再作声，一个个走了出去。

那汪家奇居然还坐在那里，虎着脸一动不动。

田文镜也不再理他，打开随身带着的公文，翻看起来。

这时，武明匆匆走了进来，在他耳边说了几句。

田文镜头也不抬，只是说道："我说过了，谁都不要来求情。谁来求情我都一起参！"

突然，一个声音冒了出来："朕来求情呢？行不行……"

田文镜一激灵，怔了一下，猛地抬头，然后慢慢地站了起来，蒙在那里！

——毡棚门内，胤禛微笑着望着田文镜，张五哥正从他身上接下油衣。

他的身后站着嘴唇冻得发青的刘墨林。

胤禛穿着一件驼色缎夹袍，外头也没套褂子，这时徐徐走了进来，含笑说道："好个八面威风的河南巡抚，见了朕也不下跪么？"

田文镜这才猛醒过来，忙俯在地上连连叩头："万岁！这……这太意外……臣一直留意邸报，昨儿个还说皇上的銮驾尚在山东，怎么就……"

这时，并不认识胤禛的汪家奇和武明也惊醒过来，跟着扑地跪在地上。

胤禛望着汪家奇问道："你就是那个不在堤上当差，忙着给自己搬家的河道？"

汪家奇连连叩头："奴才、奴才家地势低……"

胤禛打断他的话，对田文镜说道："你不是要参他吗？把折子给朕，朕这就给你批了。"

田文镜答道："是。"接着站了起来，对汪家奇喝道："听见了吗？还不滚出去！"

汪家奇这时候才真的失了魂魄，战战兢兢地爬了起来，脸色灰败地退了出去。

胤禛又向田文镜点头笑了笑，接着转对仍然跪在地上的武明说道："武明，咱们可不是第一次见面哟。"武明日日守堤，已经见过胤禛，直到此时，方从五里雾中醒过来，磕了不计其数的头，慌乱说道："您就是万岁爷？这两天，奴才的眼睛竟长在屁股上了……"

田文镜也是一惊："什么？皇上已经来了两天了？"

胤禛笑道："你呀，你的眼睛也长到屁股上去了。"

田文镜讪笑了笑："臣……"

胤禛手一摆："能不能弄点吃的来，我们都饿坏了。"

田文镜："是。武明，快去办。"

武明："奴才这就去办——不过离城太远，万岁爷得多少委屈一会子……"

"好了好了，你平常不吃饭么？谁要你准备八珍席来？随便弄点热汤就成。"胤禛见他说得不成章法，笑着摆了摆手，命他退出。

武明又重重地叩了个头，这才爬起来，退了出去。

田文镜已恢复了常态，听听外头，河啸和风雨雷电混沌一片，立刻一躬身道："皇上不能在这里。臣这就护驾到城里去……"

胤禛："不了。朕的御舟，还有从洛阳调来的三十艘官舰马上就到，朕还得连夜走。"

田文镜："这么急？"

胤禛："你这儿的事，朕全知道了。只是还有个人，朕想见上一见。"

田文镜："谁？"

胤禛："邬先生。"

田文镜一惊！

9. 黄河大堤上

"来人！来人！"站在毡棚门口的田文镜大声喊道。

一阵脚步声，显然有不少人跑了过来。

田文镜："快！多派人手，四条驿道同时去追，一定要把邬先生追回来！"

"不要找了。"胤禛手一摆站了起来。

田文镜慢慢转过身来："皇上？"

胤禛："找也找不到了。"

田文镜向后摆了摆手，然后走近胤禛，怯怯地问道："皇上，这邬先生？"

胤禛回过神来，若无其事地说道："朕在潜邸的时候认识他……不谈他了。"接着深深地望着田文镜那张眼窝深陷，颧骨突出于腮的脸，"你消瘦多了。朕知道，你办差尽心。上任以来，没吃过一顿安生饭，没睡过一个好觉，朕也心疼你呀。可河南这地方太重要，又这么贫穷，一条黄河就够你受累的了，但更要紧的是吏治，吏治不清，政令不畅，什么也谈不上。像汪家奇这样的官员，除了摘他的顶子，抄他的家，都没有别的办法处置他！还有，朕在你这儿先试行官绅一体当差，然后还要试行官绅一体纳粮。你得拿出点雷霆手段，不要怕得罪人。天塌下来，有朕顶着。像这开封城里的张阁老，名下居然挂了四千多顷佃户的土地，佃户自向他交租，他却不向国家交税，国弱民贫，发财的却是他们。要下手，就拿这样的人开刀！"说到这里，胤禛的眼中又闪出光来。

田文镜那深陷的眼珠中也闪出光来，大声答道："皇上放心！文镜心里从来只有两头，上头是皇上，下头是百姓，对那些没心没肺、坑国害民的东西，臣不会手软。"

胤禛不断点头："这朕知道，这朕知道……"

这时，张五哥走了进来："万岁爷，船来了。"

胤禛又转过头去望着田文镜："朕要走了……"

田文镜眼中的泪水一下子涌了出来："皇上……"

胤禛："不要这样子，勤快一点儿，多给朕上折子。"

田文镜哽咽着答道："是。"跪了下去。

张五哥拿着那件油衣，给胤禛披上，然后半蹲下身来。

胤禛又望了一眼田文镜，然后伏到张五哥背上。

张五哥背起胤禛走了出去。

一直站在一旁的刘墨林，这时也揩了一下眼泪，望了一眼跪在地上的田文镜，跟着走了出去。

10. 御舟舱内

雨声涛声在舱外无边黑空中一阵阵传来。

榻旁，刘墨林正就着灯光为坐着的胤禛读折子："主子，奴才遇到麻烦了。主子叫奴才把人头税摊到田里去，那些有田的大户像挖了祖坟，顶着不交。衙门里的官儿们也吃里扒外，和他们串通一气，对奴才当面呵呵笑，脚底下使绊子。奴才叫他们出告示，他们出的告示连奴才都听不懂，收的税结果还是人头税，把奴才恨得牙痒痒的。这几天奴才正在想法子，不出奇兵，打不过这些狗娘养的……就是怕事情做得怪，他们又告奴才的状……"念到这里，刘墨林忍俊不禁，刚想笑……

胤禛倏地站了起来，从他手中接过折子，走到书案边，提起朱笔飞快地批了起来——

胤禛略带激愤的画外音："放开手去做！状告上来，自有朕替你做主！"

批完，胤禛将笔一搁，拿起批折递给刘墨林："明天一早用四百里加急发给李卫！"

刘墨林接过批折："是。"刚想出去。

胤禛："还有，告诉他们，明天早上朕上岸换马，从陆路走。船队仍然摆着銮驾顺水路前行。"

刘墨林："是。"

11. 江苏巡抚衙门签押房

李卫闭着眼睛坐在正中的椅子上。

两旁的椅子上坐着藩臬二台和道以上的官员。

一名师爷架着眼镜，站在房中间正拿着一张告示，摇头晃脑抑扬顿挫地念着："伏维伏羲设爻，神农教民稼穑，舜承尧德，文王肇易，天道乃张，伦常始立……"

"啪"的一声，李卫一掌打在书案上。

那师爷吓了一跳，停住了口，从眼镜上方向李卫瞟去。

坐在两旁的藩臬二台和众道员也移过头望着李卫。

李卫却慢慢端起了茶碗，捏着碗盖慢慢地赶开浮在上面的茶沫，然后凑到嘴边啜着，啜了几口将碗放下，身子往后一靠，又闭上了眼睛："接着念。"

众官员促狭地相视一笑。

那师爷又念了起来……

12. 南京一集市上

秦淮河里，画舫一只挨着一只，像一群白日酣睡的艳妇。

沿河边是一条青石板铺就的街，街里边鳞次栉比，一家挨着一家都是铺面。

街上，熙熙攘攘：两边都摆满了各类摊担，叫卖的、讨价还价的，一个个操着吴侬软语，叽叽喳喳，浑如鸟市，热闹非凡。

穿着便衣的胤禛和刘墨林正从一座石桥上走了下来，他们身后紧跟着随从打扮的张五哥和四名眼观六路的侍卫。

走着，胤禛眼前一亮，侧过头笑着看了一眼刘墨林。

刘墨林也眼前一亮，笑着望了望胤禛。

二人笑着，同时向一个方向走去。

——临河边的一株大柳树下，挂着几幅字画，一张木板摊成的案桌前坐着一位落第举子般的文人。

二人走了过来，那字画先生连忙站了起来，赔着笑一揖："依二位先生，敢莫是要买字画？"

刘墨林望了望胤禛，胤禛点了点头。

刘墨林："先看看，合适便买。"

字画先生满面堆出笑来："只管看，只管看。"

刘墨林："能不能借个座，给我们爷歇个脚？"

字画先生连忙搬过凳子："请坐，请坐。"

胤禛坐了下来。

刘墨林踱到字画前，自顾自浏览去了。

字画先生便要过去张罗兜售，胤禛止住了他："让他看，我们先聊聊。"

字画先生："可以哇，可以哇。"答着，挪过凳子坐了下来。

这时，张五哥等人已在不远处四面站好。

胤禛："这儿好热闹啊？"

字画先生："侬老先生是首次来江宁？"

胤禛："十几年前来过。"

字画先生："哦，故地重游，实在难得，实在难得。"

胤禛："听说贵省来了个新巡抚，叫什么……"

字画先生："李卫。"

胤禛："对了。这人怎样？官声还好吗？"

字画先生："说不上来。只听说他是当今皇上在潜邸时的奴才……斗大的字也认不来一担……"

13. 巡抚衙门签押房

那师爷已经念完。

李卫又慢慢地睁开了眼睛，向那师爷招了招手。

那师爷慢慢踱了过去。

李卫把手一伸。

那师爷将告示递了给他。

李卫拿着告示看了看，转过头对藩台、臬台问道："这是第几稿了？"

藩台欠了欠身子答道："回中丞，这已经是第七稿了。"

李卫慢慢站了起来举起那张告示："你们能不能找个会说人话的来写？"

众人又碰了一下眼光，都不吱声。

那师爷却急了，涨红了脸："大人何出言之不逊也？鄙人写的字字皆是圣人之言，何谓不是人话？"

李卫犀了他一眼："是人话，为什么贴了出去老百姓都看不懂？说你不是人话还算客气，你写的简直都是屁话！"说着将那张告示从正中撕成两半，接着又二而四、四而八……撕成了一把碎片，往空中一扬。

那碎片纷纷扬扬飘得众人满身都是。

那师爷气得话也说不圆了："大、大……"

李卫："不要'大'了，卷起铺盖走你的吧。"

那师爷气得浑身发颤，走了出去。

一直没有吭声的臬台黄伦这时说话了："中丞，朝廷设官吏司牧地方，谆谆告诫以圣道教化百姓，对读书人咱们应该礼敬才是。"

李卫："你当我没见过读书人？"

黄伦："大人出身潜邸，自然知书明理。"

李卫气得一愣。

李卫的画外音："好你个狗娘养的！欺负老子没读过书……我就不信，离开你们这些读书人，本大人连一张告示也出不了……"

想到这里，李卫一声大喝："来呀！"

戈什哈领班应声走了进来。

李卫："去，把街上那些什么代写书信的、什么卖字画的和测字算命的先生都请到这儿来！"

那领班大声应道："嗻！"大步走了出去。

众官员莫名其妙，面面相觑。

14. 南京街头集市上

胤禛一惊，急问："他贪污钱财？"

字画先生："这也说不上来。"

胤禛："那怎么说他是为皇上搜刮钱财来的？"

字画先生："吾有几个朋友在衙门里当差，都这样说。他一来就抄了曹府、李府，还有好几个官宦的家，那银子呀一车一车的往京里运……听说有上千万呢。"

胤禛释然，吁了一口气："我也听说了，那钱是运到西北做军饷的……"

字画先生："西北打仗关阿拉江苏什么事？如今听说他又要在阿拉江苏试行什么摊丁入亩，每亩田要增加二钱银子的税，江苏的士绅们有几个是没有背景的？正商量着和他顶着干呢……"

正在这时，两名戈什哈走了过来："把摊子收了，跟我们走！"

那字画先生一惊："为什么？吾可没有干什么违法的事……"

一戈什哈："谁说你违法了？是咱们巡抚李大人请你们去。"

字画先生："请吾？吾可不认识他……"

那戈什哈："不要啰嗦了，快收拾，走吧。"

旁边的测字先生这时正探着头往这边张望。

603

戈什哈："还有你！也收拾了，一块儿走！"

那测字先生也是一惊。

刘墨林走了过来，刚想插言问话，胤禛暗中伸出手，拦住了他。

15. 巡抚衙门大厅

十几张桌子上都摆着笔墨和大张的告示纸。

十几个从街头请来的落魄文人——其中就有刚才的字画先生和测字先生—— 一个个站在桌子前，拿着笔，望着李卫。

李卫站在大厅正中。

藩台、臬台和那些道员站在他的两旁。

李卫望着那些落魄文人，笑嘻嘻地说道："本大人今天请你们来，是想让你们替我写告示。当然哪，耽误了你们的工夫，本大人自会给你们酬劳。拿上来。"

戈什哈领班托着一个装满铜钱的盘子走了上来。

李卫："我都打听了，你们代写一封书信是十文钱，写一幅字、测一回字也是十文钱。本大人加倍，写一张告示给二十文钱！"

众落魄文人一听，开始都是一怔，接着便兴奋起来：

"请问大人写的都是什么内容？"

"请问大人，是用七言诗句，还是用四六骈文？"

李卫摇着手："这个都不劳你们费心。我念，你们写！"

首先是众官员，一听都怔了。

众落魄文人一听，也都一怔——大家都听说过这位巡抚大人没读过书，他能构思文章告示？但照他念的写便如抄书一般，这钱岂不更是好挣了？于是更高兴了，一个个饱蘸浓墨，提笔在手，大声说道："大人请念！"

李卫歪着头，低着眼，思索了片刻，大声念了起来："你们都听了！"

众文人又紧了紧手中的笔，睁大了眼望着李卫。

李卫："怎么不写？"

那字画先生："大人还没念呢。"

李卫："我刚才不是念了吗？'你们都听了'！写呀。"

众文人又怔了怔，那测字先生："大人，是不是写'你们都听了'这句话？"

李卫："是呀。"

众文人这才恍然大悟，纷纷写了起来。

众官员相视一笑。

李卫踱起步来，接着念道："本大人奉皇上的旨意，免了全江苏百姓的人头税。从本告示张贴之日起，不管你家里有多少人，每人每年的二钱银子丁税都不要交了。那么这二钱银子的税都到哪里去了呢？都到田里去了。以后，每亩田每年加收二钱银子的丁税。田多的多出，田少的少出，没田的不出。这就叫摊丁入亩！本大人知道，这样一来，那些田多的人不高兴了，许多人会变着法子不交这个税。那好，阿拉就斗斗看……"

16. 街头的照壁上

一张墨迹未干盖着鲜红的巡抚衙门大印的告示赫然贴在那里。

照壁下围满了看告示的人——胤禛和刘墨林也站在人群之中。

一个教书先生模样的人正在大声地念着："……你们有田，老子有权；你们有银，老子有兵。'普天之下，莫非王土'，你们种了皇上的田土，岂有不纳税的道理！你们不纳税，朝廷拿什么来治国？拿什么来养兵？从明天起，你们给老子都到衙门里登记了，把税如实地交了上来。有不来交税的，老子就把朝廷养的兵和差役都派到你们家里去吃饭。一天不交，派十个人去吃；十天不交，派一百个人去吃，吃到你们交了税为止。招呼打了，你们好自为之！　江苏巡抚李。"

许多人大声叫起好来，接着便是议论纷纷。

胤禛和刘墨林相视一笑，挤出人群。

17. 巡抚衙门大厅

众文人挥汗如雨，下笔如飞。

一张告示交了上来，戈什哈递过一搭二十枚铜钱。

又一张告示交了上来，戈什哈又递过一搭二十枚铜钱。

两名差役提着这一摞告示走了出去。

藩臬二台和道员们都阴沉着脸站在那里。

李卫则在那些赶写告示的文人之间走来走去，还不断地夸道："不错，不错，这笔字写得不错。"

这时，戈什哈领班领着一群叫花子走了进来。

叫花子头率领群丐跪了下来："小的们给大人叩头。"

众官员更是一惊。

李卫："好，好。老子叫你们编的词都想好了吗？"

丐头："回大人，都想好了。"

李卫："那好。先唱一段老子听听。"

丐头大声答道："是。"站了起来，"弟兄们，唱起来呀！"竹板一敲，啪的一声脆响。

众官员都吓了一跳。

群丐都站了起来，一时间噼里啪啦，响成一片。

群丐唱了起来：

纷纷柳絮飞，

哩哩莲花落。

今天不把别的表，

唱一段，摊丁入亩新政好。

丐头：

北庄有个李阿狗，

群丐：

一分田土都没有。

丐头：

打工攒来几吊钱，

群丐：

讨个老婆黑又丑。

丐头：

黑又丑，也喜欢，

群丐：

天涝总比天旱好。

丐头：

早上听鸡叫，

群丐：

白天听狗叫，

丐头：

到了天黑灯没油，

群丐：

床上总算还有个老婆叫！

众官员一个个皱起了眉头，阴沉着脸。
李卫却兴致盎然，眯着眼听得入神……

18. 街头
许多人围成一个圆圈。
群丐在里面竹板直响，唱得正欢：
丐头：

头年叫出个大小子，

群丐：

　　五年儿子满地跑。

人群中有人大声逗趣："没有钱，生这么多儿子干什么？"
丐头：

　　问得好，问得妙，

群丐：

　　问得阿狗发了愁。

丐头：

　　没吃没穿管他娘，

群丐：

　　唯有这人头税可没法交。

丐头：

　　一个儿子二钱银，

群丐：

　　五个一两哪儿找？

人群外，刘墨林偷偷地瞟了一眼驻足而听的胤禛，胤禛也慢慢地皱起了眉头。

人围中，群丐还在唱着。

丐头：

　　这边阿狗正发愁，

群丐：

　　那边大户哈哈笑。

丐头：

　　家有良田上万亩，

群丐：

　　一钱税银也不交。

丐头：

　　穷的越穷富越富，

群丐：

　　空了大清的国库。

丐头：

　　西北打仗无兵饷，

群丐：

黄河发水难救助。

丐头：

雍正爷，着了急，

群丐：

一道圣旨到江苏。

丐头：

免了百姓人头税，

群丐：

二钱税银田里出。

丐头：

圣人行的天之道，

群丐：

损有余来补不足。

丐头：

要问这是什么法，

群丐：

就叫作摊丁税，入田亩！摊丁税，入田亩！

人群中，许多挑箩推车的人立刻叫起好来。

人群外，刘墨林笑了，再看胤禛时，胤禛也露出了笑容。

19. 鸡鸣寺禅房

一阵一阵的木鱼声不时夹着清脆的铜磬声从隔墙的大殿里传来。

胤禛显得异常轻松，在张五哥的服侍下一边换着衣服，一边对刘墨林说道："你也洗把脸、净净手，随朕到大殿拜拜佛去。"

刘墨林眨了眨眼："皇上，臣不去，请皇上也不要去。"

胤禛一怔："噢？为什么？"

刘墨林大声答道："皇上是现在佛！现在佛不拜过去佛。"

胤禛又怔了怔，露出了笑容，接着又问道："那你为什么不去拜？你也是现在佛吗？"

刘墨林跪了下来，又大声答道："臣天天拜着现在佛，因此不必拜过去佛。"说着叩了个头。

胤禛如何不知道他是在逗自己开心？但心里依然十分舒坦，兴之所至，倒也愿意和这位才子斗斗禅机，继续问道："你知道什么是佛吗？"

刘墨林："知道。慈悲为怀是佛，救苦救难是佛，普度众生是佛！皇上时时以天下苍生为念，如今推行的官绅一体当差、一体纳粮和摊丁入亩就是大佛法。因此皇上是不折不扣的现在佛！"

胤禛哈哈大笑起来，笑罢说道："你懂得什么？也在这里妄谈佛法。朕推行新政，行的是圣人之道，而不是佛法。什么叫佛……朕说给你听听。"说到这里，他干脆又坐了下来。

刘墨林："是。"又叩了个头，站了起来，走近胤禛。

张五哥也来了兴致，凑了过去。

胤禛说了起来："一个人虔心拜佛，天天在南海普陀寺烧香祈祷，渴望要见观音菩萨一面。这天观音菩萨终于现身了。那人好不高兴，叩了无数个头，突然产生了一个奇怪的念头，他问观音菩萨：'菩萨，您也拜佛吗？'观音答道：'当然也拜。'那人又问：'您拜的是哪尊佛？'观音答道：'观音菩萨。'那人糊涂了：'您自己不就是观音菩萨吗？'观音笑着答道：'是呀。求人不如求己呀……'"

刘墨林一听，脸上显出豁然大悟的神色，接着大声笑了起来。

张五哥也跟着笑了起来。

胤禛接着说道："一个人跪在佛前，他拜的不是那尊泥胎，拜的都是自己，是自己心里那尊佛。因此如来在菩提树下参悟正果之后第一句话说的就是'一切众生皆具如来智慧德相，只因妄想执着，不能证得'，就是这个道理。"

刘墨林眼睛乱眨，突然大声说道："证得了！臣证得了！"

胤禛："说来听听。"

刘墨林："比方说李卫，他叫别人出告示，出了七张都没用。最后自己出了一张，就大大地管用了——这是不是皇上说的'求人不如求己'呀？"

胤禛又大笑起来："贫嘴！跟朕拜佛去吧。"

20. 黄伦府花厅

黄府的家人领着南京首富程森和几个大户从黑沉沉的前院走了进来。

穿着便服的黄伦慢慢站了起来。

程森和众大户一揖："见过黄大人。"

黄伦笑着回揖："请坐。"

众人坐了下来。

程森说话了："黄大人，李卫这样做分明是要把我们江苏的士绅往绝路上逼呀。您是我们的老父母了，您得说话。"

众大户："是呀，黄大人得替我们做主呀。"

黄伦："你们江苏不是有很多人在京城做官吗？让他们说话，不比我们在这儿说更有力！"

程森："不瞒大人，我们早给京城去了信，他们正准备上折子参李卫呢！"

黄伦只点了点头。

程森："可是远水难救近火。那李卫说得出便做得到，万一明天真的把什么兵丁、差役都弄到我们家里，就难办了。我们的意思，江苏的兵丁都是黄大人管的，只要黄大人不派兵，那李卫也就没有办法了。"说着从袖中掏出一沓银票，"这是我们江苏的士绅犒劳黄大人手下弟兄们的一点意思。请黄大人笑纳。"

众大户一齐望着黄伦。

黄伦接过银票："怎么好意思又叫诸位破费……兵我可以不派，但总得有个理由。"

程森："理由我们已经想好了。明天一早我们就把田都卖了。"

黄伦一怔："把田都卖了？"

程森和众大户对视了一下笑眼："对！把田都卖了。按照大清的律法，田地在买卖期间是不纳税的。明天我们把卖田的事具个文交到衙门里去备案，官府不就不能追税了吗？"

黄伦："这倒是个好理由，可是你们真舍得把田都卖了？"

程森又是一笑："当然不是真卖。黄大人是通人，您想想，我们这些士绅一齐卖田，加在一起几百万亩，谁能买得起？"

黄伦眼一亮，大声说道："好主意！这样一来，我和藩台大人也就好说话了。"

21. 鸡鸣寺禅房

胤禛盘膝坐在榻上，数着念珠，正在默诵着经文。

张五哥拿着一沓出卖田土的招告匆匆走来了。

刘墨林连忙阻住走到门边的张五哥，示意不要打扰胤禛。

二人悄悄地向门外走去。

22. 门外

"可恶！这些士绅一个个都该杀！"刘墨林看了那沓招告后，愤愤地低声说道。

张五哥："要不要即刻奏告万岁爷？"

刘墨林也犹豫了。

突然房内传来了胤禛的声音："不要急，李卫会有办法的……"

刘墨林和张五哥相视一怔。

23. 巡抚衙门签押房

李卫拿着那一沓大户们送来的卖田案底，不断地在手掌中拍着，笑道："早不卖，晚不卖，这个时候都卖起田来了……诸位，你们有谁见过一下子有这么多人，这么多田同时出卖的吗？"

藩台、臬台、各道员，还有南京知府一个个无事人一般坐在那里，默不吭声。

李卫突然脸一变，冷笑了一声："和老子来这一手……黄大人。"

黄伦欠了欠身子："属下在。"

李卫："臬司衙门的人都派出去了吗？"

黄伦："回中丞，没有。"

李卫："为什么还没有派？"

黄伦咳了一声，大声答道："属下不能这样做！"

李卫："哦?"

黄伦："田土买卖期间不能够追税,必得买卖完了,才能向田主追收赋税,这是朝廷的制度。这个时候属下派兵丁差役去追税,万一激出民变,属下无法向朝廷交代。"

李卫："你对我负责,我对朝廷负责。什么时候要你向朝廷交代了?我叫你派兵你就派,哪有这么多啰嗦!"

黄伦毫不示弱:"不错,大人是属下的上司,可属下不是大人的命官,是朝廷的命官。属下得按朝廷的制度办事!"

李卫气得跳了起来,一掌击在书案上,两眼紧紧地盯住黄伦!

黄伦也倏地站了起来,两眼紧紧地盯住李卫!

四只闪着光的眼睛盯在了一起!

定格。

| 第三十一集　包衣奴才 |

1. 巡抚衙门签押房

巡抚和臬台这么斗鸡眼似的顶了起来，实属罕见——更奇怪的是众官员的眼光都是冷冷的，不是看着黄伦，而是看着李卫！

但这般僵持下去何时是了？藩台说话了："黄大人有黄大人的苦衷，中丞也有中丞的难处。皇上叫在咱们江苏试行摊丁入亩的新政，中丞也是遵旨行事。不过，既然是试行，我们试也试了，行不通，也就怪不得我们了。中丞，是不是可以把实情奏明皇上，就说新政虽好，无奈时机还没有成熟？"

众官员立时便有许多人附和起来："藩台大人此言有理，请中丞大人三思。"

李卫倒吸了一口凉气，慢慢坐了下去。

黄伦这才收回了目光坐了下去。

李卫两只眼珠翻了上去，望着屋顶滴溜溜地转着。

李卫的画外音："好一群狗娘养的！唱黑脸的唱黑脸，唱红脸的唱红脸，把老子逗着宝玩起来了……尤其是这个黄伦，仗着他是年羹尧的人，竟敢明刀明枪地和老子对着干……好汉不吃眼前亏。老子自有办法对付你们……"

想到这里，李卫那张绷紧的脸立刻松了下来，接着蹙着眉，叹了口气："其实我也不是不知道，这事儿难办……既然诸位都是这样说，我就先上个折子，把实情奏明皇上。等皇上御批下来，再同诸位商量。如何？"

众人立刻高兴起来。

藩台："中丞大人从善如流，属下不胜感佩。"

众官员："不胜感佩！"

黄伦也换了一张脸，躬了躬身子，说道："属下适才出言偏激，顶撞了中丞，还望中丞大人海涵。"

李卫手一摆："不说了，不说了。牙齿和舌头还有相撞的时候呢，在一起共事哪有不争个一句两句的？黄大人，这追税的事就不办了。听说镇江那件案子闹得更凶了，你辛苦一趟，亲自去查访一下吧。"

黄伦一怔，警觉地望着李卫。

李卫："怎么？这你也不愿去？"

黄伦尴尬地站了起来："哪里，哪里。这是属下分内之事，当然去，当然去。"

李卫也笑着站了起来："我也累了，今天就到这儿，大家伙儿都散了吧。"

众官员都站了起来，齐声答道："是。"

2. 巡抚衙门大门外

两顶绿呢大轿前，黄伦低声向藩台说道："我总怀疑事情没有这么简单。这个时候，他又派我到镇江去查案子，会不会背后又搞什么鬼。"

藩台也沉吟了片刻，说道："你放心去。有什么事我会立刻派人告诉你。"

黄伦点了点头。

二人分别钻进了大轿中。

3. 臬司衙门档案房

李卫带着几名书办和一群戈什哈闯了进来。

档案房的两名书办一惊，连忙站了起来，向李卫跪下："拜见中丞大人……"

李卫故意问道："你们黄伦黄大人呢？"

两书办："回中丞大人，我们黄大人今儿一早就带人到镇江查案子去了。"

李卫："哦……本中丞有几个案子要在你们这儿核查案卷，你们把黄大人上任以来办过的案卷都拿出来。"

两书办："是。"站了起来，从案柜里把一摞摞案卷都搬了出来，摆在两张大大的书案上。

李卫："没你们的事了，到外面候着去。"

两书办："是。"退了出去。

李卫来了神，两眼闪着光对带来的几名书办狠狠地说道："给老子细细地查！凡是有疑点的案子都给我挑出来！"

众书办齐声应道："是！"一个个摩拳擦掌走到书案边坐下，拿起案卷查了起来。

李卫在戈什哈搬来的一张椅子前也坐了下来，犀着眼看着几名书办熟练地翻查案卷。

4. 女牢内

阴暗潮湿的牢房过道，连石壁上点着的灯都像是受了潮，发出湿湿的光来。

李卫兴冲冲地带着两名戈什哈走了进来。

一名禁婆拿着一大串钥匙，斜着身子在他的前面领路。

走到一间牢门前，那禁婆挑出一把钥匙打开了那把大锁："禀大人，就是这间。"

李卫扬了扬头，那禁婆推开门走了进去，李卫跟了进去。

牢里的光线太暗，适应了好一阵子，李卫才能看清草铺上坐着一个蓬头垢面的女人。

那禁婆走了近去："刘王氏，李大人问你的案子来了……"

那刘王氏慢慢地抬起了头，接着讷讷地说道："没用的……没用的……我都认了……我不翻案……不翻案……"

李卫眉头一蹙，接着蹲了下来，温和地说道："你知道我是谁吗？"

刘王氏木然地摇了摇头。

李卫对那禁婆："你告诉她。"

那禁婆："是。这是本省巡抚李大人，是阿拉江苏最大的官……"

刘王氏眼中闪出了一丝光，接着又黯淡下来，喃喃地说道："官官相护……没用的……没用的……"

那禁婆还想说话，李卫："你出去，我来同她说。"

那禁婆："是。"退了出去。

李卫这时压低了声音，对刘王氏说道："我看了你的案卷，知道你有冤情，也知道黄伦在审理你这个案子的时候弄了鬼。我想替你申冤，替你家死去的公公和儿子报仇，就不知道你自己想不想伸这个冤……"

那刘王氏两眼怔怔地望着李卫："你为什么要替我申冤？这对你有什么好处？"

李卫有些挠头了——看来这个冤妇被整得失去了信心，对谁都不相信了——怎么办？李卫转动着眼珠，倏地对她说道："告诉你吧，老子和黄伦有仇！就是要借你这个冤案整倒他！咱们联手，你翻案，我做主。替你申冤，为我报仇！怎么样？"

那刘王氏两眼闪出光来，突然趴跪在地上，把头叩得砰砰直响："民妇有冤枉，求青天大老爷替民妇申冤！求青天大老爷替民妇申冤！"

李卫："好！你慢慢说，慢慢说。"

镜头向刘王氏的脸推近，刘王氏声泪俱下，泣诉起来……

5. 巡抚衙门签押房

李卫高声大叫："快！快！替老子马上把那个程森抓来！"

两名差役头先是一惊，接着应了一声，急忙走了出去。

接着李卫又高声对戈什哈领班说道："去，把藩台和在省的道员都叫来，就说老子叫他们来听审一件冤案！"

6. 程森府

尽管是奉命来抓人的，差役们对程森仍然是毕恭毕敬，站在一旁赔着笑看着程森换衣。

程森站在那里，一边由两边随从给他系扣子、理袍裾，一边吩咐道："拿五十两银子给弟兄们喝酒。"

一名家人把早就准备好的银子递给那名差役头领。

差役头领接过银子，笑道："怎么好意思又拿程爷的赏？"

程森接过随从递来的帽子戴上，淡淡一笑："走吧。"径直向停在前院的一顶绿呢大轿走去。

差役头领一摆头，领着众差役跟了上去。

7. 藩台府前院

藩台从大厅慌忙向停在院中的大轿走来，一边系着袍服上的扣子，一边对紧跟在身后的戈什哈说道："你骑一匹快马，赶到镇江去，找到臬台黄大人，叫他立刻回来。"

那戈什哈："嗻！"

8. 镇江县城门外

一队兵丁簇拥着一顶绿呢大轿正向城门行去。

一阵急促的马蹄声传来，一骑马向大轿飞驰追来。

行至轿前，马上的戈什哈翻身下马，走到轿前。

队伍停住了，黄伦掀开轿帘，探出头来。

那戈什哈在他耳边急急忙忙说了几句。

黄伦脸色遽变，大声说道："打转！打转！回南京！"

队伍急速调头，向来路小跑着奔去。

9. 巡抚衙门大堂

衙门口已经拥满了看热闹的百姓。

藩台和众道员慌慌张张地都赶来了，见到候在堂前口的师爷，藩台急忙问道："什么案子？听说同黄大人有关？中丞大人呢？"

那师爷见他问得语无伦次，笑了笑，答道："等一会儿大人就都知道了。"

藩台和众道员更不得要领了，正怔怔仲间，堂前口石破天惊三声炮响。

众人都吓了一跳。

几十个手执水火棍的衙役和几个捧着纸笔的师爷，从后堂照壁按序一拥而出。

走到大堂上站定，衙役们又一声递一声地喊起了堂威："威……武……"

所有嘈杂的人声都停止了，大堂里静得一根针落地也听得见。

这时，顶戴袍服的李卫才从屏风后走了出来，在大案前坐下。

师爷这才领着藩台和众道员走上堂去。

藩台领着众道员向李卫行堂参之礼，李卫却只把手一指。

藩台只好走到左侧的案前坐下，众道员照例是没有座位的，都走到藩台身后站定。

李卫将惊堂木一拍："带原告刘王氏！"

一声暴应，禁婆带着刘王氏从侧边的刑门走了出来。

显然是李卫的安排，刘王氏已经洗过澡，梳过头，人虽依然憔悴，但已可看出这女人眉目姣好，颇有风韵——走到大堂中央，她跪了下来。

看见这刘王氏，藩台不禁一惊，脸上开始不自在了。

李卫也是一怔，瞅着他着实打量了一番，咽了口唾沫，这才说道："把你的状子呈了上来。"

刘王氏手里拿着一张显然是李卫安排人给她写的状纸，高高举过头顶："求青天李大人为民妇做主！"

戈什哈从刘王氏手里取过状纸双手呈给李卫。

李卫把状纸拿在手中，装模作样地看了几眼，接着将状纸往案上一扔："带被告程森上堂！"

藩台等人又是一惊。

衙门外一阵轻微的骚动，两个衙役从西侧刑房带着程森走出来了。

那程森倒一点也不怯场，脚步沉稳地进了大堂，双手抱着一揖，就地打个千儿，看一眼跪在旁边的刘王氏，又是一揖站起身来，说道："晚生程森参见中丞李大人。"

李卫犀着眼瞧了他好一阵子，才问道："你做过官？"

程森："卑职本是江西盐道，因家母去世，丁忧在籍守孝。"

李卫："噢……原来你还是个现任官……好了，你跪下回话吧。"

程森一怔："大人，有例，在职官员公堂之上是不跪的。"

李卫："在职官员？既然在职为什么不穿官服？"

程森："大人知道，下官正在守孝。"

李卫："守孝？守孝能强奸有夫之妇！守孝能烧了人家的房子，逼死人家三条人命！"惊堂木一拍，喝道："跪下！"

那程森还想分辩，两旁的衙役们鼓足中气齐声吼道："跪下！"

程森咬了咬牙跪了下来。

10．南京城门内大街上

开路的亲兵挥着马鞭在前面驱马直冲，吓得行人摊贩纷纷避开。

四个轿夫虽已大汗淋漓气喘吁吁仍抬着那顶绿呢大轿迈步力奔。

轿内，黄伦仍不断地大声催促："快！快！"

11．巡抚衙门大堂

李卫："刘王氏，你把程森是如何奸污了你，又烧了你家的房子，杀了你的公公和儿子的事从实诉来。"

刘王氏："是……"

程森抢着说道："大人！卑职并没有奸污刘王氏，更没有杀她家的人，烧她家的房。实情是，因卑职起复需用银钱，随行就市向佃户加收一成租。刘王氏为赖租，来到我府中，百般卖弄风骚，我赶了她出去——不想她公爹也是无赖，带着她两个儿子闯到我家，当庭吃药自杀。这个案子经臬台黄大人多次审讯，证词一应俱全，求制台大人明鉴！"

李卫假装吃惊，问道："你说这个案子臬台黄大人已经审讯过了？"

程森："大人只需问问黄大人就知道了。"

李卫："噢……"他突然把脸转向藩台，"藩台大人，黄大人什么时候能到？"

藩台一惊——他这才知道，自己派人通知黄伦的事李卫已经知情，说不准自己和黄伦的种种情事，李卫也已掌握不少——想到这里，他开始滴汗了，嗫嚅地答道："这个……属下……"

正在这时，堂口一声传呼："黄大人到！"

黄伦撩着袍角气喘吁吁地奔了上来，见到跪在堂上的程森和刘王氏，先是一怔，接着气急败坏地向李卫说道："李、李大人，这个案子已经审结，而且呈报了刑部。您、您怎么能把它又翻了出来？"

李卫斜着眼，盯着他，好一阵才问道："你这是问我？"

黄伦横了心，答道："正是。"

李卫突然一阵大笑，笑罢又脸一沉，转对藩台说道："藩台大人，你来告诉他，作为一省的巡抚，发现本省的案情有疑点，能不能够翻出来重审。"

藩台又嗫嚅地答道："这个……按照朝廷的律制……当然能够。"

李卫这才又转对黄伦："听见了？好吧，你既然赶回来了，也坐下听听。"

黄伦还有何话说，只好走到右侧的案前坐了下来。

李卫又转向刘王氏，紧紧地盯着她："刘王氏，你现在说实话，程森到底奸污了你没有？"

门口聚观的人听说问奸情，都兴奋起来，不断地向堂口拥，差役们推走这边，那边又拥上来，怎么也赶不走。

刘王氏见状，怎么好意思直供被奸情事？只是抠砖缝儿，张了几次口才嗫嚅道："他……他……"她偷看了一眼衙门口的人群，到底没有说出口。

李卫大声喝道："叫门口这些人后退三丈！"

还是一个师爷有办法，端了一碗墨汁，用毛笔蘸了，走到堂口淋淋漓漓就洒。前头几个脸上身上着了墨的立刻便往后退，后边伸脖子听热闹的顿时挤倒了一片。

李卫又对刘王氏说："这是公堂，你只管有一说一，有二说二。既是强奸，就没有什么可丢人的，你只管如实讲。"

刘王氏咬了咬牙，又咽了口唾沫，说："是。我是他家针线上人叫去的，说是帮着做过冬衣裳……我爹已经去求过他几次别加租，我想着或许能见着太太奶奶们求个情儿，就去了。我在他家西屋做针线，后来不知怎么就只剩我一个人了，他……他就进来，先是说疯话，我不理他，后来他就……猛地搂住我，一手扯裤子，一手摸奶——我拼命地唤，也没一个人进来……后来……后来他就糟蹋了我。"

坐在公堂上的黄伦将案一拍，喝道："你这刁妇！这个案子三审三结，你都签了字，画了押。今日竟然又翻供！你说，是谁指使你的？你们存的什么心？"

李卫瞟了一眼黄伦，站了起来，走到刘王氏面前，大声说道："黄大人问你是谁指使你的，你不要怕，可以告诉他。"

刘王氏惊惶地抬起了头，望了望黄伦，又望了望李卫，却依然不敢贸然开口。

李卫："你不说，我说了吧。指使她翻供的就是本大人！刘王氏，有本大人替你做主，你只管说。程森奸污你时，你留下了什么记号没有？"

刘王氏低下头说："我在他大腿上抓了几把……"

程森盯着刘王氏，厉声说道："你胡说！"

黄伦却在一旁奸笑一声，接过话说道："这就好办了。既是抓扯过他，只要验验有没有伤就知道了！"

刘王氏一听，突然抬起头来，下死眼盯着黄伦。她突然没了羞涩，梗着脖子大声说："黄大人！你得了程森多少银子？你——你还是个读书做官的，两年前抓的印儿，现在还能验出来？你这么不要脸，一死就一死，我索性全兜出来。你骗占了我的身子，答应替我申冤，后来为什么变卦了？"

此话一出，顿时满堂皆惊，众人的目光都射向黄伦。

黄伦万料不到她竟攀出自己，脸色唰地变得蜡黄，半晌才回过神来，啪地猛一击案，吼道："你放屁！你这个臭婊子，竟敢如此含血喷人！来呀！给我大刑侍候！"

站班衙役们显然都是李卫打过招呼了，尽管黄伦喝令，却没有一个人应声，更没有一人向前。

黄伦诧异地看了看两旁的衙役，这才有些慌神了。

李卫走到黄伦面前笑道："黄大人少安毋躁嘛！问明了再加刑不迟。"然后又转脸对刘王氏说："刘王氏，你要知道，你这是以民告官，先已经有罪，想清楚了！"

刘王氏见李卫如此硬朗，知道冤情昭雪便在今日，更有何惧？她死盯着黄伦道："民妇是破了身子的人，已经一钱不值，只要公道处置我一家三口的血案，什么罪我都领了！"说到这里，她指着黄伦："你在二堂密审我，你说程森给你送钱，你不稀罕可是有的？当时我磕头说，'大人不爱钱，公侯万代'，你双手把我拉起来，你那副脏脸叫人恶心！你说……你说……"

黄伦吼道："你这刁恶的淫妇，你住口！瞧你那副模样，谁、谁瞧得上？"

李卫对黄伦笑道："你不要忙辩，让她说完。——刘王氏，黄大人说什么？"

刘王氏："他说'你长得真……可人意儿，我的四姨太也比下去了……'还说，只要和他'春风一度'，管保我的案子能赢……我不是人，为了替我的公公和儿子报仇，就从了……"说着，哭了起来。

李卫冷冷地睃了一眼黄伦，正要说话，黄伦却恶狠狠地问道："你有什么凭证？说不出来，我剥了你的皮！"

刘王氏掩着脸哭了一会儿，猛地抬起头来，说："我看见了，他肚脐左边有一块巴掌大的朱砂记，上头还有红毛。还有，他的'那个'左边还有铜钱大一块黑痣——大人，你验，他要没有，我就认这诬告罪！"

这一下，黄伦面如死灰了，只是哆嗦着嘴唇，一个字也说不出来。

大堂上所有的人都目瞪口呆了，瞠目望着立在当地的李卫。

李卫阴笑一下又踱起步来，调侃着对黄伦说："黄大人，没想到你还屙尿攥鼻子，两头都拿呀。为了给你留点体面，随我到二堂查验吧！"

12. 二堂

外边传来一阵阵兴奋的鼓噪议论声。

李卫吩咐跟进来的戈什哈："叫他们安静下来。"

那戈什哈应着走了出去。

李卫望了一眼脸色青黄不定的黄伦，面容突然异常和蔼起来，一边示意黄伦坐下，一边亲自倒了一杯茶端过来，递了过去，轻轻说道："黄大人，你说实话，我不叫你当众出丑。其实，这个案子我心里明镜一样——你要一错到底，我可就没办法了。"

黄伦仿佛此刻才灵魂归窍，仇恨地看了一眼满脸假笑的李卫，两只手抱着剃得发光的脑门子，一言不发。

李卫猫戏老鼠般地在黄伦面前踱来踱去。

李卫："你再想想看。"

黄伦不理。

李卫："唔？"

黄伦还是不理。

李卫："你不肯招么？"

黄伦还是不回答。

李卫勃然大怒："给你脸你不要，好吧！来人，脱了他的衣裳！"

"嗻！"几个戈什哈立时饿虎扑食般拥过来。

黄伦本能地一闪，怪声怪气地叫道："我是朝廷三品大员，你们谁敢？"

戈什哈们顿时止住了步。

黄伦又转向李卫："李大人，本官是年大将军亲自保举的人……您难道连年大将军的面子也不顾了吗？"

李卫如何不知他是年羹尧保举的人，此时把柄在手，岂会被他吓倒？李卫逼视着黄伦，围着他踱步转了两圈，然后把牙一咬，仍然嬉皮笑脸地说："我知道，我知道……要不然我怎么会叫你到二堂来脱裤子呢？"说罢举起手往下狠狠一劈，大声吼道："脱！"

戈什哈们更有何疑？一窝蜂拥了上去，两个人死死按住了挣扎着的黄伦，其余的人七手八脚连解带撕，顷刻之间就把黄伦剥得一丝不挂。

镜头推近——黄伦肚脐左下侧那一片红茸茸的细毛朱砂记赫然显了出来！

13. 巡抚衙门大堂

藩台和众道员一个个像热锅上的蚂蚁，坐的也不安，站的也不安，不断地伸长了脖子望着二堂那道门。

跪在堂上的程森这时更是惊魂不定，冷汗直流。

拥在大堂口的百姓们全都兴奋地候在那里，等着看这一场大戏的压轴。

里面终于传来了脚步声，众人的眼睛都睁得老大——走出来的却是那个戈什哈领班和两名戈什哈。

那戈什哈领班走到大案前站定，大声传令："中丞大人有令：把程森押到死囚牢里去！"

一声吼应，两名差役走上前去把锁链往程森头上手上一套，拖着走了下去。

看热闹的百姓们又骚动起来了。

藩台和众道员也都变了脸色。

戈什哈领班对禁婆说道："把刘王氏带到隔壁厢房去，等候发落。"

那禁婆应着上前叫起刘王氏，把她引了下去。

藩台忍不住了，忙问："中丞大人呢？"

戈什哈领班："正在签押房等候众位大人。"

藩台和众道员对视了一眼，揣着七上八下的心，一齐走了进去。

戈什哈领班一声大吼："退堂！"

站班衙役齐吼："噢！"

14. 签押房

藩台和众道员蹑着步走了进去，一看，更加怔忡不安了。

——书案上的托盘里赫然摆着黄伦的那套官服和那顶蓝宝石顶子的官帽！

李卫坐在案前对进来的众人睬也不睬，只管拿着一沓供词在那儿翻着，突然，又停了下来，翻起眼珠瞟了一眼藩台，拿起笔在供词旁画了一道杠。

藩台一惊，下意识地伸长了脖子想去看那杠旁的内容。

李卫的眼睛斜了过来，藩台连忙垂下眼帘。

接着，李卫眼也不停，笔也不停，轮番地看一眼这个官员；画一道杠，看一眼那个官员，又画一道杠。

被看的官员们一个个都像触了电，触完后都蒙在那里。

看完了最后一个官员，画完了最后一道杠，李卫把那沓供词往旁边一推，压上一块镇石，接着对身旁的戈什哈领班大声吩咐："准备了，我要给皇上拜折！"

那戈什哈领班大声应着走了出去。

李卫又拿过一份折纸，把那支毛笔在砚池里不断地探着，探完笔目光又向藩台和众道员扫了一遍，然后提起笔咬着嘴唇慢慢写了起来。

"且慢！"那藩台突然向李卫喊道。

"噢？"李卫停下了笔，望着藩台。

"中丞大人。"藩台挤出笑向李卫说道，"属下和众位大人都商量了，摊丁入亩的事我们再去办……等到办出个结果，中丞大人再向皇上上折子也不迟。"

李卫慢慢放下了笔，问道："能够办出结果？"

那藩台："能！能！江苏的士绅也不是不通情理的，只要属下们分别去说，说通了几个为首的大户，其他人就都会遵旨交税了。"

众道员一齐附和："对！对！"

李卫身子向椅背上一靠："如能这样，皇上高兴了，我就高兴了；我高兴了，你们也高兴了。大家伙儿皆大欢喜，你们说是不是？"

众人："是！是！"

李卫："那就快去办吧。"

众人："是！"答着连忙走了出去。

李卫这才笑了，转对踅回来的戈什哈领班："走，看看刘王氏去。"说着站了起来。

15. 厢房

"你要出家？"李卫一怔，望着刘王氏，不禁流露出好一阵惋惜。

那刘王氏眼中含着泪，抬着头看着李卫，答道："按理大人替民妇一家申了冤，报了仇，民妇就应该去死了……可我一身的罪孽，这么去了，实在没脸见我那死去的丈夫……民妇只望后半辈子伴着菩萨多念几卷经，消消一身的罪孽……"说到这里哽咽起来。

"也好……也好……"李卫转对站在一旁的禁婆，"带她到城外那个水月庵去，就说是我安排的，叫那儿的住持给她剃度了。"

禁婆："是。走吧。"

刘王氏感激地望了李卫好一阵子，突然趴在地上砰砰砰叩了三个响头，然后爬了起来，跟着禁婆走了出去。

望着刘王氏消失在门外的背影，李卫："可惜……可惜……"

戈什哈领班见状，凑了近来低声说道："大人是不是不想让她出家……小的把她叫回来？"

"叫她回来干什么？"李卫白了一眼那领班，"扯鸡巴淡！"

那领班："是。"

李卫又缓和了神态，压低声说道："别愣着了，侍候老子更衣。"

领班："是。是不是到老地方去？"

李卫："知道了还问！我踹死你……"

那领班假装害怕，偷偷一笑，接着大声答道："嗻！"

16. 鸡鸣寺禅房

胤禛兴奋地站了起来，对刘墨林说道："走，见李卫去！"

张五哥连忙插道："万岁爷，李卫这会儿不在府里。"

胤禛："哦？"

张五哥："是奴才派出去的另一个侍卫说的，李卫发落完了公事就换上便服带着随从到一个……一个地方去了。"

胤禛："什么地方？"

张五哥："回万岁爷，好像是……好像是南京城一个有名的歌妓家里……"

胤禛一怔，接着下意识地瞟了一眼刘墨林："李卫什么时候也染上这个毛病了？"

刘墨林一张脸腾地红了。

张五哥："这个……奴才就不知道了。"

17. 歌妓家大门外

夜，快交亥时了。

那门吱呀一声开了，开始是那戈什哈领班闪了出来，接着李卫走了出来，那门又关上了。

两边瞧了瞧，街巷上空荡荡的，李卫放了心，对那领班说道："走吧。"

一边走，李卫显然余兴未尽，又轻轻哼了起来："骂一声，负心贼，你为何喜新厌旧？那一日，看上了你，只为你温柔……"

突然，一条黑影蹿了出来，挡在他们面前。

那领班一警，大声喝道："谁？"

那人应道："我。"说着迎上李卫。

李卫大惊："张五哥！你、你……万岁爷来了？！"

张五哥笑着点了点头。

李卫一把捏住张五哥的手："在、在哪里？"

张五哥："在你衙门的门房里，都等了一个时辰了……"

李卫顿着脚："该死！该死！快走！"说着没命地飞奔而去。

张五哥和戈什哈领班紧跟着奔去。

18. 巡抚衙门后堂走廊上

李卫斜着身子搀着胤禛的手臂走来了。

一边走，李卫一边不停地招呼着："主子，您走好了……"

突然，一只花瓶从灯光敞亮的后堂门内飞了出来，"乓啷"一声砸在地上，碎片四溅！

李卫一惊，扶着胤禛停了下来。

接着是翠儿的怒骂声："天杀的！他不要回来！回来了，我也同他没完！"

胤禛也怔了，眼睛直勾勾地看着李卫。

李卫尴尬地笑了一下，突然松开手跪了下去。

胤禛："怎么回事？"

李卫："奴才有个请求，望主子恩准。"

胤禛："说。"

李卫："奴才到那个地方去的事……请主子代奴才瞒着。"

胤禛刚想笑，又忍住了："你也知道怕？进去再说吧。"

李卫："嗻。"

19. 后堂

李卫刚跨进门，翠儿便圆睁双眼一步步逼了过来。

李卫退了两步，突然喝道："站住！"

翠儿下意识地停住了脚步。

李卫："你知道谁来了吗？"

翠儿冷笑了一声："收起你这一套！谁来了也救不了你！"说着，作势又要向前来揪李卫。

李卫连忙闪到门边，喊道："主子！"

胤禛这才含笑走了进来。

翠儿蒙了，接着扑通一声跪了下来，一边叩着头，一边不住地说道："主子！主子！万没想到，您……您……"一时竟说不出话来了。

胤禛笑道："起来，起来吧。"

"嗯。"翠儿应了一声，又叩了个头，爬起来后，已然满脸是泪。

李卫骂道："看你，主子来了是天大的喜事，哭什么哭！"

翠儿这才破涕为笑，伸出袖口揩着眼泪，上前搀着胤禛："主子，您坐。"扶着胤禛到上首坐了下来，又连忙倒了一杯茶，双手奉上，"主子您吃饭了吗？翠儿烧水先侍候您洗个澡？噢，对了，我先去给您熬一碗燕窝莲子羹……"

胤禛："不用。"接着看了看翠儿，又瞧了一眼地上的碎花瓶，问道，"什么事生这么大的气呀？"

翠儿："……主子，您问他。"

胤禛掉转头望着李卫，故意问道："什么事呀？"

李卫尴尬了，支吾着答道："回主子的话，没什么事……她就这么个人，疑神疑鬼……"

"我疑神疑鬼？当着主子的面，你说说，三头两天往那个叫什么小媚仙的狐狸精院子里跑……干什么去了？有这回事没有？"

"噢？"胤禛又把头转向李卫。

李卫："主子……"

胤禛脸一沉："小媚仙是什么人？"

翠儿："回主子，是南京城里的一名歌妓。"

胤禛："朝廷有明文，现任官出入妓院廷杖八十，你不知道吗？"

李卫慌了："回主子，那个小媚仙早就离开妓院了……"

翠儿："是吧，是吧。主子，他自个儿都招了供了，您得替我做主。"

胤禛沉吟了片刻，然后说道："好，朕替你做主。你把衙门里的戈什哈叫来，扒了李卫的裤子，打八十廷杖！"

李卫惊住了。

翠儿也惊住了，犹疑了好一阵子才说道："主子，他好歹是个巡抚，这样做他也就没脸儿当这个官了……这一次就饶了他吧。"

胤禛又对着李卫："听见了吧？翠儿还是向着你的，记住朕的话——老婆还是原配的好。"

李卫："是。"

胤禛又对翠儿说道："朕给你一道口谕：看紧他，不许他在外面拈花惹草。发现了，你替朕打他的板子。"

"是！"翠儿扬眉吐气地大声答道。

李卫却是一脸的苦相。

胤禛："好了，朕有些饿了，你去给朕熬一碗枣仁粥。"

翠儿："是。"答着匆匆走了出去。

胤禛这才严肃了面容，对李卫说道："你知不知道，朕任你江苏巡抚，有多少人在背后议论吗？"

李卫张皇着眼，摇了摇头。

胤禛："你知不知道，你在这儿试行摊丁入亩的新政，有多少双眼睛在盯着你吗？"

李卫点了点头。

胤禛提高了声调："这个时候你怎么敢去干那些有玷官箴、授人以柄的事情！"

李卫低下了头。

胤禛："还好意思叫朕替你瞒着，你当你还是在潜邸当奴才？你现在是万人瞩目的封疆大吏！胸无大志……"

李卫跪了下去："奴才不争气，请主子责罚！"

胤禛见他认了错，立时缓和了语气："这一次就算了，起来吧。"

李卫叩了个头，站了起来。

胤禛："你当差还是争气的，你在这儿推行摊丁入亩的事朕都知道了，干得很好。下一步准备怎样做呀？"

李卫："回主子，下一步主要是形成制度，可推行制度靠的是各级官员。像江苏的这些官员多数是和当地士绅有关系的，靠这些人没法子干事。奴才想请主子先把这儿的藩台、臬台换了，底下的官可以慢慢来。"

胤禛点了点头："朕早就想到了这一点。刘墨林向朕推荐了一个人，朕准备派他来做你的藩台。"

李卫："谁？"

胤禛："新科的榜眼，叫尹继善。"

李卫："主子派的人一定是好的。"

胤禛："嗯。那个黄伦你准备怎样处置？"

李卫："奴才想，革了他的职也就算了……毕竟他是年羹尧保举的人。"

胤禛："不行。革了职还得充军！就把他发配到年羹尧那儿去。"

李卫转了一下眼珠："高！这样做，既给了年羹尧面子，又能让他醒一醒神。"

胤禛点了点头："古人说'衣不如新，人不如故'。你是在朕的身边长大的人，朕对你自然比对别人不同。对年羹尧，朕也是这个心思……朕让你在江苏试行摊丁入亩，让田文镜在河南试行官绅一体当差，本来还准备让年羹尧在西北试行火耗归公……"他站了起来，"可是……"说到这里，他的眼中充满了忧郁。

李卫："怎么？年羹尧竟敢不听主子的？"

胤禛："这几天朕不断接到京城转来的折子，说年羹尧在西北越发专横跋扈了。本来朕派孙嘉诚到他身边去，就是让他见到这个人就有所警觉，有所收敛。可是，不知道他是没有领悟朕的苦心，还是有意和朕顶着干，孙嘉诚在那儿试行火耗归公竟然寸步难行，而且从年羹尧开始都跟他过不去，他的日子很难过……"

李卫："如果这样干脆把他的大将军给撸了！当年奴才就听邬先生说过，年羹尧这个人迟早会闯下天大的祸来……主子，奴才在下面还听到了一句话，早就想同主子说，又怕……"

胤禛："说。"

李卫："说是'帝出三江口，嘉湖作战场'！"

胤禛一凛，紧问道："你是从哪儿听到的？"

李卫："民间流传已久，只不过没有人敢奏给主子而已。"

胤禛沉吟了好一阵子，才冷冷地说道："朕谅他还没有这个胆，也没有这个本事！"

就在这时，李卫的戈什哈领班领着神态惊惶的刘墨林走到了门边。

胤禛一惊。

刘墨林拿着一份上面粘了鸡毛的奏折急忙走了进来："京里转来的六百里加急！"

胤禛一把接过奏折，撕开封口展看——他的眼睛一下子直了！脸也变得纸一样的苍白！

李卫和刘墨林都被他的神态惊呆了，睁大了眼睛紧紧地望着他。

过了不知多久，胤禛缓过神来，脸色却由白转青，眼中也不断地闪着寒光，牙也咬得紧紧……

李卫忍不住了，试探地问道："主子……"

胤禛这才从牙缝里迸出了几个字："年羹尧把孙嘉诚杀了！"

李卫和刘墨林也震惊了！

20．北京·军机处

这里也是灯火通明。

方桌上摆着一大两小三只牛皮信套和一只熠熠闪光的金牌令箭。

允祥和张廷玉都铁青着脸坐在那张方桌的两边。

刘铁成和四名大内一等侍卫穿箭衣行装肃立在他们面前待命。

张廷玉那两只深藏不露的眼睛这时也熠熠地闪出光来，他目光一转，盯住了第一个侍卫。

那侍卫上前一步，两腿一并。

张廷玉拿起一个小信套："你连夜动身，务必在十五日前把这个送到岳钟琪将军手里！"

那侍卫接过信套大声答道："嗻！"转身大步走了出去。

张廷玉又把目光转向了第二个侍卫。

那侍卫也上前一步，两腿一并。

张廷玉又拿起了另一个小信套："你也即刻动身，务必在五天内把这个送到伊兴阿将军手里！"

那侍卫接过信套也答了一声："嗻！"转身大步走了出去。

这时只剩下了刘铁成和另两名侍卫，张廷玉拿着那只最大的牛皮信套和金牌令箭站了起来，一字一顿地说道："你们该怎么做，十三爷都交代了。差使办砸了，提头来见！"

刘铁成双手接过信套和金牌令箭："嗻！"

21．西宁城外大草甸

夏日西北的大草甸子上，一片灿烂，活力勃发——齐膝的红草拥挤而立，乳白色的驼刺莲开了，红彤彤的山丹丹竞相怒放。

就在这红拥绿围中，雨后春笋般地搭起了一座座帐篷。

群星捧月似的一座豪华的大帐篷前，一条血红的地毯直通到马径边。

蒙古扎萨克郡王、贝勒七信、额驸阿宝率领着旗下众官员伫立在地毯的尽头，恭候年羹尧的到来。

地毯的网边，站满了欢迎的人群。

"来了！"不知是谁喊了一声，所有的人都引颈远望。

——大草甸的尽头，一群飞动的黑点渐驰渐近。

年羹尧和一队亲兵飞马而来，驰至欢迎的人群前立定。

蒙古王爷率众官员迎了上去躬身行揖。

年羹尧却雄踞马上一动不动。

扎萨克郡王、贝勒七信和额驸阿宝对视了一眼，跪了下来。

所有的人都齐刷刷地跪了下来。

年羹尧这才翻身下马："请起。"

扎萨克郡王、贝勒七信、额驸阿宝站了起来。

年羹尧径自向大蒙古包走去，三人跟在他的后面走去。

22. 西宁大将军行辕

三声炸雷般的炮响了，紧接着是沉沉的鼓声。

辕门深处又传来了那一递一声的传呼：

"大将军升帐喽！"

"大将军升帐喽！"

"大将军升帐喽！"

一阵阵整齐的脚步声，一双双牛皮鞋和一幅幅闪光的袍角闪过。

鼓声停了，镜头拉开，那张年羹尧坐惯了的御案却是空的！

肃立在两旁的将军们都显出了惊诧的神色。

沉默了好一阵子，一个人——年羹尧的心腹桑成鼎惊惶地跑了进来，大声问道："谁升帐？怎么回事？大将军这时候正在和蒙古王爷聚会呢……"

将军们更惊疑了，低声议论起来。

桑成鼎更觉不妙，大声喝道："今天是谁当值？！"

"我！"伊兴阿应声走了出来——他的身后还跟着二十名剽悍的武将！

桑成鼎脸一沉："大将军不在，升的什么帐！"

"谁说大将军不在呀？"

声音好熟，众人注目望去。

——伊兴阿身后的二十名武将哗地分开了，让出一条通道，岳钟琪和刘铁成并肩走了过来。

23.　蒙古包外

年羹尧在扎萨克郡王、贝勒七信和额驸阿宝的陪同下盘膝坐在偌大的虎皮褥子上，他们面前的案上摆满了大盘的牛羊肉和美酒鲜果。

一位蒙古姑娘捧着一碗青稞酒走到年羹尧面前，跪了下来，双手举过头顶。

年羹尧眼一亮，并不接酒，两眼眯眯地盯着这位蒙古姑娘。

扎萨克郡王何等见机："抬起头来。"

那位蒙古姑娘抬起了头。

年羹尧的眼中闪出光来。

——也不知是何等造化，那姑娘的一张脸，没有丝毫的草原风霜，却又有汉族姑娘所没有的白里透出的红润；两只眼就像草原夜空闪烁的亮星，此时正张大着，毫不掩饰地望着年羹尧。

年羹尧仍不接酒，那姑娘浅浅一笑，露出两只深深的酒窝，说话了——不是呖呖的莺声，倒像婉转的百灵："蓝天上的雄鹰也需要清泉，大将军请饮了这杯酒。"

年羹尧心中大动，接过那一大碗酒一口饮干，放下碗再看那姑娘时。

那姑娘款款一拜，像微风中的一叶花瓣，已翩然飘隐在蒙古包后。

24.　大将军行辕

皇皇上谕和熠熠的金牌令箭这时已经高高地供在虎皮椅后的香案上。

刘铁成一声大喝："上谕已宣，新任大将军岳钟琪升座！"

岳钟琪对着供着上谕和金牌令箭的香案深深一揖，然后健步走上交椅坐了下来。

伊兴阿接着大喝一声："众将参拜大将军！"

犹豫只是一瞬间，诸将很快地走到厅中，排成两行跪了下去。

25.　蒙古包前

蒙古王爷微微一笑，举起酒杯，向年羹尧敬酒："年大将军英雄盖世，功高无比，本王谨代蒙古八旗恭祝您飞黄腾达，公侯万世……"说毕，一口饮干了杯中的酒，接着放下酒杯，举起手拍了一下。

欢快的乐曲响了起来。

年羹尧的眼又一亮。

十个身着蒙古盛装、艳丽异常的姑娘从蒙古包后列着队舞了出来。

欢快的曲调中，姑娘们跳起了快子舞、盅舞，飞舞盘旋，使人眼花缭乱……

突然，年羹尧的眼睛睁大了！

刚才那个敬酒的姑娘穿着紧身剪绒马甲，脖子上挂着玉佩，两条黑黑的辫子拖到腰间，足蹬一双刺绣镶嵌的红皮靴子，飘然来到众蒙古姑娘中间，舞了起来，她舞的是"莽势"，身段窈窕婀娜，一只袖举在额上，另一只放在背上，边舞还哼着蒙古歌曲……

年羹尧眼迷殊色，手擎玉杯，醉眼蒙眬，宛若置身于仙山琼阁之中。

扎萨克郡王在他的耳边说道："大将军，如今叛军已平，小王上次同大将军说的军马、火炮……望大将军惠赐。"

年羹尧目盯着仍在舞蹈着的蒙古姑娘，嘴里敷衍着说道："再说吧……"

扎萨克郡王："这几个姑娘，大将军还瞧得上吗？"

年羹尧怔了一下，这才把目光转向了他："你说什么？"

扎萨克郡王："大将军如果喜欢，就把她们都带回去，如何？"

年羹尧嘴角终于露出了笑纹，伸出大手在扎萨克郡王的臂上拍了拍，大声说道："五千匹骏马，二百门火炮，我明天就派人送来！"

这时一阵急促的马蹄声传了过来，众人注目望去。

一名武官疯抽着马向这边驰来，驰到地毯端头猛勒缰绳飞身下马，一边高喊："大将军！"一边向年羹尧飞跑过来。

年羹尧目光一闪，那武官已经跑到他面前扑通跪了下来。

年羹尧脸一沉："什么事，这么慌张？"

那武官抬起头惊惶地望了望周围，然后膝行着爬了过去，在年羹尧耳下急速低语。

年羹尧神色大变，倏地站了起来："快！回行辕！"

定格。

｜第三十二集　连贬十八级｜

1．大将军中军行辕外

马蹄声急，尘土飞扬，年羹尧一行二十余骑像狂飙般驰来。

远远地，他那双蕴着阴光的眼一下子睁大了。

——高矗在行辕门口那面猎猎有声的大纛旗上的字变了！

镜头一节节推近："抚远大将军岳"——"大将军岳"——"岳"！！！

"啪"的一声，年羹尧一鞭抽在那匹心爱的大白马的眼颊边，那白马一声痛呼疯了似的向前蹿去。

辕门到了！

那两面写着"文官下轿武官下马""肃静回避"丈余高的大铁牌依然矗立。

铁牌下的四十名挎刀军校却变了——他们非但没有跪倒迎驾，反而候地排在辕门前一齐吼道："下马！"

愣刷刷地，马队骤地停了，马上的亲兵都望着年羹尧。

年羹尧一张脸板得像铁块，嘴中迸出两个字："闪开！"

四十名军校却像铁铸般排立在前面，一动不动。

年羹尧眼中寒光一闪，双腿一夹，大白马昂头扬蹄向前走去。

突然寒光一闪，接着一声惨呼，大白马的颈上两道血箭喷向画面。

那马前腿一软，倒山般躺了下来。

年羹尧毕竟久历戎行，纵身一跳，站在地上，右手飞快地捏住了左腰的剑柄！

唰的一声，他身后的亲兵一齐拔出了腰刀！

也是唰的一声，四十名军校一齐拔出了腰刀，同时又大喝一声："下马！"

635

死一般的沉寂！几十双闪着凶光的眼睛在对视着，几十把寒光闪闪的腰刀凝固在各人的手中！

突然，地面微微震动起来——几百名手执长矛的军士从辕门外两条夹道中整齐地排列出来，在年羹尧和他的亲兵后面围成一个半圆！

四十名军校又是一声大吼："下马！"

亲兵们紧握腰刀的手软了下来，一个个悄无声息地从马上下来了。

挡在辕门外的亲兵这才整齐地向两旁一闪，让开了一条窄窄的通道。

年羹尧抬步了，走得竟是那样慢，那样沉重——这也只是开始几步，接着他两拳一握，脚步又恢复了往昔的霸气，大步向里面走去……

2. 行辕大厅

四只对视的眼睛！

站在厅中的年羹尧犀着眼紧紧地盯着坐在大案前的岳钟琪。

坐在大案前的岳钟琪虽然也犀着眼，脸上却挂着一丝笑容——望着年羹尧。

"我手下的都统呢？"年羹尧突然发问。

镜头摇过，肃立两旁的将军原来都换成了陌生的面孔。

"调走了。"岳钟琪轻描淡写地答道。

"调走了？只怕是都被你关起来了吧？新任都统是谁，是不是你的手下？"

"你一条都没有猜中。"岳钟琪站了起来，"原来的三个都统都升了。汝福是调蔡铤那里，魏之跃调阿尔泰，王允吉调伊克昭盟，都已升为将军了。至于新任的都统嘛……吉哈罗，曹森，德寿！"

三名武将应声出列——一个个都是刀刻一般的面容，闪着光亮的眼睛！

岳钟琪一一指着他们说道："接替汝福的是他——湖广水师副将吉哈罗；接替魏之跃的是他——吉林都统德寿；接替王允吉的是他——福建提督曹森。没有一个是我的手下……"

年羹尧先是斜着眼扫视了那三名新任都统，接着盯住岳钟琪，突然大笑起来，笑毕说道："好手段……好手段！这么大的动作，我竟然一点儿也不知道……告诉我，怎么处置我？！"

"你误会了。我哪有权力处置年大将军呢？"说到这里，岳钟琪突然提高了声调，"有请钦差大人！"

话刚落音，刘铁成从屏风后面走了出来，笑容满面地在年羹尧面前站定。

年羹尧一怔："刘铁成……"

"上谕，年羹尧听宣！"刘铁成倏地收了笑容，大声宣道。

年羹尧一凛，跪了下来。

刘铁成展开朱谕，大声念了起来："年羹尧，你是吃醉了酒，还是因杀人太多，鬼神夺了你的魂魄？朕本是一片佛心，想启你天良，从此敛去锋芒，精忠事主而已。你却丧心病狂，倒行逆施，孙嘉诚是朝野皆知的忠臣，你为什么杀了他？亏你还有脸在奏折上大放厥词，'朝乾夕惕'四字，居然作'夕惕朝乾'，以断不可对君父之言对朕，丧心病狂至此！——你既不许朕朝乾夕惕，则你青海之功朕也在许与不许之间。朕已发旨岳钟琪，征西大将军由他代替。看来你当不得一个'大'字，着即改授杭州将军。朕闻得早有谣言云'帝出三江口，嘉湖作战场'之语，……朕想你若自称帝号，乃天定数也，朕亦难挽。若你自不肯为，有你统朕此数千兵，你断不容三江口令人称帝也。见谕即行交割印信，即刻起程！——钦此！"

年羹尧抬起了头，一脸的茫然。

刘铁成将上谕一卷，一递："接旨吧。"

年羹尧又茫然地接过上谕，站了起来。

刘铁成又恢复了笑脸，对年羹尧说道："上有天堂，下有苏杭。年将军，快去准备，明天就动身吧。"

年羹尧："什么？你叫我明天就走？！"

刘铁成又收了笑容："你错了。不是我叫你明天走，是上谕叫你明天走！"

3. 西安驿站

十名军校押着十多名脚夫挑着一担担大大小小的鼎锅瓢盘和各式炊具拥了进来。

四名肥胖的厨师气喘吁吁地跟在后面，大声地嘱咐："慢一点，慢一点，别把东西碰坏了。"

驿丞连忙迎了上来，问道："年将军来了吗？还有多远？"

领头的军校没好气地答道："急什么急？大将军要明天才到。我们这是年大将军的先头厨房。伙房在哪儿？快安排他们准备明天的膳食。"

驿丞望了望浩浩荡荡的"先头厨房"队伍，吸了口冷气，又问道："这样说来，我们这儿不要准备饭食了？"

领头军校："美得你！这些人是准备年大将军一个人膳食的，其他人的饭食你还得按规矩办齐。"

驿丞："明白了。请随我来吧。"领着这支先头部队向里面走去。

4. 伙房前的院子里

一声高过一声的猪的号叫声和窜跑声。

无路可逃的院落里，几名军校正光着上身，手执又宽又厚的竹片追着十几头猪猛抽猛打。

一竹片下去，一头猪的身上立刻显出一条青紫！

竹片飞舞，猪们摔倒又爬起，开始还疯了似的满院窜跑，到了后来一头头身上都满是肿胀的青紫，倒在地上，嘴里喷着白沫，发出低声的哀嚎。

这时那四名胖厨师手执着二指宽的解腕尖刀走来了。

走到一头猪前，厨师用刀尖在那猪的背脊上唰唰划了两下，然后提起一条细细的鲜血淋淋的里脊肉！

躲在一旁看得目瞪口呆的驿丞对身旁那位领头的军校问道："这、这是什么讲究？"

那军校头领嘴角撇过一丝蔑笑："没见过吧？这只是咱们大将军的一道平常菜，叫作小炒肉。"

驿丞："请问这猪为什么不杀，却要这样折腾？"

那军校头领："杀的猪血都放了，那是死肉。这样打的猪，血都流到背脊上了，这条肉才是活肉。懂吗？"

"哦……"那驿丞又吸了口冷气。

5. 伙房内

一只大大的竹筐被掀开了，里面是一颗颗大大的白菜。

站在一旁的驿丞又问了："这个季节这样大的白菜倒罕见。"

一名掏出白菜正在剥着的厨师答道："没见是咱们带来的吗？在西宁有几十亩地给咱们大将军专种白菜。"

驿丞："大将军喜欢吃白菜噢？"

那厨师不搭理他了，管自飞快地剥着手中的白菜。

一片片菜叶在他的脚下越堆越高。

最后那厨师手中只剩下了一朵小指粗、一寸长的淡黄的菜心。

厨师用掌心捧着那颗菜心朝驿丞面前一伸："看见了？咱们大将军喜欢吃这样的白菜。"

那驿丞眼睛睁得老大，又深深地倒吸了一口冷气。

6. 驿站大客房内

年羹尧已经到了。

那张大方桌上摆满了他的专膳。

年羹尧独自坐在方桌的上首，两眼望着前上方怔怔地出神，那杯酒和那双箸仍是静静地摆在面前，一动没动。

站在旁边的桑成鼎说话了："军门，您多少得吃点儿，在这个地方弄出这些菜已经很不容易了……"

年羹尧："你当我是嫌菜不好吗？再下去能不能有一顿安稳饭吃都很难说了……"

桑成鼎心一酸："军门，今后咱们的排场是不是可以减小一点，免得皇上……"

年羹尧目光一闪："你害怕了？害怕了你可以走！"

桑成鼎好一阵难受："二爷，我打一生下来就跟着老太爷，这一辈子除了这个家，我还有哪个家……要害怕，我会跟着您到西北打仗吗？"

年羹尧也动了情："是我说的不对，你别放在心上……老桑哪，你比我大几岁，是看着我长大的，你二爷就这个德行，死也得轰轰烈烈！"

桑成鼎叹了口气，接着说道："二爷，不是老奴妄言，地不跟天斗，子不跟父斗，您斗不过皇上……贬为杭州将军的圣旨下了以后，您还没有上谢恩的折子呢。二爷，这样做老奴真担心……"说到这里，他眼泪唰唰地流了下来。

年羹尧也黯然了："好了，我听你的，今儿晚上我就写谢恩的折子。"

这时戈什哈领班捧着一个托盘进来了，走到年羹尧面前跪了下来，把托盘高高举起。

年羹尧的目光向托盘中望去。

——托盘里赫然摆着一十六支排签！

年羹尧眼一闭，不耐烦地说道："不翻了。今儿晚上就叫乌云琪琪格侍寝吧。"

那领班答了一声"嗻"，站了起来，刚要转去。

"慢着。"年羹尧叫住了他，"把这些菜都赏给乌云琪琪格。"

7. 北京·孙嘉诚家

缭绕的香烟中，一块长长的神主牌上赫然写着："大清忠臣孙公嘉淦之灵位"几个蓝色大字！

镜头拉开，还是那个寒酸的小院落，这一刻却显出了少有的哀荣——挽联、孝幛、蓝幔层层叠叠从院内的灵堂一直漫到院门外那条长长的灵棚。

设的是流水祭，已经开始了。

主持这次祭祀的是谢济世、陆生楠，这时他们正腰缠白带肃立在那张供桌的两边。

致祭的人都来了——他们多是都察院、翰林院、国子监的文官们，这时正列成浩浩荡荡的长队，三个一起，神情肃穆地排着队到灵前轮流上香。

第一排三个人上去了，从陆生楠手中接过燃着的线香，三揖上香，然后从谢济世手中捧着的那把孝带中拿起一条系在腰间，肃穆地走到灵棚边站了下来——开始守灵。

第二排接着上去了。

后面还有很长——刘墨林、尹继善、王文昭也在其中。

8. 养心殿膳房

还是那张膳桌，还是那几碟简单的膳食，胤禛默默地坐在桌前，那双箸和那碗米饭仍然凉凉地摆在那儿，一动没动。

他的目光慢慢地落到了左边下首的位置上，接着又难过地闭上了眼。

他的耳边响起了那次赐膳的画外音："他是个直人，连朕也顶撞过。这一次对你有些误会，经朕开导已经明白了。你们同朝为臣，不要因为这些事而生嫌隙。来，朕劝你们一杯酒，你们和好了吧……"

他呼地站了起来，推开椅子走了出去。

站在一旁的高勿庸眼中闪过一丝难受的神色，无声地叹了口气，跟了出去。

9. 军机处

正在桌旁处理公文的张廷玉默默地站了起来。

走进来的胤禛摆了下手："坐。"接着自己径到榻上坐了下来。

张廷玉也默默地坐了下来。

胤禛："听说他们在为孙嘉诚设祭，你为什么没去？"

张廷玉："臣本来是要去的，听说去了很多人，臣决定不去了。"

胤禛眼中倏地闪过一丝警觉的光！

10. 孙嘉诚灵堂

这一轮祭拜完了，灵棚两旁站满了腰系孝带的官员。

一片蕴含着火山爆发般的沉默中，谢济世说话了："诸位，到目前为止，王公贝勒一个人没来，军机大臣一个人没来，六部九卿的堂官也一个人没来。看起来，一个降了职的年羹尧仍然炎威赫赫！我就不信，小人道长、君子道消一至于斯！"

群情激愤了，许多人嚷了起来：

"孙大人不能就这样死了！"

"年羹尧也不能就这样逍遥法外！"

正在这时，灵棚外一声高呼："廉亲王驾到！"

众人都是一怔，喧嚣的灵堂顿时静寂下来，众人的目光一齐向外望去。

允禩换了一身月白长衫，头上瓜皮礼帽上也换缀着一颗白色的珊瑚珠子，此时正满脸的肃穆，慢慢地走了进来。

众人的目光随着他那敬穆中不失雍容的步伐一直注视着他走到灵前。

允禩从陆生楠手中默默地接过燃着的线香，深深地一揖，接着将袍角一撩，竟跪了下来！

众人都震惊了，随着不少人激动了——亲王礼绝百僚，无论生死都没有向臣子下跪的礼节！

开始有人眼中盈出了泪水，慢慢地走到默跪灵前的允禩身后，跟着跪了下来。

接着，守灵的人都慢慢走了过去跪了下来……

11．军机处

允祥来了，这时正坐在临窗的椅子上咳着嗽。

隆科多和马齐也来了，这时也坐在椅子上，却一声不吭。

胤禛慢慢地转过身来，眼中满是气极痛苦的神色："既然廉亲王都这么礼敬忠臣，你们也犯不着有什么忌讳……都去，去给孙嘉诚上香！"

张廷玉和隆科多、马齐对视了一眼，却依然没动。

允祥站了起来，对三人说道："去吧。"说着带头走了出去。

张廷玉、隆科多和马齐这才站了起来，跟了出去。

12．孙嘉诚灵堂

允祥领着张廷玉、隆科多和马齐已经上完香回过身来。

谢济世和陆生楠走了过来向他们跪下，将一本厚厚的折子双手举起："这是我们在京的一百多个官员联名参劾年羹尧的奏折，请怡亲王和各位中堂转呈皇上！"

允祥接过那本奏折展了开来，不禁一怔。

张廷玉、隆科多和马齐在他的身后伸头一看，也是一怔。

——"请杀年羹尧以谢天下折"几个大字赫然在目！

允祥把那本奏折慢慢地合了拢来，望了望跪在地上的谢济世和陆生楠，又望了望排列在灵堂两旁的众官员。

众官员似有默契，一齐跪了下来。

允祥叹了口气，把那本奏折递给张廷玉："好吧，我们转呈。"

13. 养心殿

那本厚厚的折子展开在御案上，坐在御案前的胤禛这时已是气得面孔发白，嘴唇发青，两眼愣愣地盯着前方一动不动。

允祥、张廷玉、隆科多和马齐站在一旁更是屏声静息，不敢吭声。

高勿庸捧着一个奏折盒低着头走进来了，见到这种情景先是一愣，接着还是硬着头皮走近胤禛，轻声说道："万岁爷，刚到的，是年羹尧的谢恩折子。"

胤禛一颤。

允祥等人俱是一惊——看了看那个盒子，又一齐望着胤禛。

胤禛："打开。"

高勿庸打开了奏折盒，胤禛倏地从中间掏出那份奏折，看也没看，提起朱笔疾批起来……

胤禛愤怒的画外音："亏你还有脸提谢恩二字！古往今来你是第一负恩忘义之人！这么多人联名参你，罪状竟有几十条之多，朕都替你羞愧……"

14. 桐城驿

年羹尧一掌打在桌子上，把那一桌酒菜震得老高："瞎了你的狗眼！老子现在虽不是大将军了，还是杭州将军，是朝廷的一品大员，你就敢用这样的东西来搪塞我！这饭食是招待一品大员的吗？！"

那驿丞并不害怕，反而十分从容地答道："年大人所说不错，这饭食确实不是招待一品大员的，而是招待四品官员的。"

年羹尧一怔，有些明白了："你说清楚些！"

那驿丞从身旁捧出一个盒子，打开盒盖从里面掏出一份批折，说道："这是昨天送到的批谕，年大人自己看吧。"

年羹尧一把抢过批谕展开急看，脸色开始变了。

胤禛愤怒的画外音："……朕真无识人之明，怎么就用了你这等辜恩忘义、毫无廉耻之人……当初你在杭州将军手下任过参将，今天朕还让你到杭州当参将。苍天在上，朕若负你，天诛地灭；你若负朕，不知上天如何发落你……"

年羹尧拿着批谕没再说话，当然也不会去尝一口那四品官员的饭食，默默地向里面客房走去。

桑成鼎神色黯然地跟了进去。

那些亲兵们却露出了怪异的神色——有些人显然在考虑自己的退路了……

15. 北京·孙嘉诚灵堂

真是锲而不舍！守灵的官员们一个个熬得眼睛通红，仍然守在那里。

谢济世站了起来，大声说道："年羹尧一天不杀，我们就一天不撤这个灵堂！"

陆生楠也站了起来，接着说道："联名的折子不要再上了，从今天起我们各人上各人的折子。淹，也要淹死他！"

官员们一个个面容严肃地点头。

16. 养心殿

张廷玉在给胤禛奏报各地的政务要点："浙江巡抚奏报，请求缓行摊丁入亩的新政，说浙江是'七山一水二分田'的地方，人多田少，若将人头税摊入田亩恐难完成上交国库之税款。"

胤禛脸色立时难看了，冷笑了一声："回文，问问他，浙江有多少田？有多少人？是田多还是人多？睁着眼睛说瞎话！"

张廷玉接着奏报道："还说，江苏虽然推行了摊丁入亩，但民间怨言日多，是国库盈而民仓减，赋税增而人心失，利弊尚在未定之天……"

胤禛倏地站了起来，大声说道："胡言！一派胡言！纯粹是昧着良心替那些田多的人说话！"说到这里，他急走了几步又突然停住，大声说道："拟旨，着李卫升任两江总督，兼管浙江，浙江的官员凡有不推行新政者立即革职！"

张廷玉应道："是。"

这时马齐捧着一摞厚厚的奏折又走了进来，走近御案悄悄地放了下来。

胤禛："都是些什么折子？"

马齐："京官们上的折子，都是请求皇上严惩年羹尧的。"

胤禛又是一怔，目光慢慢地移向那堆奏折，脸色又阴暗下来，喃喃地说道："年羹尧已经贬为参将，他们难道不知道？"

马齐："当然知道。"

胤禛："他们为什么一定要逼朕杀了年羹尧？这只是冲着年羹尧来的吗？！"

马齐不再作声。

高勿庸匆匆走了进来："万岁爷，太后的病又犯了，这会儿急着要见您呢。"

胤禛一惊，急忙走了出去。

17. 慈宁宫

以那拉氏为首，后宫的妃嫔都来请安了，满满地站了一屋子人。

胤禛急匆匆地走了进来。

坐在床边的那拉氏站了起来，其余的妃嫔则跪了下去。

胤禛疾步走到床边，对那拉氏问道："皇额娘怎么样了？太医呢？叫太医了吗？"

那拉氏答道："太医已经请过脉了，寿药房正在煎药。"

乌雅氏睁开了眼睛，胤禛连忙握住她的手。

乌雅氏挣扎着就要坐起，胤禛忙说："皇额娘，您躺着。"

乌雅氏坚持着说道："扶我起来，扶我起来！"

胤禛无奈，扶着她靠在床头。

乌雅氏两只眼睛在跪着的妃嫔中扫来扫去。

那拉氏忙问："太后，您要叫谁？"

乌雅氏："年妃呢？年妃来了吗？"

年秋月连忙抬起了头答道："回太后，奴婢在这儿。"

"你给我出去！"乌雅氏突然说道。

"太后……"年秋月惊惶了。

乌雅氏喘着气喝道："给我出去！我不想见到年家的人……"

胤禛这时才是一振。

那拉氏丢过一个眼色："出去吧。"

年秋月眼中盈出了泪水，叩了个头，站了起来，默默地退了出去。

乌雅氏喘了一阵，又说道："我有话要和皇帝说，你们都跪安吧。"

那拉氏答道："是。"接着对满地的妃嫔们说道，"走吧。"

众妃嫔一齐叩了个头，又一齐站起，随那拉氏退了出去。

乌雅氏这时才指了指床边的凳子。

胤禛默默地坐了下来。

乌雅氏睁着那两只枯瘦的大眼，望着胤禛，先是叹了口气，然后说道："皇帝。"

胤禛："儿子在。"

乌雅氏："额娘看起来没有几天好活了……"

胤禛又连忙握住她的手："额娘虽染小疾，福运正隆，好好将息，很快就会康复的。"

乌雅氏："生了你这样的好儿子，额娘就是现在跟先帝爷去也能闭眼了……我唯一放不下的还是……"

胤禛马上明白了，没有搭腔。

乌雅氏："我自己生的儿子自己知道，你一个，还有你那个不争气的十四弟一个，都是要强的人。可我还是那句话，'打虎还靠亲兄弟'，你不要同他一般见识。"

胤禛只好答了一声："是。"

乌雅氏："记得那一次我想同你说，你用一句'后宫不能干政'把额娘顶了回去。现在看起来，额娘当时真应该同你说呀，如果用了你十四弟做大将军，而不是用年羹尧，你现在也不至于这么犯难哪……"

胤禛倏地站了起来："额娘！"

乌雅氏："不要打断我，让我说……"

胤禛："额娘！"

乌雅氏还想说，胤禛大声喊道："来人！"

小胖子太监立刻走了进来，跪下答道："奴才在。"

胤禛厉声问道："这两天十四爷来过吗？"

乌雅氏急得又喘了起来："皇帝……"

胤禛没有搭理她，盯着那太监："回答朕！"

小胖子太监："回、回万岁爷，来、来过……"

胤禛脸一青："传旨，叫他即刻来！"

乌雅氏："皇帝……"

胤禛："快去！"

小胖子太监叩了个头："嗻！"连忙爬了起来跑了出去。

18. 允禵府

一双手在系着胸颈旁的扣子，由于在微微地发抖，系了几下都没有系上。

镜头拉开，乔引娣终于帮允禵系好了最后一颗扣子，那双手却没有放下，唯恐一松手这位爷就会一去再不回来。

允禵低着头深深地望着乔引娣那双牵肠挂肚的眼睛。

乔引娣说话了，声音有些微微发颤：“爷，忍着点，不要同他争……”

允禵挤出一丝笑容：“争什么？我就剩下你了，还有什么可争的？”说到这里把嘴贴到乔引娣的耳边轻轻说道，“他总不成和我争你吧……”

乔引娣脸一红，却笑不起来：“爷，都什么时候了，你还说笑话……”

允禵捏住她的那双小手，慢慢放了下来：“好了。”转过头对等在一旁的小胖子太监说道，“走吧。”说着大步走了出去。

小胖子太监紧跟着走了出去。

乔引娣追前几步靠在门边，紧紧地望着走去的允禵。

19．慈宁宫

胤禛坐在床边冷冷地望着站在一旁的允禵说道：“大丈夫靠自己挣出来的方是真体面，仰仗是朕的亲兄弟算什么本事？今天当着额娘，你自己说，朕派给你差事没有？你哪一次奉旨了？”

允禵头一抬：“我不是大丈夫，也没有真本事……当初先帝爷派我到西北统兵原本是闹着玩的……”

这一顶，把胤禛也顶愣在那里。

乌雅氏一言不发，只是睁着两只枯瘦的大眼，望着床顶。

胤禛回过神来，冷笑了一声：“说来说去，你还是念念不忘那个大将军王！”

允禵：“皇上也太看得起臣弟了，我怎么敢和年羹尧相比？人家当大将军，吃饭叫作传膳，睡女人还要翻牌子，就连坐的地方都是皇阿玛当年行宫的御座，我有这么大的本事吗？”

胤禛一张脸气得煞白，声音也有些颤抖了：“你说的这些是从哪儿听来的？”

允禵：“那么多参年羹尧的折子，皇上为什么不翻开看看？”

胤禛倏地站了起来：“那些折子里说的话你怎么知道？”

允禵：“普天下人都知道的事，我知道有什么奇怪？”

胤禛：“难怪额娘在深宫里什么都知道……老十四，守不守臣道朕先不说你，做儿子的守守孝道总应该吧？额娘身体一直欠安，你能不能够让她老人家舒心一点，颐养天年？能不能够不再把那些烦心的事来扰她老人家了？”

允禵：“皇阿玛撒手去了，就剩下一个亲额娘了，难道我同自己的亲生母亲说话也还要藏着掖着吗？"

"放肆！"胤禛终于忍无可忍了。

突然，一阵咕噜噜的抽痰声从床上传来。

胤禛一惊，转头望去，脸色大变。

——乌雅氏翻着白眼，嘴张得老大，一阵一阵地在喘着气，那咕噜噜的痰声就是从她的喉头传出来的！

"额娘！"胤禛猛扑了上去，握着她的手。

"额娘！"允禵也惊了，猛扑了上去，跪在床边。

胤禛抬起了头，惊惶地大声喊道："传太医！快传太医！"

宫门外一阵急促的跑步声。

胤禛回过头再看乌雅氏时，发现她停止了喘气，喉头中的抽痰声也消失了，一张嘴张得老大却不动了！

胤禛的手颤抖了，慢慢伸了过去放在她的鼻翼边，浑身一颤，两行热泪夺眶而出……

"额娘！"允禵放开声大哭起来。

20. 慈宁宫

由于是寿终正寝，灵堂就设在太后生前的这座宫里。

偌大的灵柩就停在正殿中央。

以那拉氏为首的后宫嫔妃一个个缌麻孝服走进来了，在一个个蒲团上跪下。

身为贵妃的年秋月没有能按身份走在皇后的后面，而是默默地跟在最后，这时正准备在最靠后的大柱旁跪下。

一道道冷冷的目光向她射来。

那拉氏说话了："年妃，你不用守灵了。"

年秋月一惊，张着惊惶的眼睛望着皇后。

那拉氏叹了口气："太后临终前说过，不想再见到你，你回避一下吧。"

年秋月的脸更加苍白了，含着泪还是跪了下来叩了几个头，然后站起退了出去。

众人那冷冷的目光一直把她送到门外。

突然，门外传来"扑通"一声，众人一惊。

门外，太监失惊的画外音："不好！年贵妃昏倒了！"

那拉氏："快！扶她回宫，传太医诊脉！"

门外太监的画外音："嗻！"

21. 养心殿正殿

一切明黄缎面都换成了蓝色。

胤禛穿着孝服，一双眼兀自红红的，坐在御案前。

头上拔掉了顶子，帽檐上系着孝带的张廷玉捧着几份奏折走进来了，向胤禛奏道，声音中带着几分激愤：“湖北驿站发来的奏报，年羹尧太不像话，在太后居丧期间，仍然带着十几个蒙古小妾，用的也仍然是当大将军时的排场……”

胤禛啪的一声在御案上狠击了一掌，抢过张廷玉手中的奏折匆匆地看了几眼，然后提起朱笔疾批起来……

22. 湖北驿站

年羹尧跪在下首，默默地听着驿丞宣读上谕。

胤禛的画外音：“你的良心真被狗吃了！你也算读书之人，历观史书所载，曾有悖逆不法者像你这样的吗？自古不法之臣也有，但在没有败露之前，还知道掩饰，像你这样公行无忌，真是闻所未闻！看起来你连当个参将都还是大了，到杭州去当个千总吧！”

年羹尧已经没有了什么反应，只是默默地接过上谕。

23. 驿站客房

昏黄的灯光下，桑成鼎伸出那双枯瘦的手接过年羹尧递来一个厚厚的卷宗，慢慢地打了开来，突然一惊。

——那卷宗中一叠厚厚的，全是写着“十万两”字样的银票！

桑成鼎声音都颤抖了：“二爷，我是世受年家大恩的奴才，要了您这么多银子，死后也没脸去见我家老爷子……”

年羹尧长长地叹了口气：“这银子不是给你的……你拿着它连夜把乌云琪琪格和桑朵尕带走……”

桑成鼎：“二爷？”

年羹尧抬起了头望着窗外的夜空：“我早就防着这一天了……在西北为了打赢那一仗，我杀了那么多人，又得罪了那么多人，报应迟早要到的……大丈夫处世，忧馋畏讥是死，轰轰烈烈也是死，现在我什么都得到了，就是死也值得了！我收的这十几个蒙古小妾，只有乌云琪琪格和桑朵尕怀孕了，你拿着这些钱，今晚就带她们从这里出去，不要投亲，也不要靠友，找个僻静的地方落脚。我若能平安过了这道关口，自然寻得着你们。若是抄斩我满门，天幸有个儿子，也算为我年家留下了一线香火！"

桑成鼎这才彻底明白了年羹尧的用心，捧着那把银票扑通一声跪了下来，声泪俱下："二爷，您放心，老奴就是拼了性命也要给年家留下后代！"

年羹尧的眼泪也唰唰地流了下来，他没有回头，只是说道："走吧……快走！"

桑成鼎慢慢地站了起来，猛地转身大步走了出去，消失在门外的夜空里。

24. 遵陵

太后的灵柩已经奉安了。

奉安殿外的大坪里，锲而不舍的谢济世、陆生楠等文官们又密密麻麻跪在那里，要求还是一个——杀年羹尧！理由又增加了一条——气死了太后！

奉安殿内，胡须满面、双眼通红的胤禛阴沉沉地坐在正中间的椅子上。

允祀、允祥、允䄉、允䄅、允禵和弘时、弘历、弘昼等都静静地站在两旁。

胤禛："杀年羹尧还不容易？不过是一句话！可是，朕决不容这样子纠众要挟！可笑！居然连太后殡天也算在年羹尧的头上……怡亲王，你去问问他们，是诚何心？！"

允禵说话了："这又何必要问？自古正邪不两立，朝廷出了这么大的奸臣，百官自然要说话。"

胤禛："是百官要说话，还是你有话要说？允禵，你心里比谁都明白，太后殡天你难辞其咎！"

允禵突然大笑起来，笑罢大声说道："皇上，太后殡天的时候只有你和我在场，你要把这个罪安到我的头上，我还能说什么？但是请皇上不要忘了，我们头上还顶着一块青天！"

此言一出，在场的人都怔住了！

胤禛忽地站了起来，怔怔地望了允禵好一阵子，终于忍住了那股即将爆发的天子之怒，又慢慢地坐了下来，沉重地说道："朕知道，你们都在逼朕，逼着朕杀人，然后再给朕安一个杀功臣，杀兄弟的骂名……你们都想错了……允禵，你也不要开口青天，闭口神灵，只要你的心能对得起皇阿玛和皇额娘的在天之灵就行……从今天起，你就留在这儿，替先帝和太后守灵！"

众人又是一怔。

允禵又笑了，对着胤禛深深一揖："多谢皇上终于给我派了个好差事！"说罢，猛一掉头，走了出去。

胤禛按着人山说道："怡亲王，即刻再拟一道旨，将年羹尧再贬五级！"

允祥怔了一下，说道："皇上，年羹尧现在是正七品，再贬五级连从九品也不是了。"

胤禛脱口说出的话，还有什么计较可言？他没有好气地答道："若能做个好百姓，也就是他的造化了！"

允祥："是。"

25. 杭州县衙

大堂上，破例地站了很多的人——除了坐在正中的知县，连刑名师爷、钱谷师爷、文案师爷等后堂幕僚和捕快差役，差不多衙门的所有人都来了，不为审案，只为要看看那个曾经威风八面，踩一踩脚十一省都要颤动的年大将军。

"来了！"门外一个差役拿着一份大大的名帖，一边跑上堂来，一边喊道。

知县接过名帖，定了定神，鼓足了中气，大声说道："传他上来！"

那差役："是！太爷有令，传年羹尧上堂进见！"

所有的人都睁大了眼睛，一齐望着堂口。

来了！年羹尧穿着一件灰色的箭袍，肩上挎着一只蓝色的包袱，脚上穿着一双对耳草鞋，一步一步走进来了，直挺挺地站在大堂中央！

奇怪的是，他就是在那儿这么一站，所有的人心里都是一咯噔。

知县到底是知县，很快就镇定了下来，尽力用威严的语气问道："你就是年羹尧？"

年羹尧没有回答。

知县："见了本官为什么不拜？"

年羹尧还是没有回答。

那知县猛地一拍惊堂木，大声喝道："大胆！你现在是一个未入流的罪员，发配到本县手里当差，居然还是这般桀骜不驯！跪下！"

两旁的差役齐声喝道："跪下！"

年羹尧慢慢地拿下肩头的包袱，又慢慢地弯下腰去把包袱解开，从里面掏出一件簇新的黄马褂，慢慢抖开，穿在身上。

那知县懵了，慢慢地站了起来，又慢慢地走下公案，腿一软跪了下去。

所有的人都跪了下去。

年羹尧挺立在那里，嘴角撇过一丝冷笑。

26. 养心殿正殿

张廷玉又捧着一摞厚厚的奏折来了，默默地放在御案上。

胤禛的眼里闪过一道茫然的神色，问道："衡臣，你实话对朕说，年羹尧真的该死吗？"

张廷玉："皇上，各省的督抚都上折子说话了，这件事是该做个了断了……皇上正在整顿吏治，而年羹尧仅贪污一项就达四百六十万之巨，何况还有大不敬之罪九，跋扈之罪十……种种罪名累计有九十二款。虽然朝廷有议功一说，但功过相抵，他仍然死有余辜。听说，他现在在杭州守城门，仍然身穿黄马褂，傲然踞坐。皇上，李绂折子上有一段话，说得至为透彻：'年羹尧至今犹穿着黄马褂昭示于城门之下，招摇于闹市之中，是诚何心？无非炫耀其平西北之功，示世人鸟尽弓藏之意。此人一日不去，皇上圣名一日有玷……'"

胤禛一掌击在案上，忽地站了起来！

27. 两江总督衙门后堂

李卫拿着一份六百里加急的朱谕，神色黯然地走了进来。

翠儿用询问的目光直望着他。

李卫："准备一下，我要去一趟杭州。"

翠儿："出什么事了？"

李卫："皇上有旨，赐年羹尧自尽。"

翠儿倏地站了起来，两只眼先是睁得老大，接着闪出了泪花："什么事非得要他死？你能不能上个折子保一保？"

李卫："妇人之见！告诉你吧，换上其他人就是十条命也早没了。"

翠儿："我知道……我知道……我是想起当年的事心里难受……"说到这里怔怔地捧起左手，望着无名指上那枚红色的宝石戒指出神。

李卫也是一阵心酸，接着又硬下心来说道："没法子的事，你快去给我准备一下，我得立刻就走。"

翠儿揩干了眼泪："你再等一等，我去炒几样菜，你带去，也算我的一点心意。"

李卫点了点头。

28. 杭州·留下城门边

夕阳已经完全失去了耀眼的光芒，红得像血，在远方的那线山上挣扎着不肯落下。

一阵秋风吹来，枯黄的叶子纷纷飘落。

长满了萋萋芳草，地上苔痕斑驳的一眼堵住了背部的城门洞旁，年羹尧仍然穿着那件黄马褂，怔怔地坐在一块石头上，望着远方的落日出神。

突然，那支听惯了的儿歌又传来了：

> 九里山前摆战场，牧童拾得旧刀枪。
>
> 秋风吹动乌江水，恰似虞姬别霸王……

年羹尧眼睛一亮，目光循着歌声望去。

树丛的转弯处，那个牧童骑着老牛出现了。望见了年羹尧，那牧童立刻从牛背上跳了下来，将鼻绳系在树上，跑了过来。

年羹尧露出了一丝笑容。

那牧童跑到年羹尧身前的对面，二话没说，腿一盘坐了下来，接着拾起一颗石子在地上画起了成三棋的棋盘。画毕，他首先将一颗棋子摆在线点上。

年羹尧也拾起了一颗棋子摆在另一个线点上。

棋子不断地增多，年羹尧将手一摆："你赢了。"说着，从身上掏出一枚铜钱递了过去。

那牧童接过铜钱站了起来，突然一惊。

他们的身边赫然站着顶戴袍服的李卫！

不远处，还站着八名牵马挎刀的戈什哈！

那牧童吓得连忙跑走了。

年羹尧望着李卫慢慢站了起来。

29. 门洞里

一灯如豆，过了好一阵子李卫才适应了里面昏暗的光线。

这儿就是年羹尧的住处——顶里边摆着一张用木板架起的床，靠门边垒着一个用废城砖搭起的小灶，灶上还摆着一只铁锅，灶旁摆着一张小小的木桌，桌旁只有一只矮凳。

一名戈什哈从食篮里拿出四碟菜肴和一壶酒摆在小桌上，又退了出去。

年羹尧一言不发，只是望着李卫。

李卫说话了："这是翠儿亲手给你做的……"

年羹尧颤了一下，接着突然问道："皇上的旨意呢？"

李卫慢慢地掏出来上谕，递了过去。

年羹尧慢慢地接过上谕，又慢慢地展开，看着看着，他突然大笑起来。笑到半途，他的声音哽咽了，接着发出一阵号啕的痛哭……

李卫的眼睛也潮润了，转过身慢慢地走了出来。

走到门洞外，他的眼睛突然定住了！

镜头推近，地上那盘成三棋还赫然摆在那里。

定格。

第三十三集　本是同根生

1. 伯伦楼

又是一个长长的闲日，一到巳时，旗人们陆陆续续来了——挂鸟笼子的，找席位的，和熟人打招呼的，把个午酉两时卖酒，余时卖茶的伯伦楼一下子弄得人喊鸟叫、鼎沸水开起来。

突然，一阵中气十足洪亮震耳的叫声传来，许多人的眼光同时向靠左门那个席位望去。

—— 一个二十来岁脸上闪着油光的旗人子弟满脸的神气，两眼上翻，一面享受着纷纷投来的目光，一面享受着自己怀里发出的那一声声洪亮的鸣叫。

立刻便有几个人端着茶碗凑了过来，在他的那一席坐下，一个个都翻着眼睛，侧着耳朵聆听那仍在欢叫的蝈蝈声。

慢慢地，声音停了下来。

"上品！"一个旗人摇着头，高声赞道。

"常七爷，哪儿弄来的？"

"花了多少银子？"

"拿出来大伙儿瞅瞅。"

那旗人子弟——常七这才把眼睛从上方拉了下来，并不回答众人，而是大声喊道："闵四呢？闵四来了吗？他的那只'大将军'不是天下无敌吗？是骡子是马，牵出来遛遛！"

众人都兴奋起来，帮着他用目光到处搜寻那"闵四"。

找到了！那闵四其实也早就听到了常七的叫阵，众目睽睽下只好站了起来，答道："我的'大将军'这几天正在歇水……"

一阵哄笑。

那常七站了起来："那好，往后你那'大将军'就都歇着吧。"

又是一阵哄笑。

"谁怕谁？"闵四红了脸，站了起来，从怀中掏出一只黄色的葫芦，"比就比！"

"有种！"常七也从怀中掏出一只红色的葫芦。

两人同时向中间一张空着的桌子走去。

两只葫芦同时向桌子上一摆，二人的手同时一拔，两只葫芦碰了一下——葫芦中的蝈蝈同时大叫起来。

众人都围了上去，目不转睛地盯着两只葫芦。

慢慢地，那只黄色葫芦中的叫声弱了下来，到后来已经雌伏无声。

红色葫芦中的蝈蝈仍在大声地雄叫！

众人一声喝彩。

常七满脸流金，伸出手将两只葫芦都拿了起来，往怀中塞去。

闵四那张脸白了，颤声喊道："慢！常七爷，这个您、您不能拿走。"

常七眼一横："赖皮怎么的？！"

闵四咽了口唾沫："我这大……是借来的。"

"哗"的一声，众人大声哄闹起来。

"好你个闵四，赢了老子一个月的粮米，原来这个吊吊是借来的！"

"赢我的两吊钱呢？拿来！"

闵四："还，我都还……常七爷，要什么都行，只是这只'大将军'您不能拿走。"

一个老年旗人说话了："闵四呀，这就是你的不对了。成者为王败者贼！别说你这只'大将军'，那年大将军当初是何等的威风，后来还不是一根绳子就吊死在城门洞里？"

这话说得俏皮，而且正是这些闲着没事的旗下大爷们喜欢嚼的话题，众人一齐叫起好来：

"这话没错！别说年大将军，他当年只不过是雍正爷潜邸的一个奴才。十四爷！堂堂康熙爷的皇子，当年的大将军王，现在怎么样？不也被罚在守陵去了！"

"真还别说，这事儿怎么就这么凑巧？一个前任大将军，一个后任大将军，一个守城门，一个守陵墓，这里面？"

"当然有文章！"一个声音从门边插了过来。

众人注目一看，纷纷站起，齐声招呼：

"哟！那大爷！"

"您吉祥！"

那那大爷穿着一件缎面团花的袍子，手里提着一只比拳头大不了多少的席草织成的小篮，徐步走了过来，在这一席的上首坐下，眼睛朝常七手中那只黄色葫芦瞟了过去。

那闵四连忙说道："那大……"那大爷将手一举，止住了他，接着把那只小篮摆在桌上，揭开篮盖，掏出一只小孩拳头般大的黔黑透亮的茶壶，又掏出一只拇指般大的茶杯，最后从衣袖中掏出一个小纸包。

小二早已走了过来，站在他的身边，笑眯眯地问道："那大爷，今儿个带来了什么好茶叶？"

那大爷慢慢打开纸包，露出松针般细长的一撮茶叶来。

"噢！"众人发出一阵惊叹。

那大爷说道："这是福建巡抚前两天送给咱们九贝勒的'松针'，全福建一年也才产那么三斤四斤……记住！要用银炭熬水，用蟹眼火。"

小二双手捧过纸包答道："好呢。"小心翼翼地向茶房走去。

这时，那大爷才把眼睛朝闵四斜了过去："怎么，把借我的'大将军'输了？"

"哟！"那常七连忙接言，"小的这眼睛该挖出来了……原来是那大爷的宝物，我这就完璧归赵！"说着连忙将那只黄色葫芦捧了过去。

"不！"那大爷做出个闭门深拒的样子，"咱们旗人讲的就是一口气，吐口唾沫砸一个坑，哪怕输了祖上一座宅子也不能翻悔。"

常七："那这……"

那大爷："我这儿也有一只蝈蝈，是我前儿个帮十贝子爷写了四首应酬诗，他老人家赏我的。这样吧，我同你比比。你的赢了，连同我这只也拿去；我的赢了，你把'大将军'还我。"

常七："是。"

那大爷伸出那枯瘦的手爪从怀中掏出一只绘着工笔山水的葫芦。

众人又是一声喝彩——倒不是因为那葫芦上的工笔山水绘得精致，而是因为那只葫芦竟然长得像一所房子！

常七："这叫作'夺天地造化之功'！是在这葫芦还没长成之前将一个房子的模型套上去，每天早中晚三次往模型里面浇水，才能长成这样。"

众人恍然大悟："哦……"

常七慢慢将自己那只红色葫芦递了过去，那大爷又将手一伸，阻住了他："比叫声那是匹夫之勇，咱们今儿个换一种斗法。老板！"

那老板连忙走了过来。

那大爷："你给我拿一坛陈年的老酒，把记了年号的盖子留在柜台里。"

那老板连声应道："是。快，拿一坛陈年的酒来！"

小二连忙捧着一小坛开了盖的陈年老酒走了过来，往桌上一放。

众人都睁大了眼，看了看那坛酒，又望了望那大爷。

那大爷望了望那坛酒，深深地嗅了一下，然后徐徐说道："我这蝈蝈，也没有别的本事，就一样，喜欢酒……"

众人："哦？！"

那大爷："这也不稀罕，难得的是多少年的陈酒，它一闻就知道。"

众人更惊了，接着又露出不太相信的神色。

那大爷微微一笑，拿着那只葫芦，拧开上面的盖子，然后伸到酒坛口。

忽然，葫芦里大声地传来叫声——一声、两声、三声、四声、五声！——声音停了。

众人眼睛一齐望着柜台里的老板，那老板拿着坛盖望了一眼，惊喜地叫道："五年！真是五年的陈酒！"

满座大哗！

"服！我服！"常七连忙将装有'大将军'的那只黄色葫芦双手捧了过去。

那大爷接过葫芦，又将自己那只葫芦拧好盖，一同放入怀中。

众人纷纷落座，谀辞潮涌：

"到底是王府的东西，果然不同凡响！"

"那当然，天家富贵，有多少事儿你我能知道？"

那大爷："这话不错。别看都在这座北京城，我知道的事你们就未必知道。"

众人："当然，当然。"

那大爷："就拿我进门那当口你们说的话题来说吧，年羹尧是怎么死的？十四爷为什么罚去守陵了？这中间有些什么文章，你们知道吗？"

众人都把头凑了过来，一齐摇着。

那大爷压低了声音："都同一样东西有关——先帝爷的遗诏！"

"遗诏？！"

"对，遗诏。"那大爷接着说道，"听说先帝爷的遗诏原是把大位传给这位主的。"说到这里，他伸出中指，在一个茶碗里蘸了蘸，然后在桌上写了个"十四"。

"噢……"

"那怎么变成了——"一个人问到这里伸出四个指头。

"问得好。"那大爷又伸出中指在茶碗里蘸了蘸，在桌上添头补尾写出了"传位十四子"几个字，"看着啊。"——接着在"十"字上面加了一些笔画——"十"字变成了"第"字，那句话也变成了"传位第四子"！

"噢？！"众人同时发出的这一声既像惊叹，又多少带有一些疑问……

"不相信？"那大爷又从怀里掏出了他那只小屋般的葫芦，"假做真来真亦假，许多事情原本都是以假混真的。比方说我这只蝈蝈，你们刚才都看到，能辨别多少年的陈酒，可是你们谁能想到，这是假的！"

众人："哦？"

那大爷："蝈蝈再神，难道真能识别陈酒？能识别陈酒的只有人，比方我。是我闻出了这坛五年陈酒，然后我再用手指——"说到这里他举起葫芦在底部伸起一根指头，"这么一弹。"说着，他弹了一下，葫芦里的蝈蝈响亮地叫了一声，"弹一下叫一声，弹五下它就叫五声——于是这只蝈蝈就变成了能识别陈酒的蝈蝈了。"

"噢……"众人恍然大悟。

那大爷："那遗诏呢？事不同而理同！明白吗？"

"噢……"这一声是不带疑问的惊叹了。

2. 军机处

胤禛急匆匆地走了进来。

允祀、张廷玉、隆科多和马齐立刻站了起来。

一进门，胤禛立刻发现允祥没来："怡亲王呢？"

马齐答道："回皇上，十三爷染了点风寒，今儿不能来当值了。"

胤禛："哦……"接着在南面的榻上坐下，"西北的军报呢？打了个什么胜仗？念来听听。"

张廷玉："是。军报是新疆的阿尔泰报到西北行辕，然后由岳钟琪转奏来的。罗布藏丹增带领残余的败军逃到了新疆，投靠策旺阿拉布坦军中。这两个人贼心未死，带着三千骑兵偷袭驻扎在布善的阿尔泰大营，被我军打退了！"

"哦？"胤禛一振，"具体战况如何？"

张廷玉："叛军死了二百多人，我军是七十三人。不过……叛军劫了我军一座粮库，运走粮食三千石，烧了七千石……因此我军布善的大营今年的冬粮不够了，他们请旨从速调拨一万石粮食。"说到这里，他也底气不足了，顿了一下，迟疑地抽出一张名单，"随折还有一份立功将士的名单，请求朝廷嘉奖……"

胤禛倏地站了起来，冷笑了一声："这是什么'胜仗'？被人家踹了大营，烧了仓库抢了粮食，外带还死了七十多人，居然有脸向朝廷要粮请功！"他急躁地踱起步来，"这样的'胜利'在年羹尧的手里早被……"说到这里他也察觉失言了，一阵复杂的感觉袭上心来，沉吟了片刻，又大声地说道，"拟旨，告诉岳钟琪，叫他立刻将阿尔泰革职留任戴罪立功，限他半个月内也踹掉敌军一个粮库，也允许他战死二百人。不然，即刻将他锁拿进京交部议罪！"

一片沉默，张廷玉也没有像往常那样的立刻答"是"，而是抬起眼望着浮躁的胤禛。

胤禛盯着张廷玉："怎么了？"

张廷玉这才斟酌着词句答道："这确实是讳败为胜……但是否应该这样处置，臣以为还待斟酌。倘若因小败而重惩大将，那么大败呢？何况处治了阿尔泰，目前也没有适当的人选替代他……"

"朕并不是因为小败处治他！"胤禛飞快地说道，"败了就败了，明明白白回奏，为什么要欺君？你说没人替代他，朕就不信！死了张屠户，就吃带毛猪？！"

张廷玉知道他在负气了，只好以沉默对之。

隆科多早就养成了少说话、不说话的习惯，这时当然不会出来批龙鳞；本来有话要说的马齐也因没有找到合适的言辞僵默在那里。

剩下一个允祀了，他不急不慢地开口了："皇上，讳败冒功，这是边将多年的积习，也不是单冲着您而'欺君'，您大可不必为此事而动肝火。"

"唔？"胤禛眼睛一斜。

允祀仍然十分从容："阿尔泰是从先帝爷西征的老军务，并不是无能之辈。布善那地方是寸草不生的沙漠瀚海，能长期留守，也算忠忱之士了，不应以小过重罚，寒了边疆将士的心。换一个生手，威不足以服众，反倒要出大乱子。按臣弟所想，这事表面上只能装糊涂，承认阿尔泰'小胜'，命他乘'胜'相机进攻，再在密折里给他点明，他自然畏威怀德，戴罪立功……兵凶战危，和政事不一样，错了就很难更正。请皇上三思。"

胤禛的目光柔和下来，深以为然中更多的是复杂的感慨——这个一直使他捉摸不透而又"言必有中"的八弟如果真能一心一意辅佐自己，确是难得的人才……想到这里他把目光转向了张廷玉："立刻调拨一万石粮食给阿尔泰。"

张廷玉大声答道："是。"

处治的事呢？尽管大家都知道胤禛采纳了允祀的意见，但他并没有明确的旨意呀？憨直的马齐敲钉注脚地问道："阿尔泰如何处治？"

胤禛白了他一眼："按廉亲王的意见拟旨吧。"说罢，匆匆地走了出去。

3. 允祥府卧室

一只银炭小火炉上，药罐正在嘟嘟地冒着热气。

允祥并没有染风寒，而是又见红了，他坐在一把躺椅上，扶着阿兰的手在不停地咳着——吐出的痰中红色是越来越多了。

阿兰也更见消瘦了，两只眼圈黑青黑青的，也不知道熬过了多少个衣不解带的日夜。她扶着允祥咳过这一阵，又扶着他躺下，端起那只痰盂看了看，再也忍耐不住了："爷，再不能拖了，得立刻告诉皇上，请太医来诊脉！"

允祥眼一横："药医不死病，太医来又能怎么样？同你说过多少次了，朝局是这样子复杂，皇上每天里拼着命在日理万机，我这一奏报上去，他必定会让我歇着养病，兵部、刑部还有军机处那么多的事情，谁能替得了我？"

阿兰："爷，难道一定要等到瞒不住的时候……那、那不是太晚了吗……"

"死不了！"允祥无名火起，一声呵斥，接着又大声咳了起来。

一阵委屈，阿兰也没有立刻过去接痰，而是背转了身子，准备揩去涌出来的泪水，突然她猛地一惊！

不知什么时候，胤禛红着眼睛站在门边。

"皇上……"阿兰连忙揞着涌到嘴边的哭声跪了下去。

允祥也是大吃了一惊，连忙摁住胸口，挤出笑容，扶着椅子站了起来："皇上，怎么也不说一声就……"

胤禛仍然没有出声，眼中满是悲戚，定定地望着允祥。

允祥还在笑着："看，我这身子骨也不比从前了……感了点风寒就这样子……"

"你还要瞒朕多久？你难道要让朕一下子急死吗？！"说到这里，胤禛已经胸脯起伏，大声喝道："把这府里管事的奴才都发配到辛者库去！"

"皇上！"允祥知道再也瞒不住了，"不怪他们，是臣弟不许他们泄露……"说着又大声咳了起来。

胤禛连忙走上前去，扶着他坐下："老十三，你不该瞒朕，你知道这个局面朕不能够没有你！万一……"忍不住，他也掉下了眼泪。

"哇"的一声，端着茶碗刚走过来的阿兰一声夺腔而出，放下茶碗背过身跑了出去。

兄弟俩沉默了。

"四哥。"允祥抬起了头望着胤禛，"有句话我早就想说了，知道您一下子听不进去……"

胤禛："你说。"

允祥："您宽恕了老十四吧……"

胤禛："唔？"

允祥："昨儿刑部的探子禀报我，外面有谣言了……说一个大将军被杀了，一个大将军又罚去守陵了，这里面有文章哪……"

"谁说的？！为什么不抓起来！"胤禛的脸青了。

"街谈巷议，抓谁去？再说谣言止于智者，也犯不着兴师动众……臣弟的担心不在这里，新政正在推行之中，西北的战事隐患仍然很深……我这个病您也知道了，我也真想有人出来为您分劳呀。老十四这个人心眼是狭隘了些，可毕竟是皇上的同胞兄弟，再说军事上他确实是把好手，如果能让他帮帮您，既能让我卸点担子养养病，也能化戾气为祥和，更能安慰圣祖爷和太后在天之灵……"说到这里他充满期待地望着胤禛。

沉吟了好一阵子，胤禛叹了口气："我的这些兄弟要是都像你就好了。可老十四会理解朕和你这片苦心吗？再说，他那个脾气谁能劝得转？"

"我去！"允祥扶着椅子站了起来，"人待人是无价之宝。只要推心置腹以诚相待，我相信他会回心转意的。"

"好吧。"胤禛的眼中也闪出了一片希望之光。

4. 遵化景陵奉安殿外

雪已经停了，天依然灰彤彤的，压得白皑皑的山峦和依山而建的陵殿喘不过气来。

奉安殿外，两个太监从殿侧的门洞中背着大笤帚向殿门走来。

一个太监放下笤帚抱在怀里搓着手不住地呵气："好天气，贼冷贼冷的！"

另一个太监："别贼冷了，快扫雪吧，待会儿咱们那位爷出来又得生气了。"

说话间二人准备扫殿阶上的积雪，"哟？！"两人的目光同时望去。

石阶上，一大一小两行脚印直伸向远方……

5. 景陵山脚

镜头顺着雪窝里深深的脚印摇去，两双脚在向前迈进——那双大脚坚定有力，那双小脚有些跟不上了；镜头上摇，牵着小手的大手猛一用劲，四只脚同时加快了速度。

镜头拉开，前边就是开阔的一片大雪地，允禵牵着乔引娣走到这儿站住了。

望着灰彤彤的远方的天际，允禵的眼睛似乎比天还要灰暗，接着他身子一弯就要在身后那块被枳雪覆盖的条石上坐卜。

"等一下！"乔引娣阻住了允禵，弯下腰去飞快地将条石上的积雪扒开，"好了，坐吧。"

允禵望了望她那双湿漉漉红通通的小手，疼怜地说道："来，我给你焐焐。"

乔引娣："没事。"扶着他坐了下去。

允禵两眼又怔怔地望向了远方。

6. 储秀宫

满屋子的蒸气，满屋子的药味。

两个宫女屏住呼吸缩立在一旁紧张地望着正在将那罐滚烫的药汁倒向碗里的胤禛。

药倒好了，胤禛端着药碗向垂着布幔的大床走去。

"吃药吧。"胤禛端着碗对昏睡着的年秋月轻声唤道。

梦魇般一惊——已经面容黄瘦的年秋月慢慢睁开眼睛失神地寻找着刚才那个声音。

床边的人影慢慢清晰起来——是他，是四爷……不！是皇上！

7. 景陵山脚

一个雪人的轮廓堆成了。

乔引娣从身旁的积雪中抽出一根树枝，开始慢慢地塑刻着雪人头上的帽子——暖帽也塑成了。

接着，她望一眼默默坐着的允禵，塑出一条鼻梁，望一眼允禵又塑出一张嘴，望一眼又塑出一只眼睛……终于一个大大咧咧的"十四爷"塑成了！

"扑哧"一笑，乔引娣扔掉树枝跑向允禵："看，像不像？"

允禵望了望那雪人，嘴角浮起一丝笑容，接着他站了起来，向那雪人走去。

走近雪人，允禵突然伸出手去——一下将雪人的头端了下来。

"啊！"乔引娣失声一叫，声音里充满了惊惶。

允禵蹲了下来不断地捧着雪堆在那雪人的身子上，慢慢地，那雪人的身子变成了一座圆圆的墓冢！

随着他又捧起雪挨着那座圆圆的墓冢堆出了一块墓碑！

又接着他拾起了地上的树枝在碑上刻了起来——"大清皇十四子允禵之墓！"

做完这一切，他站了起来，拍了拍手上的雪屑，慢慢地转过身子，突然一怔。

——站在他身后的乔引娣这时两眼已经盈满了泪水……接着她也毅然走了上去，蹲了下来拾起树枝在"允禵"两个字的旁边刻上了"乔引娣"三个字！然后站了起来，转过身深深地望着允禵。

允禵欣慰地点了点头，目光又转向了那块雪碑——他发现了"乔引娣"三个字的上面是一片空白，于是又拾起树枝在空白处刻上"福晋"两个字。

乔引娣摇了摇头，走上去轻轻地把"福晋"抹去，侧着头想了想，刻上了"小棉袄"三个字。

允禵慢慢拿起她的两只小手，用充满询问的目光望着她。

乔引娣垂下了眼睛，轻轻地哼起了山西民歌：

> 十一月的雪花十二月里飘，
> 一件那夹衣哥哥你怎么够？
> 捧起你的手来放在妹胸口，
> 妹妹俺就是哥哥的小棉袄……

唱到这里，乔引娣真的捧起允禵的手紧紧地按在自己的胸口。

"小棉袄，小棉袄……这名字好，这名字真好……哎，你眼睛里有什么东西？"允禵惊讶地问道。

"什么东西？"乔引娣也是一惊。

"让我仔细看看。"允禵捧起她的脸定定地望去。

"到底是什么东西？"乔引娣有些急了。

"左眼里有一个十四爷，右眼里也有个十四爷……"允禵仍然装着一脸的正经。

乔引娣这才知道允禵是在逗她，心里一阵欣喜，低声地说道："我是你的小棉袄，你把我贴身穿上；你是我的小人儿，我把你装在眼里。"

允禵把她紧紧地搂住："好，好……"

这时，一溜轻扬的雪尘从远方驰来。

允禵将乔引娣轻轻推开，注目望去。

一骑马渐渐地驰近了，奔到允禵的面前停了下来，那马仍在不停地喷着响鼻吐着热气。

马上那人显然和允禵很熟，翻身下马后立刻扎了个千，连忙从怀里掏出一封信双手奉上。

允禵接过那信撕开展看，脸色越来越青了，接着把信一攥，对那送信的人说道："回去告诉你家九爷，叫他们放心，就说十四爷死也会站着！"

那人："是！"答毕翻身上马，向另一条路驰去。

乔引娣这才怯怯地叫了一声："爷……"

允禵一把操起她的手，大声说道："走，咱们等着他！"

8. 储秀宫外

胤禛神色黯然地走了出来，候在门边的张五哥连忙跟了上去。

雪径在他们的脚下向后闪去，突然胤禛的脚停住了，接着张五哥的脚也停住了。

镜头上摇，他们已经来到了慈宁宫外。

怔怔地望了望黑洞洞的宫门，胤禛深探地叹了口气，转过身子又向前走去，这时他说话了："五哥。"

"奴才在。"

"你这名字真好啊，五哥……五哥……谁见了你都得叫一声五哥呀。"

张五哥一惊："万岁爷，您、您就给奴才改个名吧。"

"改名？"胤禛又停下了脚步，"为什么要改名？"

张五哥："万岁爷知道，奴才的爹是个不识字的人，这才给奴才起了这么个名，没想到犯了宫里的讳……"

"你想到哪里去了。"胤禛淡淡一笑，"朕是羡慕你这个名儿取得好……朕多想这个时候有人叫我一声四哥呀……"

9. 奉安殿门外

"是押回菜市口问斩，还是在这儿喝毒酒？！"殿内传来了允禵厉声的喝问。

紧贴在门窗外的乔引娣和这里的太监们都是一颤，神情顿时紧张起来。

10. 殿内

允祥坐在靠窗的一张椅子上，静静地望着飞扬浮躁、来回疾走的允禵。

允禵倏地刹住了脚步，大声说道："杀年羹尧派的是李卫！蒙他看得起，我这儿总算派了一个铁帽子亲王。老十三，我现在就告诉你，如果旨意是把我押回西市，万目睽睽下明刑正典，允禵这会子立刻叩头谢恩奉诏；要是用毒酒灌我，我这就把这里的太监宫女全都叫来，当众饮酒。若是皱一皱眉头，我就不是爱新觉罗的子孙！"

"说完了？说完了我说一句行不行？"允祥等他这一顿发泄稍定，才爽朗一笑开口说话了，"这么冷的天，这么远的路，我巴巴儿赶来看你，你问也不问一声，热茶也没有一杯，亲兄弟就生分到这个地步？"

允禵怔了一怔，接着说道："是呀，你是军机处领班大臣，又兼管着兵部、刑部，有多少事儿等着你去分派？这会子冲风冒寒赶到这儿来看我这个罪人，自然是奉了雍正天字第一号的差事。别绕弯子了，老十三，有话就明说，有活就爽快地干了。"

允祥无声地叹了口气："十四弟，你误会得太深了。我和你同是皇阿玛的儿子，是亲兄弟；皇上和你一母同胞，共天共地，更是血亲兄弟，你怎么就疑到这个份儿上？——来，谁是十四爷跟前侍候的太监？"

一个太监应声急忙走了进来，差点儿绊倒在门槛上，就势儿跪在地上答道："奴才秦无义听候王爷吩咐。"

允祥站了起来，正色问道："上谕：十四爷在这儿还好吗？早晚跟前有多少人侍候？"

秦无义正襟跪着，肃然答道："回万岁爷的话，十四爷在这儿很好，早晚十二个时辰身边不少于四个人侍候。"

允祥："每天进几次饭，每餐有多少菜？"

秦无义："回万岁爷，十四爷一天早晚两顿正餐，每餐八碟八碗共十六个菜。"

允祥："十四爷是奉朕的旨意守陵读书的，尔等要恭敬侍候，倘有疏忽，定责不饶！钦此。"

秦无义叩了个头大声答道："嗻！"

允祥："好了，你起去吧。"

那秦无义又叩了个头，爬了起来，退了出去。

允禵冷冷地笑了，问道："开台戏演完了？压轴呢？"

允祥也敛了笑容："老十四，雷霆雨露莫非天恩，你怎么能这个样子？"

允禵："好天恩！有几个人侍候呀？每天几顿饭，每顿几个菜？老十三，你们别忘了，允禵是康熙爷钦派过的大将军王，不是哪个小家子出身的奴才！把我关在这里与世隔绝，这会儿大概有什么地方过不去了，又来假假惺惺打一下摸一下，回去告诉雍正，我不吃这一套！"

"住口！"允祥也激怒了，脸涨得通红，一下子喘不过气猛烈地咳了起来。

随他而来的两名戈什哈急忙跑了进来，就要上前搀扶。

允祥喘咳稍定，说道："出去……"

两名戈什哈："十三爷……"

允祥："出去！"

"是。"两名戈什哈退了出去。

允祥接着说话了，语气中只有沉痛："老十四，你的这些话同别人说说还可以，同我说不觉得太浅了点儿吗？要知道，我是在宗人府关过十年的人！四面高墙一块天，看蚂蚁拖苍蝇上树，看墙角的牵牛花一次又一次爬上去长叶子开花，又一次一次地枯黄败落……比起我，你眼前这点子遭际算得了什么？"

"你本来就是英雄嘛！我拿什么和你比？"

"英雄不英雄，自个儿心里最清楚。我是个凡而又凡的凡人，就是在宗人府那阵子染上了这个病，如今失眠，身热不退，咳嗽不止，打点起精神一天也只能做两个时辰的事了……我图个什么？"

服软可不是老十三的性格，话说到这个份上，允禵也有些震动了。

允祥接着说道："当然你也会说，如今我是亲王你是贝子，因为兄弟逐鹿已见分晓了嘛……可是既然已见分晓，就应该认命！你是做过大将军王的人，是大丈夫，借一句大丈夫的话，赢得起，也要输得起！瞧你现在这副样子，像个大丈夫吗？亏你张口闭口是爱新觉罗的子孙……你真是爱新觉罗的子孙就打点起精神，为列祖列宗的江山社稷干点事去！"

这话本是英雄相激常用的套路，可允禵生就一副英雄气魄小人心眼，听到这里顿时旧怨新仇一齐涌来："说来说去你原来是替雍正劝我回去为他效力？也可以，现在当着皇阿玛的陵寝你回答我！当初皇阿玛究竟是把大位传给谁？"

允祥一怔，当即大声答道："当然是传给当今皇上！"

允禵失态地笑了起来："你当然这样说。既然皇阿玛是名正言顺将大位传给他，你为什么要赶到丰台大营夺权兵变？雍正为什么要急急忙忙部署年羹尧暗中断我的粮草、解我的兵权？不错，我赢得起，也输得起，但这样子输给你们我至死不服！……到这个时候还指望着我回京给雍正朝廷卖命！你可以回去告诉他，明着杀暗着杀都由你们，成者王侯败者贼，自古通理，要认命我就认这个命！"

哇的一声，一口血从允祥嘴中吐了出来——他的脸黄得像金纸，拼命地扶着椅子的扶手不让自己倒下。

允禵也惊了，大声喊道："来人！"

一时间，允祥的随从和这里的太监连同乔引娣都跑了进来，见状无不大惊。

允祥的随从急忙跑了过去将他搀住。

允祥喘过气来后，竭力挤出一丝笑容——谁都能看出是深深的苦笑——声音微弱地说道："何苦呢？我囚禁，你出兵，我释放，你守陵……十五年了吧，我们兄弟俩一直没有单独聊过，好不容易有了这个机会又……不说了。方才是我们兄弟斗口，并不是奉旨和你折辩道理。你既然不愿回京，在这里再静养些日子也好……不过有句话我还得奉劝你，皇上是名正言顺上应天命的真主，你要体谅他，千万不要再做出天理不容的蠢事……"说到这里他又是气喘吁吁，神气大衰了。

随从们急了："十三爷！十三爷！"

允祥睁开了眼睛："送我……回京。"

七手八脚，随从们将他抬了起来，走了出去。

那些太监们都跟着送了出去。

乔引娣走近仍然背着身的允禵，轻轻说道："爷，您也去送送吧……"

允禵仿若未闻一动没动。

乔引娣眼中也流露出了茫然黯淡的神色。

11.　养心殿正殿

凌国康等四名太医院的主治太医都来了，这时正跪在那里鸦雀无声地等候胤禛审看医案。

看完了医案，胤禛慢慢抬起了头，嗓音有些沙哑地说道："要用心请脉，用心护理，这一向你们几个人每天两班轮流侍疾，不能够断人。"

众太医："是。"

凌国康："十三爷吉人天相，只要好好调理，好好将息，这病会有起色的。请皇上宽心。"

胤禛点了点头："医好了十三爷的病，朕自会重重地赏赐你们！"

众太医又叩了个头。

凌国康又奏道："启奏皇上，年贵妃的病只怕……"

胤禛一惊，急问："只怕什么？"

凌国康声音微弱了下去："臣等回天无力，年贵妃的大限只怕就在这一两天了……"

胤禛倏地站了起来："为什么不早奏？"

凌国康："皇后说万岁爷这几天宵旰忧勤，不让奴才们……"

"哼"了一声，胤禛急忙走了出去。

12.　储秀宫

胤禛默默地坐在床边的凳上，望着即将油干灯灭的年秋月。

年秋月从昨儿晚上起就停药了，不是没有给她服药，而是已经灌不进去了。

不过到了今天黄昏，她又睁了一会儿眼睛，接着就是高热不退，现在正说着谵语："北京……到北京了……好大呀……这是王府吗……"

胤禛眼睛潮润了。

年秋月仍在说着："不要……不要杀他……放他……走吧……"

说到这里，她那露在被外枯瘦的手指动了几下。

胤禛的泪花闪了出来，连忙握住她的手："不杀……朕不杀他……"

"谢恩……谢、恩……"她的眼皮动了一下——这句话不像谵语——突然一行清泪从她的眼角流了下来，接着就什么动静也没有了。

胤禛颤了一下接着大声喊道："药！快拿药来！"

一阵忙乱，一个宫女慌忙端着药碗走了过来。

胤禛抢过药碗，舀起一匙药往她嘴里喂去。

那药却顺着嘴角流了下来。

哇的一声，两个宫女放声哭了起来。

13. 西后宫的上空

平息了一个下午的寒风，这会儿突然呜呜地叫了起来。

从这里看下去，薄暮冥冥中的一顶顶后宫殿脊仿佛在寒风中微微地颤抖。

一丝若隐若现的哭声从小小的储秀宫里飘了出来，很快就散落在席天而来的风声中。

突然一阵咯咯的笑声从夹道中传来，镜头推近，两个宫女正笑着追跑去……

14. 养心殿

"啪"的一声，一只柴窑出的青色釉花笔筒在地上砸得粉碎！把个跪在那儿奏事的刘铁成吓得一激灵。

"抓起来！都抓起来！"眼睛通红的胤禛这时格外吓人。

"回万岁爷，抓了两个……"刘铁成答道。

"是哪儿的？问了没有？"

"回万岁爷，问了，是跟着十四爷在遵化守陵的太监，是回京采办香烛的。"

"好……"胤禛的牙咬得咯咯有声，"自作孽不可活……"

"皇上。"张廷玉唯恐胤禛盛怒之下兴起大狱，连忙奏道，"景陵的太监造谣生事，实在可恨！臣的意思，把他们交给大内敬事房审讯，然后依律治罪，较为妥当。"

"都抓起来！把景陵所有的太监和宫女全部押回京来！再从大内另外派二十名太监

去，叫他们严密看守允禵！"

"嗻！"刘铁成大声答道。

15. 军机处

"酗酒！赌博！演戏！斗蟋蟀斗蝈蝈！不会骑马，不会射箭，不要做工，也不要务农，按月领粮米，还要聚在一起造谣生事！这就是我们的旗人。"胤禛怒气不歇，说到这里将榻上的矮几拍得山响。

允祀、张廷玉、隆科多和马齐一个个噤若寒蝉。

"现在十几个省都在推行新政，很多省都见成效了，国库一天天充盈起来——但这只是汉人的事吗？建国八十年了，早已满汉一体，旗人更不容例外！旗务要整顿，旗人们再不容游手好闲，坐靠国家来养活他们！在营的要天天操练，不在营的由户部拨给田土，一律要自耕自种自给！你们几个人立刻召集宗人府、户部商议一下，立刻拿出一个章程！"

这一次是允祀领衔回答了一声："是。"

16. 养心殿正殿

天早就黑了，这里又点起了煌煌的灯火。

那张御案上又堆满了一摞摞折子，胤禛正手不停挥地批着奏折。

刘铁成显然是刚从景陵赶回，满脸满身的雪泥，这时正在殿门外探头探脑同里面的高勿庸打着手势。

胤禛的余光感觉到了，没有抬头，却开口问道："是刘铁成吗？"

刘铁成连忙答道："是。回万岁爷，奴才回来复旨。"

"进来吧。"等到刘铁成走了进来，胤禛才搁下了朱笔，"那些太监宫女都押回来了吗？"

刘铁成："回万岁爷，都押回来了，现在全关在敬事房等候审讯……"

胤禛："允禵呢？他有什么举动？"

刘铁成："还好……就是吵着闹着不让把那个乔引娣带来，可万岁爷的旨意是全部撤换。因此奴才们坚持要把她带来，十四爷动了肝火，还差点儿把奴才……"

胤禛："带来了吗？"

刘铁成："回万岁爷，带来了。"

胤禛站了起来："走，去敬事房。"

17. 敬事房

由于正在复旨，这些刚押回来的太监、宫女和乔引娣这时全关在一个大厅里分两拨坐着等候处置。

两个身形高大的敬事房管事太监站在门边看着他们。

"万岁爷驾到！"门外传来了高勿庸的一声传呼，站在门边的两名敬事房太监率先跪了下来，坐在里面的太监和宫女跟着慌忙爬倒跪下，只有一个人反而站了起来挺立在那里——这就是乔引娣。

一阵脚步声，胤禛带着刘铁成和高勿庸走了进来。

刚一进门，两道冷冷的目光就向胤禛射来，仓促间胤禛怔了一下，即刻向这个不但傲然挺立而且还敢用如此目光直射自己的女人望去——就这一望，他不禁颤了一下，不是因为她那冷冷的目光，而是仿佛冥冥中被一道无形的闪电直触到内心深处！

胤禛的画外音："好面熟……我在哪儿见过？她是谁……她就是老十四几次三番要立为侧福晋的那个乔引娣？"

这时站在他身后的高勿庸一声断喝："大胆！跪下！"

胤禛急忙伸出手止住了高勿庸："你叫乔引娣？"

没有回答。

"你是哪里人？"

还是没有回答。

刘铁成和高勿庸站在胤禛的身后又气又急，没有旨意又不敢动作，只得睁眉怒目不住地将脸色做了过去，威示乔引娣回答。

乔引娣看也没看他们一眼，仍然将目光紧紧地对着胤禛，冷不防说话了："让我死。"

胤禛："你说什么？"

乔引娣仍然是那种冷冷的声调："我想死，你让我去死。"

胤禛出奇地平静："为什么？"

乔引娣："为了十四爷！"

胤禛的胸口仿佛又被什么东西撞了一下："值得吗？"

"我愿意！"

胤禛："要是朕不愿意呢？"

乔引娣："你能够不让人生，难道还能够不让人死？"

胤禛突然激起了一股连自己也说不清的傲劲，大声说道："能！朕不但能够不让你死，还能够让你在朕的身边服侍朕！"

乔引娣浑身也颤了一下，接着昂起了头："不能够……你不能够！"

胤禛不再和她答话，转过头对高勿庸说道："把她调到养心殿充当近侍宫女，她若是自残或者寻短见，朕就立刻赐死允禵！"说完一转身大步走了出去。

乔引娣蒙住了，站在那里一脸的惊惶，一脸的茫然……

定格。

|第三十四集　旗人原来不耕田|

1. 允祀府书房

允祀、允禵和允祯默默地围坐在一只大火盆前，熊熊的炭火把三个人的脸都映得通红。

允祯将手中的铜火钳一扔，吼道："欺人太甚！把人家囚禁起来还不算，连女人都夺了去！等着吧，看他怎样一个个把我们都收拾了！"

允禵："老十四说得不错，成者王侯败者贼！我们都是贼，什么时候要剐要杀还不是他一句话！"

允祀倏地站了起来，踱到窗边望着窗外纷纷飘落的雪花，开口说话了，声音十分阴沉："那就让他来剐，让他来杀。从来胜负也不一定在谁杀了谁！活五十年是死，一百年也是个死，就是死了，我们也不一定败在他的手里。"

2. 敬事房

一块还滴着酱汁的牛肉塞进了那张阔大的嘴里，一阵大嚼，吧唧有声。

两只睁得大大的眼睛射出饥饿的光来，接着是一声很响的咽着唾沫的声音。

镜头拉开，敬事房那个大个子太监正吃得满头大汗。

他的面前，秦顺儿的目光仍在循着他的手，一会儿落在盘里，一会儿看着他把大块的肉食，雪白的馒头塞进嘴里。

"想吃吗？"那太监将咬了一半的馒头停在空中。

秦顺儿又咽了口唾沫点了点头。

那太监："来拿呀。"

秦顺儿犹疑了一下，实在抵挡不住那诱惑，怯怯地移着脚步过去了，刚伸出手，

672

"啪"的一声，那太监藏在另一只手里的筷子狠狠地敲在秦顺儿的手上。

"哎哟！"秦顺儿捧着那只挨打的手，还不敢哭，泪花儿直在眼眶里转。

"做你娘的春秋大梦！告诉你，乔引娣一顿没吃饭，你就饿一顿，一天没吃，你就饿一天！还不去送？"

秦顺儿："嗻……"

3. 乔引娣卧室

小方桌上，那几碟菜和一盘馍仍然凉凉地摆在那儿。

乔引娣坐在那张床上，头也没梳，脸也没洗，顾自怔怔地出神。

远远地，梆鼓声传来了，秦顺儿颤了一下，脸上露出绝望的神色，慢慢地挪到小方桌旁，准备把那几碟菜和一盘馍装回托盘里。

刚端起第一盘菜，他终于抑制不住了，哇的一声哭了出来。

乔引娣慢慢转过了头，望着这个一天多来一直将饭菜送来又拿走却默不出声的小太监。

秦顺儿哭得身子都抖动了，干脆他放下了盘子，蹲在地上，不停地抽泣。

"他们打你了？"乔引娣忍不住问了。

秦顺儿哭着摇了摇头。

"那为了什么事？"

"您不吃……他们就不准俺吃……"秦顺儿抽泣着答道。

"哦？！听你的口音像是山西人？"

秦顺儿点了点头："俺是清徐人。"

乔引娣站了起来，仔细地打量着他，刚想走过来，眼中闪过一丝警觉，又坐了下来，冷冷地说道："山西可不是出太监的地方，是谁让你装着山西人来骗我的？"

秦顺儿停止了哭声，抬起了满是泪水的脸，诧异地说道："没有人叫俺骗您，俺是清徐人……"

乔引娣："清徐什么地方？离太原多远？"

秦顺儿："俺离家的时候还小，也说不上来……"

乔引娣哼了一声，不再和他说话。

"乔姐姐，您也是山西人？"

"我不是山西人，他们能叫你假装山西人吗？"

"俺真的是清徐人……不信俺还会唱清徐的歌……"

乔引娣有些信了："你会唱清徐的歌？"

秦顺儿："俺唱一段给您听？"见乔引娣没有拒绝的意思，他端起桌上的茶杯喝了一口，轻轻地哼了起来：

> 提起俺的家来家有名，
> 俺家在清徐三十里村。
> 一条汾河门前过，
> 小哥哥上船就去了太原城……

——中气有些不足，但原汁原味确是正宗的山西民歌。

乔引娣从第一句开始就被这勾人梦魂的乡音吸引了："你唱得真好……"

秦顺儿："俺这是没吃饭，平时俺还可以唱得好一点……就连万岁爷都夸过俺呢。"

乔引娣一诧："皇上也听你唱这歌？"

秦顺儿点了点头。

乔引娣心里突然涌出一阵莫名的慌乱，很快她又镇静了下来，望了一眼秦顺儿，接着从盘中拿起一个馍递了过去："你吃吧。"

秦顺儿眼勾勾地盯了一眼，接着摇了摇头："俺不敢吃……敬事房的赵公公说了，您没有吃饭俺如果偷着吃了，就、就要打死俺。还说……还说您的这条命连着两条命呢……"

乔引娣："哦？"

秦顺儿："赵公公说，您如果饿死了，俺也得饿死，还有十四爷也会……"

乔引娣心里一颤，怔了好一阵子，深深地叹了口气："好吧……俺吃，你陪着俺一块儿吃……"

秦顺儿惊喜得有些不敢相信："乔姐姐，您、您答应吃饭了？"

乔引娣点了点头，拿起一个馍塞在他的手里，又拿起一个馍伸到嘴边，才咬了一小口，眼泪就唰唰地流了下来……

4. 养心殿正殿

天还没有亮透，殿门吱呀一声开了。

两个太监在前面打着灯笼，高勿庸跟在后面，护拥着胤禛走进了殿门。

点亮了御案上的座灯，高勿庸对那两个太监挥了挥手，两个太监吹熄了灯笼，退了出去。

胤禛摊开了桌上的奏折和公文，准备阅批。

高勿庸轻声说道："万岁爷，已经说好了，那乔引娣答应到养心殿来了……"

胤禛把头一抬："哦？"

高勿庸："奴才准备安排她今天就来当值。"

胤禛淡淡地答道："好吧。"又低下了头翻阅奏折。

高勿庸会意地退了出去。

天慢慢亮了，几缕晨曦透过窗棂射到了御案上，胤禛站了起来，低着头吹熄了御案上的那只座灯，抬起头时微微一怔。

乔引娣就在刚才那一刹那进来了，这时正默默地站在殿门前。

胤禛只望了她一眼，就没有再搭理她，坐了下来继续阅看奏折。

乔引娣微微一诧，接着又冷下了脸，默默走到殿侧，一声不吭地站在那里。

有意留在门外的高勿庸见状一怔，连忙走了进来，走近御案，揭开茶碗一看，又悄无声息地离开御案，走近乔引娣，低声喝道："怎么不给万岁爷沏茶？"

乔引娣没有答言，依然站在那儿一动不动。

高勿庸眉一拧，正要发火。

"朕现在不喝，不要难为她。"胤禛仍在低头看着奏折。

高勿庸："嗻。"无可奈何只好自己走到隔间提起铜壶，到御案前把茶水沏上。

胤禛："到时辰了吧？"

高勿庸："回万岁爷，可以叫起了。"

胤禛："那就叫军机处。"

高勿庸："嗻。"答着退了出去。

胤禛端起了茶碗，接连喝了几口才又放了下去。

乔引娣冷冷地望着这一切，还是一动没动。

允祀领着张廷玉、隆科多和马齐走了进来，一齐跪下："恭请圣安。"

胤禛："起来吧。"

众人叩了个头站了起来。

胤禛："朕让你们拟个章程，叫户部划地给那些无产无业的旗人耕种，拟好了吗？"

一片沉默。

胤禛："怎么了？"眼光向众人扫去。

张廷玉低着头，隆科多和马齐却把目光望着允祀。

允祀答话了："回皇上，臣等和宗人府各旗佐领议了一天，大家的意见，这件事有许多难处。"

胤禛的脸色沉了下来："唔？"

允祀："这件事在圣祖爷的时候就议过。当时圣祖爷说，'兴一利不如去一弊，增一事不如省一事'，自古以来咱们满人就是以游猎为本，倘若将这些人聚在一起叫他们自耕自种，正恐徒增烦扰。因此，大家都认为既然圣祖爷遗训在先，此时倘若又生变更，则恐有伤皇上仁孝之明，执行起来也很难雷厉风行。"

这顶帽子压下来，说大不大，还恰好把胤禛压在那儿半晌说不出话来。

沉吟了好一阵，胤禛把目光又对着允祀："你是怎么看的？"

允祀："凡是圣祖仁皇帝定下来的事，都不宜贸然更张！"

这是铁着心表了态了，胤禛不再理他，又把目光转向另外三人。

隆科多和马齐都是在旗的，此时无论如何也不会将这个得罪上百万旗人的事揽到自己头上，因此都一言不发。

奇怪的是从一开始，张廷玉也就双目下垂，一副绝不参与的样子。

胤禛忍不住了，点名问道："隆科多、马齐，你们都是在旗的，你们说说旗人应不应该自食其力？"

躲不过了，隆科多只好回道："回皇上，任何人都应该自食其力。不过……满人游猎，汉人耕种，各有谋生之道。奴才思忖着当年圣祖爷那样说一定有他老人家的道理。"

马齐接着说道："奴才也以为这事还待从长计议。"

胤禛倏地将目光转向张廷玉，期待之忱殷殷可见。

张廷玉只是望了一眼胤禛，又将双眼垂了下来。

一阵强烈的孤独感袭了过来，胤禛第一次像置身于荒凉的旷野之中，不过这也只是片刻间事，接着一股傲气冲了上来，他坐直了身板，两目炯炯发亮直对张廷玉："张廷玉，你也这么认为吗？！"

张廷玉："回皇上，臣是汉臣，这件事请皇上多听听满臣的意见。"

"巧言令色！"胤禛一掌击在案上！

众人都是一惊。

——"巧言令色，鲜矣仁"，这是孔子当年斥少正卯的话，意指少正卯是伪君子、真小人。不料盛怒之间，胤禛将这样的评语加到了自己的头上……而且是当着军机处其他三个大臣——一阵羞愧一阵委屈涌了上来，张廷玉眼中闪出了泪花。

见他这个样子，胤禛立刻便后悔了……可话已出口，如何收回？何况正在斗气，他一时间也转不过这个弯子。事情僵到这一步，又弄得自己和这个一直心意相通的心腹重臣生了芥蒂，胤禛心里十分不是滋味："你们都下去。"

这就是允祀，礼节上一丝不苟，他仍然十分平静地率先跪了下来，领着众人叩了个头，然后站起，向殿门外走去。

"张廷玉留下。"胤禛补了一句。

张廷玉停了下来。

空荡荡的大殿里只剩下了这君臣二人——不，还有一个一直站在殿侧一声不吭一动没动的乔引娣。

一开始她就抱着活死人的态度对这里的一切绝不做出任何反应，可不知道为什么这一刻她也忍不住偷偷地将目光向这两个人望来。

一阵沉默之后，胤禛先开口了："刚才的话，是朕失言了……衡臣你不要放在心里。"

张廷玉扑通一声跪了下去，急忙答道："总是臣事君不诚，圣上这样说更使臣无地自容……"

胤禛深深地叹了口气："朕也知道你很难哪……既要按朕的旨意办事，又要调和阴阳，匡正朕的厥失，暗地里还要受许多人的挤兑，朕不应该再让你受委屈……"

"皇上……"张廷玉的声音哽咽了，眼泪流了下来。

胤禛的目光向殿侧望去——要在平时，当值的太监宫女立刻便会走了过来——可这会儿站在那儿的乔引娣却一动没动。

胤禛收回了目光，从自己身上掏出那块明黄手绢，走下座来，递给张廷玉："擦擦吧。"

张廷玉抬起了头——那明黄是如此的耀眼——他如何敢接？连忙从自己身上掏出手绢擦干了眼泪。

"起来吧，起来说话。"

张廷玉又叩了个头，站了起来。

胤禛声调沉重地说道："'治大国如烹小鲜'，朕也不是不懂这个道理。可是国家已经到了这个地步，朕如果事事处处墨守成规，息事宁人，又怎么能够完成圣祖仁皇帝的托付之重。他们动不动就抬出先帝的话来阻挠新政，但他们怎么知道先帝的最大遗愿就是要朕匡正他老人家的厥失，使国家富强起来？田多的人反对摊丁入亩，官绅们反对一体当差和一体纳粮，现在旗人们又反对自食其力……这个时候只要朕稍一软弱，新政立刻便会前功尽弃！张廷玉，你是先帝留给朕的股肱之臣，先帝的遗愿你最清楚，你要辅佐朕！"

话说到这个份儿上，已不只是推心置腹，简直是肝胆相照了！张廷玉那一腔忠爱之忱熊熊燃烧起来，他又跪了下去，重重地叩了个头，大声说道："苟利社稷，臣肝脑涂地在所不辞！皇上，整顿旗务，让旗人们自耕自种，眼下最要紧的是两条。第一，要有一个站得住脚的题目——'重农就是兴邦'！这一点从我大清建国以来就定为国本，先帝在世时更是推行不移。这一次皇上也可以在这个题目上做文章。说旗人只能游猎，那是十分荒谬的借口！进关已八十年了，怎么游猎？再这样说的人，就叫他们回到关外游猎去！在关内，就应该耕种，就应该兴农！"

"对！对！你接着说。"胤禛振奋起来。

"第二，推行新政关键在人。以臣看来，现任的直隶总督绝不敢得罪旗人。要整顿旗务得调一个有声望刚直果敢的人接任直隶总督。"

"嗯。"胤禛重重地点了点头，然后站了起来，大声说道，"好！你这就拟一道旨，责成宗人府和该管的衙门立刻将无产无业的旗人造册登记，然后划给田土，限期前去耕种！……对了，马上就要开春了，届时朕亲自到先农坛开犁种地，让各旗都派人前去观看。至于调谁接任直隶总督的事，让朕再想想。"

张廷玉大声答道："是。"接着退了出去。

胤禛显然有些唇焦舌敝了，习惯地端起了茶碗，揭开碗盖——却已经干了，他又习惯地向殿侧望去。

这一次乔引娣微微动了一下，接着还是没有过来。

胤禛只好又放下茶碗，开始批起奏折来。

5. 伯伦楼

"种地？种什么地？地是我们爷们儿种的吗？！"那常七一只脚踏在凳上，扯着脖子大声嚷着。

镜头拉开，一张张像被挖了祖坟的脸一齐摇着，端的是群情激愤！

常七接着嚷道："说我们不干活？打我老爷爷从龙进关，我爷爷，我阿玛哪一个不是为大清朝流过血打过仗的？我的活，他们早就替我干完了，叫我去种地，没门儿！"

那些头一齐点着。

那老旗人说话了："常七这话在理。常言说得好，前人栽树后人乘凉。我们这些人也就每月领朝廷一点粮米，那是天经地义！"

那些头又一齐点着。

"到底是哪个狗日的在皇上面前出的断子绝孙的主意，知道了，我们撕掳了他！"

"听说这个主意就是皇上自己拿的……"

一下子沉默了。

"皇上也不能这么做！"那大爷又提着那只席编的小篮慢慢踱了进来。

"哟！"众人像见了主心骨，一齐站了起来。

那大爷照例走到上席的上首坐了下来，徐徐扫视了一眼众人，接着说道："按理说，皇上是天，是大，我们都是地，是小，他叫我们怎样，我们没话说。可是，这旗人领朝廷的俸粮，是顺治爷手里定下的，连康熙爷都遵行不移。为什么？因为这是祖制！和祖宗比，祖宗是天，是大，皇上是地，是小。因此，这个主意就算是皇上自己拿的也不对！"

"说得好！"众人一齐喝起彩来！

"那大爷到底是九爷和十爷府里的常客，说出的道理就是不同！"那老旗人满脸的佩服。

"那大爷，九爷、十爷还有八爷他们怎么就不出来说句话？"有人问道。

那大爷两眼微闭，叹了口气，答道："他们也是有苦难言哪……"

众人："哦……"

"那我们该怎么办？难道真的去种什么鸟地？"常七问道。

那大爷："事关祖制，不能够含糊。他划他的地，我们不种！"

"对！我们不种！"众人一齐嚷道。

6. 先农坛

这里是皇帝祭祀谷神的地方，更是朝廷重农抑末的一个象征。

坛殿周围是一片片耕地，所不同的是耕地旁的畦道边长满了葱翠荫荫的古柏。

今儿个天刚亮，这处历来庄严肃穆的地方一下子热闹起来，八个红顶花翎的八旗佐领阴沉着脸，带着八支奇怪的队伍——各自旗下无产无业的旗人代表列着八行顺着畦道走了进来：有戴着帽子的，有光着头的，有穿着长袍的，也有穿着短褂的；有的像死了老子娘，拉长着脸，有的像在演《荆轲刺秦》，满脸的慷慨悲歌——那大爷、常七爷、闵四爷和那位老旗人都在其中。

走到一片开阔的耕地旁，这支队伍停了下来。

开始还安分，只过了一会儿，不知是谁的怀里"蝈"的一声叫了起来，众人吃了一惊，注目望去。

还没找到对象，接着许多人的怀里都"蝈！蝈！蝈"跟着叫了起来，响成一片！

八旗佐领开始也是一惊，怒目向人群搜视，后来见响声四起，八人互相对视了一眼，似有默契，都不说话了。

众旗人开始活跃起来，三两聚首，言不及义地各自侃起玩经来了。

679

军机大臣们来了，允祀在前，张廷玉、隆科多、马齐跟在后面，从坛殿方向走近耕地。

八旗佐领一齐刷下马蹄袖，向允祀扎下千去："给八爷请安！"

众旗人乱纷纷地跟着扎千喊道："给八爷请安！"

允祀笑着不断点头："不要多礼，不要多礼。"

众人又都乱纷纷地站起。

一佐领："八爷，皇上呢？什么时候开犁？"

允祀："皇上昨天晚上就来了，听说现在正和一个老农在说着话，马上就会到了。"

"八爷，皇上真的亲自下地开犁？"一个声音高声问道。

允祀点了点头。

众人怔了一下，接着又七嘴八舌地议论起来。

望着这般乱糟糟的场面，张廷玉和马齐对望了一眼，同时走近允祀。

张廷玉："八爷，皇上马上就会来了，这个场面太没有章法。"

马齐："各旗佐领应该管一下，这样子也太没有规矩了。"

正说话间，高勿庸捧着一个盖着黄绫的托盘匆匆走来了，大声说道："万岁爷马上就要到了，快，跪下接驾！"

众人全都跪了下来，许多人侧着头把眼光偷偷朝坛殿那条路上瞧去，接着一怔。

远远地，两个人和一头牛走来了。

镜头推近，胤禛光着头，穿着一件藏青色棉布夹袍，袍角掖在那条唯一能表明身份的明黄色腰带里，赤着脚，裤腿高高地挽着，肩上还扛着一张犁！

他身旁那老人显然有很大年纪了，辫发和胡须全是白的，袍角也掖在腰带上，和胤禛一样，赤着脚，裤腿高高地挽着，手里牵着那头额上扎着一朵明黄缎花的牛。

"皇上万岁！"

"万岁爷万岁！"

"万岁！万万岁！"

一片混乱的山呼声中，胤禛和那老农走到了耕地边。

高勿庸连忙从他肩上接下那张犁。

胤禛露出了少有的慈爱的笑容："都起来吧。"

乱纷纷地，众人都爬了起来，一齐望着胤禛和他身旁那位来历不明的老人。

胤禛："镶蓝旗佐领来了吗？"

镶蓝旗佐领连忙上前一步，跪倒答道："回主子，奴才在。"

胤禛指着身旁的老农问道："你认识他吗？"

镶蓝旗佐领抬起了头望了望那老农，摇了摇头。

那老农这时连忙走了过来，说道："镶蓝旗佐领下奴才塞尔多叩见本旗佐领。"说着就要跪下。

胤禛挽住了他："免了。你也起来吧。"

镶蓝旗佐领又叩了个头站了起来。

胤禛面对众人大声说道："你们都听见了，这位老人家是镶蓝旗佐领下的人。他今年已经八十七岁了！"

众人的目光都向那老人投去。

胤禛接着大声说道："五岁上，他随着父亲进关。后来他父亲在一次大战中为国捐躯，他就在昌平住了下来，一直耕种为生，自食其力，没有领过旗下的一粒粮米。他老人家是我们旗人不可多得的模范哪！因此，朕决定赐他六品顶戴，用示褒奖！"

高勿庸连忙将托盘捧起递了过去，胤禛掀开那块黄绫。

——一只镶着砗磲顶子的顶戴和一套袍服现了出来。

人群中立刻发出一阵骚动，一阵议论。

胤禛双手捧起那只顶戴："老人家，戴上吧。"

那老人惊住了："万、万岁爷……这、这是朝廷的名器……老奴如何领受得起？"

胤禛："朝廷的名器就应该赏给你这样的人。戴上吧！"

老人颤巍巍地跪了下去，胤禛郑重地将顶戴戴在他的头上。

接着高勿庸抖开了那件官服。

胤禛扶起老人，又接过官服亲手给他穿上。

同样是顶戴袍服，穿在这位老人的身上怎么看怎么不像——倒不仅仅因为他底下还赤着脚，关键是他自己浑身不自在，禁不住抬肩摇颈零碎地动着。

有人笑了起来。

胤禛的目光徐徐向众人扫去，接着说道："今天，朕把他请了来，拜他为师，向他请教耕种之术。老人家，请受朕一礼。"说着作下揖去。

那老人大吃了一惊，又要跪倒，胤禛已然将他挽住，转身对允祀说道："廉亲王，你带着大家都向他行个礼吧。"

允祀怔了一下，只好上前一步，说道："有旨，众人向塞尔多老人行礼！"说着率先揖了下去。

众军机大臣、八旗佐领也只得连忙跟着揖了下去。

众旗人乱纷纷地都跟着揖了下去。

胤禛嘴角边浮起了一丝笑容，转对那老农："老人家，咱们开犁吧？"

隔壁老人一下子精神起来，撩起官袍往腰带上一掖，大声答道："遵旨。"接着把那头牛牵到地里，熟练地套上了犁。

高勿庸大声宣道："皇上亲耕喽！"

胤禛走下地去从老人手中接过犁耙，牛鞭一挥——开犁了！

犁刀过处，黑油油的沙土像一条翻卷的浪花向前延伸……

所有的人都沉默了，就连那些人怀里的蝈蝈也沉默了。

八旗佐领有些不安了。

隆科多和马齐也有些不安了。

允祀却还是那副平静的神态。

张廷玉则眼中蒙上了泪影。

有些旗人动容了，但更多的旗人仍是那副麻木不仁的神态。

一圈下来，回到起犁处，牛也停了，犁也停了。

胤禛松开了犁把，走上了地头。

众人都肃立无声地望着他。

胤禛说话了："你们都看到了，这耕地其实也不难学，耕好了，其中也有乐趣。划给你们的地，户部正在调拨。每年，朕从大内拨八十万两银子，凡旗人家有喜事、丧事和添丁都可以到各旗领取银两。望你们回去后把朕的旨意告诉其他旗人，尽快到指定的地方去，自耕自种，自食其力！"

7. 允祹府花园

"找我找九爷都没用！"允祹对垂头丧气站在面前的那大爷没好气地说道，"你们也知道了，八爷和八旗佐领都帮你们说了话，有用吗？摊上这么个主子，大伙儿认倒霉吧！"

那大爷仍不死心："大家伙儿打娘胎里出来就不知道种地是怎么回事，就是守着几块地还不得饿死……九爷、十爷，你们和八爷不说话，这么多旗人还不死路一条？"

允祹慢悠悠地开口了："那大呀，平时你的脑子还好使嘛，怎么这会儿转不过弯来呢？地是死的，人是活的嘛。不会种还不会租给别人种？"

那大爷眼一亮："妙！一亩地一年收一百斤麦子的租，十亩地就是一千斤！比咱们领粮米还合算！还是九爷主意高……"

"哎，我可没给你们出什么主意啊。"允祹眼一斜。

"对，对，这主意是我们自己出的。"那大爷连忙会意。

允禵点了点头："去吧。"

"嗻！"那大爷大声答着走了出去。

8．养心殿

天又黑下来了，这里照例亮起了灯光。

一只大白云铜盆里的炭火红红的燃起来了。

秦顺儿趴在地上吹着另一只盆里的炭火——这盆火也慢慢红起来了。

一边吹火，秦顺儿一边说着："乔姐姐，隔间的火炉烧好了吗？得把水壶搁上去，待会儿万岁爷来了，既要沏茶，还得有热水给他烫脚……"没有回音，秦顺儿爬了起来回头望去。

乔引娣正站在殿侧望着窗外的夜空怔怔地掉泪。

秦顺儿吓了一跳，连忙走了过去，关切地问道："怎么了？哪儿疼？生病了吗？"

乔引娣这才回过神来，连忙揩掉眼泪，强笑道："没有，是你生火，让烟熏的。"

秦顺儿刚要信了，转眼一想不对："俺就在火边都没让熏着，你隔得这么远，哪儿来的烟？你想家了吧？"

乔引娣只好顺着他的话点了点头。

秦顺儿眼一亮："那俺唱支山西的歌儿给您听？"

"这是什么地方，能让你唱歌？"

"能。万岁爷特许的，说没有人的时候准俺唱……有一次万岁爷，还有八爷、张中堂、隆中堂、马中堂和会试的考官都来了，十三爷还叫俺在这儿唱过呢。"

"哦？"乔引娣眼中露出了不相信的神色。

秦顺儿："真的。事后俺听说，是一个考生爱上了一个歌女，考官们便把他的考卷刷下去了，万岁爷要取他，和考官们顶上了。考官们说那个考生不守圣贤之道，十三爷就把俺叫来唱了一首俺们山西的歌，那些考官没话说了，那个考生就被取了——你知道那个考生是谁吗？就是现在的侍读学士刘大人……你看，这就是那一次十三爷赏俺的！"说着解下了身上的荷包递了过去。

乔引娣接过荷包看了看，诧异地问道："你唱了一首歌，那些考官就没话说了？"

秦顺儿笑了："后来十三爷还念了什么诗经上的诗……再后来俺就不知道了。"

乔引娣这才相信了，接着说道："你唱的是支什么歌？"

"喏，就是它——"秦顺儿指着那只荷包，"《绣荷包》。"

"那是女孩子家唱的呀，你怎么会？"

秦顺儿："俺是听俺姐姐唱，偷偷学的……哎，乔姐姐，你也会唱吗？"

乔引娣点了点头："会一点。"

秦顺儿："俺们一块儿唱好吗？"

乔引娣苦笑了一下："你唱吧。"

秦顺儿有些失望，但为了逗她高兴，还是轻轻地唱了起来：

> 初一到十五，十五的月儿高。
>
> 那春风吹动，吹动着杨柳梢……

悠扬的乡音，多少代积淀在血液里的情结，一下子扇起了乔引娣郁积在心中的情思，忍不住她也跟着轻轻地唱了起来：

> 三月桃花开，情人捎书来。
>
> 捎书书，带信信，要一个荷包袋……

9. 殿外

歌声从殿内悠悠地飘了出来。

高勿庸打着灯笼照着胤禛走近了，听到殿内传来的歌声，他们都怔住了。

高勿庸侧着头望了望胤禛。

胤禛仍在出神地听着。

> 一绣一只船，船上张着帆。里面的意思，情郎你去猜……

听到这里，胤禛露出了奇异的神态——脸上泛出了少有的活力，眼中却流露着一丝郁郁的光来。

里面的歌声停了，却传来了秦顺儿的声音："乔姐姐，你又哭了……"

胤禛无声地叹息了一下，走了进去。

高勿庸连忙跟了进去。

10. 殿内

"万岁爷！"秦顺儿连忙跪了下来。

乔引娣赶紧擦干了眼泪，却仍然站在那里。

胤禛望了望他们，接着走到御案边坐了下来，开始翻阅奏折。

高勿庸已明白了这位特殊宫女在这儿的奇特的地位，不再去叫她跪下，只是循例检查着他们应做的准备，望到隔间，他的脸变了："水呢？怎么还没有烧？火也没有生，怎么回事！"

秦顺儿吓得一哆嗦："奴、奴才这就去……"

"是我没有烧，不干他的事。"说着，乔引娣向隔间走去。

低头翻阅着奏折的胤禛眉尖轻轻地动了一下。

隔间内传来了"噼噼啪啪"的生火声。

高勿庸这才对秦顺儿说道："还不退出去？"

秦顺儿："嗻。"爬了起来退着向殿门走去。

"慢。"胤禛抬起了头。

秦顺儿又连忙跪下。

胤禛："你和乔引娣是同乡？"

秦顺儿："回万岁爷，奴才和乔引娣是邻县的同乡。"

胤禛："刚才是你们俩一起在唱山西的曲子？"

秦顺儿："是……"

胤禛："'老乡见老乡，两眼泪汪汪。'高勿庸。"

高勿庸："奴才在。"

胤禛："往后这儿打杂的事就另外叫一个人干，让秦顺儿和乔引娣一块儿侍候朕。"

高勿庸："嗻。还不谢恩。"

从打杂的太监一下子跃到皇上身边的近侍太监，简直是一步登了天了！秦顺儿开始还没回过神来，这会儿才不住地叩头："谢万岁爷隆恩！谢万岁爷隆恩！"

胤禛："好了，去帮着烧水吧。"

秦顺儿又叩了个头答道："嗻。"这才爬了起来，往隔间走去。

11. 养心殿隔间

"乔姐姐，你听见了吗？万岁爷提升俺做养心殿的近侍太监了……往后俺就能天天和你在一起了。"秦顺儿兴奋异常地对乔引娣说道。

正在守着炉子烧火的乔引娣却异常地冷淡，只答了一句："听见了。"

秦顺儿一愣，"你不高兴？"

乔引娣叹了口气，勉强笑了笑："高兴。"

就在这时，殿内传来了"哎哟"一声——是胤禛的声音！

接着是高勿庸惊惶的声音："万岁爷！您怎么了？快坐下，快坐下……乔引娣，秦顺儿，快过来！"

秦顺儿一惊，连忙跑了出去。

乔引娣也惊了一下，慢慢走了出去。

12. 殿内

高勿庸已经跪在胤禛的脚前，捧起他的脚在小心翼翼地褪着靴子。

显然十分疼痛，胤禛的头上渗出了汗珠。

秦顺儿已经急忙走了过去，一只脚跪了下来，见机地帮着捧起胤禛的脚搁在自己的腿上，让高勿庸褪着靴子。

乔引娣虽然没有过来，也较前靠得近些了，站在那儿默默地望着。

靴子褪下来了，袜子也脱下来了，高勿庸一声惊呼："哟！"

——胤禛的那只脚又红又肿，有些地方还发黑了！

"这是犁地的时候冻伤的。秦顺儿，快，传太医！"高勿庸急忙说道。

胤禛："扯淡！这么晚了，这么点小病小痛，传什么太医？到寿药房拿一盒冻疮膏抹抹就行了。"

秦顺儿连忙答道："嗻。"站了起来，飞也似的跑了出去。

高勿庸："乔引娣，快端一盆热水来。"

乔引娣犹豫了一下，终于还是转身去了。

胤禛的眉尖又轻轻地动了一下。

乔引娣端着一盆水走过来了，放在高勿庸的面前，又走了开去，默默地站着。

高勿庸伸手往盆里一探，嗔道："怎么是温水？！"

"冻伤的，不能用太热的水。"这话一出，乔引娣自己也怔住了，连忙闭住了口，把头转向一边。

胤禛嘴角露出了一丝笑纹，说道："乔引娣是对的。亏你长这么大岁数，连冻伤用温水这点儿道理都不懂。"

高勿庸立刻感觉到了，连忙说道："万岁爷说的是，奴才真是越老越糊涂了。"这时才捧起胤禛的脚放进水中。

一边为胤禛轻轻地摸着脚，高勿庸一边絮絮叨叨地说开了："万岁爷，不是奴才妄言，您不能够这样了……天不亮就起了，深夜还在批折子，这一次这么冷的天又赤着脚去耕地，这不连脚也冻伤了……再这样下去，奴才……"说到这里，他没有声音了。

胤禛却显得心情少有的好，笑着说道："只要能让那些无产无业的旗人们都去耕地，今后能够自食其力，朕这点冻伤算不了什么。"

13. 畅春园澹宁居

绿树映窗，鸟鸣啁啾，那风儿从对面开着的窗槅中穿过，把正在这儿张罗摆设的高勿庸、秦顺儿、乔引娣等太监宫女的衣服吹得飘了起来，众人无不感到透体的凉爽。

"好凉快！高公公，万岁爷以前为什么不搬到这儿来过夏？"秦顺儿显然和高勿庸的关系近多了，问起话来也多了几分随便。

众太监和宫女都竖起了耳朵望着高勿庸，只有乔引娣仍在低着头收拾她该管的那部分东西。

高勿庸叹了口气："夏住园子冬住宫，在顺治爷和康熙爷的时候都是这样。咱们万岁爷说，园子离京城远了，各部衙门议事太辛苦不方便，因此宁愿自个儿热一点也不愿意来。今年万岁爷说新政总算见到成效了，百姓的日子好过多了，国库里的银子也充盈起来了，多少可以松口气了，再说十三爷的病也得有这么个地方一边调养一边管事，一来二去才答应住到园子里来。"

秦顺儿："这样说来我们大家伙儿都沾了新政和十三爷的光了……"

众太监宫女一齐点头。

高勿庸："美的你们！我招呼打在前头，别指望这儿园子大了，管束没有宫里严，你们就溜着边儿野！"

众太监宫女："是。"

14. 松韵轩

"这儿还行！一个夏天你就安心在这儿养着，有什么事朕也好和你就近商量。"胤禛的气色和心情显然都很好。

允祥淡淡地笑了笑："但愿我这病一天天好起来，也能帮着皇上多做几年事。"

胤禛望着窗外，手一挥："长着呢。邬先生都算过你有九十二岁的寿……"说到这里他自己也是一怔，慢慢转过身来。

允祥也正睁着眼望着他。

二人目光一碰，又都移开了——这个时候两人突然同时想起了邬思道！

允祥："皇上一提,臣弟还真有些想念邬先生呢……那个时候真好呀……"

胤禛也有些黯然了,接着说道:"是啊……那个时候天下的大事有皇阿玛一肩担着,朕和你都比现在轻松呀!"接着他的神情又开朗起来,"不过现在总算慢慢好了,十几个省都推行了摊丁入亩,官绅一体当差、一体纳粮也正在推行之中,无产无业的旗人也都领了地自耕自种去了……"

"皇上……"允祥打断了他的话。

胤禛又把目光转向了他。

允祥:"难得见到您有这么开心的一刻,有些话臣弟实在不愿意这个时候同您讲……"

胤禛一凛:"什么话?你又听到什么了?"

允祥:"您也知道,我管着刑部,还有很多眼线……有两件事我也是这几天才听到。"

胤禛眼也不眨紧紧地盯着他。

"一件是那些旗人的事。其实从开春划了地给他们,大多数人根本就没有去种,而是把地都租给了汉人……"

胤禛的脸色陡地变了:"有这回事?!"

允祥点了点头,接着说道:"他们只是没有到各旗再去领取俸粮而已,而租地得来的粮食比俸粮还多。"

胤禛:"该死!各旗瞒着朕,直隶总督衙门也不奏报……"

允祥:"其实他们从心眼儿里就反对这样做,睁一只眼闭一只眼,正好遂了他们的心意。"

胤禛:"还有一件呢?"

允祥:"是关于田文镜。"

"哦?!"胤禛又是一凛。

允祥:"说是田文镜在河南推行官绅一体当差、一体纳粮过于操切,弄得当地士绅惶惶不可终日,许多河南籍的京官正暗中联络着要倒田!"

胤禛怔住了,半天没有吭声。

允祥:"一边是咱们旗人,一边是翰詹科道的文官,这两件事情纠在一起很难对付。臣弟的意思,皇上似宜采纳张廷玉的建议,调一个有声望、果敢的人来接任直隶总督。"

胤禛:"朕倒是想到了一个人去。"

允祥:"谁?"

胤禛:"李绂!"

允祥眼一亮："合适！"

胤禛："李绂为官清廉，做事也很果断，这个朕也知道。但他在湖北任上推行新政并不卖力，这也就是朕迟迟下不了决心的原因。"

允祥："臣弟以为正因如此更应调他任直隶总督。这样一来有两个好处：李绂不愿推行的是官绅一体当差和一体纳粮，但对整顿吏治，反对旗人不劳而获还是和咱们想的一样。调他任直隶总督，一是可以利用他清流领袖的地位，通过舆论，推行旗务的整顿；二是只要他也在推行新政，那些文官们就有许多顾忌，对田文镜的攻讦也会缓和下来。"

胤禛有些震惊了，定定地望着允祥，好久才说道："老十三，有你在朕的身边，真是上天对朕的厚赐呀！"

允祥又淡淡一笑："皇上过奖了。只不过病了这么久，整天躺在床上想的就是这些事罢了。"

胤禛："好！朕这就叫他们拟旨，立刻调李绂接任直隶总督！"

定格。

| 第三十五集　一体当差　一体纳粮 |

1. 洛阳·驿道上

风尘仆仆的李绂头戴遮阳笠，身穿蓝衫，牵着一头走骡走来。

他的后面只跟着一名背着包袱的长随。

远远地，前面来了一个本地人，李绂迎了上去，向他问着什么。

那人将手一指。

2. 孔子问礼碑前

——"孔子问礼处"五个石刻的大字赫然在目。

镜头慢慢拉开，显出了那块巨大的石碑，又显出了石碑下那只脖颈长伸五爪扣地的赑屃，最后显出了那座柱漆剥落、破瓦洞光的碑亭。

这就是赫赫有名的孔子问礼碑！

李绂默默地站在碑前，好一阵惆怅，接着，他取下了头上那顶遮阳笠，又正了正衣襟，将长衫一撩，跪了下去，恭恭敬敬地叩了三个头，站起后又深深地作了个揖。

这时，一阵秋风吹来，碑亭瓦顶上的破洞中枯叶簌簌地飘落了下来，纷纷落在碑上。

李绂的眼中闪出了泪花。

他的画外音："这个罗镇邦，洛阳知府是怎么当的？亏他还是进士出身！"

他猛地转过身来，对长随大声说道："走！去知府衙门！"说着，大步向那头走骡走去。

3. 洛阳知府衙门

一个衙役斜着眼望了望面前的长随，又望了望他身后的李绂，说道："知府？这儿的知府已经不姓罗了。"

李绂一惊，连忙上前一步问道："请问他到哪里去了？"

那衙役："叫咱们的制台田大人参了，就是早几天摘的印。"

李绂更惊了："田大人为什么要罢他的官？罗大人现在哪里？"

那衙役："走了。参的是革职拿问的罪，除了他，还有好几个府县的官员呢，现在都在省城等候发落。"

李绂满腹狐疑，匆匆说了句"有劳！"，便急忙领着那个长随走去。

4. 开封黄河大堤

夏汛刚刚过去，滔滔滚滚的黄河低吼着，浑浑汤汤地向前流去。

这条虽然没有最后竣工，但初具轮廓的大堤终于挡住了今年这场大水，带着满身的伤痕蜿蜒疲倦地躺在那里。

堤内沿着堤坝，刚刚抗住了这场洪水的百姓们仍在肩挑手推，把泥土石块从远处运来。大堤上，更见黑瘦的田文镜阴沉着脸用那双布满血丝的红眼紧紧地盯着前面走来的人群。

兵丁和差役赶着一群士绅们走来了。

那些士绅一个个身穿丝绸长衫，衣履整洁，面孔却布满阴云。

5. 学政衙门前院

院坪里跪满了穿着蓝衫的秀才们，一个个慷慨悲愤地望着站在阶沿上的陆生楠。

跪在前排正中的张熙大声说道："咱们河南的文气本来就弱，现在被田大人把读书人都赶去当差修堤，斯文扫地！几位大人也就是为我们读书人出面说话，又被他罢官免职。晚生们担心不出几年，河南就没有人愿意读书了。"

众秀才纷纷嚷了起来：

"读了书照样要当差纳粮，我们十年寒窗为了什么？"

6. 学政衙门大门前

围满了看热闹的人群。

李绂也默默地站在人群中，聆听着照壁内传来的说话声。

秀才们的喧嚷声又从院内传来："这样的书我们也不读了！"

7. 黄河大堤上

田文镜的脸比那些士绅更要阴沉，他嗓音沙哑却仍然大声说道："读书人？！一句读书人，就可以不当差，可以不纳粮，让国库和这些小民百姓出钱出力来修堤，给你们挡洪水……十几天的大雨，洪浪滔天，这条堤上不见你们的踪影……现在洪水退了，你们终于来了，还不是自愿的，是让我赶来的。以为有几个进士出身的官员帮你们说话，就可以混过去了……告诉你们，那些官员全让我参了！"

8. 学政衙门前院

跪在张熙旁边的秦凤梧开口了："陆大人，您是朝廷派来的学差，是我们河南读书人的父母，也是唯一能够和田大人平礼说话的人。罗大人、黄大人他们正是为了我们读书人才被罢的职，您不保他们就再也没有人能够说话了。"

众秀才："请陆大人为我们做主！"

陆生楠慢慢地扫视了一遍满院的秀才们，这才徐徐说话了："我去说过了，没用。你们也知道，田大人是河南的总督，罢罗大人、黄大人他们的职是他的权力，我只不过是一省的学政，管的只是你们这些读书人……他不给面子，我也没有办法。"

秀才们更加激愤了：

"既然这样，这个书我们也不读了！"

"不放了罗大人他们，免了士绅当差的苦役，今年的秋试我们就罢考！"

"对！对！罢考！罢考……"

9. 大门前

围观的人都骚动起来。

人群中的李绂大吃了一惊，两条修眉紧紧地拧了起来。

10. 大堤上

田文镜："告诉你们，我是吃了秤砣铁了心，就是要你们一体当差、一体纳粮！我也知道，这样做我田文镜算是把你们河南这些士绅都得罪了。也许有一天，你们，还有你们那些做官的中举人中秀才的老子儿子和兄弟们会蜂拥而起，把我田某人弄得身败名裂，甚至死无葬身之地！就算这样，我也比死在洪水穿堤淹了河南要强！好了，不多说了，现在你们都下去，给我挑土抬石头，修堤去！凡是不干的，朝廷有王法在，给老子用鞭子抽！"

众兵丁差役应了一声："是！"

士绅们一个个气得脸红脸白，却无可奈何，只好排着队向堤下走去。

11．学政衙门前院内

陆生楠："冷静！你们都要冷静……秋闱是国家的大典，罢考的话是万万说不得的。"

张熙接着大声说道："那就叫田文镜放了罗大人他们，免了士绅一体当差纳粮的弊政！"

众人又大声鼓噪："对！放了罗大人他们，免了士绅一体当差纳粮的弊政！"

陆生楠的眼睛眨了好一阵，接着大声答道："你们说的这两条，我都爱莫能助！"说完一转身，走了进去。

众秀才都沉默下来了，一个个把目光投向张熙和秦凤梧。

张熙和秦凤梧对视了一眼，接着两个人站了起来。

张熙："学政大人管不了，我们都到总督衙门找田文镜去！"

秦凤梧："田文镜不答应我们的要求，我们再罢考！"

众秀才全都站了起来：

"对！找田文镜去！"

12．大门前

围观的百姓纷纷让出道来，张熙、秦凤梧并肩在前，领着众秀才大步走了出来，向总督衙门方向浩浩荡荡地开去。

人群中的李绂望着他们，深深地叹了口气。

13．大堤上

一名戈什哈赶着马从大堤那头急驰而来，驰至田文镜面前猛地勒住，翻身下马，单膝跪下："禀制台大人，许多生员聚集在总督衙门，乱哄哄地吵着要见您……"

田文镜一凛："见我干什么？"

那戈什哈："说是要请制台大人您恢复那些被参官员的职务，让他们的父兄们都回去。"

田文镜的脸猛地一沉："想造反？好，我今天倒要看看秀才造反是怎么个光景！"说完大步向自己的马匹走去。

14. 总督衙门

众生员黑压压地站满了一院子。

田文镜阴沉着脸从大门外走了进来，登上石阶后猛地转身站住，两只眼闪着寒光向众生员扫去。

说也奇怪，刚才还喧闹不已的众生员都安静下来了，许多胆小的人还慢慢低下了头。

田文镜："你们不在书院读书，准备参加秋闱乡试，到这儿来干什么？"

没有人答话。

田文镜接着说道："不说话了？不说话也行，都给我回去，老老实实读你们的书去，拿出点正经本事，在今年的乡试中个举人看看。"

"请问制台大人，中了举人干什么？"张熙突然发问。

田文镜一愣，接着两眼直逼张熙："你是哪个府的？叫什么名字？"

张熙毫不怯场："请田大人先回答晚生的话。"

"放肆！连中了举人干什么都不知道，你还读什么书？求什么功名？"田文镜大声喝道。

张熙："田大人责备的是。晚生们本来知道，读书为了出仕，可出了仕又怎么样？罗镇邦罗大人，黄振国黄大人，还有汪大人、张大人，他们都是康熙四十八年的进士，为官也算清廉，还不被你田大人一句话都给参了！"

"请田大人恢复罗大人他们的职务！"许多生员齐声喊道。

田文镜原以为凭自己的威势，吓一吓就能把这些秀才们遣散了，不想这些人竟然毫不害怕而且针锋相对，他的火气顿时冒了上来，又把目光对准了张熙："告诉我，你叫什么名字？！"

张熙大声答道："晚生襄阳府生员张熙！"

田文镜："好，好……把他的名字记下！"

连忙有个师爷拿出一支笔一个簿子从里面走了出来，记下了张熙的名字。

田文镜："还有谁有话要说？先报姓名，后说话。"

秦凤梧站了出来，大声说道："晚生南阳府生员秦凤梧有话要说！"

田文镜又是一愣，气急败坏地说道："记下来！记下来！"

那师爷又连忙把秦凤梧的名字写了下来。

田文镜："还有谁？把名字都说出来……"

秦凤梧大声打断了他的话："大人，晚生报了名还没有说话呢。"

田文镜气得脸都青了……

15. 学政衙门后堂

"巨来公，被参免的这几个官员都是康熙四十八年我们的同年进士，你得说话。"陆生楠站了起来，又给坐在对面的李绂斟满了酒，"皇上推行新政，本就操之太切，到了河南更是'上有好者，下必甚焉'。田文镜为了立功，什么样的手段都敢用。洛阳是个士绅集中的地方，推行一体当差、一体纳粮本就难些。田文镜下令罗镇邦把洛阳的士绅都赶到开封来修堤，罗镇邦不愿这样做，就被参免了。黄振国他们出来为罗镇邦说话，田文镜说他们是同年结党，给每个人安了个罪名，全被参免了。换了几个官员又都不是进士出身，全是监生……现在河南科举出身的官员们人人自危，都说田文镜一心和读书人过不去。现在好了，连生员们都纠集起来说话了……我担心今年秋天的乡试会出事……"

"我也有这个担心。"李绂接着说道，"在湖北就听说他在河南搞得太过分，这次来我算亲眼见到了。但新政是皇上的旨意，田文镜一切全是逢迎皇上的意思在做，你们也不要太和他顶着干。在一旁多开导开导，让他明白，干什么事都不能只看上面，也得看看民心，更得顾全大局。读书人是国家的元气，把元气都伤了，国库里的银子再多又有什么用？"

陆生楠："他能听劝就好了。参免罗镇邦他们的时候，我只在一旁说了一句请他三思，他就反问我是不是康熙四十八年的进士——把我也算作朋党了。你说说，怎么劝？"

李绂站了起来："我去同他说。他田抑光再跋扈，总不敢把我也说成是朋党吧？倘若他一意孤行，我也能参他！"

陆生楠兴奋起来了："有巨来公出面说话，河南就有救了……"

一个下人连忙走了进来："大、大人，田大人来了，气冲冲地……"

话音未落，门外传来了田文镜的声音："岂有此理！陆大人呢？陆大人在哪里？"人随声到，田文镜风急火燎地闯了进来，"陆大人，那些生员你到底管不管？！"

见陆生楠不答话，田文镜火气更盛了："你……"

陆生楠打断了他："田大人，你先看看谁来了……"

田文镜这才把目光转向李绂，不禁一惊："巨来？是你……什么时候到的？怎么也不给个信？"

李绂笑着答道："一路上我都没有打扰官府，路过这里原也想悄悄地过去，听说生楠兄放了河南学差，这才进来看看他。"

田文镜脸上立刻有些挂不住了："是呀，你们是同榜的进士，有同年之谊嘛……怎么样？找呵个是你的同年，到呵到我那儿坐坐？"

李绂淡淡一笑："抑光兄好健忘，你和我虽然不是会试的同年，可还是同榜的秀才呀。说到同年之谊，我们还在先呢。我当然要去拜望你。"

田文镜："那好，我交代几句公事咱们就走。陆大人，这里有两个生员的名字，请你出个榜把他们的功名革了。"说着从袖中掏出一张纸递了过去。

陆生楠接过那纸望了一眼，问道："为了什么？"

田文镜："你知道，何必再问！"

陆生楠也上了气："你说都没说，我怎么知道？"

田文镜："他们是先来找你，后来找我，你能不知道？陆大人，举人、秀才都是你管的，你得把他们管好了，要是闹出事来，面子上可不好看。"

陆生楠："你把他们的父亲兄弟都用鞭子赶去修堤，又把他们的恩师都罢了职，他们有怨言，可不是我激出来的。真的要闹出事来，田大人，第一个面子上不好看的只怕是你！"

田文镜脸都气歪了，大声说道："说来说去，你也是对我推行新政不满，对我罢了你那几个同年不满！"

陆生楠还要反言相讥，李绂说话了："二位大人都息息火。陆大人，你去把那些生员都叫回来，开导开导他们，都跑到总督衙门去闹事成何体统？"

陆生楠咽了口唾沫，点了点头。

李绂："田大人，生员们不懂事，教训教训也就是了，功名就不要革了。"

李绂这个面子太大，田文镜也不得不顾及，只好答道："看在李大人的面子上，这一次就算了。若有再犯，你不革他们的功名，我就上折子请朝廷革他们的功名！"

陆生楠又想说话了，李绂连忙抢过话头："就这样，就这样。生楠兄，你去把那些生员叫回书院，我和抑光兄去走走——开封可是个好地方呀。"

田文镜："好，再忙，我也陪陪你。"

16. 黄河大堤

从这里望去，黄河大堤从上游天际蜿蜒而来直达脚下。

李绂由衷地叹道："好壮观的大堤！抑光，就凭这条黄河大堤你也够得上一代名臣了。"

田文镜那黑瘦的脸上立时闪出光来，疲倦地一笑："巨来，就凭这一句话，你这个进士就和其他的进士不同。读书为了什么？为了知书明理。知书明理又为了什么？为了学以致用。他们总说我田文镜和读书人过不去，其实我瞧不起的只是那些只会说大话、说空话而不干实事、不顾大局的读书人……他们哪里知道，我也是十年寒窗熬出来的人，只不过科场蹭蹬罢了。"

李绂不再接言，而是望着堤下的黄河微微笑着。

田文镜又多心了，问道："巨来，你在笑我？"

李绂："没错，看见这条黄河水，我又想起你家里漏水的笑话了……"

田文镜："哦？"

李绂："还记不记得那年你我同时考取了秀才，亲友们到你家去贺喜那件事？"

田文镜："这么多年了，哪还记得那些陈谷子烂芝麻的事。"

李绂："不对，做人可不能忘本……"说到这里，他望了望跟在身后的那名师爷和几个戈什哈，招了招手，"你们都过来，我说一段你们大人的趣事给你们听听。"

那师爷和戈什哈们走了过来。

李绂："你们不知道，你们的田大人在年轻的时候可是咱们那儿有名的读书人。那年，他考取了秀才，亲友们都到他家贺喜，一间大厅挤得满满的。他家太夫人到楼上去舀酒，大家都在底下等着，一等都半个时辰了，却不见太夫人拿酒下来。正等得着急，楼板上却漏水了，滴得好多人满脸满身，一闻全是酒气。赶到楼上一看，几只酒壶都满了，太夫人还在把酒坛里的酒往壶里面舀，一边舀还一边说'好儿子……争气的儿子……'那酒呀流得满楼板都是……"

那师爷和戈什哈们都笑了。

田文镜也笑了。

李绂接着说道："打那以后呀，你们大人怕的就是水。这不，一条这么大的黄河愣让他挡得滴水不漏。"

这才是善颂善祷！

众人又笑了。

田文镜不但心情为之一畅，而且油然而生一丝知音之感，不禁向李绂投去感激的一瞥。

两人并肩又向前面走去，师爷和戈什哈们同他们又拉开了一段距离。

李绂又说话了："抑光。"

田文镜："唔。"

李绂："你一心要做名臣，这我理解。只是这样做，你太辛苦了。"

田文镜："你说对了一半。我一半心思想当名臣，更有一半是要报皇上的知遇之恩。不辛苦不成啊！"

李绂叹息了一声："我明白你的心思，不过有一句话骨鲠在喉，想劝劝抑光兄。"

田文镜："什么？"

李绂："待读书人好点，还有缙绅。第一，这对国家有好处；第二，这对你也有好处。"

说到正题上了，田文镜一警："我倒要听听你这两条'好处'。"

李绂："'士为四民之首'。朝廷管官府，官府管士绅，士绅管百姓。这是千百年来不变的成法。说到底，士绅是国家的元气所在呀。伤了元气，就管不好百姓，管不好地方。你说对吗？"

田文镜停住了，盯着李绂，眼里已没了温存："当然，他们是'国家元气'，但元气太旺了，阳盛阴衰，不也是国家之病么？火太大，就要泄一泄。拔他们的毛是为利天下，从根上说于他们也是有利无害。这些短视眼，只顾眼前之利，忘却前车之鉴，不可怕么？当年明朝福王在我河南，洛阳近熟之田都是这个酒肉王爷的，他却舍不得拿一点周济穷人，奖励将士，最后城破家亡，堆山积海的金银全送了李自成作军饷！你要读读福王的诗，看看他的画，那何尝不是第一流的漂亮文人呢！"

李绂："士大夫脸面重于性命，就如你我下野，被官府撵了来这里背石头、筑河堤，这是国家优待士大夫？抑光，这样做太寒读书人的心哪！"

田文镜："读书人做官是为天下社稷，不是为自己私利。出官差也不是什么丢人的事，你可以用银子抵官差嘛。我将来下了野，回家当士绅，就第一个出官差，纳皇粮。"

李绂："田抑光呀田抑光，你的毛病就在于想人人都同你一样，这不合情理。你现在是封疆大吏，为报皇上的知遇之恩，又想做一代名臣，当然不会去计较那些当差纳粮的小利。可他们呢？一个秀才，可能考中举人，但更多的是考不中举人。为什么还有这么多人十年寒窗，为了一个秀才的功名悬梁刺股、凿壁偷光？就为有了这点功名他可以不当差，不纳粮。现在，这么一点点希望都没有了，他读书还有什么盼头？当年你考中了秀才，太夫人那么高兴，未必就没有这个心思在里头吧？"

田文镜脸一沉："巨来，你这是讥笑我，还是打心眼里不赞成皇上'一体当差、一体纳粮'的新政？！"

李绂："你太多心了……对一体当差、一体纳粮我是有看法！因此，在湖北我也推行火耗归公和摊丁入亩，但就是没有推行一体当差和一体纳粮。我这是为国家想！"

田文镜："难道就没有私心？"

李绂："有！这正是我要劝你的第二条。我们出仕为官，也要讲一点去思、遗爱。就拿这一次我奉调的事来说吧，离开武昌的那天，湖北的士绅领着百姓在衙门前排了好几里长，准备了几十把万民伞要送我。我只得悄悄地从后门走了。对别人我说，这些表面上的排场我并不想，但暗地里我心里还是十分高兴。为官一任总不是为了留下骂名吧？"

这其实是十分见心腹的话了，但在田文镜听来却句句是刺，他的语气顿时十分冷峻起来："你是说我田文镜在河南会留下骂名？"

李绂："至少是毁誉参半。"

田文镜："那么我只有不推行皇上一体当差、一体纳粮的新政喽？"

李绂怔了一怔，接着说道："我没有这样说。但不要把事情做得太过头。皇上也是叫你试行，你就不能灵活一点，在河南试出个切实可行的榜样来？比方说，可不可以分几步走？士绅也当差，也纳粮，分出点等级：田多的是一等，田少的是一等；人多的是一等，人少的是一等。官差紧的时候让士绅分担一点，松的时候就不一定要他们当差。就说这一次吧，你一下子就参免了罗镇邦等四个人的职务，还叫官府用鞭子赶着士绅上堤当差。如此操切，于朝廷、于地方、于你自己都没有好处。听我一句劝，把罗镇邦他们的职务恢复了。现在大水也过去了，修堤也不是什么紧迫的事，先把士绅们放回去，等到定下个章程再说。"

田文镜开始把眼睛斜视李绂了："李大人，看起来我们这两个府试同年毕竟比不上你们同榜进士的交情来得深哪！是不是陆生楠让你来为罗镇邦他们求情？"

李绂："是，也不全是。罗镇邦他们是我会试的同年，既是同年，总有点情谊。但我李绂绝不是冲着这一点来的。我在湖北就参了自己的同年，因为他是贪官。而罗镇邦他们不过是为读书人说话，这点罪不足以罢官免职。还有你派的几个署理他们职务的人都是监生，这也不对。你这是摆明了和进士出身的人过不去嘛。"

田文镜："李绂，你这是以直隶总督的身份还是以清流领袖的身份来教我应该怎么做？"

李绂："抑光，我没有干预你河南政务的意思，交友之道规之以义嘛！我们毕竟是府试同年……"

田文镜："我要是不听你的劝呢？"

李绂："那我只有上折子替罗镇邦他们说话。"

田文镜："好，好……绕来绕去，总算绕出一句真话了。你李绂的折子天下有名，这我也知道。不过我不在乎，如今参劾我的折子没有几百，也有几十，有分量的不多。为什么？就因为我田文镜不是贪官，也不是酷吏，是个实实在在的人！"

李绂："我一点也不想得罪你，只是推心置腹劝你，一味猛做，不宽容，是要弄出事的。你知不知道，马上就是秋闱乡试了，再这样下去河南的生员如果罢考，可不是一件小事！"

田文镜："河南生员罢考我自会处置，皇上也会圣裁。你管好你的直隶就行了，河南不用你操心！"

李绂："这样说你是一意孤行喽？"

田文镜："我又没有进士的同年，也结不起什么朋党，不孤行又怎么办？"

李绂腾地红了脸："我倒一味尽让，你竟如此以小人之心度我之腹！你说我结党就结党，我倒要为天下读书人争个脸面。你是皇上宠臣，我也不亚于你！咱们各自上折子吧！"

田文镜气呼呼地一哼："悉听尊便！"

李绂不再理他，一个人大步向前走去。

田文镜回身对惊呆了的师爷和戈什哈大声吼道："回衙门！"

17．允祉府书房

对着窗外的光线，允祉右手拿着个放大镜，不断地调整着距离，仔细地看着拿在左手的那方金石。

——放大镜里，那方金石清晰地透出一丝丝血红的纹路，更难得的是，那纹路竟是一幅天然的山水图！

"好！好！"允祉放下了放大镜，满脸喜色地对站在旁边的李绂问道，"这可是难得的东西，你是怎么弄到的？"

李绂微微一笑："是从武昌一个缙绅那儿拿来的。"

允祉一怔，接着拿起那方金石递了过来："拿去，还给人家！"

李绂："怎么，王爷不喜欢？"

允祉："巨来呀巨来，你是出了名的清官，怎么能为了我喜欢，去夺人家的东西？"

李绂笑着答道："王爷误会了。我说的拿，不是强夺……"

允祉："巧取也不行。"

李绂："不是，都不是。开始我听说他家里有这么个东西，拿了五百两银子去买他的，他高低不卖。后来听说这个人很爱宋版书，我又拿了两匣宋版书去换他的，他也不换。到了今年清明，这个人托人来找我了，叫我给他去世的父亲写一篇墓志铭，并说愿意出二千两银子的润笔。我说，写墓志铭可以，银子我不要，就要这方金石。这人是个孝子，于是把这个东西送我了。"

允祉这才又高兴起来了："李绂的一篇墓志铭换这方金石，他也不亏！我收下。"说着又拿起放大镜鉴赏起来。

一边看，允祉又一边问道："见过皇上了？"

李绂：　"见过了。从昨天下午进宫，一直谈到今天早上才离开。"

允祉又放下了放大镜："说了一夜？都说了些什么？"

李绂：　"先是问湖北的政务，接着同我谈整顿旗务，后来谈的都是田文镜的事了。"

允祉："田文镜的事？田文镜关你什么事，要谈这么久？"

李绂："是我提出来的，田文镜在河南弄得太不像话！"

允祉站了起来，望着李绂，满脸的严肃："巨来呀，你这官还没有做通呀。田文镜像不像话，有御史，还有他河南的官员出面说话。你是直隶总督，各管一方，你参他，没有私心也有了私心，皇上会怎么看？"

李绂也正容答道："王爷训诲得是。但田文镜对读书人太苛刻，我不能够不说话。"

允祉大摇其头："书生意气，书生意气……已经说了也就算了，今后田文镜的事你少说为佳。"

李绂："不行。皇上说了，叫我把田文镜的事写一个详细的折子呈上去。"

允祉："你呀你呀……注意，措词委婉一点，听到了吗？"

李绂沉默了一下，答道："王爷放心，我知道该怎么做。"

允祉叹了口气："你这个人哪！已经说出的话也收不回了，怎么说就怎么写吧。到了该说话的时候，我也只有拼着这张老脸，出面给你说话。"

李绂一阵感动："王爷……"

允祉："好了，好了。你一个晚上没睡，我也不留你了，去睡一觉吧。"

李绂："是。"

18.　允禩府书房

允禟、允䄉和揆叙、阿灵阿都来了，默默地坐在那儿望着允禩。

允禩举起手中那支笔，对着光拈掉了一根贼毫，将笔套进笔筒，搁下笔，在旁边的铜盆里洗净了手，一边擦着，一边说道："李绂参田文镜的事你们都知道了吗？"

众人都点了点头。

允禟："来的时候我和他们正谈这事呢。这可是个机会，咱们可以利用这个机会争取清流！"

揆叙："对！李绂是清流领袖，他的折子一上，那些清流肯定会有很多人附和。咱们八爷党再暗中助一把力，八爷党加上清流党，整个格局将有一个新的变化！"

允䄉很快地兴奋起来，大声说道："没错，这口窝囊气咱们忍得够久了！八哥，你下令吧！"

允祀摇了摇头，把手帕往铜盆里一扔，说道："叫你们来，就是要告诉你们，这件事千万不要掺和！"

众人一怔，一齐疑惑地望着他。

允祀："咱们这样想，人家可不会这样想。现在我们不掺和，他们会闹；我们一掺和，他们反而不会闹了……李绂可不是轻易能够利用的人，清流们也不会轻易蹚我们这趟浑水。让他们打头阵，到了一定的时候，我自会有安排。明白了吗？"

众人这才佩服地点了点头。

允祀："当然，咱们也不能光看热闹。"说到这里他转对允禟："老九，你去找一趟隆科多，倒田，他会有兴趣的。"

允禟："好，我今晚就去找他。"

19. 畅春园军机处

"参田文镜的折子一共有二十七件，保罗镇邦、黄振国他们的折子一共有五十六件。"张廷玉一边清理着案上的折子，一边说道。

胤禛坐在正中的榻上，微闭着眼睛："帮田文镜说话的呢？有多少件？"

张廷玉犹豫了一下，答道："一件也没有。"

隆科多："既然这样，朝廷就不能不有个态度了。"

胤禛倏地睁开了眼睛，望着隆科多："你说说，应该有个什么态度？"

隆科多刚一开口就被胤禛将了一军！一时，又怔住了。

允祀帮忙说话了："臣以为，应该驳回田文镜参罗镇邦他们的折子，恢复罗镇邦等四个人的职务。"

张廷玉："总督参属下官员，朝廷照例不能够驳。一驳了，这个总督也就当不下去了。"

隆科多回过神来了："真是总督错了，那就应该驳。"

胤禛："你怎么知道一定是田文镜错了呢？"

隆科多怔了一下，接着一股压抑已久的郁愤之气冒了上来，答道："回皇上，不是田文镜错了，那就是这些上折子的官员全错了。"

这下轮到胤禛怔住了。

张廷玉："现在一定要说是谁错了，未免失之轻率。最好的办法，是派人到河南去慢慢查访。"

马齐："不能慢了！李绂和陆生楠的折子上都提到，再这样下去，今年河南的秋闱乡试很可能会闹出罢考的事来。要真是那样，可就骇人听闻了。"

胤禛："立刻派人去。决不能发生罢考的事！"

张廷玉："派谁去？请皇上明示。"

胤禛沉吟了好一阵子，说道："叫宝亲王弘历去！让刘墨林随侍。"

20.　黄河大堤旁的驿道上

一群穿着便衣的马队在这儿停下了。

弘历和刘墨林二人从马上下来，穿过田径，踏着之字形的台阶登上了大堤。

一人来高的涌浪，从河心汹涌排来，在堤上激起一丈多高的水花，又无可奈何地退了回去，浪身漂没在啸声中，像一声声叹息。

"真是壮观！"弘历的袍角被堤坝的劲风撩得老高，眼中闪着惊喜激动的光芒。

刘墨林也十分感慨："记得前年我随皇上来这里的时候，堤坝还在修，不想两年的工夫便竣此大工。田文镜功不可没！"

弘历点了点头："实话对你说，对田文镜这个人我并不喜欢，但看到这条大堤我对他油然而生敬意。这样一条大堤，要费多少工，花多少钱？他居然没有向朝廷要过一两银子，在这么短的时间就筑起了这样一道屏障，从此河南无黄患矣！他就有一千条错，凭这桩功德，也够个模范总督！"

边说边走间，二人发现了堤下的稻田里，一位老农正在东一茬西一茬地挑着割稻。

二人对视了一个疑问的目光，又顺着另一道台阶走了下去。

走近那老农，弘历轻声问道："老人家，怎么这样割稻？"

那老农头也没抬，顺口答道："习惯了。这条黄河呀，说不准什么时候就把要到口的庄稼吞了。有一年，我们全家合计好第二天开镰，不想当天晚上一场大雨，河坝穿了，我家的稻子全成了泥汤汤。从此呀到了秋熟的时候，我就别着镰刀在田边上转，看见熟一镰就割一镰。"

弘历笑了："您老好勤谨，会打算。儿子们呢？他们就累你老爷子一个人？"

那老农："他们说有了黄河大堤，今年不会过水，要等全部熟透了再割。"

弘历："您看这条大堤能挡住水吗？"

老农："能！再大的水它也难淹进来。"

弘历："那您为什么还要这样担惊受怕？"

那老农怔了一怔："吓怕了……习惯了……闲着也是闲着嘛。"说着依旧低头割他的稻子。

弘历像是被什么东西在胸口上撞了一下，沉思了一阵对刘墨林说道："听见了？人的习惯可是个可怕的东西。田文镜在这儿推行新政，又做得过于操切，怎么能不受到人家的非议呢？"

刘墨林："王爷这话是至理名言！"

弘历："离开封还有一两天的路程吧，咱们得在开考之前赶到才好。走吧。"

21．开封考场

离天亮还早，但这里已经挂满了灯笼，号兵们也已经在考场门外站好。

八个戈什哈护着一顶绿呢大轿在大门外停了下来。

田文镜掀开轿帘钻了出来，向考场内走去。

22．至公堂

主考陆生楠和各房的考官早已到齐，见到田文镜进来都默默地站了起来。

田文镜迫不及待地向陆生楠问道："各府考生的名单和手本都报上来了吗？"

陆生楠指了指案上的名单手本，淡淡地答道："都报上来了。"

田文镜一颗心放了下来，操起那本名册翻看。

他的画外音："谢天谢地！到底都老老实实来报考了。"

"开龙门还有多久？"田文镜又问道。

宣题官答道："不到半个时辰了。"

田文镜："嗯。大家多上点心，把今年的乡试对付过去。你们的辛苦我知道，到时候我给皇上上折子，为你们请功。"

23．北京·畅春园澹宁居

胤禛也早已起来了，这会儿正坐在御案前翻阅奏折。

显然，他的心绪有些烦乱，眼睛对着折子，眼神却不在折子上。

突然，他抬头问道："什么时辰了？"

站在殿侧的乔引娣微微动了一下，却没有接言。

秦顺儿瞥了一眼旁边的自鸣钟，答道："回万岁爷，寅时快过了。"

胤禛微微颤了一下，接着喃喃地说道："哦……不会……不会……开国以来还没有发生过这样的事情……"一边说着，他一边端起茶碗，揭开碗盖——显然茶水没了，他瞥了一眼乔引娣，又默默地将茶碗放了下来。

倒水是乔引娣的事，这是高勿庸特地安排的。秦顺儿连忙用手肘碰了碰乔引娣。

乔引娣默默地走过去提起那只小铜壶，又默默地走到御案边，端起茶碗续上，刚要放到案上去，胤禛却伸手接了……

——"乒啷"，茶碗掉了下去！

"啊！"乔引娣和秦顺儿同时失惊地叫了一声，都把目光向胤禛的手上望去。

胤禛的手袖溅满了茶水，手背也红了！

乔引娣慌乱地扯下掖在襟间的手绢给胤禛擦着手袖。

胤禛却没有丝毫的怒容，反而关切地问道："你没有烫着吧？"

乔引娣声音细得像蚊蝇，而且显得十分慌乱："没、没有……"

这时，秦顺儿才敢走了过来收拾地上的碎片和茶沫。

胤禛却突然站了起来，眼睛望向殿外的夜空："不好！会出事……"

乔引娣和秦顺儿都吃惊地望着他！

24. 开封考场·至公堂

田文镜倏地站了起来，吃惊地问道："什么？一个考生也没来？！"

那门官："是……没、没来……"

田文镜的脸苍白了，向陆生楠和众考官望去。

陆生楠和众考官却显得异常地平静。

田文镜似乎明白了什么，一张脸又腾地红了，咬着牙说道："好，好……到底罢考了！你们这下高兴了？！"

众考官这才露出了一丝怵意，一齐把目光望向陆生楠。

陆生楠也没有好气地回道："田大人，你这是什么意思？难道我们还巴望生员罢考不成！"

田文镜："我现在不同你们说，到时候自会见分晓！不想砍头的就跟我去把闹事的生员抓起来！"说完大步走了出去。

众官员面面相觑，又把目光转向了陆生楠。

陆生楠沉吟了一阵，只好说道："去吧！"

25. 开封城里·通往书院的街上

天已经大亮，大街两旁聚满了围观的百姓。

罢考的队伍来了！

张熙和秦凤梧同捧着从孔庙请来的那块孔子牌位，走在最前面。

他们的后面是几百位各府生员，一律穿着青衫，手里拿着点燃的线香，一个个面容肃穆。

街的那头，田文镜带着一队戈什哈风急火燎地赶来了。

他们的后面，陆生楠带着众考官也风急火燎地跟来了。

罢考的队伍在向前行进。

田文镜带着戈什哈也在向前行进。

两边的距离越来越近。

街旁的围观百姓一个个屏住呼吸睁大了眼睛。

终于，两支队伍碰面了，在相距不到三尺的地方都停了下来。

田文镜铁青着脸，眼睛闪着寒光。

张熙和秦凤梧一脸的不屈服，眼睛带着傲气。

戈什哈们的手都紧紧地握在刀柄上。

生员们的手把线香捏得更紧了。

空气像凝固了！

陆生楠和众考官这才不急不慢地赶了过来。

突然，他们的目光露出了吃惊的神色，一齐向张熙和秦凤梧捧着的牌位望去。

——那牌位上赫然写着："大成至圣先师文宣王孔子之牌位"！

陆生楠和众考官对视了一眼，接着同时把袍服一撩，齐刷刷跪了下去。

田文镜吼道："干什么？竟给他们下跪？！"

陆生楠抬起了头大声答道："田大人，你看清楚了，我们是在给先师孔圣人下跪！"

田文镜这才一惊，注目望去。

张熙和秦凤梧将牌位高高举起。

田文镜牙咬得咯咯作响，无奈一撩袍服也跪了下去。

张熙和秦凤梧对视了一个得意的笑容，又举着牌位从跪着的众官员身边向前走去。

众生员一个个面露得意之色，跟着向前走去。

围观的百姓发出一阵骚乱。

有人跟着起哄。

有人摇头叹息。

突然一张熟悉的面孔逼向镜头——那人竟是穿着便服的弘历！他微微犀着眼睛，一张脸板得铁青。

他的身旁，刘墨林在轻轻地摇着头。

26. 总督衙门大厅

驻省的官员都来了，却都默默地站在那儿，没有一个人吭声。

田文镜像一头受伤的野兽，在大厅中间来回地疾走，走到案边倏地停住，一掌击在案上，大声吼道："抓！把那两个带头闹事的生员先抓起来！"

陆生楠接言了："田大人，你还想火上浇油吗？"

田文镜倏地把目光向他逼来："那你说呢？"

陆生楠："很简单，接受他们的要求，叫他们赶快复考。"

田文镜："要求？什么要求？！"

陆生楠："你知道，又何必问我。"

田文镜笑了起来，笑得是那样的狰狞："你以为我会接受他们的要求吗？仍然免了他们的一体当差、一体纳粮？让这些士绅们悠悠闲闲地吃国家，吃百姓？！我告诉你，也告诉你们这些居心叵测的人，趁早别做这个梦！只要我田文镜在河南一天，士绅就要当差一天，纳粮一天！就算田文镜死了，河南也得一体当差、一体纳粮！因为这是皇上的旨意！"

陆生楠和众官员又都沉默了。

正在这时，一名戈什哈急忙跑了进来，在田文镜耳边急语了几句。

田文镜大惊："什么？宝亲王来了？！去！快去护卫！他掉了一根头发，我就砍你们的头！"

那戈什哈大声答道："嗻！"连忙跑了出去。

田文镜紧跟着疾步走了出去。

众官员这才回过神来，大惊之余，一窝蜂拥了出去。

27. 学政衙门大门前

这里也远远地挤满了看热闹的百姓。

大门外整齐地排列着两行士兵，由于没有命令，也只是默默地站在那里。

田文镜和陆生楠等众官员又全都风急火燎地跑来了。

跑到门边，两幅布写的对联刺眼地映进他们的眼帘：

——"斯文焉何丧，斯吏焉何不丧，为百代奸佞陋政，大吏小吏宁不戒惧；劳心者治人，劳力者治于人，此千古圣贤遗训，上智卜愚岂叵吏易！"

田文镜吼了一声："扯下来！"

两名戈什哈跑了上去，将对联扯了下来。

田文镜又连忙向门内奔去。

陆生楠和众官员也连忙奔了进去。

28. 学政衙门前院

一走进前院，田文镜、陆生楠和众官员都怔住了。

——所有的罢考生员都一声不吭地盘腿坐在院内，台阶上弘历正面带微笑也盘腿坐在地上。

田文镜刚想走上前去行礼，站在弘历身后的刘墨林向他递过来一个眼色又轻轻地摇了摇头。

田文镜又连忙停住了脚步。

弘历开口说话了："我给你们说一段故事。这段故事是李绂说给我听的。说是有一家人，祖上几代都没有出一个秀才。到了这一代，做父亲的发了狠心，再苦再累也要让两个儿子读书，一定要考出个秀才来。这一年两个儿子都去参加考试了。两个儿媳妇跟着婆婆在家里蒸酒熬糖、做菜烧饭，等着他们一考取就大摆酒席宴饮宾朋。大热天两个媳妇都累得汗流满面。突然报喜的来了，原来是大儿子考中了。一家人都高兴得不行，婆婆连忙走到厨房里，对大儿媳妇说：'好媳妇，你丈夫考中了，快凉快凉快去！'大儿媳妇解下了围裙到外面凉快去了，剩下小儿媳妇一个人在厨房里辛苦流汗。不一会儿，报喜的又来了，原来小儿子也考中了。小儿媳妇不等婆婆叫，就扔掉了锅铲，解下了围裙大声说道：'我也凉快凉快去！'"

哄的一声，众生员都笑了。

弘历接着说道："这么大热的天，你们的媳妇都在家等着凉快吧？"

生员们又笑了。

弘历将笑容一收，声调也严肃起来："十年寒窗，一朝高中，快何如之！你们难道就真的这样放了自己的功名和家族的厚望？"

张熙开口了："宝亲王，您说的都对。但晚生仍要请问，像我们河南这样，就是考取了功名又有什么用？"

弘历："什么叫功名？功，就是为国建功；名，就是名垂青史。如果读了书只是想多捞银子多置地，就是当了官也是贪官。功在哪里，名在何方？"

张熙回道："我们不是这个意思。我们是受不了田大人作践读书人。"

弘历："他是怎样作践读书人的？"

张熙："他派差役兵丁赶着读书人当苦差，这难道不是作践？"

弘历转过头去对刘墨林说道："记下来。"

刘墨林答道："是。"

弘历又面对众考生，大声问道："还有什么，你们都说出来。"

秦凤梧说道："田大人一口气把罗镇邦等四名进士出身的官员都参免了，我们不服。"

弘历："还有什么？"

张熙："我们河南人都不能忍受田文镜这样的酷吏，请宝亲王转奏皇上，把他调走！"

田文镜的脸又青了。

弘历："在这里我只能回答你们一句，你们的话我都会如实地转奏皇上。但是对你们今天的罢考我极不赞成！一个农夫，辛辛苦苦地耕田种地，到了收获的时候，他说天上的太阳太大，地里的庄稼我不收了。行吗？你们辛辛苦苦地读书，到了考试的时候，因为对官府有些意见，就连功名也不要了。行吗？何况朝廷的王法，学院的规矩，都是绝不容许的！现在，我叫你们立刻复考。凡是现在进考场参加考试的既往不咎。再有不去参加考试甚至继续闹事的，就是和我过不去，和朝廷过不去，立刻革掉生员的功名，按王法治罪！田文镜，陆生楠！"

田文镜和陆生楠连忙走了过去，跪下大声答道："在！"

弘历："我说的话你们都听到了？"

田文镜和陆生楠答道："听到了。"

弘历站了起来，对众生员大声说道："都起来，到考场去！"

有人站起来了，跟着更多的人站起来了，慢慢回转身，向门外走去。

仍然跪在那儿的张熙和秦凤梧则飞快地对视了一下眼神，又偷偷地将目光向弘历瞟去。

弘历的目光像两道寒芒也正向张熙投来！

张熙打了个寒战。

定格。

第三十六集　科甲朋党

1. 都察院大厅

一张张愤怒的脸！

这里又挤满了各道御史和翰林院、国子监的清流文官们。

谢济世站在正中的公案旁，激愤地说道："河南终于罢考了……这是我大清建国八十多年来从来没有的事！官逼民变，海内震惊，田文镜是罪魁祸首！李绂李大人，陆生楠陆大人，还有在座的许多大人事前都给皇上上过折子，皇上就是不听。现在酿出了大事，田文镜依然怙恶不悛，反而上疏攻击李大人和陆大人，是可忍，孰不可忍！"说到这里，他把手里那本厚厚的折子一举，"大家请签名吧！"说着将那份折子在公案上一展。

众官员排着队走向公案，第一个拿起了笔飞快地签了名，又把笔递给了第二个……

2. 澹宁居

特写："请罢田文镜以谢天下疏"！

镜头拉开，那份折子刺目地摊在御案上。

胤禛坐在御案前，两眼望着上方，脸色铁青。突然，他目光一闪，倏地站了起来，操起案上的折子哗地撕成了两半！

站在一旁的高勿庸、乔引娣和秦顺儿都惊呆了，屏住呼吸默默地望着他。

胤禛像是疯了，牙齿咬得咯咯的响，还在使劲地撕着那溜折子——一条！两条！三条……

高勿庸慌了，扑通跪了下来："万岁爷！万岁爷！不能撕……咱们大清朝的皇上是不能撕臣下的折子的……"

"你说什么？！"胤禛两眼通红直逼高勿庸。

高勿庸打了个寒战，接着心一横，大声答道："咱们大清朝的皇上不能撕臣下的折子，这是……这是祖训！"

胤禛也是一颤，手一软，瘫坐了下来。

高勿庸趴在地上，一条、两条地拾着撕碎的折子，然后站了起来，放在御案上，一片一片地拼着……

胤禛已经冷静了下来，失神地望着案上撕碎的折子。

——"请罢田文镜以谢天下疏"几个字又刺进了他的眼帘。

胤禛的目光又闪动起来，他想起了什么，慢慢地站了起来，一步步向殿侧的书柜走去。

高勿庸、乔引娣和秦顺儿都屏住了呼吸静静地看着他。

胤禛走到书柜前，哆哆嗦嗦地解下腰间那串钥匙，打开了正中那扇柜门。

柜子里整齐地摆着一只只奏折匣子。

胤禛的目光在贴有目录的匣子间搜寻。他的目光停在了一只大大的匣子前。

——那只匣子的侧面上赫然标着"参年羹尧折"！

胤禛取下了那只匣子，走回御案前。

一份厚厚的折子拿了出来，摆在那份参田文镜的公折旁，胤禛对照一看，眼中闪出了寒光。

——一份折子上写着"请杀年羹尧以谢天下疏"，另一份折子上写着"请罢田文镜以谢天下疏"。字体完全一样！

胤禛的手有些颤抖了，连忙打开两份折子的尾部，对照着上面的签名——"谢济世"！第一个名字相同，第二个名字相同，后面的名字几乎全都相同——只是顺序有些变换而已。

"朋党……朋党！"这两个字从胤禛紧咬的牙关中蹦了出来，"回宫！回宫！"他猛地站了起来，走了几步，又转对高勿庸，"还有，快去！请十三爷查一查，这些人还和谁有联系！"

高勿庸连忙接过那份折子，答道："嗻。"

3. 允祥府卧室

"查过了，这些人和八哥他们并没有什么联系。"允祥肯定地说道。

胤禛的眼中露出了失望而又茫然的神色。

4. 允祀府书房

"查吧，让他去查吧！八爷党在哪儿？在天下人的心里！"允祀也有些激动了，转过头来对允裪、允祺、揆叙和阿灵阿说道，"现在你们该明白了，当初我为什么不叫你们掺和。我们一掺和，他就会抓住借口打击'八爷党'；我们不掺和，他面对的就是天下的读书人！"

允裪、允祺和揆叙、阿灵阿都激动了起来。

允祀："记住我的话，先静静地看，看他怎样对付那些清流。"

5. 允祥府卧室

"臣弟也仔细琢磨过了，这件事很挠头……这些人都是清流，其中很多人还是有名望的清官，比方李绂……"说到这里，允祥望了望胤禛，"是不是对田文镜略加惩处？"

胤禛："不！朕决不会惩处田文镜！田文镜不是诺敏，更不是年羹尧！何况他们这样做表面上是对着田文镜，骨子里是冲着新政来的，是冲着朕来的！"

允祥："可河南罢考一案震动太大，也不能够把清流们全得罪了……"

胤禛负气了，大声吼道："任何人，干扰新政的推行，朕都不会让步，不会姑息。哪怕得罪了全天下的读书人，朕也在所不惜！"

允祥胸口一堵，大声咳嗽起来。

胤禛一怔，又急又疼地望着允祥。

允祥喘咳定了，抬起头望着胤禛："皇上，不管您听得进去听不进去，臣弟还得说，在这件事上您得忍……"

胤禛的眼神黯淡了下来，许久才沉重地点了点头。

6. 养心殿

夜已经很深了，在这儿当值的乔引娣和秦顺儿都靠在殿侧的椅子上睡着了。

胤禛披着长衫从里间走了出来，定定地望着熟睡中的乔引娣。

镜头推近，梦中的乔引娣仍然紧蹙着秀眉，嘴唇在微微地翕动着，突然眼角滴出了一颗泪珠……

胤禛眉尖一颤，眼中露出了一道忧郁的光，接着轻轻地叹息了一声。

乔引娣倏地睁开了眼睛，看见站在面前的胤禛，惊惶地站了起来，下意识地抓紧了衣襟，接着就要去叫醒秦顺儿。

胤禛举起手止住了她，走到御案边，又朝她轻轻地点了下头。

乔引娣警觉地向他走近了几步，停住了，又回过头望了望沉睡中的秦顺儿。

胤禛说话了，声音很轻："不要叫醒他。宁愿三岁没娘，不愿五更离床。让他再睡一会儿。"说着移过案头的匣子，揭开，掏出了那份撕裂的奏折："来，帮帮我，把它粘起来。"

没有办法，乔引娣只好走了过去，站在御案前。

胤禛开始粘贴奏折了，他撕下了一条白纸，在上面涂上糨糊，拿着两片奏折拼着往上面贴去——对不上口，他想揭下来，一揭连同底下的白纸也揭起了……

胤禛有些烦躁了，左手按着一边，右手捏着另一边使劲一揭——湿了的奏折反而又被他撕破了。

胤禛将残破的奏折往案上一扔，坐了下来，生着闷气。

乔引娣默默地拿起了案头一张宣纸，又拿起残破的奏折比了比，折了个印迹，然后拿起裁纸刀把宣纸裁成和奏折一般宽的一长条。

胤禛眼一亮，聚精会神地看了起来。

乔引娣把糨糊涂在宣纸上，拿起残破的奏折一张一张拼贴起来。

不一会儿，奏折贴好了。乔引娣又默默地退了开去，站在一旁。

胤禛仔细地看了看拼贴好的奏折，嘴角露出了笑容，连声说道："好，很好。你很聪明……"说着向乔引娣瞥去。

乔引娣脸上没有丝毫的表情，两眼垂着望着地面。

胤禛咽住了下面的话，怔了一怔，把那溜奏折推了开去，拿起案头乔引娣裁剩的一方宣纸，提笔在上面写了起来。

随着笔锋，宣纸上出现了一个"心"字。

写到这里，胤禛又瞥了一眼乔引娣，轻轻地叹了口气，接着在"心"上写了一把"刀"，最后才在"刀"的一撇上重重地按下了一点—— 一个挺峭的"忍"字现了出来。

胤禛搁下了笔，没有看乔引娣，只是问道："心字上面一把刀，你知道是个什么字吗？"

乔引娣仍然低垂着眼睛，轻轻地答道："'忍'字。"

胤禛又叹了口气，说道："对，是'忍'字。忍是不好受的……朕知道，你天天侍候朕，也是在忍，是吗？"

乔引娣轻轻地颤了一下，飞快地瞥了他一眼，又把眼睛垂了下来。

胤禛："其实在这个世上谁都得忍，谁的心口上都悬着一把刀哇。"

乔引娣："你是皇上，想怎么做就怎么做，还用得着忍？"

胤禛苦笑地摇了摇头："你这话不对。比方对这些上折子的官员们朕就只有忍……再比方对允禵，朕也只有忍。他作为臣子，处处和朕作对，可朕却不能治他的罪，只能让他去守陵……"

乔引娣："您这也叫忍？把他孤零零地一个人关在那儿，比死也好不了多少。"

胤禛望了望她，接着闭上了眼睛："你想回到他身边去？"

乔引娣目光惊惶地一闪，睁大了眼睛直望着胤禛。

胤禛："放心……到时候朕会放你回去……"——语气却是那样的沉重。

乔引娣浑身一颤！

胤禛睁开了眼睛，拿起案上的那幅字："这个字给你……咱们先都忍着点吧。"

乔引娣的心怦怦地跳动起来，犹豫了一下终于走了过去，接下了那幅字。

胤禛没有再看她，拿起案头上那份参田文镜的公折又细细地看了起来。

7. 军机处

一阵沉默过后，隆科多说话了："请问皇上，百官联名上的那个公折什么时候能御批下来？"

这话一说，允祀、允祥、张廷玉和马齐都望着胤禛。

胤禛显得异常的平静，淡淡地答道："那个折子朕还在看。"

马齐："是准还是不准，都请皇上早点批下来吧。"

胤禛："唔？"

马齐："百官们天天在催，臣等也没法子同他们解释。"

胤禛："那就不要解释。"

允祀："我大清的祖训，奏折可是不能留中的。"

胤禛："你怎么知道朕是要把那份奏折留中？"

允祀："那就请皇上赶快批下来。"

胤禛："你说说，怎么批？"

允祀："雷霆雨露莫非天恩，皇上该怎么批就怎么批。总之，不能把折子淹了。"

胤禛站了起来，踱了几步，然后说道："朕不想说你们，也不想说那些上折子的官员们。朝廷派宝亲王到河南去查访，这你们都是知道的，百官们也都知道。现在朝廷的钦差都还没有回来，就算田文镜错了，但错在哪里？应该怎样处置？总该等弘历回来说清楚了再议吧？为什么急急忙忙就上折子，又这样迫不及待地催促朕处置田文镜？！你们解释给朕听听！"

允祀、隆科多都怔住了。

允祥和张廷玉飞快地对视了一个欣慰的眼神。

马齐眼睛也是一亮，大声说道："皇上此言有理。倘若谁再催问，我们就用这话问他！"

胤禛立刻向他报以一个赞赏的眼神。

8. 都察院大厅

清流们又集中了。

还是那位谢济世，慷慨激昂地说道："皇上这话问不倒我们！田文镜在河南的所作所为有目共睹，何必非要等宝亲王回来再作处置？"

"既然这样，咱们就再等几天，等到宝亲王和刘墨林他们回京再说。"

"要是宝亲王也偏袒田文镜呢？"

众人都沉默了。

谢济世："不行！咱们得争取宝亲王！让他为天下读书人说话！"

"对！河南罢考案宝亲王是亲见亲历的，他的话可是一言九鼎！"

"还有刘墨林，他是探花，自然会为读书人说话。"

众人兴奋了起来：

"有宝亲王和刘墨林说话，他田文镜就在劫难逃，皇上也救不了他！"

谢济世："好！总在这一两天，宝亲王他们就要到京了……咱们一起去朝阳门迎接。"

众人齐声附和："去！咱们都去！"

9. 弘时府后花园

"八叔来了？！"正在给笼子里的鸟喂食的弘时吃了一惊，眼睛眨了几眨，接着对那个下人说道，"去，说我不在。"

"好悠闲！"园门边已经传来了允祀的声音。

弘时一惊，连忙望去。

允祀已经微笑着站在那儿了。

弘时怔住了。

他的画外音："糟了！刚才的话他听到了？"

不容再想，弘时只好赔着笑迎了过去："给八叔请安。"

允祀扶着他："好了。刚下朝，从这儿过，想起了一件事顺便进来跟你聊聊。"

弘时又是一惊，立刻显得忐忑不安："到客厅里去坐？"

允祀："这儿就挺好嘛。"说着径自走到亭子里坐了下来。

弘时对那个下人低声说道："到园子外看着，谁也不准进来。"

那下人点了个头急忙走了出去。

弘时走到允祀身边坐了下来。

允祀一边观赏着挂在亭子上的那一排鸟笼，一边说道："老三，不是八叔说你，你不能够这样消磨时日。"

弘时："侄儿也不想这样，可又能怎样？"

允祀转过头来，直视弘时："人家可不是这样。看看弘历，这几年到处当差，到处结缘，不出两年已经晋封亲王了。你是哥哥，却连个郡王也不是……"

弘时："别说了八叔……"

允祀："不愿意听？那就振作起来，争口气！"

弘时有些不耐烦了："八叔，打小您就对我很好，这我也知道。但侄儿现在也不是小孩子了，您的心思我多少也知道一点……您、您就饶过侄儿，让我安安生生地过几年快活日子吧。"

允祀脸一沉："你这话是什么意思？八叔难道还想害你不成？"

弘时："侄儿还能有什么意思，张廷璐的供词攥在您的手里，要害我您早就把那个东西捅出去了。"

允祀不作声了，从怀里掏出一张纸来，深深地叹了口气："你把八叔看得也太低了……张廷璐的供词就在这儿，你拿去吧。"

弘时简直不敢相信，却忍不住还是一把抢了过来，仔细看了看，认定没错，惊喜参半："八、八叔，您为什么要这样做？"

允祀："我为什么不这样做？"

弘时语塞了，尴尬地说道："谢、谢谢八叔。"说着连忙将那张供词撕成碎片扔到塘里。

望着漂散在水面的碎纸片，弘时长长舒了口气，拍了拍手，转过身来。

允祀笑望着他："现在相信你八叔了？"

弘时："看您说的，侄儿什么时候不相信您了？"

允祀："相信我，就听我一句话，振作起来，同弘历争一争。"

弘时叹了口气："八叔，不是侄儿驳您，说句不中听的话，您不要生气。有些事情要认命……就拿您来说吧，争了几十年，现在怎么样？"

允祀没有生气，反倒仍然微笑着："什么叫命，说给你八叔听听。"

弘时："弘历是皇爷爷看中的人，太和殿那个位置迟早是他的……这个谁都知道，只是不说而已。同他争，我能争得过？"

允祀严肃了起来："照你这样说，现在的皇上就应该是你二大爷，而不是你阿玛！"

弘时眼前仿佛闪过一道电光，睁大了眼定定地望着允祀。

允祀："你和八叔我也不同。八叔是过来人，当时很多事都想不明白，也没有人指点我，因此眼睁睁地失去了大好的机会！现在，我的失败就是你的本钱！只要你自己振作，绝不会重蹈八叔的覆辙。明白吗？"

弘时浑身都热了起来，眼睛一眨一眨，又突然问道："您为什么要这样帮我？！"

允祀："就为同你阿玛争个输赢！"

弘时："争赢了呢？"

允祀："你就给我个铁帽子亲王！"

弘时："就这些？"

允祀："老三，你看看八叔这头发，白的快有一半了吧？我还有什么其他的念头？实话对你说吧，什么铁帽子不铁帽子我都不在乎，不这样说你不会相信。八叔就是想再试试，我前半辈子在自己身上输掉的，能不能够后半辈子从你身上赢回来。不对……一定能够赢回来！"说到这里，他那两只深藏不露的眼睛熠熠地闪出光来。

望着他的神态，弘时有些害怕了："八叔……"

允祀："现在就是个绝好的机会，你敢不敢干！"

弘时："您叫我干、干什么？"

允祀："过来，我慢慢同你说。"

弘时磨蹭着走了过去……

10. 京郊潞河驿外

今儿是九月十三，月亮虽然没有全圆，也已经很亮了。

宁静的驿道上马蹄声格外清脆，弘历、刘墨林和侍卫们披着月辉驰来了。

驰到驿馆外，马队停住了。

弘历："紧赶慢赶还是进不了城了，今晚就在这儿歇一宿吧。"

大家都下了马，向驿门走去。

驿门竟是开着的，门外还站着几个人，这时正向弘历他们迎来。

"四弟！"

借着月光看去，最前面那人竟是弘时？

弘历："三哥，您怎么在这儿？"

弘时："接你呀。"

弘历："是皇阿玛叫您来的？"

弘时怔了一下，压低了声音："里面再谈吧。"

弘历惊疑地点了点头，和他并肩走了进去。

11. 驿馆正房内

弘历："接我？！"

弘时："对。都察院、翰林院、国子监，还有六部的文官都会来接你。"

弘历一警："这么大的排场？是皇阿玛的旨意吗？"

弘时："不是，都是他们自发的。"

弘历一惊："他们为什么要这样？"

弘时："还不是为了参倒田文镜，想让你说话。"

弘历："这可不正常……"

弘时："我也这样想……这些人都发疯了，上百人联名上折，又都是清流，那股气势……不扳倒田文镜是不会罢手的。"

弘历："皇阿玛呢？他老人家是怎么个态度？"

弘时："皇阿玛也没有办法，说是等你回来再作处置。"

弘历沉默了。

弘时："四弟，我是担心你，这才等在这儿给你报个讯。你要拿定主意。"

弘历："您说我该怎么办？"

弘时："你是聪明人，用不着我说……这边是整个朝廷的文官，他们的背后还有普天下的读书人；那边就一个田文镜。就是瞎子，谁输谁赢都能看清楚。"

弘历："多谢三哥提醒，我知道怎么做了。"

弘时站了起来："好，这我就放心了。记住，宁愿得罪一个田文镜，也不要得罪了普天下的读书人！……天快亮了，咱们睡两个时辰，一早就进城。"

弘历也站了起来，点了点头。

12. 朝阳门城门内

天还没亮，一下子来了这么多顶戴袍服的官员，把守门的千总和护兵都吓坏了。

千总："快！把那边准备出城的百姓都挡住了，叫他们改走其他的城门！"

一队护兵吼应着列队跑了过去。

13. 城门外

天快要亮了。

"咔咔"的，巨大的城门慢慢开了。

又是一阵"咔咔"的声音，沉重的吊桥放下来了。

一队护兵左手提着灯笼，右手提着长枪跑了出来，把等着进城的百姓往两边赶："去！去！改走其他的城门！"

百姓们惊疑地向两旁散去。

门洞中，谢济世等官员们列着队走出来，整齐地排列在门洞外。

天亮了。

一阵马蹄声传来，官员们伸长了脖子，注目望去。

一队马队在晨曦中驰来。

"来了！"有人大喊了一声。

接着就是一片马蹄袖拍得山响的声音，众官员齐刷刷地跪了下来。

马队近了，众人："臣等恭迎钦差宝亲王回京！"

"什么？宝亲王没有来？！"对面传来的却是弘时的声音。

众官员也惊了，一齐茫然地望着没有弘历的马队。

14. 紫禁城御花园

弘历正跟着胤禛在石径上走着。

他们身后十步开外，默默地跟着刘墨林、高勿庸、乔引娣和秦顺儿。

走到一条石凳前，胤禛停住了，坐了下来："你也坐下。"

弘历："是。"斜着身子在胤禛的身旁也坐了下来。

远远地，刘墨林等人也站住了。

"朕好难。朕实在不明白，他们为什么就不能够放下意气，替朕想想，替国家想想……非要为了少数人的私利阻挠新政？"胤禛不像在对儿子，倒像在对朋友倾诉心中的苦恼。

弘历倏地站了起来："新政绝不能停止！田文镜就是有错，为了新政也不能处置他！"

胤禛好欣慰，眼中闪着欣喜的光芒望着弘历，说道："有你这句话，皇阿玛心里就踏实多了。"

弘历将袍服一撩，跪了下来："苟利社稷，虽千万人，吾往矣。让儿臣跟他们去斗，就是得罪了全天下的读书人，儿臣一个人担下来！"

胤禛激动得手都微微颤动起来，他拿起弘历的一只手："起来，坐下……听阿玛说。"

弘历顺着慢慢站了起来，又在他身旁斜着坐下。

胤禛："你皇爷爷殡天的时候，对你阿玛说过，他老人家毕生的遗憾就是明明知道应该整顿吏治，推行新政，却没有能够这样做，把这个担子交给了阿玛我……阿玛不能够再带着这个遗憾把祖宗的江山社稷交给后人。要得罪人，要留下骂名，朕一个人担起来。记住阿玛的话，任何时候你都不要得罪那些读书人……在这个上面要学你皇爷爷，不要学阿玛……"说到这里，他的眼中闪出了泪花。

15. 军机处

军机大臣都会集了。

胤禛向众人默默地扫视了一眼，说话了："弘历从河南回京复旨了。对河南的罢考案和田文镜如何处置，朕可以向那些联名上折的官员作个交代了。张廷玉。"

张廷玉："臣在。"

胤禛："通知李绂、谢济世和陆生楠，叫他们明天到澹宁居来，朕给他们一个答复。"

张廷玉："是。"

16. 养心殿

胤禛、弘历和刘墨林已经等在那里。

李绂、谢济世和陆生楠走了进来，跪下："臣等恭请圣安！"

胤禛的神情异常地平静，也异常地慈和："都起来吧。"

三人叩了个头，一齐站了起来。

胤禛说话了："今天叫你们来，是就田文镜的事给你们一个答复。刘墨林。"

刘墨林："臣在。"

胤禛："你来回答他们的问话。"

刘墨林："是。三位大人有话请问。"

谢济世："请问河南的生员是为了什么罢考？"

刘墨林："表面上是因为田文镜罢免了罗镇邦他们，实际上是反对士绅一体当差、一体纳粮。"

　　李绂："他们为什么反对一体当差、一体纳粮，是因为新政本身不好，还是因为田文镜试行新政有偏差？"

　　刘墨林："李大人问这话我无法回答……但这儿有个价目表，是宝亲王和我详细查访得来的，我给皇上和众位大人念念。"说着掏出了一份账簿。

　　胤禛："你念。"

　　刘墨林："是。"翻开账簿念了起来，"这是河南这几年粮价和百货价目的对比。田文镜到河南以前，那儿的粮价最高的时候是六钱五，最低也是五钱；田文镜到任的第一年就降到了四钱五，去年是三钱七，今年是三钱四……"

　　胤禛插道："慢，让朕想想……这不和江南丰年的米价一样了吗？"

　　刘墨林："皇上圣明，正是这样。"

　　就是傻子，也明白这是在彰扬田文镜的政绩，三人同时盯了刘墨林一眼，那脸立刻阴沉下来。

　　胤禛瞟了一眼他们，大声说道："接着念，接着念。"

　　刘墨林："是。除此以外，市场上的绸缎、布匹、竹器，还有油、醋、柴、茶、青菜的价钱都比原来降低了一半。"说到这里，他掩上了账簿，接着说道，"还有，河南的黄河大堤也基本竣工，臣和宝亲王一路都是沿着大堤走的，修得十分坚固！今年的夏汛洪水很大，却没有一亩田土被淹，也没有一个灾民外流。"

　　李绂、谢济世和陆生楠的脸色更难看了。

　　胤禛："好了。"

　　刘墨林答道："是。"默默地退到了一边。

　　胤禛："你们都听到了。朝廷委任官吏管理地方是为了什么？就是为了国计民生！朕在河南推行士绅一体当差、一体纳粮的新政为了什么？也是为了国计民生！田文镜就任河南总督以后，兢兢业业推行朕的新政，为地方，为百姓干了这么多好事，怎么就没有一个人在折子里提到？反而有这么多人参他！朕实在不明白，要什么样的官才算好官？……好了。现在河南的生员都复考了，至于为什么罢考，朕会慢慢去查。"说到这里，他拿起了那份公折："这是你们参劾田文镜的折子，现在朕退还给你们，望你们端正心思，消除意气，回去跟那些联名上折子的人说说，不要再闹了。"说着，把那份厚厚的公折扔到了三个人面前。

　　三人一怔，接着齐声喊道："皇上……"

　　胤禛已经站了起来："你们都跪安吧！"说完径自向殿侧走去。

　　三人对视了一眼，拾起子折子，愤然站了起来！

17. 都察院大厅

联名上折的官员都来了。

有人发现李绂没来,问道:"李大人呢?为什么没来?"

陆生楠:"灰心了……正在写辞官的折子呢!"

众人都震惊了。

谢济世:"诸位看看这个就明白了。"说着拿起那份公折和陆生楠各执一端拉了开来。

众人伸长了脖颈注目望去。

谢济世:"这份折子是撕碎后重新粘好的!"

——透着光果然能看出一片一片拼贴的痕迹!

众人都露出了悲愤的神情。

谢济世:"从这份折子上就可以看到,我们这么多科甲出身的人竟抵不上田文镜一个酷吏!李大人说,既然这样,他宁愿归隐田园,也决不与田文镜这样的人为伍!"

18. 养心殿

望着李绂辞官的折子,胤禛胸脯一阵起伏,接着操起笔飞快地批了起来。

他的画外音:"田文镜有什么不好?他哪一点比不上你?你居然不愿与他为伍!他做了那么多实事,你做了什么?卖弄文墨,清谈误国!想辞官也可以……干一点实事再走!先到工部任侍郎去!"

19. 允祉府书房

"天下事总得有个公道!"允祉也发了意气,望着默坐在那里的李绂说道,"他叫你到工部去你就去,自然有人说话,我也会说话!"

李绂淡淡一笑,站了起来:"我上折子辞官是为了表明我的态度,至于如何处置我是皇上的态度。咱们大清朝不能够没有诤臣!"

20. 都察院大厅

众人更激愤了!

谢济世:"岂有此理!田文镜安然无事,李大人反倒被降了职……我就不信,小人道长,君子道消,一至于斯!咱们再上折子!"

陆生楠:"联名的折子不要再上了,从今天起我们各人上各人的折子,淹,也要淹了田文镜！"

众官员纷纷嚷了起来：

"对！淹，也要淹死他！"

谢济世："还有那个刘墨林！望风梯荣，取媚皇上，居然一味地替田文镜说话，简直是斯文败类！咱们连他一起参！"

众官员："好，连他一起参！"

21. 军机处

上百份的折子全都堆在桌子上。

允祀、张廷玉、隆科多、马齐全都默默地坐在那儿。

门外传来了章京们的声音：

"好了，怡亲王来了。"

"怡亲王吉祥！"

"吉祥，吉祥。"果然是允祥那中气不足的声音。

门帘一掀，允祥扶着门槛走了进来。

除允祀外，众人都站了起来。

允祥向众人点了点头，在门边的那把椅子上坐了下来，目光落在了那堆折子上。

张廷玉说话了："本不想打扰你养病，但这件事实在棘手，不得不请你来商量个办法。"

允祥："什么事，说吧。"

马齐："扛上了！那边皇上丝毫不肯让步，不同意处置田文镜，反而降了李绂的官；这边清流们也不肯让步，一下子上了百多道折子。这不，全是……呈上去肯定是火上浇油！不呈上去也是办不到的事……"

允祥的脸更白了，怔了好一阵子，才说道："这不是国家之福……咱们能不能分头去劝说那些清流，让他们把折子撤了？"

隆科多："劝不了！也不能够劝。田文镜究竟该不该参，应该给百官们一个明确的答复。我认为皇上犯不着为他这么做。"

允祀："纸是包不住火的。上折子是百官的权利，如何处置由皇上乾纲独断。军机处只能够上传下达，不能够从中阻隔。"

这话谁也无法驳倒，一时又沉默了。

允祥："那就呈上去吧。"

张廷玉也只好点了点头。

22. 养心殿内

那些折子又堆到了御案上。

镜头拉开，一堆一堆的折子把坐在御案后的胤禛挡得只露出了一个头。

胤禛这时的面容十分平静，只是格外苍白。

御案前，跪着谢济世和陆生楠。

大殿里，军机大臣一个也没有来，只有高勿庸、乔引娣和秦顺儿默默地站在殿侧。

23. 养心殿外

满满地，那些上折子的官员们全来了，一个个面露慷慨悲歌之状，在秋风中昂首挺身而跪！

门边，刘铁成率领着一排御前带刀侍卫钉子般列在两侧。

24. 养心殿内

胤禛终于开口了："朕已经和你们打过招呼了，叫你们不要再闹事，为什么变本加厉，结党乱政？！"

谢济世："回皇上，上疏言事，是臣等的职责，不是闹事，更不是乱政。"

胤禛："那你承认是结党了？"

谢济世："皇上说是结党就是结党。"

胤禛："朕写的《朋党论》你们没有看吗？"

陆生楠："回皇上，小人有党，君子无党！"

胤禛的手在案下捏得叭叭直响："好气魄……那河南的生员罢考也一定是你们结党所为了？！"

陆生楠把头一抬，亢声答道："回皇上，不是！河南的生员罢考全因田文镜这个酷吏所致！"

胤禛："田文镜为什么是酷吏？"

陆生楠："回皇上，田文镜作践读书人，视进士、举人、生员如奴隶，动辄斥骂甚至用鞭子驱赶当差服役，这纯粹是为了逢迎皇上，取媚邀功，因此明知一体当差、一体纳粮违背祖制，利少害多却一意孤行，弄得天怒人怨。皇上，这样的人难道不是酷吏？"

胤禛："终于说出心里话了……原来你们咬牙切齿的并不是田文镜，而是朝廷一体当差、一体纳粮的新政！是不是？"

谢济世和陆生楠对视了一眼，没有答话。

胤禛："回答朕，是不是！"

谢济世："是！皇上在河南试行一体当差、一体纳粮本就不是可行之政，否则为什么要试行？可恶的是田文镜一味逢迎，使得读书人的脸面荡然无存，国家的元气大伤！皇上，士绅不当差、不纳粮是千百年来的成例，请皇上恪守祖制，以江山社稷为重，罢了田文镜这个逢迎小人，取消一体当差、一体纳粮的弊政，则天下幸甚，苍生幸甚！"

胤禛突然大笑起来，声震殿宇。

高勿庸、乔引娣、秦顺儿都被他这可怕的笑声惊住了。

谢济世和陆生楠的脸也白了。

25. 养心殿外

胤禛的笑声是如此的尖厉，又是如此的悠长，跪在这儿的官员们都变了脸色。

笑声终于停止了，又传来了胤禛的画外音——冷得像冰缝里的风："凭你们也配说天下、苍生！国库空虚，百姓独担赋税，丰年尚且啼饥号寒，一到灾年更是饿殍遍地，朝廷连赈灾的钱都拿不出来。而士绅们呢？田地是他们的多，差役一点也不当，赋税一文也不交，任凭国弱民穷。这样的成例，这样的祖制，难道还不应该改！"

26. 养心殿内

"不应该改！"谢济世顶着答道，"'唯上智与下愚不移'！这是圣人的话。"

胤禛："那么'民为重'呢？是谁的话！翻过几篇朱子格言，抄过几篇高头讲章，就敢在这儿妄谈圣人之言，抨击新政？岂有此理，田文镜推行新政，你们就结党倒田；刘墨林为新政说了几句良心话，你们又连他也参了……告诉你们，只要朕还是皇上，就决不容许你们这些只会说假话说空话，不干实事不顾大局的读书人妄言乱政！这些奏折都带回去，朕一个字也不看，一个字也不准！"说到这里双手往前面一推，把御案上的奏折全都扫落在二人面前，起身就向殿侧走去。

陆生楠大声喊道："皇上！皇上！您这样做，就不怕千秋万代留下骂名吗？！"

胤禛倏地站住了，慢慢回过身来，盯着陆生楠，问道："你刚才怎么说？"

陆生楠："请皇上收回奏折，给天下人一个答复！"

胤禛："朕问你，刚才说的什么？"

谢济世接言："臣等不希望皇上千秋万代留下骂名。"

胤禛："看起来朕要想不留骂名也不能够了。来！"

27. 养心殿外

刘铁成闻声将手一摆，率领四名侍卫跑了进去。

众官员无不失色。

殿内，先是传来胤禛凶狠地一笑，接着是他那震怒的画外音："将他们的官服扒掉，送到养蜂夹道狱神庙，交刑部大理寺审讯定罪！"

刘铁成的画外音："嗻！带走！"

众官员跪不住了，有人带头站了起来，接着所有的人都站了起来。

站在两侧的侍卫们立刻警觉地向前跨了一步，紧紧地盯住他们。

28. 养心殿内

几名侍卫已经将谢济世和陆生楠架住。

陆生楠拼命撑住，大声喊道："皇上，你要杀忠臣吗！"

胤禛不屑地将手一摆："刑部大堂上说去！"

谢济世身子一纵，跳着脚喝道："死则死耳，不要求饶！"

胤禛："拉下去！"

侍卫们提起二人拖了出去。

殿外，立刻传来了众官员的喧哗声和哭喊声：

"皇上不能这样对待忠臣！"

"世祖章皇帝！圣祖仁皇帝！你们睁开眼睛看看呀！"殿中的人被这叫声怵得无不失色。

胤禛额上青筋在不断地跳动，手一甩，大步向殿外走去！

刘铁成连忙跟了出去。

高勿庸、乔引娣和秦顺儿也连忙跟了出去。

29. 养心殿外

胤禛在门外一站，官员们立刻停止了哭嚷，又都跪了下来。

胤禛："好，很好。看样子前明的朋党在我大清朝重现了。但是，你们不要忘了，朕不是明朝的万历，朕是做了四十五年皇阿哥，水里进火里出，六部办差，外省民间闯荡出来的铁汉子、硬骨头！你们读的那些书，朕全读了。你们没有读的书，朕也读了。朕在黄河里被洪水冲了一天一夜都没怕过，难道还怕你们把朕淹了！"

正在这时，允祥、允祀、张廷玉、隆科多、马齐五个军机大臣气喘吁吁地赶来了，看见这般阵势，都默默地走到胤禛身边站住了。

胤禛瞟了他们一眼，问道："你们是不是也和他们一样，逼宫来的？！"

五人连忙跪了下来。

允祥答道："皇上是盛世之主，谁敢逼宫，臣第一个不答应！"

张廷玉："臣等侍主来迟，请皇上治罪。"

胤禛缓和了脸色："没有罪，你们都没有罪……万方有罪，罪在朕躬一人！"

允祀："皇上这样说，置臣等何地？有什么旨意，皇上吩咐就是。"

胤禛："好，既然你们还听朕的，就起来听旨。"

五人叩了个头，一齐站了起来。

胤禛："朕自即位，就曾再三告诫诸王和文武大臣，要以朋党为戒。圣祖仁皇帝也曾再三训诲廷臣，要以朋党为戒。为什么？就因为一旦结成朋党，不管近在咫尺，还是远在万里，朋比胶固，牢不可破，祸端丛生！是其党者，不管贤与不贤就百般庇护，不是一党，不管好与不好就百般攻击——视一党荣枯为性命，置国家大局于不顾！这一次，谢济世、陆生楠……还有李绂，煽动百官，朋党乱政，甚至威逼朕躬，就是铁证！李绂、谢济世、陆生楠实属十恶不赦！着即押付西市问斩！以为天下朋党乱政者戒！"

此言一出，所有的人都震住了！

胤禛："你们领不领旨？不领旨，朕就全班撤了你们，另换领旨的人重组军机处！"

五人对视了一眼，齐声答道："臣等领旨。"

30．通往菜市口的路上

灰沉沉的天空，灰沉沉的街市屋脊……

沸沸扬扬的画外音从四面八方传来：

"杀清官了！杀李青天了！快去看呀！"

到处是传呼声，奔跑声……

镜头摇下，街道两旁挤满了百姓。

"来了！来了！"

沉重的车辘辘声传了过来。

人群骚动起来，后面的不断往前面拥，维持秩序的兵丁们横着枪拼命地抵住涌动的人潮。

三辆牛车出现了，第一辆车里囚着李绂，第二辆车里囚着谢济世，第三辆车里囚着陆生楠。

31．午门外

又跪满了官员，没有人说话，只是默默地跪着。

陆陆续续又有些官员来了，都不说话，只是静静地在人群后面跪下。

32．养心殿

出奇地安静，只有那座自鸣钟在嘀嘀嗒嗒地响着。

御案前坐着面色蜡黄的胤禛。

御案一侧坐着面色铁青的允祉。

允祉坐不住了，站了起来在殿中来回疾走，走到那座自鸣钟前注目望去。

站在殿侧的高勿庸、乔引娣和秦顺儿也不禁将目光向自鸣钟望去。

长针短针都指在"午"字上了！

允祉一跺脚大步走到御案边站住："我用这个亲王的爵位换李绂的一条性命成不成？"说到这里取下头上的宝石顶戴往御案上一搁。

胤禛既不搭话，也不看他，只是微闭着眼默默地坐着。

允祉："你倒是说句话呀！"

胤禛还是没有睁眼。

33．午门外

人群后传来了一阵轻微的骚动声，许多人回头望去。

弘历和刘墨林气喘吁吁地跑来了。

跑至左掖门边，弘历对刘墨林："你在这等着，我去求情。"说着，也不搭理举枪致敬的护军径直跑了进去。

许多人眼中露出了希望的光来。

刘墨林折回到人群边也跪了下来。

刚才还跪在这儿的几个文官一齐哼了一声，又一齐站了起来，走到另外一边跪下。

刘墨林孤零零地跪在那儿，眼中闪出了泪花。

34．养心殿

自鸣钟的长针已经指向了午时一刻。

允祉光着头气急败坏地来回疾走。

胤禛仍然闭着眼睛一动不动。

弘历默默地走了进来。

允祉眼一亮："你来得正好，三叔这张老脸已经不管用了！"

弘历轻轻地止住了允祉，走到御案前把袍服一撩跪了下来："李绂等罪该万死，请皇阿玛念在他们居官还算清廉，法外施恩，赦了他们的死罪！"

胤禛慢慢地睁开了眼睛，默默地望着弘历。

允祉："皇上，一个亲儿子再加上我这个亲哥哥面子总算够了吧？御前免跪的恩典我也不要了……给你跪下行不行？"说着挨着弘历也跪了下来。

35．菜市口

穿着红衣插着标牌的李绂、谢济世和陆生楠已经跪倒在行刑台上。

他们的身后站着手扛鬼头刀的刽子手。

坐在监斩棚里的三个监斩官同时掏出了怀表。

一只怀表上指着午时二刻！

二只怀表上指着午时二刻！

三只怀表上也指着午时二刻！

围观的人群骚动起来了。

定格。

| 第三十七集　图穷匕首见 |

1. 养心殿

不该响的时候那自鸣钟突然响了一下！

所有的人都是一颤。

除了胤禛，其他的眼睛都向指针望去。

——午时二刻！

允祉气一泄，一屁股坐在地上，喃喃地说道："完了……完了……赶不上了……"

胤禛哆嗦着手从案头拿起一份赦诏，声音轻得所有的人都竖起了耳朵："弘历，去吧。"

弘历一跃而起抢过赦诏飞奔而去。

允祉爬了起来，圆睁着双眼望着胤禛："为什么要这样？为什么要这个时候才拿出赦诏？"

胤禛没有看他，两眼望着殿外："李绂该不该死，有上天决定……"

高勿庸默默地走了过来，扶着允祉在凳上坐下，轻轻说道："三爷，能不能救下李绂，听炮声就知道了。"

允祉："炮声？什么炮声？"

高勿庸："午时三刻响炮就是没救着，不响炮就是救着了。"

允祉："这儿能听到炮声？"

高勿庸："能。每次菜市口杀人，这儿都能听到炮声。"

允祉："哦……"眼光不禁又向那自鸣钟望去。

钟声又嘀嘀嗒嗒地响了起来。

730

胤禛站起来了，默默地向殿外走去。

众人的眼光又都转向了他。

走到殿门外，胤禛站住了。接着，他又闭上了眼睛，嘴唇在飞快地翕动着。

他的画外音："世尊！善男子善女人发阿耨多罗三藐三菩提心，应云何住？云何降伏其心？善哉！善哉！须菩提！如汝所说，如来善护念诸菩萨，善付嘱诸菩萨。汝今谛听，当为汝说。善男子善女人发阿耨多罗三藐三菩提心，应如是住，如是降伏其心……"

——原来他在默诵佛经！

"三刻了！"是乔引娣的惊呼声！

胤禛倏地睁开了眼睛！

允祉也倏地站了起来！

所有的人都侧着头，竖着耳朵。

"听见炮响了吗？"允祉怯怯地问道。

高勿庸没有把握，转向乔引娣和秦顺儿："你们听见了吗？"

乔引娣和秦顺儿摇了摇头，开始轻轻地答道："没有……炮没响……"接着二人一声欢呼，"炮没响！"

"嗡"的一声，胤禛眼一黑，天也转了起来，地也转了起来……

2. 伯伦楼

"什么是英雄好汉？这才是英雄好汉！"常七一条腿踏在凳子上，两只衣袖捋得老高，眉飞色舞，唾沫横飞。

旗人们里三层外三层把头都凑了过去聚精会神地听他神侃。

常七："当时我就站在前面，听得清清楚楚。宝亲王问李大人'皇上问你，知道田文镜的好处了吗？'你们猜李大人怎么说？他头一抬，答道'臣至死也不知道田文镜好在哪里！'"

"好！"众人齐声喝彩。

常七："没错！当时我们就是这样喊了一声'好'！宝亲王叹了口气，拿出了圣旨说道'奉旨赦免李绂死罪，革职永不叙用！'接着大伙儿都念起佛来了……"

"听说宝亲王拿到赦诏时是午时二刻，那一刻钟怎么赶到的？"闵四提出疑问。

常七："嗨！从午门到菜市口怎么说一刻钟也赶不到！宝亲王跨上一匹黄骠马，高举着圣旨，说道'奉旨去救李青天，你给我飞着去，倘若误了时辰，立刻把你宰了'！"

闵四："那马呢，飞起来了吗？"

"当然，那匹黄骠马听宝亲王这么一说，顿时四蹄生风，向菜市口飞去……"

"哦！"众人一声惊呼。

"这话有水！"坐在一旁的那位老旗人插话了。

"哦？"众人又把头转向了他。

"怎么有水了？"常七反问道。

老旗人："当时我就在半路上，亲眼所见，宝亲王赶着马飞跑，但那马蹄子一下一下落在地上，可没有飞起来哟。"

众人哄地一声笑了。

常七红了脸："那好，咱们打个赌！我也给你一刻钟，任你挑一匹快马从午门跑到菜市口去，跑到了我他妈把划给我的四十亩地给你，跑不到把你那四十亩地给我。敢不敢？"

"好！这是个辨别真假的好办法！"立刻便有人起哄了。

那老旗人却不上这个当，缓缓地说道："一刻钟那是无论如何跑不到的……但如果两刻钟呢？"

常七："废话！宝亲王是一刻钟，你干吗要两刻钟？"

老旗人："奥妙就在这里。告诉你们，三个监斩官的表走到午时二刻都停了！"

"有这样的事？！"众人又来神了。

老旗人："千真万确！当时那大爷也在观刑，他看过表，午时三刻早过了，监斩官就是不发令。一直等到宝亲王赶来，那表还是午时二刻……"

"老天有眼！清官自有神灵保佑！"

老旗人："知道是谁在保佑李大人吗？"

"谁？"

老旗人："那大爷说，是顺治爷和康熙爷！"

"顺治爷和康熙爷？"

"没错！"老旗人压低了声音，"皇上为什么要杀李大人他们？是因为李大人他们反对皇上改变顺治爷和康熙爷的祖制。顺治爷和康熙爷赞赏他这一片忠心，能不显灵保佑他！"

"有理！有理！"

"哎！那谢大人和陆大人也是反对皇上擅改祖制，为什么还是给杀了？"

"是啊。"

老旗人："不同，这中间有个大大的不同。皇上把李大人从湖北调任直隶总督，是为了什么？为了叫李大人来对付咱们旗人！李大人打心眼里不愿意和咱们旗人过不去，这才上了个辞官的折子……顺治爷和康熙爷最赞赏他的是这一点。明白？"

众旗人恍然大悟，齐声赞道：

"原来如此！李大人果然是个大大的好官！"

"好官！好官！"

"这样一来，任谁来当直隶总督也不敢和咱们旗人过不去了！"

"没错！赶明儿老子那四十亩地干脆卖了，也够吃个三年五载的！"

"对！咱们把那些地都卖了，到时候朝廷照样得给咱们发粮米。"

"对！对！卖了，卖了……"众人齐声附和起来。

3. 京郊

酒水从倾斜的坛口流进了一溜整齐地摆在地上的酒碗里。

一双双手将一只只酒碗端起。

镜头拉开，十几个铁杆清流来为李绂送行了——有他的同年，也有他做主考时录取的进士门生，王文昭也在其中——一个个端着酒碗望着李绂。

还是此次进京时那个样子，李绂仍然穿着那件蓝衫，背上背着那只遮阳笠；他的身边仍然是那个长随，仍然是那头走骡——来也萧萧，去也萧萧。

李绂也端着一碗酒，说话了："庭前种梅，园中养鹤，我比诸位幸运。但为朝廷出力毕竟是读书人的职责，望诸位弘扬圣人之道，为我大清多保留一些正气元气！"说完，一仰脖子将那碗酒咕咚咕咚喝了下去。

众人同时将酒碗凑到嘴边喝了下去。

一阵马蹄声传来，众人回首望去。

来人竟是刘墨林！

只见他满脸流汗，驰至众人身边翻身跳了下来。

众人的脸都是一寒。

刘墨林默默地走到酒坛边，倒了一碗酒，双手捧给李绂："宝亲王说，他不能来为李大人送行了，托我代他敬李大人一碗酒。"

李绂："李绂这条命是宝亲王和三王爷救下的，这碗酒我喝了。"说着接过酒碗一口干了。

刘墨林接着又倒了两碗酒，端起一碗，袍服一撩跪了下去："老师，这碗酒是门生为老师送行的！"说罢双手一举。

李绂冷冷地望了望他："不敢，我李绂何德何能，敢做你的老师。"说着抱手向众官员一揖，"告辞！"转身跨上走骡，一勒缰绳，嘚嘚走去。

众官员瞥了一眼刘墨林，一齐转身，走了。

只有王文昭停下来望了望仍然跪在那儿的刘墨林，轻轻叹了口气，跟着也走了。

秋风萧瑟，驿道旁大树上的枯叶纷纷飘落下来，有几片飘在刘墨林手中的酒水上。

刘墨林闭着眼睛，端起那碗酒凑到嘴边连同落叶大口地喝了下去……

4. 养心殿东暖阁

刘墨林已经跪在炕前。

胤禛坐在炕上忧郁地望着刘墨林，几天下来，他一下子又憔悴了许多，眼圈也有些发青。

高勿庸站在胤禛的身侧，乔引娣和秦顺儿则站在殿门边，这时都默默无声。

胤禛抬起了眼向秦顺儿和乔引娣望了一下。

二人默默地走了出去，很快又踅了回来——乔引娣捧着两只酒碗，放在胤禛身旁的矮几上，秦顺儿捧着一个酒坛，倒满了酒，又捧着酒坛退到一边。

胤禛端起一碗，默默地递给刘墨林。

刘墨林："皇上？"

胤禛："他李绂不和你喝酒，朕和你喝！"

刘墨林连忙挺直了身子踞跪着，颤抖着双手接过酒碗。

胤禛端起了另一只酒碗："来，喝了。"说着大口地喝了起来。

刘墨林泪水夺眶而出，举起酒碗咕咚咕咚地喝了下去。

胤禛突然大声地喘咳起来。

"皇上！"

高勿庸连忙一条腿跪了上去，在胤禛的背上捶了起来。

胤禛喘咳稍定，将手一抬："没事……"

高勿庸只好退了下来，在一旁站着。

胤禛望着刘墨林："岂能尽如人意，但求无愧我心。不要说你，就是朕，何尝不是受尽了冤屈……外面很多人说朕贪酒好色……现在他们三个都在这儿，这么多年来像这样喝酒朕还是头一回，你们说是不是？"

高勿庸和秦顺儿连忙点头，就连乔引娣也点了点头。

刘墨林感激交迸："皇上……"

胤禛："秦顺儿，再把酒倒上。"

秦顺儿刚要走过来，发现迎面逼来的高勿庸那森冷的眼光，立刻又愣住了。

胤禛："怎么了？"

高勿庸上前跪了下来："万岁爷，您不能再喝了！"

胤禛："奴才，你想抗旨吗？"

高勿庸："就是抗旨，奴才也不能再让万岁爷喝了。"

胤禛："倒酒！倒酒！"

秦顺儿进退两难，愣在那儿。

乔引娣从秦顺儿手中夺过酒坛，默默地走了上去将两只酒碗倒满，放下酒坛，端起一碗递给了刘墨林，然后端起一碗："这一碗我代皇上喝了。"说着一口气将那碗酒喝了。

胤禛立刻报以一个欣慰感激的眼神，然后向刘墨林点了点头。

刘墨林也向乔引娣投过感激的一瞥，将碗一举喝了下去。

胤禛："高勿庸，给军机处传旨，升刘墨林为内阁学士，在军机章京上行走。"

高勿庸："嗻……"

刘墨林："皇上！微臣万万不敢领旨，请皇上收回成命！"

胤禛："唔？"

刘墨林："皇上，科甲朋党一案，微臣的老师杀头的杀头，革职的革职，微臣却反而得到升迁，微臣何以立朝为官，何以在世为人？请皇上体察微臣的苦衷！"说到这里匍匐在地，哭出声来。

胤禛也愣住了，一阵更强的孤独袭上心头，过了好久才苍凉地说道："那就算了……你跪安吧。"

刘墨林重重地叩了个头，爬了起来，退了出去。

胤禛坐在那儿出了会儿神，将手一摆："你们也下去吧。"

高勿庸向乔引娣和秦顺儿使了个眼神向门外走去。

"乔引娣，你留一下。"胤禛突然说道。

乔引娣停住了脚步。

胤禛深深地望着她："你替朕喝了那碗酒，朕感激你……"

乔引娣没有看他，低着头轻轻地答道："那么多人替你出生入死没见你感激，我喝一碗酒也值得感激吗？"

胤禛："不是这样。替朕出生入死的人虽多，但大多数都是有所求……你不是，因此朕感激你。"

一阵慌乱袭上心来，乔引娣的脸红了。

胤禛："你在朕身边也有些日子了吧？"

乔引娣愣了愣，才答道："六百多天了……"

胤禛："六百四十一天。"

乔引娣吃惊了，睁着两眼向胤禛望去。

胤禛没有看她，两眼望着窗外，继续说道："你知道，朕为什么要把你留在身边吗？"

乔引娣更慌了："不、不知道……"

胤禛："是的，你不会知道。在这个世上，没有几个人知道朕的苦心……你刚才都看到了，刘墨林因为去了河南，看到了实情，为田文镜……不，是为百姓，说了几句公道话，他们就这样子对他。朕体谅他，可又有谁来体谅朕……朕每天四更起身，做事要做到子时，胡乱睡一两个时辰，还常常半道里惊醒，身边连个说句话的人都没有。朕每天批的奏章，最多的一万多字，最少的也有五六千字，每天接见众臣工有时接连十几起……朕为了什么……他们还要处处和朕拧着干，到处给朕出难题，说朕的坏话……你曾经是老十四的人，也是最恨朕的人之一。朕把你留在身边，就是要让你看看朕到底是什么样的人！有朝一日，朕放你出去，你要替朕说句公道话……"

听到这里没有声音了，乔引娣又抬起了头，不觉浑身一颤。

就在早几天还自称"硬骨头""铁汉子"的冷面皇帝这时竟然满面泪光！

乔引娣慌忙走到铜盆边拧出一条毛巾，又默默地走到胤禛身旁轻声唤道："皇上……"

胤禛回过神来，深深地望了乔引娣一眼，接过毛巾，擦干了脸，接着赧然一笑："朕失态了，你不会笑话朕吧？"说着把毛巾递了过去。

乔引娣更慌乱了："不……不会……"答着伸手去接毛巾。

胤禛却突然握住了她的小手。

乔引娣一惊，本能地就要将手抽回。

胤禛握得更紧，嘴里喃喃地说道："不要动……让朕握握……"

乔引娣不再动了，只觉得脑子里嗡嗡地乱响，浑身上下软绵绵的，一点力气也没有了。

胤禛也就是这样地握住，没有松手，也没再有其他的举动。

好安静，静得只有两个人的心跳！

"皇上！您的手好烫！"乔引娣失惊地喊了出来。

胤禛没有动也没有答话，仍然入神地握着她坐在那里——两颊却赤红赤红，红得吓人！

乔引娣轻轻地抽出了一只手，在他的额上一探，更惊了："高公公，快来！"

高勿庸和秦顺儿连忙跑了进来。

乔引娣惶急地说道："皇上、皇上在发高烧！"

高勿庸连忙上去扶着胤禛："秦顺儿，快，传太医！传太医！"

秦顺儿没命地跑了出去。

乔引娣眼中闪出了泪花。

5. 允祀府

"天厌之！天厌之！"允禟十分兴奋外加九分解恨地说道，"清流让他得罪完了，旗人也让他得罪完了。老十三病入膏肓，他自己这个病看样子也好不了！这就叫人算不如天算！是时候了，八哥，该怎么干您就交个底吧。"

允䄉："九哥说得不错！这个时候，只要八哥振臂一呼，立马就能翻了他这条船！"

揆叙："平时八爷叫我们等，说实话我们还真有点想不通，现在看来还是八爷英明。终于让咱们等到这一天了。"

阿灵阿："八爷，该怎么干，您就快说吧。"

允祀望了望他们，没有立刻答话，而是又走到窗边沉吟了片刻，才转过身来，说道："我的原意是还等一等，现在看起来任何事情都没有十成的胜算。有个七成就得干！你们都过来。"说着他走到桌旁坐了下来。

众人连忙围了上去。

允祀一反平日喜怒不形于色的常态，眼中熠熠地闪出光来，一字一顿地说道："蓄而不发，待其时也。现在，是时候了！下面咱们分三步走。第一步，咱们抓住雍正急于整顿旗务的心理，让弘时去进言，奏请关外的铁帽子王进京共同整顿旗务。我估计雍正有八成会同意。第二步，只要他同意铁帽子王进京共商旗务整顿，我就能联络他们以恢复祖制的名义突然提出八王议政，架空雍正！这一点，雍正是绝对不会答应的。这就到了关键的第三步！这么多年的教训，有了人心，有了文事，没有武备，最终还得败在人家手里。因此，只有兵谏，才能迫使雍正低头！咱们吃亏就吃在手里没有兵权。这一次我要借关外的兵力夺京畿的兵力！京畿的兵力包括两大部分，一是驻扎京郊的丰台大营和西山锐健营，二是步军统领衙门。丰台大营和西山锐健营我有办法，步军统领衙门的兵力只要说动了隆科多，也能够一举夺得！勒兵国门，雍正就只能同意八王议政。那时候咱们再全面废除他的新政，天下的士绅和旗人就都会站在咱们一边！"

众人兴奋得热血沸腾。

允䄉："好！那时咱们再把八哥推上去取而代之！"

允祀瞟了他一眼，摇了摇头："不！那时咱们再把弘时推上去取而代之！"

众人一齐望着他，没敢接言。

允祀："天若助我，我学周公！天若灭我，我也不会自绝于列祖列宗！"

众人这才一齐点头。

6. 养心殿东暖阁

"他们怎么敢这样做！"胤禛一急，挣扎着就要坐起。

"皇阿玛！皇阿玛！"弘时连忙上去扶起胤禛斜靠在大迎枕上，接着盯了一眼身旁的弘昼，"叫你别说，你偏管不住自己这张嘴。"

弘昼："皇阿玛问到了，我能不说吗？"

胤禛："高勿庸，这件事军机处为什么不奏上来？"

高勿庸："回万岁爷，八爷他们吩咐了，说万岁爷正在养病……"

胤禛睁着两只瘦大的眼眨了眨，转对弘时："是谁煽动他们卖地的？"

弘时："皇阿玛，您龙体欠安……"

胤禛："说！"

弘时故意犹豫了一下这才答道："是。好像没人煽动，是他们看见这么多官员反对，认定朝廷的新政肯定推行不下去了，这才争先恐后把地都卖了……"

胤禛胸口一堵，接着大声咳起嗽来。

弘时："药！快拿药来！"

弘昼连忙从一旁端起药递给弘时。

胤禛："不喝！拿开！"

弘时端着药碗愣在那里。

乔引娣走了过来："三爷，让我来。"说着从弘时手中接过药碗，"皇上，喝药吧。"

胤禛望着她。

乔引娣也睁大了眼睛望着胤禛。

胤禛轻叹了口气，坐直了身子，接过药一口气喝了下去。

乔引娣又端着一杯清水递了过来，送到胤禛嘴边。

胤禛呷了一口清水漱了口吐在药碗里，乔引娣这才端着碗走了开去。

弘时和弘昼对视了一眼，又连忙低下了头。

胤禛望了望他们，眼中闪过一丝歉疚，缓和了语气说道："你们都坐下吧。"

弘时和弘昼："是。"答着斜着身子在床边的凳上坐了下来。

胤禛："国事繁剧成这个样子，你们十三叔又得了那个病，阿玛的身子骨也不如从前了……你们也都该出来干点事了。"

弘时立刻接言说道："皇阿玛不说，儿臣也想说了。皇阿玛虽说睿智天纵，但九州万方集于一身，宵衣旰食，日理万机，就是铁打的人也会熬出病来。这几年四弟多少还帮阿玛分了点劳，儿臣和弘昼却未能替阿玛分忧，心中常觉惶愧。皇阿玛，'父有疾儿当服其劳'，有什么事您就下旨吧，儿臣们就算一时片刻做不好，也可以跟阿玛和十三叔他们学。眼瞅着您累成这样，儿臣却在一旁闲着，心里难受呀……"这段话弘时在来时就不知道默诵了多少遍，语气间的吞吐疾徐都早已揣摩得烂熟，现在一口气带着情绪说了出来，自己的眼圈先就红了。

胤禛对这个儿子本来不太放心，因此这么多年来宁愿让他闲着，也没有给他派差，现在被他一番说辞竟然感动了，微微地点了点头："你有这片心就能够出来做事。说说，朝廷当务之急应该做什么？"

弘时："推行新政！而推行新政的当务之急是整顿旗务。"

胤禛："为什么？说说理由。"

弘时："回皇阿玛，新政好就好在利国利民。摊丁入亩、火耗归公，还有士绅一体当差、一体纳粮已经见了成效，就是瞎子只要不存成见也知道它的好处。唯有整顿旗务，牵涉到旗人，其中许多阻碍，弄急了有伤国本，不整顿又显然不行。因此儿臣以为整顿旗务是急中之急。"

胤禛摇了摇头："你这话似是而非。真正的国本，最要紧的急务还是如何在全国推行摊丁入亩、火耗归公，尤其是士绅一体当差、一体纳粮的新政。整顿旗务虽说重要，不过是满人窝子里的事，虽是急务，但不是什么急中之急。既然你提到了，就说说该怎样整顿吧。"

弘时虽是有备而来，但没想到一论及具体的政务，一开口就走了水，一张脸登时红了，只好硬着头皮答道："首先是正名！旗人归八旗管，而现在由直隶总督来整顿就存着个名不正言不顺的问题。儿臣的意思，应该把八旗的旗主叫来，由他们对本旗进行整顿。这样就能如臂使指，顺理成章。"

胤禛睁大了眼睛望着床顶，显然被他的话打动了，急剧思索了一阵，突然将目光一转，盯着弘时："这话是谁对你说的？"

弘时一惊，接着镇定下来回道："回皇阿玛，这几年儿臣虽然没有当差，对朝廷的政务却不能不关心，这些想法都是儿臣和一些朝野的有识之士深谈中得来的。"

胤禛松了口气，语气缓和了："这件事交给你去办，能不能办好？"

弘时："回皇阿玛，儿臣办不好。"

胤禛："唔？"

弘时："整顿旗务是个得罪人的事，八叔那么厉害也睁一只眼闭一只眼，不敢管得太紧。为什么？就因为咱们旗人各有所属。儿臣为什么说叫各旗的旗主来整顿？就是这个道理。"

胤禛不断地点头："看起来这几年你确有长进……这件事待朕想想再作决定。"

弘时："是。"

胤禛精神好多了，这时又把目光转向了弘昼。

弘昼："儿臣既没有三哥这份心思，也没有四哥办差的能力，只身子骨壮实，只望能够把皇阿玛的病移到儿臣身上，就算替皇阿玛分忧了！"

胤禛："你的孝心阿玛知道。身为皇子光有个好的身子骨还不行。多读点书，也可以常练练骑射。有了正经本事，才能为朝廷当差。不要老是和那些和尚道士、三教九流的人混在一起。"

弘昼："是。"

胤禛："你们都跪安吧。"

弘时、弘昼又跪了下来，一齐叩头："皇阿玛万福金安。"接着站起退了出去。

胤禛："备驾，朕去看看怡亲王。"

高勿庸吃了一惊："万岁爷……"

胤禛："不要啰嗦，备驾！"

高勿庸："嗻。"

7. 允祥府卧房

医嘱不能见风，门帘窗帘都放得严严实实，室内光线黯淡。

只有屋角上那只火炉十分耀眼，上面的药罐兀自嘟嘟地散着蒸气，满屋的药香。

镜头摇过，允祥躺在榻上昏昏地睡着，那张脸益发蜡黄瘦削。

阿兰坐在他的身旁，散着眼神木木地发呆。

突然一道光亮直射进来，门帘掀开了。

阿兰木木地转脸望去。

是高勿庸，正侧身站在一旁，把帘子挑得老高——两个太监用一乘抬舆抬着半躺着的胤禛进来了。

阿兰连忙站了起来："皇上……"

胤禛对她点了点头，抬舆在允祥的榻边放下了。

允祥睁开了眼睛："皇上。"就要挣扎坐起。

胤禛："躺下，躺下，咱们就这样躺着说话吧。"

阿兰连忙搬过两个大迎枕塞在允祥的头下。

两个人就都这样面对面半躺着，一阵黯然沉默。

高勿庸使了个眼色，其余的人都随他退了出去。

允祥："皇上，您龙体欠安，不应该冒着风来看我。"

胤禛叹了口气："有种感觉，朕也说不上来，不知道是担心还是害怕……"

允祥睁大着两只瘦眼定定地望着胤禛。

胤禛："到了这个时候，朕也不避讳了……老十三，要是突然咱们俩都病故了！这个局面将会怎样？！"

允祥一惊："皇上龙筋虎骨，福寿正长，怎么会有这个念头？"

胤禛轻摇了摇头："朕自己的身体自己知道，这一向经常昏眩，低热不退，浑身冒汗，吃了药依然不见成效……万事丛错，朕真担心来日无多呀！十三弟，朕想立刻向全国推行一体当差、一体纳粮，同时加紧整顿旗务！虽然急了点，但总比想做的时候不能做要好。"

允祥郑重地点了点头。

胤禛："刚才弘时对朕说，召集八旗的旗主一同来整顿旗务，朕也认为有理……倒不是因为旗务非要他们整顿不可，而是让他们也来一块儿听听朕推行新政是为了江山社稷，免得到时候这些人又来掣肘。"

允祥想了想，说道："奉天那边的铁帽子王一向都是八哥负责联系，离开了他只怕很难办好，交给他办……臣弟总有点担心……"

胤禛："让他去办，翻不了天。他这个人水深难测，正好借这个事也看看他心里究竟有什么打算。如果是脓疱，迟早要挤它！"说到这里他的眼中又闪出光来。

允祥："既然这样，就叫弘时、弘历跟着八哥一起去办这件事，一来让他们历练历练，二来也有个耳目。"

胤禛："好。弘历朕不想让他卷进去……想叫他到江南李卫那儿去，一来到下面多体恤民情，二来让他多积点人望。"

允祥感动了："遇到皇上这样一位好父亲，弘历真是有福呀……"

8. 允祀府大门前

几十名箭衣行装的挎刀亲兵坐在马上等候出发。

他们的中间停着那辆杏黄大马车。

9. 允祀府前院

像是儒将出征，允祀顶戴袍服，披着一件绛红色的呢绒大披风，款步从前厅走了出来。

他的身后紧跟着兴奋的允禟、允䄉、揆叙和阿灵阿。

走到院中，允祀停住了，对众人说道："记住我的话，一切都要小心在意，等我回来。"

众人一齐点头。

允祀大步向门外走去。

众人跟到里门边都站住了。

嘚嘚的马蹄声和车轮的滚动声从门外传来。

10. 山海关外

震动大地的马蹄声!

无数只翻盏般的马蹄扬起弥天的飞尘扑向镜头。

一杆杆密集的长枪从镜头前晃过。

接着一面镶白旗迎风招展，从镜头前闪过。

又是一杆杆密集的长枪晃过。

接着一面正红旗迎风招展，从镜头前闪过。

又是一杆杆密集的长枪晃过。

接着一面镶蓝旗迎风招展，从镜头前闪过。

又是一杆杆密集的长枪晃过。

接着一面镶红旗迎风招展，从镜头前闪过。

镜头拉开，镶蓝旗下，众亲兵簇拥着白发白须的简亲王勒布在向前奔驰。

镶红旗下，众亲兵簇拥着浓眉凶眼黑面瘦削的东亲王永信向前奔驰。

镶白旗下，众亲兵簇拥着满面虬髯的果亲王诚诺向前奔驰。

正蓝旗下，众亲兵簇拥着圆面团团的睿亲王都罗向前奔驰。

山海关城楼遥遥在望。

11.　山海关城门下

允祀率领着山海关总兵和驻地官员整齐地排列在关前。

扬起满天飞尘的马队排山倒海般驰近了。

允祀的脸上涌起了一阵激动。

12.　山海关驿馆

为了表示尊重，正中的位子空着。

允祀和四王对面坐在一条长桌旁。

允祀："我的信诸位王爷想必都收到了……"

简亲王勒布年纪最大，率先说话了："收到了。其实在盛京我们也听说了，皇上推行新政，汉人们有意见，旗人们也有意见……我们想不明白，放着好好的祖制不遵，搞什么新政？"

东亲王永信接言了："简亲王爷说得不错，事情坏就坏在不遵祖制这四个字上。就说旗务吧，在太祖爷手里，本来是一个旗主管一个旗，好好的，现在全打乱了，上三旗归皇上亲统了，下五旗呢，连哪些王爷算是旗主都弄不清爽了。每旗五个参领，二十个佐领，三百个牛录就更是一本烂账。比方说吧，我的一个牛录在蔡铤那儿当副将，他的顶头上司第三参领花善反而在他手下当马弁——朝廷制度与八旗规矩顶着牛，你说是谁管谁？这不扯淡吗！"

"要整顿旗务就先把这个规矩整顿清楚了！"果亲王诚诺说道，"咱们这些旗主现在都是形同虚设，连一个旗丁也指挥不动，不把这个规矩撕捋清楚，责任也就不明，谈整顿就是一句空话！"

睿亲王都罗："可皇上的意思是叫咱们废止旗人坐收月例钱粮的旧制，拨土地让他们自耕自种自食其力……"

"这叫什么整顿？这是添乱子。"勒布颤着花白胡子显得有些激动，"就拿咱们关外来说，当年多尔衮王爷率八旗子弟入关，怕旗人想家不肯死战，一把火烧了辽河两岸，那些地方现在连草木都不长了，怎么种地？"

永信："没错！咱大清的江山虽说是马蹄踏出来的，但哪一只蹄下没有洒过咱旗人的血？只是看到今天的旗人领了国家一点儿月例钱粮，怎么就不想想他们的祖先谁家没从马背上倒下过几条汉子？做事儿也不能够这样刻薄嘛！"

诚诺："这一条根本就行不通！八爷，咱们得说话。"

允祀叹了口气："诸位王爷不在北京不知道我们的难处。咱们这位皇上从来就听不进别人的话，都是他想怎么干就怎么干。"

勒布："社稷为重，祖制为重！也不能皇上怎么说就怎么干。"

永信："明知道行不通还要干，置祖宗的江山社稷于何地？"

诚诺："请咱们来，就得听咱们的。否则叫咱们来干什么？"

上钩了！允祀心中一阵狂喜，立刻接言："诸位王爷说的虽然在理，但现在不是以前了……在太祖爷的时候行的是八王议政制度，大事都是大家拿主意……"

"着哇！"永信兴奋得站了起来，"咱们现在还是可以八王议政嘛！把事情都摊到桌面上来，大伙儿一同商量，一同下令，这盘死磨不就推活了！"

勒布那张老脸也红了起来，无限神往地说道："太祖爷的八王议政制度好哇！听我阿玛说，那个时候什么大事都是八王一块儿商量着干，最后由太祖爷掌囊儿。这才有了我大清如今的兴旺！"

诚诺："今天还可以这样干嘛！"

都罗："只怕皇上不肯呀。"

允祀："大家可以据理力争！有句话我没有告诉你们，皇上的身子骨已经一天不如一天了。身体不好，精神不济，因此肝火就旺，许多旨意都是率意而行，我真担心列祖列宗辛辛苦苦创立的江山会……"

永信："那咱们就更不能不管！不光是旗务，政务咱们也应该管。"

允祀："那就等于是由八王议政取代了军机处辅政的制度，我看也未尝不可。"

"军机处有个屁用！"永信更来了劲，"皇上怎么说就怎么拟旨，这不和笔帖式一样了？咱们要干就得有大伙儿的主意。"

勒布："我看这个主意成！为了祖宗的江山社稷，我这把老骨头也就留在北京算了。"

诚诺："就这么定了！八爷，怎么干你拿个章程，咱们不会含糊！"

允祀："好，好。既然是八王议政，章程也该大伙儿一起拿。"

勒布、永信、诚诺一齐点头，都罗也犹豫地跟着点了点头。

13. 养心殿

"好，廉亲王的差事办得不错。"胤禛将手中的折子一合，瘦削的脸上露出了一丝笑容，"几个旗主王爷都赞同朝廷整顿旗务的宗旨，这就很好。"

张廷玉："皇上，听说几位旗主王爷都带了本旗的军队，这是怎么回事？"

胤禛："这是请了旨，朕同意的。他们的意思要整顿就连旗营兵一起整顿，因此从关外调了些骑射娴熟的旗兵帮助训练关内的旗营兵。"

张廷玉还想说什么，胤禛已经把脸转向了弘时："弘时、弘昼。"

弘时、弘昼："儿臣在。"

胤禛："你们这就代朕前去看看几位王爷，礼节上多尊崇一点。告诉他们，朕今天忙着疏理明天朝会的章程，不能够接见他们了，明儿朝会上见吧。"

弘时、弘昼："是。"

14. 京郊·关外旗营

中军大帐内灯火辉煌。

看样子已经明确了分工，允祀坐在正中的矮几前，勒布、永信、诚诺、都罗四王分坐在两旁的矮几前。

随四王进关的四名统兵参领则各自站在本主的背后。

丰台大营提督和西山锐健营提督疾步走了进来，一刷马蹄袖扎下千去："末将参见八王爷和四位旗主王爷！"

允祀微笑着说道："不必多礼。"

二人站立起来。

允祀向四王说道："这位是丰台大营提督，这位是西山锐健营提督，京城的防务全是他们二位负责。"

四王打量着二人，点了点头。

允祀："叫你们来，是商量整顿两个大营兵务的事情。"

"整顿大营兵务？"二人对视了一眼，又疑惑地望着允祀。

允祀："是这么回事，皇上请四位旗主王爷进关共同整顿旗务，其中一项就是整顿旗营的兵务。我来介绍一下，这四位就是四位旗主王爷带来帮你们整顿兵务的。"说着向四位参领招了招手。

四位参领走了过来，站在二位提督身后。

二位提督更加惊疑了。

丰台提督："八爷，不是末将不相信您，这么大的事怎么既没有圣旨，又没有十三爷的手令？"

允祀："圣旨我明天就可以请发给你们。今天他们四位和关外的四千铁骑就分别进驻你们的大营。"

西山锐健营提督："不是末将驳回，军队的防务没有圣旨或者十三爷的手令，末将不敢擅自接受。"

永信一拍桌子："你是哪个旗的？！"

西山锐健营提督："回王爷，末将是正黄旗下。"

是上三旗的？永信有些泄气，但仍然粗声喝道："难怪说要整顿旗务，一个小小的提督竟连总理王大臣的话也敢不听！"

那提督："回王爷，末将直接听命于十三爷，这是皇上钦定的。"

允祀："这样吧，你们先在这儿等着，待会儿会给你们皇上的谕旨。皇三子和皇五子来了吗？"

站在大帐外的戈什哈领班："回八爷，马上就到。"

15. 隆科多府

允禩、允祯静静地坐在桌旁紧紧地盯着来回疾走的隆科多。

隆科多倏地站住了，说道："你们说话可得算话，我扶的是皇三子弘时！"

允禩站了起来："舅舅，您想想，这个时候除了扶弘时，太和殿那个位置谁能坐稳？"

隆科多点了点头："好吧，这一次再扶错了人我也认了！"

16. 京郊·关外旗营

弘时和弘昼来了，这时分别坐在允祀的两侧。

弘时对二位提督说道："让四位旗主王爷整顿旗营兵务是皇上的旨意。五弟，你也听到的，是吗？"

弘昼："没错，这句话是皇阿玛亲口说的。"

允祀："这下你们该接令了吧？"

二位提督又对视了一眼，只好说道："末将遵令。"

允祀："那好，四位参领现在就率领各自的骑兵和二位提督进驻丰台大营和西山锐健营，在此期间两个大营的防务由你们六人共同负责！"

四名参领大声应道："嗻！"

二位提督也只好应了一声。

六人转身走了出去。

四王飞快地对视了一个得意的眼神。

弘昼似乎察觉了什么，两眼一阵乱眨。

17. 回京的路上

弘时、弘昼在侍卫们的簇拥下并辔走着。

弘昼："三哥，我总觉得有点儿不对头。"

弘时："什么不对头？"

弘昼："皇阿玛是说过让旗主王爷帮着整顿旗营，但并没说让他们共同管理防务啊？"

弘时："那你刚才为什么说是皇阿玛亲口说的？"

弘昼："我说的可不是这个意思！"

弘时："算了，算了，不要多说了。皇阿玛要是不同意，明天还可以下旨纠正嘛。"

18. 养心殿

看完了最后一个字，胤禛已是神气大衰，冷汗淋淋。

乔引娣连忙递过一条热毛巾，胤禛擦了擦脸，对侍立两侧的张廷玉和马齐说道："好吧，这个章程明天就在朝会上颁布。宫门已经下钥了，你们就在军机处歇一宿吧。"

张廷玉和马齐："是。"退了出去。

他们一走，胤禛就像散了架，一下子瘫软在御座上。

乔引娣轻轻地走了过去，说道："皇上，您不要紧吧？"

胤禛报以疲倦的一笑，答道："没事，也就有点儿累……对了，还有点饿了。有什么，拿来给朕吃点。"

乔引娣："真的饿了？"

胤禛有些奇怪，望了望她。

乔引娣脸一下子红了，低声说道："饿了就好。"说着匆匆地向殿侧小门走去。

19. 允祀府书房

允祀匆匆地走了进来。

允禟、允䄉、揆叙、阿灵阿连忙站了起来，一齐望着他。

允祀径自走到案前那把椅子上坐了下来，问道："隆科多那边怎么样了？"

允禟："都谈好了。"

允祀眼一亮，没有再作声，只是凝神望着上方。

众人也不敢再吱声，仍然静静地望着他。

一阵沉默之后，允祀倏地站了起来，大声说道："好了！至少有九成胜算了！"

众人都是一喜。

允禟："还有一成呢？"

允祀："还有一成不是人算，是天算。"

20. 养心殿

胤禛端起那碗热气腾腾的面片，一股香气扑鼻而来："好香！"赶忙喝了一口，"好，味道很好。"接着大口吃了起来。

乔引娣怔怔地望着他。

胤禛停了箸："唔？这东西不像是御膳房做的？"

乔引娣轻声答道："是我做的。"

胤禛放下了碗，望着她："你怎么知道朕喜欢吃这面片儿？"

乔引娣："那一次皇上说过，您曾经在五台山吃过俺们山西的面片，还说现在想来还记得那股香味呢。"

胤禛："难为你还记得……"说着端起碗又吃了起来。

乔引娣："我们家乡要生病才有这个吃。"

胤禛："哦？"

乔引娣："您不信？我们村里就有这么个人，想吃面片想得发了疯，跑到土地庙里去求菩萨，说'菩萨，大小给个病，别叫送了命。姜醋面片儿，喝个一碗儿。'"

胤禛笑了："看来，朕这个病得的还值。"

乔引娣："皇上，您不能够病，这个国家不能够没有您……天下的百姓更不能没有您……"说到后来她的声音越来越低了。

胤禛痴了，放下了碗，扶着椅子站了起来，又慢慢地走下御座。

乔引娣没有抬头，只是关注地望着他那双慢慢走来的脚。

那双脚走到了她的身旁停下了。

乔引娣紧紧地捏住了自己的衣角。

只听他轻轻叹息了一声，那双脚又向门边走去。

乔引娣抬起了头，望着走向殿门的胤禛。

走到门边，胤禛又站住了，没有回头，只叫了一声："引娣。"

"嗯。"

"你陪朕到外面走走好吗？"

乔引娣轻步地走了过去，扶起了胤禛一只手臂。

胤禛捏住了她的一只手。

二人向殿外走去。

定格。

| 第三十八集　八旗议政 |

1. 畅春园正门内

朝会的钟声响了——那声音似乎很远，又好像很近，不知道响自哪里，先是浮到空中，再散向四方，因而透着一片神秘，因而显得异常的肃穆。

一幅幅闪过的袍角，一双双沙沙沙闪过的朝靴。

守门的护军唰地并拢了脚跟，举枪致敬。

允祀在正中，勒布、永信、诚诺、都罗在他的两旁，并排走了进来。

接着，允禵和允禩并肩走了进来。

再接着，揆叙、阿灵阿等六部堂官率领一群司员的方阵走了进来。

再接着，是翰詹科道四品以上的文官方阵走了进来。

只剩下了高大敞开的空门和站在门边的护军，上朝的队伍似乎走完了。

突然，护军们又唰地并拢了脚跟一齐举枪致敬。

一杆二人抬舆抬着允祥走了进来。

允祥的精神似乎好了许多，坐在抬舆上仍然习惯地向两旁的护军微笑着点头。

2. 通往澹宁居的路上

一片片翎顶在向前浮动，澹宁居愈来愈大了。

远远地，允祥的抬舆走来了。

弘昼不知道从什么地方冒出来的，斜刺里迎了上去，老远就扎了个千候在那里。

抬舆停了。

弘昼："侄儿给十三叔请安。"

允祥微笑着说道："也来参加朝会了？"

弘昼讪笑着："侄儿懂得什么，瞧瞧热闹罢了。"

允祥："可不能只瞧热闹，多学着点，也替你阿玛和十三叔分点担子。"

弘昼："是。"

说话间抬舆又向前慢慢地走去。

弘昼紧跟在抬杆边絮絮地向允祥说着什么。

听着听着，允祥倏地坐直了身子，抬舆又停了。

允祥的脸一下子变了，变得越来越苍白；眼光也一下子滞了，停在那儿一动不动。

弘昼害怕了："十三叔……十三叔……"

允祥无力地倒了下去，靠在椅背上不住地喘气。

弘昼连忙握住允祥的手掌："十三叔！"

允祥声音微弱地说道："去，告诉你阿玛，就说我的病又犯了……先去看看太医……"

弘昼："可是……"

允祥捏了一下他的手："刚才你说的事不要再同别人说，听见了吗？"

弘昼："是……"

3. 澹宁居

一声清脆响亮的静鞭，整个大殿安静了下来。

胤禛穿着大典的朝服巍然高坐在须弥座上，消瘦的脸上带着一丝似乎凝固了的笑容。

他的身侧，左边站着弘时，右边站着弘昼。

镜头摇了下来，圆柱两侧，一边摆着四把椅子。

左边的第一把椅子空着，从第二把椅子开始，坐着允祀、允禑和允祧。

右边的四把椅子上，依次坐着简亲王勒布、东亲王永信、果亲王诚诺、睿亲王都罗。

他们的身后则站满了军机大臣、六部九卿堂官司员和在京四品以上的文武官员，人头攒攒却痰咳不闻，鸦雀无声。

胤禛的目光又落在了那把空着的椅子上。

弘昼犹豫了一下，走了过去低声向他说了一句。

胤禛一怔，急问："病得怎样？要不要紧？"

所有的人都听到了，神情各异的目光一齐向二人望去。

弘昼："回皇阿玛，不很要紧，也不很不要紧……"

胤禛的脸沉了下来："语无伦次！到底要不要紧？"

弘昼挠了挠头："是……他说先去看太医，好一点儿就来……"

胤禛不再搭理他，把目光转向了诸王贝勒和众大臣，轻咳了一声，开始说话了："朕首先为在京的官员介绍一下四位旗主王爷。第一位是镶蓝旗旗主简亲王勒布。"

勒布站了起来。

胤禛："第二位是镶红旗旗主东亲王永信。"

永信站了起来。

胤禛："第三位是镶白旗旗主果亲王诚诺。"

诚诺站了起来。

胤禛："第四位是正蓝旗旗主睿亲王都罗。"

都罗站了起来。

胤禛："请四位旗主亲王进京，是为了一同商议整顿旗务。请坐。"

四位亲王都坐了下来。

胤禛又清了下嗓子，这才言归正传："诸臣工！今天召集朝会，是同尔等共商新政大计！我圣祖仁皇帝艰难竭蹶六十一年，开拓疆土，休养生民，其政治之修明，生业之繁荣为历朝历代所不能及，名为守成，实为创业！但从圣祖晚年开始，天下官员乘圣祖宽容厚德，不思感恩报效，反多欺罔蒙蔽，阳奉阴违，结党怀奸，贪缘请托，假公济私，面从背非，以至贪风日盛，诉讼不公，赋税不平，民穷国弱。朕受圣祖仁皇帝以祖宗江山社稷重托，嘱以整顿吏治，改革弊政，日夜忧勤，不敢稍息。如何才能振衰起弱，强国富民，其根本只有四个字——推行新政！"

4. 畅春园东墙外

急促的脚步声，一队步军统领衙门士兵挎刀提枪快步跑来了。

参将甲将手一挥，众士兵立刻散了开来，三步一个，在墙边钉子般站成一溜！

5. 畅春园南墙外

急促的脚步声，一队步军统领衙门士兵挎刀提枪快步跑来了。

参将乙将手一挥，众士兵立刻散了开来，三步一个，在墙边钉子般站成一溜！

6. 畅春园西墙外

急促的脚步声，一队步军统领衙门士兵挎刀提枪快步跑来了。

参将丙将手一挥，众士兵立刻散了开来，三步一个，在墙边钉子般站成一溜！

7. 畅春园北墙外

急促的脚步声，一队步军统领衙门士兵挎刀提枪快步跑来了。

参将丁将手一挥，众士兵立刻散了开来，三步一个，在墙边钉子般站成一溜！

8. 通往双闸门的路上

隆科多领着一群亲兵疾步走去……

9. 澹宁居

胤禛："朕在江南命李卫试行摊丁入亩和火耗归公，不出两年成效卓著！这两条新政几年来已渐次在全国推行，国库为之充盈，穷苦小民的负担也明显减轻。可见，除旧布新才是治国之常道。但朕命田文镜在河南试行士绅一体当差、一体纳粮，就出现了重重阻力。为什么？就因为这条新政有损士绅的特权！圣人说，'天之道，损有余而补不足'，又说'不患寡而患不均'。士绅也是国家的臣民，为什么就不要当差，不要纳粮？田文镜试行这条新政以来，河南的赋税明显增多，黄河大堤没有要朝廷一文钱都已修筑完工。可见这条新政于国有利切实可行！"

10. 双闸门前

隆科多领着亲兵们快步走来了。

四名参将连忙迎了上去，一齐刷下马蹄袖扎千跪下。

隆科多铁沉着脸向他们扫视了一眼，然后一字一顿地说道："把住各个关口，然后从四门同时开进！没有我的手令，一兵一卒也不许靠近澹宁居！"

众参将："嗻！"

11. 澹宁居

胤禛端起案上的茶杯，喝了一口："从今日始，朕决定在全国全面推行这三条新政！……此外，旗务也要大加整顿。奉天的几位旗主亲王已经来了。会议一完，朕还要专门安排时间，和他们共商细务。以上所说，都关乎大清气运国脉。今天叫大家来，不是听听而已，有什么好的条陈建议，不妨当庭直奏。言者无罪，朕自会择善而从。"一口气说到这里，胤禛已经有些中气不接，却仍然撑着挺直了腰板。

偌大的殿中一片沉默。

突然，一个粗大的嗓音冒起："臣王有话要说！"

这声音近乎喊叫，在静谧的大殿中引起一阵轰鸣，震得众人耳中嗡嗡作响。

所有的眼光一齐望去——浓眉凶眼黑面瘦削的东亲王永信站了起来。

永信："皇上刚才说几条新政如何如何地好，可咱们在奉天听到的不是这样！"

这不是发难吗！

胤禛惊住了！

张廷玉和马齐惊住了！

所有的官员都是一惊，接着爆发出一阵骚乱……

允祀站了起来，向众官员扫视了一眼，大声说道："肃静！"

殿中果然很快安静了下来。

允祀："刚才皇上说了，今日朝会，言者无罪。东亲王，您有什么话接着说吧。"

永信："当然要说！皇上刚才说了两个人，三件事，臣王几个听了都有异议。一个李卫，什么人？不过是皇上在潜邸的一个小厮奴才，大字也识不了几个，皇上竟派了他两江总督！还叫他试行什么新政，乱出告示，竟把叫花子也用上了，这不是在扫咱们大清朝廷的脸吗？还有一个田文镜，更是不像话，专一和先帝爷选拔的官员们作对，和士绅们作对，专横跋扈，弄得天怒人怨。皇上却一味庇护他，反而把一些清官忠臣杀头的杀头，革职的革职……新政既然好，为什么有这么多人反对？这都是臣王等不明白也不赞成的地方，请皇上给大家伙儿说清楚！"

勒布、诚诺接着附和起来："对！请皇上给大家伙儿说清楚！"

大殿中立刻又骚乱起来。

胤禛这才回过神来，心里狠狠地说道："好哇，原来是逼宫来了……"想到这里，眼中立刻闪出寒光向永信逼去："永信！这话是谁教你说的？！"

永信开始还怯了一下，接着又硬了起来："皇上，这话还用得着人家教吗？您看看，这满殿的人谁心里不是这样想的？！"

胤禛心中一寒，举目望去——

右边的四把椅子上：简亲王勒布皓首轻摇，果亲王诚诺两眼望天，睿亲王都罗则低眉闭目！

胤禛额上的青筋开始跳动起来，接着又把目光转向了左边的椅子。

允祥那把椅子仍然空着，允祀和允禵、允䄉这时都板着面孔，目露寒光！

胤禛的手捏紧了御座的椅把，目光越过这些人向满殿的大臣望去。

一片冷漠而熟悉的目光——是科举朋党一案的人，还有八爷党的人！

自己的人呢？胤禛的目光充满了苍凉。

张廷玉正忧急地望着自己——这是自己人！

马齐也惊惶地望着自己——也算一个！

众官员中也有面露忧急惊惶的人——这些也是忠诚之臣！但在这个时候都敢挺身而出作仗马之鸣吗！

胤禛的手都有些微微颤抖了……

他的画外音："原来是策划好的……朕太大意了……太大意了……"

12. 通往澹宁居的路上

"列队！齐进！"参将甲一声大吼，将手一挥！

几百步军统领衙门的兵士齐刷刷地散了开来，列成几排战斗队列，操着整齐的步伐向前逼近。

他们的前面，刘铁成也铁青了脸，将手一举："列队！挡住！"

几十名畅春园侍卫也刷地排成了一列，挡在通往澹宁居的路上！

参将甲走近了，几百兵士也走近了！

众侍卫挺身站着，刘铁成一步步向参将甲迎去。

二人面对面站住了。

参将甲身后的兵士队列也停住了。

13. 澹宁居内

这时殿内更骚乱了，群臣纷纷聚首私议，把个澹宁居搅得像开了锅。

就在这时，一个人走出班来，大声说道："皇上！臣有本要奏！"

是王文昭！大家都有些意外，一齐默默地望着他。

胤禛心里也是一咯噔："你是不是也要攻击田文镜，非议新政，指责朕的不是？"

王文昭："是。臣对田文镜，对新政是有些看法，但臣现在要说的不是这个。"

胤禛："你想说什么？"

王文昭："臣要参一个人。"

胤禛："谁？"

王文昭："东亲王永信！"

所有的人都吓了一跳，永信更是气得跳了起来："参我？！……他是谁？"

胤禛："永信！你给朕坐下！……王文昭，你说。"

王文昭："是。一，朝廷的明诏我们都看了，说得清清楚楚，几个旗主王爷进京来是商量整顿旗务的，东亲王为什么一开口就干预朝廷的政务？这是明目张胆的越旨！二，东亲王虽是世袭王爷，但也是臣子，可一上来连续向皇上逼问，毫无人臣之礼。圣人有成法在，朝廷有礼制在，请东亲王即刻向皇上谢罪！"

此言一出，首先是永信，当场就蒙住了。

几个王爷也蒙住了。

张廷玉和马齐则同时交换了一个"惭愧"的眼神。

所有的官员都露出了复杂的神情。

胤禛则毫不掩饰欣慰之忱，点着头说道："你还有话要说吗？"

王文昭："回皇上，臣的话说完了。"答着叩了个头站了起来，就要向班内退去。

一匹黑马杀出，立刻打乱了自己的阵脚，允祀的脸一下子青了，连忙给允禟递过一个眼色。

允禟会意，一拍扶手站了起来，戟指着王文昭，大声呵斥道："王文昭！你要挟权乱政吗？皇上都说了今儿言者无罪，你凭什么指手画脚，钳制言路！还叫几位王爷不说话……好大的口气！你是什么东西？充其量不过是我们满洲人的一条狗，几篇臭文章侥幸得了个状元就敢这副嘴脸！"

王文昭的脸一下子红了："九、九爷，士可杀而不可辱，您怎么能在朝堂之上辱骂我？！"

允禟："就骂了你！你这条狗！咱们满洲人的一条狗！"

王文昭那张脸一下子变得煞白，接着疯病犯了，扑通一声倒柴般倒了下去！

殿内又哄乱起来。

胤禛也气得脸色煞白："快！抬下去，传太医！"

两名太监从殿侧跑了出来，抬起王文昭就向殿外飞走而去。

"好……好……"胤禛这才把目光转向了允禟，"允禟！你发了疯病吗？竟敢在朝堂之上当着朕辱骂状元，居然还说出满汉之分的话来……你……你……"他也气得说不出话来。

"皇上！"永信又来了勇气，打断了胤禛的话头，大声插道，"满汉怎么能没有分别？！列祖列宗八旗议政的时候，有汉人吗！"

勒布紧接着说道："这话有理。有些事坏就坏在擅改祖制上头！在太祖太宗手里，满人就是满人，汉人就是汉人，哪能这样子没有规矩！"

　　"还是老祖宗的制度好！"诚诺也站了起来，"当年我们入关，总共十二万人马，横扫中原，天下莫能谁何！现在呢？青海一个罗布藏丹增，不到十万人马，朝廷用了年羹尧这个汉人，花了上千万的银子，用了二十三万兵力，还逃掉了首恶元凶！真的是我们旗人不行了，还是朝廷现在的制度有问题？"

　　永信："当然是制度有问题！今天也改，明天也改，把老祖宗的制度全改了，能不出问题！"

　　勒布："既然这样，皇上，咱们今儿干脆把这一揽子事都撕掳清楚了。"

　　诚诺："两个章程，整顿旗务连着政务一道整！仍旧是皇上掌总儿，咱们恢复了八旗议政的制度，上三旗由八爷、九爷、十爷任旗主，下五旗还是十三爷和咱们四个的旗主。这样，事权都有了主儿，旗务和政务一同商量，一同下令。皇上也免得如此辛苦，天下也就太平了。岂不是好？"

　　这几个王本就不谙政务，在允祀的怂恿下静极思动，梦想着八旗议政的美事，因此一上来也不说个子午卯酉，赤裸裸地便直奔主题。这样一来，整个大殿又乱了。

　　就连允祀，眉头也皱起来了。

　　话说到这一步，胤禛还有什么不明白？他深深地吸了一口气，猛地一掌击在案上！

　　所有的人都是一惊，殿内又安静了下来。

　　胤禛眼中闪着阴狠的光，朝着坐在下面的几人咯咯一笑，说道："好，好，到底露出真章了！朕即位之初就曾说过，朕无意做这个皇帝，只是圣祖托付，不得已而提了起来。圣祖德近三王，功过五帝，就是撤除八王议政，也是他老人家手里的事。你们今日突然发难于大庭广众之中，说是要恢复八王议政。朕想知道你们的真心，是圣祖措置失误，还是朕自己有失德的地方？你们谁想当这个皇帝，不妨站出来直说！"说完，如刀的目光直向四个旗主王爷逼去！

　　话说得如此决绝，四个旗主王爷一时蒙了，不禁把目光都转向了允祀。

　　允禟、允䄉也有些慌了，一齐将目光望向允祀。

　　允祀却仍然青着脸坐在那儿一动不动——他的原意是想先利用群臣对新政的不满，步步逼近，在最后才突然提出八旗议政，谁料四王一上来就打乱了阵脚，被胤禛一军将来，反在理上占了上风……他的眼睛在慢慢地转动，急思对策。

　　胤禛又把目光扫向群臣！

　　群臣虽有不少人对新政不满，但绝大多数从没想到几个王爷会在这个时候突然提出干预皇权的主张，又怎肯去蹚这趟祸及九族的浑水！许多人便把头低了下来。

　　允祀知道，自己再不说话就将前功尽弃，于是倏地站了起来："皇上，臣有话说！"

胤禛眼一冷："朕是问他们，没有问你！"

允祀："这是朝会，臣也能说话！"

胤禛："朕现在就是不听你说话！"

允祀的态度也强硬了，亢声顶道："皇上！请让臣说话！"

胤禛大喊了一声："刘铁成！"

刘铁成应声走了进来，没有平时的那种干练，更没有平时那股气势。

胤禛来不及注意这些，喘着气说道："调两棚羽林军来！守在殿外。凡是扰乱朝会的都给朕抓起来！"

刘铁成抬起头苦着脸答道："万岁爷，奴才失职……奴才有罪……"

胤禛："怎么了？！"

刘铁成："羽林军都让隆中堂调来的步军统领衙门的人换防了！"

胤禛变了脸色："隆科多？隆科多在哪儿！"

隆科多走了进来，刷下马蹄袖，双膝一跪答道："回皇上，奴才在。"

胤禛："谁叫你调步军统领衙门的人来的？"

隆科多："回皇上，今日朝会，进出的人太多，奴才兼着领侍卫内大臣的差使，出了乱子责任不小。因此添派了兵力，维持防务。"

胤禛不露声色，说道："那好，你即刻调两棚羽林军，交给刘铁成。"

隆科多："请问皇上，这儿都是我大清的诸王大臣，调羽林军抓谁？"

胤禛："你问这话是何居心？"

隆科多："皇上，奴才只有一颗敬宗事主之心。天命六年，太祖武皇帝曾与诸王对天焚香共同祈祷，说'上下神祇，吾子孙中纵有不善者，天可灭之，勿刑伤，以开杀戮之端。'今天四个旗主王爷奉旨前来共商旗务，说得对，皇上纳之；说得不对，皇上开导之。千万不要做出有违太祖圣训的事来……"

胤禛气得眼都红了："好，好个敬宗事主之心……隆科多，朕真是看走眼了，居然还让你管着九门……但你不要忘了，城外还有丰台大营和西山锐健营，比你步军统领衙门的兵力多出好几倍！"

隆科多叩了个头："皇上这话真让奴才无地自容。奴才这样做也是为皇上着想，为祖宗的江山社稷着想。现在不仅是奴才，也不仅是九门的将士，就是丰台大营和西山锐健营的将士也和奴才是一个心思——伏望皇上虚衷鉴纳臣下的忠言，不要动不动就以兵刑相加。"

胤禛一怔："唔？！"

刚一出来当差就被这个场面弄得晕头转向的弘昼这时再也不能隐瞒了，走了上来对胤禛说道："皇阿玛，丰台大营和西山锐健营的防务已被四个旗主王爷带来的参领共管了……"

胤禛脑子轰的一声："什么……你说什么？"

弘昼："八叔他们说，是皇阿玛同意他们进驻两个大营整顿兵务的……"

胤禛："好手段……好手段……老八，你果然深藏不露哇！"

允祀："皇上这话臣弟弄不明白。让关外的铁骑帮助整顿关内旗营的兵务是皇上的旨意，可不是臣弟的主张！这件事弘昼就可作证。弘昼，当着满朝的大臣，你昨天晚上说过这话没有？"

弘昼有些蒙了："儿臣……三哥……"

弘时急忙接言："回皇阿玛，五弟也就误说了一句'是听皇阿玛亲口说的'……"

弘昼急了："皇阿玛……"

胤禛一掌拍在扶手上——此时，他才真正意识到危险正在向自己逼近，脑子里"嗡"的一声，血立刻涌上了脸。他用最大的毅力抑制着自己的情绪，但心里已经慌乱得突突乱跳，两只放在椅把上的手臂也痉挛得微微颤抖，对弘昼："你误说得好……你十三叔刚才真是急病发作去看太医了吗？"

弘昼："回、回皇阿玛，是的……"

胤禛："他没有被什么人挟持吗？！"

弘昼："儿、儿臣……"

弘昼说不清爽，胤禛更是五内如焚，再不看他，把目光直逼允祀："允祀，朕只向你说一句，怡亲王有个三长两短，你，还有和你同谋的那些人就是自绝于天地，自绝于列祖列宗！"

允祀苦笑了一下："皇上，您也把臣等看得太坏了。从来就是皇上要抓就抓，要关就关，要杀就杀，臣等但求能保住这条性命就万幸了，岂敢有丝毫加害旁人之心？臣等别无他求，但求皇上今日能让臣进几句忠言！"说到这里两道目光定定地望着胤禛。

胤禛和允祀的眼神终于难得地顶在了一起！

殿中的官员都屏住了呼吸，静静地望着胤禛和允祀。

胤禛往椅背上一靠，冷笑了一声："好……迟早你也会跳出来，就让你说！"

允祀："皇上能让臣说话就行！曾几何时，谢济世、陆生楠向皇上忠言直谏，皇上就是不让他们说话，而且杀了他们。今天大臣们都在这里，我问一句，在圣祖仁皇帝手里有这样的事吗？没有！皇上训旨口口声声抬出圣祖仁皇帝，圣祖治国是这样子的吗？不是！

我大清列祖列宗艰难竭蹶，励精图治，苦心经营创下了这一片江山社稷，到了圣祖手里政治清明，版图一统，百姓安居乐业，国势蒸蒸日上，人称康熙盛世！可皇上口口声声圣祖晚年倦勤，吏治腐败，国弱民穷，好像圣祖留下的基业是一片不可收拾的烂摊子！臣窃为圣祖不平！"

这话明显是在指责胤禛、贬低康熙、抬高自己，是大不孝，又明显是在离间胤禛和科甲文官的关系，是大不仁，却又一下子辩驳不清——胤禛又气得嘴唇发颤，两臂直抖。

整个大殿又像死一般的沉寂。

允禵、允禟眼中又闪出光来。

四王也来了精神，一个个挺直了腰板。

还有八爷党的一些人也慢慢振奋了起来。

允禩："皇上御极以来，在用人行政上面每多厥失，群臣皆不敢言。用年羹尧，朝廷耗费了几千万的库银，结果大部分让他贪污挥霍！国库怎能不空？用田文镜，把河南的读书人全得罪了，以至生员罢考，天下震惊！人心怎能不失？士绅不当差、不纳粮是千百年的古制，皇上一定要强力逆行，以至天下的士绅怨言四起，人心惶惶，政局焉能不乱？圣人说，'君为轻，社稷次之，民为重'，士为四民之首，没有了士绅的支持，社稷还能稳吗？！在这个时候，简亲王他们提出八王议政，也是出于对祖宗的江山社稷负责，出于为国效力的一片忠心！让大家出来辅佐皇上匡正厥失治理天下又有何不可！"

"说得好！"允禵猛地站了起来，"和祖宗的江山社稷比，一切都要让步！皇上，你就这么怕八王议政吗？！"

永信和诚诺也站了起来，大声附和："请皇上恢复八王议政的祖制！"

四王的目光都对准了胤禛。

允禩、允禵、允禟的目光也对准了胤禛。

所有人的目光都对准了胤禛。

胤禛脸上的肌肉都开始抽搐了起来，想笑，笑不出来，过了许久，才回过气来："看样子朕今天想不同意都不行了……是吗？！你们以为勾结了隆科多，控制了九门和丰台大营、西山锐健营的兵马就可以逼朕就范，是吗？！"

允禩："皇上这话，臣子们如何担当得起？臣等并没有自外朝廷的心，更何况造逆！纯是秉着一片敬天法祖之心，想辅佐皇上保住祖宗的江山社稷！请皇上鉴纳四位旗主王爷的提议，恢复八王议政的祖制。则社稷幸甚！"

允禵："好了！皇上，请四位旗主王爷进关共商旗务是您的旨意，让关外铁骑帮助整顿旗营兵务也是您的旨意。您既然决心整顿，为什么就不能整顿到底呢？"

这时，殿内的情势又是一变。原来这后面还有如此复杂的动作和背景！群臣都心惊胆战了，一个个噤若寒蝉，唯一能做的就是静观事态发展……

大殿中又像死一般的沉寂了。

"皇上，臣有本要奏！"张廷玉终于站出来了！

胤禛精神一振："你说……"

张廷玉："是！"答着，向殿中走去，未说话前先用那冷峻严厉的目光向众人徐徐一扫。

说也奇怪，经他这么一望，先是所有的官员都安静了下来，瞩目望着他；接着诸王贝勒也安静了下来，一齐望着他。

胤禛的心一下子也安定了许多，急切地望着他。

允禩有些心慌了，又向允禟、允䄟递去一个眼色。

允禟和允䄟一齐站了起来。

"九爷、十爷！"没容他们开口，张廷玉先声夺人，"这是朝会，你们刚才说了那么多，我是先帝的老臣，两朝的宰相，这底下就有许多人是我的门生故吏，你们该不会把我也当成什么满人的狗，不让我说话吧？！"

一句话就把允禟、允䄟镇住了，二人对视了一眼，只好悻悻地坐了下来。

张廷玉："刚才几位旗主王爷都提到了八旗议政。请问，什么叫'八旗议政'？"

永信："这还用问？八旗议政就是太祖爷封的八个铁帽子王共同商议政务，因此也叫八王议政。"

张廷玉徐徐摇了摇头，说道："不对。什么叫八王议政，我来说说吧。"他两眼微微上翻，像是在国子监给众位贡生讲学，款款讲了起来，"己未天命四年，太祖令褚胡里、鸦希诏、库里缠、厄格腥格、希福五臣带誓书，与喀尔喀部五卫王共谋联合反明——注意，这不是八王，而是十王，因此叫'十固山执政王'。到天命六年，情形又是一变，就是隆科多刚才说的太祖与诸王盟誓的那一年。参与盟誓的并没有五卫王，也没有喀尔喀诸王。是四大贝勒代善、阿敏、蒙古儿泰和我太宗文皇帝，还有得格垒、济尔哈郎、阿吉格和岳托四王——这就是所谓'八王议政'。但此后有大事具名议政的，又不定是这八人。太祖遗嘱中说的各主一旗的，像多尔衮、多铎这些旗主王爷，都不在八王之内。因此从来就没有什么'八旗议政'这一说！"

说到这里，他将目光一转望着勒布，问道："简亲王爷，是不是这样？"

勒布先是一怔，接着只好答道："差不多吧。"

张廷玉："其实到了这个时候，所谓八王议政已是虽有其名，少有其实了。为什么？

正是因为八王议政从来也不能事权统一，而且易启人臣觊觎大位之心。我世祖章皇帝当时一揽上三旗之权归于天子，圣祖仁皇帝又将旗营、汉军营统编入兵部，由国家统一提调，都是这个原因！八爷，您是参加过编纂《八旗通志》的，这不会不知道吧？"

允禩青着脸没有接言。

张廷玉也不再搭理他，接着说道："在顺治、康熙七十年间，愈是皇权统一，愈是国家大治，旗主也得享太平盛世之福。三藩之乱，中央大权所及之处，汉人有叛王而旗人无叛王，皆有赖于取消了八王议政。设如圣祖因循祖制，八旗各方为政，吴三桂祸乱十一省，岂能轻易就范？即使无三藩之乱，西晋之八王之乱也是殷鉴，同室操戈祸起萧墙，不但无今日大治，诸王何能安会盛京血食一方，传之子孙而不替？"

胤禛的眼中闪着既欣慰又感激更兴奋的光，深深地望着张廷玉。

他的画外音："好张廷玉！好张廷玉……"

张廷玉接着说道："因此，在今日重提所谓八王议政，不但不合时宜，而且只能扰乱国家政局，断不可行！"

四个旗主王爷这时都蒙在那里——都道八王议政是祖制，只要打出这张牌便能出奇制胜，哪想到中间有这么大的学问？不禁把目光都转向了允禩。

允禩这才真有些慌了，知道再让他说下去，好不容易制造的这个机会就将急转直下，因此迫不及待地："你说完了吗？！"

"没有说完！"张廷玉情绪更加激昂了，"今日朝会，皇上有明旨，议的是新政。只因为几位王爷节外生枝提出所谓八王议政，我才不得不就你们的话题力陈其非！刚才八爷、九爷还有几位旗主王爷一齐指斥新政，攻击皇上，这才是我一定要说的！我张廷玉追随圣祖皇帝凡二十年，圣祖的心思我最清楚。他老人家直到殡天，念念不忘、耿耿于怀的就是整顿吏治，改革弊政。康熙四十六年，黄河发大水，泽国千里，灾民百万，朝廷却拿不出钱来赈灾济民。全靠当今皇上和十三爷到江南募捐筹款才渡过那次难关。先帝当时就同我们说过，再不整顿吏治，这个国家就危在旦夕。因此有了后来的追比国库欠款。策旺阿拉布坦和罗布藏丹增在西北勾结叛乱，先帝数次下决心要剿平叛乱，都因国库空虚无法用兵。对此，先帝经常食不甘味，夜不安席。也曾多次对我们说过，再不改革弊政，朝廷连用兵都没有办法了。但为什么先帝不立刻整顿吏治推行新政呢？就因为当时诸位皇子为争嫡夺位把朝局弄得错综复杂，先帝实在没有精力完此大业。先帝也曾对我们说过，这件事只有寄希望于后人了！马中堂，你也是先帝身边的老臣，你说说是不是这样？"

马齐大声答道："张中堂所言句句是实！"

张廷玉："自我当今皇上御极以来，秉承先帝遗愿，为了江山社稷，为了天下苍生，宵衣旰食，励精图治，推行新政。摊丁入亩，使国库每年的赋税增加了一半，而穷苦百姓也减轻了负担；火耗归公，也只是使那些地方大员没有了'三年清知府，十万雪花银'的进项，但国库却因此增加了二成的收入。田文镜在河南推行士绅一体当差、一体纳粮，虽然让那些有田的大户损了一些利益，但河南一年就增加了四成的赋税，穷苦百姓也相应减轻了负担。这些都是有目共睹之事。八爷，你久在朝廷中枢重地，这些难道就不知道！别人反对新政，八爷你是最不应该反对新政的！"

"你放肆！"允祀终于沉不住气了，将扶手一拍站了起来，"口口声声赋税赋税，朝廷的钱再多，失去了人心又有何用？！我爱新觉罗的江山社稷，就是因为像你、年羹尧、田文镜这些奸臣酷吏才搞得人心尽失！……我知道，你是怕恢复了八王议政的祖制就没有了你军机大臣的位置，是不是！"

张廷玉笑了起来，仍然徐徐说道："八爷，恕臣说一句直言，你和我同时退出朝堂，归隐林泉如何？只怕我张廷玉舍得走，八爷您舍不得走哇。"

这话直指允祀的心窝，他一时被顶得愣在那里，张口结舌。

"反了！反了！"允禩跳了起来，"皇上，汉臣有这样子对亲王说话的吗？"

胤禛："你们对朕尚且这样子说话，张廷玉和允祀同朝为臣，为什么不能这样说话！"抓住这个时机，他的目光开始威严地向四个旗主王爷逼去——"勒布、永信、诚诺、都罗，你们还要提八旗议政吗？！"

四王愣在那里，不知如何回话。

胤禛的目光又对准了都罗："睿亲王。"

都罗一颤，站了起来："臣王在。"

胤禛："朕刚才都看到了，他们逼宫，你始终没有说话……朕很高兴你没有和他们掺和。"

都罗一直就对八王议政心存顾忌，这时连忙跪了下去答道："是……"

胤禛："起身说话，请起身说话。"

都罗叩了个头，又站了起来，坐了下去。

允禩眨巴着眼，张廷玉一番仗马之鸣，就使形势急转直下，也是他始料所不及的，而四王一下子又蔫了包，更使他心中大急，亢声说道："皇上这话，臣弟不能认同！睿亲王入京，和其他三位王爷一样，我们一处议了整理旗务的纲目，一起谈了建议八王议政，并没有人背地里另支炉灶。不知皇上'他们逼宫'指的是谁？'掺和'又意所何云？"

允祀立刻也意识到最后的时刻到了，应口接道："别说我们没有私地阴谋。皇上若无失政，何必害怕八王议政！"

胤禛："允禩！你是铁了心要自绝于朕，自绝于列祖列宗吗！"

允禩："皇上，是不是自绝于列祖列宗，有朝一日黄泉路上自有印证！"

又僵住了！满殿鸦雀无声……

胤禛已经没有了气愤，望着满殿默默不语的群臣，他只有一股苍凉孤寂，难道说自己真的失去了人心？难道一旦手里失去了抓人杀人的兵权，自己竟如此孤立无援？他望了望张廷玉，又望了望马齐。

张廷玉和马齐此时的目光也充满了悲愤和苍凉。

就在这时，刘铁成屏住呼吸走了进来："万岁爷！"

胤禛："什么事？"

刘铁成："十三爷……"

胤禛身子向前一倾："十三爷怎么了？！"

刘铁成："回万岁爷，十三爷来、来了！"

"哦！"胤禛眼中有了一丝亮光。

所有的人都是一怔。

殿门外，那乘二人抬舆一直把允祥抬到门槛边放下。

胤禛连忙说道："抬进来！抬进来！"

抬舆抬进大殿，这可是破天荒的事情！二名侍从怔在那里。

刘铁成走了过去："聋了！万岁爷叫你们抬进来就抬进来！"

"是！"二侍从抬着允祥走进了大殿，一直到御案前放下。

片刻瞬隔，恍若隔世，胤禛急切地向允祥望去。

允祥的气色更不好了，眼中却向胤禛递过一个"皇上放心"的示意，同时竭力抬起头点了点。

就这一个眼神，一个点头，胤禛心中油然生出一片温暖，连忙拿起御座上那只垫枕："高勿庸，拿去给你十三爷垫上。"

高勿庸："嗻。"接过枕头走了过去。

允祥却伸出一只手："扶我坐起。"

高勿庸只好扶着他坐了起来，将枕头塞在他的腰下。

允祥先望了望四位旗主王爷，接着把目光转向允禩，然后苦笑了一下，说道："八哥，有什么条陈建议你们可以直接向皇上说嘛，干吗要那样做呢……刘铁成。"

刘铁成大声应道："在！"

允祥："把他们带进来。"

刘铁成："嗻！带进来！"

张五哥在前，丰台大营和西山锐健营两名提督在后，领着几名侍卫把四个参领和四个参将押了进来。

允祀、允禟、允禵首先就变了脸色！

永信、勒布、诚诺跟着也变了脸色！

群臣中，揆叙、阿灵阿和八爷党的官员们都变了脸色！

允祥："这几个人，臣都带来了，该如何处置，请皇上决断。"

胤禛："处置他们有什么用？先带下去，没得污了朕的地方。"

刘铁成："嗻！押下去！"

众侍卫押着这几个人又走了出去。

胤禛："隆科多呢？"

刘铁成："回万岁爷，在殿外，已经看住了，要不要叫他进来？"

胤禛："朕不想见他，把他带到应该去的地方。"

刘铁成："嗻。"答着向张五哥递了个眼色。

张五哥走了出去。

胤禛的目光转向了允祀、允禟、允禵："老八、老九、老十，朕累了，你们想必也累了……刘铁成，护送你八爷、九爷、十爷回府去。"

刘铁成："遵旨。"答着向允祀三人走去，微打了个千，"八爷、九爷、十爷，奴才奉旨送你们回去。"

允祀突然大笑起来，声震殿宇。

满殿的人都没有什么太大的反应，一个个都像木了，站在原地鸦雀无声。

允祀竟然笑出了眼泪："皇上四哥，你赢了……赢在你是皇上！但是你应该清楚，如果不用这一手，你是赢不了的。你看看，这满殿的官员除了一个你为他掌过灯的王文昭，还有这两个高官厚禄的军机大臣，有谁帮你说话？"

"送走！"胤禛被刺到了痛处，终于又激怒了。

"无非一死而已！"允祀霍地挺身站起，"老九、老十，不要脓疱求人！"又向胤禛揖手一拜，"皇上四哥，兄弟们等着你来杀！"说罢昂然走出殿去。

允禟和允禵却没有他那种气势，虽然也想强打精神，向殿外走去的时候双腿却发起软来。

四个旗主王爷这时都已唬得面如土色，一个个站了起来。

胤禛望着他们，许久没有作声。

四个人一齐跪了下来。

胤禛望着他们，还是没有作声。

允祥说话了："四位王爷，你们还不向皇上认罪，真的要皇上废了你们头上的铁帽子吗？"

四人一齐把头叩了下去："臣等知罪！"

胤禛如何不知允祥的苦心？这几个人一旦处置，祖宗的脸面就要受到极大的伤害！他也不想和这些人多费口舌："知罪朕即不加罪。睿亲王都罗宅心仁厚，不予处罚。其他三人罚俸一年，到理藩院将《八旗通志》各抄十本，带回去给你们的子孙看。免得以后又有人来提什么'八王议政'！"

四王："谢皇上隆恩。"又一齐叩了个头，站起来低头退了出去。

胤禛这才把目光转向群臣，沉痛地说道："今天朕好伤心……朕不是伤心允祀他们逼宫乱政，朕是伤心你们这么多朝廷的官员居然一个个作壁上观！平时你们口口声声君君臣臣，今日君父当此危难之际，你们的忠爱之心哪里去了？朕难道真是什么桀纣之君吗？！"说到这里，他的眼中闪出了泪花。

齐刷刷，满殿的官员都跪了下来。

胤禛："朕在藩邸为王，威福并不减今日帝皇之尊，虽说也常办差，仰赖圣祖神圣威武，比起今日，还是闲适十倍不止！自从登极以来，为了这个百孔千疮的江山社稷，为了我大清的无数苍生，朕不得已推行新政，日夜辛劳，呕心沥血，一天也就胡乱睡一两个时辰，累得精疲力竭……没想到竟这样得不到你们的理解！看看这位十三爷吧，二十年前，谁不知道他是英武豪侠义薄云天的'拼命十三郎'！现在呢，他累成这个样子……你们再看看这个老臣张廷玉，几年之内头发已经皓白如雪！还有一个李卫，也累坏了身子。有人说田文镜长短，田文镜火耗只收到三钱，推行耗限归公，捐厘不入私门，官绅一体当差，也是四面楚歌。他给朕的奏折说，骨瘦如柴而不遑宁处，恐年命不永——他也要累疯了！若不为上对列祖列宗缔造艰难，下对子孙万世昌荣，朕用得着这么熬灯油一样夙夜勤政？这些国家精英，至于一个个都累得这样么？这皇帝位有什么好！偏是像允祀、允禵他们这样的小人，打横炮使邪力，必欲取朕代之而后安，他们的心思不在天下，不在臣民，只是希图这位上那点子威荣，他们狗猪不如般龌龊！对……他们是猪，是狗，是阿其那！塞思黑！"说到这里，他那张脸又变得铁青，不断地拍击着御案！

突然，坐在躺椅上的允祥面部痛苦地抽搐了一下，他用双手撑了一下，想勉强坐直，但手还是一软，像挨了一棍子，又歪倒了下去——接着一口鲜血狂喷而出！

胤禛惊恐地站了起来！

满殿跪着的官员们都惊恐地抬起了头！

胤禛将御座一推，奔了下去。

歪在躺椅上的允祥，嘴角还在汩汩地流着鲜血。

胤禛扑了上来，一只手臂插进他的后颈，将他抱住："十三弟！十三弟……"

允祥费力地睁开了眼睛："皇上……臣弟要去了……"

胤禛的眼泪夺眶而出："不会的！不会的！邬先生说过，你有九十二岁的阳寿！九十二岁……你明白吗！"

允祥又费力地浮出一丝苦笑："臣弟……明白……连日带夜……四十六岁……"头一歪，软在胤禛的手臂里！

胤禛浑身一颤："十三弟！十三弟……太医！传太医！传太医呀！"边喊着，一把抱起允祥，就向殿外奔去！

"皇上！"张廷玉、马齐、高勿庸等人都惊惶地追去。

殿门边，胤禛的一条腿跨了过去！

定格。

| 第三十九集　有国无家 |

1. 韵松轩

一大碗药满满地摆在榻旁的几上一动也没动。

允祥直挺挺躺在榻上，紧闭双眼，面如金纸，喉头里一阵阵咕噜噜地响着。

胤禛坐在榻边紧紧地握着他的手。

乔引娣扶着阿兰站在榻的脚头直淌眼泪。

张廷玉、马齐、高勿庸全都红着眼睛站在一旁。

忽然，允祥喉头的声音停止了。

胤禛一颤连忙俯下身去："十三弟！十三弟……"猛地他回过头来大声喊道，"弘昼！弘昼！那个道士呢？来了没有！"

就在这时，允祥突然睁开了眼睛："来了来了……他来了……"

屋内的人都吃了一惊，环顾四周毫无动静，但见窗外碧树森森，窗内阴气沉沉，众人顿觉毛发悚然。

正没理会处，院外传来了弘昼的声音："道长，快！快！这边走！"

接着帘栊一响，众人眼睛都是一亮。

—— 一个道士走了进来，只见他一条高高的鼻梁，两条淡淡的眉毛，面色白得像纸，嘴唇又红得像血，身上穿着一件质地很轻的道袍，戴着一条雷阳巾，穿堂风一吹袍巾飘飘，使人顿生冥冥之惧，鬼神之感——此人正是在伯伦楼道破"三鼎甲"的贾士芳！

贾士芳像是认识胤禛，径直上去深深稽首："化外山人朝见真命天子。"

胤禛一见他便生出无限的希望之念，连忙站了起来，说道："你能救活十三爷吗？"

贾士芳："十三爷本是天上的星宿下凡，穷通寿数皆定于天。贫道尽力施为便是。"

768

答着走到榻边向允祥微笑着点了点头："适才已经和十三爷神会。"

允祥也笑了笑，声音微弱地答道："是的，刚才在梦里我见过道长了。"

贾士芳换了一种声调——像是很远的地方母亲在给孩子招魂的声音："十三爷，你慢点走……我在守着你……"说着深吸了一口气，平举双臂亮开双掌对着允祥。

众人都睁大了眼睛定定地望着他——只见他两只大袖突然像吃足了风鼓了起来！

允祥的脸上竟奇迹般的泛出了血色。

慢慢地，贾士芳的额头上渗出了汗珠，接着越流越多像雨水般滴了下来。

胤禛和众人都看得傻了眼！

一气长嘘——贾士芳双臂一收。

允祥也吐了口气接着径向贾士芳问道："道长，我还能坚持一个时辰吗？"

"儒者云，生死有命，富贵在天——孔子比老子看得还透。"贾士芳答了一句。

胤禛和张廷玉、马齐、弘昼都听懂了，刚升起的一股希望又黯淡了下去。

允祥却笑了："有一个时辰就够了……"接着他把目光寻向了胤禛。

胤禛连忙走了过去。

"吉隆里河，英不撒坦切用，德台吉博克隆汗罗风！"（字幕：大皇帝，我有要紧的话，别人不能听）允祥突然用蒙语说道。

胤禛肃然点了点头，回头向众人望了一眼。

众人会意陆续退了出去。

允祥倏地伸出手一把捏住胤禛："皇上……四哥……从两岁上我没有了亲娘就一直是你把我带在身边，四十多年了……现在我要离开你走了……我真割舍不掉这段缘分哪……"泪水簌簌地流了下来。

胤禛的眼泪也涌泉般流了下来。

允祥："现在我有些话要对你说，你千万记住，这不是临终的昏话……"

胤禛含泪点了点头。

允祥的眼睛转向了屋顶，望得很远很远，仿佛在回顾自己跟着胤禛这坎坷的一生："大哥，二哥，八哥……那么多人都想争您现在这个位子，好多人都以为当皇帝是世上最大的福分，只有我知道，四哥您这个皇帝比谁都苦哇。皇阿玛留下了这个金玉其外，败絮其中的烂摊子，还有那么多人说是康熙盛世……官员和士绅是由衷地拥护皇阿玛，因为他老人家宽容，宁愿国库空虚也不去触动一下这些人的利益……天下的百姓却是不懂这些，他们不懂得国库里只有七百万两银子，既打不起仗也救不起灾。皇上继位以来，整顿吏治，改革弊政，现在有了六千多万库银，有了千百年来最清明的吏治，最有利于国家百姓的新政……可也有了数不清恨你的人—— 一条火耗归公就断了那么多官员的财路；一条一体当差、一体纳粮和摊丁入亩就破了那么多士绅的特权……人人都说十三爷天不怕地不怕，可我一想到这些人就不寒而栗——他们无处不在，一人吐一口唾沫也能把人淹了……科甲朋党，八王议政都是冲着这个来的……后面还不知道他们要想出什么法子和您作对……四哥，我真替你担心哪……"

胤禛一边听一边流泪："不要担心，你清楚，你的四哥这样做纯粹是为了江山社稷，为了天下苍生。朕上不愧列祖列宗，下不愧黎民百姓……再有个十年、二十年，国家富强了，老百姓富足了，他们就是要反对也动摇不了朕的新政！朕唯一担心的是上天不会给朕那么多时间呀……这两年来，朕每顿只能吃下不到二两米，每晚只能睡不到两个时辰，经常头昏目眩，浑身冷汗……朕的时间也不多了……"

允祥："四哥，臣弟要说的就是这件事……记得皇阿玛曾经说过的一句话'干大事者以找替身为第一'！只有继位的人能接着干下去，才不至于功亏一篑。"

胤禛："这一点朕心里多少有点底——弘历是能够把朕没干完的事干好的。"

允祥点了点头："可是，万一弘历不能顺利接位呢？"

胤禛一震，睁大了眼望着允祥。

允祥："我也只是隐隐约约有些担心……皇上，咱们这一辈争嫡引起的教训不能够忘哪。"

胤禛："你说的是谁？！"

允祥："目前看来弘昼没有这个心思……"

胤禛："弘时？！"

允祥点了点头："但愿他也不会……但皇上要多留个心眼……我总觉得在他的身上有八哥的影子！"

胤禛冷飕飕打了个激灵，接着脑子里轰的响了一声，目光一下子痴了。

他握着允祥的那只手也开始冒出汗来，突然允祥的手慢慢松了，慢慢往下滑去……

胤禛这才陡然一惊，目光连忙转向允祥。

允祥的脸色又变了，变得又灰又白，眼睛也失了神，越来越黯淡了。

胤禛："十三弟！十三弟！"

允祥没有答话，也没有再睁开眼睛。

胤禛浑身都颤抖了，大声喊道："弘昼！弘昼！贾道长！贾道长！"

众人闻声都惊奔了进来。

贾士芳分开众人走到允祥身旁，伸出一指对准他的印堂颤抖着发气。

允祥毫无反应。

贾士芳慢慢收回了手指，目光从允祥的身上移到榻下，又从榻下跟着慢慢转向门边，一直望到门外："走了……走了……十三爷走了……"

哇的一声，阿兰扑到了允祥的身上。

乔引娣跟着哭出声来。

张廷玉、马齐和弘昼也流下了眼泪。

胤禛先是一阵迷惘，接着眼前一阵发黑，突然胸口一甜，"哇"地吐出一口血来！

2. 畅春园大门

顶上拔掉了红缨翎子，穿着缌麻孝服的张五哥背着一个蓝色的大包袱在前面默默地走着。

胤禛带着高勿庸、乔引娣和秦顺儿在后面默默地送着。

走到离大门不远的地方，张五哥停住了脚步，回转身来跪倒在地："万岁爷，您回去吧……"

胤禛点了点头，望了一眼高勿庸。

高勿庸连忙走了过来，将手中一个托盘呈了上去。

胤禛揭开托盘上的盖布——露出了一件簇新的黄马褂。

胤禛拿起那件黄马褂："五哥，难得你有这片孝心，自愿去给十三爷守陵……这件黄马褂是朕赏赐给你的。"

张五哥眼睛又红了，重重地叩了个头："奴才这条命是十三爷救下来的，给十三爷守陵是奴才该当的……黄马褂是朝廷赏给立功将士的名器，奴才万万不敢受赐。"

胤禛："替朕好好守护十三爷的陵墓，你就是朝廷的功臣，受下吧。"说着展开那件黄马褂披在张五哥身上。

张五哥又重重地叩了几个头："万岁爷，您得善养龙体……三年以后，奴才再回来侍候您……"说到这里，他的喉头哽咽了。

胤禛的眼睛也红了："朕知道了，你去吧。"

张五哥叩头站起已是泪流满面，一扭头，大步走出门去。

3. 韵松轩外院坪里

纸钱熊熊地烧了起来。

乔引娣和秦顺儿在一陌一陌地将纸钱往火堆上添。

胤禛默默地走了出来，又在一旁的石墩上默默地坐下，望着那堆钱火出神。

秦顺儿蹲挪了过来，挡住了火光。突然，胤禛的目光被秦顺儿腰间那一晃一晃的金黄色荷包吸引住了。

胤禛："秦顺儿。"

秦顺儿回头站了起来："万岁爷。"

胤禛："你腰上那只荷包是十三爷赏的吧？"

秦顺儿："回万岁爷，是……"

胤禛好一阵黯然，接着说道："朕记得这还是那一年十三爷叫你唱小曲赏你的……"

秦顺儿的眼圈红了，点了点头。

胤禛叹了口气："你十三爷再也不能听你唱曲了。"

秦顺儿："能。万岁爷，奴才听人说，这人虽然走了，他的灵魂儿却没走，总是在他生前待惯了的地方转悠……"

说也凑巧，正在这时一阵阴冷的风从树林那边吹来，那堆纸钱火被吹得扑扑地贴着地面，吐出了绿焰儿。

乔引娣吓得连忙往胤禛身边一靠。

胤禛赶忙握住了她的手，说道："不要怕，你们十三爷是千古第一等的好人，他真的来了也不会吓着你们……秦顺儿，你真的相信十三爷还能听到你唱曲儿吗？"

秦顺儿又点了点头。

胤禛："那你就再唱一次，给他听听吧。"

秦顺儿对着那堆纸钱跪了下去，闭上眼睛轻轻地祷道："十三爷，您老在世的时候看得起奴才，喜欢听奴才唱曲儿，现在奴才再给您唱，您要是喜欢就托个梦，奴才每天晚上都到这儿来唱给您听……"

乔引娣："别说了，怪瘆人的……快唱吧。"说着向胤禛靠得更紧了。

秦顺儿唱了起来，唱得很轻很轻：

　　　　初一到十五，十五的月儿高。

镜头慢慢地摇上了天上那轮月亮。歌声在夜空中飘荡：

　　　　那春风吹动，杨呀杨柳梢。
　　　　三月桃花开，情人捎书来。

捎书书，带信信，要一个荷包袋。

一绣一只船，船上扬着帆。

里面的意思，情郎你去猜。

二绣鸳鸯鸟，嬉戏在河边。

你依我，我偎你，永远不分开……

歌声中，镜头推向胤禛的脸，依次迭出以下画面：

养心殿——允祥的眼中透着几分促狭的笑意，正歪着头听秦顺儿唱曲……

黄河大堤上——河床中浑浑汤汤的洪水还在呜咽着奔流。

大堤上拥满了扶老负幼的难民人流。

浑身泥污的胤祥和胤禛牵着马在人流中艰难地穿行。

宗人府院墙内——长满各种野草和青藤的高墙边，头发已见花白的胤祥伏在那儿慢慢地爬着，正准备捉一只蟋蟀。

穷庐——浑身雪花的胤祥圆睁双眼，死死地盯住闭目长逝的康熙，突然张开双臂扑倒在康熙身上，放声痛哭……

两行泪水从胤禛的眼中汩汩地流了下来。

歌声停了，乔引娣、秦顺儿脸上都布满了泪珠。

突然，胤禛倏地站了起来，望着地上那堆仍然燃着残火的纸灰，眼中射出两道阴寒的光来。

乔引娣和秦顺儿都是微微一颤。

"要不是阿其那、塞思黑他们丧心病狂，十三弟也不会这么快就走了！……你们说是不是？"胤禛眼睛仍然盯着那堆残火，冷冷地问道。

秦顺儿哪敢搭腔？只是怯怯地点了点头。

乔引娣犹豫了一下，鼓起了勇气，轻轻说道："皇上问到这儿……我也想起了一件事……"

胤禛："嗯？"

乔引娣："那一年十三爷到景陵，去劝……去劝十四爷……"说到这里她悄悄地瞥了一眼胤禛。

胤禛的眉尖轻轻地颤动了一下。

乔引娣垂下了眼，接着说道："十、十四爷不理解他……十三爷急得都吐了血……却仍然没生十四爷的气……我想，如果十三爷在天有灵，也会劝皇上不要对八爷他们太……

773

太……"

乔引娣："太什么？"

乔引娣："太严厉。皇上，八爷、九爷、十爷他们是不对，可毕竟是皇上的兄弟……"

胤禛倏地将眼光转向乔引娣——是那种失望负气又带着苍凉的眼光："到这个时候你居然还为这些人说话？！"

乔引娣："皇上，您可以处治他们……但犯不着把他们叫作阿其那、塞思黑……他们也是先帝爷的亲生儿子……"

胤禛："那把他们叫作什么？你说！朕知道，你心里还是向着他们，还在想着允禵，是不是！"

乔引娣："皇上……"

胤禛："算朕糊涂，还以为把你留在身边，你就会明白这个世上究竟谁是好人，谁是坏人……现在看起来，这天下就没有什么有良心的人……你走吧，回到允禵身边去！"

乔引娣的泪水又盈满了眼眶："皇上……"

胤禛："你走！"

乔引娣："走就走！"接着哇的一声转身跑去。

胤禛手一甩转身向另一个方向大步走去。

4. 澹宁居

胤禛拿起一道谕旨，阴沉地说道："要不是阿其那、塞思黑他们丧心病狂，你十三叔也不会这么快就走了……你说是不是？"说着他瞟了一眼站在身旁的弘时。

弘时先是怔了一下，接着低头答道："是。他们……他们真正罪该万死！"

胤禛眼中波光一闪，旋即点了点头说道："朕不能杀他们，朕不想落一个杀弟的骂名……但也不能让他们逍遥法外。你去给你三伯还有弘昼传旨，你们三人去把阿其那、塞思黑和允禩家里那些不义之财，还有所有的来往书札全抄没了！"说着把谕旨递了过去。

弘时双手接过谕旨，跪了下去，大声说道："儿臣这就去传旨。"

5. 允祉府大门前

两顶杏黄大轿停在门槛下。

照壁前，几名内务府的官员和一群戈什哈肃然伫立。

弘时陪同允祉从大门内走了出来，分别钻进各人的轿里。

内务府的官员和戈什哈簇拥着二乘大轿启动了……

6. 鲜花胡同

二乘大轿在众人的前呼后拥下来了。

突然，一乘快马迎面驰来，队伍停住了。

允祉和弘时都诧异地掀开了轿帘。

马上那人已经滚鞍下来，扑地跪倒："诚亲老王爷，三贝勒爷，五贝勒爷他——他死了！"

"放屁！"允祉喝骂了一声，"今早上朝从他门前过，他还在打太极拳！"

那笔帖式一手扎地，一手指着远处道："奴才怎么敢戏弄老王爷和三贝勒爷？二位爷看，门神都糊了，里头人都哭成一片了……"

"哦！"允祉和弘时同时看去——

远处弘昼府前，站满了看热闹的人，门前灵幡纸花白汪汪一片，鼓吹哀乐之声夹着许多人的哭声隐隐传来……

二人都大吃了一惊，轿也不坐了，疾步向前走去。

众人都慌了，抬着空轿一窝蜂跟了上去。

7. 弘昼府门前

弘昼的管家领着两个家人浑身披麻戴孝从门内奔了出来，俯伏在允祉和弘时的面前干号一声，禀道："老王爷、三贝勒爷，我们五贝勒爷升天了！"

"几时殁的？"

"怎么死的？"

允祉和弘时几乎同时惊问。

管家："就是才不久……"

允祉："丧帖子发出去了没有？奏报皇上了吗？"

管家："没、没有……"

允祉："为什么还不奏报……"

弘时："慢着。"他显然起了疑心，犀着眼紧紧地盯着跪在面前的管家和那两个家人。

——那管家和家人果然有些异样：三人的孝帽子都反戴着，两根白飘带都垂在额前，每人的额头上和脸颊上又都横一道竖一道涂着淡墨，活像开戏台跳神的黑白无常，虽然苦着脸却都没有哀凄之色……

弘时一声断喝："捣什么鬼！弘昼到底是怎么回事？"

那管家："回、回三贝勒爷，您进去看看就知道了……"

弘时哼了一声，也不礼让允祉，率先走了进去。

允祉也起了疑心，跟着走了进去。

管家和两个家人这才站了起来，连忙跟了进去。

8. 弘昼府前院

偌大的院坪里，灵幡白幛在微风中漫天飘荡，纸人纸马纸轿，金库银库钱库，挨着墙廊摆得到处都是。

甬道两旁：

左边长条桌旁坐满了大觉寺的和尚，坐在上首的几个法鼓铙钹齐鸣，坐在两旁的一个个双手合十，咏诵《大悲咒》。

右边长条桌旁，白云观的道士正排成一行绕着条桌，左手伸指捏诀，右手拿着桃木剑书空画符。

甬道正中跪满了弘昼的门人和家奴，一个个披麻戴孝，正在五音不全地大唱《龟虽寿》：

> 对酒当歌，人生几何？譬如朝露，去日苦多……

镜头从他们的头上向前推去：正厅大门的台阶上，几条长长的白幡从檐梁上一直垂到地面，空隙中，隐隐约约能看到摆着一张香案，香案后一个人坐在太师椅上。

弘时和允祉疾步走了进来，见到这般场面先都是一怔。

接着弘时一声大喝："停了！"

所有的声响戛然而止，所有的人都定在那里，接着把目光投了过来。

弘时越过跪在甬道中的众人，向台阶上走去。

走到台阶的白幡前，弘时倏地将白幡扯了下来。

——里面显出了香烟袅袅、摆满了肴馔供果的一张大香案，香案后坐着身穿贝勒礼服脸上却盖着一张白纸的人！

弘时迈前一步，将那人脸上的白纸扯了下来——露出了闭目而坐的弘昼！

"老五，你在干什么？！"弘时一声大喝！

弘昼这才睁开了眼睛："是三哥呀……哟！三大爷也来了？"站了起来。

允祉这才走了过去："老五呀，你也弄得太出格了……到胡同口瞧瞧去，看热闹的人没有一万也有七八千……"

弘时："越来越荒唐了！上回弄了上百的和尚道士在家里胡闹，皇阿玛没有追究你。这回活出丧了……叫皇阿玛知道，你还活不活？！"

弘昼："话可不是这样说——上回安亲王活出丧，三大爷和我还去上祭喝酒呢。三大爷，您说是不是？"

弘时："安亲王都七十三了，你才多大？"

弘昼："几个人能活到七十三？三哥，您就抬抬手，让我过把瘾吧……"

允祉："好了好了，这瘾留到以后过吧。你皇阿玛有旨意，让我们爷儿仨去抄你八叔、九叔和十叔的家。这就走吧。"

弘昼："恐怕不行……几个高人都给我算过了，这七天我都不能出门，否则便有血光之灾！三大爷，三哥，你们去吧。"

弘时："你疯了！这可是皇阿玛的旨意。"

弘昼："皇阿玛那儿我上折子说明，他老人家总不会眼睁睁看着儿子惹上血光之灾吧？"

弘时又要生气了，弘昼却拾起那张纸披到帽檐里将脸盖上，又坐了下去。

允祉暗笑了笑，扯了一下弘时："算了，咱们俩去吧。"

9. 弘昼府门外

允祉和弘时的大轿又启动了。

门内又传来了乱七八糟的诵经声、哀乐声和惊天动地的干号声……

10. 允祀府

允祀府照壁阔大的空场早已密密麻麻站满了顺天府衙门派来的差役一百多人，一个个正兴奋地摩拳擦掌，眼中放光。

在大倒厦洞开着的朱漆铜钉大门前，正中站着新任九门提督刘铁成。

内务府几个人，都是七品以上的官员鹄立在高大威猛的石狮子侧旁。

步军统领衙门的戈什哈排成两列，持戈按剑挺立在门前。在春日融融的阳光下，刀枪林立闪烁耀目，杀气腾腾，一片紧张恐怖气氛。

两名笔帖式在前，八名亲兵在后，簇拥着一顶杏黄大轿来了。

刘铁成连忙带领内务府的官员迎了上去。

大轿停了，轿帘一掀，弘时钻了出来。

刘铁成扎了个千："奴才恭迎三主子。"

弘时："罢了。"边说边大步走到门前的台阶上，向兀自兴奋不已的书办和差役们森森地扫了一眼，大声说道，"我知道你们混账，发惯了抄家财！今儿奉旨抄阿其那的家，你们大可拿出发财的本事，把东西多藏一点……"

众人都跪了下来，齐声答道："奴才们不敢！"

弘时冷笑了一声："不敢便是你们的造化！刘铁成。"

刘铁成在身旁躬身答道："奴才在。"

弘时："把家眷和家人都集中在太监住的院子里，不许惊扰，等我发落。所有的财物一体抄没，全都要造册呈报。书房和签押房由我亲自处置，所有御批御札和书信抄拢后全部交给我，有敢偷看一个字的，他就甭想回去了！听到了吗？"

刘铁成大声复述道："都听到了吗？！"

众人齐声吼应："听到了！"

刘铁成："抄！"

脚步杂沓，众人一齐跑了进去。

11. 允祀府前院

前厅廊阶上，已经站满了允祀府的管家管事，一个个神情冷漠地候在那里。

书办差役拥进大门后立刻分成数路向两边的侧门跑去。

府内即刻传来了哭闹声。

刘铁成领着几名戈什哈簇拥着弘时进来了，向前厅走去。

管家率领众人跪了下来："奴才们给三爷请安！"

弘时："奉旨抄家的事你们都知道了？"

管家："这是明摆的事儿。八爷已经早就等着这一刻了。"

弘时怔了怔："你们八爷呢？为何不出来接旨？"

话未落音，允祀已从正中的厅门徐步走了出来——他仍然穿着那件四开气绣着隐花的月白色长袍，头上戴着那顶暗红色镶玉的小帽，神情异常安详，只是面色更显苍白了——走到廊阶正中站住了，只用极冷漠的眼神扫了一下刘铁成，然后望着弘时。

"八叔。"弘时不自禁哆嗦了一下，微侧了侧身子请了个安，"您身子骨还好吧？"

"没什么好不好的。膝关节肿了，跪不下去，你叫几个人把我按倒接旨吧。"允祀一开口就显得十分激动，语调却仍然十分平静。

弘时却有些慌了："八叔这是说哪儿的话……既然您无法下跪，就把圣旨请去自个儿看吧。"说着双手把圣旨递了过去。

允祀伸出一手慢慢接过圣旨，语气缓和了一些："老三，难为你还记得叫我一声八叔……其实叫我阿其那好了，我听着比爱新觉罗·允祀受用。"

弘时："事情到这份儿上，侄儿心里也十分难过。八叔既然身子不爽，就先到房里歇着去吧。"

这时里面各处的吆喝声、哭闹声越来越响了。

允祀看了一眼弘时，又冷漠地扫了一眼刘铁成和他身后的戈什哈们，说道："圣旨是将家产全部抄没。你们要不要搜搜我的身？"

刘铁成等人如何敢接腔，一齐把目光望着弘时。

弘时："八叔，怎么说您还是圣祖仁皇帝的儿子，当今万岁的弟弟，便有一千条王法，也没有搜您身的这一条。"

允祀："我身上可藏有上千万的银子，你们不搜就错过机会了。"

弘时赔着笑道："八叔说笑了。"

允祀冷笑了一声，转过身又徐徐地向厅内走去。

12. 允祀府书房

这里已经不像书房了，所有的图书信札和墙上的书画都已抄没一空，就连那架多宝格上摆着的古董也一件没有了。

允祀仍然坐在书案前那把椅子上，面如止水。

突然西院那边传来了许多人惊天动地的哭声。

允祀微微动了一下，想要起来，结果还是坐着没动。

管家脸色灰败地跑了进来，扑通跪在地上，气急败坏地道："八爷，三贝勒爷把所有的门人和家奴都赶在西院里，说是……说是……"

允祀："说是什么？"

管家："说是一个不留，全都要发配到云贵极边之地去……"

允祀陡然一下坐直了身子，又朝书案上的圣旨望了望："雍正的旨意上并没有这一条呀……"

管家："八成是三贝勒自己的主意。八爷，这个三贝勒手段比他老子还毒啊！"

允祀神情复杂地笑了，又慢慢地靠到椅背上："他说什么时候走？"

管家："说是今天就要走！这么多人，还有好些老人、女人和孩子，这一去怎么受得了哇！"说着泪水涌了出来。

允祀默然了片刻，说道："你把弘时请来。"

管家："是。"抹着眼泪走了出去。

13. 书房外天井内

弘时带着两名戈什哈匆匆走进天井的圆门，又停住了脚步。

弘时："我奉旨要问八爷的话，你们在这看着，任何人也不得靠近。"

两名戈什哈："嗻！"

14. 书房内

"侄儿这是为八叔着想。"弘时尴尬地分辩道，"这些人没事的时候嘴巴皮子都能翻出浪儿来，这会儿怨毒在心，到处发牢骚，传到皇上那儿一准又得连累八叔您。因此侄儿……"

允祀皮里阳秋地笑了："不用解释，你这样做我很高兴……你比八叔强！"

"八叔！"弘时慌了，"您这样说侄儿真就无地自容了。无论如何，侄儿也不会做出对不起八叔您的事儿……既然您不同意，侄儿就不发配他们？"

允祀："你误会八叔的意思了。八叔说的全是真心话。老三，要成大事就得像你现在这样，该下手的时候就得六亲不认，就得心狠手辣！我这一生吃亏就吃在一个'贤'字上！"说到这儿，他站了起来，踱到窗前，"'八贤王'……'八贤王'……哈哈哈……'贤'有什么用？百无一用！什么人心，什么德望，到头来全都一钱不值！"

弘时怔住了，弄不清这位深不见底的八叔究竟是什么意思，只好默然地看着他。

允祀转过身来，也望了望他，接着说道："你刚才同八叔来解释，神色中仍有歉然之意，就说明你火候还不够。你最好能劝你阿玛把我还有你九叔、十叔、十四叔全都杀了——我们不但不恨你，九泉下还感激你！……不要这样子看着我，八叔这样说只为了证实一样东西——那就是人这一辈子究竟应该怎样去争！可惜不能再来第二遍了……这个愿望也只有在你的身上去证实了！"说到这里，他从怀里掏出一张薄如蝉翼的纸。

——那纸也只有巴掌大，上面密密麻麻都是蝇头小字。

允祀："这上面都是'八爷党'里头还没有被你阿玛发现的官员名单——可惜一二品大员已经不多了……你拿去，或许用得着。"说着递了过去。

弘时这才相信了允祀，神情复杂地接过那张名单塞进袖中："八叔……"

允祀："你比八叔幸运……八叔那一辈，你皇爷爷生了三十六个儿子，活下来的也有二十四个……你阿玛却只生有三个儿子，太和殿那个位子不可能有第四个人去争……靠拢些，听八叔给你说。"

弘时果然靠拢了些。

允祀："要说到聪明灵透，你兄弟三个中间首推弘昼！"

弘时翻了一下眼皮，接着不以为然地撇了撇嘴角。

允祀："你不要不以为然。你想想，你们兄弟三个在一起读书，弘昼是最不用功的一个，可哪一次背书，他不是倒背如流？再想想，弘昼做出那么多荒诞不经的事情，哪一件是有违礼制家法的？他是在变着法子和光同尘哪！比方说这一次抄我们几个人的家，他就弄出个活出丧！这一点他就比你高明。"

弘时这才有些上心了。

允祀："但你无须担心他，他不像你皇爷爷，不像你皇阿玛，要说像他倒真有点像你皇太爷——世祖章皇帝。他知道当皇帝是苦事，做个平安王爷才是真正的福分。因此，他是绝对不会和你们争这个位置的。剩下来的就只有你和弘历！听清楚了，你有两点不及弘历：第一精明不及弘历；第二狠毒不及弘历！"

弘时一颤。

允祀："弘历处处示人以儒雅宽厚，但该下手的时候却眉头也不会皱一下——在山东，杀巡抚，杀藩台、臬台，杀了二十多个官员，他连旨都没有请。你做得到吗？！科举朋党案，他是正经的钦差，却把个刘墨林推出来得罪科甲官员，自己躲得远远的，还能够不让你阿玛疑心。你做得到吗？！……八叔说句话在前头，到了关键的时候，他要杀你，会毫不手软！"

弘时的脸色都变了。

允祀："因此，你要干的第一件事情就是抢在他的前面，把他除掉！"

犹如雷轰电掣，弘时被震得脸都白了。

允祀："老三，先发制人，后发则为人所制。你若做不到这点，将来的结局比八叔还惨！"

弘时蒙了好一阵子，这才嗫嚅道："可是让我阿玛知道了，他能饶过我吗？"

允祀眼中忽然闪出了精光："你以为你阿玛还有多长的日子吗！"

弘时又是一怔。

允祀："他瞒得了别人，瞒不过我！一个人每天干的是五个人甚至是十个人的事，吃的睡的却都没有常人的一半，他能长久吗？你可以留心看看，这一年多来他不时地手指发颤，经常无缘无故的冒冷汗——这都是下世的光景！因此，你不能够再等，万一他突然倒下，你就争不过弘历！"

弘时的脸开始由白转青，狠狠地点了点头。

15. 澹宁居寝宫外

弘昼慌慌张张地来了，还没走到门帘边就是一惊。

高勿庸、秦顺儿，还有一名新来的宫女都提心吊胆地站在那儿，大气儿也不敢出。

看到弘昼，高勿庸蹑着步子迎了上来，悄然说道："五爷，万岁爷脸色不太好看，您得小心点。"

弘昼领情地点了点头，刚走近门帘又停住了，回过身来从袖中掏出一张银票，低声说道："下不来的时候，替我圆一圆。"说着把那张银票塞到高勿庸手里。

高勿庸一愣，刚要把银票塞还，弘昼一掀门帘走了进去。

高勿庸苦笑着摇了摇头，只得把银票一抹，抹进袖筒中。

16. 澹宁居寝宫

"儿臣给皇阿玛请安。"弘昼跪到胤禛身边，取下帽子叩了个响头。

胤禛那本来悲愤铁青的脸这时松了下来，眼中也立刻流出了带着伤情也带着爱怜的神色深深地望着弘昼，许久才轻轻地说道："道场做完了？阿玛把你叫了出来，不会让你惹上血光之灾吧？"

弘昼怔了一下，接着又叩了几个响头："皇阿玛圣明，儿臣那些昏话本是搪塞世人的……儿臣……儿臣实在是因为办不好差事，怕到头来又给皇阿玛添了乱子，这才弄出这么个借口——请皇阿玛治儿臣欺君之罪。"

胤禛："你自己说了出来就不算欺君。其实你这样做阿玛也能体谅……你整天和那些和尚道士搅在一起总比和朝廷的官员们搅在一起好，你这么点年纪就知道明哲保身……这一点你比阿玛都强哪……"

"皇阿玛！皇阿玛！"弘昼又连连叩头，"儿臣百无一用之人，就再修上十辈子也望不到皇阿玛的项背！"

胤禛："你也犯不着如此自抑。其实你们兄弟三个，也只有你才真正有点儿像朕……你阿玛在你这个年岁也和你一样，潜心佛法，从来就不愿意卷到争斗中去，后来是你皇爷爷一片苦心硬要把祖宗的江山社稷交给朕，朕这才勉为其难呀。"

弘昼："皇阿玛这样说儿臣就更羞愧无地了……皇阿玛就像天上的太阳，虽无意与人争辉，但光芒自现普照万物。儿臣本是萤虫之光，拿什么去争？"

胤禛苦笑了一下："你把阿玛说得如此之高，世人可不是这样看的。"他拿起了案上一份奏折，"这是岳钟琪今天报来的奏折，有个叫曾静的湖南人派他的弟子到岳钟琪那儿去策反，给朕安上了十大罪名，把朕说成了古往今来第一个大暴君、大昏君……你看看吧。"

弘昼一惊，接着脸都红了，大声说道："这些狂犬吠日的疯话，儿臣不屑一看，请皇阿玛也不要理睬！"

胤禛摇了摇头，把奏折又放在案上："你不看也好……可朕不能够不理睬，那些心地龌龊之人恨朕的新政，就到处造谣，如果天下的百姓都信以为真，朕的新政就无法推行，祖宗的江山社稷也就不安稳。"

弘昼："是。儿臣想不到这一层。"

胤禛："是呀，人心险恶防不胜防哪！你给朕说实话，上次朕叫你和弘时去接几个旗主亲王，你是如何误传了圣旨的？"

弘昼又是一惊："回皇阿玛，八叔问儿臣皇阿玛有没有叫几个旗主王爷参与整顿旗营兵务的旨意，儿臣回答有这个旨意。没想到……"

胤禛："当时弘时是怎么说的？！"

弘昼仰着头作思忆之状。

他的画外音："怎么说？把我对三哥的怀疑捅出来？不行！我不能够蹚这趟浑水……"

胤禛："是什么就说什么。"

弘昼："是。儿臣记不起三哥说过什么话了……他好像没有说什么。"

胤禛轻轻叹息了一声，不再追问："记不起就算了……"突然他猛烈地咳嗽起来。

弘昼连忙站了起来，一条腿跪到榻上，不停地给胤禛捶背，轻轻说道："皇阿玛，儿臣有个奏请，请皇阿玛俯允。"

胤禛喘息稍定，说道："说吧。"

弘昼："儿臣想让贾士芳来给皇阿玛看看病。"

胤禛心里一动："再说吧……弘时待会儿就要来复旨了，你跪安吧。"

17. 允祀府书房

今儿晚上的灯光分外的黯淡。

黑鸦鸦地跪了一屋子人，一片抽鼻子咽眼泪的声音。

八福晋坐在御案一侧的椅子上，也正在不停地拿手绢抹着眼泪。

允祀仍然坐在那张椅子上，这时也现出了凄然之色。

一阵风起，室外檐下一声声铜马"叮——咚咚——"传了进来。

允祀望了望满屋跪着的下人，开口说话了："世上没有不散的筵席，不要说一个家，一朝、一代、一国，就是这个世界也有灰飞烟灭的一天！你们跟了我这么多年，再过五年、十年、二十年也终有分手的一天。一个生离，一个死别罢了。我唯一感到愧疚的是没有能够在这以前给你们每个人置一份家业——我是不想自己的家人有了家业为富不仁，借我的名头作威作福……我太爱惜自己的名声了。一个'贤'字，害了我自己，也苦了你们呀……"

听到这里众人都哭出声来。

"爷，您千万别这样说。"管家抽泣着说道，"奴才们跟了爷这样的主子，八辈子也不后悔……"

众人哭得更响了。

允祀闭上了眼睛，两滴浊泪从眼角闪了出来。接着，他站了起来，开始解身上的衣扣。

八福晋张着泪眼："爷……"

允祀没有接言，脱下了外面那件袍子，露出了里面那件夹袄，接着把夹袄也脱了下来。

众人收了哭声，一个个怔怔望着他。

允祀拿着那件夹袄，抓住里层一撕，撕了开来。

众人的眼睛睁得更大了。

允祀的手有些哆嗦了，从夹袄里掏出厚厚的一沓银票："这是我为大家积下来的，一共是一千万两！"

大家都惊住了。

允祀："我向弘时求情，让他宽限你们一天，就是为了这个。"说着他把银票一分为二，把一半递给身旁的八福晋："福晋，这一半你收着，明天就带着儿子们回娘家去。你是亲王的女儿，朝廷有议贵的制度，他们还不至于把你怎样。有了这点钱也免得在娘家看人家的眼色。"

八福晋哇地哭了出来："爷，你这是说的什么呀……要死要活一家人都在一起，我怎么能撇下你走呢……"

"夫妻本是同林鸟，大难来时各自飞。"允祀硬着心说道，"你们犯不着陪我受苦，只要把我的几个儿子带好就是你对我的一份恩德！"说着把那一半银票塞到她的手中。

八福晋拿着银票已经哭得说不出话来。

允祀拿着另一半银票，对管家说道："老胡，这一半你分给大家。单身奴每人两千，成了家的每人四千，我的家生奴才每人五千，太监每人六千。你，还有几个师爷每人十万……"

"爷!"听到这里众人一齐号啕痛哭起来。

18. 澹宁居寝宫

胤禛倏地站了起来："有这回事？！"

刘铁成叩了个头答道："是。是奴才安在那儿的一个耳目报告奴才的。"

胤禛眼中闪出了寒光："走！"

19. 理藩院后院

高墙那条后门的门环被扣得砰砰直响。

院子里亮着灯的值房内，透过窗纸显出几个人正围在桌旁打牌。

一个人的画外音："操！这么晚了也不让人安生。"

另一个人的画外音："你们接着打，我去看看。"

门吱呀开了，一个后生狱卒拿着一串钥匙走了出来，走到门边，故意大声问道："谁呀？"

门外传来声音："刑部的，来调案卷。"

"调案卷也得有个白天黑夜，这会儿调去给谁看？"那后生狱卒又故意骂骂咧咧发着牢骚，赶紧打开那把大锁，把门开了。

一片灯笼光射了过来，那狱卒连忙扎了个千："刘大人？小的给您请安！"

刘铁成："低声。"说着斜签着身子往门边一让，穿着便服的胤禛走了进来。

那狱卒虽没见过胤禛却一眼瞅着了那双明黄色的缎靴，这一惊非同小可，腿一软跪了下去："万、万……"

刘铁成低声喝道："噤声！"

那狱卒一边答着"是"，一边把头不断地往下直扎——也不知是在叩头还是在点头。

胤禛和刘铁成带着四名大内侍卫走了进来。

值房内又传来了大呼小叫："和了！抄家和！"

胤禛停住了脚步："什么叫抄家和？"

刘铁成对弯腰跟在身后的狱卒："问你呢，回话。"

那狱卒："回、回万岁爷，抄家和就是通杀……这是在嘲笑朝廷抄家，抄得干干净净……"

胤禛的脸青了，对刘铁成："完事后把这几个人都送刑部去！"

刘铁成："嗻。隆科多关在哪儿？"

那狱卒："关、关在那边马房里。"

刘铁成："带路！"

那狱卒："是。"

20. 马房

守在这里的两个狱卒跪在地上直打哆嗦。

胤禛没有搭理他们，径直向马房走去，走到一排铁栅边站住了。

这是一间有两个马槽宽的厩房。马槽早已拆掉换上了这排铁栅，一块油布沿房檐卷起搭在上面，看来是下雨时挡风吹雨飘时用的。

借着那盏挂在柱子上的气死风灯，隐隐约约可以看到，里边一个矮桌子，上面放着瓦罐和一只大碗一双筷子，旁边一条蚱蜢小凳，和桌子一样都是白木，没有刷漆，沾了一层似油似灰的污垢。桌子上还放着一块啃得只剩下青皮的西瓜皮。靠里边墙一张小绳床，床上蒿荐上铺了一领席，一个凉枕，一个竹夫人和一床薄被，一个人正在床上脸朝里躺着——从背影也可看出，这人便是隆科多！

胤禛忍着扑面而来的那股臭味："隆科多！"

隆科多没有应声。

"隆科多！"刘铁成大声道："你聋了么？皇上来了！"

隆科多身上一颤，抖着手支撑着坐起身来，那双眼花花地向前望去。

看清了，是胤禛和刘铁成站在栅外的树影下！

他一下子呆住了，瞪着呆滞的目光，乱蓬蓬的胡须和头发都随着头摇动着，仿佛看一个陌生人一样盯了胤禛，嘴唇翕动着，好像磨磨叨叨念诵着什么。半晌，他突然清醒过来，大叫一声"主子——"疯子一样赤脚片子下床，扑到栅栏边爬跪在地，两只手紧紧握着铁栅条，高声叫道："皇上！皇上！奴才可把您盼来了，迟来一日，最多两日，老奴就见不着您了！"

胤禛不露声色："朕并没有要处死你。"

隆科多一下子冷静了下来，两只眼珠慢慢地转动了几圈，接着扫向跪在栏杆外的两个狱卒，说道："是，是……没有人要害死奴才，没有人要害死奴才……"

胤禛如何不省？还是没露声色，只是说道："隆科多虽然有罪，但曾是朝廷的重臣，谁把他关在这么个地方？"

刘铁成朝跪着的一名狱卒踢了一脚："回话！"

那狱卒惊荡了一下，颤声答道："回、回皇上，本、本来是关在隔壁的院子里，后来他发了疯病才改关到这儿来的。"

胤禛："唔？！"

隆科多一惊，怨毒的眼光紧紧地盯住那名狱卒："你才是疯子！我不装疯，今儿也就见不着皇上了……"

胤禛："把铁门打开，放他出来。"

那狱卒连忙爬了起来，打开了铁门。

胤禛望了一眼刘铁成。

刘铁成会意，对众人说道："都出去！"把众人都带了出去。

胤禛转身在大树下一块条石上坐了下来。

隆科多抻展了一下又脏又皱的青布袍子，把前额上乱蓬蓬的头发向后捋了捋，又把趿着的布鞋后跟提上，这才尽量步履稳重地走出铁门跪倒在胤禛面前。

胤禛："你刚才说再迟一两天就见不到朕了是什么意思？"

隆科多故意颤了一下，答道："老奴……老奴是太思念皇上了，这才说的疯话……"

胤禛："到这个时候你还要替别人隐瞒吗！"

隆科多："皇上！皇上！奴才是天底下第一号负恩忘义、死有余辜的人，实在不愿意再造罪孽，请皇上即刻下旨将奴才明正典刑——奴才心里也好受一些……"说到这里抽抽咽咽哭了起来。

胤禛："你负朕，朕不负你。你放心，朕绝不杀你。但你若不明不白死了，朕也没有法子。"

隆科多要的就是这句话，听到这里立刻抬起头来，望了一眼胤禛，接着又重重地叩了几个响头，哭道："皇上如此恩待奴才，奴才更是愧悔无地……奴才真是吃了迷药，黑了心肝，就是悔也来不及了……皇上，您看——"用手一指。

胤禛顺着他的手指望去。

——铁栏边堆着两个沉甸甸的大土袋。

胤禛又把目光转向隆科多："唔？"

隆科多："皇上光风霁月之心，哪知道这般鬼蜮伎俩！两个晚上了，他们都用这个压在奴才身上……最多还有两三个晚上，奴才就没命了，而且无伤可验。"

胤禛倏地站了起来："知道是谁指使的吗？！"

隆科多犹豫了好一阵，还是答道："不知道……"

"是真不知道，还是不敢说！"

隆科多："皇上，除死无大祸，奴才都是要死的人了，还有什么不敢说的……奴才是怕……是怕皇上听了伤心……"

胤禛的脸慢慢白了，声音也有些颤抖了："你说！"

隆科多又用犹疑的目光望了一眼胤禛，这才低声述说起来……

21．弘时府后园

满天的星斗，映得园子里到处是一片影影绰绰。

后园门边，几个精悍的汉子跪在地上，只见背影不见人面。

他们的身前站着面目狰狞的弘时。

弘时朝他们扫了一眼，声音虽低却冷得令人发寒："干好了这件事，你们就是爷的功臣！干砸了，你们的家人一个也别想活命！"

几个人同时答道："是！"

22．澹宁居

胤禛的脸显得异常的苍白，哆哆嗦嗦地将一张刚写好的上谕递给刘铁成："你带几个人连夜赶到江南去，见到弘历叫他即刻回京……叫李卫带五百人亲自护卫。"

刘铁成："万岁爷放心，奴才省得！"

胤禛："快去！"

刘铁成："嗻！"叩了个头转身大步奔了出去。

23．两江总督衙门大门外

刘铁成一行五人风尘仆仆驰来了。

驰至衙门外飞身下马，径自向衙门闯去。

几名戈什哈刚要上前拦阻，刘铁成脚也没停候地取下了腰牌一亮。

戈什哈们连忙扎下千去，刘铁成一行风急火燎地奔了进去。

24．总督衙门后堂

"去扬州了！"刘铁成惊得差点儿跌了个跟头，"糟了！糟了！"

"怎么了？！"李卫也慌了。

"有人要暗害宝亲王！"

"啊！"李卫也惊得差点儿跌了个跟头，"来人！来人！去扬州！"

25. 扬州·秦淮河边

几百名兵丁一下子把沿岸两里长的河道都戒严了！

远远地站满了围观的百姓。

河岸边，浑身湿淋淋的弘历铁青着脸坐在一块石头上，默默地望着冒着水泡的河面。

惊魂甫定的刘铁成屏着呼吸站在弘历身后，也定定地望着河面。

几个人从水底冒了出来。

弘历和刘铁成睁大了眼睛。

那几个人抹了一把脸上的水，冲着岸边摇了摇头，又钻下水底。

弘历的眼神又黯淡了。

李卫捧着一套干净衣服奔来了，走到弘历身边，低声唤道："少主子，先把衣服换了吧？"

弘历没有吭声，仍然一动不动望着水面。

李卫咽了口唾沫，只好也怔怔地站在他的身后，望着水面。

河面上冒起了一阵水泡，接着又冒起了一阵水泡，接着水泡越冒越大。

弘历和刘铁成、李卫又都睁大了眼睛。

几个头同时露出了水面。

弘历倏地站了起来。

那几个人同时向岸边凫来。

弘历、刘铁成、李卫迎了过去。

几个人湿淋淋地爬了上来，跪在地上："禀宝亲王，水下都摸遍了，找不着刘大人的尸首……"

弘历的脸青得瘆人，转向李卫："再找！一定要找到刘墨林！"

李卫："是。去！再下去找！"

几个人苦着脸又扑通扑通跳了下去。

刘铁成："四爷，万岁爷还在京里等着您呢……"

弘历又怔怔地望了望那条泪泪流去的秦淮河，少顷蹦出几个字："回北京！"

26. 澹宁居寝宫

灯光在摇曳着，照得站在殿侧的高勿庸、秦顺儿和那个新来的宫女脸上明暗不定——他们都屏住呼吸，偷偷地瞅着御案的方向。

胤禛正寒着脸紧紧地盯着面前那份奏折……倏地，他提起了朱笔。

突然，他感到手有些不听使唤，想批折，却不停地抖着。

——几滴浓浓的朱墨滴在折子上！

胤禛将朱笔狠狠地往御案上一拍！

高勿庸、秦顺儿和那个宫女都吓得一颤。

高勿庸朝那宫女使了个眼色。

那宫女连忙拿着一块抹布怯怯地走了过去，哆嗦着手去擦洒在御案上的朱墨，手抖得厉害，反将茶碗也碰翻了——茶水又流了出来！

胤禛一掌击在御案上。

那宫女腿一软跪了下去。

"拉出去，打二十板子！"胤禛咬牙说道。

立刻便有两名太监走了进来，架起那名宫女就往殿外拖去。

"万岁爷！饶命……"那宫女终于叫了出来，但已经晚了。

高勿庸只得自己走了过去，拿起那块抹布去擦御案。

"出去。"

"万岁爷……"

"都出去！"

高勿庸："嗻。"答着向秦顺儿使了个眼色。

二人都退了出去。

胤禛闭上了眼睛，往椅背上一靠。

过了不久，又一只手拿起了御案上的抹布，轻轻地擦了起来。

"唔？！"胤禛愠极睁眼，接着眼睛一亮！

是乔引娣！这时正低垂着眼还在默默地清理着御案。

"你不是走了吗？"

"普天之下，莫非王土。我还能走到哪儿去？"

"就这个理由？"

"……"

"回答朕。"

"我不走！我不愿意走！我愿意留下来！您这下满足了吧！"说到这里乔引娣一扭身又哭了起来。

好一阵激动，胤禛深深地望着她那仍在抽泣的背影，深深地叹了口气。

定格。

| 第四十集　高处不胜寒 |

1. 潞河驿道

五百人的马队，虽然不事张扬，仅两千只马蹄扬起的尘土也在驿道上卷起了近两里长的黄龙，滚滚赫赫，声势惊人！

蹄声訇沓，长枪队驰马闪过，腰刀队驰马闪过！

左边是李卫，右边是刘铁成，夹护着阴沉着脸的弘历向镜头驰来。

2. 潞河驿门前

一片吁吁的吆喝声，骑兵们纷纷勒住缰绳，马队次第停了。

是弘时！带着几名随从立在驿馆门前的大道中。

马队一停，弘时满脸的忧急，大步向前迎来。

马队纷纷向两边闪开，让出了一条道，现出了骑在马上的弘历。

见到远处奔来的弘时，弘历眼中闪过一丝寒光，接着换上一面孔恺悌之色，翻身下马，也快步向弘时迎去。

一面孔关怀忧急的弘时在向弘历奔去。

一面孔激动恺悌的弘历也在向弘时奔去。

二人越来越近了。

终于两双手紧紧地握在了一起！

弘时紧紧地盯着弘历的两眼，竭力想从里面寻找自己日夜惶急的答案——他的画外音："他知道了吗？！不会！他不会知道……那些人已被我派的另一批人灭了口……他不会知道，不会知道……"

791

弘历也紧紧地盯着弘时的两眼，不用寻找，他已经窥见了弘时内心的惶急——他的画外音："想摸底风！好吧，我让你摸……"

弘时终于开口了："你终于回来了……回来了就好！回来了就好！"边说边拉着他的手向门前石凳走去。

二人在石凳上坐了下来。

骑兵卫队和弘时的随从都远远地肃立着，鸦雀无声。

只有李卫和刘铁成紧紧跟了过来，二人对视了一眼，同时扎下千去："给三爷请安。"

弘时这才注意到二人，挤出笑容答道："安，安。你们都辛苦了。"

二人不露声色，只是答道："奴才们不辛苦。"

弘时点了点头，又连忙转向弘历："听说有人要害你，把皇阿玛和我们都急坏了。祖宗保佑，你平安回来了。"

弘历："多谢三哥惦挂，在外面当差哪能没有一点风险。"

弘时："嗯，嗯……"又把头转向了李卫和刘铁成，"逆贼抓到了吗？"

李卫："回三爷，奴才失职，那些逆贼都被人杀了灭口了。"

弘时："哦？"他又把目光转向了弘历，"知道这些人的来路吗？"

弘历："从他们的身材长相，还有穿在里面的衣服可以看出，这些人都是北方人。"

弘时："哦……是不是你在山东杀的那些官员的部下来找你报仇？"

弘历："嗯，有点像。"

弘时松了口气："四弟呀，不是三哥说你，你是千金之体，'君子知命，不立于岩墙之下'！再不要干那些微服出访的事了。你知不知道，你在外面，皇阿玛、皇额娘还有我是何等地担心？上个月我托人给你带了八两牛黄、一斤麝香，还有点冰片，你收到了吗？"

弘历："多谢三哥，都收到了。对了，你喜欢喝好茶，我给你带了两斤碧螺春，真正乔婆子家的，全是十二三岁的黄花闺女在谷雨前一天用嘴唇衔下来的——你平时肝火旺，这个茶听说喝了能够去肝火，你多喝点。"

弘时微微一愣，接着挤出一丝笑容："好，好，我回去就尝尝，看能不能真去肝火。"说着装作潇洒地哈哈大笑起来。

弘历瞥了一眼李卫和刘铁成，跟着大笑起来。

李卫和刘铁成对视了一眼，也跟着大笑起来。

3. 澹宁居寝宫

胤禛的脸气得发青，愣了好一阵，突然一掌击在榻几上，霍地站了起来！

弘历一撩袍服跪了下来，大声说道："托皇阿玛的庇佑，儿臣平安回来了。请皇阿玛就不要再追究这件事了。"

胤禛："唔？"

弘历："皇阿玛圣明！儿臣实不愿因为此事兴起大狱，更不愿因为儿臣使皇阿玛和皇额娘伤心。"说到这里他的两眼暗暗地盯着胤禛袍服下摆的两只脚。

—— 一声长叹，袍服一动，胤禛又坐了下来。

弘历没想到几句假撇清的话，居然使胤禛真的犹豫了，暗暗一怔，斟酌了片刻，也叹息了一声说道："只是刘墨林可惜……"

胤禛黯然的声音："……他有什么遗愿吗？"

弘历："没有。对了，儿臣曾听他说过，就是对不起苏舜卿……"

胤禛没有吭声。

弘历："儿臣有个请求，望皇阿玛俯允。"

胤禛望着他。

弘历："请皇阿玛赐苏舜卿一品诰命……"

胤禛望着他，仍然没有吭声。

弘历："刘墨林是为了儿臣死的，请皇阿玛了了他这桩心愿！"说着伏了下去。

胤禛："好吧。"

4. 漱玉院

鼓乐齐鸣，高勿庸捧着一品诰命的礼服，亲自领着几名太监来了。

5. 漱玉院·苏舜卿的房间

门啪地推开了，鸨母一阵风似的冲了进去："舜卿！舜卿！皇上赐你诰命夫人了……"突然，她怔住了。

房间里空空荡荡……

6. 永定河边

粼粼的波光中那轮月亮白白地漾着。

镜头拉开，显出一件长长的大红披风——苏舜卿面对逝水静静地坐着。

极轻极轻的叮咚声响了——如疏落的雨点滴落在汩汩的水面上。

接着琴声渐急、渐响——风声渐紧，雨声渐急，汩汩的流水也化作了滚滚的涛声。

啪的，她有意把琴弦弹断了一根，弹奏却毫未受阻——风声、雨声、涛声反而更紧更密更响。

接着，她又把琴弦弹断了一根——风雨声、波涛声更加激扬。

琴弦又断了一根——风雨涛声化作了高亢的呼啸。

"啪""啪""啪"，琴弦剩下了最后一根，风雨声、波涛声戛然而止。

短暂的停顿，剩下的一根琴弦又响了起来，伊人在默默祈祷，絮絮低语……镜头摇向汩汩的永定河水漂着那轮漾漾的明月……

这时，她那凄清的歌声和着琴声唱了起来：

> 风里雨里寻你寻你千百度，佛前月下为你为你烧掉香千炷。
>
> 只说是，还要等你等你五百年；蓦回首，你却在灯火灯火阑珊处……

一切又归于沉寂，大红披风前的苏舜卿俨然一座雕塑……

不知过了多久，不远处传来"欸乃"的摇桨声。

苏舜卿那塑白的脸庞慢慢向桨声转去。

明月下一只小船"欸乃欸乃"地摇了过来。

苏舜卿眼睛一亮，抱着那张琴缓缓地站了起来。

她的画外音："他没死……他不会死……他一定在西子湖，秦淮河边卖字画……对了，西子湖……秦淮河……他一定在那儿……"

那条小船划到她的身边停了下来，苏舜卿抱着琴踏了上去。

"欸乃"一声，小船又划动了，向着天边那轮明月摇漾而去，越划越远。

"风里雨里寻你寻你千百度，佛前月下为你为你烧掉香千炷……"——苏舜卿那凄清的歌声和着叮咚的琴声又远远地传了过来……

7. 澹宁居寝宫

李卫一掀门帘便看见了坐在榻上的胤禛，他先是一怔，接着跑了过去扑通跪在他的脚前，头也忘了叩便带着哭音喊了出来："主子！这是怎么了？才多久一会儿不见您，您瘦成了这样！"

胤禛看见他也着实亲切，又不禁有些伤感，强笑着对站在一旁的乔引娣说道："你看，这就是赫赫有名的两江总督……引娣，你能看出朕瘦了吗？"

乔引娣："奴婢们天天在皇上身边，不像李大人隔了这么多日子，一眼看来自然觉得变化很大……不过，这一两年来皇上确实憔悴多了……"

胤禛轻轻叹了口气："狗儿，你起来，让朕也看看你。"

李卫这才叩了个头，站了起来。

胤禛望着他："你也消瘦多了……翠儿怎么样，还好吗？"

李卫："劳主子牵挂，翠儿也不太好。"

胤禛："哦？"

李卫："十三爷去世后，她一想起就哭，还经常念叨要到京里来看望主子。"

胤禛："好，好，下回你进京就带着她一起来吧……狗儿，你过来。"

李卫走了过来，胤禛一把拉起了他的手："你看，朕的手又湿又凉……你说得不错，朕真是大不如前了……可还有这么多的事情没做完，朕心里急呀……狗儿！暗杀弘历的人是谁，你应该知道了。你说说，朕该怎么办？"

李卫一惊，接着脸色立刻黯淡了下来："主子，什么事奴才都能替主子去办，唯有这件事奴才没法子说……"

胤禛叹了口气："朕知道，朕知道……朕不应该问你……朕自己都难以委决的事，你又能说什么呢？来，朕给你看样东西。"说着，拿起榻几上一封信递给李卫。

李卫接过信，凑着灯光仔细看了起来。

胤禛静静地坐着，不时将眼光瞥一眼正在吃力地看着信的李卫。

李卫似乎看懂了一些，又似乎不全懂，将信一掩："主子，这信里说的是谁？又是害父害母，又是杀兄杀弟，还贪财好色……"

胤禛："不知道吧……这个人说的就是朕！"

李卫惊得跳了起来："怎、怎么会！哪只疯狗敢这样辱骂主子！"

胤禛："这个人叫曾静，是湖南的一个老生员，写了这封信给岳钟琪，叫他起兵谋反。"

李卫："人呢？在哪里？"

胤禛："已经押解到京里来了。"

李卫牙齿咬得咯咯直响："主子，把这条疯狗交给奴才，奴才把他的牙一颗一颗地拔下来……"

胤禛苦笑着摇了摇头："其实说朕坏话的又岂止这个曾静。凡是被朕的新政断了财路，剥了特权的有几个不恨朕，又有几个不说朕的坏话？可朕也没有想到，他们居然把朕编派得如此不堪！除了说朕谋杀先帝，逼死太后，有的还说朕每天都喝得酒醉醺醺，还说朕每晚要翻几次牌子，更有编得出奇的，说朕的侍卫是什么'血滴子'队，刘铁成带着这个队，想杀哪个大臣，使个眼色，夜里就派人去杀了！""放屁！"李卫一急，粗话脱口而出！

乔引娣吃惊地向他望去。

李卫兀自红着脸在那儿生气。

胤禛也并未介意，接着说道："更可恨的是，刑部、大理寺都不愿审理这个案子。他们上折子说，如此悖逆之言非臣下所敢听，更非臣下所敢问……其实他们心里何尝不是幸灾乐祸！"

李卫："主子！把这个案子交给奴才来审，奴才有法子让这些疯狗知道厉害！"

胤禛摇了摇头："你审不了。因为散布朕这些谣言的，其实就是朕的那些弟弟！"

李卫："是八爷他们？！"

胤禛点了点头："没错。很多谣言都是阿其那、塞思黑那些发配到云贵去的门人在沿途散布的……朕已经有旨意，决定亲自审理曾静。他们等着看朕的笑话，朕不会有笑话给他们看……朕不但不杀曾静，而且不给他动刑，朕要让天下人看看，朕到底是不是他们说的那样……"

李卫："主子，不是奴才斗胆敢说祖宗的不是。先帝爷千般都好，就是太宽容……明知八爷他们心术不正，还一个个亲王贝勒的加封，把这些难题都撂给了主子……"

胤禛目光一闪，显然被他这话触动了心思，深深地点了点头："你说得有理。不管多难，为了新政，为了祖宗的江山社稷，朕不能够把难题再撂给后人！"

8. 畅春园西隅

刘铁成在前，两名御前侍卫在后，夹着弘时匆匆地来了。

走到一片林子边，弘时停住了脚步。

前面古木参天，阴森森地连阳光也照不进来，偶尔传出一两声怪鸟的叫声，益显阴沉瘆人！

弘时："这、这是什么地方？皇、皇阿玛在哪里？"

刘铁成："就在前面。三爷走吧。"说着两眼直愣愣地盯着他。

弘时更慌了，无奈只好硬着头皮走了进去。

9. 树林尽头一间小土屋外

孤零零的一间小土屋，大概是看林子太监住的地方，上头盖着茅草，土垒的墙也凹凹凸凸，显得十分萧索。

弘时走到洞开的小木门边又停住了，满面惊诧地转向刘铁成："皇上在这里？！"

刘铁成点了点头。

弘时既慌且疑，瞥了刘铁成一眼，接着向门内轻声唤道："皇阿玛！皇阿玛！"

门内传来了胤禛的声音："进来吧。"

真的在里面！弘时颤了一下，揣着一颗七上八下的心软着腿走了进去。

10. 小土屋内

光线很暗，弘时站了好一阵子才看见——屋子很空，只正中摆着一张小矮桌，桌上布着几碟菜肴，一壶酒，两副杯筷；桌旁上首有一张凳子，一侧有一张凳子。

弘时的心里又是一咯噔——怎么不见皇阿玛——他的目光细细寻去，又是一惊！

胤禛背着手站在黑沉沉的墙边。

弘时腿一软，趴了下来："儿、儿臣叩见皇阿玛……"

胤禛这才慢慢转过身来，两只眼在暗淡的屋角中显得异常的明亮，又透出黯然的神色怔怔地望着趴在地上的弘时，少顷才叹了口气，说道："坐下吧。"走到上首坐了下来。

弘时叩了个头："是。"爬起来，怯生生地在侧旁的凳子上也坐了下来。

胤禛拿起酒壶给自己倒了一杯酒，又给弘时倒了一杯酒，放下酒壶："三儿，这么多年来，朕也没有能和你单独吃一顿饭……记得当年文觉大师对朕说过'有国无家'……这话朕直到今天才真正领悟了……喝吧。"说着端起酒一口喝了。

弘时原就十分苍白的脸这时渗出汗来了，颤抖着手端起了酒杯一口喝了。接着，他又哆嗦着手拿起酒壶给胤禛斟满了，又给自己斟满了，说道："儿、儿臣平时也没能在皇阿玛跟前略尽孝道……这杯酒……谨为皇阿玛寿……"

望着他这般模样，胤禛闭上了眼睛。

弘时端起了酒杯："皇阿玛……"

胤禛闭着眼突然说道："朕有话问你。"

弘时又是一颤，酒水都洒了出来，哆嗦着把杯子放稳，回道："是……"

胤禛仍然闭着眼睛，声音却突然冷得令人发寒："八王议政你充的什么角色？阿其那和你是怎么商量的？你和隆科多又是如何密谋调兵的？"

弘时扑通一下，跌跪在地上："没、没有……皇阿玛说的儿臣一点儿也听不懂……"

胤禛目光一闪，直逼弘时："你真一点儿也听不懂？！"

弘时："皇阿玛！皇阿玛！儿臣办差或有失误，但自问敬上爱下，没有使过黑心……这一定是有人从中陷害，离间阿玛和儿臣……"

胤禛："你派去杀隆科多灭口的人也会陷害你？！一心想把你扶上皇位的隆科多也会陷害你？！"

弘时脑子轰的一声，呆了半晌，才哆嗦着答道："皇阿玛……儿臣是曾叫人杀隆科多……但不是什么杀人灭口……而是恨他辜恩负义，皇阿玛又不忍杀他，这才……这才……"

"住口！"胤禛霍地站了起来，"到了这个时候你还敢狡辩！朕再问你，雍正二年科场舞弊案，试题是怎样泄露出去的？张廷璐是受了谁的指使？……当时朕就疑上了你，也怪朕一点爱子的私心，没有追究你。事情败露以后，张廷璐西市问斩，你整天围着朕，一句减刑的话也不说，还一个劲劝朕要将他满门抄斩，朕就对你十分寒心。这一次居然和阿其那、塞思黑串通那几个污糟猫王爷突然发难，搞八王议政，还指使隆科多调兵逼宫……事情败露又故技重演，杀隆科多灭口！就这样朕还想着你毕竟是儿子，能包容就包容了，也许是你不掌权，想着好比一只狗，喂饱了也就不咬人了。孰料你进而要杀你的弟弟，不久自然还要杀你的父亲……你简直是古今天底下最贪恣暴虐的衣冠禽兽！"

弘时："儿臣没有杀弘历！儿臣没有杀弘历！皇阿玛，这一定是弘历，他、他怕我和他争嫡位，这才弄出这么个假象来陷害我……"

胤禛的心冷到了极点，伤心地摇着头："到这个时候你还反咬一口……你派去杀弘历的人虽然被你灭了口，但你派去灭口的人却害怕再被你灭口，都一一招了供……谁不知道你三贝勒心狠手毒！像你这样的东西，做恶事坏事也是毫无章法，哪个人跟着你不要留一手，哪个人肯替你出力卖命……上苍白给你披了一张人皮！人有五伦：子有亲，君臣有义，夫妇有别，长幼有序，朋友有信——这是做人的镜子，你照照自己，可有一伦半伦？"

弘时浑身已经瘫软下来，胤禛说的每一个字，在他听来都像天上的雷，一声一声深重地打击着他本来已十分衰朽脆弱的心。他张皇四顾，似乎在寻着什么可以依靠的东西，但这屋里，除了那张摆着酒菜的小桌和这个面容苍白的皇阿玛，什么也没有。半晌，他忽然无望地发出狼嚎一样的悲啼，边哭边叩头，说道："皇阿玛！皇阿玛！……总归可怜儿子糊涂，听了八叔……不，听了阿其那的调唆，以为除掉了弘历，儿子就能占定嫡位……所以……所以……皇阿玛，您要把我交部议罪吗？啊？您说话呀……"这时他已是满脸的泪水，哭得一抽一抽了。

一股又酸又涩的苦水涌上心头，胤禛的泪水也夺眶而出，他直挺挺地站着，又闭上了眼睛。

一边抽泣，一边抱着一线希望望着胤禛，弘时爬了过来，攀着胤禛的一条腿，抽泣道："皇阿玛，您打算怎样处置儿臣？"

胤禛幽然说道："朕不会把你交部议罪，这个家丑朕不想让外人知道，所以才把你召到这里来。"

弘时冒出了希望，连忙叩头："谢父皇成全呵护之恩……"

胤禛望着这个儿子，从心底里又叹息了一声："你知恩就好。但你要知道，你的罪犯在十恶，断无可恕之理……"

"那……皇阿玛打算把儿臣圈禁？"

胤禛摇了摇头。

"遣儿臣到岳钟琪军中效力赎罪？"

胤禛又摇了摇头。

"那儿子只有削发为僧，在佛前忏悔赎罪了……"

胤禛伤心到了极点，嗓声也哑咽了："说来说去，你还是不愿意替朕想想……难道非要朕亲自开口，非要朕落个杀子的名声吗……你既然自己不愿意说，朕就替你说了——你除了自尽没有第二条路！"

"皇阿玛！"弘时紧紧地搂住胤禛的腿，摇撼着哭道："儿臣该死！儿臣该死！还请皇阿玛念在亲生骨肉的情分，饶儿臣一命……阿其那、塞思黑那样罪不可恕，皇阿玛不也没有赐死他们吗……"

胤禛："朕不杀你的八叔他们，是因为你皇爷爷临终说了话……朕听先帝的话，再苦再难也不敢违了他老人家的意愿……可也正因为如此，这几个人给朕给祖宗的江山社稷带来了多么大的忧患！儿子，不是皇阿玛心狠，为了给弘历留下一个安定的基业，朕不能够留你。"

弘时："不公平！这不公平！皇阿玛，同样是您的儿子，您为什么这么偏心……弘历有哪点比儿臣强？您不但铁了心要把嫡位传给他，为了他还要杀了儿臣……"

胤禛："……就凭你问的这几句话，就说明你不会死心……那朕就告诉你吧！因为只有弘历才能继续推行朕的新政！只有弘历才能够把这个国家治理好！——你的为人，虽然不及你八叔阴险，但比他更为狠毒！而弘历却没有朕的刚毅，他不是你的对手。"

弘时手一软，松开了胤禛，瘫坐在地上，突然发疯似的笑了起来，笑着笑着又哭，一边哭一边号道："八叔，阿其那……我早知道自己不是弘历的对手，你偏要我和他争……

我恨你，我恨你呀……"

胤禛仿佛被一记重物狠狠地撞击在胸口，浑身一颤！接着泪水又涌了出来，心一硬，快步走了出去。

11. 小土屋外

刘铁成和两名侍卫迎了上来。

脸色苍白的胤禛把眼睛闭上了。

刘铁成一摆头，两名侍卫走进了土屋。

接着土屋内又传来了弘时凄惨的哭声。

胤禛眼一黑，就要向后倒去——刘铁成连忙将他抱住。

"哇"的一声，一口鲜血从胤禛的嘴中喷了出来！

刘铁成："万岁爷！万岁爷……"

胤禛强撑着站了起来："听着，不要对任何人说。"

刘铁成："是……"

胤禛："你背着朕走一段吧。"

刘铁成："嗯。"答着把胤禛背在背上，向那片树林走去。

12. 澹宁居月洞门

刘铁成挽着胤禛走来了。

远远地，月洞门那边，张廷玉、马齐和高勿庸、乔引娣、秦顺儿都已默默地候在那里，看见胤禛走来，都跪了下来。

胤禛将手掌一抬，松开了挽扶着他的刘铁成，腰一挺，徐步向前走去。

正在这时，弘历也从对面的远处奔来了，奔到胤禛面前倏地跪下："皇阿玛，三哥呢？"

胤禛一怔，望了望他，说道："不要问，这不关你的事。"

弘历叩了个头："是。但儿臣想……"

胤禛："不要说了。"说完，径直向张廷玉他们走去。

伏在地上的弘历目光一转，向刘铁成望去。

刘铁成飞快地给他使了个眼色，接着匆匆向胤禛跟去。

弘历的眼睛一亮，又立刻换上一副沉重的面孔，慢慢爬了起来，默默跟去。

走到众人面前，胤禛问道："有什么事吗？"

张廷玉："是。回皇上，不久前李卫跑到军机处找到臣等，说是要去见见曾静。臣等见他火气很大，担心他做出什么逾格的事来，没有答应。他二话没说，气冲冲地走了……臣等怕闹出什么事来，特来禀奏皇上。"

胤禛一惊："去刑部！"

13. 刑部大狱值房

李卫带着四名戈什哈气势汹汹地闯了进来。

牢头和两名狱卒连忙站了起来："李大人？"连忙扎下千去，"小的们给李大人请安。"

李卫："那个曾静关在哪儿？！"

牢头："回大人，就关在里面。"

李卫："把牢门打开，我要见他。"

牢头："请问大人，有军机处的照会吗？"

李卫："没有。"

那牢头赔着笑道："那恐怕不行。上面有吩咐，这个犯人由军机处直接提审，没有军机处的照会，任何人都不能见他。请大人见谅。"

李卫眼珠子一转，从袖中掏出一张银票："我知道我知道，我就见见他，你不说我不说谁知道？拿去，弟兄们喝杯酒。"把银票一递。

那牢头哪里敢接："大人，凭您的面子只要能够通融，小的们还有什么话说？实在是上边有严令，请大人体谅小的们的难处。"

李卫脸一沉将银票一收："敬酒不吃吃罚酒！来呀，取了他的钥匙！"

四名戈什哈吼应一声，上前扭住牢头就把他腰间的钥匙取了下来。

一名戈什哈径直打开了牢门。

李卫哼了一声，带领戈什哈们闯了进去。

那牢头："快！快去禀报司官！"

一名狱卒飞也似的跑了出去。

14. 刑部大狱单身牢房

一个身穿长衫须发蓬松的干瘪老头正坐在床上发愣，听见牢门响了，两只昏眊的眼睛连忙望去。

李卫一阵风似的闯了进来："把牢门锁了！"

门外的戈什哈应声锁上了牢门。

李卫："把钥匙扔进来！"

戈什哈又把钥匙扔了进去。

李卫拾起钥匙别在腰间，这才向曾静走了过去："你就是曾静？"

那老头这才慢慢站了起来："正是老朽。请问……"

"啪"的一声，一记响亮的耳光扇了过去！

曾静一个趔趄，跌倒在床上，发了一阵昏，回过神来，哆嗦着说道："皇、皇上都有旨，不许对我动刑……你是谁？竟敢打我……"

李卫牙一咬："疯狗日的！这个时候知道搬出皇上了！"说着取下了头上的顶戴递到牢栏边，"拿着！"

一名戈什哈连忙从栏空间伸进两只手接住顶戴，想拿出去，无奈帽大空小，只好两只手隔着栏杆捧着。

李卫又把袍服脱了下来一递："拿着！"

另一名戈什哈连忙从栏空间伸进手来捧住袍服。

李卫撩起穿在里面的箭衣掖在腰间，把两袖捋到肘部，然后圆睁双眼一步步向曾静走去。

15. 牢房夹道

胤禛在前，弘历、张廷玉、马齐、刘铁成在后，急匆匆来了。

刚走下夹道的阶梯，远远地就望见那间牢房门前拥满了人。

胤禛放慢了脚步，注目望去。

拥在牢房门前的除了李卫的四名亲兵，居然还有满汉两位刑部尚书、几名司官，一个个红顶花翎，一声不吭地站在那儿——像是在看热闹。

胤禛眉尖一颤，举了下手示意后面的人不要作声，接着悄然走了过去。

那些"看热闹"的人，竟然没有察觉胤禛一行，仍然站在牢栏外有滋有味地看着。

牢房内，李卫叉开腿坐在床上，一脸的大汗。

曾静跪在他的面前，正嘟嘟哝哝地念道："当今皇上是古往今来道德第一，勤政第一，爱民第一的好皇上……是……是……小人实在记不起了，请大人提示……"

李卫眼一瞪："真的记不起了？"

曾静："真、真的记不起了……"

李卫："好，那老子给你提示……"边说边抬起了腿，作势就要踹去。

"住手！"

"皇上？！"李卫的腿停在了半空，接着慌忙站了起来。

那些"看热闹"的人也才惊醒过来，猛回头看见胤禛乱纷纷跪了下来："叩见皇上！"

望着跪在面前的这几个一二品大员，胤禛心里一阵苍凉——声音也透着一阵苍凉："很好看吗？很好笑吗？你们是不是觉得曾静骂朕的那些话十分解恨！"

那些官员这才慌了，一齐叩头：

"皇上！皇上！奴才们不敢……"

"臣等岂敢有这等心思……"

胤禛："身为刑部大臣，面对这般无父无君之人，尔等无半点愤慨之心，居然围观取乐！还说没有这等心思……"

那些官员吓得又连忙叩起头来。

满尚书颤抖着分辩道："皇上圣明！实在是因为李卫把牢门锁了，把钥匙也拿了进去，奴才等没有法子，因此……"

弘历说话了："因此就围观取乐！大清朝怎么养了这么一批辜恩负义、麻木不仁的奴才！张廷玉！"

张廷玉："在。"

弘历："把这几个人都革了！"

张廷玉："是。"

那些官员："宝亲王！皇上……"

弘历一声喝道："不要说了！取下顶戴，走吧。"

那些官员一个个都哭丧着脸，取下了顶戴，爬了起来，梦游般走了出去。

李卫这时已经打开了牢门，跪在胤禛面前。

胤禛望着他，许久才说道："身为封疆大吏，如此不顾官体！张廷玉，将他罚俸一年！"

张廷玉："是。"

胤禛："刘铁成！"

刘铁成："奴才在。"

胤禛："把曾静提走，朕要亲自审问他！"说完转身走了出去。

弘历和张廷玉、马齐跟着也走了出去。

刘铁成走进牢房，对曾静喝道："走！"把曾静提了起来，押了出去。

李卫这才站了起来，从亲兵手里接过顶戴说道："疯狗日的！总算解了一点恨！"

16. 澹宁居

曾静被刘铁成带了进来，此人也不知究竟是久居乡隅没见过世面，还是老迈昏庸，居然睃着眼四处打量："上官，这是哪儿？"

刘铁成一声断喝："跪下！"

曾静一激灵跪了下来。

刘铁成走了出去。

不久，穿着便服的胤禛走进来了，望着眼前这个猥琐的乡下老头，他心中陡起一阵凄凉，没有登上御案而是在一旁的椅子上坐了下来："你就是曾静？"

那曾静抬起了头，打量了一下胤禛，答道："老朽就是。敢问上官尊姓大名？"

胤禛："不要问了，你起来，坐在那边凳子上回话。"

曾静向两旁打量了一下，怯怯地问道："适才那位上官叫老朽跪下……"

胤禛："叫你坐你就坐。"

曾静："是。"这才颤巍巍爬了起来，在胤禛对面的矮凳上坐了下来。

胤禛："你为什么写信煽动岳钟琪造反？"

曾静颤了一下："回上官的话，老朽在年轻的时候曾经师从山东吕留良先生，读了他著的几部书，被他的邪说蒙蔽，心中便有了夷夏之防的念头。康熙爷在位，对我们读书人礼敬有加，这个念头也就慢慢淡了。后来当今皇上继位，推行什么新政，我们读书人都没有了好处，这才又萌发了反满的心思。去年，听到很多从北京发配云贵途经湖南的人说，当今皇上如何如何，是古往今来第一个……什么君……"

胤禛："你怎么听到的就怎么说。"

曾静："上官，这能说吗？"

胤禛："你这是招供，就应该如实地说。"

曾静："是。那些人说……"

曾静翕动的嘴唇中，依次迭出以下画面：

畅春园穷庐：

康熙病卧在榻上，胤禛端着一碗冒着热气的参汤跪在榻边，一手挽起康熙的头，一手将参汤灌进康熙的嘴中。

喝完参汤的康熙突然双眼暴突，愤怒地望着胤禛，接着头一歪死去。

胤禛拍了一下手掌，隆科多捧着一只匣子闪了进来。

御案边，二人取出了匣中的遗诏。

遗诏上赫然写着——"传位十四子"。

隆科多将一支朱笔递了过去，胤禛接过笔在遗诏上改了起来。

特写：那支笔在"十"字上添了一横一勾，"十"字变成了"于"字！

慈宁宫：

乌雅氏坐在床边怔怔地掉泪。

面目狰狞的胤禛戟指着乌雅氏破口大骂。

乌雅氏怔怔地站了起来，突然向柱子上撞去。

一股鲜血从她的额上流了下来，乌雅氏倒了下去……

画面淡去。

曾静兀自喋喋不休地述说着。

胤禛凄苦地坐在那儿，两行清泪簌簌流了下来。

17．澹宁居门外

天已经黑下来了。

嚓地一下，宫内亮起了灯光。

高勿庸、刘铁成和几个捧着食盒的太监站在宫门外，既不敢叫，又不敢进去，一个个只有呆着着急。

秦顺儿领着乔引娣匆匆来了。

高勿庸连忙迎了过去，低声说道："都快一天了，皇上还没有吃一口东西，又吩咐了不许我们进去……"

乔引娣："我去。"说着走到门边，把门轻轻推了开来。

18．澹宁居内

还没进门，乔引娣就怔住了。

那曾静正坐在矮几旁挥笔疾书。

胤禛也坐在御案上挥笔疾书。

乔引娣愣了一下，还是轻步走了过去："皇上。"

胤禛没有抬头仍在挥笔疾书，只是习惯地应了一声："嗯。"

那曾静这次倒听清楚了，笔一停："皇上？你刚才叫他皇上？"

乔引娣没好气地答道："你当他是谁？！"

曾静吓得一颤，扑通趴了下来，不断地叩头："老朽该死！老朽罪该万死！请皇上恕罪，请皇上恕老朽狂悖之罪……"

胤禛这才将笔一搁，冷冷地说道："接着写。"

曾静："是。"又叩了个头，爬到凳上，颤抖地拿起了笔。

胤禛也又提起了笔。

乔引娣："皇上，您都一天没进膳了。"

胤禛望了望她，叹了口气，又将笔搁下："那就拿进来吧。"

乔引娣："是。把膳拿进来。"

几名捧膳太监这才排成一行走了进来。

乔引娣："皇上，在哪儿进？"

胤禛："盛半碗饭泡点汤，朕也就够了。"

乔引娣："是。"答着走到捧膳太监面前盛了半碗饭，又舀了一瓢汤泡上，连同一双筷子送了过去。

胤禛接过碗筷，看了一眼曾静："那些给他吃吧。"

乔引娣："皇上……"

胤禛把手一抬。

乔引娣只好对捧膳太监说道："给他送过去。"

捧膳太监们走了过去，把一个饭盒、四个菜盒放在曾静面前的矮几上，揭开盒盖退了出去。

望着面前的饭菜，曾静蒙了，好久才怯怯地问道："这是给我吃的？"

乔引娣："吃吧！"

曾静的眼泪涌了出来，又颤抖地跪下："皇上如此深仁厚德，罪民何以克当……"

胤禛："快吃，吃了接着写。"

曾静："是……"又爬到凳上，拿起碗筷，开始还慢慢地吃着，接着就大口地吃了起来。

胤禛捧着那一小碗汤泡饭也吃了起来。

乔引娣望了望狼吞虎咽的曾静，又望了望艰难进食的胤禛，眼泪也盈了出来。

19. 乾清宫

静鞭三响，殿内一片红顶花翎——跪着弘历、张廷玉、马齐和六部、翰詹科道三品以上的大臣。

眼圈发青、面色蜡黄的胤禛又穿上了大朝的礼服，端坐在须弥座上，扫视了一眼众人，嘶哑地说话了："今天把你们叫来，有两件事情要告诉你们。第一，曾静悖逆一案，朕已审明详实。种种诽谤朕和朝廷的言辞，有些是山东吕留良的邪说，更多的是那些反对朕新政的人散布的谣言。经朕开导，曾静已经认罪服法，朕决定不杀他，也不关他。针对这些谣言，朕写了一篇《大义觉迷录》，让曾静到各省的学宫去现身诵读，以靖浮言。至于吕留良，身为本朝生员十余年之久，因科举不顺，心怀怨愤，著述邪说，谤及先帝，虽然身死也万不能恕！着锉骨扬灰，以示法惩！"

众人齐声应道："是。"

"第二件事。"胤禛端起茶碗喝了一口，接着说道，"鉴于圣祖仁皇帝生前未能及时择立储君，以至到现在尚有谣言说朕得位不正。朕已经写好了传位遗诏——"说着用手一指。

众人抬头望去，御案上赫然摆着一只密匣！

胤禛："密封于匣内，高藏于正大光明匾之后，届时诸王和群臣共同开启！"

众人齐声应道："皇上圣明！"

胤禛把慈爱的目光转向了弘历："宝亲王弘历，自封爵当差以来，忠慎勤勉，人品贵重，朕决定任他为监国，辅朕处理朝廷日常政务！"

听到这里众大臣都是一振——这不等于当众宣布他是太子了吗？想到这里众人又一齐把目光注向了御案上那只密匣。

弘历也是一振，趴下去叩了个头，说道："儿臣岂敢膺此重任？皇阿玛……"

胤禛："朕意已决，你不必推辞了。起来，接受众臣的叩贺吧。"

弘历这才答道："是。"又叩了个头，站了起来。

张廷玉领衔祝道："臣等恭贺宝亲王荣膺监国！"带头叩下头去。

众臣一齐叩下头去。

胤禛那疲惫的脸上这才露出了一丝欣慰的笑容。

20. 澹宁居寝宫

胤禛显然疲累已极，刚坐下就向后面瘫倒了下去。

乔引娣连忙奔了过来，扶着胤禛："皇上！您怎么了？要不要传太医？"

胤禛强笑了笑："没事，就是有点累。"

乔引娣："我给您捶捶？"

胤禛强撑着坐直了身子，深深地望着乔引娣："朕如果记得不错，你这还是第一次说要给朕捶捶……"

乔引娣的脸一下子红了，头也低了下去。

胤禛站了起来："你陪朕到外面走走好吗？"

乔引娣点了点头。

21. 畅春园湖边

又快十五了，那轮月亮悄悄地升了起来，漂漾在微波荡荡的湖面上。

显然是打了招呼，其他的人都没有跟来，只有乔引娣搀着胤禛在湖边的小径上默默地走着。

"引娣。"

"嗯。"

"月亮又快要圆了，你到朕的身边也有六年多了吧？"

"是六年八个月零二十天。"

胤禛停住了脚步，望了她一眼，又向前走去："难为你记得这么清楚……你还记不记得，那一年朕曾经对你说过，有朝一日朕会放你回去？"

乔引娣微微一颤，没有答话。

胤禛："朕说过的话算数，明天……不，过了八月十五，你就走吧。"

乔引娣停住了脚步。

胤禛也停了下来，回转身望着她。

月光的映照下，乔引娣的眼中闪出了泪星。

胤禛："怎么了？太高兴了，是吗？"

乔引娣哇的一声哭了出来："您要赶我走，一道旨意就行了，犯不着这样说……"

胤禛："你不愿意走？"

乔引娣哭得抽搐了起来。

胤禛叹了口气，说道："朕从小信佛，从小就知道人一生下来就是进入了苦海，因此朕一心想做个善人，想善待一切人，也想一切人善待朕……可朕没有那个佛缘……先帝把这个国家交给了朕，朕为了天下的苍生不得不去杀一些人，处置一些人，还要去夺一些人的财富给另一些人……朕知道，现在天下许多人恨朕。朕也想留下个宽仁厚道的名声……可是看起来做不到了……朕想，哪怕只要有一个人从心眼里认为朕不是坏人，也就心满意足了……"

乔引娣倏地抬起了头："您不是坏人，您是真正的好人，是天底下最好最好的好人……"

胤禛的眼中闪出光来，声音有些颤抖了："你终于说出来了……朕等你这句话等了好久呀……有你这句话就够了，有你这句话就够了……"说着他的泪星也闪了出来。

乔引娣掏出手绢慢慢走了拢来，替胤禛轻轻地揩着眼泪，又轻轻地说道："皇上，我知道您喜欢我……第一次见面，从您的眼睛里就知道您喜欢我……叫我走不是您的心里话，是吗？"

胤禛一把把她搂在怀里，颤抖着手抚摸着她的秀发："是的，朕喜欢你，朕从第一次见到你就喜欢你，这也许就是佛经上说的一个'缘'字吧……你愿意留在朕的身边，朕心里好高兴……但你要说句实话，你心里还想不想允禵？"

乔引娣又颤了一下，身子却仍然紧紧地埋在胤禛的怀里，哭着说道："我也想了好久……我曾经想当初在山神庙救我的不是十四爷而是皇上该有多好……后来，我想通了。十四爷救过我，是我的恩人，我当初跟着他是一门心思要报他的恩……可从来就没有在皇上身边这种感觉……我发现自己这一辈子也离不开皇上了……皇上，您相信吗？"

胤禛激动地连声答道："相信，朕相信……引娣，朕给你一个什么名分？"

乔引娣："不要，不要，只要留在皇上身边就行，我不要任何的名分。"

胤禛捧起了她的脸，固执地说道："不行！朕一定要给你个名分！这样吧，朕先册封你为妃子……"

乔引娣苦笑了笑："您要不是皇上该多好。"

胤禛一怔，接着笑了起来，笑得是那样的舒心，那样的爽朗："生我者父母，知我者引娣！"

乔引娣也笑了起来……

22. 通往景陵的路上

四骑马，一辆蓝顶的马车从远方驰来，驰到一座阶碑前停住了。

赶马的竟是换穿了便服的刘铁成，他一跃跳了下来，掀开了车帘："皇上，到遵化边界了。"

胤禛从车帘中钻了出来，伸出手把车内的乔引娣接了下来。

乔引娣深深地望着胤禛，轻轻地说道："皇上，我只去看他一眼，马上就赶回来。"

胤禛也深深地点了点头。

乔引娣从一名便衣侍卫手中接过缰绳，跨上马鞍，又回头看了看胤禛："皇上，您回宫吧。"

胤禛又点了点头。

乔引娣一抖缰绳，那马嘚嘚地向前走去，秦顺儿和另一名侍卫骑着马跟在她的后面走去。

三匹马小跑起来，跑到不远的地方又停了下来。

乔引娣回过头来望着仍然站在马车旁目送她的胤禛，高声喊道："皇上，等着我，我马上就赶回来！"

胤禛朝她扬了扬手。

三骑马这才扬蹄奔去。

23. 澹宁居外

胤禛的心情异常的好，走起路来也显得比往常轻捷了许多。

还没走到殿门，高勿庸已经迎了上来，面色凝重地说道："万岁爷，八……不，阿其那他……"

胤禛一怔，停住了脚步："他怎么了？"

高勿庸："回万岁爷，他死了。"

像头顶响了一个闷雷，胤禛一惊，愣在了那里。

高勿庸拿着一封信递了过来："这是他临死前写给万岁爷的信……"

胤禛痴痴地接过信，慢慢走进殿去。

24. 澹宁居

灯又亮起了。

御案的两端照例摆着高高的两堆奏折，允禩的那封信凉凉地摆在正中。

胤禛的脸色异常地苍白，默默地坐在御案前望着那封信出神。

也不知过了多久，他深深地叹了口气，拿起那封信往烛火上伸去。

信燃了起来，飘在地上，渐渐化成了一片纸灰。

胤禛拿起一份奏折，展了开来，提起朱笔蘸了蘸朱墨，准备批阅。

不知道为何，奏折上的字是那样模糊……

胤禛紧闭了一下眼又重新睁开，再向奏折看去——

奏折上的字慢慢清晰起来——却是刚才已经烧了的允禩信上的字迹！

胤禛一惊，摇了摇头再注目看去——

一阵模糊，再度清晰——还是烧了的允禩信上的字迹！

接着，仿佛很远很远，又好像极近极近，允禩的画外音传来了："爱新觉罗·阿其那谨上雍正皇帝四哥御览……"

胤禛的目光循着那飘忽不定的声音找去……

25. 澹宁居外

下弦月升起来了，斜斜地照着朦朦胧胧的树团。

一阵夜风吹来，地上的树影一阵乱颤……

26. 澹宁居内

吱呀一声，殿门自己开了。

一个人从门外慢慢走了进来。

胤禛注目望去，不禁一惊。

——来人好像是允祀？

是允祀！他穿着一件雪白雪白的长衫，腰间系着一条金黄色的缎带，头上戴着一顶金黄缀红宝石的便帽，脚上也穿着一双金黄色的缎靴——轻摇折扇，面带微笑，是那样的年轻——年轻得就像当阿哥时的模样！

就这样，他摇着折扇，微笑着徐步走了进来。

他说话了，声音却不像发自他的嘴中，而是从很远的地方传来："四哥，你累了吧……歇歇嘛……"

胤禛没有看他，只是执拗地摇了摇头。

允祀脸上的笑容消失了，一声深沉的叹息，那个很远的声音又传来了："争了四十多年……到这一刻你还不愿撒手吗？不要这样子看着我……我这一生不佩服任何人……但直到今天我才发现，我的心底里只佩服你……"

胤禛慢慢把头向他转去——允祀又消失了。

接着，他又在殿的另一侧现了出来，那个很远的声音又重新响起："我输了……可你呢却并没有赢……你咬着牙苦苦地熬着，得到了什么……得到的只是生前身后的骂名罢了……"

胤禛被刺痛了！他想举手去拍御座的扶手——那只手却抬不起来！

允祀又长叹了一声："其实输也罢……赢也罢……到头来都是过眼烟云……你太放不下了……"

胤禛闭上了眼睛，在竭力凝聚体内的精力……终于他的手指能动了，接着他倏地又睁开了眼睛——

哪儿有什么允祀！只有殿门外的树影被风吹着在地上慢慢地摇动……

他咬了咬牙，颤抖的手又伸向了案头的奏折，手却颤抖得厉害。

他的目光转向了案头那只药盒！

颤抖的手向药盒伸去，药盖被哆哆嗦嗦地打开了——露出两颗鲜红的丹药！

他颤抖地拿起一颗丹药塞进嘴中。

接着，他拿起了一份奏折，又提起了朱笔，开始哆哆嗦嗦地批起字来—— 一滑，一撇浓浓的朱墨划过奏折。

笔又放下了，那只颤抖的手又拿起了另一颗丹药。

那支笔终于动了起来。

他的画外音："好，很好……你能在这么快的时间内推行一体当差、一体纳粮诚是两广百姓的福分。咬着牙推行两到三年，两广的库银自然丰足，两广的百姓也自然不会像以前那样贫苦……朕这一向身子不安，经常头昏目眩，吃了药也不管事……你那儿若有什么异能之士推荐一两个来，或许能治好朕的病……"

殿门外一阵夜风卷了进来，案上的灯一阵摇曳。

突然，像是什么重物扑倒在御案上，发出一声沉沉的闷响！接着是扑喇喇的一声——那堆高高的奏折从御案上倒了下来！

接着一黑，灯也灭了。

剩下白白的月光斜斜地照进殿来，一阵风吹得地上的奏折到处飘舞……

惨白的月光，昏黄的奏折，暗红的朱批，铺得满殿都是。

风声倏地停了，接着是极轻极轻的滴水声。

镜头推向案脚下一份空白的奏折，一滴鲜红的液体从上面滴落在那份奏折上，接着又是一滴，又是一滴……

27．太和门外

天蒙蒙的亮了。

突然，从深宫中传来一记钟声，又是一记钟声，开始还很远很轻，渐渐地近了起来，响了起来……

远处，一个白白的人影奔了过来！

他的后面，一群白白的人影奔了过来！

天越来越亮了，飞奔而来的人也越来越清晰了——当先的那人竟是穿着浑身孝服的弘历！

跟在他后面的是穿着孝服的张廷玉、马开，还有众多的官员……

28．北京城的街道上

紫禁城的钟声在整个京城上空回荡。

所有的人都停住了脚步，抬起头向钟声传来的方向望去……

一个坐在走骡上穿着灰色长衫的老者慢慢取下了头上的草笠，又慢慢地向钟声传来的方向回过头来——这个人竟是邬思道！

29．城外

钟声越过高高的城墙飘了过来。

三骑马没命地飞跑过来——前面一骑马上，乔引娣满脸的汗水，满眼的泪水……

30．太和门外

弘历仍在向前飞跑。

他的后面，张廷玉等人也在向前飞跑。

弘历跑上了太和门的石阶，跑近了太和门，刚一抬腿，钟声停了，他那高大的背影也倏地定格在偌大的太和门中。

低沉的男声画外音起（推出字幕）："公元一七三五年，雍正十三年阴历八月二十二日深夜，雍正皇帝暴卒，年仅五十八岁……"

全剧终

公元一九九七年九月二十三日

阴历丁丑年八月二十二日

雍正皇帝逝世二百六十二年忌日

卒稿于北京

813

后　记

　　坐在电脑前闭目口述，神游八极，时历一年，《雍正王朝》终于完稿。今日回头细看，许多地方自己也找不到出处，不知从何而来。

　　苏轼说，书到今生读已迟，许多东西原是前生带来的。是耶非耶？

　　无论如何，至少我自己心里明白，这部剧作是许多人花了大愿力，借我的口铸出来的。

　　首先因为有了二月河的小说《雍正皇帝》，接着有了刘文武、苏斌、吴兆龙、罗强烈、罗浩这几个人对小说的赞赏而又不满足；遥想着在260多年前，中国有这么一个王朝，有这么一些人，挟着关外游牧民族铁骑的精锐之气，与黄河长江濡养的农耕民族礼仪教化之风砰然相遇，碰撞出了中华民族封建历史上的最后一次辉煌。他们看到了这次辉煌中那种不因时光流逝而永恒存在的形而上的崇高，更因此看到了我们这个民族因源头汹涌，虽河道淤塞，一经疏浚依然奔流入海的气局。决心借电视这个最为普及的媒体，把这次辉煌再现于对本民族灿烂文化深具信心和失去信心的同胞面前。

　　他们拈着花，我报以微笑。于是他们选择了我。他们的愿力，加上后来者张黎、胡玫等人的愿力，聚成了我执笔的力。于是有了面前这部题为《雍正王朝》的作品。

刘和平